1960년대 시인 연구

1960년대

시인 연구

송기한

도서출판 역락

▶ 계룡산 동학사에서 신동엽(1967년)

▶ 전주사범 시절의 신동엽

▶ 펜클럽 서부전선 시찰. 왼쪽부터 임헌영,
이추림, 정을병, 신동엽, 한승헌, 남정현

▶ 1952년 入山 직후의 고은

▶ 1960년 6월 고은의 첫 시집 『피안감성』 출판기념회. 오른쪽은 축
   사하는 오상순 시인

▣ 1973년 광주의 가톨릭 피정센터에서 개최한 한국시인협회 세미나 때 찍은 사진.
 왼쪽부터 박남수, 오세영, 이수익, 김종해, 박의상, 이승훈, 이유경, 이건청

▣ 박목월 시인과 함께 한 오세영

➡️ 이건청 근영

➡️ 이수익의 첫 시집 『우울한 샹송』 출판기념식장에서
   박남수 시인과 함께(1969년 12월 11일)

詩와詩学

Poetry & Poetics

우울한 샹송

이수익

우체국에   라면
잃어버면서   사랑을   웃을   수   있을까
그곳에서의   발견한   내   사랑의
톡빛에죽   젖어   있
비에죽
지금은   혼미하여   내가   찾는다면
사랑은   또   처음의   의상으로
돌아올까

우체국에   오는   사람들은
가슴에   꽃을   달고   오는데
그   꽃들은   바람에
얼굴이   터져   웃고   있는데
어쩌면   나도   웃고   싶은   것인가
얼굴을   다치면서라도   소리내어
나도   웃고   싶은   것인가

사람들은
그리움을   가득   담은   편지   위에
애정의   된   을꽃고   돌아들   간다
그   때   그들   머리   위에서는

▶ 이수익의 육필 원고

희숙~

늦게혼에 이런것이 있었다 긴 늦게에
희든 것은 넌 넷에는 하고 상황의 기본
가른 것 없다 그냥 쳐주에 니 쳐주에
래한낞 만나보는 설치 않에
때문이다

이승훈

▶ 이승훈의 육필 원고

▶ 1980년대 후반 한국시인협회 야유회에서 이승훈(왼쪽)과 김춘수 선생

■ 이성부 근영

■ 1968년 폐결핵 악화로 시립 서대
문 요양원에 입원했을 때의 김지하

■ 1966년 서울대 문리대 졸업식 때의 김지하

눈보라에 그을리어

　　　　　오탁번

　原州高校 그렇던 겨울, 눈보라를 처음
만났다. 그 무렵 雪岳山을 한참 바라다보았다.

　가을이 지난 그렇덜 이듬, 나의 天井에서
겨울바람이 울리고 지하극장 그늘 나려
14에서 눈보라를 다시 만났다.

　그 다음쯤, 서울역에 내가 나의 배부를 흘려가는
겨울바람을 전송하고 들어와 高麗歌謠
語彙硏究를 읽었다.

　평온할 수 없는 꿈을 꾸게 만드는 바람소리에서
깨어난 이듬, 次第로 울었다는 누님의 해소한숨을……

　눈보라, 그 보잘것 없은 계집이 돌리는 겨울
풍차소리에 나의 이듬을 무너뜨며 섰다. 봄늙의
바람이여, 아름다음이여

　　　　　　　　　　　1967

■ 오탁번의 육필 원고

▶ 1967년 고려대 영문과 4학년 시절의 오탁번

▶ 고려대 신문사 편집국장 시절의 오탁번

▶ 1965년 고려대 영문과 2학년 시절의 오탁번

▶ 1967년 겨울의 오탁번

새벽, 봄비 내린다

정 진 규

겨우내 꽤 맨 마음의 솔기가 층층하다
冬安居를 끝낸 중들이 주섬주섬 길 떠날
채비로 궁성대는 새벽, 봄비 내린다 연한 비,
비린내 난다 한 그루 산수유에서도 수런거리는
소리 노랗다 봄春字 벌레虫字 그대로 蠢動이다
벌레들 우듬지 끝까지 대꾸렸으나 저런! 봄신명
이 잘못 지폈나 보다 헛발 디뎌 제몸 패대기
친다 터진 속내가 벌써 초록色이다 새순들
과식하셨구나 봄이 무거우셨구나

* 政稿

丁亥 산수유 되어난 날 새벽

綱山詩宅 鄭鎭圭 肉筆 詩書

▶ 정진규의 육필 원고

➡ 1965년 정진규의 첫 시집 『마른 수수깡의 평화』 출판기념회. 왼쪽부터
　　주문돈, 김영태, 이승훈, 정진규, 김종해

➡ 1970년대 초 김주연, 김현과 함께 한 정현종

➡ 1965년 대학 졸업식 때의 정현종

발자국과 깊이

오규원

어제는 파란 회눈이 내려 눈부셨고
오늘은 여전히 하얗게 쌓여 있어 눈부시다
뜰에서는 박새 한마리가
자기가 찍은 발자국의 깊이를 보고 있다
깊이를 보고 있는 박새가
깊이보다 먼저 눈부시다
기다렸다는듯이 저 앉지 않게 가던
박새 한 마리 눈 위에 붙어 있는
자기의 그림자를 뜯어내어 몸에 붙이고
불쑥 날아오른다 그리고
허공 속으로 들어가 자신을 지워 버린다
발자국 하나 찍히지 않은
허공이 눈부시다

▶ 오규원의 육필 원고

▶ 한국문학사가 나오고 한달 쯤 후, 남이섬으로 촬영 나가는 오규원과 그를 따라 머리 식히러 나온 김현(1973년)

▶ 1970년대 문우들과 오규원(뒷줄 오른쪽에서 두 번째). 김승옥, 황동규, 김병익, 홍성원, 김주연, 정현종의 모습이 보인다.

저자의 말 _ 나와 1960년대

『1960년대 시인 연구』라는 제목으로 책을 펴내게 되었다. 한국 근대문학사에 어느 시기를 한정해서 그 시기에 활동했던 작가들을 중심으로 책을 펴내는 일은 얼마든지 가능한 것이고 권장할만한 일이라 하겠다. 그런 측면에서 1960년대에 활동한 시인들에 대한 연구서인 이 책도 그 연장선에서 보면 별반 다를 것이 없어 보인다. 그럼에도 불구하고 나는 이 책에 대해 특별한 의미를 부여하고 싶다. 그것은 내가 태어난 것이 1960년대인 것도 그러하지만, 이 시기가 한국의 과거와 현재를 결정지은 중요한 시기라는 측면에서도 그러하다.

1960년대생이라는 사실이 중요한 일이라고는 할 수 없다. 그러나 나는 1960년대 초반에 태어나 한국의 온갖 가난을 몸으로 직접 체험했고, 이 시대를 울면서 견디내었다. 전쟁의 상흔, 4·19혁명의 메아리, 5·16 군사정변, 그러한 것들이 아련한 흔적으로 남아 있을 무렵이었다. 그 무렵의 한국은 매우 가난했다. 아마 지구상의 최빈국 중의 하나가 한국이었을 것이다.

한반도의 온갖 가난은 곧 나의 것이었으며, 한국의 불행 또한 나의 것이기도 했다. 피눈물 날 정도로 찢어지게 가난했다. 나뿐만 아니라 한국 민중들 또한 그러했다. 나는 성장하면서 1960년대 가난으로 받은 상처를 쉽게 지우지 못했다. 생각하면 지금도 그 슬픈 역사와 아픈 기억들이 생생하게 피어오른다. 1968년 네 살 난 어린 여동생은 먹을 것이 없어서 밀가루 반죽을 먹고, 그것이 토사곽란을 일으켜 빈약한 의료시설을 원망한 채 세상을 떠났다. 장맛비가 추적추적 내리던 그 여름날 저녁, 어린 여동생을 흔적 없이 묻으려 집을 나서던 아버지의 뒷모습을 나는 잊지 못한다. 뿐만 아니라 주린 배를 채우려 변소 뒤켠의 돼지감자를 캐먹고, 풀뿌리를 씹으면서 허기를 채우던 둘째 형의 마지막 모습, 이러한 것을 알면서도 어쩌지 못해 안타까워했던 아버지. 사회는 또 어떠했는가. "우리도 한번 잘 살아보자"고

눈물로 호소하던 최고 통치자, 경제 재건의 미명 아래 목숨을 담보한 채 승리가를 부르며 월남으로 떠나던 장병들, 이런 모습들이 1960년대 천형(天刑)의 땅이었던 한반도에서 벌어진 우리의 슬픈 자화상들이다.

여기 연구된 시인들이 담아낸 세계는 불과 40여 년 전에 이 땅에서 전개된 우리 민중들의 아픈 역사의 기록이라고 감히 말하고 싶다. 필자가 1960년대 시를 연구하게 된 근본 동기가 여기에 있다. 내가 태어나고, 내가 성장하던 때, 이 땅의 전위들인 시인들은 무슨 생각을 했고, 어떻게 그러한 현실을 타개해나갔는가, 곧 그들은 변혁의 시대에, 근대화가 착착 진행되던 시기에, 어떻게 자아정체성을 확립시켜나갔는가가 궁금했던 것이다. 이 책은 그 일단의 기록이다. 이들의 내면에서 우리가 견뎌내야 했던 아픈 자화상들이 조금이라도 이해될 수 있다면, 그 하나만으로도 의미가 있는 일일 것이다.

1960년대를 풍미하면서 시를 썼던 시인들은 많다. 그럼에도 이들의 시세계를 모두 담아내지는 못했다. 발표지면의 한계와 아직도 필자가 과문한 탓이다. 그들에게 죄송한 생각을 금할 수 없다. 앞으로 기회가 주어지면 나머지 시인들에 대한 연구도 곧 착수하려 한다.

이 책이 나오게 된 데에는 여러 사람의 배려가 있었다. 『현대시』 원구식 주간님, 지도교수이신 오세영 선생님이 바로 그들이다. 이 책에 실을 수 있게 귀한 자료를 보내준 시인들에게도 감사의 말을 전하고 싶고, 책을 예쁘게 만들어준 이대현 사장에게도 고맙다.

60년대의 힘겨움과 그 가난의 한을 간직한 채 먼저 간 어린 여동생 宋원순과 아버지 宋鎬泳, 형 宋晟漢의 명복을 빌며, 그들에게 이 책을 바친다.

차 례

1960년대
시인 연구

제1부

1960년대 시인들의 초상

1960년대 시인들의 초상

— 정치적 변혁 혹은 근대화 과정에서의 자아정체성 찾기

1960년대는 우리 현대사에서 대단히 중요한 의미가 있는 연대이다. 정치적으로는 4·19혁명과 5·16 군사쿠데타가 있었던 시기이고, 경제적으로는 제1차 5개년 경제 시스템으로 가동으로 본격적인 자본화·근대화가 시작되는 때이다. 물론 어느 특정 연대를 몇몇 사건으로 계통화할 수 있는 것은 아니지만, 이 두 가지 흐름을 60년대적 특징이라고 부르는 데는 그 나름의 이유가 있다. 하나는 정치적 억압과 자유, 그리고 다시 억압으로 되돌아가는 고리의 악순환이다. 이승만 독재로부터 해방되는 4·19와 자유에 대한 희열, 그리고 군사쿠데타에 의한 민주 사회에 대한 좌절이 60년대 지식인의 방황과 자기 모색의 근본 동인이었던 것이다. 게다가 이 시기에는 본격적인 산업화에 따른 근대에 대한 불안 의식이 이들에게 덧붙여진다. 결국 한국의 근대화 과정은 군사정권과 산업화가 맞물리면서 독점자본에 의한 독점개발이라는 독특한 형태의 자본주의로 그 모양새를 진행시키게 된다.

이러한 현실 속에서 60년대 시인들, 지식인들은 무엇을 할 수 있었을까. 기술화되는 산업현장과 도시의 팽창, 이농의 심화, 빈부의 격차, 열악한 노동의 현실 등 60년대적 특징을 살아야 했던 이들이 정립시켜야 했던 자아란

무엇이고 그 정체성이란 무엇이었던가. 이 책에서 거론된 시인들의 시세계
는 바로 그러한 처절한 상황을 인내하면서 스스로를 방향지우고자 하였던
이들의 자기 노력의 산물이라 할 수 있을 것이다. 여기에서 그들의 시적 경
향이나 세계관의 차이는 문학의 질이나 관념에 있어서의 차별성을 강조하는
것이 아니다. 이들 모두의 세계는 당대 현실 속에서 올곧게 문학적 응전을
펼쳤다는 공통점을 지니기 때문이다. 이들의 문학적 응전을 '근대화 과정에
서의 자아정체성 찾기'라고 규정하고자 하는 이유도 여기에 있다. 이러한 규
정에는 어느 특정 이데올로기나 형이상학적 우월성을 내세우고자 하는 의도
가 담겨 있지 않다. 즉 현실에의 근접도에 따라 진보성 여부를 묻거나 그 잣
대에 의해 특정 시인들의 문학적 평가를 내리는 것과는 무관하다는 것이다.

　물론 60년대 시인들의 자아 정립과정을 정밀하게 분석해내는 일은 쉬운
일이 아니다. 뿐만 아니라 이들이 보여준 문학적 이력과 궤적은 당연히 개성
과 각각의 특수성 위에 서있으며 이 속에서 저마다 독자적인 세계관과 문학
적 방법들을 선보이고 있기 때문이다. 그럼에도 불구하고 이 시기에 활동했
던 시인들을 거칠게나마 몇몇 유형으로 분류해내는 것이 가능할 것으로 판
단된다. 물론 그 기준은 단순한 문학적 사조나 흐름에 의한 것이 아니라 60
년대의 현실에 응전하는 양상에 따른 것이다.

　먼저 불합리한 현실을 인식하고 그것에 적극적으로 대항했던 그룹, 소위
저항적 담론의 색채를 짙게 내뿜은 시인들이다. 이러한 경향을 보인 시인들
로는 김수영, 김지하, 조태일, 이성부 등이 있다. 그리고 60년대 현실에 대해
적극적 변혁 의지를 내보이지는 않았지만 이와 관련된 성향을 문학 내적 담
론에서 수용하고자 했던 시인들의 경우를 생각해 볼 수 있다. 이들의 문학적
실천은 현실에 대해 구체적 저항의 실천을 띠고 있지는 않지만 비판적 이성
에 의한 의미의 생산적 활동을 담지한 경우라 할 수 있다. 여기에 속하는 시
인들로서 60년대를 풍미하였던 전위 그룹, 소위 〈현대시〉 동인들을 들 수 있
을 것이다. 다수가 참여했던 〈현대시〉 동인들을 하나의 유형으로 묶는 것이
어려운 일이다. 〈현대시〉에는 많은 시인들이 참여했기 때문에, 가령 이들을

모더니즘을 지향했다 하거나 내면 속의 자아를 천착해 들어갔다거나 하는
식으로 유형화하는 것은 의미가 없다고 하겠다. 그러나 이들 그룹이 지향했
던 이념이 자아탐구이고, 이를 바탕으로 현실과의 결합정도, 지향했던 세계
관 등등에 의해서 그들의 시적 세계를 다음 두 가지 시적 특징으로 패턴화
하는 것이 가능하지 않을까 한다. 하나는 이들이 80년대 말 유행처럼 번져나
간 포스트모던의 세계관과 흡사한, 아니 이들 포스트모던의 전사적 역할을
수행한 그룹이다. 이러한 역할을 한 시인으로 오세영, 이승훈, 이건청, 정진
규 등을 들 수 있다. 이와는 달리 의미의 파괴보다 의미의 구축에 주력한 특
징도 들 수 있을 것인데, 이는 언어의 의미화를 통해 현실에 대한 비판적 지
성을 보다 직설적으로 보여준 경우라 할 수 있다. 이러한 특징을 드러낸 시
인으로는 〈현대시〉 동인 가운데 이수익, 오탁번 등이 있다.

한편 〈현대시〉 동인에는 활동하지 않았지만, 이들의 세계관과 비슷한 경
향을 보이면서 그들만의 독자적인 시세계를 일군 시인들이 있다. 가령 정현
종과 오규원의 경우가 그러하다. 이들은 〈현대시〉 동인들의 시세계 가운데
전자에 가까운 성향을 보여주었다. 정현종은 시적 문맥에 있어서의 환유 구
조를 통해서, 오규원은 언어와 사물에 대한 강한 자의식적 성찰을 통해 자본
화된 현실에의 비판적 상상력을 구축해냈다.

이밖에 60년대의 현실을 자신들의 내밀한 안목과 경험과 세계관을 통해서
전유해낸 시인들이 있다. 신동엽, 고은, 황동규가 바로 그러하다. 신동엽의
생태학적 상상력, 고은의 가족 콤플렉스, 황동규의 개인과 사회를 묶어내는
끈끈한 길항관계는 개인의 내밀한 정서를 바탕으로 사회와의 관계망을 짜나
갔던 또 다른 유형을 대표한다 할 것이다.

이에 따라 각각의 시인들의 특색을 살펴보면 다음과 같다. 먼저 현실에
표방한 실천적 담론으로써 60년대의 암흑을 헤쳐나가며 자기 정립을 시도한
시인들의 경우를 보자.

이를 대표하는 시인으로 김수영을 꼽을 수 있다. 50년대 모더니즘적 경향
을 보이던 김수영의 시는 4·19 이후 민중적이고 정치지향적 성격을 강하게

드러낸다. 그러한 경향들은 그의 시론에 의해 더욱 강화된다. 그러나 그의 시론을 포괄적으로 보았을 때 김수영이 주장하는 시가 꼭 민중적 정치주의 시로 볼 수는 없을 것이다. 이는 바꾸어 말하면 4·19 이후에 쓰인 시와 시론이 김수영의 시적 입지를 더욱 축소하여 김수영을 편협한 참여주의자로 한정시키는 결과를 가져올 수 있었음을 의미한다.

김수영에 관해서는 많은 언급이 있지만 그의 시에서 본질적인 것은 한 가지이다. 시인은 인간의 존엄성을 회복하고 진정한 민주주의를 정착시키는 데에 힘이 될 수 있기를 간절히 그리고 끝없이 고민한다는 점이다. 어느 시기 그가 모더니즘의 면모를, 또 어느 시기 현실주의자의 면모를 갖기도 하지만 그것들은 모두 그 한 가지 시의 정신을 실현하기 위한 방법들에 불과하다. 그러한 점에서 '참여시'로 분류되지 않는 초기시라 할지라도 그것이 관념의 시가 아니고 행동의 시가 되는 이유도 여기에 있다.

김지하의 시들은 급격하게 진행된 경제개발의 뒤안길에서 소외받고 억압받은 민중들에 대한 한과 억압을, 비애와 분노의 정서로 표출시키고 있다. 그러한 까닭에 김지하의 시들은 현실과 매우 긴밀하게 상응하는 구조를 보인다. 시인의, 사회로의 시적 외연의 확장은 4·19 이후 분출되기 시작한 예술과 현실과의 일원론적 세계관에 힘입은 바 크다고 할 수 있을 것이다. 김지하는 그러한 시대의 요청을 자신의 시에 적극적으로 받아들였다.

김지하의 시들은 초기뿐 아니라 그 이후에도 이러한 문학관을 충실히 반영해내고 있다. 특히 60~70년대의 시들은 그러한 문학론에 더욱 근접해 있는 것으로 판단된다. 그의 시의 특성은 80년대를 이끌었던 사유 가운데 하나였던 민중론에 매우 가깝다는 점이다. 그것이 바로 현실 변혁의 실천적 주체로서의 민중에 대한 발견이다. 김지하의 시는 부정적인 현실이나 폭압적인 정치에 대한 격정의 토로나 분노의 표출과 같은 개인적 영역에서 마무리되는 것을 거부한다. 그는 그러한 저항의 실타래를 실존적 개인의 차원이 아니라 집단적 정서의 차원으로 승화시킨다. 그것이 곧, 역사 속에 실재했던 피압박 민중들에 대한 발견이었다.

조태일은 60년대의 신경림과 고은으로부터 시작된 민중시의 흐름을 이으며, 우리 시사에 드물게 존재하던 강한 남성적 목소리를 뿌리내리게 한 대표적 시인이다. 70년대에 쓰인 그의 시들은 사회의 부정과 질곡을 극복하고자 하는 민중의 적극적이고 진취적인 의지를 대변하면서 사회의 민주 세력을 집결시키는 계기로 작용한다. 이를 통해 70년대 소위 참여시인의 계열을 담당할 새로운 시인들을 배출하는 동시에 80년대 거대한 물줄기로 자리 잡게 되는 민중문학의 탄생에 직접적 기여를 하게 된다.

조태일의 사회 참여적인 시들은 그 목소리가 웅혼하고 강건하다는 점에서 그 시적 특성을 찾을 수 있다. 「식칼론」이라든가 「나의 處女膜」 연작시에서도 드러나듯이 그는 언제나 가장 절대적이고 순수한 상태를 상정하고 이를 구현하기 위해 가장 선명하고 직접적인 표현을 사용한다. 그는 언어도단의 극단적 지점에까지 자신의 의식을 밀어 올려 이를 증명하고 그 의식의 크기를 확장하기를 서슴지 않는다. 이러한 그의 태도가 그의 시를 강인한 남성의 이미지로 기억하도록 하는 것이다.

그러나 그의 남성성은 여성성과 매우 밀접하게 결합되어 있다. 60년대 쓰인 첫 시집 『아침선박』을 초기시로, 『식칼론』으로 대표되는 7·80년대의 시를 중기시로, 8·90년대 쓰인 시들을 후기시로 본다면 이들 사이엔 동시적이기도 하고 계기적이기도 한 남성성과 여성성의 혼재가 이루어져 있는 것이다. 조태일의 시에서 남성성과 여성성은 각각 대사회적 목소리와 원시적 목소리에 대응한다고 볼 수 있는데, 사실 조태일의 시에서 이들은 배타적 자리에서 대립되어 존재하지 않는다. 오히려 이들은 상호 보완하고 서로 지지하면서 각각의 크기와 영역을 확대해 나가는 데 도움을 주고 있다. 이러한 점에서 보면, 조태일을 남성적이라는 단일한 이미지의 시인으로 보거나 민중시인의 면모로서만 이해하는 것은 상당한 무리가 있는 것처럼 보인다.

60년대 저항적 담론을 이끌었던 시인으로 이성부를 들 수 있다. 그의 시를 이끌어가는 중심축들은 사회적 책임의식과 고향의식이다. 그렇지만 이 둘 사이의 관계가 서로 분리되는 것은 아니다. 이성부는 고향에 대한 회한과 애정 속에서 사회를 이해하고 책임의식을 느끼기 때문이다. 시인이 사회에 대해서 느끼는 책임의식은 인간은 사회적 동물이라는 당위적인 차원의 것이 아니다. 자신에게 남아있는 소시민성에 대한 자기회의와 반성의 차원에서 이루어진다. 물론 그의 소시민성에 대한 자기반성들은 계급에 대한 분화된 인식과는 거리가 먼 것으로서 어디까지나 실존적인 자기결단에 의한 것이다.

사회에 대한 책임의식 속에서 공동체에 대한 그의 열정은 자신의 뿌리인 전라도와 백제에 대한 주목으로 나타난다. 백제와 전라도는 특정의 영역을 넘어서는 외연적 의미를 갖는 것이긴 하지만 사실상 자신의 시적 뿌리인 고향의 의미와 거의 동일한 차원에 놓이는 개념들이다. 자신의 고향을 사이에 두고 그러한 고향의 의미를 보족하는 수평적, 수직적 외연이 넓어지면서 '전라도'라는 공간의 확대로, '백제'라는 시간의 확대로 나타난 것이기 때문이다. 시인이 그러한 시공간의 확대를 통해서 얻은 결과는 민중의 질긴 삶과 그들에 대한 보다 심화된 애정이었다.

다음으로 현실에 대한 반항과 변혁의 성향을 문학 내적 담론에서 수용하고자 했던 시인들의 경우를 생각해 볼 수 있다. 이들 가운데 대표주자는 오세영이다. 오세영의 초기 시집 『반란하는 빛』은 일반적으로 초현실주의적 모더니즘의 범주에서 이해되어 왔다. 왜냐하면 그의 초기 시들이 파괴와 충동에서 비롯된 세미오틱적 글쓰기의 범주로 묶을 수 있는 것들이기 때문이다. 기존의 정립적 글쓰기를 붕괴시키면서 쓰여지는 세미오틱적 글쓰기는 표면적인 언어 파괴에만 그치는 것이 아니라 주체 자체를 해체시킨다는 점에서 큰 의미를 지닌다. 따라서 오세영의 초기시는 분열된 자아가 겪는 불안과 공포의 분위기로 가득차 있게 된다. 시인은 고통스러운 이러한 상태를 의도적이고 자발적으로 받아들인다. 그러나 시인은 불안과 공포의 상태에 그대로 멈춰 있는 것 또한 거부한다. 그러한 의지는 시 속에서 탈출과 소망 모티브로 형상화된다.

정립적 세계의 부정과 동시에 반정립적 세계의 부정은 새로운 정립의 언어를 예시하는 것이다. 그것은 세미오틱적 언어와 생볼릭적 언어의 중층적 혼융을 뜻하며 기존의 질서와는 다른 새로운 국면을 의미한다. 여기서 형성된 글쓰기는 세미오틱적 글쓰기가 승화된 형태이며 오세영의 시세계에서 그것은 사랑과 숭고함, 신성한 종교적 상상력으로 구현된다. 이로써 우리는 오세영의 초기시와 그 이후 시가 단절적인 대신 서로 역동적이고 논리적인 관계를 이루고 있으며 초기시로부터 배태된 이후의 시들은 모성으로 대표되는 원초적 지대와의 공존과 합일에서 비롯되는 것임을 짐작할 수 있다.

이승훈의 시는 모더니즘적 경향을 보이면서도 다른 시인들과 달리 참으로 난해하다. 그의 시는 1930년대의 시인 이상에 비견될 수 있으면서도 이상과는 또 다른 자의식을 내포하고 있다. 그러하면서 그는 대단히 치밀한 상상의 구조를 그려내고 언어 사용에 있어서도 치밀한 국면을 보여주었다. 그의 치밀함과 명민함은 어쩌면 그에게로 다가갈 수 있는 길을 차단하는 요인으로도 작용한 듯싶다. 그의 시는 완결적이어서 의미의 코를 잡아나가기가 쉽지 않기 때문이다.

이러한 그의 시의 특징은 '비대상시'라는 점에서 찾아진다. 이승훈의 시는 자아탐구의 시이면서 대상을 소거한 '비대상시'라는 데에서 특수성을 지닌다. 일반적으로 시의 본령이 자아 탐구를 추구하는 데 놓여있는 까닭에 이승훈이 설정한 방법론으로서의 '비대상시'는 자아탐구의 특수한 유형을 보여주는 것에 다름 아니다. 이러한 방법론을 통해 그가 자아를 발견하였는지 그러지 못하였는지는 또한 별개의 문제다. 우리가 질문해야 할 것은 이승훈의 방법론이 '어떠한' 유형의 자아탐색을 시도한 것인가에 놓여 있다.

이러한 관점에서 보았을 때 이승훈은 자아와 무의식의 대립·병존의 문제, 타자적 언어의 존재 양상에 대한 문제, 언어와 자아 정립의 문제라는 중요한 주제를 우리에게 던져놓고 있다고 볼 수 있다. 그는 시를 통해 이들의 현상함을 요령 있게 제시해주고 있으며 또한 대립되는 영역 사이에서 일어나는 치열한 암투의 과정을 신랄하고 섬뜩하게 묘사해내고 있다.

〈현대시〉 동인 가운데 세미오틱적 글쓰기를 한 시인으로 이건청 시인이 있는데, 그의 시세계는 위의 시인들과 몇 가지 국면에서 차이를 갖고 있다.

우선 그의 시는 모더니즘과 초현실주의, 모더니즘과 리얼리즘, 순수시와 참여시, 서정시와 해체시 등의 경계에 위치한다. 이러한 사실은 이건청 시인의 시에 접근하는 것을 더욱 어렵게 만들어버리는 요인이기도 하다. 그의 시세계에 대한 깊이 있는 이해를 가로막는 이유도 여기에 있다. 이건청 시의 특징을 이해하기 위해서는 시의 겉면에 드러나는 부분들을 탈각시키고 그가 고안해 낸 방법적 원리와 직접 마주해야 한다. 그 가운데 하나가 '데뻬이즈망'과 '어둠에의 천착'이다. 이 둘은 다른 측면에 놓여 있지만 서로 밀접한 관련을 맺고 있는 것이라 할 수 있다. '데뻬이즈망'은 시인의 관점에 의하면 취의와 매체를 활용하되 이 사이의 간격을 넓힘으로써 상상력의 개입을 최대화하고자 하는 의도를 반영하려는 시적 의장이다. 그러나 '데뻬이즈망'은 시인에게 단순히 기법으로서만 의미를 지니는 것이 아니다. 그것은 상상력을 통해 확보되는 시적 공간의 측면에서 더욱 큰 의미를 띠는 것이었다. '데뻬이즈망'의 기법을 통해 시인은 시적 범위를 확대시켰으며 이 속에서 본격적으로 어두운 현실을 형상화하게 되었다.

어두운 현실을 포착하는 시인의 태도는 몹시 비타협적이고 철저해서 도무지 그것으로부터 벗어날 수 있는 출구 자체가 봉쇄되는 것처럼 느껴진다. 그러나 이러한 태도는 시인의 시적 전략과 닿아 있는 것이다. 시인은 '어둠'은 거짓된 희망이나 성급한 낙관으로 극복될 수 없으며 오히려 그것을 시적으로 형상화하는 과정 속에 극복의 계기가 있다고 판단한다. 현실과 시적 매체는 그 범주가 다른 것으로서 언어를 매개로 하는 시가 상상적 매체 이상의 성격을 지닐 수 없다는 점에서 볼 때 그의 판단은 옳은 것이었다고 할 수 있다. 시인은 시의 자리를 정확하게 알고 있었던 것이다. 따라서 시인은 집요하게 어둠을 응시하고 성실하게 이를 시화(詩化)시켜 온 것이다.

정진규의 시세계는 우리에게 독특한 경지를 경험하게 한다. 특히 1980년대 중반부터 본격화되었던 정신주의적 시적 경향이 『연필로 쓰기』, 『뼈에 대하여』, 『몸詩』, 『알詩』 등으로 구체화되면서 정진규는 그의 세계를 우리 현대시의 문단에 더욱 확고히 자리 잡게 된다. 동양의 전통적 사상에 깊이 연원을 드리우고 있는 그의 시세계는 계속되는 이들 시집들의 간행을 통해 탄탄하고 독보적인 위치를 굳히는 것이다.

1960년대에 쓰인 그의 초기시는 이후 넓고 큰 세계로 구축된 그의 형이상 학적 경향의 시들을 위한 초석이 된다. 그의 시에는 앞으로 그의 사상적 기 반이 되고 있는 노장 사상 등의 동양 철학적 인식이 명료하게 드러나 있지 않다. 대신 초기시에서 우리는 현실을 살아가는 평범한 인물로서 겪게 되는 일상적이고도 특수한 경험들에 투명할 정도로 정직하게 반응하는 시인을 만 날 수 있게 된다.

사실상 정진규의 독창성은 여기서 출발한다. 평범하고 습관화된 경험을 범상하게 보지 않고 이에 예민한 감각과 섬세한 시선을 던지는 시인은 이내 경험이 곧 그것과 어우러지는 특정한 조건에 의해 다른 성질로 현상한다는 것을 깨닫게 된 것이다. 이러한 것이 있었기에 시인은 일상의 삶의 영역을 넘어설 방도로 여기가 아닌 다른 곳을 상정하지 않는다. 여타의 종교나 여타 의 이데올로기 등이 그에게는 필요치 않았던 것이다. 그러한 고립된 세계관 이 없이도 그는 이곳의 현실을 뛰어넘어 이곳과 전혀 다른 세계를 가져올 수가 있었는데, 그것은 바로 특수한 경험을 유도하는 특정한 조건을 마련하 는 일에서 귀결되는 것이었다.

그리고 시인은 그를 위한 특정한 조건이란 다름 아닌 '나'를 바꾸는 일에 해당됨을 인식하게 된다. 그것이 '마음 다스리기'를 의미하는 것은 두말할 여지가 없을 것이다. 그는 그가 체험한 절대의 특정 경험을 지속적으로 유도 하기 위해 그의 마음에 '칼'을 들이대고 대수술을 감행한다. 잘라내고 도려 내고 버리고 꿰매는 일이 이때부터 이루어진다. 그 '칼'의 날카로움도 가히 절대자가 흡족해할 만큼의 차원 높은 것이다. 이를 보면 정진규에게 평생의 시작 활동에 걸쳐 주요 테마가 된 '마음', '정신'의 문제가 초기시에서부터, 그것도 자신의 경험에 근거한 섬세한 인식과 통찰로부터 비롯된 것임을 확 인할 수 있게 된다.

다음으로 모더니즘 경향을 보이면서 의미의 파괴보다는 의미의 생산에 주력한 시인들이 있다. 이러한 성격을 보이는 시인 가운데 가장 앞자리에 놓이는 이가 이수익이다. 이수익은 60년대를 풍미했던 〈현대시〉 동인들의 일반적 경향들과는 달리 의미를 만들어내는 데 주력해 온 시인이다. 60년대의 안개와 같은 현실 속에서 가야할 길을 잃어버린 젊은 세대들이 그 현실적 반영으로 의미의 해체에 매달린 것은 어찌 보면 당연한 시대적 반영이었다고 할 수 있다. 시대에 대한 그들의 몸부림은 30년대 이상류의 아방가르드적 세계를 60년대식으로 계승 발전시켰다. 반면 이수익은 의미의 생산에 주력함으로써 정지용 류의 이미지즘적 세계를 계승 발전시켰다. 이들은 60년대의 모호하고 암울한 현실을 인식하는 데는 동일한 지점에 있었지만, 그 지향하는 방법은 달리했다.

앞서 언급한 대로, 이수익은 이미지즘 계열의 시인이었다. 그는 자신이 직조하는 이미지즘의 세계 속에서 현실을 읽어내고, 이를 다시 그 나름의 시각으로 해석해내었다. 사랑의식이나 원시주의, 죽음충동 같은 사유들이 바로 그러하다. 이러한 사유들은 인식의 분열이나 불완전성과 같은 근대성의 제반 현상들과 밀접한 관련을 맺고 있다. 여기에 주목한 이수익은 사랑과 같은 통합적 사유들을 끌어들임으로써 근대가 주는 불안을 극복하려 했다. 이수익 시의 시사적 의미는 무엇보다도 여기서 찾아진다. 그는 모더니즘이 처음 시도된 1930년대와 그것이 꽃핀 1980년대 이후의 매개지대였던 1960년대의 시인이다. 여기서 이 시기 사이의 점이지대 역할을 한 것이 〈현대시〉 동인들이라 한다면, 이수익은 이 가운데에서도 이미지즘과 신고전주의와 같은 영미모더니즘 계열의 시를 계승하고 발전시킨 시인이다. 자연 지향과 같은 그의 통합적 사유들은 정지용의 계승이면서 80년대 이후 등장한 많은 후배 시인들의 중심 역할을 했으며, 특히 제도의 틀을 뛰어넘는 무의식적인 사유의 방법들은 이수익 시인만이 보유했던 득의의 영역이었다.

오탁번은 1960년대 후반 〈현대시〉 동인의 한 사람으로 활약하면서 세련된 언어미의 추구와 존재론적 탐색이라는 두 계기를 동시에 실현한 시인이다. 이때 두 계기의 동시적 실천은 오탁번의 시 창작 방법에 기인하는 것이면서 모더니즘에 있어서의 그의 특수성을 마련하는 데로 이어진다.

오탁번의 시 창작 방법에서 가장 핵심적인 요소는 정해져 있지 않는 대상들로부터 역시 정형화되어 있지 않은 원형적 상상을 끌어낸다는 점에 있다. 시인은 우연히 마주치는 사물들을 독특한 이미지로 채색하여 그로부터 직접 근원적 세계로의 길을 만들어낸다. 이 때 독특한 이미지는 근원적 세계와 닿을 수 있는 절대적이고 순수한, 혹은 응집되고 완전한 이미지를 가리킨다. 대상은 오탁번 특유의 관점 및 재능과 어우러져 새로운 모습으로 탄생하고 이어 자아로 하여금 존재론적 의미를 확인케 해주는 세계로 가 닿게 한다. 이러한 과정을 살펴볼 때 오탁번에게 언어는 기교적 차원에 놓여 있는 것이 아니고 존재론적 탐색과 직결되는 매개라 할 수 있다. 바로 새로운 이미지, 새로운 언어를 통해 원형의 상상 세계가 펼쳐질 수 있기 때문이다.

주변의 사물로부터 의미를 끌어내는 오탁번은 부정적 공간이라는 이유를 들어 여기를 회피하는 것이 아니라 오히려 적극적으로 탐색, 천착해 들어간다. 그에게는 비록 하찮고 보잘 것 없고 부조리하다 하더라도 그것들을 외면하지 않는 것이다. 오히려 오탁번은 그것들을 끌어안아 그로부터 아름다운 의미를 구해낸다. 오탁번의 시를 보면 바로 그 사소한 것들 속에 근원적이고 완전한 세계가 숨겨져 있었음을 발견하게 된다.

오탁번의 이러한 시적 태도는 모더니즘의 자장 안에서 볼 때 매우 독특한 것이다. 일상역과 상상역을 동시적으로 제시하는 창작 방법에 의해 그의 시에는 현대인의 소외와 불안, 현대적 삶의 부조리가 완전하고 질서화된 세계와 함께 균등하게 구현되기 때문이다. 이는 흔히 모더니즘에서 보여주게 되는 부조리한 세계와 완성된 세계 사이의 분리와 단절의 양상과 거리가 있는 것이다. 이 점에서 우리는 오탁번의 시를 모더니즘의 의미 있는 변용이라 일컬을 수 있을 것이다.

모더니즘 성향으로 보이면서 〈현대시〉 동인들의 세계와는 별도의 세계를 구축한 정현종은 1962년 「和音」, 「獨舞」, 「여름과 겨울의 노래」가 『현대문학』에 추천됨으로써 등단하게 된다. 그의 등단작들에 나타난 화려한 이미지와 능란한 말솜씨, 발랄한 상상력은 특히 당대의 젊은 평론가들의 관심을 불러일으키기에 충분하였는데, 이들이 이끌어가는 담론은 우리 문단의 새로운 물줄기가 되어 거세게 흐르게 된다. 그의 시는 기존의 전통적 서정시가 보여주고 있었던 단아함의 면모, 절제된 언어를 통해 정신적 세계를 지향하던 경향과 매우 다른 것이었다. 그의 시는 일상어를 끌어들여 기성의 틀을 깨고 서정시를 낯설게 하였던 김수영의 맥에 닿아있는 듯도 하지만 그의 작품에 구현된 세계는 김수영의 그것과는 매우 판이한 모습을 보여준다.

정현종의 시적 구문은 매우 낯설고 독창적인 것이어서 평론가들은 그러한 것들에 대해 '번역투다', '서구식 문법체계다', '현대시의 새로운 틀이다'라는 등등의 언급을 한 바 있다. 굳이 연원을 밝힌다면 정현종의 시는 김수영의 달변의 구문에 자신의 독자적인 세계를 구축해간 것이라 할 수 있다. 이러한 정현종의 시를 탐색해 들어갈 때, 우리가 선택할 수 있는 시적 형식 중 대표적인 것은 역시 구문상의 특징이다. 당대의 비평가에 의해 남성적이고 개인적이라고 평가된 그의 시적 구문은 압축과 생략을 통해 암시적 의미와 이미지의 선명함을 추구하였던 전통적 서정시와 분명 다른 위치에 있다. 은유 구조를 대표하는 전통적 서정시가 내면적 유사성을 바탕으로 주체와 대상의 동일시를 추구하는 것이라면, 정현종의 시적 구문은 이에 대한 반작용으로서 이루어진다.

이렇듯 정현종의 시적 구문은 자아와 대상 사이의 합일과 총체적 동시성을 부정하고 대체와 선택이라는 시간의 연속성을 보여준다. 서술시적 경향을 띠고 나타나는 이러한 시적 구문을 환유 구조라 할 수 있는데, 그의 시가 진술의 발랄함과 화려한 이미지로 다가왔던 것도 이 때문이다. 이것이 정현종의 시를 현대의 새로운 시이자 기존 서정시의 전복으로 여기게 한 계기였고, 당대 젊은 비평가들의 관심을 모을 수 있었던 요인에 해당된다. 자본주의가 성숙한 시대의 담론을 결정짓는 수사학은 환유라고 한 데에서 알 수 있듯이 정현종의 새로운 구문의 시가 현대의 시대상에 가장 정직하게 조응한다고 판단한 듯하다.

또 이와 비슷한 경향을 보이는 시인이 오규원이다. 오규원의 시는 우리에게 하나의 유형화된 것으로 다가온다. 즉 그의 시는 4·19세대의 그것으로, 산문화된 시의 그것으로,『문학과 지성』그룹의 그것으로 읽히곤 한다. 때론 난해하다거나 해체적이라는 느낌도 갖게 된다. 이러한 인상은 가장 일차적으로 그가 1960년대의 한가운데에서 성실한 시작활동을 전개하였기 때문에 비롯되는 것일 터이다. 1960년대적 조건은 자유와 민주주의를 위한 시민 혁명을 일으킬 수 있었을 만큼 주체 의식이 확보되었던 때였고 산업화와 근대화가 뿌리 깊이 정착되고 있을 시점이다.

오규원의 시작 활동 역시 이러한 시대적 배경과 맞물려 진행되었는데, 그것은 무엇보다도 당대의 현실에 대한 비판의식에 근거하고 있다고 볼 수 있다. 급속한 자본주의화에 따른 사회 전반의 병리 현상들은 날카로운 현실 감각을 지니고 있던 새로운 세대들에겐 회피하거나 외면할 수 없던 시적 장애물이었다. 전통적 서정시를 썼던 선배 시인들이 사회 현실과 유리된 채 추상화된 시를 써나갔다면, 이들은 시대의 장애물을 자신의 것으로 수용하여 변화한 시대에 조응하는 새로운 시형을 모색하기에 이른다. 오규원의 산문화된 시는 이러한 시대상을 담아내려는 시도의 하나라 할 수 있다. 또한 오규원은 언어의 본질적인 부분에 관한 질문을 하게 되는데, 그것은 언어가 의사소통의 도구가 되고 체제내화 됨에 따라 귀결되는 관념화와 관련된 것이다. 이는 자본주의 체제가 심화된 사회에서 만연케 되는 도구화된 이성의 폐해를 드러내는 것이다. 오규원은 언어가 사물을 명명할 때 벌어지는 간격이야말로 이성의 도구화와 언어의 관념화의 분명한 증거라 판단한다. 그리고 그러한 틈이야말로 존재의 실존을 유실시키고 생명을 파괴한다고 생각한다. 현대의 메카니즘에 길들여진 현대인의 시선으로 포착되기 힘든 이 지점을 오규원은 그의 시세계를 지탱하는 중요한 거점으로 삼아 생명이 싹트고 시가 소생할 수 있는 섬세한 영토로 삼는다.

이 점은 오규원의 시가 4·19세대 혹은『문학과 지성』그룹의 그것이라는 유형적 분류와 겹쳐지지 않는 오규원만의 고유한 세계에 해당된다고 하겠다.

이러한 세계를 구축할 수 있었던 것은 그의 시에 대한 철저함과 현실에 대한 집요한 응전의 태도가 가로놓여 있었던 데에서 비롯한다.

60년대를 달궜던 현실정향적 담론과 비현실정향적 담론 이외에 독자적으로 자신만의 독립된 시세계를 구축하여 이 시기의 시사를 메운 시인들이 있다. 신동엽, 고은, 황동규가 바로 그들이다. 신동엽은 앞서의 언급처럼 그 문학적 특색이 좀 색다르다. 신동엽이 펼친 생태학적 상상력은 잘 알려진 대로 1990년대 들어 화두가 된 담론이다. 그런데 1960년대에 신동엽으로부터 논의가 시작되었으니, 그의 예지가 남달라 보인다 하겠다. 생태론은 반 계몽과 반 근대를 인식론적 배경으로 깔고 있다. 1960년대 초부터 미약하게나마 전개된 근대화 체험에 대한 신동엽의 생태학적 대응은 이런 측면에서 그 의미가 크다고 하겠다.

신동엽이 풀어헤친 생태학적 상상력의 테두리는 크게 다음 두 가지이다. 하나는 자연과 인간의 조화이고 다른 하나는 인간과 인간과의 조화이다. 이는 인간은 자연의 주인이 아니라 자연과 함께 상호 공존하고 공생하는, 나아가 자연의 일부라는 인식의 전환에서 얻어진 것이다. 신동엽이 집요하게 탐색해 들어간 비인간중심주의적 자연관은 만물일체, 만물평등이라는 동학 사상에 크게 힘입은 것이다. 그리고 그의 생태론적 사유가 보여준 다른 하나는 인간에 대한 인간의 지배가 아니라 인간 상호간에 존중되는 인간들 사이의 수평적 관계를 추구했다는 점이다. 인간에 대한 인간의 지배를 비판하는 그의 그러한 사유는 매우 선구적인 것이었다.

고은 역시 민중시로의 도정을 모범적으로 보여줌으로써 60년대를 풍미한 매우 예외적인 시인이다. 고은의 초기시는 매우 난해한 것으로 알려져 있다. 특히 중기 이후의 현실 지향적 시에 비하면 고은의 초기시는 여전히 완전하게 해석되지도 명료하게 이해되지도 않는다. 따라서 그의 시를 이해하는 길 가운데 하나는 그의 시에서 주도적으로 드러나는 모티프를 찾아내는 일일 것이다. 이런 측면에서 고은의 초기시에 지속적으로 등장하는 '누이'의 의미는 매우 중요하다고 하겠다. '누이'는 60년대 고은이 불가에 귀의한 입장에 비추어 볼 때 억압하고 통제해야 하는 욕망을 상징한다고 할 수 있다. 표면적으로는 불가의 가르침을 받아들이고 있지만 내면에서 치솟는 욕망은 쉽게 제어될 수 있는 것이 아니기에 시인은 방황하고 괴로워한다. 그리하여 그는 생의 의욕마저 근본적으로 상실하는 병적인 상태에까지 치닫는다. 그리고 이러한 방황과 상실감은 불가에서 말하는 '허무의식'으로 채색되곤 하였다.

고은 시에 줄기차가 나오는 '누이'는 욕망과 허무 의지 사이의 갈등을 완전하게 해소하지 못하고 결국 죽음에 이르게 된다. 그녀는 한편으로는 '물'이고 다른 한편으로 욕망의 늪에서 빠져나오지 못하는 불행한 상황에 처하게 된 것이다. 그러나 그녀는 죽음을 통해 시인으로 하여금 더 큰 깨달음을 얻게 해준다. 그것은 그녀에게 삶은 곧 죽음이었지만 그리고 이 사이는 얇은 막 하나의 간격이 있을 뿐이지만 삶과 죽음은 구별되어야 한다는 점과 관련된다. 삶이 있는 동안엔 삶을 죽음으로 덧칠하기보다는 죽음과 분리된 삶의 자리를 찾고 그 자리를 지키기 위해 주어진 시간을 모두 소비해야 한다는 것이다. 죽은 누이는 새벽의 공기를 통해 시인에게 말을 전달하게 된다. 그리하여 누이의 가르침은 고은으로 하여금 환속하게 하는 요인이 된다. 고은은 불가의 관념적 세계를 버리고 현실로 내려온다. 현실에는 해결해야 할 문제들, 온갖 모순과 부조리가 넘쳐나고 있다. 고은은 가장 일상적인 일에서부터 문제들을 찾아 해결해야 한다고 생각한다. 우리는 고은이 초기의 시적 세계를 넘어서서 현실 참여적이고 민중 지향적인 시 세계를 펼치게 되는 부분도 바로 여기임을 알 수 있다.

60년대의 시의 흐름가운데 하나가 개인과 사회의 흐름 속에서 주체가 어떻게 역동적으로 나아갈 것인가를 고민하는 것으로 규정한다면, 황동규는 그러한 고민을 가장 치열하게 한 사람 중 하나일 것이다. 황동규의 초기시는 『어떤 개인 날』과 『비가』, 『태평가』, 『열하일기』, 『나는 바퀴를 보면 굴리고 싶어진다』로 이어지는 바, 이들 시편들은 시대적 상황에 따라 많은 편차와 변화를 가지고 있다. 『어떤 개인 날』과 『비가』가 방황과 혼돈으로 괴로워하며 우울과 갈증을 주된 정서로 하고 있다면 『태평가』는 그러한 정서가 크게 바뀌지 않은 상태에서 시적 관심이 사회, 정치적 차원에로 확대되어 있다. 또한 『태평가』에서 보인 사회, 정치적 관심이 소재적 차원에 한정되어 있는 반면 『나는 바퀴를 보면 굴리고 싶어진다』에서의 상상력은 자아와 사회 사이의 팽팽한 긴장감이 느껴지며 이 속에서 패배하고 좌절하기보다 능동적으로 사회에 대응하고 이를 넘어서려고 하는 자아의 강한 충동과 의지가 반영되어 있음을 알 수 있다. 이러한 시인의 변모의 궤적을 살펴볼 때 20여년에 걸쳐 창작된 초기시 전편에는 시적 자아가 사회와 관계 맺고 대응하는 양상이 가장 굵은 줄기로 내재되어 있다고 판단할 수 있을 것이다.

다시 말하면 『어떤 개인 날』 등에 그려지고 있는 허무하고 우울한 정조는 혁명의 좌절을 경험한 4·19세대의 보편적 특질을 통해 확인할 수 있으며 이러한 정조를 지녔던 시인의 내면 세계는 이후 『태평가』, 『나는 바퀴를 보면 굴리고 싶어진다』 등에서 다름 아닌 시인의 실존과 사회와의 역동적 상호 작용에 따라 변화, 성장해 갈 수 있었던 것이다.

황동규의 시의 변모 과정을 살펴보면 그가 시에서의 정해진 답을 상정하고 그에 자신을 꿰어맞추는 전개 과정을 보이지 않았음을 알 수 있다. 그는 시대와 상황에 정직하고 성실하게 임하였으며 그 속에 매몰되고 굴복해간 것이 아니라 자신의 내면 속에서 자기 자신과 시대를 함께 넘어설 수 있는 힘을 끊임없이 구하였다. 이러한 노력과 모색이 그의 시를 삶과 유리되지 않게 하였고 또한 시적 열정을 50년간이나 지속시킬 수 있던 근거일 것이다.

대강의 검토에서 일별해 본 것처럼, 60년대에 등단하거나 이 시기에 활발히 문학적 세계를 구축한 시인들에게서 발견할 수 있는 것들은 하나같이 이 시대를 어떻게 견디고 살아나갈 것인가에 대한 천착과 그에 대한 치열한 몸부림이라 할 수 있다. 이를 '근대화 과정에서의 자아정체성 찾기'라는 규정할 수 있거니와 이렇게 탐색된 '자아정체성'들은 난만히 꽃피웠던 70~80년대 문학의 거울이나 전사(前史)로 자리매김될 수 있는 매우 소중한 자산이라 하겠다.

제 2 부
1960년대 시인 연구

생태학적 상상력과
낙원의식

1. 생명에 대한 전위적 자각

1960년대는 사회적으로나 정치적으로 격변의 시대였다. 4·19로 대표되는 민중의 저항이 있었는가 하면, 이와 맞서는 5·16 군사정변도 있었다. 그리하여 우리 사회는 긍정적이든 부정적이든 이러한 시대적 환경과 분위기로부터 자유로울 수 없게 되었다. 1960년대의 시나 시인을 논할 때 신동엽 시인에게 눈을 돌리게 되는 것도 이러한 사회적, 정치적 분위기와 무관하지 않다. 그의 작품들에는 다른 어떤 시인들의 경우보다 이와 관련된 담론들을 많이 내포하고 있기 때문이다.

신동엽은 50년대 말에 문단에 나와 60년대에 문학의 꽃을 피우고 곧바로 사라진 찬란하면서도 슬픈 운명을 간직한 시인이었다. 여기서 찬란하고 슬프다고 하는 것은 그가 지향한 문학이 한 시대의 중심으로 우뚝 솟았는가 싶더니 너무 빨리 그곳으로부터 떨어져 나왔다는 뜻에서이다. 그는 너무 가쁘게, 그러면서도 의미 있게 살다 갔다. 그가 민족이나 민중을 위해서 내밀었던 이념의 촉수들이 저 근원 속에서 뿌리를 내리기 전에 소멸되어 버린 것이다. 그러나 그가 내보인 이념적 자장들의 폭과 깊이는 대단히 큰 것이었다. 그에 대한 수많은 평가와 연구들이 있어 왔고, 현재에도 계속 진행되고 있는 것은 바로 이러한 이유 때문이라 할 수 있다.

신동엽에 대한 연구 및 평가들은 하나의 일관된 편협성 속에 진행되어 왔다고 생각된다. 해방 이후 진행된 한국 현대사의 전도된 현실과 왜곡된 가치에 기대어 보면, 이런 현상들은 어느 정도 수긍이 가는 측면이 있다. 특히 현실 지향적인 그의 시는 한국 현대사의 왜곡된 흐름 속에서 더욱 주목의 대상이 되기도 했다. 그러나 그에 대한 이러한 단일한 평가들은 현실 정향적인 필요와 그 기대를 예상한 연구자의 만족도를 높여 줄 수 있을지언정 그의 시가 내포하고 있는 판과 틀을 모두 드러내 주기에는 어느 정도 한계가 있었던 것이 사실이다. 문학이 어떠한 이념이나 세계관을 담지하고 있다고 하더라도 그것은 일차적으로 상상력의 산물이다. 그러한 까닭에 일면적인 해석이나 단일한 평가들은 오히려 각각의 시인마다 가지고 있는 다층적인 문학세계를 그 본질로부터 멀어지게 할 위험성이 있다. 다행히도 최근에 들어 신동엽 시에 대한 여러 해석들이 진행되고 있는데, 이는 시인의 시 세계를 어느 한 부면에 고정시키지 않고 더욱 넓혀가는 좋은 계기라고 판단된다.

본고가 신동엽의 시를 생태학적 상상력의 관점으로 이해하고자 하는 것도 그의 시를 둘러싼 최근의 다양한 논의에 부응하고자 하는 의도에서이다. 실상 신동엽의 시에는 민중민주에 대한 이념뿐 아니라 유기체적 상상력, 도가적 상상력, 근원적 상상력 등이 다양하게 변주되어 나타난다. 이러한 사실들은 그의 시가 다양한 소재와 영역에 걸쳐 있는, 매우 포괄적인 시 세계로 직조되어 있음과 동시에 시대를 앞선 예지자의 모습 또한 일러주는 것이기도 하다.

신동엽 시의 한 축을 구성하고 있는 생태주의가 우리 문학의 화두로 대두하기 시작한 것은 그리 오래된 일이 아니다. 잘 알려진 것처럼, 생태학적 상상력이나 그 문화적 적용에 대한 분분한 논의들은 1990년대 들어와서 시작된다. 80년대 말부터 시작된 민중민주운동의 쇠퇴와 소련 동구의 해체에 따른 운동권의 방향 상실, 그리고 유행처럼 번진 포스트모던의 해체주의적 사고에 대한 반성과 그 안티테제에 대한 방향 모색 등이 새로운 패러다임을 요구하기 시작한 것이다. 게다가 전세계에 불어닥친 자연과학의 도구성과 환경에 대한 경각심은 대항 담론의 필요성을 더욱 절실하게 만들었다. 생태학적 담론이 급부상하게 된 것도 그러한 패러다임과 대항 담론의 필요성 때문이라는 것은 잘 알려진 바와 같다.

이렇게 본다면, 생태학적 상상력은 신동엽이 생산해 내었던 문학적 담론보다 무려 30년 뒤의 일이 된다. 이러한 사실은 그 세월의 거리만큼이나 신동엽 시의 예지성을 말해주는 것이고, 선구자로서의 신동엽 시인의 위치를 확고하게 만들어주는 것이라 할 수 있다.

2. 문명 비판과 생태학적 상상력

60년대 초 혁명을 일으킨 정부가 행한 일은 크게 두 가지로 요약할 수 있다. 하나는 철저한 반공주의이고, 다른 하나는 낙후된 한반도를 근대화시키는 일이었다. 방법이 서로 다르긴 하지만, 이 둘의 지향점은 혁명정부의 취약한 정치적 기반을 강화하기 위한 수단이었다는 점이다. 이 가운데 무엇보다 우리의 주목을 끄는 것은 제1차 경제개발 5개년 계획으로 일컬어지는 산업화, 공업화 정책이다. 그것이 어떤 목적으로 추구되었든 군사정부의 경제개발은 한국 사회를 농업 중심에서 산업 중심으로 바꾸어 놓는 획기적인 계기가 된다. 그리하여 미약한 형태로나마 근대성의 범주로 묶어둘 수 있는 제반 현상들이 서서히 생겨나기 시작했다.[1] 그러한 근대화에 대한 체험들은 시인들에게는 어쩌면 걷잡을 수 없는 환희와 희열로 다가온 4·19의 순간적

[1] 김윤태, 「4·19혁명과 민족 현실의 발견」, 『민족문학사강좌』(민족문학사연구소편), 창작과비평사, 1995, pp.236~237.

경험보다도 더욱 더 문제적이고 강렬한 것이었는지도 모른다.

이와 더불어 그들에게 남겨진 또하나의 유산은 전쟁 체험이다. 물론 현재에도 한국사회가 전쟁의 영향으로부터 자유로운 것은 아니지만 신동엽이 등단한 50년대 후반이나 60년대란 전쟁의 여러 병리적인 현상들과 곧바로 연결되어 있었던 까닭에 이로부터 벗어나는 것은 대단히 어려운 일이었다. 전쟁이란 도구적 이성의 결과이다.2) 생태학적 사고를 낳게 한 인간중심주의도 도구적 이성에 그 원인이 있다. 따라서 60년대의 감수성을 어느 하나의 현상으로만 설명하기에는 충분치가 않은 이유가 여기에 내재되어 있다. 그것은 60년대만이 안고 있었던 특수한 시대적 흐름의 결과가 아닐 수 없다. 신동엽의 문명에 대한 사유와 비판들이 다층적인 것은 이러한 이유 때문이다.

> 黃河期를 벗어나 중세, 근대, 현대에 걸친 인류의 노력은 이상한 괴물 같은 거대한 축대 위에 先業을 이어 받아가며 거의 맹목적 관습적 동작으로 돌을 쌓아 올리는 일로 집중되어 오고 있다. 우리 시대의 문명은— 과학적 발전, 정치이론의 진보, 언어수사학의 개화 등은 모두 이 축대 위에서 피어났다. 이 축대는 그 체계 밑에서 일하고 있는 만인의 눈에 한편 구석에 서 있는 한 그루 고목으로서가 아니라 세계 자체, 말하자면 절대적 全一者, 바로 그것으로 인식되어져 오고 있는 것이다. 唯物과 唯理, 자연주의와 낭만주의, 실존과 이상 등 동일한 고목 위에 피어난 이들 버섯은 불행히도 자기들 스스로가 세계적 조화를 이루는 데 불가결한 절대적 성립자, 다시 말해서 뿌리를 달리하고 있는 자립적 나무들이라고 착각되어 왔던 것이다.3)

이 글은 문명에 대한 신동엽의 입장을 잘 이해할 수 있는데, 이는 대략 다

---

2) 그러한 까닭에 전후는 근대성에 대한 반성적 성찰의 과제로 모더니즘이 발생할 수 있는 가장 좋은 토양이 된다. 또한 여기서 덧붙여야 할 것은 1950년의 한국 전쟁이 그 성격상 이데올로기적 성격이 강하다고 하더라도 근대의 제반 현상과 분리하여 생각하는 것은 불가능하다는 점이다.

3) 신동엽, 「시인정신론」, 『신동엽전집』(증보판), 창작과비평사, 1992.

음 두 가지 점에서 그러하다. 우선 문명에 대해 진화론적인 입장을 취하고 있는 점이 그 하나다. "이상한 괴물같은 거대한 축대 위에 선업을 이어 받아 가며" 과학과 정치, 즉 문명이 발전적 진화를 거듭해 왔다고 보기 때문이다. 진화론은 근대가 선보인 대표적 사상이기도 하지만, 시간구성상으로 볼 때도 직선적이고 선조적이다. 얼핏보면 대단히 평범한 것이라고 할 수 있지만, 좀더 세밀히 들여다보면 신동엽의 반문명적 태도를 읽을 수 있는 부분이기도 하다. 그것은 문명에 대한 비판과 그 대안적 담론으로 그가 내세운 것이 원시적 사유인데, 원시적 감수성은 시간구성상 주기적, 순환적 특징을 갖고 있기 때문이다. 그리고 이 글에서 읽을 수 있는 다른 하나의 특징은 문명의 본질일 수 있는, 그것이 가지고 있는 비종합적, 비통합적인 독선적 사유태도이다. 각각의 문명과 그 사유들은, 그의 말을 빌면, "자기들 스스로가 세계적 조화를 이루는데 불가결한 절대적 성립자"로 스스로 착각해 왔다는 것이다. 이러한 인식이야말로 현대의 위기, 곧 화해불가능한 대립의 주요인이라는 것이다.

이러한 전제 속에서 신동엽의 문명에 대한 비판은 실로 가열차면서도 냉혹하게 진행된다. "모든 것은 상품화해 가고 있다"라거나 "세계는 맹목기능자의 천지로 변하고 말았다"처럼 문명을 물신화나 상품화로 인식하는가 하면, 이성적 산물의 꽃이라 할 수 있는 첨단 무기의 개발과 그 사용에 대한 역설적 인식을 드러내기도 한다. 가령, "비행기에 탑승한 일개 類猿人이 던진 성냥갑만한 화약에 의하여 순식간에 50만의 시민이 죽으면서도 거기 항거하여 단 한 마디 입벌릴 壯士는 없었던 시대"라고 하면서, 다른 한편으로는 "그것은 오히려 인류 분업문화의 빛나는 성과로서 하늘 높이 찬양됐던 것이다"와 같은 비아냥에까지 이르는 것이다.

문명에 대한 신동엽의 이러한 진단은 원수성(原數性), 차수성(次數性), 귀수성(歸數性)이라는 자신만의 독특한 개념화를 통하여 표명된다. 그의 표현에 따르면, 원수성은 땅에 누워있는 씨앗의 마음이고, 차수성은 무성한 가지 끝마다 열린 잎의 세계이며, 귀수성은 열매 여물어 땅에 쏟아져 돌아오는 씨앗

의 마음이다. 곧 원수성은 자아와 세계가 동일화된 유토피아적 세계, 차수성
은 그러한 동일화로부터 분리된 상태이며, 귀수성은 다시 원수성으로 돌아
가고자 하는 일종의 회복운동에 해당된다. 신동엽의 이러한 세계인식은 서
구의 영원한 3대 서사구조4)에 기대고 있는 것으로 보이지만, 그러나 그가
어디서 시사받았든 현재의 위기는 원수성의 상실, 다시 말하면 세계로부터
떨어져 나온 자아고립에서 비롯된 것으로 판단된다. 신동엽은 그러한 유토
피아의 상실원인을 '분업문화'의 탓으로 돌리고 있다. 그에 의하면, 분업이란
자본주의 문명을 상징하는 것이면서 인간을 자연으로부터 분리시켜 단순한
기능인으로 전락시킨 주범이 된다.

  기능인으로의 전이나 자연으로부터의 일탈은 생태주의적 관점에서 보면,
인간중심적 태도에 그 원인이 있다. 현대 과학기술의 모태가 된 인간 우위의
사고는 '힘으로서의 지식'을 내세운 베이컨의 근대적 패러다임, 자연의 비신
격화와 동일한 맥락에서 정신과 물질을 분리시킨 데카르트의 이원론에 그
근저를 두고 있다. 이러한 태도는 인간으로 하여금 인간이 자연의 일부가 아
니라 자연의 주체로 존재한다는 사유를 각인시켜왔다. 인간이 자연의 주체
가 되면 될수록 정신과 물질이 통합되는 사유는 그만큼 멀어진다고 할 수
있다. 따라서 신동엽이 분열된 정신의 틈새를, "문명에 관습되어 온 소위 현
대식 지성인이라고 불리워지는 소시민들의 정신적 둥근 원은 고층건물과 고
층건물 사이의 거리를, 숙소와 직장과 오락장과의 사이를 또는 書名과 人名
과 개념과 개념과의 정신적 거리를 직경으로 하여 돌려 그린 원의 크기와
동등하다"로 이해한 것은 매우 탁월한 지적이었다고 할 수 있다.

  인간이 자연에 대해 우위적 존재가 아니라 그것의 일부라는 인식은 현대
생태학의 기본이다. 근래의 서양 철학적 사조들이 인간중심주의가 아니라
자연중심주의로 전환되어야 한다는 것, 인간은 자연을 소유하는 것이 아니
라 자연과 더불어 존재한다는 것으로 인식의 대전환을 촉구하고 있는 것도

---

4) 여기서 말하는 서구의 영원한 3대 서사구조란 기독교의 기본틀인 낙원사상→추방 및 타
   락→회복운동을 지칭한다.

이러한 시대적 흐름의 반영의 결과이다. 실상 신동엽의 선구적 예지를 읽을 수 있는 부분도 여기이다. 그는 현대의 생태학적 흐름을 문화사적으로 다른 누구보다도 먼저 그리고 탁월하게 이해하고 있었기 때문이다.

> 인류의 봄철, 인종의 씨가 갓 뿌려져 움만이 트였을 세월, 기어다니는 짐승들에겐 산과 들과 열매만이 유일한 의지요 고향이었으며, 어머니 유방에 매어달린 갓난 아기와 같이 그들과 대지와의 음양적 밀착관계 외엔 어느 무엇의 개재도 그 사이에 용납될 수 없었을 것이다. 그곳은 에덴의 동산, 곧 나의 언어로 原數性 世界이어서 그곳에 次數性 世界 建築같은 것을 기획하려는 기운을 아직 찾아볼 수가 없었던 것이다.[5]

신동엽이 이해한 원수성의 세계란 인간과 대지가 음양적 밀착관계를 유지하고 있는 세계이다. 이곳은 인간의 우위도 자연의 우위도 없는 비층위화된 공간이며, 조화와 상생의 공간이다. 또한 분업화된 세계가 아니라 종합화된 세계이며, 자아와 세계는 일체화된 관계를 유지하고 있는 곳이다. 인간과 자연을 구분하는 이원론적인 사고 태도가 거부되고 종합적, 유기적으로 사고하는 세계가 신동엽이 개념화한 원수성의 세계인 셈이다.

인간중심주의나 기술중심주의에 대한 포기와, 물질과 정신을 구분하는 이원론적 사유 양식에 대한 지양은 모든 생태학적 담론들이 지향하는 공통의 지평이다. 이들 담론들은 자연으로부터 떨어져 나온 어떠한 가치도 인정하지 않으며, 오직 인간과 자연의 상생 속에서만 그 의미를 찾고 있다. 그 종합태가 바로 건강한 생명의 현현이다. 이럴 경우 생명이란 인간만의 것도 아니고, 자연 또한 생명이며, 그 둘의 조화와 상생이야말로 진정한 생명의 장이란 인식에 다다르게 된다. 신동엽이 종합화된 인간의 의식, 곧 원수성의 세계를 강조하면서 "시란 바로 생명의 발현이다"라고 한 것도 이러한 이유 때문이다.

---

5) 신동엽, 「시인정신론」, 『전집』, p.365.

3. 신동엽 시에 나타난 생태학적 상상력의 두 가지 양상

1) 인간과 자연의 조화

현재 다양한 방향과 관점에서 논의되고 있는 생태론은 환경의 오염과 그에 따른 인간 생명의 위기에서 비롯된다. '하나뿐인 지구'라는 희소성과 그위에 뿌리내리고 살아가는 인간들의 절박성이 어루어져 만들어 낸 대항담론이 바로 생태학적 상상력인 것이다. 이 입장에서 보면, 현재의 위기는 인간과 자연을 구분하는 합리성에 그 원인이 있고, 따라서 그러한 위기를 극복하기 위해서는 이를 통합시키는 생태학적인 인식 전환이 필요하다는 것이다.6) 이러한 태도는 환경의 오염이라든가 위기, 혹은 그에 대한 비판이나 대안 제시와 같은 직접성과는 거리가 멀지만, 자연에 대한 인간중심적 사고에 일대전환을 가져왔다는 점에서 심층 생태론의 중심으로 자리잡고 있다.

미약한 형태로나마 근대의 여러 경험을 겪은 신동엽이 그것에 대해 내린진단은 부정적인 것이었다. 1960년대 초반에 무슨 근대성 운운할만한 여지가 있었겠느냐고 반문할지 모르겠지만, 이미 이보다 앞선 식민지 시대에 한국 문학은 근대성의 여러 현상들을 경험한 터이다. 물론 이러한 체험을 두고불구화된 것이었다거나 왜곡된 것이었다고 비판할 수도 있다. 그러나 그 비판이 어떠하든 간에 그것은 이미 우리 문학사의 한 축으로 자리잡고 있다. 가체험이나 선체험이 가능한 것이 문학이기 때문이다.

---

6) 환경문제를 해결하려는 움직임은 크게 두 갈래로 나뉘어지는 바, 하나는 기술론이 다른 하나는 생태론이다. 기술론은 환경문제 해결을 위해 기술을 어떻게 활용하느냐에 따라 해결될 수 있다는 것이고, 생태론은 환경개선을 위한 기술 역시 인간중심주의적인 것이기 때문에 환경의 진정한 해결을 위해선 그러한 사고 태도를 먼저 버림으로써 가능하다고 한다. 또한 생태론은 심층생태론과 사회생태론으로 나뉘는데, 전자는 자연과의 합일성 속에서, 후자는 합리성에 대한 반성적 성찰 속에서 환경의 위기를 극복할 수 있다고 한다. 자세한 것은 임도한, 「한국 현대 생태시 연구」, 고려대 박사논문, 1999, pp.13~14 참조.

아스란 말일세, 平和한 남의 무덤을 파면 어떡해, 田園으로 가게, 田
園 모자라면 저 숱한 山脈 파 내리게나.

고요로운 바다 나비도 날으잖는 봄날 노오란 共同墓地에 소시랑 곤두
세우고 占領旗 디밀어 오면 고요로운 바다 나비도 날으잖는 꽃살 이부
자리가 禮儀가 되겠는가 말일세.

아스란 말일세, 잠자는 남의 등허릴 파면 어떡해. 논밭으로 가게 논밭
모자라면 저 숱한 山脈, 太白 티벹 파밀高原으로 기어 오르게나. 하늘 千
萬개의 삽으로 퍽퍽 파헤쳐 보란 말일세.

아스란 말일세. 흰 젖가슴의 물결치는 거리, 소시랑 씨근대고 다니면,
불쌍한 機械야 景致가 되겠는가 말일세.
간밤 평화한 나의 조국에 기어들어와 사보뎅 심거놓고 간 자 나의 어
깨 위에서 사보뎅 뽑아가란 말일세.

정배기에 소나무 꽂으고 行進하는 자 그대는 垈地인가?
새파란 나이야 풀씨 물고 숫제 草原으로 달아나 버리게.

그러기 아스란 말이시네. 경치가 아니시네. 엉덩이에 記念塔 심거지
면 기껏, 그거냔 말일세.
무너져 버리게. 어제까지의 땅 삽으로 질러 바다 속 무너 느버리고
숫제 바다로 쏟아져 버리게.

고요로운 바다 나비도 날으잖는 봄날 共同墓地에 소시랑 곤두세우고
占領旗 디밀어 오면
다시는 그런 버르장머리, 다시는 분즐어놓고 말겠단 말일세.

「機械야」 전문

이 시에서 기계는 문명의 표상이다. 그런데 이 기계는 마구 질주하면서

거침없이 우주론적인 질서의 세계로 파고든다. 그리고는 마구 헤집고 다니면서 전혀 거리낌없는 자세로 평화를 파괴하기도 하고 고요를 깨뜨리기도 한다. 한마디로 그것은 제동장치를 상실한 채 질주하는 근대의 수레이면서 평화와 자연의 파괴자이다. 이렇듯 기계로 상징되는 문명의 부정적 양태들은 인간중심주의인 사고가 낳은 결과이다. 인간만을 위한 논리들이 거식증에 걸린 환자와 같이 자연을, 우주의 질서를 개발하며 파괴해 온 것이다.

자연과 인간의 불균형, 그리고 자연에 대한 인간의 우위는 환경과 생태적 위기의 근본 동인들이다. 20세기 후반에 들어 서양의 물질문명과 문화가 낳은 오류들은 인간의 생존 조건들에 대해 많은 경각심을 불러일으켰다. 그 연장선에서 환경 문제와 결부된 생태계의 변화라든가, 수질 오염, 대기 오염 등등의 문제 해결을 위한 현대인의 각성과 이에 대한 근본적 패러다임의 변화를 요구하기에 이른 것이다. 그리하여 이러한 문제에 대한 해결 방안으로 이미 서구에서는 그들 사상의 한계와 그에 대한 대안으로 동양적 사고에 주목한 바 있다. 이들이 동양적 사유방식, 특히 노장 사상 등에 관심을 기울이게 된 것은 베이컨적인 귀납적 사유나 데카르트적인 연역법, 혹은 기계론적인 사유보다는 동양의 직관 사상이나, 유기체론적 사고, 사물에 대한 총체적인 사유 등이 인간과 환경의 문제를 해결하기 위한 실마리를 제공해 줄 수 있다고 믿었기 때문이다. 즉 서양의 분석적 사고보다는 동양의 종합적 사고가 보다 더 환경친화적이며 자연친화적인 사고라고 판단했던 것이다. 1960년대 시인이었던 신동엽의 생태학적 사유가 더욱 빛을 발하는 것도 이 대목에서이다. 그는 문명에 대한 비판과 그 대항 담론으로서 동양적인 노장 사상에 주목한 유일무이한 시인이었기 때문이다.[7] 다음과 같은 절창이 이를 잘 말해준다.

---

7) 신동엽을 도가적 상상력의 관점에서 고찰한 훌륭한 논문으로 김종철의 것이 있다. 김종철, 「신동엽의 도가적 상상력」, 구중서편, 『민족시인 신동엽』, 소명출판, 1999 참조.

좁아 너의 고운 얼굴 조석으로 우물가에 비쳐이던 오래지 않은 옛날
로 가자

수수럭거리는 수수밭 사이 걸찍스런 웃음들 들려 나오며 호미와 바
구니를 든 환한 얼굴 그림처럼 나타나던 夕陽―

구슬처럼 흘러가는 냇ㅅ물가 맨발을 담그고 늘어앉아 빨래들을 두드
리던 傳說같은 풍속으로 돌아가자

눈동자를 보아라 좁아 회올리는 무지개빛 허울의 눈부심에 넋 빼앗기
지 말고
철따라 푸짐히 두레를 먹던 정자나무 마을로 돌아가자 미끈덩한 기
생충의 생리와 허식에 인이 배기기 전으로 눈빛 아침처럼 빛나던 우리
들의 故鄕 병들지 않은 젊음으로 찾아가자꾸나

좁아 허물어질가 두렵노라 얼굴 생김새 맞지 않는 발돋움의 흉낼랑
그만 내자
들菊花처럼 소박한 목숨을 가꾸기 위하여 맨발을 벗고 콩바심하던 차
라리 그 未開地에로 가자 달이 뜨는 명절밤 비단치마를 나부끼며 떼지
어 춤추던 전설같은 풍속으로 돌아가자 냇ㅅ물 구비치는 싱싱한 마음밭
으로 돌아가자

「좁아」 전문

　　인용시는 '가자', '돌아가자', '찾아가자'에서 보듯 어떤 그리움에 대한 짙
은 페이소스를 드러낸 작품이다. '가자'나 '찾아가자'와 같은 호소적 언사들
에 시적 자아가 살고 있는 현실에서는 채워지지 않는 내적 욕망이 잠재되어
있다는 인식이 깔려 있다. 그러한 잠재의 상징들이 '전설같은 풍속'이나 '싱
싱한 마음밭'과 같은 근원들이다. 일반적으로 근원이란 흔히 문명 이전의 모
든 것, 곧 자연과 인간이 분화되기 이전의 세계를 말한다.[8] 그러한 세계에서
는 인간이 주체가 된다거나 자연이 물질의 수단으로 전락하지 않는다. 물질

과 정신이 통합된 유기적인 세계, 일원론적인 사고만이 지배하는 종합의 세계이다. 이러한 비인간중심적인 사고야말로 자연을 문명으로부터 구할 수 있으며, 개발로부터 보호할 수 있는 것이다. 또한 그렇게 보호된 자연만이 인간에게 온존한 삶의 조건을 제공할 수가 있다고 보는 것이다.

> 들길을 가루 질러 달구지가 지나갔다.
> 낯 익은 얼굴들이 호박처럼 매달려
> 메마른 돌밭 위에 부숴져 가고 있었다.
>
> 벗이여, 눈보라 쌓이는 밤
> 이리의 겨드랑에 손을 넣으면,
> 다스운, 다순 피가 안 돌고 있을 것인가.
>
> 벗이여, 廣漠한 原始林.
> 人間된 거죽 훌훌이 찢어 던지고
> 산돼지 되어 두더지처럼 살아 갈 순 없단 말인가.
>
> > 「이야기하는 쟁기꾼의 대지」 부분

자연과 인간의 분화, 그리고 자연에 대한 인간의 주체화는 실상 팽창해가는 인간의 욕망, 곧 자본주의 문화의 결과이다. 산업 혁명 이후 자연에 대한 기술적 지배들은 인간으로 하여금 그 속에 내재된 욕망들을 끊임없이 자극해 왔다. 그것이 하나뿐인 지구에 대한 절박성을 불러일으켰고, 생태학적인 일대 전환을 가져오게 한 것이다. 인용시에서 보듯 인간이라는 경계를 지워버릴 때, 사람은 자연의 일부가 된다. 신동엽은 자연에 동화됨으로써 인간과 대지가 하나가 되는 이상향을 이렇듯 절실하게 꿈꾼다. 그가 문명을 거부하고 상실된 생명을 회복하고자 하는 원시주의적 태도로의 지향은 인간과 자

---

8) 김창완, 『신동엽시연구』, 시와 시학사, 1997, pp.154~155. 김창완은 신동엽 시의 특징을 원시주의적 상상력으로 해석한다.

연이 상생하는 생태론에 그 바탕을 둔 것이다.

그리고 노장사상에서 말하는 무위(無爲)란 생태학적 상상력의 모범을 우리에게 시사해준다.9) 무위란 모든 인위적인 것을 거부하는 자연그대로 노출되어 있는 알몸의 상태이다. 신동엽 시인의 작품에서 자주 등장하는 알맹이 사상이란 바로 이런 것이며, 그 많은 개념적 확산과 논란에도 불구하고 「껍데기는 가라」에서의 '중립'의 개념 역시 실상은 노자의 무위 사상, 곧 생태학적 상상력과 연결되어 있다는 것이 필자의 판단이다.10)

껍데기는 가라
四月도 알맹이만 남고
껍데기는 가라

껍데기는 가라.
東學年 곰나루의, 그 아우성만 살고
껍데기는 가라.

그리하여, 다시
껍데기는 가라.
이곳에선, 두 가슴과 그곳까지 내논
아사달 아사녀가
중립의 초례청 앞에 서서
부끄럼 빛내며. 맞절할지니

껍데기는 가라.
한라에서 백두까지
향그러운 흙가슴만 남고

9) 안관수, 「문명의 위기와 노자의 생태학적 환경윤리」, 『교육연구』19, 원광대학교 교육문제 연구소, 2000. 12.
10) 김종철도 '중립'의 개념 속에는 무위도 포함되어야 함을 적절히 지적한 바 있다. 김종철 앞의 논문 참조.

그, 모오든 쇠붙이는 가라.

「껍데기는 가라」 전문

이 작품에서 '껍데기'와 '쇠붙이'는 등가의 개념이다. 마찬가지로 '알맹이'
와 '중립', 그리고 '향그러운 흙가슴' 역시 동일한 개념이다. 전자가 인위적
인 것이라면, 후자는 무위적인 것에 해당된다. 노장 사상에서 무위란 글자
그대로 '아무 것도 하지 않는다'를 의미하는 것이 아니다. 그것은 '조작성'과
'인위성' 없이 행동한다는 뜻을 담고 있다.[11] 이렇게 이해될 때 '두 가슴과
그곳까지 내논' 행위의 의미를 읽어낼 수 있다. 조작한다는 것 자체가 이미
비자연적인 행동이며, 인간중심주의적인 태도이기 때문이다.

한편 이 작품을 생태학적 상상력으로만 읽기에는 어려운 점이 없지 않다.
'四月', '동학년 곰나루의 아우성'이 함의하고 있는 의미에 주목할 때 특히
그러하다. 그러나 이 시에서 시사하는 그러한 사회적 변혁 운동들 역시 결국
은 인간의 생존 조건과 관련되어 있다는 점에서 생태학적 상상력이라고 할
수 있다. 생태학이 내세우는 것이 인간과 자연의 수평적 관계이고, 궁극적으
로는 그러한 관계 속에서 보다 나은 인간의 삶의 조건을 추구하고 있는 것
이기 때문이다.

2) 인간과 인간의 조화

인간중심적인 사고태도를 거부하고 근원을 더듬어 들어가는 신동엽의 사
유체계는 분명 생태학적 상상력으로 설명하기에 충분하다. 그리고 그의 시
에는 자연과 인간의 조화와 그 상생적 삶들에 대한 기원이 집요하게 탐색되
고 있다. 신동엽의 사유는 자연과 인간의 수평적 관계라는 생태학 일반의 사
유를 넘어서서 인간들의 비층위화된 삶에 대해서도 끊임없이 탐색함으로써
생태론적 사유의 깊이를 넓히고 있는 경우이다. 생태학적 상상력이 인간과

---

11) 안관수, 앞의 논문, p.223.

자연이라는 둘만의 공존조건을 주로 문제삼고 있다는 점에서 보면, 신동엽의 시에서 이런 경우는 예외로 비춰질 수도 있다. 생태학적 사유가 자연의 기술적 지배에 따른, 인간 중심주의에 대한 인식의 전환에서 비롯된 것이라는 점 때문이다. 그러나 생태학을 인간과 자연이라는 이분법적 태도로 고정시켜 놓고 볼 필요는 없다는 것이 필자의 판단이다. 「껍데기는 가라」에서 읽어낼 수 있는 민중에 의한, 민중을 위한 삶이라든가, 외세가 배제된 자주적인 삶 등이 결국은 인간의 생존조건과 관련된 것이기에 그것도 넓은 의미에서 생태론적 범주에 넣어도 큰 무리가 없기 때문이다. 실제로 현재 진행되고 있는 생태론적 사유에서는 인간에 대한 인간의 지배가 자연에 대한 인간의 지배보다 선행된 것으로 보고 있다.12) 이와 더불어 신동엽의 시세계에서 드러나는 인간과 인간의 조화 혹은 이들 사이의 수평적인 관계가 유교적 삶에 대한 거부와 그 안티테제로서 도가적 삶에의 지향 속에서 천착되고 있다는 사실도 그의 생태론적 사유를 밝혀주는 좋은 단서가 된다. 인간들 사이의 지배나 예속, 그리고 인위성, 가공성을 거부하는 도가적 삶이야말로 현대의 생태적 패러다임이 요구하는 가장 이상적인 삶이기 때문이다.

> 언제부터였을까,
> 살림을 장식하기 위해 백성들 가슴에
> 달았던 꽃이, 백성들 머리 위 기어올라와,
> 쇠항아리처럼 커져서 백성 덮누르기
> 시작한 것은
>
> 언제부터였을까, 산짐승, 有閑약탈자
> 쫓기 위해 백성들 문밖 세워뒀던 문지기들이,
> 안방 기어들어와 상전노릇 하기
> 시작한 것은,
> 李朝 5백년의

---

12) 이진우, 『녹색 사유와 에코토피아』, 문예출판사, 1988, p.182.

王族,
그건 中央에 도사리고 있는
큰 마리낙지.
그 큰 마리낙지 주위에
수십 수백의 새끼낙지들이 꾸물거리고 있었다.
정승배, 大監마님, 兩班나리, 또 무엇

「금강」 제6장

조선 오백년을 이끌어 온 지도이념은 성리학이다. 그것은 봉건 사회를 통치하는데 있어 순기능을 담당하기도 했지만, 역기능 또한 많았던 것이 사실이다. 반상(班常)과 같은 신분 제도를 만들어 인간을 위계질서화시켰는가 하면, 그러한 서열화를 통하여 인간이 인간을 지배하는 것을 정당화시키기도 했다. 뿐만 아니라 남녀의 차별이나 적서의 차별과 같은 비인간적인 관습 역시 만들어냈다. 신동엽이 말하고자 하는 것도 조선의 역사가 남긴 그러한 층위적 문화에 대해서이다. 곧 큰 마리낙지와 그 밑에 기생하는 여러 새끼낙지의 위계질서화된 삶의 양식과 같은 것이었다. 이는 유교 문화가 낳은 지독한 인간중심주의의 결과에서 비롯되는 것이다.

인간중심적인 유교와 달리 대부분의 동양 사상은 종합주의적인 것이다. 대표적인 동양 사상 가운데 하나인 天·地·人 三才 역시 그러한 사고 태도를 잘 보여준다. 천과 지를 자연이라고 한다면 인간은 결국 자연과 교합하는 존재이기 때문이다. 그런데 유교적 삶의 태도는 그러한 자연과의 상생은 고사하고 인간 내의 층위까지 만들었을 뿐만 아니라 인간 위에 군림하는 또 다른 주체로서의 인간까지 만들어버렸다. 인간과 자연의 수평적 통일과 인간들 사이의 수평적 관계를 탐색하는 신동엽의 유교비판은 여기서 연유한다. 그리하여 인간의 평등을 희구한 그가 이 세상의 모든 사물을 동일한 가치나 위치로 보는 동학의 이념에 이르게 되는 것은 대단히 자연스럽다고 하겠다.

水雲이 말하기를
하눌님은 콩밭과 가난
땀흘리는 사색 속에 자라리라.
바다에서 조개 따는 소녀
비 개인 오후 미도파 앞 지나는
쓰레기 줍는 소년
아프리카 매 맞으며
노동하는 검둥이 아이,
오늘의 논밭 속에 심궈진
그대들의 눈동자여, 높고 높은
하눌님이어라

水雲이 말하기를
강아지를 하눌님으로 섬기는 자는
개에 의해
銀行을 하눌님으로 섬기는 자는
은행에 의해
미움을 하눌님으로 섬기는 자는
미움에 의해 멸망하리니,
총 쥔 자를 불쌍히 여기는 자는
그, 사랑에 의해 구원받으리라.

「水雲이 말하기를」 부분

　　인간과 자연의 조화라든가 수평적 인간관계에 주목한 신동엽이 동학에 이
른 것은 다음 두 가지 측면에서 의미가 있는 것으로 보인다. 첫째는 동학이
반외세, 곧 반 서구적인 사상을 표방했다는 점에서이다. 오늘날 생태주의적
패러다임을 만들어낸 것은 잘 알려진 것처럼 자연과 인간을 분리시키는 서
구의 도구적 합리성이다. 그리고 그것은 다른 한편으로 제국주의를 만들어
낸 근본 요인이기도 하다. 그러한 까닭에 신동엽이 동학을 통해 비판하고자
한 것은 서구의 이분법적인 사고와 인과율, 그리고 그 발현태인 제국주의까

지 연결된 것이라 할 수 있다. 따라서 신동엽의 동학사상의 수용은 왜곡된 인간의 삶의 조건을 회복하고자하는 생태주의적 발상이기도 하면서 탈식민화적 발언이기도 한 것이다. 둘째는 동학이 내세운 만물 평등사상이다. 오늘날 생태주의적 담론과 그 사상적 연원을 탐색해 들어가는 논의들 가운데 대부분이 동학 사상에 주목하는 것도 여기서 그 원인을 찾을 수 있을 것이다.13)

인용시에서 만물 평등사상은 모든 것이 섬겨지는 하눌님 사상으로 표현된다. 곧 하눌님은 대지이기도 하고 조개따는 소녀이기도 하면서 또한 쓰레기 줍는 소년이기도 하고 아프리카의 노예이기도 하다. 이렇게 되면 땅이나 바다와 같은 자연 뿐이라 인간 역시 그것들과 더불어 하나라는 만물 일체사상으로까지 나아가게 된다. 뿐만 아니라 유교적 질서가 만들었을 법한 위계질서적 인간관계도 수평적 인간관계로 바꿔놓음으로써 인간들 사이의 조화나 상생의 사고 역시 잘 보여주고 있다고 하겠다.

이런 맥락에 서면 둘째 연의 의미는 매우 자연스러워진다. 상생의 조화가 붕괴될 때 일어날 수 있는 위험을 경계한 연으로써 아무리 좋은 사상이나 이념도 그것이 독단으로 흐를 때, 종국에 가서는 망할 수밖에 없다는 분파주의적 행동에 대한 경고의 메시지를 담고 있기 때문이다. '총 쥔자를 불쌍히 여기는' 그러한 넉넉한 사랑만이, 곧 독선적인 관념에 매달리지 않는 사고만이 인간의 생명을, 사물의 생명을 구원할 수 있으리라는 것이다.

인간에 대한 평등주의 사상의 구현은 「금강」 12장에서 동학 2대 교주였던 海月의 실천적 삶을 묘사한 장면에서 매우 감동적으로 표현된다. 해월이 동학교도인 서노인의 집에서 저녁상을 받았을 때 옆방에서 베짜는 며느리를 한울님으로 섬겨 같이 식사를 하는 장면과 그 집을 나올 때 따라나오면서 우는 어린아이를 울지 말라고 겁박하는 부모에게 "이 어린 분도 한울님이세요"라고 떠받드는 장면에서 극대화된다.

---

13) 대표적인 예로 홍용희의 경우가 그러하다. 홍용희, 「신생의 꿈과 언어」, 『시와 사상』, 1995년 겨울 참조.

　신동엽은 이렇듯 생태론적인 사유를 동학과 같은 우리의 훌륭한 과거 사상에서 찾고 있다. 그런데 만약 그의 사유체계가 그러한 과거적인 것에 국한되었다고 한다면, 막연한 회고주의라고 비판받을지도 모른다. 경우에 따라서는 이상적 유토피아에 대한 낭만적 주관주의라는 비판을 면키 어려울 수도 있다. 그러나 그는 이를 과거의 지나간 사상의 막연한 반추로 그치지 않는다는 점에서 그러한 비판들로부터 비껴나간다. 그의 시인으로서의 작가적 역량은 그러한 사유들을 현대적 삶 속에서 탐색하고 작품화하는 데서 더욱 돋보이게 된다.

> 　스칸디나비아라든가 뭐라구 하는 고장에서는 아름다운 석양 대통령이라고 하는 직업을 가진 아저씨가 꽃리본 단 딸아이의 손 이끌고 백화점 거리 칫솔 사러 나오신단다. (중략) 남해에서 북강까지 넘실대는 물결 동해에서 서해까지 팔랑대는 꽃밭 땅에서 하늘로 치솟는 무지개 빛 분수 이름은 잊었지만 뭐라군가 불리우는 그 중립국에선 하나에서 백까지가 다 대학 나온 농민들 추럭을 두 대씩이나 가지고 대리석 별장에서 산다지만 대통령 이름은 잘 몰라도 새이름 꽃이름 지휘자이름 극작가이름은 훤하더란다 애당초 어느쪽 패거리에도 총쏘는 야만엔 가담치 않기로 작정한 그 知性 그래서 어린이들은 사람 죽이는 시늉을 아니하고도 아름다운 놀이 꽃동산처럼 풍요로운 나라, 억만금을 준대도 싫었다 자기네 포도밭은 사람 상처내는 미사일기지도 땡크기지도 들어올 수 없소 끝끝내 사나이나라 배짱 지킨 국민들, 반도의 달밤 무너진 성터가의 입맞춤이며 푸짐한 타작소리 춤 思索뿐 하늘로 가는 길가엔 황토빛 노을 물든 석양 大統領이라고 하는 직함을 가진 신사가 자전거 꽁무니에 막걸리병을 싣고 삼십리 시골길 시인의 집을 놀러 가더란다.

> 　　　　　　　　　　　　　　　　　　　　　「散文詩(1)」 부분

　스칸디나비아의 어느 나라를 예로 들어 형상화하고 있는 이 시의 주제는 비특권화된 인간들의 삶이다. 가령, 제3세계 국가나 군부 국가에서 흔히 일을 법한 권위주의라든가 지배 혹은 예속의 관계 등을 이 작품에서는 찾아볼

수가 없다. 인간들 사이에 내재하는 수평적 관계만이 풍요로운 대지적 상상력 속에서 아름답게 구현되고 있을 뿐이다.

그런데 전쟁의 야만과 이데올로기의 냉혹한 현실을 겪은 신동엽으로서는 이와 같은 사회가 우리 사회와는 무관한, 앞의 비판처럼 어쩌면 관념적 유토피아처럼 느껴졌을지도 모른다. 가령, 마지막행의 '가더란다'와 같은 풍문투의 언급 등이 그렇다. 그러나 특권층으로 상징되는 인간에 대한 인간의 지배를 거부하는 그의 생태론적 사유가 지금 여기의 현실 속에서 이렇게 희구되고 있다는 사실만으로도 60년대 초의 시인으로서는 대단한 혜안이라고 할 수 있을 것이다.

자연에 대한 인간의 지배에 의해 촉발된 생태학적 사유는 실제로는 인간에 대한 인간의 지배를 벗어나고자 하는 노력이 내재되어 있다고 하겠다. 그런 면에서 보면 신동엽의 생태학적 사유는 시대를 앞서 나간 매우 선구적인 것이라고 할 수 있다. 많은 논란에도 불구하고 오늘날 생태학적 사유를 유발한 기저에는 인간에 대한 인간의 지배가 선행되어 왔다는 점을 인정하고 있기 때문이다. 따라서 그러한 지배체제를 벗어나야만 자연에 대한 인간의 지배라는, 인간중심주의 사상도 소멸될 것이다. 생태론이 추구하는 진정한 의미도 바로 여기에 있을 것이다.

신동엽은 시대를 앞서서 인간의 삶의 조건을 누구보다도 정확히 응시한 예외적 인물이다. 그는 인간의 풍요로운 삶을 자연과 인간의 상생을 통해서, 동학의 만물평등 사상을 통해서 탐색해 왔다. 비록 그러한 삶들이 당대 현실속에서는 실현되기 힘든 시대착오적인 것이었다고 해도 선구자로서 그의 사상적 가치는 아무리 강조해도 지나치지 않을 것이다. 요컨대 시대적 층위가 있긴 해도 그가 끊임없이 천착해 온 생태학적 사유의 궁극적인 목적이 다음과 같은 무계급적, 무계층적인 '생활의 시대'의 시대가 아니었을까.

우리들에게도
생활의 時代는 있었다.

백제의 달밤이 지나갔다.
고구려의 치맛자락이 지나갔다,

王은,
百姓들의 가슴에 단
꽃.

군대는,
백성의 고용한
문지기.

(중략)

서로, 자리를 지켜 피어나는
꽃밭처럼,
햇빛과 바람 양껏 마시고
고실고실한 쌀밥처럼
마을들은 자라났다.

지주도 없었고
관리도, 은행주도,
특권층도 없었었다.

「금강」 제6장

4. 생태의식에 대한 근원적 감수성

전후의 상처를 어느 정도 딛고 일어선 1960년대는 다방면으로부터 사회적
인 변화가 일어나고 있었다. 그 가운데 대표적인 것이 4 · 19로 대표되는 사

회적, 정치적 변화이다. 그러나 이러한 표면적인 변화 못지 않게 한국 사회
는 자본주의의 도입과 그 실험으로 미약한 형태로나마 근대화가 서서히 진
행되고 있었다. 그리하여 여기서 파생되는 근대성의 제반 경험들이 의식적
이든 무의식적이든 작가들의 감각 속으로 침투해 들어오기 시작했다. 실상
4·19의 혁명의 좌절 속에서 잠시나마 느꼈던 관념적 이상을 어떻게 문학적
으로 실현해 나갈 것인가의 문제도 작가들에게 중요한 것이었지만, 점차 자
기화되는 근대화의 경험들을 어떻게 문학적으로 대처해나갈 것인가의 문제
도 작가들에게는 대단히 중요한 것이었다고 할 수 있다. 1960년대 시인 가운
데 신동엽을 주목을 하는 것도 이러한 이유 때문일 것이다.

신동엽에 대해서는 그동안 많은 사람들의 연구가 있었고, 또 현재에도 활
발하게 진행되고 있다. 신동엽에 대한 연구들은 대부분 민족 민주주의적 관
점이나 운동문학사적 관점에 많은 부분이 할애된 것이 사실이다. 그러나 최
근에 들어 그에 대한 포괄적인 접근이 이루어지면서 다양한 방식으로 그 연
구의 범위가 확산되고 있다. 이 글도 그러한 최근의 경향과 무관하지 않다고
하겠다.

1990년대 들어 화두가 되어버린 생태론적 논의들은 서구에서도 그 역사가
그리 깊지 않다. 1960년대에 들어서 본격적으로 논의가 시작되었으니, 많은
연륜이 쌓인 것은 아니라고 하겠다. 신동엽의 시에서 드러나는 생태학적 상
상력도 1960년부터니까 어쩌면 서구에서 시작된 이론적 논의와 그의 작품은
거의 비슷한 시기에 나왔다고 보겠다. 신동엽의 시인으로서의 예지가 빛나
는 것도 이 부분에서이다.

1960년대 초부터 미약하게나마 전개된 근대화 체험에 대응하는 신동엽의
생태학적 상상력은 크게 두 가지이다. 하나는 자연과 인간의 조화이다. 이는
자연에 대한 인간의 기술적 지배가 낳은 생태론적 위기를 극복하는 대항 담
론에서 기인한 것이다. 인간은 자연의 주체가 아니라 상호 공존하고 공생하
는, 자연의 일부라는 인식의 전환에서 얻어진 것이다. 신동엽이 집요하게 탐
색해 들어간 비인간중심주의적 자연관은 만물일체, 만물평등이라는 동학 사

상에 크게 힘입은 것이다. 그리고 그의 생태론적 사유가 보여준 다른 하나는 인간에 대한 인간의 지배가 아니라 인간 상호간에 존중되는 인간들 사이의 수평적 관계를 추구했다는 점이다. 인간에 대한 인간의 지배를 비판하는 그의 그러한 사유는 매우 선구적인 것이었다. 그것은 그러한 지배구조가 자연에 대한 인간의 지배보다 선행된 것이면서 그 후속이라는 것이 생태론의 기본이기 때문이다.

신동엽은 근대화라는 제반 사유들을 시라는 작은 그릇에 많은 것을 담아 내려고 했던 시인이다. 그가 천착해 들어간 문학적 촉수들이 1980년뿐 아니라 1990년대 그리고 현재에도 현실 속에 짙게 드리워져 있다는 점에서 그러하다. 그만큼 그의 시적 작업은 한 시대를 미리 예견하고 나아간 선구적인 것이었다는 점에서 그 탁월성이 있다고 할 수 있을 것이다.

'누이콤플렉스'와
'허무의식' 넘어서기

1. 현실에 대한 좌절과 허무의 늪

고은은 그의 나이 25세 되던 1958년에 「肺結核」을 조지훈에 의해 추천받아 등단하게 된다. 등단한 후 지금까지 간단없는 창작의 길을 걸어온 고은은 시는 물론이고 소설이나 수필, 평론 등 광범위한 영역을 모두 다루어 왔다. 시를 중심으로 보았을 때에도 그는 한 가지 경향을 고집한 것이 아니라 가장 개인적인 시에서부터 민중 중심의 현실 참여시, 그리고 선시에까지 이르는 폭넓은 시세계를 펼쳐내고 있다. 1960년대에 쓰인 『피안감성(彼岸感性)』, 『해변의 운문집(海邊의 韻文集)』, 『제주가집(濟州歌集)』과 1970년대의 『文義마을에 가서』, 『입산』, 『새벽길』, 1980년대의 『만인보』, 『백두산』, 『조국의 별』, 『전원시편』, 『시여, 날아가라』 등과 1990년대의 『아침 이슬』, 『해금강』, 『거리의 노래』, 『선시 뭐냐』, 『내일의 노래』, 그리고 2000년대의 『남과 북』, 『히말라야 시편』, 『순간의 꽃』 등 평생을 두고 창작에의 열정을 불태웠던 그의 노정은 그칠 줄을 몰랐다. 이 가운데 민중적 세계관을 바탕으로 현실지향적 참여시를 쓰기 시작했던 1970년대 이전의 작품집들, 그러니까 『피안감성』과

『해변의 운문집』, 『제주가집』을 그의 초기시로 분류하는데 대부분 동의하고 있다.

이들 시집들에서는 '고은'하면 우리가 흔히 떠올리게 되는 강하고 힘찬 남성적 이미지의 모습을 기대하기 힘든 것이 사실이다. 여기에는 혼돈과 방황, 허무와 도피의 그림들이 여성적인 어조와 이미지로 채색되어 있기 때문이다. 이들 시집속에서 시인은 지향성을 상실하고 무한한 시간과 공간의 대기를 막막하게 떠다니고 있다.

우리는 고은의 이러한 초기 시적 경향의 바탕으로 6·25 전쟁을 어렵지 않게 떠올릴 수 있다. 전쟁의 비극적 현장과 참상은 감수성이 매우 강한 청소년이었던 고은에게 헤어나올 수 없는 상처를 준다. 특히 고은은 살해되어 매장된 부패한 시신들을 꺼내어 짊어지고 이동시키는 일을 떠맡기도 했던 것이다. 이 때 느꼈던 환멸감 탓으로 고은은 정신착란을 일으켜 여기저기를 정처없이 떠도는 모습을 보이게 된다.[1]

전쟁의 후유증으로 허무주의적 세계인식과 방랑벽을 지니게 된 고은은 19세 되던 해 승려가 된다. 출가는 그의 허무의식과 방랑 의지로 대표되는 감상적 성격을 적절히 수용하는 것이었다. 출가한 후 고은은 유수한 절들을 순례하며 방랑 기질을 충족시킨다. 한편 고은에게 절들의 순례는 불도인으로서 걸어야 했던 참선과 수행의 일들에 앞서는 것이었던 바, 그는 불법을 익히고 깨달음을 얻어가는 과정보다는 방랑 그 자체에 더욱 관심을 기울였던 것으로 보인다.[2] 불가에 대한 그의 이러한 접근은 승려로서의 지속적인 삶에 저해가 되는 것이어서 결국 환속하게 되는 계기가 된다. 환속은 그의 나이 29세 때, 출가한 지 10여년 만에 이루어진다.

고은은 불가에 몸담고 있을 때 등단도 하게 되고 첫 시집을 발간하는 성과를 얻는다. 따라서 이때의 시적 경향을 이해하기 위해서는 불교적 세계관

---

1) 이경호, 「허무의 바다에서 화엄의 땅으로」, 『고은을 찾아서』(황지우 엮음), 버팀목, 1995, p.156.
2) 위의 글, p.165.

에 대한 인식이 전제되어야 한다. 그러나 불교적 세계는 초기 고은의 시세계를 지탱해주는 한 축이면서 동시에 방황하는 고은의 내밀한 존재론과 대립 갈등하는 축이 되기도 한다. 고은은 불교에 의해 깊이 영향받는 것이 사실이지만 그것과 화해롭게 만나기보다는 불교적 세계에 용해될 수 없는 또 다른 내적 요소들을 지니고 있었다. 감상벽이라고도 말할 수 있는 그러한 요소들은 승려로서의 고은에게 평정심을 방해하는 요인으로 작용하였으며 그의 자아를 해명하는 중요한 동기로 기능한다. 초기 시세계에서 '누이'에 대한 사랑과 집착으로 나타나는 그러한 요소는 고은을 그 무엇에 정착하지 못하게 하고 끊임없이 방랑하고 유동하게 만든다.[3] 허무주의적 인식을 바탕으로 유미적이고 탐미적인 세계를 형상화하고 있다[4]고 하는 초기 고은에 대한 공유된 인식도 이러한 점에서 비롯되는 것이라 할 수 있다.

이 글에서는 고은의 가장 난해하고도 아름다운 시적 경향을 보여주고 있는 1960년대 시작품들을 중심으로 그들 시를 이끌어가는 방랑 및 혼돈의 양상과 그 내적 요인들을 살펴보고자 한다. 그것은 허무에 대한 의식과 함께 그 사이를 가로지르는 욕망의 무늬를 따라 빚어진다. 우리는 그가 내비치는 욕망의 이미지 및 그것의 의미를 탐색함으로써 초기 시세계를 그려볼 수 있으며 나아가 이후 현실주의적 경향으로의 변모의 단초를 찾아볼 수 있을 것이다.

2. '허무'와 '누이'의 평행선

'누이'는 데뷔작인 「폐결핵」에서 시를 이끌어가는 중심 소재가 된 이후로

---

3) 고은의 초기시에서 '누이'에 주목한 연구자로는 '누이 콤플렉스'를 말했던 김현 외에도 박철희(「선정(禪定)과 세속(世俗)의 거리(距離)」, 앞의 책)와 최원식(「고은, 서정시 30년의 역정」, 『고은 문학의 세계』, 창작과비평사, 1993) 등이 있다.
4) 박철희, 위의 글, p.266.

반복해서 등장하는 시적 대상이다. 이 작품에서 '누이'는 병든 화자를 간호해주는 여인이며 「療養所에서」에서 '나'와 울면서 헤어지는 '너'이며 「晉州南江」의 강물에서 연상되는 이미지이다. '누이'는 『해변의 운문집』에도 이어져 「奢侈」의 주인공으로도 나오게 되는데, 이때 '누이'는 화자의 병을 간호하다 전염이 되어 결국 죽는 여인으로 형상화된다. 『제주가집』의 「새벽 밀회」에서 나오는 무덤의 주인도 이 '누이'일 가능성이 크다.

'누이'와 관련하여 이어지는 일련의 시들을 보면 '누이'는 '나'의 곁에서 헌신하고 애정을 보여준 인물이고 '나' 또한 '누이'를 단순한 근친으로서가 아니라 애정과 연민으로 대하고 있음을 알 수 있다. 전기적 사실에 기대 고은에게 실제의 '누이'가 없는 것으로 보아 '누이'는 고은과 혈연으로 맺어진 사이는 아닌 듯하다. 그렇다면 '누이'는 화자보다 나이가 많은 주변의 다른 인물로서 고은 가까이에 실재했던 사람일 수도 있다. 다른 한편으로 고은이 승려였던 점을 감안하면 '누이'는 실재한다기보다 인간의 애욕과 이별이라는 경험이 궁극적으로 무상으로 이어짐을 보이기 위해 만들어낸 허구적 인물이라고도 볼 수 있다.

그녀가 실재인물이든 그렇지 않든 '누이'는 불교적 세계관과 조우하는 동시에 결별하는 지점에 놓인다. 욕망으로 상징되는 그녀는 제행무상이라는 불가의 가르침에서 보면 버리고 비워내야 할 존재이지만 그녀라는 존재 자체가 불교적 가르침을 일깨워주는 계기로 그 역할을 한다는 점에서 고은에게는 필요불가결한 존재가 된다. 특히 「진주남강」에서 볼 수 있는 것과 같은 '강물'이미지로서의 그것은 '누이'와 불교적 세계가 정확하게 일치하는 면모를 보여주고 있다. 이러한 점에서 볼 때 '누이'는 불가에서의 의식과 정체성을 형성해가는 과정에서 고은 내면에 존재하는 욕망을 현현시켜 그것을 둘러싼 내적 갈등과 성숙의 드라마를 이끌어가게 하는 장치로 작용하고 있음을 알 수 있다.

1.

누님이 와서 이마 맡에 앉고
외로운 파스 하이드라지드瓶 속에
들어 있는 情緒를 보고 있다.
뜨락의 木蓮이 쪼개어지고 있다.
한 번의 긴 숨이 창 너머 하늘로 삭아가 버린다.
오늘, 슬픈 하루의 오후에도
늑골에서 두근거리는 神이
어딘가의 머나먼 곳으로 간다.
지금은 거울에 담겨진 祈禱와
소름조차 말라 버린 얼굴
모든 것은 이렇게 두려웁고나
기침은 누님의 姦淫, 한 겨를의 실크빛 戀愛에도
나의 시달리는 홑이불의 일요일을
누님이 그렇게 보고 있다.
언제나 오는 것은 없고 떠나는 것뿐
누님이 치마 끈을 매만지며
化粧 얼굴의 땀을 닦아 내린다.

2.

형수는 형의 이야기를 해준다.
형수의 묵은 젖을 빨으며
고향의 屛風 아래로 유혹된다.
그분보다도 이미 아는 형의 半生涯,
나는 차라리 모르는 척하고 눈을 감는다.
항상 旗 아래 있는 英雄이 떠오르며
그 영웅을 잠재우는 美人이 떠오르며
형수에게 넓은 農地에 대하여 물어 보려 한다.
내가 창조한 것은 누가 이을까.
쓸쓸하게 고개에 녹아가는
눈허리의 明暗을 씻고 그분은 나를 본다.

작은 카나리아 핏방울을 혀에 구을리며
자고 싶도록 밤이 간다.
내가 자는 것만이 사는 것이다.
그리고 형의 死後를 잊어야 한다.
얼마나 많은 끝이 또 하나 지나는가.
형수는 밤의 부엌 램프를
내 기침 소리에 맡기고 간다.

「肺結核」 전문

　같은 제목 아래 엮인 1과 2의 통일성은 어떤 점에서 구할 수 있을까? 1이 결핵을 앓고 있는 화자 '나'와 그의 병상을 지키는 '누이'로 구성된 이야기라면 2는 남편을 여읜 '형수'와 '나'의 이야기이다. 위의 시의 이야기들은 그러나 환자와 간호하는 이 사이의, 시동생과 형수 사이의 단순하고 일상적인 관계를 다루고 있지 않다. 이들 사이에는 소위 '戀愛'의 감정이 끼어있는 것이다. 그 '戀愛'의 감정은 서로 허용될 수 없는 사이에서 그러하듯 강한 긴장감을 동반하여 일어나고 있다. '누님'은 '나의 시달리는 홑이불의 일요일을 보면서' '치마끈을 매만지고 化粧 얼굴의 땀을 닦아 내리'는 것이다. 또한 '나'는 '형수가 말하는 형의 이야기'를 들으며 '고향의 屛風 아래로 유혹된다.' 이러한 정황은 화자가 강렬한 에로스적 분위기와 욕망 속에 있음을 암시해 주고 있다.

　그런데 그것은 '누이'나 '형수'가 실제로 지니고 있는 정서라기보다 화자가 자신의 욕망을 상대에게 투여하여 상상적으로 구현해낸 것이라는 인상이 강하다. 화자는 상황 자체가 피동적일 수밖에 없도록 누워 있거나 구조적으로 아래 사람의 자리에 위치하는 상태에서 애정의 눈길을 '받고' 유혹을 '당하는' 것으로 묘사되어 있기 때문이다. 화자는 사랑을 주체적으로 행하기보다 그 누군가에 의해서 행해지는 것으로 상정하고 있으며 이것의 근저에는 똑같은 '사랑에의 욕망'이 내재되어 있다. 이는 고은의 소극적인 성격에 의한 바도 크지만 불가에 몸담고 있는 자로서 지니고 있는 도덕적 엄격성에서

비롯되는 것이라 할 수 있다. 즉 유혹하고 연정을 품는 것은 여인들이고 '나'
는 불도인답게 그러한 분위기를 깨뜨리고 욕망을 억제해야 하는 역할을 부
여받는 것이다. 이러한 상황 설정은 여인들과 '내'가 동일한 욕망을 지니되
이 욕망을 허락할 수 없는 '나'의 처지를 보여주는 것이다. 이런 점에서 여
인들은 곧 '나'의 분신이고 '내 욕망'의 구현체들이다. 화자는 여인들에게 강
한 욕망을 품고 있으나 이러한 자신의 욕망을 직접 표출시킬 만큼 정직하고
적극적인 인물이 못되는 것이다. 따라서 화자는 늘 병약하고 힘없는 자로 스
스로를 묘사하고 있다.

다시 말하면 「폐결핵」에서 드러나고 있는 '나'는 본능의 힘보다 본능을
억압하고 제압하는 초자아의 기능이 더 승한 사람이라 할 수 있다. 실제로
여인들과의 결합은 이루어지지 않으며 불교의 관점대로 육욕은 부정된다.
등장 인물들은 화자의 초자아가 지향하는 바에 따라 욕망의 틈입을 막아낸
다. 시에서 그러한 제어와 방어의 행위는 '기침'으로 형상화된다. '누님의 기
침', '나의 기침'은 욕망을 부정하는 자아들의 의지를 보여주는 것이다. 에로
스적 분위기의 긴장감 속에서 이루어지는 '기침'은 욕망에 대한 표현이자 그
것의 부정인 셈이다. 이런 점에서 '기침'은 이 시를 지탱하는 중추적 의미를
지닌다. 그것은 곧 시의 전체적인 분위기와 시인의 정신적 방향성을 암시하
기 때문이다. 1의 '언제나 오는 것은 없고 떠나는 것뿐'과 2의 '내가 자는 것
만이 사는 것이다'라는 술회도 이러한 맥락에서 이해가 가능해진다.

그러나 순간적으로 욕망을 제어하고 초자아의 권위를 받아들였다고 해서
근원적인 본능이 완전히 소멸되었을까? 그렇지 않음은 고은의 초기시에 지
속적으로 '누이'가 등장한다는 점과 초기의 시인이 계속적인 갈등과 방황을
겪는다는 점에서 이미 증명되고 있다.

> 날 저무르면
> 너의 생각들이 돌아온다.
> 저 어둑어둑한 들판을 보며 不眠하라.

病이여 너야말로 생각이다.
생각이 밤새도록
죄로써 무죄를 만드는 病이여
날이 새일 때
바야흐로 病은 하나의 깨달음이다
저 들판에 스민 오랜 힘인 病이여

「病室의 노래」 전문

잠은 오로지 나의 것
理想은 남의 것이다.
새야
네 공중의 울음소리로
봄의 몸이 깨인다.
구름 아래 나의 잠
나무가지에 찔리는 나의 잠
새야 너는 이미 여름이다.
모든 뿌리들이 잠을 길러서
잠은 나의 것
理想은 남의 것
땅이야말로 나의 자장가
새야 네 飛翔으로 나의 잠이 깊다.

「자장가」 전문

화자는 지금 알 수 없는 혼돈에 휩싸여 '病'과 '잠'을 말하고 있다. 그는 '내'가 '病'에 걸렸음을, '잠은 오로지 나의 것'임을 주장하듯 말한다. 이는 화자가 현실의 자신이 처한 상황에 긍정할 수 없음을 시사하는 것이다. '너의 생각들이 돌아올 때' '병실'에 있는 화자는 '병'을 방패삼아 '밤새도록 생각'에 잠긴다. '날 저무르면 떠오르는 너의 생각'은 화자의 감상벽을 타고 흘러들어오는 것으로서 예의 '여인'에 대한 연정일 가능성이 크다. 에로스적

정서인 까닭에 부정되어야 할 그것이 '不眠'을 부추겨가며 나래를 펼칠 수
있는 것은 화자가 '病'의 상태에 있기 때문이다. 화자는 '病'을 '죄로써 무죄
를 만드는' 것이라고 생각하는 것이다. 화자가 '病'을 강조하는 이유도 여기
에 있다. '病'은 그에게 침입해 들어오는 모든 생각들, 약한 생각, 욕망과 관
련된 생각, 방랑의 생각들을 막아낼 힘이 없는 상태를 뜻하므로 화자는 정당
하게 이 모든 생각들에 노출된다. 더구나 화자는 이 생각들의 소용돌이 속에
서 결국 자신이 지향하는 의식을 찾아낼 수 있음을 자신한다. '病이 하나의
깨달음'일 수 있는 것도 이와 관련된다. 그러나 방황과 혼돈을 거쳐 결론에
이르는 과정은 언제나 공식처럼 정해져 있다. 제어될 수 없는 혼돈의 생각은
또다시 그를 침입할 것이고 그는 한껏 이에 탐닉한 후 같은 귀결을 보이면
되는 것이다.

　이처럼 판에 박힌 사유의 과정은 화자가 대단히 관념적이며 그 관념의 굴
레에서 한 치도 벗어나지 못하고 있음을 반증하는 것이다. 여인에 대한 그리
움 역시 이미 관념화되어 그의 정해진 사유를 형성하는 일 계기로 작용하고
있음을 알 수 있다. 이러한 관념의 혼돈은 그가 아직 그의 의식의 지향성들
을 자신의 존재 깊숙이 체화시켜 나가지 못하고 있다는 것을 뜻한다. 그의
지향된 의식은 뿌리 없이 떠도는 것으로서 그의 몸에 의해서 말해지는 것이
아니다. 즉 그의 몸과 의식은 서로 분리되어 다른 곳을 바라보는 형국이다.
이러한 불일치 속에서 화자는 생에 대한 확신을 가질 수 없다. '病'을 말하
고 '잠'을 주장하는 것도 이 때문이다. 따라서 '病'과 '잠'은 그의 허무주의적
경향을 보여주는 하나의 지표에 해당된다.

　이러한 상태에서 '잠은 오로지 나의 것 理想은 남의 것'이라는 진술이 가
능해진다. 나는 '이상'을 지닐 수 없는 의욕 상실의 상태에 놓여 있는 것이
다. 「자장가」에서 '새'는 화자의 생기 없고 관념적인 상태를 더욱 선명하게
부각시켜 주는 소재이다. '새'는 '공중의 울음소리로 봄의 몸'을 깨우고 '여
름'을 불러들이지만 '나'는 '잠'에 빠져들 뿐이다. '나의 잠은 구름 아래' 있
는 것이며 '모든 뿌리들은 잠을 길러'낸다고 화자는 말한다. '새'의 '비상'과

'나의 잠', '남의 이상'과 '나의 잠'은 분명하게 대비될 뿐이며 이는 화자가 자신의 삶 자체에서 의욕을 느끼지 못하고 있는 상황을 묘사하는 것에 다름 아니다.

그렇다면 「폐결핵」에서 보였던 애욕에 대한 부정과 통제는 어떤 의미를 띠고 있을까? 표면적으로 시인은 욕망의 통제에 성공했지만 잠재되어 있던 본능은 끝없이 고개를 내밀고 있으며 시인은 역시 반복해서 이 본능을 억누르는 일을 행한다. 이러한 과정은 시인의 의식의 지향성과 내면 사이에 서로 일치할 수 없는 괴리가 빚어지고 있음을 말해주는 것이다. 초기시의 다수를 점하고 있는 고은의 관념적이고 모순된 시들은 그의 삶이 지니고 있던 이러한 간극을 보여주고 있는 것이라 할 수 있다.

3. '누이'와 '물' 이미지의 조우

불교적 세계관과 시인의 내적 욕망이 부딪혀 만들어내는 불협화음은 초기시의 가장 주요한 시적 테마인 방황과 허무의식을 양산한다. 문제는 시인의 이러한 방황과 허무의식이 언제까지 계속될 수 있는 것인지, 다른 전환의 계기는 어디에서 찾을 수 있는 것인지 하는가에 놓인다. 다시 말해 그의 방황과 허무의식이 그저 공허한 관념성을 지닌 채 시인의 내부에 뿌리내리지 못할 것인가, 아니면 그것이 적절한 화해의 매개를 찾아 시인에게 육화됨으로써 방랑을 방랑 자체로 드러내는 양상을 극복하고 시인의 정신을 살찌우고 성숙시켜나가는 과정으로 나아가게 될 것인가를 우리는 가늠해 보아야 할 것이다. 이러한 관점에서 볼 때 「沈淸賦」는 초기 고은의 시세계의 전환의 가능성을 드러내고 있다는 점에서 주목을 요한다.

구름 같은 북소리로 떠오르도록
印塘水는 짙푸르거라
물과 물 아는 뱃사람은 알리라
더러는 내다보이는 저승길 너머
저 캄캄한 저승 인연도
이 세상의 태어난 아이 우는 일도
뱃사람은 알리라 내 딸의 길 알리라
저승이 없이 어이 물이 있으랴
이 세상에는 가장 그리운 것이 된
온몸뚱이 두려움이여
내 딸 연꽃 봉오리 속의 잉잉 고요가 그러 하리
눈은 은산철백 어두움이고 사랑은 환한 세상인가
이미 물의 지어미인 딸아
물 우에 내려오는 물안개같이도
물 우에 나아가거라
물 우에 나아가거라
내 딸이여 나아가서 세상마다 떠다니거라
印塘水는 짙푸르거라 짙푸르게 울어라

「沈淸賦」 전문

　'물'은 고은의 초기시에서 자주 등장하는 또 하나의 이미지이다. '눈물'(「눈물」)과 '강물'(「진주남강」), '바다'(「유혹」) 등으로 변주되면서 형상화되는 '물'의 이미지는 특히 '누이' 모티프와 맞물려 그려지고 있다는 점에서 관심을 끈다. 「눈물」에서 '눈물'은 '누이'의 이루지 못한 사랑을 암시하는 동시에 상처입은 그 마음을 씻어내는 역할을 하며 「진주남강」에서의 '강물'은 '슬픔과 기쁨을 모두 풀어내는 누님'으로 표현된다. 위의 시에서 역시 '물'은 곧 '딸'이다. '딸'은 '누이'의 변형태인 여인이면서 에로스적 감정을 넘어선 지점에 있다는 점에서 보다 승화된 시적 대상이다. '딸'은 여느 '누이'들처럼 '그리움'과 '몸의 두려움'과 '사랑'을 숙명처럼 겪어야 하는 인물이지만 '물'과 더

붙어 있다는 점에서 다른 의미를 부여받는다.

'물'은 '그 너머의 저승길'을 내다보고 있으며 '저승 인연도 이 세상의 태어난 아이 우는 일'도 모두 담아내는 것으로 '뱃사람'에 의해 '그 길'이 이해되는 성격을 띤다. 그것을 잘 아는 누군가에 의해 명석하게 이해된다는 점에서 '물'은 형체 없이 존재하되 그 속에 특정한 이치를 품고 있는 것이다. '물'이 품고 있는 이치란 현세의 육체에만 관련되는 것이 아니라 태어남과 죽음, 이승과 저승 사이에 걸쳐져서 마련되는 것이다. '물'의 이치에 훤한 '뱃사람'들은 '물'과 함께 '딸의 길'도 잘 알고 있다. '딸'과 '물'은 동격이기 때문인데 이는 '딸'이 '물'의 섭리를 닮아있음을 의미한다. 말하자면 '딸'은 육욕의 늪을 건너 이승과 저승을 꿰뚫는 삶의 이치를 수긍한 자이다. 그러하므로 '딸'은 그 안에 '잉잉'거리는 울음을 간직한 채 '연꽃 봉오리 속의 고요'로 피어날 수가 있었던 것이다. '딸'이 '이미 물의 지어미'인 이유도 여기에 있다.

위의 시에서 보여주고 있는 여인으로서의 '딸'의 의미는 '강물'로 형상화되고 있는 '누님'과 크게 다를 바가 없다. '강물' 또한 형체를 고집하지 않는다는 점에서 이승에서의 생에 대한 집착을 버린 존재를 상징한다. 그러할 때 '강물'에게 삶의 기쁨이나 슬픔은 특정한 색깔로 구분되지 않는다. 이승에서 얻는 모든 감정은 무색이 되어 모두 같이 물 속에 '풀어지는' 것이다. 「晋州南江」에서 시인은 "南江은 …… 어느 슬픔으론지 기쁨으론지 우리들의 누님으로 풀리는구나"라고 말하고 있다.

과거 욕망의 틈입에 괴로워하던 '여인'이 '물'이 되었다는 점에서 우리는 고은의 세계가 한 전환점을 보이고 있음을 알 수 있다. '여인'은 욕망을 억압하는 초자아의 권위에 일방적으로 굴종한 것이 아니라 자신의 욕망을 생의 순환과 흐름에 귀의시킴으로써 본능과 초자아 사이의 조화로운 화해를 이루는 것이다. 욕망은 길고 긴 생과 죽음의 여로에 기대어 볼 때 한 점의 오욕(汚辱)에 불과하다는 것, 순간의 욕망은 영겁의 윤회의 시간 속에서 흔적도 없이 용해될 수 있다는 것, 욕망에서 기인한 상처는 그러한 시간의 흐름 속에서 씻겨지고 소멸될 수 있다는 것이 '물'을 통해 본 '누이'의 의미망들이다. 곧 욕망을 상징하는 '누이'들이 '물'의 이미지들과 겹침으로써 '누이'는 불교적 세계관과 비로소 만날 수 있게 된 것이다. 이 점에서 고은이 찾아낸 '물'의 이미지야말로 욕망에 대한 집착으로 불가에 합치될 수 없던 고은의 고통과 방랑의 근원을 해소시켜 준 매개에 해당된다. 고은에게서 '물'의 이미지는 방황과 허무에 길들여져 있는 고은의 정신 속에 '누이'로 대표되는 육체적 욕망까지도 끌어안고 있다는 점에서 초기 고은의 안정된 이미지로 육화되고 있는 것이다.

　그동안 견지되었던 허무의식과 시인의 삶과 죽음에 대한 진지하고도 불교적인 성찰이 결합됨으로써 가능했던 '물' 이미지의 발견을 통해 '누이'는 음습한 골방에 갇혀 승려인 화자에 의해 외면되고 숨겨져야 하는 자가 아니라 당당하게 세계 한가운데로 나갈 수 있는 존재가 된다. 시적 화자는 '물의 지어미인 딸'에게 '물 우에 나아가'라고 외친다. '물 우에 나아가 세상마다 떠다니'라고 화자는 말한다. 그리할 때 '물'은 생명의 모습 그대로 '짙푸를' 것이라고 시인은 믿는 것이다.

　「誘惑」 또한 '물'에 대한 이러한 믿음의 연장선상에 놓여 있는 시라 할 수 있다.

> ― 이때 三千大世界는 (큰) 물이 가득
> 하여 (큰) 바다와 같았나니……〈大集經〉

보라. 노을 빛이 닿아도 울리는 소리들이
이제는 노을과 함께 어두워 갔다.
내 지나간 삶의 노을에 물들었던
뒷모습의 어디도 어두워 갔다.
아는 이여 사랑은 눈 감아도 눈 부시고
밤은 밤새도록 썩지 않았다.
어디선가 물소리나 새소리

살아나는 첫새벽에라도
뜬눈에 익으며 물은 흐르고
새는 날아가니 따라가 보아라

내 지나간 노을이 밀려 가다 남아 있어도
내 어두운 하늘이 가랑비가 되어도
물이 있듯이 사랑이 있어야 한다.
밤이 깊어서 밤만이 잠들어도
나는 자지 않았다. 물소리라도 되어야 했다.
이윽고 어릴 적 눈부시게 닥쳐 오는
칠팔월 흰 밤바닷물 해일이 되도록
바다 밑의 드높은 태백산맥이도록

나는 바다로 바다로 향하였다.
모든 시내들이 개울들이 강을 이루어
이윽고 큰 바다에 가서
하나가 될 때 그 바닷가의 짠 소금 한 줌이도록
나는 눈먼 심봉사의 소금이기 위하여
그렇게도 많은 노을 같은 유혹의 방랑이 있었던가.

「誘惑」 전문

　위의 시는 시인 스스로 그간의 방황을 일단락 짓는 모습을 보여주고 있다.
그 동안 시인에게 방황은 도피를 위한 도피, 헤매임을 위한 헤매임의 성격을
띠고 있었다. 맹목적인 신념에 쫓겨가고 있던 시인은 어디에서고 생의 의욕
도 보람도 찾을 수 없었다. 이 속에서 생은 허무 자체였으므로 시인은 좌절
과 방랑의 나락으로 떨어져 갔다. 그러한 혼돈의 시간들을 시인은 '노을같은
유혹의 방랑'이라 말한다.
　과거의 방랑 생활은 생의 지표를 지니지 못한다는 점에서 '봉사'의 그것
과 다르지 않다. 그러나 지금 시인은 '눈먼 심봉사의 소금'이 되기를 자청한

다. 이는 혼돈과 방랑의 시간을 딛고 다른 생의 국면으로 나아가겠다는 의지를 보이는 것이다. 그것은 '바닷가의 짠 소금 한 줌'이 되는 일이다. 지표가 없는 생활에 대해 지표를 부여하는 일은 일차적으로 '물'과 만남으로써 가능하다. '물'은 허무인 듯하면서 동시에 힘이다. '물'은 형체가 없지만 그 속에 모든 것을 끌어안는다. '물'은 맹목인 듯하지만 시내에서 개울로 개울에서 강으로 강에서 바다로 가는 일련의 정해진 길을 따르고 있고 그러한 길은 이승에서 저승으로 이어지는 길과도 통한다. 즉 '물'은 삶의 모든 것과 죽음까지도 포용해내는 거대한 상징으로 시인에게 다가오는 것이다.

시인이 '바다로' 향할 것을 역설하는 이유도 여기에 있다. 수 없는 물길들이 모인 '바다'는 삶의 다양한 양태를 하나의 우주적 흐름 속에 용해시키는 존재이다. 그러한 까닭에 이 속에는 '눈 먼 자'를 구원할 수 있는 힘이 있다. 그 힘은 시인에게서 '소금'이라는 표현을 얻는다. 또한 '해일'과 '태백산맥'이라는 비유의 옷을 입게 된다. 이 모든 것은 '바다'가 지니고 있는 힘을 말해주는 것에 다름 아니다.

물론 '바다'의 힘은 '물'의 원리에서부터 비롯되는 것인 바, 지금까지의 추론에 따르면 '물'은 '사랑'을 내포하는 것이며 따라서 그것은 '새소리'와 더불어 새벽을 예고하고 내일을 꿈꾸게 하는 것이다. 위의 시에서 보이듯 시인은 스스로 '물소리'가 됨으로써 더 이상 '비상하는 새'와 대비되는 존재가 아닐 수 있다. 이제 그는 '잠'으로 기어들며 혼돈과 방랑에 빠지는 대신 '새'와 더불어 '흐른다'. '이상(理想)은 남의 것'이란 말도 과거의 것이 된 것이다.

4. 삶으로 이어지는 '누이'의 죽음

우리는 '물'을 통해 욕망의 대상이자 실체였던 '누이'가 조화롭게 거듭나는 심상을 얻을 수 있었다. '누이'로 대표되는 욕망은 삶과 죽음의 흐름 속

에 놓이는 한 조각의 파편이자 작은 배였던 것이다. 이러한 생의 이치를 수
긍함으로써 시인은 욕망을 '색'이 아닌 '공'으로 대할 수 있게 된다. 이제 그
것은 단순히 억압의 대상이 아니라 관조의 대상이 된다. 시인은 욕망을 흐르
는 물을 대하듯 대하게 된다.

　그렇다면 현실에서 '물' 이미지로 현상하는 '누이'는 실제로 어떤 길을 가
고 있었을까? '기침'으로 배제되고 외면되었던 '누이'(「肺結核」), '눈물' 속에
이별하고 지워졌던 '누이'(「눈물」)는 그것으로 시인과의 인연을 다하지 않는
다. '누이'는 풍문으로 떠돌기도 하면서 '시인' 주변에서 계속 존재하며 죽어
서까지 시인에게 영향을 미친다. '물'의 흐름 속에 용해된 '누이'라면 시인과
어떤 관계 정립을 하게 되었을 것이며 또한 '누이'는 삶과 죽음을 어떻게 관
계짓게 되었을 것인가. 이러한 물음에 답을 찾아가는 것은 '이승에서 저승으
로 이어지는 물' 이미지가 무엇을 의미하며 그것이 실제로 어떠한 현실적인
모습으로 나타나는지를 말해줄 것이다.

　　　어린 시절 고향 바닷가에서 자주 초록빛 바다를 바라보았습니다
　　　그 바다가 저에게 자꾸 달려오려고 애를 썼으나
　　　저는 조금씩 물러날 뿐 마중나가지도 못하고 바다는 바다일 뿐이었
　　습니다
　　　(중략)
　　　제가 가지고 있던 오랜 病은
　　　착한 우단 저고리의 누님께 옮겨 갔습니다
　　　아주 그 梧桐꽃의 肺臟에 묻혀 버리게 되었습니다
　　　누님은 이름 부를 남자 하나가 없고
　　　오직 〈하느님!〉〈하느님!〉만을 부르고 때로는 아버지도 불렀습니다
　　　(중략)
　　　이윽고 여름 한동안 저는 흙을 파먹기도 하며 울기도 했습니다
　　　비가 몹시 내리고 마을 뒤 넓은 간사농지는 홍수에 잠겼습니다
　　　집이 둥둥 떠내려가는 온종일의 물 세상
　　　누님께서 더욱 아름다왔기 때문에 가을이 왔습니다

그렇습니다 진정코 누님이야말로 가을이었습니다

(중략)

마침내 내가 참을 수 없게, 울 수도 없게 누님은 피를 쏟았습니다

한아름의 치마폭으로 그 피를 껴안았습니다 쓰러졌습니다

그때 저는 비로소 보았습니다 누님의 깊은 내부가 외부임을

그리고 그 童貞 안에 內在하는 潮汐의 고향 바다를

그 뒤로 저의 잠은 누님의 시든 잠이었습니다

누님의 방에는 산 자 죽은 자의 鼓膜으로 가득 찼고 저는 문 밖에서

숱한 밤을 한 발자국씩 새웠습니다

(중략)

이듬해 봄의 陰曆 안개방울 달린 빈 빨랫줄을 가리키며

누님의 흰 손은 떨어지고 이 세상을 하직했습니다

저는 울지 않고 그의 흰 陶磁 베개 가까이 누워

얼마만큼 그의 죽음을 따라가다 돌아왔습니다

棺 속은 누님인지 나인지 또는 어떤 기쁨인지 모르는 어둠이었습니다

「奢侈」 부분

「奢侈」는 '누이' 모티프가 절정에 다다른 시이다. '나'와 한번도 애정의 연(緣)을 맺지 못한 채 쓸쓸히 살아온 '누이'는 '내'게서 '폐결핵'이 전염되어 결국 죽음을 맞이하게 된다. 위의 시는 '누이'의 죽음을 둘러싸고 '내'가 겪는 슬픔과 절망을 형상화하고 있다. '나'를 향한 그리움을 태웠으나 응답받지 못한 '누이'는 '이름 부를 남자 하나 없이' 외롭게 죽어간다. 그녀가 부른 이름은 한 남자의 그것 대신 '하느님'일 뿐이었다. 그 해 마을은 넘치는 '물'로 홍수가 났는데, 마을을 덮을 정도의 '넘치는 물'은 '누님'의 아름다움으로 해석된다. 이는 '누이' 역시 '나'와 마찬가지의 삶의 궤적을 보이고 있음을 암시하는 것이다. '나'와 동일하게 그녀가 지녔던 '욕망'은 '물' 속으로 녹아 흘러갔던 것이다. 이 점에서 그녀는 '아름다움'을 지닐 수 있었고 '가을'로 비유되는 계절의 성숙기를 맞이할 수 있었다.

한편 '폐결핵'을 앓던 '누이'는 그녀의 커다란 '치마폭'으로 '피'를 '껴안

는다'. 그녀는 '病'을 '끌어안'으면서 이어 죽음에 함몰되고 만다. 이 점에서 그녀는 끝끝내 '잠'과 '病'을 극복하지는 못한 것으로 보인다. 그러한 '누이'는 '물'로 비추어보면 밀물과 썰물의 부침으로 평온할 수 없었던 '고향의 潮汐 바다'를 연상시킨다. 한편으로는 욕망을 인내하는 아름다움을 지니되 다른 한편으로는 욕망에 침몰해갔던 여인의 갈등과 고통이 이를 통해 그려지고 있는 것이다. 양극단 사이에서 괴로워하던 '누님'의 죽음은 그녀의 견디기 힘들었던 내적 갈등이 외적으로 드러난 것에 불과할 뿐이다. 그녀는 온몸으로 그 고뇌를 표출하고 있었던 것이다. '누님의 깊은 내부가 외부'인 까닭도 이와 관련된다. 그녀의 방이 '산 자와 죽은 자'로 뒤섞여 가득차 있던 것, 산 자와 죽은 자 사이의 간극이 '鼓膜' 한 장 정도의 차이로 인식되는 것 또한 그녀가 품고 있는 죽음에 기인하는 것이다. 즉 그녀는 욕망에의 갈등을 극단까지 몰고감으로써 삶과 죽음이 만나는 지점으로까지 직접 가 닿는다. 죽음에 이르는 이러한 그녀의 방식은 '문 밖에서 숱한 밤을 한 발자국씩 새웠던' '나'의 방식과 구별된다. '나'는 '죽음'을 연기하며 관념 속에서 죽음을 가늠해보는 것으로 죽음을 이해한다. 혹은 죽은 누이를 통해 죽음을 추체험하고 느끼면서 '죽음을 따라가다 돌아'온다. 이에 비하면 '누이'는 직접 죽음 속으로 뛰어드는 것이다. 욕망과 죽음을 끌어들이는 '누이'의 이러한 행위는 '이승에서 저승으로 이어지는 물의 원리'에 수렴되는 것이지만 그녀가 보인 방식은 흐름이라는 긴 시간을 찰나의 것으로 환원시키고 있다는 점에서 충격적이다.

'누이'의 죽음으로 '나'는 삶의 또다른 깨달음을 얻게 된다. 그것은 삶이 죽음으로 이어지듯이 죽음이 또한 삶으로 이어지고 있음을 발견하는 일이다. '누이'는 욕망의 대상이 아니며 '나'는 더 이상 '애욕(愛慾)'으로 몸부림치지 않는다. '누이'는 여전히 '물' 이미지로 떠오르며 그녀는 죽음으로 더욱 확연해진 '흐르는 물'의 지혜를 제시한다.

또다시 나는 새벽마다 무덤에 가야 한다
나와 함께 신나게 삼나무 苗板 만들고
내 쓰라림으로 병들었을 때 마실 물도 떠다 주고
기꺼이 三陽까지 咸德가지 심부름도 해준 애의 작은 무덤에
새벽마다 가야 한다 새벽이야말로 죽음에 이어지는 삶이 있다

무덤은 흡사 嫉妬의 바다가 기지개 켜 일어나는 언덕에 있고
어제 다친 발의 붕대는 나는 거기 가서 아무 질투도 없이 끌러야 한다.
내 약속과 돌들이 살아 있기 때문에 새벽 돌길은 매우 험하다
새벽이야말로 너무나 낡은 세상에서 새로운 세상이다

그 작은 무덤가에서 벌써 戀人은 기다린다 단 한 번의 현실도 아니었던
내 비현실의 그리움이 이룩한 戀人이
나를 기다리고 있지 않은 양
새벽 바다의 두터운 소금냄새 바람을 치마에 맞아들이며
오오 그렇게도 단정한 戀人이여 새벽이여

새벽마다 만나도 항상 바다는 그대보다 앞서 깨어있는 새벽이여
그렇게도 단정하게 자고 난 새로운 戀人이여
그대가 내 어린 친구 商模의 무덤가에서 미안한 듯
내 갈비뼈 품 안을 밀고 사립문 열면
어디선가 첫 장끼 울음소리가 무덤을 꺼이꺼이 깨우며 지나간다
새벽이야말로 어이할 수 없이 새 세상이다 천지개벽 역사다

그러나 무덤은 아직 금잔디조차 뿌리를 덜 내렸고
나더러 살아갈 길 험한 길 멀다고 奉蓋마을 山村께로 고개 돌린다
오래오래 이 고장에 있다가 죽으라고 부탁하며
오오 새벽이여 새벽 바다여 새벽 같은 어린 죽음이여
나를 잉태한 戀人이여 새벽의 默言이 낳은 戀人의 아름다움이여

이제 마지막 별이 찔끔찔끔 불 꺼질 것을 서두르고 있을 때

나는 바다로부터 우뚝 솟아난 碑가 되고
차라리 戀人은 작은 무덤을 파헤쳐 合葬되어야 한다
곧 말떼가 모여 바쁜 꼬리질로 嶺을 치며 나올 것이다
새벽 戀人이여 그대의 마을 일들은 오늘 하루로 끝날 수 없다
나는 그 일을 상의하고 禾北 班長 光秋옹네 배에
몇 百貫의 시커먼 햇빛을 뜨겁게 실어야 한다
그리하여 그 햇빛을 바다에 가라앉혀서 붉은 저녁놀로 밥지을 것이다

「새벽 密會」 전문

시인이 늘 찾는 '작은 무덤'은 이 시에서는 어떤 '애'의 것으로 되어 있지만 고은의 초기시 전체를 살펴 볼 때 그것은 죽은 '누이'의 것이다. '내 쓰라림으로 병들었을 때' 옆에서 간호를 해준 이가 '누이'이기 때문이다. 죽은 '그 애'는 시인의 오랜 연정의 대상이었던 '누님'이고 '戀人'이다. 물론 그녀는 시인의 삶 속에서 '단 한 번의 현실도 아니었'다. 시인은 그녀를 '내 비현실의 그리움이 이룩한' '戀人'이라고 말한다.

화자가 죽은 그녀를 찾는 이유는 '새벽'에 느껴지는 깨달음 때문이다. 그녀의 무덤을 찾아가는 길은 '매우 험하'지만 그녀와 만나는 '새벽'은 '낡은 세상에서 새로운 세상'이며 '천지개벽 역사'며 '죽음에 이어지는 삶'이 있다. '새벽'은 죽은 연인이 '벌써 기다리'는 시간이며 그 전에 '바다가 깨어 있는' 시간이다. 죽은 연인은 이곳을 찾아오는 화자에게 할 말을 지니고 있다. 그녀는 '새벽 바다의 두터운 소금냄새 바람을 치마' 가득 담아내고서는 '나를 기다리고 있지 않은 양' 있다. 그녀는 죽음과 삶 사이의 간극을 제시하면서 '바다의 소금 냄새'를 화자에게 전해준다. 화자는 죽은 그녀를 통해 다시 한 번 바다의 의미와 소금의 의미를 접하게 된다. 그것은 삶과 죽음을 '흐르는 물'로 받아들이라는 것과 그 속에서 누군가를 인도해줄 수 있는 지표를 지니라는 것이다. 그러한 말을 죽은 그녀는 삶과 죽음의 넘어설 수 없는 거리를 전제하고 말한다.

살아있는 '나'에 등지고 말하는 듯한 그녀의 그러한 태도는 그 동안 화자

가 관념 속에서 지녀오던 생각, 삶과 죽음은 다르지 않다는 생각을 부정하게 한다. 화자는 삶을 곧 죽음이라 여기며 허무와 방랑의 길을 걸어온 터 였기에 연인의 가르침은 화자에겐 '새 세상'을 여는 새로운 것이고 낯선 것이 아닐 수 없다. 죽음의 상태에서 스스로의 영역을 분명하게 보여주는 연인은 '나더러 살아갈 길 험한 길 멀다고' 하고 '나'더러 '오래오래 이 고장에 있다가 죽으라고' 한다. 이 부분에서 시인은 자신과 죽은 연인 사이의 존재론적 위치가 다르다는 것을 인정하고는 비로소 삶의 영역으로 눈을 돌리기 시작한다. '내'가 '바다로부터 우뚝 솟아난 碑가 될' 수 있던 것, '하루로 끝날 수 없는 마을일들을 상의하고 해결해야겠다'고 마음먹게 된 것, '햇빛과 바다로 밥 지으리라'고 하는 의욕을 갖게 된 것도 이 때부터이다.

이러한 체험을 겪은 후 시인은 이후의 일상적이고 현실적인 삶을 살 수 있게 된다. 시인은 맹목적인 허무가 아니라 삶의 죽음과 다른 자리를 깨닫게 되었고 그러한 삶의 자리를 구하는 길에 제일 먼저 일상적이고 현실적인 문제들을 찾아 해결하는 일이 놓여있음을 알게 된다. 수년간의 방황 끝에 얻게 된 이러한 각성은 '새벽'의 섬광처럼 얻은 것이었으며 '죽은 누이'가 준 가르침이다. '누이'는 자신의 죽음을 통해 시인의 삶이 거듭날 수 있도록 한 것이다. 나아가 우리는 여기에서 우리는 고은이 허무와 방황으로 가득한 초기시의 시적 경향을 넘어서 현실참여적 시로 나아갈 수 있게 된 계기를 발견하게 되는 것이다.

5. 민중지향적인 도정으로서의 '누이'

중기 이후의 현실 지향적 시에 비하면 난해하고 다변(多辯)으로 이어지는 고은의 초기시는 여전히 완전하게 해석되지도 명료하게 이해되지도 않는다. 우리는 몇 가지 모티프에 기대어 그에게 접근할 수 있는 길들을 하나 둘씩 찾아내야 할 것이다.

본고는 고은의 초기시에 지속적으로 등장하는 '누이'가 그의 초기의 정신적 풍경을 가늠케하는 하나의 길이 된다고 판단하여 '누이'를 중심으로 한 고은의 정서들을 살펴보았다. '누이'는 불가에 귀의한 시인의 입장에 비추어 볼 때 억압하고 통제해야 하는 욕망을 상징한다고 할 수 있다. 표면적으로는 불가의 가르침을 따르고 있지만 내면에서 치솟는 욕망은 쉽게 제어될 수 있는 것이 아니었던 까닭에 시인은 방황하고 괴로워한다. 그는 생의 의욕마저 근본적으로 상실하는 병적인 상태에까지 치닫는다. 그리고 이러한 방황과 상실감은 불가에서 말하는 '허무의식'으로 채색되곤 하였다.

이 때 발견된 흐르는 '물'의 이미지는 욕망과 허무 의지 사이의 갈등을 조화롭게 해소해주는 매개로 작용한다. 형태를 지니지 않은 채 유동하는 '물'은 불가에서 말하는 무(無)를 닮아 있지만 모든 것을 포용하고 수용하는 성질 또한 지닌다. 이 속엔 욕망도 집착도 슬픔도 기쁨도 무리없이 용해되고 풀어질 수 있다. '물'의 이미지를 통해 시인은 자신을 괴롭혔던 사랑과 욕망을 흘려보내게 된다. 그러한 흐름을 따라 결국 삶도 죽음으로 이어지리라는 불가적 진리가 욕망에 집착하는 시인의 마음을 다스릴 수 있게 한 것이다. 이제 시인에게 '누이'는 '물'의 이미지와 겹치게 되며 시인은 더 이상 욕망으로 고통스러워하지 않는다.

한편 '누이'는 욕망과 허무 의지 사이의 갈등을 완전하게 해소하지 못하고 결국 죽음에 이르게 된다. 그녀는 한편으로는 '물'이고 다른 한편으로 욕망의 늪에서 빠져나오지 못하는 불행한 상황에 처하게 된 것이다. 그러나 그녀는 죽음을 통해 시인으로 하여금 더 큰 깨달음을 준다. 그것은 그녀에게 삶은 곧 죽음이었지만 그리고 이 사이는 얇은 막 하나의 간격이 있을 뿐이지만 그럼에도 불구하고 삶과 죽음은 구별되어야 한다는 점이다. 삶이 있는 동안엔 삶을 죽음으로 덧칠하기보다는 죽음과 분리된 삶의 자리를 찾고 그 자리를 지키기 위해 주어진 시간을 모두 소비해야 한다는 것이다. 죽은 누이는 새벽의 공기를 통해 시인에게 이러한 말을 전한다.

누이의 가르침은 고은으로 하여금 환속하게 하는 요인이 된다. 고은은 불가의 관념적 세계를 버리고 현실로 내려온다. 현실에는 해결해야 할 문제들, 온갖 모순과 부조리가 넘쳐나고 있다. 고은은 가장 일상적인 일에서부터 문제들을 찾아 해결해야 한다고 생각한다. 우리는 고은이 초기의 시적 세계를 넘어서서 현실 참여적이고 민중 지향적인 시 세계를 펼치게 되는 부분도 바로 여기임을 알 수 있다.

개인과 사회의 짜임 및

내적 자아의 힘

∥ 황동규론 ∥

1. 처절한 실존에의 몸부림

황동규의 문단 활동은 대학 재학 중 「十月」, 「즐거운 편지」, 「동백나무」가 『현대문학』에 추천되면서 시작되어 현재에 이르기까지 47년 여의 해를 거듭해왔다. 1950년대 후반 대학 입학과 더불어 이루어진 황동규의 시작 생활은 한국 현대사의 소용돌이 속에서 자신의 정체성을 찾기 위한 치열한 노력으로 자리매김된다. 그의 창작은 전쟁 후의 정신적 황무지 위에서, 4·19의 주역으로 민주주의 운동의 한가운데에 참여하면서, 5·16과 그에 이은 군사독재 하에서, 그리고 1980년의 광주 민주화 운동과 이후의 사회 정치적 변화 속에서 이루어지기 때문이다. 그의 시는 가장 내밀한 서정시에조차 시대의 거친 물살이 새겨져 있다. 1961년에 상재된 『어떤 개인 날』, 1965년의 『悲歌』, 1968년의 『太平歌』, 1975년의 시선집 『三南에 내리는 눈』, 1978년의 『나는 바퀴를 보면 굴리고 싶어진다』 및 1986년의 『악어를 조심하라고?』, 1991년의 『몰운대행』과 이후의 『미시령 큰바람』(1993), 『風葬』(1995), 『외계인』(1997) 등은 역사의 격변과 함께 했던 시인의 삶을 반영해주는 것이다. 약 반세기에

걸친 치열한 창작 활동을 볼 때 그는 명실공히 20세기 후반의 한국시를 대
표할 만한 시인 중 하나로 꼽힐 수 있을 것이다.[1]

한국 현대사의 거대한 줄기에 대응하는 황동규의 시편들은, 그러나 6, 70
년대를 가로질렀던 소위 참여·순수의 대결 구도에서 결코 참여의 계열에
놓이지 않는다. 시가 넓은 의미에서 사회 정의에 참여해야 하지만 당장의 도
구가 되어서는 안된다[2]는 그의 견해에서 피력되었듯 황동규의 시에 직접적
인 대사회적, 대정치적 언술은 나타나 있지 않는 것이다. 그는 오히려 당대
의 많은 논자들로부터 사회 인식의 부재를 드러낸다는 비판적 평가를 받곤
하였다. 그럼에도 불구하고 그의 시에서 시대의 거센 물살을 느낄 수 있는
것은 무엇 때문인가? 그 흔적들이 어떻게 담겨 있으며 그리함으로써 어떤
의미를 드러내는가?

사회라는 광범위한 환경이 문학적 텍스트와 상호 관계를 취한다고 하는
일반론을 들지 않더라도 황동규의 시들은 그것이 가장 실존적이고 가장 안
정적인 서정시일 때조차 사회적인 의미망 속에 놓인다. 이는 시적 진술을 통
해 드러나 있다기보다 오히려 시가 담아내고 있는 상상력의 구도라든가 리
듬 및 어조에 더 강하게 나타난다. 진술의 논리적인 맥락에 의미가 내포되어
있지 않고 시의 2차적 질서 속에 의미가 숨겨져 있기 때문에 그의 시가 난
해하게 느껴질 수도 있을 것인데, 어쨌든 그의 시가 담아내고 있는 사회적
의미망에 따라 47년여에 걸친 황동규의 시작 활동은 크게 두 부분으로 나뉠
수 있을 것이다. 그것은 대체로 1980년 이후의 시적 경향들이 그 전의 짜임
과는 다른 경향을 드러내는 데서 기점을 잡을 수 있다. 편의상 앞의 시기를
초기라 하고 1980년대 이후의 시편들을 후기의 것이라 볼 때 전자가 내용의
실존성과 정치성에 무관하게 사회와 자아 사이의 긴장 관계 속에서 갈등과
방황의 편린을 보이고 있다면 후기의 시편들에는 이러한 과정을 넘어선 자
아가 지닐 수 있는 정신적 원숙함과 깊이가 체현되어 있다고 하겠다.

---

1) 성민엽, 「난해한 사랑과 그 기법」, 『작가세계』, 1992 여름, p.87.
2) 이문재, 「득도의 상태는 유지하지 않겠다」, 위의 책, p.46.

이 글에서는 초기의 시편들에 주목하여 초기 황동규의 시에 나타나 있는 상상력의 궤적들이 시인의 실존과 사회적 관계망 속에서 어떤 의미를 획득하고 있는가를 살펴보고자 한다.

2. 방황과 그리움의 거리(距離)

『어떤 개인 날』, 『悲歌』로부터 시작되는 황동규의 초기 시편들은 제목에서도 암시되듯 서정적이면서도 다소 우울하고 비극적인 상황을 묘사하고 있다. 초기에 조명된 시인의 내적 정서는 불안과 혼돈, 갈증과 사랑으로 점철되어 있으나 이러한 정서들이 일정한 방향성이나 대상을 지니고 있지 않으며 맹목적인 열기로 증폭되어 있다는 특징을 보여준다. 어두움과 외로움, 공허함과 비틀거림이 황동규의 실존이 보여주는 내면의 윤곽들이다. 젊은 황동규는 이들의 소용돌이 속에서 끝도 없이 허우적댄다. 큰 폭의 에너지가 무질서한 충돌과 그 힘으로 말미암은 것이라면 황동규의 초기의 시편들에는 제어되기 힘든 강한 긴장으로 가득하다 할 것이다.

이러한 황동규의 시에서 숨겨진 비밀을 캐내기 위해서는 밀림과도 같은 뜨거운 말들의 어지러움을 헤쳐나가야 한다. 시 속에 종횡무진으로 짜여 있는 상상력의 갈피들을 솎아내고 그 속에서 황동규 시의 가장 맑고 순수한 본질을 찾아내야 한다. 그것이 그의 시를 50년이라는 긴 세월 동안 지속시켜 나갔던 원동력에 해당되며 시대에 따른 시적 변화 속에서도 소멸하지 않은 내적 열정에 속할 것이다.

　　도서관에서 바다로
　　바다로
　　혀를 연 공간의 이편

허리 구부린 채 바람을 안고
바다를 핥는 허연 바위의 소리.

오후 세시 폭풍경보의 바다
흔들리는 나무떼
두고 온 모든 책장들을 날리고
친구도 木銃도 死角도 없이
서 있는 한 시간 두 시간.

우리의 침묵, 우리 모두의 聲帶, 모두의 무방비 계획 속에 남아
비가 오기 전에 쓸 수 있는 우산이 있을까.
얼굴을 가리는 우산
박물관에 가지 않고 우는 배만 큰 아이들
마음속의 박물관
두 손으로 몰래몰래 가릴 수 있을까.
폭풍경보의 바다
낯선 線을 소리치며 받는 물결
바람의 속도 속에 보이지 않는 해
박물관을 안고 누리는 자유가 있을까.

오후 세시
무방비 계획 속에 남아
눈을 뜨고 볼 수 있는 진정한 우리가 있을까.

폭풍경보의 바다
바람의 속도 속에 보이지 않는 해
전신의 목마름을 들치고
때릴 수 있는 장구가 있을까.

눈이 내린다
눈 속에 다가오는 바다의 모티프

포르티시모!
몸 속을 갑자기 헤치는 불빛
눈시울에 고이는 물, 얼씨구
외투 벗어놓고 半步 一步 半步
같이 쫓기며 누리는 허황되지 않은 자유가 있을까.
두 팔 들고 一步 半步 一步, 있을까.

「북해」 전문

인용 시는 황동규 초기시의 매우 일반적인 유형을 보여주고 있다. 순차적인 시간의 흐름이나 논리성, 현실성 등 실시간에 구현될 수 있는 리얼리티가 위의 시에는 없다. 리얼리티보다는 환상이 시간성보다는 공간성이, 논리보다는 무의식적인 자유 연상이 시를 지배하고 있는 위의 시는 황동규의 시 가운데 난해한 시의 표본이라 할 수 있다. 위의 시를 통해 우리가 얻을 수 있는 정보는 정식화될 수 있는 대사회적인 혹은 윤리적이거나 종교적인 특정 명제가 아니다. 대신 위의 시는 말과 상상의 빠른 흐름을 반복 실행함으로써 낯설고 그로테스크한 이미지를 전면화시키며 이 속에서 자아의 실존적 상황과 욕망의 흔적을 드러내고 있다.

이 작품에서 시적 자아는 시간과 공간의 한정된 제약으로부터 벗어나 있기를 소망하고 있다. 이에 시적 자아는 최대한의 상상력을 발휘하여 빈 시간과 공간의 영역을 확보하고자 함을 알 수 있다. '바람'과 '바다', '흔들리는 나무떼' 등은 모든 것을 휩쓸고 지나가는 힘을 상징하며 '친구도 木銃도 死角도', 즉 아무것도 '없이', '모든' 것을 '날리고' 있는 시적 상황은 자아가 처해 있는 절대적인 공허함을 지시한다. 시적 자아는 '한 시간 두 시간' 상황을 지속시킴으로써 절대화된 자신의 내면과 욕망을 대면한다. 그것은 공허함을 향하는 것이며 공허함 위에서 비로소 만날 수 있는 '진정함'에 대한 갈망이다.

손에 잡히거나 눈에 보이는 것, 혹은 익숙한 것이나 계획된 어떤 것도 없기 때문에 공허함은 자아를 방황하게 한다. 자아는 명료한 의식을 상실하고 무의식 속을 헤매는 산책자처럼 파괴된 언어를 보인다. '비가 오기 전에 쓸 수 있는 우산'이라든가 '얼굴을 가리는 우산', '박물관에 가지 않고 우는 배만 큰 아이들', '마음속의 박물관' 등의 일련의 구절들은 의미의 맥락없이 우연한 모자이크에 의해 구성된 것들이다. 그리고 이와 같은 상황은 '폭풍경보의 바다', '낯선 線을 소리치며 받는 물결', '바람의 속도 속에 보이지 않는 해', '박물관을 안고 누리는 자유가 있을까' 등으로 계속된다. 이러한 이어짐은 초현실주의자가 그러하듯 낯설고 기괴한 이미지를 꾀하는 것도 아니고 해체주의자들처럼 언어의 유희나 의미의 파괴를 유도하는 것도 아니다. 그것은 단지 의식과 의식의 무의미한 접속을 통해 순전히 공허한 의식, 의식의 공허함을 보여줄 뿐이다.

한편 이러한 공허함이 지속됨에 따라 가장 순수한 결정으로 남는 유일무이한 그 무엇이 있게 되는데 그것이 바로 '자유'이다. 자유 연상에 의해 이어지는 '폭풍'과 '소리치며 받는 물결', '바람의 속도'는 결국 '자유'의 이미지로서 이후 '자유'라는 어휘로 귀결되는 것이다.

시인에게 '자유'의 내포는 '무방비 계획 속에 남아 눈을 뜨고 볼 수 있는 진정한 우리'이자 '전신의 목마름을 들치고 때릴 수 있는 장구'이며 '몸 속을 갑자기 헤치는 불빛'이자 흥겨운 추임새와 함께 '눈시울에 고이는 물'과 같은 것이다. 이들은 모두 혼돈과 갈증과 무질서 속에서 솟아나는 강한 에너지의 이미지를 지닌다. 우리는 여기에서 합리적인 계획이나 의식을 포기하고 의미의 부재를 극단까지 몰아갔을 때 그 공허함이 자아를 와해시킬 수도 있지만 황동규의 경우 이러한 상태를 오히려 적극적으로 유도함으로써 자아의 가장 근원적인 모습을 되찾고 있음을 알 수 있다. 황동규에겐 이것이 곧 '자유'로 현상한다. 요컨대 시인에게 '자유'는 의식의 지향점이 모두 소멸된 절대적 공허의 시점에서 대면케 되는 생의 강한 욕망이자 자아의 진정한 모습이라 할 수 있다.

의식적인 공허함에의 지향과 그 속에서 현상하는 자유의 대면이라는 과정은 초기작 「즐거운 편지」에도 그 궤적이 드러나고 있다. 이 시는 사랑을 테마로 하여 대중적인 관심을 모은 시이지만 이 시를 통해 초기 황동규의 상상력의 구도를 확인할 수 있다는 점에서 주목을 요한다.

1.
내 그대를 생각함은 항상 그대가 앉아 있는 배경에서 해가 지고 바람이 부는 일처럼 사소한 일일 것이나 언젠가 그대가 한없이 괴로움 속을 헤매일 때에 오랫동안 전해 오던 그 사소함으로 그대를 불러보리라.

2.
진실로 진실로 내가 그대를 사랑하는 까닭은 내 나의 사랑을 한없이 잇닿은 그 기다림으로 바꾸어버린 데 있었다. 밤이 들면서 골짜기엔 눈이 퍼붓기 시작했다. 내 사랑도 어디쯤에선 반드시 그칠 것을 믿는다. 다만 그때 내 기다림의 자세를 생각하는 것뿐이다. 그 동안에 눈이 그치고 꽃이 피어나고 낙엽이 떨어지고 또 눈이 퍼붓고 할 것을 믿는다.

「즐거운 편지」 전문

「즐거운 편지」가 아름다운 연애시인 것은 분명하나 이 시를 상투적이지 않고 참신하게 해주는 것은 '사소함'이라는 어휘가 던져주는 낯설게 하기이다. '그대를 생각함'이 지닌 비중이 '해가 지고 바람이 부는 일'과 마주쳐 일으키는 무게감의 충돌이 위의 시 1을 지배하게 되는데, 여기에서 우주적 일상인 '해가 지고 바람이 부는 일'이란 일상인 탓에 가벼우나 우주의 일과이므로 결코 가볍지 않은 아이러니의 구도 속에서 '사소함'의 의미가 결정되고 있다. 다시 말해 우주적 진실이 지닌 아이러니의 힘이 '그대를 생각함'을 지탱해주고 있기 때문에 위의 시는 한없는 신비감을 지니게 되고 동시에 '사소함'이라는 어휘에 의해 '사랑'이라는 감정이 지닌 무거움의 감각이 상쇄되고 있다.

이처럼 의미의 복잡한 관계가 의외성과 밀도를 가지고 짜여져 있다는 데에서 시의 성공을 논할 수 있을 터인데 중요한 것은 시인의 시선에 따르면 그 '사소함'이 '한없는 괴로움'과 '헤매임'을 위로하는 힘이 된다는 점이다. 일상적으로 반복되므로 무가치해 보이는 것, '그대' 뒤에서 단지 '배경'이 될 뿐인 것은 그러나 온갖 들끓는 번뇌를 지워내는 요인이다. 즉 '사랑'은 '그대'와 멀리 떨어진 이편에서 '그대'의 소모적인 고통을 다스리는 자아의 진정함을 대변한다.

위의 시 2에 이르면 '사랑'이라는 진정함이 어떠한 거리(距離)에 놓여 있는지 분명하게 드러난다. '사랑'은 단순히 순간적인 정열이나 감정이 아니라 '한없이 잇닿은 기다림'으로서 대상과의 시간적이고 공간적인 간격을 상정하고 있기 때문이다. 이를 두고 시인은 '기다림의 자세'라 말하고 있거니와 이는 시인이 '사랑'을 본질적이고 순수한 가치에 해당하는 것으로 보아 그 힘으로 삶의 끊임없는 부대낌들을 극복하는 계기로 여기고 있음을 의미하는 것이다.

황동규에게 위의 시에서의 '사랑'은 앞에서 살펴본 「북해」의 '자유'와 마찬가지의 의미를 지닌다. '사랑'과 '자유'는 삶의 일회적이고 번잡한 요소들을 부정하고 극복하게 하는 숨겨진 진실이기 때문이다. 이들과 삶의 부정적 요소들 사이의 거리는 현실의 층만큼 두터우며 이 층을 모두 벗겨내지 못할 때 가려진 진정함은 흔적 또한 드러내지 못할 것이다. 황동규가 거듭되는 시대의 변화를 겨냥하여 공들여 찾고자 하는 것도 바로 이것이다. 시인은 부정적인 현실 속에 그것을 넘어설 수 있는 엷지만 강한 힘이 내재해 있다고 믿고 있으며, 이에 그의 시적 방법론은 이에 도달하기 위한 다양한 경로라 할 수 있다. 따라서 그의 초기 시세계는 일반적으로 알려진 것처럼 사회와 내면의 분리라는 구도 속에서 내면 세계로의 침잠으로 이해될 수 있다기보다 사회적 여건을 포함한 삶의 부정적 요인들과 대결하는 인간의 내적 요인의 탐구로 짜여져 있다고 판단할 수 있다. 황동규의 시에 비단 대사회적이고 대정치적 진술이 제시되지 않으며 가장 서정적인 시에조차 시대의 거센 물살이 묻어나는 까닭도 여기에 있다.

이러한 황동규 시의 방법론은 4·19세대다운 면모를 드러내는 것이 아닐

수 없다. 4 · 19세대는 현실을 이상적으로 변혁할 수 있다는 사실을 몸으로
체험하였으나 동시에 좌절을 겪음으로써 이상과 현실 사이의 막막한 거리
또한 목도하지 않을 수 없었던 세대들이다. 혁명의 성공과 실패는 이들의 의
식 속에 사회 참여에 대한 암묵적인 동의와 이상 실현의 어려움을 내면화시
키게 된다. 따라서 이 두 측면은 어떠한 방법론으로 짜여져 있든 4 · 19세대
의 글에 양면적 요소로 내포되기 마련이다. 황동규는 이 둘 사이의 거리를
보다 확연하게 느꼈고 그런 만큼 가려진 이상을 찾는 데에 더욱 강하게 집
착한 시인이라 할 수 있다.

3. 이상(理想)의 실체와 현실의 실체

　황동규가 삶의 실재로 간주했던 이상과 현실의 변증법적 구조는 4 · 19세
대들의 보편성 속에서 어떠한 특수성을 지니고 있을까? 실제로 황동규는 60
년대 전기간에 걸친 시작(詩作)을 통해 좌절된 꿈에 대한 아픔과 동경을 표출
하고 있거니와 이러한 정서를 중심으로 한 시적 성과가 여성적 어조의 서정
시를 대변하고 있음을 알 수 있다. 문제는 그의 시에 담긴 서정의 빛깔이 시
대를 어떻게 안고 있으며 그의 미래적 전망을 어떻게 열어나가고 있는가 하
는 점에 있을 것이다. 가령 부정적인 세계를 그대로 수락하거나 거기에 순응
하는 것이 아니라 '비판되어야 할 세계를 비판하면서 껴안'는 소위 '난해한
사랑'[3]이라든가 삶의 참담한 상황을 더욱 공포스럽게 만드는 힘에 대한 분노
와 자신의 무력감을 표명한 '사랑의 변증법'[4] 등으로 표현되는 황동규 시의
특성 속에서 시대성과 미래성을 찾는 일이 우리의 과제가 되어야 할 것이다.

---

3) 성민엽, 「난해한 사랑과 그 기법」, 『작가세계』, 1992 여름, pp.89~90.
4) 김병익, 「사랑의 변증과 지성」, 『三南에 내리는 눈』 해설, 민음사, 1975, pp.162~163.

1.

내 잠시 생각하는 동안에 눈이 내려 눈이 내려 생각이 끝났을 땐 눈보라 무겁게 치는 밤이었다. 인적이 드문, 모든 것이 서로 소리치는 거리를 지나며 나는 단념한 여인처럼 눈보라처럼 웃고 있었다.

내 당신은 미워한다 하여도 그것은 내가 당신을 사랑하는 것과 마찬가지였습니다. 당신이 나에게 바람 부는 강변을 보여주며는 나는 거기에서 얼마든지 쓰러지는 갈대의 자세를 보여주겠습니다.

2.

내 꿈결처럼 사랑하는 꽃나무들이 얼어 쓰러졌을 때 나에게 왔던
그 막막함 그 해방감을 나의 것으로 받으소서.
나에게는 지금 엎어진 컵
빈 물주전자
이런 것이 남아 있습니다.
그리고는 닫혀진 창
며칠내 끊임없이 흐린 날씨
이런 것이 남아 있습니다.
그리곤 세 명의 친구가 있어
하나는 엎어진 컵을 들고
하나는 빈 주전자를 들고
또 하나는 흐린 창 밖에 서 있습니다.
이들을 만나소서
이들에게서 잠깐잠깐의 내 이야기를 들으소서.
이들에게서 막막함이 무엇인가는 묻지 마소서.
그것은 언제나 나에게 맡기소서.

3.

한 기억 안의 방황
그 사방이 막힌 죽음
눈에 남는 소금기
어젯밤에는 꿈 많은 잠이 왔었다.

내 결코 숨기지 않으리라
좀더 울울히 못 산 죄 있음을.

깃대에 달린 깃발의 소멸을
그 우울한 바라봄, 한 짧고 어두운 청춘을
언제나 거두소서
당신의 울울한 적막 속에.

「기도」 전문

「기도」는 시인이 전유한 1960년대적 시대의 정황을 가늠케 하는 대표적인 시이다. 위의 시는 좌절과 패배의 상황 속에서 그에 대응하는 시인의 내적 정서를 잘 보여주고 있는 것이다. 위의 시에서 시적 화자의 내면을 묘사하는 가장 핵심적인 어휘는 '막막함'이다. 앞도 뒤도, 과거도 미래도, 삶도 죽음도 보이지 않는 상황에서 느낄 수 있는 정서가 '막막함'일 터인데, 시인은 그러한 상황을 하염없이 내리는 '눈'을 통해 그려내고 있다. 김현은 황동규의 초기시에 가장 빈번하게 등장하는 소재 가운데 하나인 '눈'이 외로움의 객관적인 상관물이자 쓸쓸한 현실공간에 내리는 방황인의 상징[5]이라 지적한 바 있거니와, 위의 시에서 '눈'은 '나'를 한없는 무력감으로 내모는 기제가 되고 있다. '인적이 드문' 눈보라 치는 거리에서 시적 화자는 '단념한 여인처럼 웃고' 있는 것이다.

또한 시인은 '엎어진 컵', '빈 물주전자', '닫혀진 창', '끊임없이 흐린 날씨' 등 좌절감과 무력감을 상징하는 일련의 상관물들을 의도적으로 열거함으로써 시적 화자가 겪는 '막막함'의 강도를 암시하고 있다. 위 시의 시적 진술을 통해 이러한 그의 막막함은 친구들도 거들 수 없는 그만의 몫으로 각인된다. 시에서 묘사되고 있는 '막막함'은 시인이 처해 있는 절박감을 암시하고 있는 바, '죽음'을 떠올리듯 '사방이 막혀' 있으며 어떠한 치열한 모

---

5) 김현, 「의미없는 세계에서 살기」, 『현대문학』156, 1984. 7.

색도 '한 기억 안의 방황'으로 폐쇄되고 마는 상황, '소금기'로 범벅이 된 얼굴과 '꿈'으로 산만하기만 한 '잠'은 시적 화자의 고독과 절망을 말해주는 것이라 할 수 있다.

그런데 이와 같은 절대적인 좌절을 화자는 더 큰 패배를 통해 역설적으로 극복한다. 모든 것을 '단념한 여인'이 '눈보라처럼' 웃을 수 있듯이 시적 화자는 '미움'을 '사랑'에 동일시 해 버리는 것이다. 절대화된 타자인 '당신' 앞에서 '얼마든지 쓰러지는 갈대의 자세를 보여주겠다' 라는 인식은 굴복함으로써 저항하겠다는 역설적인 태도를 의미한다. 이는 가령 김수영의 「풀」로 상징되는 민중들이 더욱 유연하고 더 적극적임으로써 권력에 맞설 수 있는 힘을 지니는 것과 마찬가지의 의미를 지닌다. '막막함'이 '해방감'으로 전이될 수 있는 것도 이 때문이다.

이처럼 좌절과 패배에서 비롯된 '막막함'은 단순히 '막막함'으로 끝나지 않는다. 시인은 철저하게 고통받고 번민하면서도 그러한 감정 속으로 자신을 밀어넣지 않는 것이다. 대신 그는 의식적으로 괴로워함을 알 수 있다. 괴로워하는 자신을 의식하고 보다 능동적으로 번민함으로써 자신을 에워싸는 막막함의 실체를 인지하는 것이다. 그 후 시인은 막막함이 누구의 것도 아닌 자기 존재의 절대적인 조건이며 그것이 오히려 미래를 여는 바탕이 될 수 있다고 생각한다. 이는 상황에 대한 판단이 부정적인 데에서 어느덧 긍정적인 것으로 전회되는 과정을 보여주고 있다. 이러한 극적 전환은 황동규 특유의 역설적인 태도에서 비롯되는 것이라 할 수 있다. 황동규는 삶의 어둡고 우울한 요소들을 쉽게 무시하거나 회피하지 않는 대신 그것들과 섞여 충분히 살아낸 후 그 이면에서 솟아나는 순수한 힘을 받아들인다. 그 힘은 반복되는 부대낌들을 다스리는 삶의 절대적인 근거이다.

황동규에게 이상의 좌절로 인한 '막막함'은 그리 오래가지 않는다. 황동규는 자신의 내면 속에 특정한 정서를 넘어서고 전환시킬 수 있는 동력을 지니고 있다. 이러한 역동적 힘이 황동규 시를 지속적으로 변화시키는 원인이 되고 있는 바, 내면의 좌절을 극복하는 데 1960년대의 많은 시간을 보낸 황동규는 이후 보다 가시적으로 사회와 정치를 향한 상상력을 전개하고 있다. 「태평가」, 「들기러기」, 「브라질 행로」, 「전봉준」, 「三南에 내리는 눈」 등이 이러한 상상력을 보여주는 시편들로서 1968년에 간행된 『태평가』를 통해 황동규는 개인적 서정에서 사회적 관심에로의 두드러진 전환을 노정하고 있다 할 수 있다.

1
손금 접어두고 눈 오는 남루
寒天에 법도 없고 겁도 없는 눈
땅 위에 깔리는 허연 눈가루
마음에 짓밟는 형제의 손.

2
눈떠라 눈떠라 참담한 시대가 온다.
동편도 서편도 치닫는 바람
먼저 떠난 자 혼자 죽는 바라
同列에 흐느낄 때 만나는 사람.

「전봉준」 전문

봉준이가 운다 무식하게 무식하게
일자 무식하게. 아 한문만 알았던들
부드럽게 우는 법만 알았던들
왕 뒤에 큰 왕이 있고
큰 왕의 채찍!
마패 없이 거듭 국경을 넘는
저 步馬의 겨울 안개 아래
부챗살로 갈라지는 땅들
砲들이 얼굴 망가진 아이들처럼 울어
찬 눈에 홀로 볼 비빌 것을 알았던들
계룡산에 들어 조용히 밭에 목매었으련만

목매었으련만, 대국 낫고 왜낫도 잘 들었으련만.
눈이 내린다, 우리가 무심히 건너는 돌다리에
귀기울여 보아라, 눈이 내린다, 무심히, 갑갑하게 내려앉은 하늘 아래
무식하게 무식하게.

「三南에 내리는 눈」 전문

위의 시들은 '전봉준'이라는 인물이 동학 혁명을 이끌었던 지도자라는 점과 삼남(三南)이 민중의 땅을 상징한다는 점에서 사회적 상상력의 일단을 보이고 있다. 이 시기에 이르면 황동규는 시작 초기의 개인적 서정에서 사회적 차원으로 나아가기 시작한다[6]는 일반화된 평가를 받을 정도로 보다 직접적으로 사회적, 정치적인 발언을 하게 된다. 황동규 시의 이러한 전환은 독재가 1970년대를 즈음하여 절정에 치달아 가는 시점에 이루어진 것이라 할 수 있는데, 위의 시들을 보면 사회에 대해 갖는 비전이 그다지 낙관적이지는 않음을 알 수 있다. 황동규에 의해 사회적 상상력은 부각되고 있지만 그가 판단하는 정치적 미래가 희망적으로 그려지고 있지는 않는 것이다. 특히 황동규의 시에서 대체로 현실의 어두움과 냉혹함을 상징하는 '눈'은 위의 시들 전편에 등장하면서 시적 분위기를 암담한 빛깔로 채색되고 있다. '눈'은 '寒天', '허연 눈가루', '찬 눈' 등으로 변용되어 현실의 암울한 분위기를 강조한다. '눈'은 현실을 뒤덮듯 '마음을 짓밟는' 시적 대상인 것이다.

한편 시에서 모든 사물과 존재를 짓누르는 폭압적 현실과 가장 대척점에 있는 존재는 사회 개혁을 주도했던 전봉준도 민중도 아닌 시적 자아 자신이다. '전봉준'은 시적 자아가 사회의 비극성 앞에서 '흐느낄 때' 위안처럼 만나는 인물에 불과하다. 실제로 '눈'오는 현실을 '남루'하게, 춥게, 참담하게 느끼는 자는 시인이며 전봉준은 이러한 현실에 직접 개입하는 인물은 아니다.

그렇다면 시인이 '전봉준'을 통해 얻고자 했던 시적 의미는 무엇일까? 그것은 현재에 대한 알레고리적 효과이다. 황동규는 '왕 뒤에 큰 왕이 있는 현

---

6) 고형진, 「삶과 문학의 치열성, 그리고 끊임없는 시적 갱신의 여정」, 앞의 책, p.29.

실'과 그러한 현실을 개혁코자 했던 인물을 같은 범주에 배치함으로써 현실을 부정하는 결과를 산출하고자 한다. '무식한 봉준이'가 등장하면서 현재의 부정적 요소들은 과거사 정도로 축소될 수 있지만 시인이 곧바로 '큰 왕'이 '마패 없이 거듭 국경을 넘'어 '채찍'을 치는 현실을 강조, 겨냥함으로써 현재가 비판되는 것이다. '무식한 봉준이'는 강국의 내정간섭을 거부했던 전봉준에 대한 알레고리적 표현으로서 주변 강대국에 자국의 운명을 휘둘리게 하는 현재 위정자들을 비판하는 의미를 내포하고 있다. '무식한 봉준이'와는 다르게 현재의 정권은 '부챗살로 갈라지는 땅들'과 '얼굴 망가진 아이들처럼 砲들이 우는' 상황을 외면하고 있는 것이다. 시인이 안타까워하는 것은 바로 이러한 현실이다. 바꾸어 말하면 이러한 현실을 고통스러워하는 자는 다른 사람이 아닌 바로 시적 자아인 것이다. 따라서 '전봉준'을 시적 소재로 선택한 이유는 강대국의 입김에 정책이 좌지우지되는 우리의 현실을 비판하기 위한 것이지 일반적인 선입견처럼 민중적 세계 지향이나 사회 개혁 자체에 놓여있는 것이 아니다. '눈'을 '무심하다'고 하고 '하늘'을 '갑갑하게 내려앉'았다고 하는 것도 이 때문이다.

이 즈음에 쓰인 사회적 상상력을 보이는 시들 가운데 가장 직접적으로 정치적 의미를 띄는 시들을 「전봉준」이나 「三南에 내리는 눈」 정도로 보았을 때 우리는 위의 고찰을 통해 황동규 시의 사회적 성격을 추출할 수 있을 것이다. 황동규 시의 의미는 단순히 민중적 세계관의 측면에서 혹은 참여 문학의 범주에서 논하는 것이 무의미하다. 70년대 이르러 사회적 상상력이 강화되었다고 하여 과거 개인적 서정의 범위를 넘어서는 시의 지평을 열었다고 하는 일반적인 평가도 사실상 황동규 시의 의미를 끌어내는 데 무력하다. 황동규 시의 의미는 초기 1960년대부터 1970년대를 거쳐 광주 민주화 운동이 일어났던 1980년대를 지나오면서 일관되고 꾸준하게 탐구되어 온 것으로 그것은 자아의 내면을 중심으로 하는 내적 성장에 그 본질이 놓여 있는 것이다.

황동규에게 이 시기의 소위 사회적 상상력은 자아가 처한 대응 국면에 따라 제시된 것일 뿐 시인의 세계관적 본질이 달리 제시된 것이 아니다. 황동규에게 사회는 개인과 분리된 공간이 아니라 개인이라는 핵이 영향을 미치고 운동하는 활동의 장(場)에 불과하다. 개인과 사회 사이에 담이 있어 그 벽을 넘어설 때 사회적 지평을 열게 된다고 하는 구조는 허구에 불과하다. 사회와 개인은 분리된 것이 아니라 서로 연접되어 있다. 개인은 누구에게나 부여되어 있는 사회라는 장에 저마다의 방식으로 운동하고 개입하고 활동하고 있다. 따라서 우리의 관심은 그가 참여 시인인지 순수 시인인지를 가려내는 것이 아니라 그가 어떤 내적 특성을 지닌 채 사회에 어떤 관점과 방식으로 관계 맺어 갔는가에 초점이 놓여야 할 것이다.

이러한 관점에서 보았을 때 1960~70년대 황동규 시가 제시했던 사회적 차원의 시들은 시적 자아의 내적 세계가 조명되지 않을 때 그 의미가 드러나기 힘들 것이다. 그것은 적어도 사회적 차원의 시들을 집중적으로 썼다고 해서 황동규의 내적 정서가 전환된 것은 아니라는 사실을 함의하고 있다. 오히려 황동규는 1970년대에도 과거에 지녔던 우울하고 비극적인 세계를 내포하고 있으며 또한 그 속에서 내면 가장 깊은 곳으로부터 솟아나는 삶의 진실과 힘을 찾는 행위를 지속시켜 나간다.

4. 억압적 현실에 대한 초월

개인과 사회가 넘어야 할 벽으로 분리되어 있는 것이 아니라 개인의 주변을 사회가 둘러싸고 있어 개인이 지닌 자유 에너지가 사회라는 장에 침투하고 운동하는 것이라고 볼 때, 또한 그 역도 성립하여 사회 역시 개인에게 개입하고 영향을 미친다고 할 때, 황동규의 1970년대 후반에 쓰인 시들은 자아와 현실 사이에 어떤 구도와 결을 보여주고 있는가? 1978년에 상재된 『나는 바퀴를 보면 굴리고 싶어진다』는 개인과 사회 사이의 이같은 구도 속에서 자아의 내적 충동에 의해 대사회적 의식이 결정되며 동시에 사회가 자아의

내면에 특정한 빛깔의 충동들을 만들어내고 있음을 알 수 있다. 이전에 비해
이들 사이의 에너지의 교류가 좋은 의미든 나쁜 의미든 더 활발해져 시인의
내적 정서가 이에 강하게 반응하고 있는 것이다. 때로 시인은 현실에 압도되
어 두려움과 공포에 떨고 있으며 때로 자신을 그러한 감정으로 몰아가는 현
실을 향해 분노와 증오의 칼날을 예리하게 세우기도 한다.

> 나는 요새 무서워져요. 모든 것의 안만 보여요. 풀잎 뜬 강에는 살 없
> 는 고기들이 놀고 있고 강물 위에 피었다가 스러지는 구름에선 문득 암
> 호만 비쳐요. 읽어봐야 소용없어요. 혀 잘린 꽃들이 모두 고개 들고, 불
> 행한 살들이 겁 없이 서 있는 것을 보고 있어요. 달아난들 추울 뿐이에
> 요. 곳곳에 처 있는 세(細)그물을 보세요. 황홀하게 무서워요. 미치는 것
> 도 미치지 않고 잔구름처럼 떠 있는 것도 두렵잖아요.
>
> 「초가(楚歌)」 전문

> 아아 병든 말[言]이다.
> 발바닥이 식었다.
> 단순한 남자가 되려고 결심한다.
> 마른 바람이
> 하루종일 이리저리
> 눈을 몰고 다닐 때
> 저녁에는 눈마다 흙이 묻고
> 해 형상(形象)의 해가 구르듯 빨리 질 때
> 꿈판도 깨고
> 찬 땅에 엎드려
> 눈도 코도 입도 아조아조 비벼버리고
> 내가 보아도 내가 무서워지는
> 몰려다니며 거듭 밟히는
> 흙빛 눈이 될까 안될까.
>
> 「계엄령 속의 눈」 전문

위의 시들은 외부의 특정 대상을 노래하기보다는 시적 자아 내부에 물들어 있는 '무서움'을 풀어내고 있다. 외부의 사물들은 자아 내면의 정서인 '무서움'에 의해 왜곡되고 굴절된 채 알레고릭하게 묘사된다. 상습화된 '무서움'의 감정은 자아가 지닐 수 있는 극단적으로 부정적인 정서이다. 우리는 시인의 그와 같은 정서가 외부의 절대적 권력으로부터 빚어진 것임을 시들의 제목을 통해 추측할 수 있다. 절대적 권력의 횡포는 그 그늘에 있는 모든 존재를 비정상적인 형태와 이미지로 일그러뜨린다.

「초가(楚歌)」의 시적 대상들은 '살 없는 고기들', '혀 잘린 꽃들', '불행한 살들'에서 암시되듯이 시인의 정상적인 시선에 의해 포착된 것이 아니다. 그것들은 더 이상 자연의 상징들이 아니고 생명의 이미지가 모두 상실된 그로테스크한 세계를 대변하고 있다. 이러한 세계 속에서 자아는 바른 정서와 이성을 지닌 채 세계와 융합을 이룰 수 없다. 자연을 비롯한 모든 사물은 자아를 위협하거나 자아에 의해 파괴됨으로써 인간과 심각한 불협화음을 일으킨다. 그러한 세계를 시적 자아는 '무서워'한다. 시적 자아는 그러한 세계를 파악하고 이해하고자 하지만 그러한 세계 속에서 대상은 스스로를 드러내지 않는다. '나'는 '안만 보이'는 상태, 사물들이 '암호로만 비치'는 상태에 놓인다. 시적 자아는 그러한 세계를 '읽어봐야 소용없'다는 것을, 그리고 그러한 세계로부터 '달아난들 추울 뿐'이라는 사실을 알고 있다. 자아는 이와 같은 세계를 탈출할 수 없는 감옥 이상으로 받아들일 수 없다. '곳곳에 세(細)그물이 쳐 있'다고 생각하는 것도 이 때문이다.

외부의 모든 대상, 심지어 가장 완전한 자연의 존재들과조차 교통하고 융합될 수 없는 상황은 자아가 매우 심하게 훼손되었음을 말해준다. 훼손됨의 증거는 자아가 공포를 강하게 내면화하고 있는 데서 찾을 수 있다. 그러면 실재하는 모든 존재를 파괴하고 왜곡하는 강한 공포의 힘을 시적 자아는 어떻게 극복하는가? 시적 자아는 자신을 포함한 모든 존재를 짓누르는 절대적 실체를 직접적으로 제시하며 이를 비판하지 않는다. 대신 그는 '무서움'을 '황홀함'으로 전환시키거나 '미치는 것도 미치지 않고 잔구름처럼 떠 있는'

등 내면의 상태를 다스리고자 한다. 그것은 마음의 평상심을 찾기 위한 것과 '무서움'을 미학적으로 받아들이는 것을 위한 노력이라 할 수 있다.

「초가(楚歌)」의 시적 자아가 외부 권력의 실체에 대항하는 대신 그것에 의해 침윤된 내면의 상태를 바꾸기 위해 애쓰는 것처럼 「계엄령 속의 눈」에서의 '나' 역시 그 힘에 대한 직접적 대응을 피한다. 시적 자아는 '단순한 남자가 되려고 결심'하는 것이다. 이는 더 이상 외부의 힘에 일방적으로 상처입고 유린당하지 않겠다는 의지를 반영하는 것이다. '나'의 결심에 의해 '나'는 절대 권력의 힘이 미치는 범위로부터 벗어나 일정한 간격 아래 위치하게 된다. 그러나 이것이 훼손된 자아를 치유하거나 회복하는 것을 의미하지는 않는다. '나'는 '발바닥이 식'은 채로, '병든 말[言]'로써 살아갈 것이기 때문이다.

1970년대 '유신헌법'으로 대변되는 독재의 전횡 하에 암흑과 같은 그 시대를 살았던 사람들에게 정치와 사회, 세계와 인간은 더 이상 희망이나 신뢰를 줄 수 있는 터전이 되지 못하였다. 그러하기는커녕 그것들은 한없이 인간을 구속하고 핍박하는 근원이었다. 이러한 시대의 억압으로부터 자유로울 수 있는 자는 거의 없었으며 특히 그가 민감한 시인이자 건전한 지식인이라면 살아있는 것 자체가 수치스럽고 죄스러운 것으로 여겨지곤 하였다. 황동규는 이러한 시대 앞에서 어떠한 자의식을 드러내며 이를 이후의 시 창작에 어떠한 요인으로 흡수하는가?

　송장혜엄
　이가 자꾸 시리다.
　헤어진 마음 기워 입고
　맞지 않아 뒤집어 입고
　다음날 또 뒤집어 입고
　여하튼 살아가기로 작정한다.
　〈여하튼〉, 이 말이
　흐린 작문처럼 들리는구나. 잃어버린 바늘은 마음 한 구석에 박혀
　더듬을 때마다 찌른다

찔러,
거듭 찔러,
끓을까 말까 주저하는 뱃속의 물
배고파도 짖지 못하는 개들의 떼
수풀마다 머리를 덤불에 박고
숨죽이고 떠는 꿩들,
그리고 드러누워
흘러가는 나를,
찔러,
아직 움직이는 심장의 어디
아직 덜 먹힌 땅의 어디
혹은 철망의 가시처럼
무수히 박혀 희미하게 녹스는 저 별들 아래
숨쉬는 곳이면 누운 자도,
찔러.

소리

　돌들이 다시 희어진다, 변하는 우리. 소리, 물이 河床을 벗어나는, 말의 물을 모두 쏟아버리고 전신이 공중에 날아올라 바람에 불려가는 소리, 불려오는 소리, 들 가득히 쌓였다가 들 가득히 자신을 태우는 소리, 너울대는 얼굴들, 잔뼈들이 미치는 소리. 우리가 우리의 잠 속에서 감쪽같이 울 때 잠 속에 깜쪽같이 스며들어와 우리가 되어 우는 소리. 우리 모두가 文身이 되는 소리. 살 어디에고 빈틈없이 새겨지는 이 저림들.
　아버지가 죽은후 아버지가 명당마다 타오른다.
　명당이 죽은 후 명당이 우리 자리에 타오른다.
　우리가 죽은 후 우리가 흰 옷 입은 도적이 되어 타오른다.
　흰 옷 입은 도적들, 빨래 같은, 도처에 널린 흰 천들.

　죽음이 저질러졌다. 바람소리들이 되돌아왔다. 던진 돌도 되돌아오고 깨어진 머리들도 되돌아왔다. 삭제된 문장들도 삭제된 채 되돌아왔다. 골목에 파수 세우고 문서 태우고 우리가 습격하는 우리의 집들, 소리 소리 우리.

「정감록 주제에 의한 다섯 개의 변주」 부분

〈탈〉, 〈송장혜엄〉, 〈十勝地〉, 〈소형 백제 불상〉, 〈소리〉의 5개의 소제(小題)로 구성되어 있는 「정감록 주제에 의한 다섯 개의 변주」는 황동규의 시적 기법이 상당히 수준 높은 경지에까지 이르고 있음을 보여주는 대표적인 1970년대 작품이다. 위의 시는 이 시기에 쓰인 다른 시들과 마찬가지로 시대의 암울함과 그 시대를 살아가는 자아의 고통을 매우 적나라하게 그리고 있다. 이 시기의 자아들은 1960년대 그들과 달리 이상을 현실화하는 일에 대한 믿음을 많은 부분 상실한 자들이다. 4·19혁명이 유실된 채 또 다른 민주주의 혁명으로 이어지지 못하였으며 오히려 많은 민주주의 세력이 독재 권력 앞에 이슬처럼 사라지는 광경에 익숙해져야 했기 때문이다.

사회와의 긴장 관계를 유지한 상태에서 대부분 내적 성장에 무게 중심을 두었던 황동규에게 1970년대는 60년대와는 또 다른 자아의 태도와 자세를 요구하게 된다. 1970년대는 자아를 극심한 공황 상태로 몰아가는 절대적 타자였던 것이다. 이에 황동규는 절대 권력과의 적절한 안전거리를 유지하고자 한다. 절대 권력이 감당할 수 없는 힘의 실체라면 그 앞에서 자아가 형해화되는 것을 방치할 수는 없는 노릇이기 때문이다. 〈송장혜엄〉의 시적 자아는 '여하튼 살아가기로 작정한다'. 하지만 훼손된 사회에서 살아가는 일은 쉽지 않은 일이어서 그는 '해어진 마음 기워 입고', '뒤집어 입고', '다음날 또 뒤집어 입어'가며 살아야 한다. 이는 '살기 위해서' 물리적이든 지적이든 여러 장치와 조작이 필요한 세태를 말해준다.

시적 자아에게 '살기'로 작정하는 일은 큰 결심을 요하는 것이었다. 그러나 그렇다고 '살아있다'는 것이 마음 편한 일도 아니었는데 이러한 사실은 시적 자아의 '찌르'는 행위에서 암시된다. 화자는 '여하튼'이라는 말에 심한 서글픔을 느끼고 '마음 한 구석'에 양심을 자극할 수 있는 '바늘'을 지닌다. '주저하는 뱃속의 물'과 '배고파도 짖지 못하는 개들의 떼', '숨죽이고 떠는 꿩들', '드러누워 흘러가는 나', 이 모두는 불의를 당하고도 저항하지 않는 비겁한 자아들을 상징하는데 '바늘'은 이들을 향해 겨눠진다. 이와 함께 시 인은 '아직 움직이는 심장', '아직 덜 먹힌 땅', '희미하게 녹스는 별들'로 비 유되듯 다행히 아직 소멸하지 않고 있는 양심의 세력들도 '바늘' 앞에 규합 될 것을 촉구하고 있다.

〈소리〉에 이르면 과거 '살아가기를 작정'하는 데서 느껴지던 시적 자아의 암담했던 처지가 극적 전환을 이루고 있음을 알 수 있다. 〈소리〉에는 암울한 시대 앞에서 파괴당하지 않기 위해 몸을 움츠렸던 안타까운 자아의 모습이 나타나 있지 않다. 반면 자신을 비롯한 모든 존재들이 요란스러운 '소리'를 내며 상승하고 운동하는 양상이 전면적으로 제시되어 있다. '물이 벗어나고', '전신이 날아올라 불려가는', '자신을 태우는', '잔뼈들이 미치는', '우리가 되 어 우는', '우리 모두가 문신이 되는' 등 일련의 움직임들은 어둡고 우울한 상황을 전복하고 새로운 도약과 약진의 이미지들을 구현하는 것이다. 이러 한 총체적 상승의 힘을 통해 '변하는 우리'를 대면하게 된다.

시인은 이 시점에서 '변화'를 말하고 있거니와 시인의 시적 궤적에서 이 러한 현상은 주목할 만한 일이 아닐 수 없다. 〈소리〉에서와 같이 충동이 내 재된 강렬한 이미지는 그 전에는 찾아보기 힘든 것이지만 1970년대 후반의 시들에서는 종종 나타나는 것이기 때문이다. 이는 이즈음에 황동규가 사회 의 부정적 요인들에 압도당하지 않으며 그에 대응할 만한 내적 힘을 쌓아가 고 있었음을 의미한다.

황동규의 경우 이러한 힘들은 저절로 혹은 막연하게 형성된 것이 아니다. 1960대부터 시작했던 황동규는 처음 이상을 내면화하고 내면화된 이상을 지 켜나가는 데 주력하였으며 이후 이상과 현실과의 수 없는 갈등과 좌절을 겪 었고 이 속에서 자아와 현실 사이에 자신에게 합당한 관계망을 짜게 되는 것을 알 수 있다. 여기에서 발견할 수 있는 자신을 지키기 위한 최소한의 거 점 마련과 이를 발판으로 한 사회적 응전의 태도는 가히 극적이라 할 수 있 으며 황동규만의 용기와 진실을 보여준다 할 것이다.

5. 혁명의 좌절과 그 내적 동력

본고는 황동규의 1980년대 이전에 쓰인 소위 초기시를 중심으로 하여 고찰했다. 황동규의 초기시는『어떤 개인 날』과『비가』,『태평가』,『열하일기』,『나는 바퀴를 보면 굴리고 싶어진다』로 이어지는 바, 이들 시편들은 시대적 상황에 따라 미세한 변화를 보여주고 있다.『어떤 개인 날』과『비가』가 방황과 혼돈으로 괴로워하며 우울과 갈증을 주된 정서로 하고 있다면『태평가』는 그러한 정서가 크게 바뀌지 않은 상태에서 시적 관심이 사회, 정치적 차원에로 확대되어 있다.

또한『태평가』에서 보인 사회, 정치적 관심이 소재적 차원에 한정되어 있는 반면『나는 바퀴를 보면 굴리고 싶어진다』에서의 상상력은 자아와 사회 사이의 팽팽한 긴장감이 느껴지며 이 속에서 패배하고 좌절하기보다 능동적으로 사회에 대응하고 이를 넘어서려고 하는 자아의 강한 충동과 의지가 반영되어 있음을 알 수 있다. 이러한 시인의 변모의 궤적을 살펴볼 때 20여년에 걸쳐 창작된 초기시 전편에는 시적 자아가 사회와 관계 맺고 대응하는 양상이 가장 굵은 줄기로 내재되어 있다고 판단할 수 있을 것이다.

다시 말하면『어떤 개인 날』등에 그려지고 있는 허무하고 우울한 정조는 혁명의 좌절을 경험한 4·19세대의 보편적 특질을 통해 확인할 수 있으며 이러한 정조를 지녔던 시인의 내면 세계는 이후『태평가』,『나는 바퀴를 보면 굴리고 싶어진다』등에서 다름 아닌 시인의 실존과 사회와의 역동적 상호 작용에 따라 변화, 성장해 갈 수 있었던 것이다.

황동규의 시의 변모 과정을 살펴보면 그가 시에서의 정해진 답을 상정하고 그에 자신을 꿰어맞추는 전개 과정을 보이지 않았음을 알 수 있다. 그는 시대와 상황에 정직하고 성실하게 임하였으며 그 속에 매몰되고 굴복해간 것이 아니라 자신의 내면 속에서 자기 자신과 시대를 함께 넘어설 수 있는 힘을 끊임없이 구하였다. 이러한 노력과 모색이 그의 시를 삶과 유리되지 않게 하였고 또한 시적 열정을 50년간이나 지속시킬 수 있었던 근거일 것이다.

세미오틱적 글쓰기와
그 승화

‖ 오세영론 ‖

1. 모더니즘적 초기시의 사회적 의미망

오세영의 시세계를 이해하고자 할 때 우리는 결코 간단하지 않은 그의 시적 궤적 앞에 다소 막연해진다. 40년에 가까운 시작 활동과 그 속에서 일구어낸 10권이 훌쩍 넘는 창작적 성과물들은 그의 시세계를 단숨에 파악하는 것이 그리 녹록한 일이 아님을 암시하는 것이다. 더욱이 그 세월만큼 그가 교편을 잡고 시 비평과 이론의 정립에 관한 지도적인 업적을 쌓아왔음을 고려한다면, 안이한 시각으로는 그의 시적 수준을 가늠하는 것이 불가능할 것이다. 실제로 1960년대 말 등단하여 첫 시집 『반란하는 빛』(1970)을 상재한 이후 『가장 어두운 날 저녁에』(1982), 『무명연시』(1986), 『불타는 물』(1988), 『사랑의 저쪽』(1990), 『꽃들은 별을 우러르며 산다』(1992), 『어리석은 헤겔』(1994), 『눈물에 어리는 하늘 그림자』(1994), 『아메리카 시편』(1997), 『벼랑의 꿈』(1999), 『적멸의 불빛』(2001), 『봄은 전쟁처럼』(2004) 등의 시집을 발간하면서 그는 새로운 시세계를 끊임없이 탐색해왔다.[1] 초기의 모더니즘에서 불교와 노장 사

---

1) 오세영의 방대한 시편들의 경향을 두고 박현수는 4시기로 시기구분하고 있다. 1집과 2집

상으로, 그리고 그것의 더 깊은 철학적 모색 및 가장 순연한 서정시의 구현
에 이르기까지 오세영은 시가 빚어낼 수 있는 가장 순도 높은 언어와 진리
탐구를 혼신의 힘을 기울여 일구어 왔다. 만일 시의 가장 곱고 순수한 모습
을 만나고 싶다면 우리는 주저없이 오세영 시인을 찾게 될 것이다. 또한 알
수 없는 삶의 번뇌에 지쳐 한 줄기 위안이라고 얻고 싶을 때 역시 그의 시를
만나고자 할 것이다. 갑년을 넘긴 그의 시는 그만큼 성찰에서 비롯된 심화된
통찰과 인간에 대한 이해를 담고 있는 것이다.

　오세영의 대부분의 시에서 볼 수 있는 완미(完美)한 서정 미학을 그러나
우리는 초기의 시집 『반란하는 빛』에서는 만나기 힘들다. 첫 시집인 그것은
미의 완전한 이상을 구현하기보다는 오히려 파괴적이고 충동적인 세계를 보
여주고 있기 때문이다. 이러한 시적 경향을 두고 시인은 '문학 수업중 거쳐
야 할 하나의 과정 이상의 의미를 부여하고 싶지 않다'고 하였으나 사실 그
가 여기에서 행한 작업은 단순히 상상력의 실험이나 언어 감각의 습득 차원
에 놓이지 않는다. 이는 오세영이 『현대시』 동인으로 활동하면서 1960년대
문학의 한 경향을 온전히 담당했던 점과 관련된다. 오세영은 1960년대를 특
징짓는 세 가지 문학적 경향들, 즉 서정주, 조지훈 등으로 대표되는 전통적
서정시 계열과 김수영, 신동엽 등 문단의 신진 세력으로 등장한 참여시 계
열, 그리고 언어적 실험과 내면의 추구를 통해 새로운 미적 근대성을 추구한
계열 가운데 세 번째 계열을 주도적으로 이끌어갔던 것이다.[2] 그는 여기에
서 이수익, 이승훈, 이건청 등과 함께 도구화된 형태로서의 문학을 거부하고
'내면 탐구와 형식 실험을 통해 언어의 가능성들의 영역을 확대시켜 나가

　의 공유성을 근거로 이를 1기로 하고 미학과 철학의 조화가 시도된 3, 4, 5집을 2기, 6, 7,
8, 9집에 서정성이 강화된 점에 따라 3기, 자연친화적 정서를 중점화한 4기가 그것이다.
『오세영 시 넓이와 깊이』, 오세영 교수 화갑기념 논문집, 새미, 2002.

2) 1960년대의 문단을 이처럼 크게 세 가지 부류로 구분하는 데에는 어느 정도의 합의가 이
루어진 듯하다. 「한국현대시사」에서 최동호가 60년대 문학의 흐름을 전통적 서정시, 현실
상황에 대한 응전의 시, 인간의 내면의식을 탐구한 언어적 실험시로 나누는가 하면, 문흥
술은 「해방 후 50년 시 동인지의 역사」에서 이와 유사하게 전근대적 반담론, 비판적 합리
성의 담론, 비이성적 반담론으로 명명하고 있다.

는'3) 소위 시의 현대화 작업에 착수하게 된다.

우리 문학사에서 '문학의 현대화'가 문제시 되었던 시기는 1930년대 경성의 도시화를 기반으로 유행처럼 번졌던 '모더니즘 운동'으로까지 소급되어 간다. '모더니즘'이 근대적 생산 양식을 토대로 한 문학의 분업화된 양상을 가리키는 것이라면, 이 속에서 언어의 미적 구현을 이루어내고자 하는 것은 매우 당연한 일이라 할 수 있다. 김기림이나 김광균, 정지용, 그리고 특히 이상의 문학에서 발견할 수 있었던 언어의 실험성도 이와 관련된다.

이러한 성격의 '모더니즘'이 1930년대엔 그야말로 실험적으로 시도된 것이라면, 따라서 근대와 도시의 온갖 부패하고 병리적인 현상들에 깊이 있게 천착해 들어가지 못한 것이라면 1960년대의 모더니즘은 그와는 매우 다른 상황에 놓여 있다. 그것은 예컨대 1960년대의 모더니즘이 '문학의 현대화'를 위해 실현코자 했던 '언어적 실험'과 '내면의 추구'라는 양 계기가 동전의 양면처럼 밀착되어 있는 데서도 드러난다. 즉 내면은 언어를 통해서, 언어는 내면에 의해서 빚어지고 왜곡되며 또한 생성되기도 하거니와 이는 자율성을 담보하는 언어가 그만큼 주체 및 사회적 현실과 맞물려 존재함을 보여주는 것이다. 더 이상 개인에게 총체적 비전을 제공하지 못하고 파편화의 길을 걷게 하는 근대의 자장 속에서 언어는 그에 대응하는 또 다른 형태 및 양상을 제시하게 된다. 말하자면 모더니즘의 60년대적 언어는 언어 자체의 미학에서가 아니라 사회적 현실과의 고도의 함수관계 속에서 제련되는 것이다. 이것이 곧 60년대 모더니즘의 특성이며 현대화된 문학의 징표이다.

이러한 관점에서 보면 당대에 소위 '순수시'라 일컬어졌던 '언어적 실험시'가 '참여시' 못지않게 현실적 계기들을 내포하고 있음을 보여준다. 현실에의 응전력을 상실했다 하여 비판받던 이 계열의 시인들에게 현실은 자아와 분리되어 존재하는 것이 아니라 자신의 실존적 자리를 매김해야 하는 바탕에 해당되는 것으로 인식된다. 현실이 자아와 화해롭게 만나야 하지만 그

---

3) 김준오, 「순수·참여와 다극화 시대」, 감태준 외, 『한국현대문학사』, 현대문학, 1989, p.312.

러한 가능성이 희박하다는 점에서 이들 시인은 좌절한다. 여기가 그들의 몸부림이 솟구치는 곳이며 새로운 현실이 추구되는 지점이다. 이들은 단순히 현재를 대체하는 또 다른 현재를 구하지 않는다. 존재론적 자리에 민감한 이들이 부정하는 것은 단지 현실이 아니라 현실을 구성하는 원리 자체이며, 그것이 곧 근대를 이끌어냈던 이성이다. 그들의 판단에 따르면 고도로 물신화된 현실이 광포하게 일그러져 있다면 이미 이성은 그에 대응할 수 있는 능력을 상실한 것에 지나지 않는다.

충동적이고 파괴적인 1960년대 오세영의 시들 역시 당대 모더니스트가 지녔던 이같은 현실 인식 하에 성립된다. 그의 초기시에는 부패하고 타락한 현실과 마주한 자아의 불신과 심연이 아로새겨져 있는 것이다. 초기의 그의 시에 논리나 이성에 앞서 비논리와 무의식이 전면화되어 있는 것도 이 때문이다.

1960년대에 쓰인 오세영의 초기 시적 경향을 이해하기 위해 본고는 그의 시에 나타나는 충동적이고 해체적인 양상들, 즉 의미의 비논리나 무의식과 의식의 무차별적 혼재, 통일된 사유에 의한 정제가 아니라 우연한 충돌로 제시되는 이미지 등의 특성들이 사회적이고 문화적인 측면에서뿐 아니라 정신적이고 존재론적 측면에서 어떠한 의미를 지니는지를 탐구하고자 한다. 이러한 양상들은 단지 현실과 문단에 대한 충격 효과를 주기 위해 산출된 것이 아니라 자아의 존재론적 구축을 위한 필수불가결한 요인이었다는 점에서 주목을 요한다. 초기 오세영의 시들에서 발견되는 이들 양상의 의미를 탐색해 본다면 우리는 오세영의 실존적 자리와 아울러 그의 정신사적 변모의 궤적 또한 살필 수 있는 계기를 마련할 수 있을 것이다.

2. '근원(根源)'과 세미오틱적 언어

『반란하는 빛』에 등재된 시편들은 모두 서로 갈래지우기 힘든 유기적 덩어리처럼 보인다. 「불」 연작시는 물론이고 「도둑」, 「투망(投網)」, 「열차」, 「바람이여」 등 할 것 없이 모두 그러하다. 이 시편들은 의미의 논리적 구성에 따라 질서화 되어 있는 것이 아니라 구획이 불가능한 시간의 흐름만이 숨가쁘게 느껴질 뿐이다. 이들은 일정하게 의미를 구축하는 것이 아니라 에너지의 섬광만 파편적으로 제시한다. 시를 구성하는 각각의 이미지들 역시 무방향적이고 우연적으로 나타났다가는 이내 사라져버린다.

> 잊어버려, 잊어버려라고, 그가
> 속삭인다.
> 나는 누워서 눈을 감았다.
>
> 에테르로 풀리는 어둠을 붙들고
> 톱니, 저 관절에 낀 시간을 닦아낸다.
> 엔진에 타오르는 한잔의 불,
>
> 끝끝내 벨 것인가,
> 떨어져나간 팔과 다리, 내 심장에서
> 우는 벌레, 영혼의 살 한점,
> 결국 들춰낼 것인가,
>
> 나는 내려간다.
> 회랑의 층계를 돌아
> 스물아홉의 육(肉)의 밑바닥에
> 선박들이 침몰하고,
>
> 전주(全州)에서 본 여자가 메스를 들고 차갑게 웃고 있다.
> 염려 없다면서, 없다면서
> 빼앗는 내 눈의 불,
>
> 박제된 유년의 깊은 밑바닥에

알콜에 적신 내가 누워 있다.

「불2」 전문

위의 시에서 의미의 전체적인 구조를 파악하는 것은 불가능하다. 의미가 되는 단위는 기껏해야 완전하지 않은 한 문장에 불과하다. 이는 각각의 문장들이 긴밀한 짜임없이 독립적으로 제시되고 있음을 뜻한다. 의미 단위들은 서로 시간적, 공간적, 논리적 소통을 이루지 않으며 제각각 다른 방향을 향해 치닫고 있는 것이다. 소통이 된다 해도 그것은 현실정합성을 상실한 채 초현실적 형상 내에서 이루어진다. 각각의 의미 단위들 사이에서 어떠한 공통점이 있다면 그것은 '운동성'과 '열기(熱氣)' 정도일 것이다. 이는 각 의미 단위들이 행위를 중심으로 형성되어 있다는 것, 이들 행위들이 움직임 자체의 의미만 지닌다는 점에서 알 수 있다.

의미가 소거되고 '운동성'과 '열기', 즉 에너지만 남아 있다는 것은 무엇을 뜻하는가? 그것은 시인이 현실적 논리를 교란시켜 의미를 제로 상태로 환원시켰다는 것을 의미한다. 의미가 없이 에너지만 남아있는 상태는 그만큼 새로운 의미를 찾을 수 있는 근원에 도달하기가 용이해진다. 위의 시 역시 현실이 무로 환원된 자리에 새로운 모색만이 어지럽게 종과 횡을 그리고 있는 것이라 볼 수 있다.

그런데 그러한 모색은 결코 안이하게 구해지지 않는다. 모색의 소용돌이가 치는 동안 시인은 단 한 순간도 편안히 있을 수 없기 때문이다. 파편화된 의미 단위들은 시적 자아의 심적 상태를 짐작케 하는 것으로, 기존의 현실적 권위나 규범, 논리와 질서가 해체됨으로써 자아를 지킬 어떠한 장치도 가지고 있지 못한 '나'는 혼돈과 위기에 무방비로 내맡겨져 있음을 알 수 있다. 이 때 시적 자아는 알 수 없는 힘들에 의해 침범당하여 위협과 조롱을 받고 있고, 아울러 '심장'과 '영혼'이 훼손될 위험에도 노출되어 있다. '나'는 꿈속에서 혹은 환각을 통해 자신의 육신이 파괴되고 해체되는 듯한 경험을 한다.

이들 경험들은 충격적이고 공포스럽다. 그런데 문제는 이러한 경험들이 내게 들러붙어 결코 '나'를 놓아주려 하지 않는다는 점에 있다. 눈을 감아도, 도망쳐도, 잊고자 하여도, 잠을 잘 때에도 그러한 환상들은 끊임없이 내게 따라온다. '나'를 위협하는 환영들에 싸여 있는 까닭에 마침내 '나'는 오랜 기억의 '유년'의 시간이 '박제'된 것과 같은 느낌을 받는다.

대부분의 사람들은 자신을 둘러싼 여러 현실적 조건들을 버리지 못한다. 규범이나 규칙, 논리와 질서와 같은 현실적 조건들이 권위가 되어 '나'를 지켜주고 보장해주는 장치가 되기 때문이다. '나'를 위협하고 침해하는 요인들은 그것이 무엇이든 간에 '나'의 이성에 의해 철저하게 봉쇄당하기 마련이다. 자아의 생존을 위해 행하는 그러한 행동은 지극히 자연스럽고 당연한 것이다. 때문에 모든 사람들은 온갖 비합리적인 것이나 보이지 않는 것, 현실 논리에 부합하지 않는 것을 온 힘을 기울여 억압한다. 만일 이러한 억압을 행하지 않는 자가 있다면 그는 정신병자이거나 아니면 대단히 강한 자일 것이다.

이성의 그러한 작용을 몰랐을 리 없는 시인이 자신을 보호하는 장치를 의도적으로 삭제해버린 것은 무엇 때문이었을까? 그것은 현실의 외피들이 자아를 이중 삼중으로 감싸고 있을 때 그가 결코 존재의 근원(根源)에 이를 수 없다는 사실에 기인한다. '근원'은 기성의 모든 것이 무(無)로 환원되어 에너지만 남은 상태를 가리키는 것으로 그 때에 에너지는 무차별적이고 무방향적이면서 그 총합으로 모든 것을 붕괴시키고 전복할 만한 힘을 가지고 있다. 심지어 그 힘은 존재마저도 전복하고 집어삼켜버릴 수 있다. 이러한 점들을 살펴볼 때 지금 시인은 생성과 위기의 경계에서 위험한 줄타기를 하고 있는 것이다. 또한 스스로 그러한 경계에로 나아갔다는 점에서 그는 강한 자에 속할 것이다. 시인은 그러한 지대에서 겪을 수 있는 위험을 자발적으로 마주한 자이며 온갖 파괴적인 힘을 견뎌 새로운 생성의 세계를 형성하고자 하는 자인 것이다.

오세영의 초기 시에 '불'의 이미지가 반복해서 등장하는 것은 우연이 아니다. '불'은 힘의 상징이 되기 때문이다. 그 힘은 모든 것을 태워 새로운 질

서의 터전을 마련하기에 충분하다. '불'에 기댐으로써 현실의 차가운 질서는
무력해지고 자아는 생성의 기회에 놓이게 된다. 이러한 관점에서 볼 때 '불'
은 '코라(chora)'와 같다. '코라'는 정신분석학자인 크리스테바의 조어로서 질
서가 개입하기 이전의 무정형적이고 무한한 충동의 에너지로 가득해 있는
지대를 가리킨다.[4] 흔히 근원적 본능이 자리한 무의식의 장소라고 이해될
수 있는 '코라'는 불안정하고 카오스한 운동성을 통해 생성을 유도하는 힘
(force)과 연관된다.

이러한 '코라'의 지대에서 기호는 상징물로서 구조화되어 있는 형태를 포
기하게 된다. 그때의 기호는 상징적 체계로 정립되어 있는 기호와 대립되는
것이자 주체의 대상 인식을 통해 이루어지는 정상적인 기호 활동을 부정하
는 것이다. 코라의 언어는 대상과 주체의 관계틀 자체가 소멸되어 있는 상태
에서의 기호의 비정립적 국면을 드러낸다. 이러한 지점에 놓인 시가 의미나
논리를 구하기보다 감각적 리듬이나 율동의 흐름에 따라 기호의 요소들을
분해시켜 도입하게 되는 것도 이와 관련된다.

이 속에서 기호는 완전한 통사적 구조에 의한 의미 전달보다는 파괴된 요
소들의 산재를 통해 에너지의 유동적 흐름만을 드러내 보일 것이다. 이는 기
호가 대상을 인식하고 전유하는 주체의 의식적인 활동에 의해 생산된 것이
라는 점과 거리가 멀다. 오히려 시에서 대상은 사라지고 주체와 대상의 구분
조차 없어진다. 이는 주체의 통일성이 붕괴되는 것을 의미한다. 그 대신 여기
에 남는 것은 비동일적인 자아의 몸짓, 소리, 음향, 율동뿐이다. 비대상의 시
가 등장하는 것도 이 지점에서이다. 기호의 이러한 양상을 세미오틱(semiotic)[5]

---

4) '코라'에 대한 이해는 J.Kristeva, 『Revolution in Poetic Language』(Columbia Univ. Press, 1984,
    pp.23~28) 참조.
5) 크리스테바의 사유에서 semiotic은 symbolic과 대립되는 것으로 후자가 상징적 안정성을 지
    니고 있는 정립적 언어라면 전자는 그러한 국면이 파괴되고 해체된 양상을 의미한다. 이러
    한 파괴와 해체는 그러나 무용하고 부정적인 것이 아니라 새로운 의미를 생산하기 위한 기
    반이 된다. 이 점에서 semiotic은 chora와 그 성격을 공유한다고 할 수 있다. 실제로 semiotic
    의 언어가 산출되는 것도 코라의 지점에서이다. semiotic의 개념에 관해서 크리스테바의 위
    의 책, pp.62~70 참고.

이라 할 수 있으며, 오세영 초기시의 모더니티의 특성은 이와 대단히 유사한
국면으로 진행된다.

3. 파괴의 반복과 구축적 세계의 지향

상징질서 내로의 편입과 정립적 언어 사용을 거부하는 자아에게 주어진
것은 깊고 어두운 세계를 고독하게 대면하는 일뿐이다. 타자의 그림자가 어
지럽게 난무하는 어두운 세계에서 자아는 일정한 지향을 상실한 채 헤매게
된다. 기존의 상징질서를 부정하는 자아는 공허한 지대에서 혼란과 충동을
겪는다. 상징 질서가 무너진 그 지대는 어떠한 확고한 것도 없다는 점에서
비어 있기도 하고 온갖 타자가 근원적 에너지에 힘입어 출몰한다는 점에서
공포와 불안의 장소이기도 하다.

불안과 공포는 주체를 제로상태로 환원시키는 오성적 판단이다. 때문에
자아는 그와 같은 상태에 언제까지나 자신을 맡겨 둘 수는 없다. 대신 자아
는 주체도 대상도 아닌 채 흔적도 없이 나타났다 사라지는 타자들과 뒤섞여
새로운 질서를 꿈꾸게 된다. 그것은 부정과 모색, 모색과 기각의 부단한 과
정을 통해 이루어지는 것으로 자아는 이를 향해 편집광처럼 나아간다.[6] 기
존의 상징체계를 전면적으로 부정하기 때문에 그 때의 자아는 영(零)이지만
만일 그가 새로운 정립을 시도한다면 그는 형성 도중에 있는 주체, 즉 '과정
중의 주체'[7]가 된다.

---

6) J.Kristeva, 『Power of Horror』, Columbia Univ. Press, 1982, p.34.
7) J.Kristeva, 앞의 책, (1984), pp.62~66. 과정중의 주체(subject in process), 혹은 시도하는 주
    체(subject on trial)는 semiotic의 침투를 통해 symbolic적 언어를 부정한다는 점에서 해체적
    이지만 그 자체로 머물지 않고 또 다른 정립의 언어를 지향한다는 점에서 여타의 해체론
    자들의 입장과 차이가 난다. 과정중의 주체는 semiotic과 symbolic 사이에서 변화를 전제한
    상대적이고도 계속적인 운동을 한다.

오세영의 초기시에서 확인할 수 있는 시적 자아 역시 혼돈의 극점에 자신을 노출시키되 그에 머물지 않은 채 끊임없이 그로부터의 부정과 탈출을 시도한다는 것을 알 수 있다.

> 타버린 정신들은 어디 갔는가.
> 가령 설원(雪原)에 버려진 장미꽃 하나,
> 혹은 알타이에 떨어지는 햇살,
> 바람과 소나기, 그리고 유월은
> 불탄다.
>
> 내 살 속에서 희미한 불빛들이
> 뛰어가고, 알콜이 출렁이는 바닷가에서
> 이십세기는 불을 지핀다. 물질이 흘린 피. 싸늘한,
> 실용(實用)의 새는 날 수 있을까,
> 어두운 내 얼굴을 날아서, 찬서리 내린 굴뚝과
> 기계들이 죽은 무덤을 넘어서
> 어제의 어제를 넘어서
> 달에 도달할 수 있을 것인가.
>
> 전선에 걸린 달, 인간의 숲속에서
> 전화가 울고 아흔아홉 마리의 이리가 운다.
> 저것 보라면서
> 불타는 서울의 술집들을 가리키면서
> 어디로 갈 것인가, 타버린 정신의 재
> 죽음, 혹은 창조의 불빛.

「불1」 전문

인용시에서 우리는 오세영의 초기 시에 드러나 있는 에너지의 현현태와 함께 그 중심에 있는 '불'의 이미지를 확인할 수 있다. 위의 시에서 '불'은 '이십세기', '물질', '실용(實用)', '굴뚝', '기계들', '서울'로 상징되는 기존의

정립적 세계를 붕괴시키는 주체로 등장한다. 그러한 세계는 다름 아니라 합리주의에 바탕을 둔 근대의 기계물질문명을 지시하는 것이며 시적 자아는 이를 '불'의 힘으로 무너뜨리고자 하는 것이다. '불'은 외부의 어떤 곳에서 도입된 것이 아니고 '내 살 속에서' 피어난 것으로서, 외부의 상징적 질서를 파괴할 뿐만 아니라 '어두운 내 얼굴을 날아'간다. 여기에서 우리는 '불'이 근대문명의 실질들과 그로부터 촉발된 '나'의 문제를 해결하는 동시에 또 다른 의미 있는 국면을 향해 나아가고자 한다는 사실을 암시받을 수 있다. 근대의 물질적이고 기계적 문명을 상징하는 것들이 '싸늘한 피', '찬서리 내린', '어두운', '죽은 무덤' 등의 어사(語辭)와 나란히 놓인다면 시적 자아는 이들을 '넘어서서' 새로운 지대를 지향하고 있기 때문이다. 위의 시에 나타난 '달'은 앞으로 나아가야 할 새로운 지대가 무언인지를 상징한다.

'달'은 근대를 부정한 이후 새로이 정립한 세계로서의 의미를 지닌다. 흥미로운 것은 '달'이 단지 부정(否定) 이후의 세계라고 추상적으로 설정된 것이 아니라 '어제의 어제를 넘어'선다고 하는 데서 알 수 있듯 시간적 위치를 확보하고 있다는 사실이다. 그렇다면 시인은 근대적 세계를 붕괴시킨 지점에서 전근대적이고 원시적인 세계로의 지향을 꿈꾸고 있는 것일까? 위의 시만으로 우리가 그 이상의 진실을 확인하는 것은 어렵다. 다만 이 부분은 시인의 앞으로의 시세계를 고찰함에 있어 검토를 요구하는 대목이다.

분명한 것은 시인이 파괴 자체에 목적을 두기보다 그 이후 도래할 새로운 미래를 간절히 소망한다는 사실이다. 그러한 소망은 첫째 연과 마지막 연에 반복해서 나타나고 있다. '설원(雪原)에 버려진 장미꽃 하나'라든가 '알타이에 떨어지는 햇살'이 그것을 표상하거니와 '설원'이나 '알타이'가 모든 것이 말소된 원시적 빈 지대를 뜻한다면 '장미꽃 하나'라든가 '햇살'이 그 속에서 피어나는 생명의 존재를 상징한다는 점에서 이러한 사실이 유추된다. 마지막 연의 '창조의 불빛' 역시 시인의 신념을 표현하는 것으로서, 그것은 '타버린 정신의 재' 위에서 비로소 솟아나고 추구되는 것이라 할 수 있다. 이처럼 오세영의 시에서 파괴는 파괴로 그치지 않고 곧 생성으로 이어진다.

현실의 부정적인 요소를 파괴시키는 '불'이 새로운 생성의 계기가 된다는 점을 우리는 「불6」에서도 확인할 수 있다.

> 겨울에는 아궁이에 불을
> 지폈다. 얼어붙은 성(性)을 호호 불며
> 잠든 시간의 뿌리를 태웠다.
>
> 까만 눈이 내리는 저탄장(貯炭場)에서 열차가
> 빠져나가고, 발 없는 말들이
> 눈길을 걷는다. 도시의 창틈으로
> 경험들이 웃고 있다.
>
> 치유될 것인가, 이 아픔
> 저 독의 입맞춤, 외로운 사내는
> 밤새 골목길을 돌아다녔다.
> 눈이 내리고,
>
> 정신의 깊이까지 찔리는 바늘.
> 언 성(性)을 호호 불면서, 라이터를 켜들고
> 층계를 하나씩 뛰어내린다.
> 의사(醫師), 저 이성의 손톱.
>
> 빈 도시에 열차가 들어오고, 나는
> 대합실을 빠져나왔다.

「불6」 전문

위의 시 역시 의미의 단위가 극도로 분절되어 있다. 따라서 우리는 「불6」에서 의미의 완전한 논리 구조를 확인하기보다는 분해된 의미소들을 끌어모아 전체적인 욕망의 흐름만을 파악할 수 있을 뿐이다. 그러나 여기에서도 '불'은 부정적인 것과 긍정적인 것, 현실적인 것과 미래적인 것 사이를 오가며 생성과 변화를 유도해내는 기능을 한다. '겨울', '얼어붙은', '잠든 시간', '아픔', '눈'이 한 축을 차지하고 있다면 '아궁이', '성(性)', '시간의 뿌리'가 또 다른 축의 자리에 위치한다. 시적 자아는 이 양 축 사이에 '불'을 지펴 상황의 전환을 꾀하고 있는 바, 시인은 이를 '치유'라 명명하고 있다. 위의 시에서 근대적 문명 및 현재는 회복되어야 하는 병적인 것, '독(毒)'이 스며든 것, 생기를 잃고 고형화 된 것으로 인지되는 반면 이것이 극복된 자리에는 생성의 근원인 '성(性)'과 '뿌리'가 있는 것이다. 다시 말하면 '아궁이'와 '성(性)'과 '뿌리'는 '불'과 관련한 동일한 내포를 지니는 것으로서 원초적인 생명성의 측면에서 일치하는 요소들이다.

이러한 과정을 통해 우리는 세미오틱적인 오세영의 초기 시가 파괴와 해체에 이어 새로운 세계로 열려 있음을, 그럼으로써 '나'의 구원을 꾀하고 있음을 확인할 수 있다. 그리고 이같은 사정은 오세영의 초기 시 대부분에 일관되게 드러난다. 「날개」의 "인력을 끊고 솟아오른 한 개의 램프 / 드디어 타버린 육체의 아픔 위에 / 부리로 대낮을 깨면 / 내가 쏘아올린 화살은 어느 때 / 내 가슴에 와 꽂힌다. 아아, / 빛을 털고 일어서는 한 마리의 새"와 같은 구절에도 '불'의 변용인 '램프'와 '육체', '새' 사이에 파괴와 생성의 모티브가 개재되어 있음을 알 수 있으며, 또한 같은 시의 비교적 자주 인용되는 구절인 "한 마리 새가 / 문법의 가지를 차고 오른다. / 난다. 파열하는 꽃잎 속을, 시간의 / 폭동 속을, / 아아, 뜨거운 수소이온, 그 부력"에서도 동일한 의미 구조가 형상화되어 있다.

지금까지의 논증을 통해 우리는 오세영에게 있어서의 정립적 언어의 파괴가 비단 언어 실험이라는 기능적인 차원에서 혹은 시류의 독특성이라는 표면적인 차원에서 의미를 드러내는 것이 아님을 확인할 수 있다. 오세영은 언어의 파괴를 통해 일차적으로 '나'라는 주체를 파괴하고자 한 것이다. 주체는 사회적이고 현실적인 모든 것이 묻어있는 존재이기 때문에 이의 파괴는 '나'에 각인되어 있는 그러한 것들이 모두 부정되는 것을 뜻한다. 이는 언어의 파괴가 매우 중요한 결과를 낳음을 예시하는 것으로, 주체의 파괴는 그것

으로 한정되는 것이 아니고 그를 주체로 세워낸 근거들, 즉 사회의 상징적
체계 전부의 붕괴라는 결과를 가져온다는 것이다. 그리고 이것은 주체와 상
징적 질서가 동전의 양면처럼 서로 관계 맺고 있기 때문에 가능한 것이다.

이 점에서 우리는 시인이 주체의 붕괴라는 고통스러운 체험을 통해 보다
근본적인 문제를 건드리고자 하였다는 것을 짐작할 수 있다. 그것은 현실에
대한 비판을 포함하는 문제이다. 그가 4·19체험을 원형적 경험으로 배태한
60년대의 시인이자 모더니스트였다는 점을 괄호치더라도 우리는 오세영의
초기 시를 통해 그가 겨냥한 것이 이성을 중심으로 하는 근대 문명의 본질
에 관련된 것이라는 사실을 유추해낼 수 있다. 그는 4·19세대로서 현실 참
여의 의의를 모르지 않았지만 현실의 논리에 응전하는 것만이 현실을 비판
하는 것이 아니라는 것을 또한 인정해야 했고, 진정한 현실 비판을 위한 과
학적 방법론까지 통찰할 수 있었던 것이다.

그의 이러한 태도는 당시 도그마로 작용했던 순수-참여 논쟁의 부조리함
과 논리상의 한계를 입증해 준다. 이 논쟁의 구도에서 보면 오세영을 비롯한
모더니스트들은 불가불 참여론자들의 비난을 어느 정도 묵인한 상태에서 시
작 활동을 해야 했던 것이 사실인데, 그러나 오세영의 시작(詩作) 방법론은
당시의 정황이 얼마나 억압적이고 경직된 것이었나를 말해주는 표지가 된다.
오세영의 세미오틱적 글쓰기는 더욱 근원적인 현실 비판의 시이자 더욱 근
본적인 전망을 밝혀주는 것이기 때문이다. 이후 이같은 그의 시작법은 더욱
확대 심화되는 현대화에 힘입어 다수의 후배 시인들에게 전파되었고 나아가
1980년대의 해체시 및 포스트 모더니즘적 경향의 시를 낳는 원천이 된다.

4. 새로운 정립의 언어로서의 숭고(崇高)의 글쓰기

오세영이 문학의 새로운 경향과 현실 비판의 방법론을 전개한 것은 우리

문학사의 위상 및 문학의 의미 확대의 측면에서 볼 때 결코 소홀히 다루어질 수 없는 부분이다. 물론 충동적 글쓰기를 통한 세미오틱적 기호의 양상은 다른 초현실주의자나 과거의 이상(李箱)에게서도 발견할 수 있었던 경향이다. 그러나 우리는 1930년대의 그것과 1950년대, 그리고 1960년대의 그것이 모두 문학사적, 시대사적으로 서로 다른 의미망을 지니고 있다는 것 또한 알고 있다. 무엇보다도 60년대의 그것은 실질적이고 구체적으로 전개되고 있던 근대화와의 관련 속에서 의미가 구해질 수 있는 바, 우리는 60년대 모더니스트들을 통해 근대화에 대응하는 진지하고 현실적인 논리를 발견할 수 있게 된 것이다. 또한 그것이 문학의 저변을 확대했다는 것, 그리고 앞으로 도래할 후기산업화시대를 예비하는 것이었다는 사실은 그것을 단견으로 재단할 수 있는 것이 아니었음을 증명하는 것이다.

더욱이 오세영은 다른 초현실주의자들과 구별되는 독자적인 시적 경로를 펼쳐낸다는 점에서 더욱 세심한 주목을 요한다. 그것은 그가 제1시집에서 전개한 세미오틱적 글쓰기를 통해 그의 시작(詩作)의 원형을 확보했다는 점과 관련된다. 그러나 이것이 그가 이후에도 계속해서 충동적이고 파괴적인 글쓰기를 했다는 것을 의미하지는 않는다. 그것은 세미오틱적 글쓰기가 자아의 위치를 이동시킴으로써 새로운 글쓰기의 기반을 마련했다는 사실을 뜻한다. 세미오틱적 글쓰기는 상징 체계 내에서 자신의 지위를 견고하게 지키고 있던 자아를 근원적이고 빈 지대로 이끌어들여 그 속에서 새로운 자아로 거듭나게 하는데 이 때 이루어진 글쓰기는 세미오틱의 계기와 생볼릭의 사이에서 변환의 계기를 마련한 제3의 그것이다. 그것은 해체적이지도 않고 그렇다고 기존의 상징 체계와 일치하는 것도 아니다.

이것을 이해하기 위해서는 세미오틱적 글쓰기와 생볼릭(symbolic)[8]의 상호 전환이 어느 지점에서 어떻게 일어나는가 하는 것을, 아울러 이를 크리스테바의 아브젝션 이론과 관련하여 살펴보아야 한다. 흔히 '기각'의 개념으로

---

8) 생볼릭(symbolic)의 개념에 관해서는 각주 7)번 참조.

알려져 있는 'abjection'은 'abject', 즉 더럽고 구토가 이는 것, 쓰레기나 버려진 음식물, 부패하는 시체 등에서 불러일으켜지는 감정 상태에 대한 반응을 암시하는 것으로서, 정신분석학적으로 말해 거울단계 전, 그러니까 나르시시즘이 형성되기 이전 단계에서 혼란에 찬 주체와 대상 사이에 관계를 마련하기 위한 일 행위라 할 수 있다.[9] 이는 자아가 주체를 형성하기 이전, 어머니로 대표되는 욕망의 대상과 자아의 불분명한 관계 속에서의 충동 및 불안정한 욕망 구조를 말해주는 것이며 이를 어떻게 행하는가에 따른 다양한 가능성들을 내포하게 된다. 예를 들어 만일 자아가 대상과 대타자 사이의 삼각구도에서 동일성을 위협하는 대상에 대한 기각을 확고하게 이루어낸다면 그는 상징 질서와 쉽게 동화될 것이다. 그러나 끊임없이 향수를 일으키는 대상과 관계 정립을 모호하게 진행시킬 경우 자아는 주체 형성 과정에 원활하게 진입할 수 없게 되고 결국 분열과 혼돈이 지속되는 경험을 해야 한다.

한편 상징질서의 법칙을 약화시키는 충동과 무질서의 abject 지대에서 abjection의 치열한 과정을 통해 초자아와 자아가 융합된 새로운 자아를 구축한다면 그것은 근원에 대한 원초적 합일과 승화[10]가 이루어진 성스러운 자아가 될 것이다. 즉 abjection은 '나'를 자연에서 문화로 상승시켜주는 실마리를 제공하는 것이자 기존 상징질서와는 다른 지향을 내포한다는 점에서 승화의 계기를 마련한다.[11]

이들 가능성 가운데 파괴와 정립의 부단한 운동을 통해 변환된 자아를 형성하고자 하는 '과정중의 주체'는 생볼릭과 세미오틱 사이의 상호 전환이 이루어지는 승화(the sublime)의 길을 걷는다. 이는 원초적인 욕망과 충동을 수용

---

9) 아브젝트론에 관해서는 J.Kristeva, 『Power of Horror』(1982), pp.1~30 참조.

10) 아브젝트 이론에서 승화(the sublime)는 아브젝트의 징후와 연해서 이루어지는 것이다. 아브젝트가 혼돈과 충동의 원초적인 지대를 의미한다면 승화는 이를 넘어서는 궁극적 지점이다. 아브젝트를 억압하고 분리하는 것이 아니라 이와의 소통과 공존을 전제로 이루어진다는 점에서 승화는 상징질서에의 동일시와는 성격이 다른 보다 성스럽고 초월적인 것이라 할 수 있다. 크리스테바는 이를 '사랑의 담론'(『사랑의 역사』, 김영 역, 민음사, 1995)으로 구체화시키고 있다.

11) J.Kristeva, 앞의 책, 1982, pp.11~12.

하되 이를 기각한다는 점에서 일방적인 억압을 통해 이루어지는 상징질서에
의 편입과 차이가 나는 것이다. 이러한 '승화'는 예술 창작의 근원을 말해주
는 부분으로서 '사랑'이나 '숭고함', '성스러움' 혹은 카타르시스를 설명해주
는 근거가 된다.

　이러한 관점에서 보면 오세영의 초기 시가 이후 전개되는 그의 시세계 전
체에 대한 원형을 형성하고 있다는 사실을 이해할 수 있다. 주지하다시피 오
세영의 해체적 경향의 시들은 제1시집을 끝으로 종결되고 그 후 새로운 경
향의 안정된 서정시 구축으로 이어지는 바, 우리는 이 과정을 극단적인 분리
와 단절로 보기보다는 세미오틱과 생볼릭 사이의 부단한 운동으로 보아야
한다는 것이다. 오세영은 충동과 파괴의 지점을 살려내고 이러한 근원에 입
각한 정립의 언어를 도모하게 되는데 그것이 초기시 이후의 경향들로 나타나
는 것이다. 그것은 기존의 상징체계와 비껴난 것이되 아브젝트한 징후 자체
에 머물러 있지 않다는 점에서 승화의 경지를 보이는 것으로서 이는 오세영
시에 나타나는 사랑의 담론이나 초월적이고 종교적인 잠언의 언어들로 구체
화된다. 이들 담론과 언어는 모두 숭고하고 성스럽다는 공통성을 지닌다.

　우리는 앞 장에서 파괴와 충동의 중심에 탈출과 구원을 향한 자아의 의지
가 자리하고 있음을 살펴본 바 있거니와 초기시 가운데 「가을2」는 시적 자
아의 그러한 소망을 잘 형상화하고 있음을 확인할 수 있다.

　　　우리 모두
　　　시월의 능금이 되게 하소서.
　　　사과알에 찰찰 넘치는 햇살이
　　　그 햇살로 출렁대는 아아, 남국의 바람.
　　　어머니 입김 같은 바람이게 하옵소서,
　　　여름내 근면했던 원정(園丁)은
　　　빈 가슴에 낙엽을 받으면서, 짐을 꾸리고
　　　우리의 가련한 소망이 능금처럼
　　　익어갈 때,

　　겨울은 숲속에서 꿈을 헐벗고 있습니다.
　　어둡고 긴 밤을 위하여
　　어머니는 자장가를 배우고
　　우리들은 영혼의 복도에서 등불을 켜드는 시간,
　　싱그런 한 알의 능금을 깨물면
　　한 모금, 투명한 진리가, 아아,
　　목숨을 적시는 은총의 가을.
　　시월에는 우리 모두
　　능금이 되게 하소서.
　　능금알에 찰찰 넘치는
　　햇살이 되게 하소서.

「가을2」 전문

　인용 시는 초기 시집에 수록되어 있지만 다른 시들과 현저하게 그 양상을 달리하고 있음을 알 수 있다. 위의 시는 전형적인 서정시의 양태를 보이고 있기 때문에 쓰인 시기를 의심케 할 정도이다. 그러나 오세영이 초기시를 통해 일관되게 새로운 세계를 꿈꾸었다는 점에 비추어보면 위의 시가 그다지 낯설게 다가오지 않는다.

　「가을2」에서 '가을'은 여름의 뜨거운 시간 다음에 오는 결실과 수확의 시기라는 보편적 의미망 속에 놓여 있다. 이 가운데 '능금'은 '가을'의 내포를 잘 드러내주고 있는 시적 소재로 등장한다. '능금'은 '불'과 같은 '햇살'의 열기를 한껏 머금을 때 비로소 빨갛게 익은 당도 높은 열매가 된다는 점에서 지금까지 살펴본 오세영의 시적 추이를 연상케 하는 소재다. '능금'이 '우리의 가련한 소망', '투명한 진리', 나아가 '우리'에 대한 은유가 되는 것도 이러한 사실과 무관하지 않다.

　그런데 '사과알'은 홀로 독립적으로 존재하는 사물이 아니고 여전히 '햇살'과 '바람'과 더불어 있는 것인데 우리는 '바람같은 햇살'을 떠올리는 이 시점에서 시인이 바로 '어머니'를 연상한다는 사실에 흥미로움을 느낀다.[12]

'햇살'과 '바람'은 '어머니'와 동궤에 놓이는 것으로 이들은 모두 '능금'이라
는 결실을 맺기 위한 필수적인 요소에 해당된다. 즉 '능금'은 '불'과 '어머니'
와 같이 혼돈과 무질서의 아브젝트한 상태를 승화로서 극복한 양태에 대한
시적 상징이라 볼 수 있을 것이다. 시에서 '어머니'가 '어둡고 긴 밤을 위하
여 자장가를 배우'는 것도 이러한 시적 의미와 연관된다.

위의 시 「가을2」는 아브젝트의 승화를 암시하는 것으로 우리는 이 속에서
오세영의 초기시와 이후의 시를 연결시켜주는 고리를 발견하게 된다. 초기
시는 실험시로서 독자적으로 존재하는 것이 아니라 이후 구축되는 안정된
서정시에 대한 근원이 되며 바탕에 해당되는 것이다. 초기시가 있었기에 오
세영의 이후 시세계가 안정적으로 전개될 수 있었던 것인데 이후의 시는 아
브젝트적 글쓰기가 승화로써 구축된 숭고함과 성스러움을 띤다. 오세영의
정결하고 순수한 시가 위치하는 지점은 바로 여기라고 할 수 있다.

5. 초기시의 실존적 의미

이 글은 1960년대 오세영의 시작 활동에 초점을 두고 탐색되고 연구되었
다. 1960년대에 행해진 시 창작은 40여 년에 걸친 오세영의 창작 활동 가운
데 그 초기에 해당된다. 『반란하는 빛』으로 등재된 이때의 시적 경향은 일반
적으로 초현실주의적 모더니즘의 범주에서 이해되어 왔다. 이의 연장에서
이글에서는 초기시가 파괴와 충동에서 비롯된 세미오틱적 글쓰기라고 보고
이러한 글쓰기가 지니는 몇 가지 특징적인 측면들을 살펴봄으로써 이후 안

---

12) '어머니'는 욕망의 원초적인 대상으로 충동과 무의식의 지대에서 자아를 유혹하고 혼란
스럽게 하는 존재를 가리킨다. 따라서 크리스테바의 아브젝트 이론에서 기각의 주요한
대상이 되는 것도 바로 '모체(母體)'이다. 따라서 이를 수용하고 기각하는 일은 승화된 글
쓰기의 중요한 계기가 된다고 할 수 있다.

정적으로 전개되는 서정세계와의 연결 지점을 찾아내고자 하였다.

기존의 정립적 글쓰기를 붕괴시키면서 쓰인 세미오틱적 글쓰기는 표면적인 언어 파괴에만 그치는 것이 아니라 주체 자체를 해체시킨다는 점에서 큰 의미를 지닌다. 따라서 오세영의 초기시는 분열된 자아가 겪는 불안과 공포의 분위기로 가득차 있다. 시인은 고통스러운 이러한 상태를 의도적이고 자발적으로 받아들인다. 그러나 시인은 불안과 공포의 상태에 그대로 멈춰 있는 것 또한 거부한다. 그러한 의지는 시 속에서 탈출과 소망 모티브로 형상화된다.

정립적 세계의 부정과 동시에 반정립적 세계의 부정은 새로운 정립의 언어를 예시하는 것이다. 그것은 세미오틱적 언어와 생볼릭적 언어의 중층적 혼용을 뜻하며 기존의 질서와는 다른 새로운 국면을 의미한다. 여기서 형성된 글쓰기는 세미오틱적 글쓰기가 승화된 형태이며 오세영의 시세계에서 그것은 사랑과 숭고함, 신성한 종교적 상상력으로 구현된다.

이로써 우리는 오세영의 초기시와 그 이후 시가 단절적인 대신 서로 역동적이고 논리적인 관계를 이루고 있으며 초기시로부터 배태된 이후의 시들은 모성으로 대표되는 원초적 지대와의 공존과 합일에서 비롯되는 것임을 짐작할 수 있다.

'방법' 속에 구현된
시적 의미의 공간

1. 참여성과 자율성의 결합

이건청은 1968년『현대문학』에 「손금」, 「舊市街의 밤」, 「舊約」 등을 박목월 선생으로부터 추천받아 등단하게 되고, 이후 1970년 5월에 첫 시집인『이건청시집』을 간행하게 된다. 등단 후 길지 않은 시간에 시집을 발간하게 된 것은 등단 전의 습작 기간이 길었음을 말해준다. 실제로 이건청 시인은 고등학교 재학 시절부터 문학 청년으로서 갖춰야 할 문학 수업을 엄격하게 수행한 것으로 알려져 있다. 박목월 시인과의 만남도 이 시기에 이루어진다. 이건청은 양정고에 다닐 무렵 박목월 선생을 직접 찾아가 문학적 훈도를 받기 시작하였다고 술회[1]하고 있으며, 한양대를 지원하게 된 계기도 박목월 선생에게 사사받기 위해서였다고 한다.

습작 기간을 거치며 이건청이 걸어온 일련의 과정을 통해 우리는 시인이 시에 얼마나 큰 열정을 기울였는가 하는 것을 느낄 수 있다. 문학적 자전에

---

1) 이건청, 문학적 자전─삶의 진정성과 방법적 탐구,『석탄형성에 관한 기록』, 시와 시학사, 2000, p.118.

서도 밝히고 있듯이 그에게 시는 소일거리나 유희적인 것으로 간주될 수 있는 성질의 것이 아니었으며 삶의 모든 것을 담아내는 자아 자체나 다름없는 것이었다. 시가 '삶의 진정성'에 기초한 것이라는 인식도 여기서 비롯되는 것이며 또한 시를 '말의 극단적 창조'로 여기는 소위 해체적 경향에 부정적 입장을 취하는 것도 이와 관련된다.

시에 대한 이건청 시인의 열정은 크게 두 가지 방향에서 구체화된다. 그 중 하나는 삶의 진실을 탐색하는 일이었고 다른 하나는 완미한 시적 기술의 습득을 도모하는 것이었다. '시적 기술'이라 함은 시의 미학적인 방법을 의미하는 바, 흔히 말하는 은유나 이미지, 상징, 알레고리, 아이러니 및 시적 리듬과 구조 등의 시적 장치들을 가리킨다. 이건청의 시에서 이들 시적 장치들은 매우 풍부하고도 거의 마술적 감각으로 활용되고 있다. 그의 시가 '탄탄하다'는 인상을 주는 것도 이 때문이다. 따라서 이건청의 시는 시의 장르적 본질을 충분히 구현하고 있는 상당히 높은 수준의 작품성을 보여준다고 할 수 있을 것이다.

그러나 이러한 점에 주목하여 그의 시가 예술의 자율성만을 추구한다고 간주한다면 우리는 그의 시의 무게감을 이해하지 못할 우려가 있다. 그의 시가 삶의 어둡고 우울한 부분을 어떻게 조명하고 있는지, 왜 그다지도 비극적인 분위기로 가득차 있는지 하는 의문들은 예술의 자율적인 측면으로서는 해명될 수 없는 것들이기 때문이다. 암울한 시대를 고통스러워하거나 자신의 상처입은 내면을 드러내면서 그의 시는 극도로 어두운 빛깔로 채색되거니와 이러한 측면은 시인의 시세계를 지탱해주는 또 다른 축에서 고찰할 때 해명될 것이다. 그것은 곧 삶의 진실성과 관련되는 부분이다.

이처럼 이건청의 시세계는 그도 말하고 있는 것처럼 '삶의 진정성'과 그것의 '방법적 탐구'2)라는 양대 축이 서로 씨실과 날실을 이루며 형성되고 있음을 알 수 있다. 이는 "추상의 현실 속에서 구체성을 찾아내는 일"3) 내지는

---

2) 위의 글, p.112.
3) 이건청 시선, 『해지는 날의 짐승에게』(미래사, 1991), 서문.

"현실이 지니는 시적 의미를 구조화하려는 노력"[4]과 관련되는 것이며, 혹은 '어두운 내면 의식의 은유적 환치'[5] 등과도 통하는 대목이다. 이건청의 시에서 이 두 축 가운데 어느 부분이 더 큰 비중을 차지하는가를 확인하는 것은 쉬운 일이 아니다. 시인은 어느 한 쪽도 소홀함이 없이 두 축 모두를 소중히 여기며 이들에 대한 성실성을 신념처럼 지니고 있기 때문이다. 그의 시가 때로는 기법의 완미한 구조물로, 때로는 사회에 대한 비판의 담론으로 해석되는 것도 여기에서 비롯된다.

이건청의 시에 이러한 양면성이 서로 치우치지 않고 팽팽하게 공존하고 있다는 것은 매우 중요한 사실이다. 우리 시사에서 이를 확고하게 구현하고 있는 시인은 얼마 되지 않기 때문이다. 이는 대사회적 비판 및 그것의 시적 형상화의 조화라는 문단의 고질적인 문제와 관련되는 것으로, 지금까지의 시사는 이 문제가 어느 누구에 의해서도 명쾌하게 해결된 적이 없었음을 보여주고 있다. 반면 이건청은 사회성과 자율성 사이의 딜레마를 비껴가고 있는 바, 그의 시적 형태들은 소위 참여시와 순수시 사이의, 리얼리즘과 모더니즘 사이의 반목과 대립을 무색케 하는 것으로 볼 수 있는 것이다.

이건청의 경우 시의 사회성과 미학성의 조화는 단순한 절충이나 '비유에 의한 의미의 치환 작용'에 의해 이루어지지 않는다. 이는 참여와 순수, 시의 사회성과 자율성을 구조적으로 관계지우는 특정한 방법론에 의해 비로소 가능해지는 것이다. 이를 이루는 다양한 방법론의 계발이야말로 시대정신을 담은 문학적 발전의 기초가 된다고 할 때 이건청이 실천적으로 구현한 방법론은 우리 시사에 긴요한 시의 한 전범이라 할 수 있다. 뿐만 아니라 이는 순수와 참여 논쟁이 극에 달했던 1960년대적 상황 속에서 그 자체로 시대 극복의 의미를 띤다고 할 수 있다.

이 글은 1960년대에 쓰인 이건청의 초기시에 사회성과 미학성이 안정된 형태로 구현되어 있다는 사실에 주목하여 그러한 형태를 빚어낸 시의 창작

---

4) 이건청, 앞의 시집(2000), 자서.
5) 권명옥, 「테스트氏의 꿈꾸며 운 저녁에」, 『현대시학』, 1983. 9, p.64.

방법론에 관한 탐색을 시도하고자 한다. 한 시인이 평생의 작업을 통해 의미 있는 방법론을 구축하기 위해서는 확고한 세계관과 시를 향한 흔들림 없는 치열성이 요구되는 바, 이건청의 경우 그것은 시대의 어둡고 아픈 부분에 대한 관심과 그것의 시적 형상화에의 의지로 나타난다. 이에 대한 애정과 의지가 만일 피상적인 차원에서 그쳤다면 그의 시는 그러한 부분을 호사거리로 취급하는 단편성을 면치 못했을 것이나 이건청은 이러한 부분을 자신의 내면에 과감히 용해시켜 스스로를 변모시키는 힘겨운 과정 속에 이를 수용해낸다. 초기시에는 그러한 과정이 보다 선명하게 드러나 있거니와 이에 대한 고찰을 통해 우리는 시적 방법론의 보편적이고도 특수한 한 양상을 만나게 될 것이다.

2. 데뻬이즈망의 시적 공간

문학의 참여성과 자율성, 사회성과 미학성, 이 양 측면의 화해는 이건청 시인의 경우 결코 관념적으로 이루어지지 않는다. 예컨대 소비에트 공화국의 탄생에 즈음해 리얼리즘 창작 방법론이 개진되면서 현실 정합성에 따라 기법상 여러 차례의 수정이 있어왔던 것, 혹은 이후 리얼리즘의 확대 변용을 꾀하는 과정에서 많은 작가들의 논쟁이 끝없이 이어져왔던 것을 상기할 때 우리는 문학에서 이 두 측면이 얼마나 중요한 것이며 또한 이 둘을 융합시키는 일이 얼마나 어려운 일인가를 짐작할 수 있다. 사회주의자들이라면 현대의 점차 복잡해져가는 문학적 감수성과 사회 혁명을 향한 사회성을 포착하는 일 모두가 포기할 수 없는 두 마리 토끼였던 셈인데, 리얼리즘 창작 방법에 대한 끝없는 논쟁은 이 두 마리 토끼를 잡기 위한 갖은 노력이라 할 수 있다. 이러한 사실에 비추어보면 사회성과 미학성을 모두 갖추고 있긴 하지만 그것이 어떠한 이념에 의해 방향지워진 것이 아닌 이건청의 시들은 그

형성원리에 대한 탐색을 요구한다. 그것이 시인 자신의 내면과 현실적 조건
으로부터 빚어진 자연스러운 것이었다는 사실은 관념적이지 않고 구체적이
며 따라서 우리에게 적용 가능한 모델을 제공해주기 마련이라는 점에서 그
러하다. 실제로 그의 시에서 사회성과 미학성은 어느 한 부분의 이음새도 없
이 자연스럽게 구조화되고 있다.

> 메스를 든 손이
> 계단을 내린다.
> 배선공사장의 언 흙에 닿는다.
> 안개처럼 퍼지는 가스가
> 인간을 울리고,
> 하야하라고, 하야하라고
> 저 깊은 살속을 뛰어가던 신발들이 보이고
> 六0年代의 무릎이 보이고
> 내 속에 멈춘 鮮魚가 뼈만 남는
> 全過程이 보이고
> 무너지는 십자가가 보였다.
> 겨울 흙위엔
> 빈가지만 남아 흔들리고
> 새도록 사내는 바닷가를 헤맨다.
> 아, 그 검은 그림자로
> 메스가 닿는다.
> 비명,
> 사슬이 끄을리는 耳鳴속
> 유년의 내 목선들은 떠나고
> 휘파람으로 따라붙던
> 그 초록빛 시간들은 떠나가 버리고
> 현재의 시간이 피를 흘린다.
>
> 배선공사는

얼고 있다. 헤쳐진 흙위로
암흑을 딛고
흰 까운의 그가 오고 있다.

「開腹」 전문

1969년에 쓰인 위의 시는 당시 시인의 시에 지배적으로 드러나 있던 불안
과 혼돈의 분위기를 그대로 반영하고 있다. 위의 시는 논리적이고 이성적이
기보다는 비논리적이고 초현실적인 상상력으로 이루어져 있으며, 이 속에서
직접 연결되기 힘들 듯한 이미지들이 충동적이고 빠른 호흡으로 제시되고
있다. 게다가 은유나 상징과 같은 시적 장치들이 전면화되어 있는 까닭에 시
의 논리적 의미를 파악하는 것이 어려운 것도 사실이다. 우리는 다만 전체적
으로 시가 매우 어둡다는 것, 시적 자아가 고통으로부터 벗어나기 위해 치열
하게 몸부림치고 있다는 것, 절망에 찬 상황이 시대성을 띤다는 것 정도를
파악할 수 있을 뿐이다.

시인의 진술에 기대어 보면, 우리는 이건청의 초기시에 나타나 있는 불안
과 혼돈의 이미지들이 주로 '데뻬이즈망' 기법에 의해 형상화되고 있음을 알
수 있다.[6] 초현실주의자들이 흔히 사용한, 이미지와 이미지의 우연한 결합을
통해 낯설고 새로운 이미지를 산출해내는 데뻬이즈망 기법은, 그러나 이건
청의 경우에 있어서는 더욱 적극적인 의미를 지닌다. 그것은 이건청이 데뻬
이즈망 기법을 통해 단순히 이미지의 새로운 영역을 개척하는 것을 의도하
기보다 그것을 시인 자신의 내면세계를 있는 그대로 반영하는 가장 적절한
기제로서 원용하고 있다는 점에서 그러하다. 이는 4·19혁명의 좌절 속에서
청년기의 60년대를 보내야 했고 10살 남짓한 나이에 6·25의 공포를 체험해
야 했던 시인의 전기적 사실과 관련되는 것으로서, 오랜 세월 감당하기 힘든

---

5) 이건청은 자신의 시작 상의 특징을 '정신적 깊이에 기초한 방법'의 획득이라 정식화하고
   있다. 이때 '방법'의 효과를 극대화하기 위해 데뻬이즈망 힘이 긴요함을 말한 바 있다. 앞
   의 글, 문학적 자전, p.115.

격동의 삶을 살아온 자의 내면이 정체성 상실의 위기와 그에 따른 암중모색의 고투로 점철되어 있을 것이라는 점으로부터 추론된다. 즉 연속성이 파괴된 일련의 체험들은 자아의 불안정한 내면으로 이어져 이미지의 파편적 제시 및 그것들의 돌연한 충돌이라는 시적 구성과 대응한다는 점이다.

　이건청 시인의 시에 내재된 기법과 내면의 함수관계에 따라 우리는 그의 초기시에 대한 독법을 마련할 수 있다. 그의 시를 구성하는 각각의 이미지들은 그 자체로 하나의 독립된 시간적 단위를 지니는 것이라는 점, 따라서 한 편의 시는 하나의 이야기로 이루어지는 것이 아니라 여러 이야기 단위의 산술적인 합이라는 점, 때문에 이들 이야기 속엔 과거적인 것과 현재적인 것, 그리고 미래적인 것이 무질서하게 뒤엉켜 원인과 결과, 절망과 희망의 모든 계기들이 불규칙적 흐름으로 드러난다는 점들에 우리는 주목하게 되는 것이다. 위의 시를 읽으면서 한 가지의 논리적 계기만을 도출해내는 것이 아니라 산발적이고 다층적인 사건의 계기들을 찾아내게 되는 것도 이 때문이다.

　예컨대 '안개처럼 퍼지는 깨스가 인간을 울리고'와 '하야하라고 하야하라고 저 깊은 살속을 뛰어가던 신발들', 그리고 '六0年代의의 무릎'들은 '鮮魚가 뼈만 남는 全過程'과 함께 각각 독립된 장면을 구성한다. 이들 장면은 단일한 사건을 묘사한다고 볼 수 있지만 장면들의 독립성으로 인해 복수적 사건의 몽타주적 결합이라고도 볼 수 있다. 즉 일정 시간대의 것이라기보다 다양한 시간에 속한 다수의 사건들의 배열이라 할 수 있는 것이다. 이러한 관점에서 보면 위의 시의 암울한 분위기를 결정짓는 것은 시적 자아의 체험적이고 상상적인 모든 것들로서 그러한 것들이 대등하게 병치되어 내면의 위기감을 고조시키는 것으로 해석할 수 있다. 다양한 시간대의 복수적 사건들은 모두 동일하게 시적 자아의 내면을 파괴한 원인들에 해당하는 것으로 시인은 그 모든 사건들을 대등하게 모자이크시킴으로써 현재적이고도 과거적인 상상력의 넓이를 형성한다. 이렇게 하여 형성된 상상력의 폭은 시인이 상정하는 세계의 너비를 암시하는 동시에 불안과 위기를 자아내는 시적 효과를 극대화시키기도 한다.

상황의 구체성을 꾀하는 시인의 이같은 철저한 태도는 현재의 비극성을 제시하는 대목에서 여실히 드러난다. '무너지는 십자가', '흔들리는 빈가지', '밤새워 바닷가를 헤매는 사내', '비명', '사슬이 끄을리는 耳鳴' 등은 총체적 국면에서 시적 자아를 압박해오고 있는 절망감을 형상화하고 있다. 보이는 곳과 보이지 않는 곳에서, 현실적인 것과 비현실적인 것, 사람과 사물 등 어떠한 경계도 없이 모든 것은 무너지고 파괴되는 것을 우리는 확인할 수 있는 것이다.

취의와 매체 사이의 간격을 벌려 상상력의 틈입을 최대한 허용하는 데뻬이즈망 기법은 이렇게 하여 만들어진 공간 속으로 시인의 내면을 무질서하게 떠도는 모든 흔적들을 담아내는 장이 된다. 이로써 우리는 데뻬이즈망이 시인의 내면에 상응하고 그의 시를 구성하는 시적 원리이자 동시에 그 안에 사회적이고 현실적인 계기들을 불연속적으로 수용하는 무한한 시적 공간이 된다는 점을 확인할 수 있다. 데뻬이즈망 기법을 통해 제시된 반논리적이고 비계기적인 이미지들은 시적 자아의 고통의 흔적들이자 현실의 불안과 위기를 드러내는 실체들에 해당된다. 시인은 이러한 데뻬이즈망을 상상 공간을 담아내는 거대한 바탕으로 운용함으로써 자아를 둘러싼 역사적이고도 사회적인 관계망을 구축한다. 바로 이 점이 이건청 시의 시적 원리를 단적으로 보여주는 부분으로, 우리는 이를 통해 시인이 구성하는 정교한 시적 장치가 결과적으로 사회적이고 현실적인 상상력을 현상시키게 되는 과정을 확인할 수 있다.

3. 현실에 대한 절망과 그 극복

우리는 이건청 시인의 시에서 데뻬이즈망이 어떻게 기능하고 현상하는가를 고찰함으로써 그에게 데뻬이즈망 기법이 여느 초현실주의자들과 차별적 의미를 지니고 있음을 살펴볼 수 있었다. 이는 이건청 시인의 데뻬이즈망이 단순히 시의 기법이라는 틀에 한정되는 것이 아니라 시인의 내면적 상상 공간을 확장시키는 계기가 되는 것을 뜻한다. 특히 시인은 여기에서 바로 사회적이고 현실적인 지점들로 상상의 영역을 확정하는데 이는 시인이 자신의 정체성을 형성하는 토대로 개인적이고 초역사적인 부분을 상정하기보다 집단적이고 역사적인 근거를 중시하고 있음을 드러내는 것이다. 사회적이고 역사적인 계기들은 그러나 시인의 정체성을 확고하게 정립시키기보다 그의 내면을 굴절시키고 왜곡시키는, 혹은 파괴하거나 해체하는 역할을 한다. 앞에서 살펴본 「開腹」 이외에 「60年代의 귀뚜라미」, 「老人의 피」, 「舊約」 등의 시들은 사회적 상상력을 두드러지게 나타내거니와 이들 시에서 조명되는 사회적 면면들은 자아를 혹독하게 내모는 부정적 힘으로 기능하게 된다.

> 창을 던진다.
> 머리칼이 흔들린다.
> 불타는 말들이 재가 되어 무너진다.
> 암흑의 술이 고인다.
> 켄터어키産의 위스키가 놓인 베드 위로
> 등기 이전서류가 든 봉투를 들고 간다.
>
> 목조의 문,
> 계단을 내리면
> 석탄을 태우며 달리는 차량들을 본다.
> 흔들리는 숲,
> 인간의 마을에 가방을 든 사람이 내린다.
> 캄캄한 예언이 잠기는
> 저녁의 제철공장엔 夢遊의 기계들이 돌고 있다.
>
> 이 술은 남자들의 몸을 덥게 하고
> 땅 때문의 싸움에 용감하게 한다.
> 켄터어키산의 이 洋酒는.

잠겨있는 禮拜堂, 열쇠가 못에 걸린채 녹슬고 있다.
바퀴가 검은 軍用車輛에 실려서
떠난다.
(무수한 채찍이 내리는 60년대의 겨울을,
호호 불면서 울었어요.
붉은 손이 걸린 파괴된 예배당에
마을의 개들이 살고 있었어요)
빈 깡통이 구르는 운동장, 어머니는
아기의 발이 놓인 도마를 내리쳤다.

말을 타고 달리는 칠억의 신앙,
뇌수의 어느 갈피에 깡통 구르는 소리.
毛細血管이 타들어온다.
연착된 차들이 질식돼 있다.
인간의 마을로 구부러진 태엽에
무수한 신발이 쌓여 있다.
내 어린 아내의 舊約에
被殺된 예수의 못이 남는다.

누가 또 죽고 있다.

「舊約」 전문

　인용 시 역시 다수의 계기들이 서로 동렬로 병치되면서 전체적인 합을 유
도하고 있다. '창을 던진다', '머리칼이 흔들린다', '불타는 말들이 재가 되어
무너진다', '암흑의 술이 고인다' 등은 제각각 독립된 이미지이면서 동일한
부정적 흐름에 합류된다. 위의 시에서 '무너지고', '하강하고', '파괴되고',
'녹스는' 것과 같은 부정적 이미지들로부터 벗어나는 것들은 아무것도 없다.
시인은 집요하게 몰락과 쇠퇴의 이미지들을 끌어내 이어붙이기를 계속 시도
한다. '夢遊의 기계들', '잠겨있는 禮拜堂', '녹슨 열쇠', '검은 군용차량', '빈

깡통'들이 그것이며 이들을 통해 우리는 한 가닥의 희망이나 어떠한 구원의 가능성도 찾을 수가 없다. 이 모든 이미지들은 우리를 때로는 우울하고 때로는 안타깝게 하고 혹은 섬칫하게 만들기도 한다. 시인은 치밀하게 계산이라도 하듯 동일한 성격을 드러내는 이미지들을 철저하게 수집해내고 주변의 어느 한 구석의 틈이나 출구도 봉쇄해 버린다. 때문에 독자는 시적 자아와 마찬가지로 질식될 것 같은 아득함에 빠져든다.

여기에서 수집된 이미지의 모음이 추상적인 것이 아니라 곧 사회적이며 시대적인 의미를 겨냥하고 있다는 사실은 역시 시에 제시된 몇몇 이미지를 통해 유추가 가능하다. 그것은 '무수한 채찍이 내리는 60년대의 겨울'이라는 언급과 '무수한 신발이 쌓여 있다'와 같은 언급들에 많은 부분 의지하고 있다. 이 중 '무수한 채찍'은 곧 이 시 전체를 관통하는 질식시킬 듯한 이미지와 일치하는 것이며 이건청의 초기시에서 종종 등장하는 '신발'은 살아있는 자의 힘과 생명을 상징하는 것이다. 따라서 '무수한 채찍'이 내리는 이곳을 '60년대의 겨울'이라 한 것과 '무수한 신발이 쌓여 있다'고 한 진술은 시대의 엄혹함과 광포함을 나타내는 것에 다름 아니다. 살아 활동하는 사람만이 신게 되는, 즉 그의 죽음과 동시에 버려지게 되는 '신발'이 더욱이 많은 무리들로부터 이탈되어 '무수히 쌓'이게 되는 것은 투쟁하던 집단의 죽음과 혁명의 좌절을 암시하는 것이기 때문이다. '60년대'를 희망이 보이지 않는 '겨울'로 인식하는 것도 이러한 사정에 기인한다.

시인은 혁명의 좌절로 말미암은 암흑의 시대상이 결코 쉽게 극복되지 않을 것임을 알고 있다. 어설픈 낙관론자도 가벼운 타협주의자도 아닌 그는 가혹하다싶을 만큼 현실을 냉철하게 직시한다. 그것은 암울함에 대한 고집스럽고도 지속적인 묘사로 표출되며 죽음에 대해서조차 냉담해질 것을 요구하는 일이기도 하다.

이처럼 어떠한 희망이나 가능성과도 쉽게 화해하지 않고 그렇다고 시대를 향해 목놓아 비난하지도 않는 시인의 태도는 그렇다면 어떤 의미를 지니는가? 그의 태도는 어쩌면 지나치게 유연하지 못하고 혹은 지나치게 수용적인 것은 아닐까? 이러한 의문은 그의 시가 지니는 사회적이고 미학적인 의의를 가늠케 한다는 점에서 검토를 요하는 대목이다. 이와 관련해서 다음과 같은 시인의 진술을 떠올릴 수 있다.

> 시는 전등불이 들어온 마을에 유서깊은 정서를 위해 굳이 등잔불을 밝힌 의식의 국수주의이며 시인은 밤에만 숨어서 우는 귀뚜라미이다. 그것이 가장 열심히 울수록 어둠은 캄캄함뿐이 아닌 어둠의 정취를 갖게 된다.[7]

위의 언급은 시인의 시작상의 태도뿐 아니라 그의 성격을 잘 표현해주고 있다. 시인은 자신뿐 아니라 그의 시 역시 결코 소란스럽거나 과시적이지 않음을 넌지시 얘기해주고 있다. 허장성세를 부리거나 자기 현시적이지 않은 것, 그것이 곧 그의 모랄이자 개성인 것이다. 그는 오랜 세월에 걸쳐 잘 발효된 깊은 정서를 구하고자 하며 그것을 고즈넉한 음성으로 노래하고자 하는 시인이다. 이와 같은 태도는 그러나 여느 사람들로서는 쉽게 체질화할 수 있는 것이 아니다. 그러기에 보통의 사람들은 다소 경박하고 끈기가 부족하기 마련이다. 반면 시인은 자신의 몸과 마음을 아름다운 소리를 내는 악기로 만들기라도 하듯 절대적인 자세를 내면화한다. 실상 여기에서 그의 모든 시가 시작된다고 해도 과언이 아닐 것이다.

모든 현상과 체험을 내부에서 삭혀내어 그에 시적 표현을 부여할 때 시적 성취가 이루어졌다고 보는 시인의 태도는 "가장 열심히 울수록 어둠은 캄캄함뿐이 아닌 어둠의 정취를 갖게 된다"로 태도로 이어지는 바, 이는 이건청 시인의 시작 방법론을 제시해주는 것이라 할 수 있다. 우리가 사회적 상상력을 구축할 때 현실을 재구성하여 낙관적 미래를 제시하는 일은 쉬운 일이다. 물론 그러한 창작 태도는 일정 정도 의의를 지니면서 현실주의자들에 의해

---

7) 박호영, 「소외된 삶에 대한 극복의지」, 『한국 대표시 평설』, 문학세계사, 1983, p.633에서 재인용.

종종 실현되어 왔다. 이들의 관점에 비추어 본다면 질식할 듯한 현실을 형상화하는 이건청 시인의 태도는 독자의 정서를 긍정적으로 조직하지 못하며 미래에 대한 전망을 제시해주지 못한다는 비난을 면치 못할 것이다.

그러나 앞의 시인의 언급은 이러한 비난을 무색하게 만든다. 물론 시인은 그들과는 다른 위치에서 다른 실천을 행하고 있는데 그것은 어둠을 어둠으로, 절망을 절망으로 정직하게 응시함으로써 그 자리에서의 조용한 승화가 가능해지도록 하는 것을 의미한다. 현실이 어둠이며 절망인 것이 사실이자 견딜 수 없는 고통이라면 이를 회피하지 않고 끈질기게 대결하는 일은 정직함에 대한 용기와 그 고통을 감내할 수 있는 끈기를 필요로 한다. 이뿐 아니라 그 이상의 정신적 힘이 요구되기도 한다. 비극적 현실을 직시하는 일은 대부분의 경우 외면되거나 왜곡되며 혹은 편리한 희망에 의해 쉽게 대체되기도 한다. 현실을 대면하는 이건청 시인의 집요한 태도는 이러한 쉬운 길들을 경계하는 지점에서 빛을 발한다.

현실을 있는 그대로 응시하면서 시인이 꾀하는 시적 의의는 시를 창작하는 도중에, 그리고 시를 읽는 도상에서 현실화된다. 그는 "가장 열심히 울수록 어둠은 캄캄함뿐이 아닌 어둠의 정취를 갖게 된다"고 하였거니와 현실이 고통스럽다 하여 외면하는 대신 이를 정직하고 끈질기게 대면하고 나아가 이를 시화(詩化)한다면 현실은 그 자체로 다른 차원의 '정취'를 획득하게 될 것이라는 점이다. 이는 '어둠'이 '캄캄함'이 아닌 '어둠의 정취'로 인식되는 경지를 뜻하는 것으로, 이들 사이의 부정할 수 없는 거리와 차이는 '시화(詩化)'에 의해 비로소 이루어진다. 시인이 자신의 시를 통해 겨냥하는 것이 이것이며 시의 궁극적인 존재 이유를 밝히는 부분도 또한 여기이다. 다시 말해 비극적 현실은 특히 시의 경우 시 창작 과정 자체에서 전복되고 극복되는 것으로 그 이외의 길, 가령 현실에 대한 쉬운 낙관을 통해 거짓 정서를 조직하거나 혹은 현실에 대한 형상화의 결여로 비극적 상황에 머물게 하는 일은 시인이 추구하는 길이 아닌 셈이다. 그러한 길들은 '어둠'을 부정하거나 '어둠'을 '캄캄함'으로 매몰시키는 것들이다.

　현실의 비극적 실재를 그대로 인식하고 이를 적극적으로 형상화하는 시인
의 태도는 당시의 소위 순수문학이나 참여문학의 경계에 위치하는 것이다.
이건청은 『현대시』 동인으로도 활동한 모더니스트로 모더니즘의 기법을 충
분히 활용하였지만 모더니즘만으로 해명되지 않는 큰 잉여의 부분을 가지고
있는 것 또한 사실이다. 그것은 표면적으로 사회적 상상력으로 나타나며 따
라서 참여문학과의 공존 가능성을 열어놓지만 더욱 중요한 것은 일관되게
사회의 어두운 부분에 천착하는 시인의 방향성 바로 그것이라 할 수 있다.
방향성으로서의 이것은 더욱 뿌리가 깊은 것으로서 참여문학이 그 유행성을
상실한 이후에도 지속되고 있음을 알 수 있다.

　시인이 이러한 방향성을 견지하는 것은 매우 윤리적이며 고귀한 것이다.
그러나 그의 이러한 태도는 비단 윤리적인 근거만을 지니는 것은 아닌 듯하
다. 이는 여기에 시인의 내면과 관련한 일정한 필연성이 작용하고 있음을 상
정하는 것인데, 이건청 시인의 경우 그 근거는 전쟁체험으로까지 거슬러간
다고 판단된다. 최근 시집 『푸른 말들에 관한 기억』의 6 · 25 담시에서 밝힌
유년의 기억들은 이러한 추정에 대한 근거를 제시해 주고 있다. 특히 「사라
진 시간 속의 아이에게」에서 시인은 유년기에 겪은 6 · 25 체험이 시인으로
서의 직관과 상상력을 제공해준 원형에 해당된다고 진술하고 있다.

　　오늘의 〈나〉는 누구인가. 내가 시간을 되짚어가게 되면서 나는 내 60
　년 속에서 까마득히 잊고 있었던 어린아이 하나를 발견하게 되었다. (중
　략) 삶과 죽음이 교차하는 6 · 25의 전장을 헤매면서 유년시절을 보낸
　키 작은 아이였다. 그 아이는 내가 그를 까마득히 잊고 살았던 오랜 시
　간동안 거기 그렇게 머물러 있었다. 삶에 찌들고 힘겨운 세상에 부대끼
　면서 내가 서른 살이 되고 마흔 살이 되고 쉰 살이 되었으며 예순 살이
　되는 동안 힘들어하는 나를 향하고 있었던 걸 늦게서야 깨달았다. 그리
　고, 내가 시인으로 살아온 35년 동안 언제나 풋풋한 감성과 직관과 상상
　력의 원형으로 거기 살고 있었다.[8]

유년기에 전쟁을 체험한 세대는 얼마나 불행한 자들인가. 유년기는 전쟁이 아니어도 세상이 공포로 인식되는 시절인데 이때에 실제로 사람들의 죽음을 목도하고 가족과의 이별을 체험한다면 그가 행복과 아름다움에 대한 믿음을 근원적으로 상실할 것은 자명한 일이다. 특히 감수성이 예민한 자에게 이 시기의 불행에 대한 체험들은 지워지지 않는 낙인이 되어 평생을 지배하게 된다. 위의 진술에서 인상적인 것은 시인이 지금의 '나'의 근원에 유년의 '내'가 있었으나 그것을 지금까지 의식하지 못했다고 하는 점이다. 물론 시인은 전쟁으로 점령당한 유년기를 단순히 '파멸'로만 여기지는 않는다. 유년기는 '파멸'이었지만 동시에 '동경'이기도 하며 시적 에너지를 제공해주기도 하였다고 했다.[9] 이러한 진술은 모두 진실일 것이다. 그러나 유년기에 파멸의 흔적이 있다는 사실은 분명 무시할 수 없는 상처이고 극복되어야 하는 부분임에 틀림없다.

그런데 그 흔적이 지금 비로소 의식되었다는 것은 이순의 나이가 되어서야 그 상처를 아파하지 않고 바로 볼 수 있게 되었음을 뜻한다. 지금까지 그 상처는 치유되지 않는 아픔이었고 시인은 늘 그것을 아파했던 것이다. 따라서 이건청 시인에게 시는 그 아픔 때문에, 아픔에 의해서, 아픔을 이기고자 쓰였던 셈이다. 그의 시에 비극이 그토록 전면화되어 나타난 것도, 그 비극이 한 시간대에 머물지 않고 여러 시간대에 걸쳐 형상화되고 또한 그것이 시대적이고 사회적인 의미망 속에 놓여 있었던 것도 모두 이와 관련된다.

4. 말[言]의 힘과 생성의 이미지

어둠을 어둠으로, 절망을 절망으로 응시하는 시인에게 시적 형상화는 그

---

8) 이건청, 「사라진 시간 속의 아이에게」, 『푸른 말들에 관한 기억』, 세계사, 2005, pp.119~120.
9) 위의 글, pp.120~121.

자체로 극복의 의지이자 실천적 행위가 된다. A=A가 아니라 A=a이기도 하고 A=A'이기도 하며 또 다른 것이기도 하다는 점은 고통이자 비극인 시적 대상을 대면해야 하는 시인으로서는 큰 위로가 아닐 수 없다. 이는 시적 형상화가 시적 대상을 상상적으로 처리함으로써 그것을 다른 차원으로 전이시키는 것을 의미하는 것이다. 이 때 시는 전이의 통로가 된다고 하겠다.

이러한 과정은 시라고 하는 큰 범주에만 해당되는 것은 아니다. 한 가지 현상이나 하나의 사물을 시적 이미지로 형상화하는 과정에서도 이러한 효과가 나타난다. 비유 및 이미지와 같은 시적 장치들은 대상을 보존하는 동시에 그것을 괄호치게 되는데, 여기에서 대상은 본래의 의미를 상실하고 다른 차원에서의 새로운 의미를 획득한다. 새로운 의미는 본래적 의미를 약화시키고 대상을 보다 견디기 쉬운 상태로 빚어내게 된다. 본래적 의미와 새로운 의미 사이엔 일정한 친연성이 있지만 동일한 것은 아니다. 그 사이의 거리는 상상력의 폭에 대응하는 것이며 그 폭이 긴장을 잃지 않은 채 클수록 시인은 자유로움을 얻게 된다.

이건청 시인에게 시는 바로 이와 같은 측면에서 의의를 지닌 바 크다고 하겠다. 그에게 있어 시는 떨쳐낼 수 없는 상처에 대한 은유이고 따라서 자유를 안겨주는 길에 해당하는 것이었다. 유년기에 겪은 전쟁체험의 중압감으로부터 벗어날 수 없었던 시인에게 시는 그 무게를 중화시켜 주는 중요 수단이었던 것이다. 감당할 수 없는 고통과 아픔은 시적 은유에 힘입어 정서적으로 전유할 수 있는 그 무엇이 될 수 있었다. 시인이 시에 그토록 강한 애정을 보인 것도, 시가 취할 수 있는 미적 장치들을 충실하게 반영한 것도 이 때문이 아닐까. 시의 이러한 성격 탓에 시인은 은유가 확보해 준 공간 안에서 살아갈 수 있는 힘과 또 다른 생성을 경험하게 된다.

> 石造의 門
> 어느 방엔가
> 龍飛御天歌의 첫장이 넘겨진다.

구두를 신은채 엎드려
나는 울고

개펄을 밀며
密輪船이 닿는다.

삐걱이는 계단 위로
子正의 싸이렌이 울린다.

「아직 시간은 있습니다」 그날 읽은 詩句를 뇌며
문을 닫으면, 밤새도록 사슬이 끌렸다.

六0年代의 압축된 어둠이
귀뚜라미가 되는가, 되는가,

가을별이 기일게 무너져 내린다.

「60年代의 귀뚜라미」 전문

이 작품 역시 60년대에 쓰인 그의 대부분의 시가 그러하듯이 짙은 어둠의
색채를 띠고 있다. 시를 구성하는 언어들은 모두 억압과 우울과 좌절을 형상
화하고 있다. '石造의 門'이 차단당한 출구의 이미지를 드러내는가 하면 '子
正의 싸이렌' 또한 억압적 분위기와 모종의 초조감을 나타낸다. '삐걱이는
계단'에서의 불안정한 느낌, '개펄'과 '密輪船'에서 느껴지는 축축하고 음산
한 분위기도 시의 전체적인 인상 속으로 수렴된다.

「60年代의 귀뚜라미」는 특히 어둡고 암울한 분위기를 시대적인 의미망 속
에 위치시키고 있는 바, 그러한 직접적인 근거를 우리는 '龍飛御天歌'라든가
'六0年代의 압축된 어둠'과 같은 구절에서 찾아낼 수 있다. 주지하다시피 '용
비어천가'는 조선의 개국을 칭송하고자 제작된 노래인데 시인은 '어느 방엔
가 龍飛御天歌의 첫장이 넘겨진다'라고 함으로써 '개국'이 모두의 열정과 희

망 속에서 이루어진 것이 아닌 소수의 한정된 자들의 손에 의해 이루어진
것이었음을 암시하고 있다. 시적 자아가 본 '개국'은 모든 사람의 환영과 열
정에 의해 지지되는 것이 아니라고 본 것이다. 그것은 '石造의 門'에서 알 수
있듯이 소통을 차단하고 억압의 냉기만을 뿜어대면서, 그것도 '어느 방'과
같이 정체도 불분명한 협소한 범위 내에서 이루어진 것에 불과할 뿐이라는
것이다. 이러한 인식은 4 · 19의 좌절과 연이은 군사 쿠테타, 그리고 가공할
독재 정치에 대한 시인의 알레고리적 대응이다. 따라서 다수 민중의 의사와
배치되는 이러한 국가 형태에 대해 시적 자아는 절망하게 되는 것이다. 이것
이 그의 표현처럼 '60년대의 압축된 어둠'일 것이다. 그러나 시대의 환멸 앞
에서 시적 자아는 단지 무너져 내리지만은 않는다. 그는 '엎드려 울'지만 '구
두를 신은채'라는 표현에서 알 수 있는 것처럼, 시대를 향한 실천의 발언을
던지게 된다. '구두를 신음'은 살아있음을 의미하는 바, 죽은 듯 숨죽이고 있
는 것을 거부한다는 사실을 함축한다. 시인은 좌절을 말하고 어둠을 집요하
게 드러내지만 그것이 곧 자신의 무너짐을 의미하지는 않는다는 것이다.

한편 본래 언어 자체가 그러하듯이 시 역시 상상적 매체이자 환상일 따름
이라면 좌절의 극복은 상상과 환상의 힘에 의해서 가능해진다. 실상 희망을
말하지만 결코 희망스럽지 않은 경우가 있는 것과 마찬가지로 절망을 말하
되 그것이 절망으로 여겨지지 않는 경우도 발생하는 것은 모두 시적 언어의
상상적 힘에서 기인하는 것이다. 시인은 끈질기게 어두운 시대상에 천착해
들어가지만 그것이 시대에 매몰되는 것을 의미하는 것은 아니다. 그것은 오
히려 시대를 정서적으로 전유하기 위한 것이자 시대의 무게를 극복하기 위
한 것이다. 이것이 곧 이건청 시인이 시대를 넘어서는 방식인 셈이다. 그에
게 시는 그러한 기능을 하거니와 시인은 이를 '그날 읽은 詩句를 뇌며「아직
시간은 있읍니다」'라는 구절에서 표현하고 있다.

시를 읽음으로써 할 수 있게 된 '아직 시간은 있읍니다.'라는 말은 '子正
의 싸이렌'이 주는 압박감과 초조감에 대비하여 제시된 것으로 부정적 상황
을 중화시킬 수 있는 힘이 '시'에 있음을 보여주고 있는 대목이다. 물론 시

적 중화 자체가 외부의 현실을 전복시키는 것은 아니어서 '詩句를 뇌'어도 '밤새도록 사슬이 끌'린다. 그러나 시적 기능과 시인의 지향성이 사라지지는 않는다. 그는 시대의 '압축된 어둠이 귀뚜라미가 되'기를 소망하고 있는 것이다. 앞의 절에서 살펴본 바 있듯이 '귀뚜라미'는 밤이 새도록 울며 '어둠'을 '캄캄함'이 아닌 '어둠의 정취'로 승화시키는 존재가 아닌가. 그런 점에서 '귀뚜라미'는 시적 의의 및 자신의 존재 이유를 암시하는 상징물이다.

이건청 시인의 시적 원리를 이해하지 못한다면 '귀뚜라미'의 의미를 이해하기가 매우 힘들어진다. '귀뚜라미'가 '어둠'의 시적 승화라는 상징적 의미를 지니지만 시 속에 그것을 암시하고 있는 어떠한 매개도 드러나 있지 않기 때문이다. 시는 단지 '어둠'을 반복해서 말할 뿐이고 긍정적인 힘이나 가능성을 언급하는 부분은 눈에 띄지 않는 것이다. 이러한 상태를 액면 그대로 받아들일 경우 '귀뚜라미'가 등장할 어떤 필연성이나 논리성이 없는 까닭에 '귀뚜라미'를 '어둠'의 연장선에서 읽을 소지가 많게 된다. 그러나 '귀뚜라미가 되는가, 되는가'에서의 '되는가'의 되뇌임은 강한 소망을 내포하는 것이라는 점, 시인의 자술에서 '귀뚜라미'의 이미지가 확인된 점에서 볼 때 '귀뚜라미'는 '어둠'과 거리를 지니는 것이 아닐 수 없다. 또한 이러한 해석은 이건청 시인이 실천적으로 제시해준 시적 원리와 닿아 있는 것이다. 결국 시인은 시작(時作)을 통해 시의 힘을 현현시키고 있는 바, 시는 그 공간 안에 논리로써는 찾기 힘든 생성의 여지를 확보하고 있음을 알 수 있다. 다시 말하면 이건청 시인의 시에서 '어둠', '절망', '비극' 등의 부정적 상황은 그것이 아무리 반복해서 나타날지라도, 아니 역설적으로 반복하여 불려짐으로써 극복의 지점들을 내포하고 있는 것이다. 이는 시적 언어가 곧 그 자체로 힘을 지니며 나아가 또 다른 '생성'으로 이어질 수 있음을 보여준다.

이건청의 시에서 어떠한 논리적 연결이나 매개도 없이 절망에서 희망으로의 전환적 이미지가 나타나는 경우를 종종 볼 수 있는데 이러한 전환은 사실 그 내부의 보이지 않는 과정에서 비롯되는 것이지 우연히 발생하는 것은 아니다.

뿌리들이 내려 바다로 간다.
은빛 시각이 밀리는
바다의 옆

경사진 식탁에 술과 칼이 놓여 있다.
살속 깊이 이슬 맺힌다.
몇 마리 말이 우는
관절의 사방에
톱니가 무게를 가누고 있다.

죽은 숲에 눈이 내린다.
그늘에 놓인 구두에 눈이 내린다.

맨발로 누운 여기는
영등포,
네시에 깨어 파도소리를 듣는다.
고막을 뚫고 달려오는 말발굽소리를 듣고 있다.

「새벽」 전문

「새벽」은 부정적 이미지와 긍정적 이미지, 하강과 상승, 죽음과 삶의 이미지들이 서로 교차하면서 궁극적으로는 전자가 후자에 자리를 내어주는 경로를 제시해주고 있다. '뿌리들이 내려'의 하강의 이미지가 '바다'와 만나는가 하면 '은빛 시각'이 '밀리'기도 한다. '술과 칼'이 놓여있는가 하면 '살속'에 맺히는 것이 섬뜩한 이미지와 대립되는 '이슬'이라는 점, 그리고 '톱니가 무게를' 가하여 억압적 이미지가 나타나 있다면 이를 극복할 수 있는 힘의 상징인 '말'의 이미지가 등장한다. 이처럼 이 시의 형상화 방식은 부정적 이미지가 제시되기가 무섭게 그것이 긍정적 이미지에 의해 뒤덮이고 또 긍정적 이미지가 빛을 발하고자 하면 대번에 부정적 이미지로 대체되는 것으로 이루어져 있다. '죽은 숲'과 '눈', '그늘에 놓인 구두'와 '눈' 사이의 이미지적 구도도 이와 마찬가지여서 '죽은 숲'과 '그늘에 놓인 구두'에 '눈이 내리'는 것은 비단 암울함의 극점을 형상화하기보다 부정적 상황이 시적으로 전이되고 있음을 보여주는 부분이라 할 수 있다.

이 시에서 나타난 이미지의 교차는 시적 형상화에 의지할 경우 부정적 상황과 긍정적 전환 사이의 통로가 막혀있지 않음을 암시해주는 것이다. 어둠과 밝음, 절망과 희망 사이의 거리는 결코 극복할 수 없는 것이 아니라 서로 소통가능하고 따라서 쉽게 전이될 수 있는 것이다. 어둠과 절망의 부정적 이미지는 긍정적 힘에 의해 감싸여져 결국 본래적 속성을 상실할 것이다. 시인은 이 사이의 교차와 전환을 매우 역동적으로 제시하고 있는데, 그 역동성은 마지막 연에 이르러 이건청 시의 새로운 국면을 현실화시키는 것으로 이어진다. 즉 절망한 시적 자아는 '맨발로 누'워 있으나 가장 어두운 순간에 '깨어 파도소리를 듣는'다. 동시에 '고막을 뚫고 달려오는 말발굽소리를 듣'기도 하는 것이다. 여기에서 '파도소리'와 '말발굽소리'가 어둠을 무력화시키는 힘의 상징임은 의심의 여지가 없다. 특히 '말(馬)'의 이미지는 이건청 시인의 시에서 거듭 등장하는 것으로 그의 시세계에서 큰 비중을 차지하는 것이다. 그것은 '말' 이미지가 이후 시집들에 전면화되어 등장하게 되는 '개'나 '이리', '하이에나', '코뿔소' 등의 동물 이미지로 변용된다는 점에서 그러하다. '말(馬)'은 동물 이미지의 원형에 해당하는 것으로 부정적 상황과 어둠의 국면을 타개할 수 있는 힘의 현실태라 할 수 있는 것이다.

위의 시에서 힘의 상징인 '파도소리'와 '말발굽소리'는 매개를 결여한 채 환상적으로 처리되고 있는 듯하다. 그러나 이는 표면적인 이해일 뿐인데 사실 긍정적 국면의 가능성은 시적 전개 과정 그 자체 속에 이미 배태되어 있었기 때문이다. 그것은 곧 '말(言)'이 형성하는 생성적 공간 및 위의 시에서 나타난 이미지의 역동적 구성 방식을 통해 자연스럽게 가시화된 것이라 할 수 있다.

5. 시의 방법에 대한 천착의 의미

이건청 시인의 시는 어느 한 군데 결여되거나 모난 부분이 없다. 우리는
그의 시가 빈틈없는 계획에 의한 것이기라도 하듯 치밀하게 구성되고 정확
하게 빚어진 것이라는 점에 놀라게 된다. 그만큼 그의 시는 시의 미적 구성
원칙에 철저하고 동시에 시를 둘러싼 주변 세계에 대해 폭넓은 관점과 이해
를 수반하고 있는 것이다. 때문에 그의 시는 모든 시적 경향의 점이 지대에
놓여 있는 것처럼도 보인다. 모더니즘과 초현실주의, 모더니즘과 리얼리즘,
순수시와 참여시, 서정시와 해체시 등의 경계가 그의 시가 위치한 지점인 듯
하다는 점이다. 이러한 사실은 이건청 시인의 시에 접근하는 것을 더욱 어렵
게 만들어버린다. 그의 시세계에 대한 깊이 있는 이해를 가로막는 이유도 여
기에 있다.

이러한 점에 비추어볼 때 이건청 시인의 본질에 육박해 들어가기 위해서
는 이와 같은 표면화된 부분들을 탈각시키고 그가 고안해 낸 방법적 원리와
직접 마주해야 한다. 이글은 시인의 자전적 술회에 기대어 그의 시를 해명할
수 있는 몇 가지 연장을 구할 수 있었다. 그것은 크게 '데뻬이즈망'과 '어둠
에의 천착'으로 추려질 수 있는 것이었는데, 이 둘은 다른 측면에 놓여 있지
만 서로 밀접한 관련을 맺고 있는 것이라 할 수 있다. '데뻬이즈망'은 시인
의 관점에 의하면 취의와 매체를 활용하되 이 사이의 간격을 넓힘으로써 상
상력의 개입을 최대화하고자 하는 의도를 반영하려는 시적 의장이다. 그러
나 '데뻬이즈망'은 시인에게 단순히 기법으로서만 의미를 지니는 것이 아니
다. 그것은 상상력을 통해 확보되는 시적 공간의 측면에서 더욱 큰 의미를
띠는 것이었다. '데뻬이즈망'의 기법을 통해 시인은 시적 범위를 확대시켰으
며 이 속에서 본격적으로 어두운 현실을 형상화하게 되었다.

어두운 현실을 포착하는 시인의 태도는 몹시 비타협적이고 철저해서 도무
지 그것으로부터 벗어날 수 있는 출구 자체가 봉쇄되는 것처럼 느껴진다. 그

러나 이러한 태도는 시인의 시적 전략과 닿아 있는 것이다. 시인은 '어둠'은 거짓된 희망이나 성급한 낙관으로 극복될 수 없으며 오히려 그것을 시적으로 형상화하는 과정 속에 극복의 계기가 있다고 판단한다. 현실과 시적 매체는 그 범주가 다른 것으로서 언어를 매개로 하는 시가 상상적 매체 이상의 성격을 지닐 수 없다는 점에서 볼 때 그의 판단은 옳은 것이었다고 할 수 있다. 시인은 시의 자리를 정확하게 알고 있었던 것이다. 따라서 시인은 집요하게 어둠을 응시하고 성실하게 이를 시화(詩化)시켜 온 것이다.

　이건청의 이러한 관점은 시의 본질적 원리를 해명하는 데에도 시사하는 바가 크다. 시는 언어로 쓰인 이상 언어의 힘에 의해 그 생명력이 보장되어야 한다는 점에서 그러하다. 언어를 다루는 시인의 행위들, 이미지를 만들어 구조적으로 처리하고 은유와 환유를 빚어내고 상징과 알레고리를 구해내는 일련의 노력들은 이러한 언어의 힘을 이끌어내는 데 필수불가결한 과정이 된다. 시인은 이들 시적 장치들을 거의 완벽한 수준에서 구사해내는데 이 속에서 피어나는 생성적 힘들은 억압과 절망의 국면들을 이길 수 있는 근거를 마련한다. 또한 이것이 초기 이후 그의 시세계를 이끌어나가는 시적 에너지로 작용하게 된다.

‖ 이수익론 ‖

1. 새로운 시에 대한 방법적 자각과 정신의 구축

　이수익은 1963년 서울신문 신춘문예에 「편지」 등 두 편의 작품이 당선됨으로써 문단에 나온다. 그는 등단 이후 60년대 대표적 문학동인 가운데 하나인 〈현대시〉에 적극적으로 가담, 참여함으로써 이 동인들이 추구해나갔던, 시의 현대화 운동을 펼쳐나가게 된다. 물론 시의 현대성이라든가 현대화에 대한 문제는 이 시기에만 국한되었던 사항이라고는 볼 수 없다. 이 문제는 근대 시문학사가 펼쳐진 뒤로 각 시기별로 끊임없이 제기되어 왔다. 가장 대표적인 사례로는 1920~30년대와 1950년대의 경우이다. 이런 이유로 1960년대 모더니즘 계열의 시나 시인들을 논하는 자리에서 이들 사조들과 비교 연구되는 사례가 종종 있어 왔다. 이들이 추구했던 시의 현대성이 이전 시기와 어떻게 동일하고 혹은 변별되는가에 대한 탐색들이[1] 그것이었는 바, 대개의

---

1) 이창용, 「1960년대 〈현대시〉 동인의 활동과 시세계」, 『현대시학』, 1999. 6.
　허혜정, 「60년대 〈현대시〉 동인들의 시운동과 시사적 위치」, 『현대시학』, 1999. 6.
　정효구, 「1960년대 동인지 〈현대시〉 연구」, 『개신어문연구』 16, 개신어문학회, 1999. 12.

경우 이들 시운동이 모더니즘이라는 커다란 범주에서는 동일하지만, 언어에 대한 참신한 자각이라든가 실질적인 산업화에 기반을 둔 자생적 모더니즘이라는 측면에서는 변별적이라는 평가들을 내렸다.

실상 60년대의 모더니즘이 이전 시기의 그것과 가장 차별되는 지점은 그것이 당시 한국 사회에서 서서히 진행되고 있었던 산업화의 결과에 따른 것이라는 점에서일 것이다. 그러한 까닭에 1960년대의 모더니즘 시운동은 1930년대가 그러했던 것처럼 소박한 엑조티시즘에 머물 수도 없었고, 현대 과학의 장미빛 청사진과 같은 긍정적인 면들을 펼쳐 보일 수도 없었을 것이다. 당위적인 차원에서가 아니라 존재적인 차원에서 현실 반영적인 의미 생산을 해내야 하는 것이 이들 모더니스트들의 임무였던 것이다. 게다가 이들에게는 30년대의 이상, 정지용류의 모더니즘과 50년대 후반기 동인들의 모더니즘을 어떻게 비판하고 이를 계승 발전시킬 것인가 하는 과제 역시 지니고 있었다. 그리하여 그들이 탐색해낸 작업의 성과들은 내면의식의 탐구와 언어에 대한 탐구, 예술성에 기반을 둔 현대성에 대한 탐구 등으로 알려져 있다.[2]

몇몇 연구자들의 적절한 지적처럼 현대시 동인들이 추구했던 모더니즘의 세계는 방법적 자각에 따른 새로운 시형의 개발과 언어의 심미적 기능에 있었다. 그리고 경제개발 5개년 계획에 따른, 점증하는 산업화에 맞서 새로운 정신 세계의 구축에도 많은 열정을 기울였다. 이들이 찾아 들어간 언어의 끝에는 현실에 대한 새로운 자각과 정신의 자유가 나부끼고 있었던 것이다. 동인마다 약간의 편차가 있긴 해도 이들이 추구했던 모더니즘의 방법과 정신은 이런 틀에서 전개되었다. 이수익의 경우도 예외는 아니어서 이들 동인들이 지향했던 시적 의장과 정신으로부터 크게 빗나간 것은 아니라고 할 수 있다. 그의 작품에서 드러나는, 현대 문명에 대한 예리한 감수성과 지적 절제 등의 방법이 이들 동인들로부터 멀리 벗어나 있는 것이 아니기 때문이다.

---

2) 허혜정, 정효구 앞의 논문과 고형진, 「〈현대시〉의 중심잡기와 방법적 갱신」, 『현대시학』, 1996. 6.

그러나 이수익의 시를 세심하게 들여다보면, 시인을 현대시 동인들과 동일한 성격으로 묶어두기에는 많은 문제점이 드러나게 된다.

현대시 동인들의 시 세계를 유형화하는 것이 가능하다면, 대략 다음 두 가지 경향으로 갈라보는 것이 가능하지 않을까 한다. 아방가르드적인 시 세계가 그 하나이고 영미모더니즘적인 시 세계가 다른 하나이다. 현대시 동인에 참여했던 대부분의 시인들이 아방가르드적인 성향인 초현실주의적 시 세계에 경도된 것은 잘 알려진 일이지만, 이미지스트들의 시세계에 대해서는 공시적인 관점에서나 통시적인 관점에서 별로 주목하지 않았다. 모두 모더니즘이란 큰 범주 속에서 이들 시들이 갖는 미세한 차이 정도를 언급해 왔을 뿐이다. 이수익은 이러한 두 가지 흐름 속에서 후자인 이미지즘을 받아들인 이미지스트 시인이었다.[3] 그를 특별히 이미지즘의 시인이라고 부르는 이유는 시의 언어를 조형적 혹은 회화적으로 구사한 그의 방법적 독특성 때문에 그런 것은 아니다. 그는 현대시 동인들 대부분이 매달린, 도구적 이성과 그에 따른 비판적 거부, 곧 표현 층위의 적나라한 해체 전략을 그의 시적 방법으로 받아들이지 않았다. 이수익은 의미를 해체하는 것이 아니라 오히려 의미를 생산하는데 주력해 왔다. 모더니즘이 자기반영적 생산양식임을 고려한다면, 그리고 당위의 차원이 아니라 존재의 차원의 모더니즘이라면, 이수익의 이러한 시적 방법은 매우 예외적인 경우로 비춰질 수 있다. 근대의 불안과 모순을, 의미의 해체에서가 아니라 그 정반대인 의미의 생산을 통해 헤쳐 나아가려 했기 때문이다. 그러나 중요한 것은 모더니즘이 의미의 해체나 의미의 생산보다는 그것이 나아가는 지향점에서 찾아야 한다는 사실이다. 아방가르드적 성향의 작품이든 이미지즘적 성향의 작품이든 그것이 추구하는 인식론적 판단과 그 정향에 따라 모더니즘은 그 성격이 달라질 수 있기 때문이다.

이수익 시인에 대한 작품과 그 시 세계에 대해서는 많은 논의가 있어 왔

---

3) 이수익의 시적 방법을 이미지즘으로 단정한 대표적인 경우는 남진우이다. 남진우, 「한심미주의자의 항로」, 시집 『아득한 봄』, 미학사, 1991, 해설 참조.

다. 그러나 대부분의 연구가 개별 작품에 국한되거나 시인의 정신사적 흐름에 대한 천착에는 미흡했던 것으로 판단된다. 특히 문예사조적인 맥락을 통한 시인의 시 세계에 대한 연구는 거의 없는 것으로 보인다. 설사 그러한 관점에 바탕을 둔 연구가 있다고 하더라도 이미지즘과 그 정신사적 지향 근거를 제대로 밝히지 못한 채, 오히려 이미지즘과는 거의 대항적인 속성을 갖는 낭만주의적 흐름으로 해석되는 사례도 있어 왔다. 곧 이미지즘을 포함한 모더니즘의 정신사적 맥락과 그 흐름 속에서 이수익의 시를 분석해내고 평가하는 데에는 미흡했다고 할 수 있다.

이수익은 모더니즘의 정신과 방법을 충실한 수행해낸 예외적 시인이다. 기의를 부정하고 언어의 표현층위를 기각하며 해체의 전략을 구사한 대부분의 현대시 동인들과 달리, 이수익은 의미의 생산이라는 자신만의 방법적 자각을 통해서 모더니즘의 시대적 요구를 받아들여왔다. 따라서 모더니즘, 그 가운데 이미지스트들과 그 발전적 계승자인 신고전주의자들의 발자취처럼 이수익의 시세계도 이들의 흔적에 발맞추어 새롭게 조명되어야 할 것이다. 모더니즘이 요구하는 방법적 특징과 정신 세계를 다른 누구보다도 성실하게 수행해 온 이수익 시인에게서 모더니즘이 걸어온 보편적 속성과 질적 특수성을 발견하는 것은 그리 어려운 일이 아니기 때문이다.

2. 이미지즘의 정신적 표현과 그 시적 투망도(投網圖)

이수익의 첫 시집 『우울한 상송』[4]은 시인에게 대단히 의미 있는 시집이

---

4) 이수익은 1969년 한국시인협회의 기획시리즈로 삼애사에서 『우울한 상송』을 출판해내었지만, 곧 절판이 되고, 이후 청하에서 1988년에 두 번째 시집 『야간열차』에 실린 일부 시를 가려뽑아서 재출간하게 된다. 이수익 시세계의 판과 틀을 고려한다면, 청하에서 낸 시선집격인 『우울한상송』이 훨씬 더 탄탄하다고 할 수 있을 것이다. 작가도 첫 시집의 미숙성을 고려해서 여기서 부족한 것들을 다시 보충하지 않았나 하는 생각이 든다.

라고 할 수 있다. 첫 시집이라는 희소성에서뿐만 아니라 이후 전개되는 시인의 시 세계들이 모두 여기에 그 뿌리를 두고 있기 때문이다. 이 시집은 앞서의 언급대로 이미지즘의 시적 의장을 빌어 쓰인 시인의 첫 작품집이다.

그러면 이수익 시의 방법적 축이 된 이미지즘이란 무엇인가. 잘 알려진 것처럼 이미지즘은 모더니즘의 한 갈래로, 우리 문학사에서는 1920년대 후반 처음 소개된 것으로 알려져 있다. 그러나 서구에서 이미지즘이 태동된 시기는 이보다 훨씬 앞선 시기에 이루어졌다. 이 사조는 낭만주의를 부정한 흄의 불연속적 세계관에 그 토양을 두고 있다. 흄은 우리가 살고 있는 환경을 유기적 세계, 무기적 세계, 정신적 세계로 나누면서 이들 영역들이 모두 단절된 것으로 파악하고 있다.5) 그의 이러한 세계관은 이들 세 개의 영역이 모두 유기적으로 연결되어 있다는 낭만주의적 사고 태도를 전면적으로 뒤집는 것이다. 뿐만 아니라 낭만주의에서 흔히 발견되는 신비주의나 추상화, 추체험과 같은 주관주의 역시 배제된다. 그리하여 모든 사물에 대한 인식은 추상이 아닌 구체적인 일상에서 시작되어야 하고 그 표현 방법은 과거의 답습이 아니라 새로운 조명을 통해 이루어져야 한다고 본다. 구체적인 일상에서 출발하여 사물에 대한 신선한 인식과 압축 농밀한 표현을 특징으로 하는 이미지즘은 바로 이러한 환경에서 탄생하게 된다.

한편 흄의 반휴머니즘적 태도는 인간의 전일성을 부정하는, 인간의 불완전성에 그 사유의 뿌리가 닿아 있다. 이러한 인식은 영원성과 반비례하는 것으로써 계몽주의가 뿌린 인간의 슬픈 운명이라 할 수 있을 것이다. 반영원주의의 숙명을 뒤집어 쓴 근대인들의 불안은 여기에서 시작되고, 모더니스트들이 인식의 통일이나 구축을 위해 나아가는 것도 여기에서 비롯된다. 따라서 이들이 감각하는 대상과 인식 주관의 통일을 위해 언제나 신비주의의 늪 속에서 헤매이게 되는 것은 당연하다고 할 수 있다. 모더니즘의 정신사적 방법들인 역사인식으로서의 시라든가 세계 인식에 있어서의 통합된 감수성의

---

5) T.E. Hulme, *Speculation*, Routledge & kegan paul, 1960, pp.5~6.

강조6) 역시 이와 밀접한 관련이 있다고 하겠다. 따라서 이미지즘을 포함한 영미 모더니즘 계통은 방법적인 면과 정신사적인 면 등에서 다음 두 가지로 요약하는 것이 가능할 것이다. 하나는 사물에 대한 참신한 인식이며, 다른 하나는 인식의 통일성에 대한 도정이다. 이는 매우 소략한 것이긴 하지만 모더니즘의 정신과 방법에 있어서 가장 기본적이고 중요한 틀이라고 할 수 있다.7)

> 바다에 눈은
> 뛰어내린다.
> 겨울바다의 허전한 공복이
> 그 아래에서
> 커다랗게 입을 벌리고 있는 이상
> 눈은 끝까지 조용히 내릴 수가 없다.
>
> 내려야 할 곳이 이미 땅이 아니라
> 바다인 것을
> 알았을 그 순간부터,
> 눈은 굳어지고
> 눈은 난폭해진다.
>
> 그래서 바다에 내리는 눈은
> 특공대처럼
> 뛰어내려,
> 날름거리는 바다의 혀를 찌르고

---

6) 오세영, 『20세기 한국시 연구』, 새문사, 1989, p.149.

7) 잘 알려진 것처럼 모더니즘에는 크게 다음 두 가지로 나뉜다. 하나는 초현실주의로 대표되는 아방가르드계열이고 다른 하나는 이미지즘으로 대표되는 영미계열의 모더니즘이다. 이 두 계열은 해체의 전략이나 방법적인 측면에서 많은 공통점을 갖고 있음에도 불구하고 사유의 지향점, 곧 인식의 통일성에 대한 추구라는 점에서는 큰 차이점을 가지고 있다. 곧 구조체를 지향하느냐 그렇지 않느냐에 따라 이들 모더니즘은 그 성격이 구별된다고 하겠다.

　　자기도 죽는다.

「내리는 눈」 전문

　인용시는 이수익의 모더니즘 시 가운데 뛰어난 가편(佳篇)에 해당된다. 의미의 영역이 고스란히 보존된 이 작품에서 난해성이라든가 의미의 굴절과 같은 초현실주의적인 시적 의장은 거의 보이지 않는다. 하나의 작품이 유기적 덩어리를 이루는, 잘 빚어진 항아리와 같다는 말도 된다. 이는 해체의 전략을 구사하는 데 매달린 현대시 동인들의 시 세계와는 일정 정도 거리를 두고 있는 경우이다. 거리를 두고 있다기보다는 예외적이라고 하는 편이 옳을지도 모른다. 그만큼 이수익의 시들은 의미의 해체에서가 아니라 의미를 생산해내는 전략을 구사해왔다. 그렇다면 이러한 전략 속에서 시인이 진정 의도하고자 한 것은 무엇일까.

　「내리는 눈」은 이미지즘의 시적 방법과 정신을 매우 효과적으로 구현하고 있는 시이다. '눈'과 '바다'라는 구체적인 일상의 사물을 시적 소재로 사용하고 있을 뿐만 아니라 여기에 새로운 은유적 표현을 덧붙임으로써 참신한 감각과 정서의 환기를 가져오고 있기 때문이다. 게다가 공포와 불안으로 무늬지워지고 있는 '눈'과 '바다'의 충돌을, 지적 절제를 통해서 걸러냄으로써 센티멘탈리즘의 함정을 적절히 비껴가기도 한다. 이렇듯 이 시는 이미지즘의 방법적 특징을 잘 드러내고 있는 작품이면서 다른 한편으로는 근대의 불안 또한 예리하게 짚어내고 있는 작품이기도 하다. 「내리는 눈」에서 근대인의 초상과 그 존재론적 성격을 은유하고 있는 대상은 '눈'이고, 근대라는 아우라는 '바다'이다. '눈'은 세상에 내던져진, 불안과 공포에 휩싸인 존재이다. 영원성이라는 포근한 울타리를 잃어버리고 스스로를 자기조정 해 나가야하는 근대인의 슬픈 운명을 표상하고 있는 것이 '눈'인 것이다. 반면 '바다'는 그러한 근대인의 운명을 생산케 한 주체이다. 그런데 특이한 것은 근대인과 근대적 환경, 곧 '눈'과 '바다'의 만남이 주종적 관계가 아니라 대립적 관계 속에서 이루어지고 있다는 점이다. '눈'은 자신이 상대할 목표를 분명히 알

고 있다. '겨울바다가 허전한 공복'을 아래에서 '커다랗게 입을 벌리고' 있는
사실을 자각하고 있기 때문이다. 그리하여 '눈'은 자신이 나아가야 할 곳이
자신을 집어삼킬 거대한 괴물임을 인식하고 스스로 '굳어지고 난폭해지는'
자기 무장을 하게 된다. '눈'이 "특공대처럼 뛰어내려, 날름거리는 바다의 혀
를 찌르고 자기도 죽는 것" 역시 이러한 자기 저항의 결과라 할 수 있다.

　이수익의 이 작품은 1930년대 김기림의 「바다와 나비」와 50년대 김규동
의 「나비와 광장」을 연상시킨다. 그러나 이 작품은 김기림의 '나비'와 같은
순수성의 이미지와는 거리가 멀다. '나비'가 이성의 영역을 벗어난 무의식을
표상하고 있다면, 이수익의 '눈'은 스스로를 압박하는 객관적 실체가 무엇인
지 뚜렷하게 인식하는 이성적 존재이기 때문이다. 또한 이 작품은 1950년대
김규동의 「나비와 광장」과도 다른 세계를 보여준다. 이 작품의 '나비'가 근
대 문명을 표상인 거대한 수레에 깔려 신음하는 수동적 존재라면, '눈'은 현
실에 적극적으로 대항하는 능동적 존재이기 때문이다. 시간적인 편차를 두
고 펼쳐진, 근대를 대처하는 방식은 이처럼 사뭇 다른 양상을 보인다. 하나
가 순수 존재라면 다른 하나는 근대적 삶에 무방비로 노출된 존재이다. 이에
비하면 이수익의 세계 인식 방법은 근대에 대한 자기조정능력을 상실한 순
수만의 세계도 무매개적인 노출의 상태도 아닌 것이 된다. 이러한 변화는 있
어야 할 현실이 아니라 있는 현실에서 오는 인식의 차이에서 찾아야 할 것
이다. 즉 당위로서의 현대성이 아니라 존재로서의 현대성이 그러한 자율적
존재를 요구하게끔 만들었던 것으로 보인다. 이수익의 「내리는 눈」이 갖는
시사적 의미는 바로 여기에 있다. 따라서 현대성에 대한 시인의 그러한 인식
을 견고한 지성의 결과[8]로 판단하는 것은 정당한 평가거니와 이수익은 그러
한 세계에 바탕을 자신만의 고유한 모더니즘의 세계를 직조해내게 된다.

---

8) 오탁번, 「시사 속으로 들어온 시적 비애」, 『단순한기쁨』 해설, 1987.

허무한 바람의 벽에
걸어놓은 그 약한 투망도
거미여,
네게 그것은 희망이다
오, 생존이다.

지나가는 한줄기 바람결에도
경계하는 네 푸른 신경은 떨리어
허약해졌는가, 거미여.

태양이 마지막 피를 연소하는
일몰의 거리에서
나는 하루에 받은 인상들을 감광하고,
남몰래 밤이면 암실에서
내 영혼의 빛으로 이를 현상한다.

나는 나의 과거를 그리고
봄이면 나무에 꽃이 피는 이유를 그리고
우리들의 사생활을 그린다.

결국은 나와 결별해야 하는
그 몇 줄의 시를 위하여
나는 투망을 한다.

희망도 생존도 될 수 없는
그 몇 줄의 시를 위하여, 거미여
오늘도 나는 아픈 손으로 그물을 짠다.

「거미」 전문

이 시는 이수익이 자신의 작품에서 그리고 있는, 그리고 앞으로 그려야 할 이미지즘적 세계가 무엇인지를 극명하게 보여준다. 또한 인용시는 이수익적인 풍모를 짙게 풍겨주는 작품이기도 하다. 두 대상의 유비적 관계를 통한 시적 전개가 그러하고, 견고한 지성에 의해 통제되는 감정의 흐름이나 비애적 허무주의 역시 그러하다. 비애나 우수와 같은 정서적 요소들은 이수익 시에서 드러나는 보편적 특징이기도 하면서 다른 한편으로는 이미지즘이 지향하는 세계와는 정반대되는 것들이기도 하다.

지성의 견제와 감정의 과잉, 그 중앙에서 외로운 줄타기를 하고 있는 시적 자아의 그러한 흔들림을 어떻게 설명해야 할까. 실상 이수익 시의 가장 중요한 국면 가운데 하나가 우수와 비애의 시학인 것은 잘 알려진 일이다.[9] 시인도 이러한 사실을 부정하지 않는다. 그가 "잔잔한 우수와 비애의 정서"가 자기 시의 근간을 이루고 있다고 하면서, "나의 작품 속에는 비애의 필터를 착용하고 있다"[10]고 밝히고 있기 때문이다. 그는 자신이 가지고 있는 비애의 근원에 대해서 정확히 인지하고 있지 못하다고 고백한 적이 있다. 그러나 한가지 가정이 허락될 수 있다면, 그것은 근대의 불안과 공포에서 기인하는 것이 아닐까 한다. 따라서 그에게 있어 비애는 존재론적 완성을 희구하는 근대적 우울에 가까운 것이라 할 수 있을 것이다. 비애가 근대적 토양에 뿌리를 둔 것이라면 지성 역시 마찬가지의 경우이다. 그리고 그러한 환경 속에서 모더니즘이 발생했다. 모더니즘이 자기고립의 문학, 경험이 배제된, 주관 중심의 문학이라고 한다면, 감정의 개입은 거의 필연적인 것이라고 할 수 있다. 그러한 까닭에 감정의 과잉에 의한 조형의 실패라든가 지성의 억압이란 말은 거의 성립하기 어려운 것으로 판단된다. 중요한 것은 이미지에 의해 가공되는 세계, 이미지에 의해 추상화되는 세계이다. 그리고 그 세계에 의해서 분열된 인식이 통일 혹은 완결되는 것이 모더니즘의 궁극적인 목표인 것이다[11]

---

9) 오세영, 『20세기 한국시인론』, 월인, 2005. 2.
    박호영, 「낭만적 비극성의 시학」, 『시와시학』, 1995년 여름.
10) 이수익, 「나의 문학세계」, 『시와 시학』, 1991년 여름.

인용시 「거미」가 말하고자 하는 의도도 여기에 있다. 거미는 자신의 생존을 위해 거미줄을 친다. 시인 또한 그 몇 줄의 시를 위하여 그물을 짠다. 거미의 행위는 본능에 의한 생존에의 몸부림인 까닭에 본질에 육박한 것이지만, 이성의 조종을 받는 시인의 행위는 그러한 본질로부터 어느 정도 비껴나 있다. 시인이 자신의 행위를 "희망도 생존도 될 수 없는" 것으로 우회하고 있기 때문이다. 그러나 이러한 인식은 대단히 역설적인 것이다. 이성의 영역에서는 희망과 생존이 아닐 수 있지만 무의식의 영역에서는 그것이 곧 희망과 생존이기 때문이다. 이러한 인식에서 보듯 이수익은 이미지의 가공을 통해 근대의 불안과 소외가 주는 인식의 불완전성을 극복하는 시적 여정에 나서게 된다. 시인이 「거미」에서 "나의 과거를 그리고 / 봄이면 나무에 꽃이 피는 이유를 그리고 / 우리들의 사생활을 그리는" 행위를 이해할 수 있게 된다. 이를 통해서 시인이 그려나가는, 인식의 통일성에의 도정은 크게 세 가지 방향에서 설명될 수 있을 것이다. 사랑과 원시주의, 죽음충동 등이 바로 시인의 통합적 사유의 투망에 걸려든 인식들이다.

3. 통합적 인식에 대한 세 가지 형태

1) 사랑의식과 영원주의

흄의 불연속적 세계관에서 촉발된 반낭만주의적 태도는 인간으로 하여금 무엇보다도 영원성의 감각을 상실하게 만들었다. 이미지즘의 모토 가운데

---

11) 1930년대 김광균의 시 세계를 분석, 평가할 때도 마찬가지의 논리가 적용된다. 김광균의 시는 센티멘탈리즘의 과도한 개입으로 이미지즘적 방법이 실패한 것으로 알려져 있다. 그러나 김광균이 추상한 세계 역시 주관화의 원리에 의한 것이고, 이미지의 조형에 의해서 만들어진 세계이다. 그러한 까닭에 그의 시를 두고 센티멘탈에 의한 지성의 억압으로 설명하는 것은 적절치 않아 보인다. 김윤정, 「김광균 시의 자아정체성 연구」, 『한국시학연구』 제3호, 한국시학회, 2000. 11 참조.

하나인 대상을 구체적이면서 선명하게 표현하는 행위 역시 비연속적인 사유를 대변해 준다고 하겠다. 어떻게 보면 이미지즘은 방법적 자각에 있어서는 탁월했지만, 정신의 깊이를 메워주기에는 이론적 허점을 가지고 있었다. 인간의 정신적 허약성, 그것은 말할 것도 없이 인간의 유한성에 대한 자각일 것인데, 이에 대한 이론적 깊이를 준 것이 엘리어트를 비롯한 신고전주의자들이다. 이들은 불완전한 인간에게 질서와 생명을 부여하기 위한 방법적 모색으로 종교라든가 천년의 왕국, 혹은 유년의 순수성 등과 같은 것들을 제시했다. 이는 신고전주의자들이 흔히 말하는 문명사에 대한 자각이라는 말로 설명되는 것들로서, 영미모더니스트들에게 있어서는 인식의 완결성으로 나아가는 중요한 방법적 단계들이라 할 수 있다.

이수익의 시에서 가장 먼저 눈에 들어오는 통합적 사유는 아마도 사랑일 것이다. 사랑의 정신사적 의미가 무의식의 한 형태이고, 그것이 영원성의 표상이라는 점을 감안하면, 이미지스트였던 시인으로서는 당연한 주제였을 것이다. 흔히 인류 최초의 감정 상태를 이야기할 때, "태초에 사랑이 있었다"는 담론을 떠올린다. 이 말은 인류 최초의 사건 혹은 서사라는 측면에서도 의미가 있지만, 인간이 가졌던 최초의 정서라는 측면에서 더 의미가 있다. 최초라는 것은 순수하다는 뜻이고 영원하다는 뜻이다. 그만큼 이성이라는 의식의 흔적, 언어의 흔적과는 거리가 멀다는 의미이다. 사랑이 곧 영원이란 담론은 여기서 비롯된다.

> 우체국에 가면
> 잃어버린 사랑을 찾을 수 있을까
> 그곳에서 발견한 내 사랑의
> 풀잎되어 젖어 있는
> 비애를
> 지금은 혼미하여 내가 찾는다면
> 사랑은 또 처음의 의상으로
> 돌아올까

우체국에 오는 사람들은
가슴에 꽃을 달고 오는데
그 꽃들은 바람에
얼굴이 터져 웃고 있는데
어쩌면 나도 웃고 싶은 것일까
얼굴을 다치면서라도 소리내어
나도 웃고 싶은 것일까

사람들은
그리움을 가득 담은 편지 위에
애정의 핀을 꽂고 돌아들 간다
그때 그들 머리 위에서는
꽃불처럼 밝은 빛이 잠시
어리는데
그것은 저려오는 내 발등 위에
행복에 찬 글씨를 써서 보이는데
나는 자꾸만 어두어져서
읽질 못하고,

우체국에 가면
잃어버린 사랑을 찾을 수 있을까
그곳에서 발견한 내 사랑의
기진한 발걸음이 다시
도어를 노크
하면,
그때 나는 어떤 미소를 띠어
돌아온 사랑을 맞이할까

「우울한 샹송」 전문

인용시는 시인의 첫 시집의 제목이자 그의 대표작이기도 하다. 이수익 시인을 한국의 대표시인으로 만들어 준 것도 이 작품이다. 이 작품에는 어떤 매력이 있어서 많은 사람들에게 공감을 불러일으키고 애송되는 것일까. 일반적인 관점에서 보면, 모더니즘 성향을 갖는 작품들이 많은 독자를 갖는 것은 상당히 어려운 일이다. 그것은 모더니즘이 엘리트 중심의 문학이며, 철저한 자기경험에 의해 씌어지는 문학이기 때문이다. 모더니스트를 자의식의 저장소라든가 자기고립주의에 빠진 폐쇄된 인간형으로 규정짓는 것도 여기서 연유한다. 모더니스트의 작품을 이해하기가 어려운 이유도 이들이 예외적 경험을 특수하게 표현하는 데 그 원인이 있다. 그런데 어찌 보면 모더니즘 문학은 독자에게 이해를 거부하고 있는 것인지도 모른다. 도구적 이성과 그 안티테제로 씌어지는 모더니즘 시들이 모두 의미를 거부하기 때문이다.

모더니즘의 시작품이 갖고 있는 이러한 특성에 비추어 보면 「우울한 샹송」의 대중성은 상당히 예외적인 것이라 할 수 있다. 이 작품은 많은 사람들에게 알려지고 애송되고 있기 때문이다. 바로 이것이 이수익의 이미지즘 시가 돋보이는 곳이다. 그는 자신만이 가질 수 있는 특수한 체험들을 보편성의 영역으로 확대시키는 방법을 알고 있었다. 말하자면 이미지즘과 보편성의 결합인 셈인데, 이러한 시적 방법론이 「우울한 샹송」을 비롯한 시인의 작품들을 대중들의 정서 속으로 마술처럼 빨려 들어가게 한 것으로 보인다. 이렇듯 「우울한 샹송」이 대중들의 정서에 쉽게 감염될 수 있었던 것은 보편적인 정서를 그 밑바탕에 깔고 있었기에 가능한 것이었다. 또한 이 작품은 '샹송'이라든가 '도어', '노크'와 같은 엑조티시즘적인 경향을 적절히 가미함으로써 이국적인 정서를 불러일으키도록 만들기도 한다. 이러한 정서는 누구나 경험할 수 있는 사랑의 감수성을 보편이하의 정서로 낙하하는 것을 막아주는 구실을 한다. 이 작품이 성공할 수 있었던 것은 사랑이라는 보편적인 정서를 특수한 정서로 승화시켰기에 가능했다.

사랑은 무의식의 영역에 속하는 충동 혹은 본능의 감정이다. 그것은 원초적인 것이어서 이성적 판단과 합리적 분석을 거부한다. 이성이 도구적으로 제도화되는 근대 이후의 담론에서 그러한 도구성을 뛰어넘는 가장 중요한 매개가 이성 너머에 있는 무의식의 영역이다. 따라서 사랑충동은 인식의 분열성과 그 완결성으로 나아가는 가장 중요한 인식적 수단 가운데 하나가 된다. 인간이 사랑의식으로 충만될 때, 시간이 영원으로 흐르는 것[12]도 이 때문이다. 시집『우울한 샹송』에 실려 있는 많은 작품들이 이 사랑의 정서와 그것이 주는 의미에 바쳐지고 있는 것도 이와 밀접한 관련을 맺고 있다. 가령「봄에 앓는 병」에서는 사랑의 정서를,「사랑이 주고간 대화」에서는 사랑이 주는 의미를 읽어내고 있는 것이다. 이를 통해서 이수익은 근대의 불안과 압박으로부터 해방의 정서와 정신의 자유를 이루어낸다.

2) 반근대적 원시주의

근대에 대한 비판적 성찰을 불러일으킨 것 가운데 하나는 자연에 대한 기술적 지배에 그 원인이 있다. 자연과 문명을 대립쌍으로 놓고 문명에 대한 부정성이 크면 클수록 자연에 대한 가치와 그 존재의미는 더욱 더 부각되어 온 것이다. 근대 사회에 들어 자연이 의미를 갖는 것은 그것이 기술에 의해, 문명에 의해 지배대상이 되었을 때라고 할 수 있다. 자연의 우위성이 인정받던 근대 이전의 세계에서는 정신적 측면에서 자연이 주는 의미는 거의 없었다. 자연이 존재가치로서 의미를 갖는 것은 그것이 일방적인 지배대상으로 부각되던 근대 사회 이후의 일이다. 문명은 훼손된 삶과 불구화된 인식을 강요했다. 그럴 때마다 그 반대편에 자리하고 있는 자연의 의미들은 그 중요성이 더욱 강조되었다. 따라서 오늘날 시인들이 자연을 노래하고 그 세계 속에 기투하고자 하는 것은 음풍농월의 유유자적한 삶이나 현실도피주의로 보는 것은 상당한 무리가 있다. 그러한 세계로의 틈입은 근대에 대한 냉정한 응시와 견실한 정신사적 흐름의 반영이기 때문이다.

통합적 사유를 향해 나아가는 이수익의 시적 여로에서 또 하나 발견할 수

---

12) 김규영,『시간론』, 서강대 출판부, 1987, p.11.

있는 세계가 바로 자연이다. 앞서 언급한 대로 자연은 문명 이전의 모든 세계를 말한다. 또한 그것은 무(無)이고, 우주적 질서이며, 개념 이전의, 언어 이전의 세계이다. 이성이라든가 계몽의 이념과 같은 근대의 진보주의적 세계관이 약화되고 회의적일 때, 그 반대편에 있는 자연의 세계 속에 침잠하는 것은 자연스러운 일일 것이다. 이는 근대가 주는 불완전한 세계 속에서 표명되는 영원에 대한 향수, 태초의 완전성에 대한 향수[13]에서 빚어진 것이다.

> 바다에 띄워놓은 원목들은
> 소금물에 저려진 검은 색조로
> 이제는 체념한 꿈의 타령을
> 서로서로 부딪치며 울리고,
>
> 그들이 바다로 오기 전에 있었던
> 무서운 동화 같은 원시림에서는
> 오늘도 바람과 은하, 물소리가
> 어린 나무들을 성장시킨다.
>
> 부딪쳐라 술잔이어, 한때는 우리들도
> 은빛 살로 날으던 새를 쏘지 않았던가
>
> 그렇고 말고 그렇고 말고
> 그렇고 말고―
>
> 주점에는 불그레한 얼구를이 몇 둘러앉아
> 감격한 이 밤을 지키고 있다.

「酒店에서」 전문

인용시는 이수익 시에 나타나는 원시주의적 상상력과 그것이 주는 의미를

---

13) 멀치아 엘리아데, 『성과 속』(이동하 역), 학민사, 1990, p.71.

잘 표현한 작품이다. 여기서 '바다'는 자연의 일부보다는 조화를 깨뜨린 파괴자이고, 원목은 파괴된 자아내지는 인식의 불구성을 나타낸다. 반면 원목들이 정주했던 원시림에서는 '바람'과 '은하', '물소리' 등속이 조화를 이루면서 어린 나무들을 생장시킨다. 말하자면 일탈이라든가, 균열이 없는, 모든 것들이 전일적인 조화와 합일로 구현되는 완전한 세계인 것이다. 이러한 세계는 우주론적 질서가 조화롭게 구현되는 언어 이전의 질서이다. 그러한 곳에서는 구분에 의해 구획지어지는 개념들의 생성은 불가능해진다. 개념이란 명명될 때 생성되는 언어 작용이다. 곧 이것과 저것이 구분될 때, 개념과 언어가 발생한다. 만일 사물들 사이에서 구분이나 분류가 이루어진다면, 계통이 생길 것이고, 곧바로 그러한 계통을 지시하는 기표들이 만들어질 것이다. 자연과 같은 조화의 세계를 언어 이전의 세계라고 부르는 이유도 여기에 있다. 근대에 대한 반성적 사유와 그 안티테제가 이수익 시인에게 사랑이었다면 다음의 시는 계통 이전의 세계를 대변해준다. 이 시는 사랑의식과 더불어 완전한 조화의 세계로 회귀하고자 하는 시인의 열망이 얼마나 강한가 하는 것을 잘 일러주는 작품이다.

　　1
　과수원에 가면
　나도 한 마리 벌레가 되고 싶다.

　해맑은 아침이슬 먹고
　푸른 달빛 먹고
　흠뻑 향기가 무르익어가는
　과일과 과일,
　그 열망에 빛나는 눈빛 사이를
　느리게, 아주 느리게
　기어다니고 싶다

2
과수원에 바람 부는 날은 잎새에 매달려 춤이나 추구
과수원에 비 내리면 후둑후둑 빗소리에 가슴을 열고
과수원에 번개치는 날은 깜깜한 맹목으로 엎드려 있으면서
나도 자랄 것이다, 조금씩 키가 크는 아이처럼.

3
그리고 마침내
단물이 흘러넘쳐 무거워진
과일이 제 무게를 견디지 못해 뚜욱 뚝
떨어져 내리면

나도 떨어져 스밀 것이다, 부드러운 흙 속에
내 향기로운 몸을 묻으면서.

「과수원」 전문

「과수원」은 어쩌면 1930년대 대표적인 모더니스트였던 정지용의 「백록담」
의 세계와 거의 흡사하지 않나 하는 생각이 들 정도로 그 지향하는 정신적
사유가 그것과 거의 맞닿아 있는 작품이다. 잘 알려진 대로 「백록담」은 시적
화자가 한라산에 등반하면서 인간적 자아가 어떻게 자연적 자아로 바뀌어가
는가 하는 것을 등반 시점에 따라서 읊은 절창이다. 곧 망아지가 어미소를
따르고 송아지가 얼룩말을 따르는 세계, 그리고 인간적 자아가 자다 깨다 졸
면서 결국은 자연의 일부로 바뀌어가는 과정을 탐색한 작품인 것이다. 이러
한 사유는 자연이라는 하나의 유기체로 통합되는 과정을, 계통 이전의 세계
되돌아가는 과정 속에서 읽어내고 있다.

이수익 시인이 「과수원」에서 희구하고자 하는 세계 역시 「백록담」의 세
계와 동일하다. 우선 시인은 '과수원'에 가고 싶은 열망을 드러낸다. 그가 이
곳에 가고자 하는 것은 낭만적 동경이나 불합리한 현실을 도피하기 위한 것
이 아니다. '과수원'으로 상징되는 자연의 세계, 우주론적 질서와 조화의 세

계가 구현되는 곳에 가고 싶은 것이다. 그곳에서 시인은 "아침이슬 먹고", "푸른 달빛 먹고", "과일과 과일" 사이를 걷고자 한다. "아침 이슬" 등을 먹고자 하는 것은 자연의 일부가 되고 싶은 것이고, 그가 "기어다니고 싶"다고 한 것은 그 스스로를 인간과 자연이라는 경계로 나뉘고 싶지 않음을 말하고자 한 것이라 할 수 있다. 직립보행을 포기한다는 것은 그 스스로 동물이 되고자 하는 것, 곧 자연과 구분되는 인간이라는 경계를 만들고 싶은 않은 소망의 표현이 아니겠는가. 그리하여 시인은 "과수원에 바람 부는 날에는 잎새에 매달려 춤을 추고", "비가 내리면 가슴을 열고", "번개가 치면 엎드리면서", 자연 속에서 크고 자랄 것이라는 다짐을 하는 것이다.

　이수익 시에서 드러나는 자연의 의미는 유유자적하는 전원적 상상력이 아니라 이렇듯 근대의 불안과 좌절을 극복하기 위한 완전성의 희구에서 이루어진 것이다. 시인은 마치 30년대의 정지용이 그러했던 것처럼 자연의 세계에 완전히 기투함으로써 인식의 완전한 통합을 이루어낸다. 그것은 인간이라는 경계를 포기하고 자연과 유기적으로 결합하는, 인간과 자연이 하나되는 사유에 의해서이다.

3) 제도로부터의 해방과 죽음충동

　인식의 완결성이라는 관점에서 이수익의 시 세계에서 또 하나 눈여겨보아야 할 것이 소위 죽음충동의 문제이다. 이수익 시를 꼼꼼히 검토해 보면 시인의 시를 죽음의 미학이라고 설명하는 것이 큰 무리가 아닐 정도로 죽음에 대해서 다룬 시들이 많다. 일반적으로 죽음이 문학에서 의미를 갖는 크게 두 가지이다. 하나는 실존주의와 관련이 된 죽음이고 다른 하나는 정신분석학적에서 말하는 죽음이다. 실존주의와 관련된 죽음의 문제는 별개인 까닭에 여기서는 죽음이 갖는 정신분석학적 의미를 살펴보고, 그것과 이수익 시와의 친연성을 설명해보기로 하자.

　프로이트에 의하면 인간의 ·완전성은 어머니와 관계, 곧 이자적(二者的) 관

계 속에서 성립한다. 그것은 의식과 무의식이 분열되기 이전의 세계인 상상
계 속에서 이루어진다. 그러나 인간은 부성의 개입에 의해 어머니로부터 기
각됨으로써 그러한 세계로부터 떨어져 나오게 된다. 소위 오이디푸스 콤플
렉스를 경험하는 것이다. 모체 속에 잠겨져 있는 상상계 속의 주체를 통합적
추체라고 할 수 있다면, 그러한 세계로부터 떨어져 나온 주체는 분열적 주체
라 할 수 있다. 정신분석학에서 이 분열된 주체가 근대적 의미의 주체 개념
과 만날 수 있는 지점도 사실상 이 부분에서이다. 잘 알려진 것처럼 근대적
주체는 왜곡된 주체이고 불구화된 주체이다. 이 주체는 근대 이전의 영원성
을 잃어버리고 자기 스스로 조정해나가는 운명을 갖고 있다. 계몽이 기획되
고 근대가 제도화되는 과정이 이성의 확장이었고, 이에 비례하여 비이성적
인 것은 축소되거나 억압되어 왔다. 그러나 계몽의 정신이 의심받고 이성이
도구화되면서 축소되거나 유폐되었던 광기의 영역들은 다소 주목받기 시작
했다. 통합의 사유들이 중심에 자리잡기 시작했던 바, 정신분석학적인 관점
에서 인식의 통일성을 요구하는 사랑충동과 죽음충동이 빛을 발휘하기 시작
한 것도 이때부터이다. 따라서 죽음충동의 문제는 정신분석학적인 측면에서
뿐만 아니라 인식의 통일성이라는 근대적 사유의 관점에서도 해석되어도 큰
무리는 없어 보인다.

> 그대와 내가 안았던 기인 밤의 포옹도
> 새벽이면 기쁨보다는 더
> 슬픔으로 깨는 술처럼
> 희박한 질량으로 풀어져서
>
> 흐릿이 창문 밝아오는 빛살 속에 음영을 이룬
> 두 몸은 슬퍼라, 부끄러운 회임으로 불러오는
> 푸른
> 배처럼.

눈을 감자,
차라리 이대로 죽어 버리자
날이 새면 하얗게 승천할 우리들의 영혼
사련(邪戀)으로 들끓던 피여, 안녕히.

「情死」 전문

　얼핏 보았을 때, 이 작품이 우리에게 시사해주는 교훈은 일차적으로 본능의 자유로움이나 영혼의 자유로움 정도일 것이다. 인용시에서 시적 화자는 어떤 연인과 깊은 사랑에 빠져 있는 듯 보인다. 그런데 상대방과의 사랑은 도덕적으로 허락될 수 있는 사랑이 아니다. 그럼에도 이 둘은 지난 밤 깊은 사랑에 빠져 본능이 추구하는 최대한의 자유를 구가한다. 그러나 새벽이 되면서, 곧 냉철한 이성이 개입하면서 본능의 영역에서 저질러진 사랑의 행위는 엄정한 심판을 받게 된다. 도덕적 측면에서 이 둘의 사랑은 이루어질 수 없는 것이며, "두 몸은 슬퍼라, 부끄러운 화음으로 불러오는 / 푸른 / 배처럼"에서 보듯 부끄러운 것이었기 때문이다. 이들의 사랑을 막은 것은 도덕이나 법과 같은 제도가 만들어낸 것이다. 그러한 제도들은 합리주의가 정착되면서 소위 비이성적인 것들을 일상적 현실로부터 추방시켜 왔다. 그런데「情死」에서는 그러한 제도적 장치들을 다시 죽음이라는 정신적 기제에 의해 초월하려 한다. "눈을 감고 차라리 이대로 죽어 버려", "하얗게 승천하려"하기 때문이다. 이렇게 본다면 이 작품은 본능(사랑) → 억압(제도) → 본능(죽음)이라는 무의식적인 순환구조를 통해 자의식적인 해방을 이루어내고 있다고 하겠다.
　이렇듯 본능의 영역들은 근대적 제도가 만들어낸 이성의 영역을 뛰어넘는 중요한 매개 역할을 한다. 이수익의 시에서 죽음 충동은 제도가 빚어낸 억압을 승화하면서 분열이전의 세계로 되돌아가고자 하는 시적 도정 가운데 하나로 이해된다.

　그는
　죽음에 곱게 순종하였다.

왔던 길을 다시 되돌아가는 편안함으로
눈을 감고, 그는 입을 다물고
아름다운 한 벌의 수의를 입고
흑색 관 속에 무기질의 뼈를 눕혔다.
드디어 그를 안은 대지의 흙은
羊水처럼 한없이 부드러웠다.

「묘비명」 전문

죽음은 욕망이나 분열의 세계로부터의 종말이다. 그것은 또한 어머니와의
영원한 이자적 관계로의 회복이면서 상징 질서 이전의 세계로의 복귀이다.
그러한 까닭에 죽음은 통합적 세계의 새로운 구현이라는 측면에서 상징적
재생이라 할 수 있을 것이다. 어떻든 "대지의 흙을 양수처럼 부드럽게" 감싸
안고 있는 태아적 양태는 근대라는 제도와 그것에서 파생된 분열을 뛰어넘
는 이수익 시의 극점이라 하겠다. 그가 초기 이후의 시세계에서 많은 부분을
본능의 영역에 할애하고 있는 것도 바로 여기에 그 뿌리가 닿아 있었던 것
이다.

4. 통합적 사유의 전범적 모델

이수익은 60년대를 풍미했던 현대시 동인들의 일반적 경향들과는 달리 의
미의 생산에 주력해 온 시인이다. 60년대의 안개와 같은 현실 속에서 가야할
길을 잃어버린 젊은 세대들이 그 현실적 반영으로 의미의 해체에 매달린 것
은 어찌 보면 당연한 시대적 반영이었다고 할 수 있다. 시대에 대한 그들의
몸부림은 30년대 이상 류의 아방가르드적 세계를 60년대식으로 계승 발전시
켰다. 반면 이수익은 의미의 생산에 주력함으로써 정지용 류의 이미지즘적
세계를 계승 발전시켰다. 이들은 60년대의 모호하고 암울한 현실을 인식하

는 데는 동일한 지점에 있었지만, 그 지향하는 방법은 달리했다.

앞서 탐구한 대로, 이수익은 이미지즘 계열의 시인이었다. 그는 자신이 직조하는 이미지즘의 세계 속에서 현실을 읽어내고, 이를 다시 그 나름의 시각으로 해석해내었다. 사랑의식이나 원시주의, 죽음충동 같은 사유들이 바로 그러한 본보기들이다. 이러한 사유들은 인식의 분열이나 불완전성과 같은 근대성의 제반 현상들과 밀접한 관련을 맺고 있다. 여기에 주목한 이수익은 사랑과 같은 통합적 사유들을 끌어들임으로써 근대가 주는 불안으로부터 벗어나려 했다. 이수익 시의 시사적 의미는 무엇보다도 여기서 찾아야 할 것으로 판단된다. 그는 모더니즘이 처음 시도된 1930년대와 그것이 꽃핀 1980년대 이후의 매개지대였던 1960년대의 시인이다. 여기서 이 시기 사이의 점이지대 역할을 한 것이 현대시 동인이라 한다면, 이수익은 이 가운데에서도 이미지즘과 신고전주의와 같은 영미모더니즘 계열의 시를 계승하고 발전시켰다. 자연과 같은 그의 통합적 사유들은 정지용의 계승이면서 80년대 이후 등장한 많은 후배 시인들의 중심 역할을 했으며, 특히 제도의 틀을 뛰어넘는 무의식적인 사유의 방법들은 이수익 시인만이 보유했던 득의의 영역이었다고 할 수 있을 것이다.

타자적 언어와의 대결 구도 속에서의
자아 찾기

‖ 이승훈론 ‖

1. 현대시의 궤적과 시의 특수성

현대 문학을 전공하는 사람들, 특히 시를 전공하는 사람들의 경우 작품을 통해서든 혹은 이론을 통해서든 간에 이승훈이라는 이름을 기억하지 못하는 사람은 아마도 없을 것이다. 그만큼 이승훈은 시인으로서나 이론가로서 어느 한쪽으로 치중되지 않고 왕성한 활동을 전개해온 인물이다. 1962년 「낮」, 「바다」가, 1963년 「눈보라」가 박목월 시인에 의해 추천됨으로써 등단한 이후, 1964년에 『현대시』 동인에 가입한 이승훈은 지금까지 40여년이 훌쩍 넘는 동안 작품생활과 연구활동을 활발히 해오게 된다. 이 속에서 이승훈은 열세 권의 시집과 역시 그에 뒤지지 않을 만큼의 시론집을, 그리고 수필집과 문학론 등에 관한 다양한 글들을 지치지 않고 발표한다. 그의 문필활동에서 드러나는 편력이 그 자체로 한국 현대시의 역사가 된다고 해도 과언이 아닐 정도로 이승훈은 성실하고 치열하게 자신의 길을 개척해온 것이다. 등단과 함께 보여주었던 시의 모더니즘적 성격과 그로부터 이어지는 포스트 모더니즘에의 경도, 그리고 최근 시집 『인생』에 그 단초가 나타나는 선시적 경향들은 우리의 현대시가 이승훈에게서 변천의 실증적 자료를 구할 수 있음을 말해주는 것이라 할 수 있다. 한국의 현대시가 거쳐 온 경로와도 일치하는 이 길을 이승훈은 자신의 시의 내부적 동인에 의거하여 밟아온다. 그의 시론 역시 이 길과 나란히 하는 것이어서 이승훈은 자신의 시론을 쓰면서 혹은 문단에 대응하는 시론을 쓰면서 우리 시의 이론을 더욱 풍성하게 체계화시킨다.

한국 현대시단에서 차지하는 이승훈의 위상이나 그의 시적 의미의 독창성 때문에 지금까지 그에 대한 연구도 적지 않게 이루어졌다.[1] 그는 그와 동시대의 문인들에게서 뿐만 아니라 그의 후배들에게서 끊임없는 관심의 대상이 되어 온 것이다. 이들 연구의 대부분은 이승훈이 펼쳐낸 시적 담론의 난해함이 어디에서 기인하며 어떤 의미의 자장을 지니고 있는지를 탐색하는 데에 집중되어 있다. 그 결과 이승훈의 시는 정신분석학적인 관점이나 초현실주의의 맥락에서 혹은 기호론이나 해체론적 시각에서 이해될 수 있었다.

이승훈에 접근하는 데 소용되는 이론의 성격을 볼 때, 이승훈의 시가 의미의 선명한 구조로 포착되기 힘든 요소를 많은 부분 지니고 있음을 짐작할 수 있다. 그리고 우리는 이승훈 시의 전체적인 스타일이나 기호 생산의 과정을 즉물적으로 파악할 수는 있지만, 또한 시인 자신의 언급을 좇아 존재 탐구를 위한 탐험의 길에 합류해가긴 하지만, 아직도 그의 시적 비밀을 모두 캐내었다고 자신 있게 말할 수는 없을 듯하다. 그의 시에 관한 질문은 질문을 낳고 그에 대한 해답 역시 또 다른 질문을 낳는다. 무의식이라든가 언어,

---

1) 이승훈에 대한 주요 연구들로는 다음과 같은 것들이 있다.
　　김수영, 「새로운 포멀리스트」, 『현대문학』, 1967. 3.
　　김춘수, 「스타일의 존재론―지양된 어둠」, 『예술논문집』15집, 대한민국예술원, 1976. 11.
　　김　현, 「어두움과 싱싱함의 세계」, 『심상』, 1981. 9.
　　조남현, 「방법적 회의의 결실을 기다리며」, 시집 『당신의 방』 해설, 1986.
　　정효구, 「이승훈론―독백에서 대화로」, 『현대문학』, 1990. 4.
　　신범순, 「이승훈론―타자의 풍경, 기표의 주사위」, 『현대시』, 1991. 11.
　　박상배, 「환유의 세계와 그 미학」, 『외국문학』, 1992 봄.
　　서준섭, 「한국현대시와 초현실주의」, 『문예중앙』, 1993 봄.
　　윤호병, 「해체시대의 시쓰기와 문체혁명」, 『시와시학』, 1996 봄.
　　이만식, 「나르시시즘 시론으로 이승훈의 '너라는 햇빛' 읽기」, 『현대시학』, 2000. 9.

혹은 기호라든가 상상력 역시 그의 시를 이해할 수 있는 확고한 열쇠가 되어주지는 않는다. 그는 어디까지나 우리 시단의 미지의 영역을 담당하고 있는 낯선 존재로 보일 뿐이다.[2]

이승훈의 시세계가 그토록 이해하기 힘들게 느껴지는 까닭은 무엇일까? 기표의 층들을 세밀하게 분석한다든가 무의식적 상징들을 중심으로 의미의 고리를 찾아갈 수는 없는 것일까? 난수표처럼 던져진 그의 시적 담론에서 일정하게 질서화된 세계를 만나는 것은 가능할까, 아니 이를 찾아내고자 하는 일이 의미 있는 행위이기는 할까? 어쩌면 이승훈은 알 수 없음에 대해 알 수 없다고 말하는 것이 정직하다고 할 수 있을 그러한 세계를 지니고 있는 것은 아닐까?

2. 살아있는 언어의 거대한 미로

이 무수하게 피어나는 질문들은 그에게 다가가는 것의 두려움과 결국 우리가 도달할 곳이 허무의 늪이 아닐까 하는 회의를 반영하고 있다. 지금까지의 다양한 첨단 이론에 기댄 '기표의 유희다', '콤플렉스다', '의미의 해체다'라는 식의 접근은 우리에게 의문을 증폭시켜 줄 뿐 이승훈의 시세계에 대한 구체적인 윤곽을 제시해주지는 못한다. 사실상 이들의 규정이 우리에게 안겨주는 것은 아무것도 없다. 실제로 뭉게구름처럼 피어나고 미생물처럼 증식하는 형태를 지닌 이승훈의 시세계를 밝히는 데 있어서 우리는 단지 이론의 피상적인 도입에 만족할 것이 아니라 그의 시에 담긴 말들의 풍경이 무엇을 그리고 있으며 어디를 향하고 있는지를 탐색해야 할 것이다. 그것을 밝혀내지 못한다면 그는 영원히 우리에게 낯선 타자로 남아 있게 될 것이다.

---

2) 신범순, 앞의 글, 『글쓰기의 최저낙원』, 문학과 지성사, 1993, p.350.

그러나 그에게 갈 수 있는 길은 쉽게 눈에 띄지 않는다. 일반적인 방법대로 복잡하게 뒤엉킨 언어의 가닥들을 한올 한올 헤쳐가면서 시인의 내면을 이해하고 그에 따라 실존의 단단한 핵을 발견하게 되는 일은 이승훈을 이해하고자 할 때 저항 없이 갈 수 있는 길이 아니다. 보통 언어는 시인의 실존을 채색한 흔적이 되기 때문에 그 언어의 조직이 아무리 복잡하거나 상상력의 구조가 아무리 치밀하더라도 언어를 통해 시인의 실존적 얼굴을 만나게 되기 마련이지만 이승훈에겐 이러한 정공법이 통하지 않는 것이다. 이는 이승훈 시의 언어가 의미에 등을 돌린 채, 자아를 반영하거나 자아에 도달하기보다는 자아를 감추고 자아로부터 벗어나기 위해 있다는 사실로부터 비롯된다. 즉, 그의 언어는 무엇의 거울이 되지 않으며 무한히 팽창하되 매우 작은 밀도를 지니고 있다.

이러한 이승훈의 언어를 기표의 유희라고 할 수 있을 것인가? 유희에는 말 그대로 즐거움이 있어야 한다. 기표를 미끄러뜨리는 데서 오는 희열과 쾌감, 그 무엇에 대한 반항과 저항의 느낌, 혹은 본질에 닿을 수 없다는 데서 오는 절망과 나른한 체념감 같은 것들이 무의미하게 기표를 생산해낼 때 시인이 가질 수 있는 감정일 것이다. 그러나 이승훈의 시는 이러한 위치에서도 방향의 각도가 쉽게 잡히지 않는다. 그의 시적 언어는 절대화된 무엇을 상정하고 그것에서 비껴가고자 하는 자의식에서 비롯된 것이 아니다. 그렇다고 하기엔 그의 언어는 어둡고 축축하고 음험하기까지 하다. 그의 언어는 유희를 이끌어내듯이 끝없이 상승하고자 하는 발랄한 욕구에 의해 생산된 것이 아니고 자아와의 적대적인 관계 속에서 자아를 왜곡하고 억누르고 숨겨버리면서 그 힘을 키워나간다. 자신을 찾기 위해, 자신의 존재 증명을 위해 시인은 언어에 의존하지만 언어는 이미 자아의 편에서 자아에 순응하며 자아를 위해 헌신하는 순한 양이 아닌 것이다.

무서운 일이지만 이승훈의 언어는 살아있다. 살아서 자아와 대결하고 있다. 오히려 자아는 음험한 언어의 기세에 눌려 숨죽이고 있는 형국이 아닌가. 거대하고 두터운 언어의 장막은 자아의 허점을 파고들어 자아에게 쇄사

슬을 들이민다. 자아에게 있어 언어는 자아의 실존적 환경을 출구를 찾을 수
없는 폐쇄회로로 만들어버린다. 언어는 자아의 능동적 힘이 더 이상 미치지
못하는 곳에서 마치 살아있는 세포처럼 자가증식하는 것이다. 이승훈에게
언어는 자아를 보증해주지 못하는 절대 타자이다. 사정이 이러하기 때문에
이승훈에게 언어는 자아를 탐구하기 위한 수단이 결코 되어주지 못한다. 그
의 언어는 자아의 성장을 위해 존재하는 도구가 아니며 자아의 종속물은 더
더욱 아닌 것이다.

　　이승훈 시의 언어를 이처럼 단정지을 수 있는 것은 비단 직관에 의한 것
만이 아니고 이승훈 스스로 자신의 시를 '비대상', '반인간'의 것이라고 지정
한 데서도 그 근거를 찾을 수 있다.3) 대상을 향해 있지 않은 '비대상시'란
자아가 대상을 전유하지 않는다는 것, 즉 언어가 자아와 대상 사이에서 연결
고리를 형성하고 있지 않다는 것, 따라서 언어가 자아가 가하는 구속으로부
터 자유로울 수 있는 조건 속에 있다는 것에 다름 아니다. 자아는 대상과의
관계를 정립함으로써 비로소 정체성을 형성할 수 있으며, 이 때 언어가 자아
와 대상의 관계를 더욱 견고하게 해주는 매개라는 사실을 고려할 때 대상이
소거된다는 것은 그만큼 자아의 위치의 불안정함을 말해주는 동시에 언어의
자동화를 조장하는 것이다. 이때 자아와 대상을 아우르는 틀로부터 벗어난
고삐풀린 언어는 자체적인 메카니즘에 따라 스스로 운동하게 된다.

　　이러한 구도 속에서 언어가 자아를 밝히기 위한 매개가 될 수 있을까? 흔
히 언어가 자아를 구성하고 또한 그것이 자아의 흔적이라고 하는 것은, 때문
에 언어를 파악함으로써 자아를 탐색할 수 있다고 하는 관점은 이승훈에게
적용되지 않는다. 이승훈에게 다가가고자 할 때 우리는 오히려 언어를 지우
고 이승훈을 찾아야 한다. 언어가 스스로 지쳐 힘이 빠져있는 곳, 음험한 언
어가 방심하여 그 틈으로 희미하게 자아가 드러나는 순간이야말로 우리가
포착해 들어가야 하는 지점이다. 이처럼 언어가 존재에게 다가가는 징검다

---

3) 이승훈의 자기시론집의 명칭이 『반인간』(조광출판사, 1975), 『비대상』(민족문화사, 1983)임
　에 주목해보자.

리가 아니라 존재를 가로막는 무거운 덮개가 된다는 사실은 섬뜩하고 안타까운 일이다. 이승훈의 시적 언어가 차갑게 느껴졌던 까닭도 여기에 있었다. 이승훈이 늘 추위를 느끼는 것4)도, "쓴다는 것이 부재의 부재에 대해 글을 쓴다는 것"이므로 "이런 글쓰기가 얼마나 두려운가"5)라고 토로한 것도 이 때문이 아닐까.

그것이 담고 있는 언어의 성질이 어떠하건 간에 시는 언어로 이루어져 있다. 우리가 시를 분석한다는 것은 언어 조직의 구조를 이해하는 것을 뜻한다. 이승훈 시의 언어가 자아와 화해롭지 못하다 하더라도 이승훈 시를 탐색하는 자리에서 언어를 외면할 수는 없는 노릇이다. 다만 우리는 이승훈의 언어가 그 무엇에 대응하고 그것을 반영하는 것이 아니라 스스로 운동하는 자기 완성적 존재라는 관점을 취해야 할 것이며 언어의 그러함을 전제한 자아와 언어의 관계망을 짤 수 있어야 할 것이다. 이러한 구도는 기표와 기의가 서로 대응하여 기표를 통해 기의를 파악하게 되는 통상적인 언어 구조와는 달리 기의를 필요로 하지 않는 기표의 덩어리가 한 축을 차지하고 그와 독립하여 사물의 영역이 또 다른 축으로 존재하는 형태를 지니게 된다. 이 구도 하에서 자아는, 물론 언어화되지 않는 사물의 영역에 속하게 마련이다. 존재와 무관한 언어, 즉 존재와 다른 축에서 기표의 무한 증식을 보이는 시적 언어가 스스로 얼마나 기괴한 형상을 토해내는가를 시 「고함」을 통해 살펴볼 수 있다.

---

4) 자전적 에세이 「나의 시 나의 삶」에서 이승훈은 언제나 추위에 떨고 있는 실존의 모습을 스케치하고 있다. 유년 시절을 고독과 소외, 추위, 공포로 기억하는 이승훈은 그것이 지금도 계속된다고 고백한다. 그는 "추위와 함께 태어났고 추위가 내 정신의 고향"이라고까지 말한다. 그가 진술하듯이 이승훈에게 추위는 실존의 조건인 셈이다. 이승훈, 「나의 시 나의 삶」, 『현대시』, 2002. 11, pp.19~39.
5) 위의 글, p.19.

붉은 고함을 지르며
달리는 것은 자정이다
피를 보고 놀란 두 눈이
절망의 현미경을 오래 보는 두 눈이다.

누가 이 땅에 태어나
푸른 별 박히는
내 머릿속 고함을 듣는다
한없이 떠내려가는

붉은 고함을 지르며
가라앉는 시퍼런 바다
바람부는 밤에도 울음들이 떠 있다
기인 팔들이 휘어안은
마음의 풀잎이 칼을 토하고
징그러운 남자의 칼
따스하고 무섭게 번쩍이는 칼
피를 보고 놀란 두 눈이

절망을 오래오래 바라본다
幼年의 별이 낭자히 떨어지는
아 시간의 깊은 고함소리
불의 혀가 키스하고

기갈처럼 허어연 폐벽을 스치며
달리는 것은 자정이다
기름에 젖은 문명이다
한없이 떠내려간다

「고함」 전문

위의 시에서 우리는 뒤틀린 언어, 언어가 뒤틀리는 과정을 목도하게 된다. '붉은 고함을 지르며 달리는 것은'이라는 주어와 '자정이다'라는 서술어의 결합 사이에 논리적이거나 현실적인, 혹은 상상적인 어떠한 관계도 성립하지 않는다. 주어는 돌연 시공을 비틀고 돌진하여 서술어와 만난다. 서술어는 주어로부터 어떠한 연상도 암시도 받지 못한 채 난데없이 시의 자장 안으로 끌려 들어온다. 마치 난폭한 힘에 의한 것이듯 주어는 서술어에 갖다 붙여진다, 아니 서술어는 주어에 '처박힌다'. 이승훈의 언어는 순식간에 기괴한 형상을 낳는다. '피를 보고 놀란 두 눈'과 '절망의 현미경을 오래 보는 눈'과 겹쳐져 하나의 눈이 다른 더 큰 눈에 갇히는 형상, '내 머릿속'을 중심으로 한 '푸른 별'과 '고함'의 충돌, '머릿속'과 소리의 경계를 넘나드는 '고함', '마음'에서 '토해지는' '칼', '따스함'과 '무서움'의 결합에서 오는 음흉하고 스산한 느낌, 이 모든 것들은 단순히 이미지의 기괴함이나 상상력의 독특함으로 설명할 수 없는 것들이다. 이들 언어는 언어를 통제하는 힘으로부터 탈주하여 스스로의 팽창하는 에너지에 의해 솟아나기 때문이다. 독버섯이 번식하고 암세포가 자라나듯이 언어는 걷잡을 수 없는 속도로 괴물을 탄생시킨다.

이 난삽하고 반인간적인 언어의 거대한 덩어리 앞에 존재가 깃들 수 있는 곳은 어디에도 없다. 증식하는 언어는 마치 세포가 분열과 변이를 일으키며 단단하게 짜여진 구조물을 완성하듯 자기의 영역을 구축한다. 그것은 자아가 끼어들 틈을 허용하지 않으며 스스로 완결된다. 그것은 입도 항문도 없는 닫힌 구조이고 생물과 무생물의 경계에 있는 세포의 집적물이다. 살갑거나 친근한 것과 하등 관계가 없으며 징그럽기도 하고 섬뜩하기도 한 언어의 막힌 구조물, 이것이 이승훈의 시적 언어의 특성이다. 이승훈의 언어는 자아와 관계없이 자체의 에너지에 의해 생성된다는 점에서 살아있는 것이며 또한 반인간적 메커니즘을 지닌다는 점에서 괴물 혹은 기계와 같다. 이러한 이승훈의 언어를 '욕망하는 기계'[6]라는 관점에서 이해할 수는 없을까.

3. 타자로서의 욕망의 언어

대상을 반영하지 않는 언어, 자아를 정립하는 데 아무런 역할을 하지 않는 언어의 덩어리는 당연히 아무것도 의미하지 않는다. 본래 의미라는 것이 자아가 세계와의 거리를 극복하는 과정에서 갖게 되는 세계에 관한 주관적 의견을 지시한다면 세계를 향해있지 않은 자아에게 의미란 성립하지 않는다. 역으로 말하면 세계를 주관적으로 전유하는 행위로 인해 비로소 자아가 자기 정체성을 형성하게 되는데, 이와 같은 의미화의 결여는 자아를 주체로서 정립하는 데 심각한 장애가 되는 것이다.

주체 형성 과정을 이론화하고 있는 라캉은 어머니 및 아버지를 둘러싼 오이디푸스 갈등 관계의 결과 타자, 에고, 대상으로 이루어진 삼각구조가 생겨난다고 전제하고 어머니와의 이중관계를 넘어선 어린 아이가 상징계의 기초인 아버지의 법(the Law of the father)에 접하여 이와의 동일시를 이루어낼 때 자아를 획득하게 된다고 말한다. 아이가 아버지의 법을 받아들인다는 것은 자신을 어머니로부터 분리시킨다는 것이고 동시에 문화, 언어, 문명 세계에 참여함을 의미한다. 라캉에 의하면 오이디푸스 해소 과정이라고 할 수 있을 이 단계가 순조롭게 이루어지지 않을 경우 자아는 이름을 부여받지도, 가족 구조 내에서 한 위치를 차지하지도 못하게 되며, 이는 주체 형성의 실패를 뜻한다는 것이다.[7]

라캉이 밝힌 주체 형성의 이론은 어머니와의 이중관계를 넘어서지 못하는

---

6) 들뢰즈가 말한 '욕망하는 기계'란 어떤 임의의 요소가 주체의 능동적 개입 없이 스스로의 에너지에 의해 모든 방향, 모든 방면으로 무한히 그의 영역을 구축해나갈 때 사용된 개념이다. 무한한 반복, 인접한 것과의 무한한 관계맺기, 무한한 넘나듦, 이러한 것들이 그 요소를 제한없이 운동하게 하고 성장시킨다. 이러한 활동을 가능케 하는 것은 결코 주체의 의지가 아니고 그 요소의 순수 에너지로서, 이는 운동 중에 발생하는 기계적인 충동과 자동화된 전달체계로 구성된다. 그리고 우리는 이것을 주체의 의식과 무관한 자리에서 힘을 발휘한다는 점에서 '욕망'의 성격을 지닌 것이라 할 수 있을 것이다. G.Deleuze and F. Guattari, 『앙띠 오이디푸스』, (최명관 역), 민음사, 1997, pp.560~566 참조.
7) A.Lemaire, 『자크 라캉』, (이미선 역), 문예출판사, 1994, pp.133~138.

자아를 '결여이자 무'[8]라고 규정하는 까닭에 상징계로의 진입을 당위화하는 것으로 읽힐 수 있다. 이를 언어 행위에 있어서의 규범적 질서를 따르지 않는 이승훈에게 적용하면 이승훈은 상징 체계 내에서의 일원으로 자기 자리를 차지하지 못한 소외된 자가 된다. 또한 이것은 원활한 주체 형성 과정에서 이탈되었음을 뜻하기도 한다. 들뢰즈는 자아가 상징 질서와의 동일시를 이루어내도록 유도하는 것이 오이디푸스 기제가 지닌 강제성이자 억압성이라 보고 이 고리를 끊을 것을 제안한다. 그렇게 될 때 에너지로서의 '욕망'이 기성화된 사회 질서를 위협하고 새로운 가치를 창조해내는 진정 생성적 힘으로 기능할 수 있다고 말한다.[9] '욕망'과 '주체'에 관한 한 라캉과 들뢰즈는 서로 대립되는 입장을 보여준다. 라캉이 욕망을 제어하여 기성 질서에 편입할 수 있는 길을 보여주고 있다면, 들뢰즈는 기성 질서를 코드화된 사회라 부정하고 욕망의 힘에 의해 이로부터 탈주하도록 유도하기 때문이다. 들뢰즈는 라캉이 '결여'라고 하며 부정적 관점에서 본 욕망을 오히려 큰 가치를 지닌 것으로 본다. 들뢰즈는 욕망이 분열증적으로 배양되어 무차별적인 생장과 흐름으로 이어지는 것을 부인할 수 없는 생성의 양상으로 간주하는 것이다.

시적 언어의 양상을 볼 때, 우리는 이승훈이 주체되기에 성공했다고 말할 수는 없을 것이다. 그는 자아의 내면을 탐색해 들어갔지만 무의식의 흔적들이 무질서하게 뒤섞여있는 모습에서 자아의 구조화된 모습은 찾아보기 힘들기 때문이다. 그렇다면 '욕망하는 기계'와도 같이 자체 운동하는 자신의 언어를 두고 이승훈은 욕망의 탈주에 의한 해방감을 느꼈을까?

이 또한 우리는 긍정할 수가 없다. 이승훈은 오도가도 못하는 막다른 골목에서 이도저도 아닌 난감한 자의 표정을 하고 있기 때문이다. 그는 라캉적인 의미에서의 주체도, 들뢰즈적인 의미에서의 탈주자도 될 수 없었다. 예컨대 "존재하면서도 부재하는, 있는 것도 없는 것도 아닌 병든 아버지"[10]를 앞

---

8) 위의 책, p.136.
9) 김윤정, 「이상시에 나타난 탈근대적 사유」, 서울대 대학원, 1998, p.8 참조.

에 두고 이상적 자아(ideal ego)상을 설정하지 못하는 이승훈은 적극적인 자아 획득 과정에 임하기보다는 그를 외면하고 그로부터 도피하고자 하는 부단한 몸짓을 보인다. 이승훈에게 대타자로서의 '아버지'는 동일시해야 하는 대상이 되기보다는 그로부터 도망치도록 부추기는 허무의 늪이었던 셈이다. 이승훈이 바라보아야 할 대상을 애써 외면하고 그 자리를 빈자리로 남겨두었던 것도 이와 관련된다. 대상을 직시할 수 없는 이러한 정황을 두고 이승훈은 "나에겐 들고 갈 불이 없었다"[11]고 술회하거니와 우리는 여기에서 이승훈이 주체형성의 순조로운 과정을 밟지 못했음을 짐작할 수 있다.[12]

그러나 다른 한편 이승훈이 동일시 대상으로부터의 탈주의 꿈을 꾸었던 자라 하여도 우리는 여기서 발생한 이승훈의 시적 언어가 그를 자유롭게 했다고 말할 수도 없다. 이승훈의 언어는 분명 대상을 소거한 채 욕망에 따른 무한한 탈주의 양상을 보이고 있지만 이승훈은 단 한 순간도 자아를 대면하고자 하는 의지를 버리지 않기 때문이다. 즉 이승훈은 대상을 외면하고 욕망이라는 타자의 무한한 팽창에 제동을 걸지 않으면서도 자아의 자리 또한 고수하고 있는 것이다. 그는 대상과도 언어로서의 타자와도 손잡지 못한 채 자아라는 매우 한정된 영역에서 꼼짝하지 않고 웅크린 난처한 지경에 놓여 있다. 이는 상징의 구속도 자유도 받아들일 수 없던 자가 처한 딜레마적 상황을 가리키는 것이다. 이승훈의 시가 그토록 기괴하게 느껴졌던 것도 이러한 사정에서 비롯된다. 결국 그는 절대 고립의 공간에서 팽창하는 언어의 기세를 참담하게 바라본 소외된 근대인이라 할 수 있다. 이승훈의 몇몇의 시를

---

10) 이승훈, 앞의 글, p.31.
11) 위의 글, p.32.
12) 이 점에서 이승훈은 이상과 유사하다. 이상이 비정상적인 가족 구조 속에서 성장한 것은 잘 알려진 일이거니와 어려서 생부와의 이별, 백부와 생부 양자를 아버지로 섬겨야 하는 데서 오는 혼란, 아버지에 대한 증오 등의 정황은 이상으로 하여금 이상적 자아로서의 '아버지'와의 동일시를 어렵게 하는 장애가 되었다. 이러한 상황에서 이상은 오이디푸스 기제에 순응하는 사회적 자아를 획득하는 대신 들뢰즈적인 의미에서의 욕망의 탈주를 시도한다. 앞의 논문에서 김윤정은 그것이 이상 시의 해체론적 기호 양상으로 드러난다고 분석하고 있다. 김윤정, 앞의 논문 참조.

우리는 이러한 상황에 대한 무의식적 표현이라 볼 수 있을 것이다.

> 사라지는 흰빛은 거의 희다 사라지는 흰빛은 거의 흰빛으로 사라진
> 다 거리의 창들이 흔들린다 흔들리는 창에 물드는 아아 사라지는 흰빛
> 어떤 중얼거림이 무한히 와서 머문다

「공포」 전문

위의 시의 제목이 「공포」인 까닭은 무엇일까? 시인은 '공포'의 이미지를 그리고 싶었던 것일까, 혹은 어떤 현상이 불러일으키는 정서를 이야기하고자 한 것일까. '공포'감은 시적 자아가 처한 존재론적 위치를 새삼 환기시켜준다. 시인은 지금 극도의 외로움 속에 있는 것이다. 실낱같은 존재와도 그는 동일성을 형성하지 못한다. 사방에 자신과 연대를 이룰 수 있는 존재가 털끝만큼도 있지 않을 때 '공포'는 엄습하는 법이다. 위의 시에서 시적 자아에게 공포감을 일으키는 것은 특정한 존재가 아니라 어느 누구와도 손을 잡을 수 없는 상황 그 자체이다.

우리가 위의 시에서 주목할 수 있는 것은, 시는 몇 개의 문장으로 이루어져 있지만 그 문장들이 사실상 분리되지 않고 하나의 덩어리를 이루고 있다는 점이다. '사라지는 흰빛은 거의 희다'라는 언어의 단위는 그것만으로도 동어 반복이며 연이어 계속해서 반복되고 동질적으로 변주된다. 또한 '사라진다'와 '흔들린다', '물든다', '중얼거림' 등의 어휘의 연쇄는 시를 관통하는 일정한 흐름을 보여주어서 시가 하나의 유기체임을 현시해준다. 시적 언어들은 주체에 의해 통제되고 분절되는 것이 아니라 단일한 파동에 의해 물결치는 듯하다. 물론 그 파동은 주체의 것과는 무관한 것으로 언어들의 연쇄를 낳는 동인이 된다. 이것만 있다면 언어는 '무한히' 지속될 것이다.

시인에게 '흰빛'은 단순히 그것만으로 보이지 않는다. '흰빛'은 일정한 시간 안에서 세상을 완전히 덮어씌우는 실체이고 주변의 사물들을 요동시켜 그에게 복속시키는 힘이다. 뿐만 아니라 그의 여파를 '무한히' 쏟아놓은 지

치지 않는 에너지이다. 시에서 '흰빛'으로 현상하고 있는 그것은 사실상 모든 것을 단일한 것으로 밀고 가는 힘이자 에너지의 실체라 할 수 있다. 여기서 우리는 자아가 느낀 '공포'의 근원을 어느 정도 알 수 있을 듯하다. 시인에게 공포스러운 것은 자신을 소외시키는 외부의 어떤 힘으로서, 그 힘은 시에서 언어의 유기적 연쇄 및 언어의 단단한 덩어리로서 표현되었던 것이다.

세상을 장악할 정도의 제어되지 않는 힘이 무한하게 생장해갈 때 자아는 어떻게 지탱될 수 있는가. 그는 자신의 자리를 어떻게 어느 정도로 지킬 수 있을 것인가?

시계는 열두 점, 열세 점, 열네 점을 치더라. 시린 벽에 못을 박고 엎드려 나는 이름 부른다. 이름은 가혹하다. 바람에 휘날리는 집이여. 손가락들이 고통을 견디는 집에서, 한밤의 경련 속에서, 금이 가는 애정 속에서 이름 부른다. 이름 부르는 것은 계속된다. 계속되는 밤, 더욱 시린 밤은 참을 수 없는 강가에서 배를 부르며 일어나야 한다. 누우런 아침 해 몰려오는 집에서 나는 포복한다. 진득진득한 목소리로 이름 부른다. 펄럭이는 잿빛, 어긋나기만 하는 사랑, 경련하는 존재여, 너의 이름을 이제 내가 펄럭이게 한다.

「이름 부른다」 전문

위의 시는 자아를 압도하는 외부의 힘에 저항하여 자신의 자리를 지키고자 하는 자아의 치열한 몸부림을 그려내고 있다. 세상에 있지도 않은 시간인 '열세 점', '열네 점'의 계속적인 울림은 의식할 수 있는 현실의 차원을 벗어난 곳에 세상을 지배할 수 있는 힘과 에너지가 얼마든지 존재할 수 있음을, 그것이 세상으로 넘어와 '나'의 실존적 자리까지 넘볼 수 있음을 보여주는 것이다. '내'가, '집'이 거센 '바람' 한가운데서 쓰러질 듯 위태로운 것도 그와 같은 압도적 힘 때문이다. 그 힘은 '나'와 결코 화해로운 것이 아니고 '나'의 처지를 불안하고 고통스럽고 '시리'게 한다. '이름 부르기'가 이러한 상황 속에서 더욱 절박한 것은 당연한 일이다. '이름 부르기'란 '나'를 잠식하고자 위협해오는 힘 앞에서 나의 실존을 지키기 위한 간절한 행위이기 때문이다. 시인은 상황의 가혹함을 '손가락들이 고통을 견디는', '한밤의 경련', '금이 가는 애정', '펄럭이는 잿빛', '어긋나기만 하는 사랑' 등의 일련의 어둡고 암담한 이미지들로 표현하고 있거니와 '이름 부르기'는 이를 극복하고 자신의 자리를 지키려고 하는 자아의 치열하고도 힘겨운, 또한 포기할 수 없는 행위에 해당하는 것이다.

「어머니 말씀」에서 시인은 이처럼 자아와 팽팽히 맞서는 상황을 '얼음나라'라 일컫고 있다.

> 도대체 내가 그 나라에 간 것이 오류였다. 그 나라엔 사람들이 살고 있지 않았다. 나는 꽝꽝한 얼음 속에서 처음으로 어머니를 불렀다. 어머니는 한 토막 흐린 나무가 되어, 그래도 나를 보자 웃으셨다. 좀더 살아보라, 살아보라고 어머니는 외치셨다. 땅도 하늘도 없는, 저 얼음나라에서 그러나 나는 따스하게 존재했다. 고함마저 그때는 지를 수 없었으므로.
>
> 「어머니 말씀」 전문

세상을 압도하는 강한 힘이 시적 자아와 충돌하지 않고 상호 간섭하여 시적 자아를 성장시키는 요인이 된다면 얼마나 바람직하겠는가. 그러나 상황은 매우 비관적이다. 시인은 그 힘이 자아의 입지를 얼마나 잠식해 들어왔으며 자아가 그 속에서 얼마나 억압을 느껴야 했는지를 그려주고 있다. 보이지 않는 그 힘은 '나'의 입에 재갈을 물려둔 것, '나'의 생명까지를 회의케 했던 것, '땅도 하늘도' 지워버린 것, '사람들이 살고 있지 않은' 춥디추운 곳, '꽝꽝한 얼음 속', 곧 '얼음나라'였던 것이다. 자아가 처한 상황이 이와 같이 온기가 없는 곳으로 표현된 반면 시적 자아는 '따스한 존재'로 형상화되고 있는데, 이는 자아가 '얼음나라'에 맞서 끝까지 인간다움을 지키고자 하는 인물임을 말해주고 있다.

4. 자아와 언어가 마주치는 자리

이승훈이 자아의 입지점을 그를 위협하는 모종의 힘과의 관련 속에서 설정하고 있음은 시사하는 바가 크다. 그 힘은 앞서 살펴보았듯이 자아의 생명까지도 위협하는 압도적인 것이며 결코 긍정적인 것이 아니다. 자아는 이와 적대적인 감정을 느끼며 심지어 공포심까지도 갖게 되는 것이다. 눈에 보이지 않는 그 힘은 점진적이고도 집요하게 주변의 사물들을 자기화해 들어가는데 그 과정은 순식간에 또한 조금의 틈도 없이 철저하게 이루어진다는 것을 알 수 있다.

이승훈의 시적 세계 속에서 그 힘은 무엇을 가리키는가? 가령 이승훈의 존재 탐구를 둘러싼 구도 속에서 그에게 대결해야 하는 절대적 힘으로 군림하는 것은 무엇일까, 사회화된 권력이나 모순일까 혹은 다른 존재론적 타자일까? 적어도 그것은 사회적 상징질서에의 동일시를 요구함으로써 자아로 하여금 주체가 되게 하는 '아버지의 법'은 아닌 듯하다. 그 힘이 '아버지의 법'임을 입증하기 위해선 이승훈이 그것의 내포를 지니는 존재 앞에 억압을 느꼈어야 했는데 이승훈에게서 그러한 징후는 발견되지 않기 때문이다. 뿐만 아니라 이승훈은 그의 초현실주의적 시가 역사적 사건과의 연관 속에서 해석되는 것을 경계한 바도 있다.[13] 그에게 '아버지의 법'은 자아에게 힘을 행사하고 강제하는 존재라기보다 오히려 직립하여 응시할 계기조차 주어지지 않았던 "존재하면서도 부재하는, 있는 것도 없는 것도 아닌" 것으로 다가오지는 않았을까. 그만큼 사회적 관계망은 이승훈에게 미약한 영향력만을 끼친 것으로 판단된다.

---

13) 이승훈은 자신의 시가 객관적 세계와의 관련 하에 놓이지 않음을 정직하게 고백한다. 그는 자신이 "객관적인 세계를 노래할 능력이 없는 것 같다"고 언급함으로써 그의 시가 반리얼리즘적인 것이요 사회 현실을 노래한 것이 아님을, 또한 4·19라든가 5·16과 같은 정치적 현실과 영향관계를 갖지 않음을 분명히 밝히고 있다. 다만 '나란 누구인가'를 탐구한 자신의 작업이 '우연하게' 1960년대의 한국적 상황과 맞물렸다고 말한다. 이승훈·박찬일 대담, 「자아 찾기의 긴 여정」, 『현대시』, 2002. 11, p.46.

그것이 무엇이든 간에 이승훈의 공포와 억압의 실체는 그의 시의 독특한 언어적 양상으로 표출되는 것이었다. 주체에 의해 통제될 수 없는 그 힘은 분절되지 않는 언어, 흐름으로만 있는 언어를 통해 그 성격을 드러내었다.[14] 그리고 우리는 이 지점에서 '욕망하는 기계'처럼 증식해가던 이승훈의 시적 경향과 마주치게 된다. 자아의 의지 혹은 의식과 무관하게, 자아와는 하등 관계없는 자리와 방향으로 아메바처럼 뻗어나가는 언어, 그러한 언어 속을 관통하는 과도한 에너지와 그 힘에 의해 무한히 연쇄하는 언어의 상관물, 이 것이 '욕망하는 기계'와도 같은 시적 언어이며 또한 이승훈 시의 양상을 단 적으로 설명해주는 것이다. 다시 말해 이승훈에게 언어는 그것이 무의식이 라는 힘을 수용하는 까닭에 자아 발견을 위한 도구였던 것이 아니라 자아의 거울을 가려버리는 기제에 해당되는 것이었다. 시인은 자신의 존재를 탐색 하고자 무의식적 언어를 길어 올리지만 좋은 의도와는 달리 그 언어는 시인 의 자아 탐색에 방해가 된 것이다. 이는 무의식의 뿌리 자체가 정체를 알 수 없는 엄청난 파괴력을 지니는 것이기에 결국 자아까지도 위협할 수 있는 타 자이며, 따라서 무의식에 의해 형성된 언어는 자아를 반영하기는커녕 자아 를 집어삼킬 수 있다는 사실과 관련된다. 이런 경우 시인이 언어에 집착하면 할수록 시인은 더 복잡한 미로에 빠져들게 된다. 미로에서 빠져나가기 위해 언어에 기대는 것과 이에 따라 더욱 증폭되는 미로가 악순환의 고리가 되어 자아를 더욱 헤쳐나오기 힘든 미궁 속으로 빠뜨릴 것이다. 곧 이승훈에게 언 어는 함정이었던 셈이다.

타자인 언어의 음험함에서 비롯된 것이기 때문에 이승훈이 이 미궁 속에 서 빠져나오는 길은 '언어'를 중심으로 모색될 수밖에 없을 것이다. 여기엔 먼저 언어의 도구성을 부정하고 이를 아예 버리는 길, 침묵의 경지로 가는 길이 하나 있고 혹은 언어를 진정한 도구로 삼기 위해 이를 제압하는 길, 무 의식의 영역을 배척하는 동시에 이성의 힘으로써 언어의 주인이 되는 길이

---

14) 본고 3장, 시 「공포」에 대한 분석 참조.

또 하나 있다. 또 한 가지 길은 언어의 타자적 성격을 받아들이고 이를 즐기는 것이 그것이다. 물론 이때 자아 탐구에 대한 의지는 포기되며 주체가 소멸하는 지경을 감수해야 한다.

범박하게 말해서 이승훈은 이 세 가지 길을 모두 걷는다고 볼 수 있다. 첫 번째 시의 길을 우리는 대표적으로 선시에서 찾아볼 수 있는데, 이승훈의 최근 시집에 그러한 경향이 나타나 있는 것이다. 두 번째 시의 길은 점차적으로 대상을 찾아나가는 이후 시의 궤적에서 드러나며, 세 번째 길 역시 1980년대 이후 포스트모더니즘이 도입된 시기에 데리다적 해체시를 쓰게 되면서 밟게 된다.15) 그러나 사실상 이승훈이 가장 오랜 시간 동안 드러낸 노정은 두 번째와 세 번째 경향이 공존한 것에 해당한다. 즉 대상을 반영함으로써 언어의 도구성을 도입한 것과 보다 적극적으로 말의 유희에 빠져 들어간 두 경향의 동시적 노출이 그것이다. 이승훈은 이 두 가지 경향 사이에서 항상 긴장하고 갈등한 듯하다. 그것은 '나'를 찾는가, 혹은 지우는가, '나'를 찾을 수 있는가 혹은 없는가 하는 문제와 궤를 같이 하는 것이기에 이승훈이 평생을 두고 모색한 까닭을 짐작할 수 있다.

이승훈의 이후 시적 경향에 대한 탐색은 추후의 일정으로 미루기로 한다. 다만 우리는 이후 이승훈의 궤적이 초기시, 특히 1960년대에 드러났던 시적 구도에 그 연원을 두고 있음을 확인해야 할 것이다. 그것은 이승훈이 자아와 언어가 서로 대립하면서 팽팽한 힘겨루기를 할 수 밖에 없는 상황에 봉착해 있었음을 의미하는 것으로, 이 때 자아는 대상을 소거한 까닭에 자아 획득을

---

15) 정효구는 이승훈의 시세계를 분석하면서 1980년대를 기점으로 초기시적 경향과의 변화가 있음을 지적하고『사물들』이후 이승훈의 상상력의 토대가 보다 현실과 밀착되어 있다고 한다. 정효구에 의하면 이는 초기의 자기 고백적인 목소리가 2인칭을 도입한 대화적 삶으로 변모하는 것과 관련하는 것이다. 또한 그녀는 같은 글에서 1980년 이후 이승훈의 시적 언어가 자동기술법 혹은 의식의 흐름이라는 초현실주의적 기법에 의하여 자유분방한 유영을 가볍게 즐기고 있는 듯하면서도, 그 언어에는 더욱 중후한 현실의 무게가 실려 있다는 것을 느끼게 한다고 말하고 있는데, 이러한 그녀의 관점은 1980년대 이후 이승훈이 걸었던 두 가지 길의 동시적 경향을 반영하고 있는 것이라 할 수 있다. 정효구, 「독백에서 대화로 가는 길」, 시집『환상이라는 이름의 역』해설, 미래사, 1991, p.146.

일정 정도 포기해야 한 반면 언어는 자율적으로 무의식의 타자적 영역을 확대해감으로써 자아의 입지를 상당히 불안정하고 위태롭게 했음을 알 수 있다. 이 시기의 이승훈의 시적 언어가 기괴하고 차디찬 형상으로 비쳤던 것도 이러한 이유에서 비롯한 것이거니와 이 문제는 궁극적으로 의식과 무의식, 자아와 타자가 양립 가능한 것인가 혹은 서로 자신의 영역을 위해 쟁투를 벌여야 하는 관계에 있는가와 관련되는 것이다.

이승훈의 초기시 가운데 「어휘」, 「사물A」, 「비명」, 「악몽」 등의 많은 시들은 이 두 축을 종횡으로 오고가며 난해한 의미의 무늬를 그어가는 언어로 가득차 있다.

> 사나이의 팔이 달아나고 한 마리의 흰 닭이 구 구 구 잃어버린 목을 좇아 달린다. 오 나를 부르는 깊은 命속의 겨울 지하실에선 더욱 진지하기 위하여 등불을 켜놓고 우린 생각의 따스한 닭들을 키운다. 닭들을 키운다. 새벽마다 쓰라리게 정신의 땅을 판다. 완강한 시간의 사슬이 끊어진 새벽 문지방에서 소리들은 피를 흘린다. 그리고 그것은 하아얀 액체로 변하더니 이윽고 목이 없는 한 마리 흰 닭이 되어 저렇게 많은 아침 햇빛 속을 뒤우뚱거리며 뛰기 시작한다.

「사물A」 전문

> 탐욕도 절망도 없다고 했지 홍, 나는 아직 웃을 수 있다 뼈 속의 기인 햇볕을 열고 들 어가본다 끝없이 꿈꾼다 오래도 잠깐도 보지 말라고 했지 그래 아니 나는 춥고 정말 추워서 곧장 밖으로 나온다 시간을 재어본다 밖에는 비가 온다 아 들어설 자리가 없다 온통 희다 黑色은 보이지 않는다 그처럼 흑색을 사라지게 한 구조여, 너도 사라지고 들어가라 다시 빠져나와라 뼈 속의 샛볕이 얼어붙을 때까지 그러다 죽어라! 사라진 黑色을 씹으며 들어간다는 짓도 이제는 끝장이다

「악몽」 전문

위의 시들에서도 확인할 수 있듯이 초기 이승훈의 다수의 시에는 '자아'와 '반자아(反自我)'간의 대결과 쟁투가 그려져 있다. 편의상 '반자아(反自我)'라고 하였는데 이것은 무엇을 향한 힘겹고도 고귀한 의지를 보이는 자아에 반하여 자아의 행위를 무화시키고 파괴하려는 세력을 의미하는 것으로 가령 「사물A」에서 '더욱 진지하기 위하여 등불을 켜놓고 생각의 따스한 닭들을 키우는', '새벽마다 쓰라리게 정신의 땅을 파는' '우리'에 비해 '반자아'는 이를 제외한 지점에서 그로테스크하고 험상궂은 이미지로 현상하는 부분 전체를 가리킨다. 가령, '사나이의 팔이 달아나고 한 마리의 흰 닭이 잃어버린 목을 좇아 다리'는 형상이라든가 '소리들이 피를 흘리'는 형상들, '그것이 하얀 액체로 변하더니 목이 없는 한 마리 흰 닭이 되어 뒤우뚱거리며 뛰는' 등의 모습들이 그것이다. 이들 이미지들은 공통적으로 실재할 수 없는 비현실적이고 반논리적인 동시에 환멸을 조장한다. 이들 이미지들에 접하면서 우리는 알 수 없는 분노와 좌절과 역겨움을 느낀다.

자아와 반자아로서의 이 두 축은 의외로 그 성격이 선명하게 대비되어 있다. 전자가 '나를 부르는 깊은 命令의 겨울 지하실에선~새벽마다 쓰라리게 정신의 땅을 판다'로 나타나면서 진술의 명료함과 의식의 확고함을 보이고 있다면, 후자는 언어의 분절성이 약화되어 그 경계가 불분명하고 각기 의미의 단위가 몽롱한 환상의 흐름처럼 모호하게 처리되어 있다는 점에서 그러하다. 또한 전자에서는 시간의 계기가 일정하게 구획되어 있다면 후자에서는 시간의 순차적 계기가 사라지고 없다. 시어 그대로 '완강한 시간의 사슬이 끊어져' 있는 것이다. 이처럼 두 축은 자리가 명백히 구분되면서 시적 구도의 두 기둥을 견고하게 지탱하고 있다. 그것들은 지금까지 우리가 살펴본 의식과 무의식, 자아와 타자적 언어에 대응하는 것이다.

그런데 시의 전체적 구도를 유지하는 자아와 반자아의 각 계기들은 자신의 영역을 확고하게 차지하는 데서 멈춰있는 것이 아니고 상대의 영역에까지 자신의 세력을 넓히고자 하는 치열한 움직임을 보인다. 자아의 '닭들을 키운다'의 반복된 사용이나 반자아의 '새벽 문지방'을 넘고자 하는 몸짓, 닭의 양 축에서의 변형과 변주 등이 이러한 움직임의 표징들이 되는 것이다. 자기의 영역을 확장하려는 것은 이 두 축이 서로 대결구도를 보이고 있음을 의미하는 것인데, 이 두 축은 성질상 서로 분명히 대비되지만 형태상으로 보면 특정한 질서로 일반화할 수 없을 정도로 서로 부딪히고 뒤섞인다는 것을 알 수 있다.

「악몽」역시 시의 이러한 양상을 드러내고 있다. '나는 아직 웃을 수 있다'를 비롯한 자아의 일련의 행위를 보면 무엇을 위해 '~을 열고 들어가본다'라든가 '끝없이 꿈꾼다'라는 긍정적 의미소로부터 시작하여 '추위'를 느껴 '밖으로 나오'는 것이라든가 '시간을 재어보'고 '들어설 자리가 없음'을 판단하는 데에 이르기까지 일정한 뜻과 지향성을 지닌 채 판단하고 행동하는 정상적인 자아의 모습을 보여준다고 할 수 있다. 이 자아는 특정한 환경을 대면하면서 그것이 자신과 화해롭게 조응하는 무엇이 되길 소망하고 또 그렇게 되도록 애쓴다. 그는 '뼈 속의 기인 햇볕을 열고 들어'가서는 '끝없이 꿈꾸'는가 하면 '정말 추워서 곧장 밖으로 나왔'어도 다시 '들어설 자리가' 있는지를 탐색하는 것이다.

하지만 작품은 상황이 그리 낙관적이지 못함을 그리고 있다. '나'를 둘러싼 환경은 그리 녹록한 것이 아니어서 '정말 춥'거나 '비가 오'고 '들어설 자리도 없'으며 '온통 희다'. 이승훈의 시에서 '희다'는 것은 별로 좋은 의미로 쓰이지 않는다. 오히려 흰색과 대비되는 '흑색'이 긍정적인 뉘앙스를 풍기는데 이는 앞서 살펴본 「공포」나 「사물A」에서도 확인할 수 있는 것이다. 「악몽」에서 역시 '흰색'은 '흑색을 사라지게 한 구조'다. 그것이 '구조'로 인식되는 것은 '흰색'이 단지 상징이 아님을 가리키는 것이다. 이승훈의 시적 세계에서 그것은 예를 들어 '공포'를 유발하는 기제라든가 혹은 영역이나 상황 전체를 나타내는 것이라 할 수 있는 것이다. 여기에서 알 수 있듯 시에서 자아는 그를 제외한 부분과 구조적으로 대립되어 있으며 화해롭다거나 온화하지 못한, 더욱이 비관적이고 절망적이기까지 한 양상으로 놓여 있다. 시의 전체적 어조가 극히 냉소적인 것도 이와 관련하여 주의를 기울일 만한 요소이다. 시의 전체적 분위기의 이러함은 자아에게 육박해오는 타자의 성질이 결코 동화될 수 있을 만한 온기를 지닌 것이 아님을 보여주고 있기 때문이다.

5. 자아탐구의 시사적 의미

이승훈의 시는 참으로 난해하다. 일차적으로 한눈에 그 의미가 해독되지 않는다는 점에서 그러하고 우리 시에서 만나본 적이 없던 독특함 그대로이기 때문에 그러하다. 그의 시는 1930년대의 시인 이상에 비견될 수 있으면서도 이상과 또 다른 자의식을 내포하고 있다. 그러하면서 그는 대단히 치밀한 상상의 구조를 그려내며 언어 사용에 있어서도 누구보다도 번득이는 예지를 발휘한다. 그의 치밀함과 명민함은 어쩌면 그에게로 다가갈 수 있는 길을 차단하는 요인으로도 작용한 듯싶다. 그의 시는 완결적이어서 의미의 코를 잡아나가기가 쉽지 않기 때문이다.

이 글은 그의 시가 '비대상시'라는 점에서 의미의 일단을 찾아나갔다. 그것이 자아탐구라고 하는 이승훈의 중심 주제와 어떻게 맞물리며 그의 시적 양상과 어떻게 만나 구조화될 수 있는지를 탐구한 것이다. 이승훈의 시는 자아탐구의 시이면서 대상을 소거한 '비대상시'라는 데에서 특수성을 지닌다. 일반적으로 시의 본령이 자아 탐구를 추구하는 데 놓여있으므로 이승훈이 설정한 방법론으로서의 '비대상시'는 자아탐구의 특수한 유형을 보여주는 것에 다름 아니다. 이러한 방법론을 통해 그가 자아를 발견하였는지 그러지 못하였는지는 또한 별개의 문제다. 우리가 질문해야 할 것은 이승훈의 방법론이 '어떠한' 유형의 자아탐색을 시도한 것인가에 놓여 있다.

이러한 관점에서 보았을 때 이승훈은 자아와 무의식의 대립·병존의 문제, 타자적 언어의 존재 양상에 대한 문제, 언어와 자아 정립의 문제라는 중요한 주제를 우리에게 던져놓고 있다고 볼 수 있다. 그는 시를 통해 이들의

현상함을 요령 있게 제시해주고 있으며 또한 대립되는 영역 사이에서 일어
나는 치열한 암투의 과정을 신랄하고 섬뜩하게 묘사해내고 있다.

1. 새로운 현실에 대한 실천적 좌표

이성부는 1960년 전남일보 신춘문예에 「바람」이 당선된 뒤,『현대문학』지
에 「열차」가 3회째 추천 완료되어 문단에 나온다. 이후 1966년 동아일보 신
춘 문예에 「우리들의 양식」이 당선되기도 한다. 그의 이러한 등단 절차를 들
여다보게 되면 문인으로의 길이 매우 탄탄하게 그리고 긴 시간에 걸쳐 이루
어졌음을 알게 해준다. 등단이후 시인은 지금까지 총 8권의 시집을 간행했는
바, 첫 번째 시집인『이성부시집』(1969)을 비롯해서,『우리들의 양식』(1974),『백
제행』(1977),『전야』(1981),『야간산행』(1996),『지리산』(2001),『작은 산이 큰산
을 가린다』(2005) 등이 바로 그것들이다.

이성부의 시들은, 적어도 초기의 시들은 개인의 내면 탐구나 형식 미학의
추구와 같은 소위 순수시 계열은 아니다. 4·19 이후 난만히 분출되기 시작
했던 사회적 문제점들이나 정치적 이데올로기와 같은 외적 요인들에 자신의
시편들을 열어놓음으로써 참여 계열의 한 축을 담당하고 있었기 때문이다.
이성부 시를 천착한 대부분의 연구자들도 이점에 동의하고 있다.[1] 4·19 이

후 진행된 산업화 정책과 그것들이 파생시킨 부정적 결과들에 비판의 촉수를 들이댐으로써 그 시적 의미를 획득하고 있다는 것이다. 이렇듯 이성부 시의 요체는 사회적 관심에서 촉발된 사회적 발언과 항변에 있다고 해도 과언이 아니다.

그러나 이성부의 시에서 드러나는 사회에 대한 저항의 발언들은 매우 온순하다. 김수영의 경우처럼 격렬한 정치적 저항도 없고, 신동엽의 경우처럼 사회에 대한 즉자적이고 직접적인 발언도 없다. 그는 대단히 소극적이면서 조심스러운 자세와 모습을 보여왔다. 그의 이러한 시적 태도는 저 80년대를 장식한, 정치적 저항의 극점인 광주항쟁을 겪으면서도 변하지 않는다.[2] 그는 애초부터 그러했고 현재에도 마찬가지로 민중 문학의 정치적 구호나 소재주의와는 거리가 먼 시인이었다. 그의 민중관은 사랑과 관용의 정신에 있었던 것이지 결코 급격한 혁명이나 전선화에 기초한 것은 아니었다.[3] 그의 이같은 민중관을 두고 소시민적 성향의 발로라든가 계층에 대한 불확실한 인식 등으로 비판할 수도 있을 것이다. 그러나 중요한 것은 이성부가 60년대 시인이라는 사실을 항상 염두에 두어야 한다는 사실이다. 60년대는 4·19에 의해 사회적 모순이 확인된 시대이고, 5·16에 의해 그러한 모순들이 심화·확대되는 시기였다. 경제의 불균형한 분배와 빈곤의 상대적 강화가 60년대의 특징이라 할 수 있으며, 그에 따른 당연한 결과로 농민의 도시 유입으로 인한 도시빈민들의 증가, 농촌의 피폐, 열악한 노동조건 등이 이 시대의 부정적 목록들이다. 따라서 계층에 대한 철저한 인식이라든가, 노동문제, 혁명의 전선적 구축과 같은 진보적 사유들이 자리하기에는 그 수준이 너무도 원초적인 단계에 있었다고 할 수 있을 것이다. 이러한 상황 속에서 중요한 것

---

1) 정한용, 「새벽에 다 부르지 못한 노래」, 『시와시학』 1996년 겨울.
하현식, 「시에 있어서의 넉넉함의 문제」, 『심상』, 1996. 4.
2) 이성부는 광주 사건이후로는 오히려 사회로부터 떨어져 나오게 된다. 그 스스로 그 역사적 현장에 없었다는 자괴감 뿐만 아니라 그러한 현실에 대해 아무 것도 하지 못했다는 책임의식이 그를 사회적 관심으로부터 멀어지게 한 계기인 것으로 알려지고 있다. 김현, 「죽음과 태어남」, 『말들의 풍경』, 1990, 문학과 지성사.
3) 오세영, 『야간산행』 해설, 창작과비평사, 1996.

은 비판에 대한 인식일 것이다. 이성부의 시가 이 시대에 차지하는 비중이라 든가, 특히 70년대식의 정치적 비판의 시에 대한 전사(前史)적 역할로 주목되 는 것도 현실에 대한 올곧은 비판적 자세 때문이다.

시 속에 사회의 제반 관계를 끌어들여 이를 표현하는 일은 쉽지가 않다. 게다가 외적 권력이 시적 자아의 내부로 강제해 들어올 경우, 그러한 발언들 은 더욱 어려워지게 된다. 1950년대의 경우가 그러했다. 분단 이후 축적되어 온 사회의 제반 모순들은 반공 이데올로기의 압제 속에 억눌려 그 출구를 찾는 것이 거의 불가능했다. 그 장벽을 뚫어 소통을 열어준 것이 4·19혁명 이다. 그러나 그러한 열림도 순간의 해방에 지나지 않았고 또다시 찾아온 정 치적 암흑들이 그 통로를 막아버렸다. 따라서 시가 사회와 소통한다는 것은 그러한 암흑들을 파헤쳐 이를 밖으로 드러내는 일이다. 비록 온건한 모습이 긴 했지만 이성부 시가 갖는 시사적 의미는 무엇보다도 여기에 있다. 그가 초기 시에 담아낸 시세계는 대개가 시대의 어두움이 주는 모습들에 실천의 좌표들이 설정되어 있기 때문이다.

2. 사회적 책임의식과 소시민성의 극복

분단이후 단절된 진보적 문학의 맥을, 소위 참여 문학의 꽃을 피운 것은 이성부이다. 그는 60년대 다른 어떤 시인보다도 시대의 감수성에 예민했으 며, 불합리한 현실을 외면하지 못했다. 그러한 시인의 시선들은 사회의 구석 구석에서 벌어지는 여러 모순들에 대한 섬세한 인식과 비판의 칼날로 나타 난다.

실상 이성부가 김수영이나 신동엽과 차별되는 것도 이 지점에서라고 할 수 있을 것이다. 이들은 모두 1960년대를 풍미한 참여시 계열의 시인이라는 점에서는 동일하지만, 그들이 짚어냈던 시대에 대한 인식들은 상당한 거리를 두고 있었다. 앞서 언급처럼 60년대에 펼쳐졌던 김수영 시의 특색은 격렬한 정치적 발언에 있었다. 그의 시들은 사회의 미시구조에 대한 인식과 그 모순을 들춰내기 보다는 거대 권력에서 벌어지는 여러 현상들에 대한 비판들에 초점을 맞추고 있었다. 반면 신동엽의 시들은 정치권력에 대한 직접적인 발언도, 사회 저변에 깔려있는 모순들에 대한 즉자적인 비판도 아니고, 그러한 권력들을 암시하는 알레고리들을 만들어 이를 거부하는 담론으로 직조되는 특징을 보여주었다. 이와 비교해 보면 이성부의 경우는 이들과 매우 다른 위치에 놓인다. 그는 자신의 시에서 거대 권력에 대한 비판이나 상징화된 알레고리를 만드는 것이 아니라 일상 현장에서 벌어지는 상황에 초점을 맞추어 자신의 시적 담론을 만들어내기 때문이다. 그만큼 이성부의 시는 구체적인 일상의 현실에서 얻어진 것이라 할 수 있는 바, 이를 80년대식 리얼리즘의 관점에서 보면 구체적인 리얼리티의 획득이라는 말로 설명될 수 있을 것이다. 이성부의 이러한 시적 의장들은 리얼리즘이 요구하는 방법과 정신을 충실히 반영하고 있는 것처럼 보인다. 따라서 이성부의 시는 참여시 계통의 시가 흔히 범할 수 있는 추상화 혹은 관념화의 경향으로부터 어느 정도 비켜서 있는 것으로 판단된다.

> 나주배를 씹어도 나주 배 이미 슬픔 되어
> 내 목마름 참으라 한다.
> 물이 없고 다디단 시원함도 없고
> 그냥 굶주림을 먹으라 한다.
> 내가 비로소
> 어머니의 주먹밥 꺼내어
> 그 아픔 입맞추었을 때.
> 내 창자 속 깊이 어머니가 가꾸던
> 세월 스며들었을 때.
> 내 창자 속 깊이 어머니가 가꾸던
> 세월 스며들었을 때.

젖과 꿀이 나를 채웠다고 생각했을 때,
내가 다른 힘으로 태어났을 때.

나는 똑똑히 볼 수 있었다.
어둠 속에 마음을 열어 빌고 또 비는
어머니의 저 굳센 모습을.
기차는 달리고, 가야할 길은 잃었으나
나타날 길은 결코 멀지 않음을.
밝아오는 새벽의 흙투성이 얼굴을,
힘모아 싸우다 싸우다가
죽어서도 이겨 나오는 사람들을.

「어머니」 4연

인용시는 흔히 알려져 있는 서정시로 부르기에는 미흡하다 할 정도로 내용과 형식이 파격을 보이는 작품이다. 시의 길이도 길 뿐만 아니라 내용 역시 소설적 사건이 개입되어 서정시의 장르적 특성을 넘어서고 있기 때문이다. 어찌 보면, 김팔봉이 임화의 「우리 오빠와 화로」를 두고 이름붙였던 단편서사시에 가깝기도 하다. 일인칭 화자의 진술로 되어 있긴 하지만, 작품 속에 사건이 개입되어 있는, 시와 산문의 결합 형태가 이 시의 특징이다. 여기서 굳이 단편서사시 양식을 끌어들인 것은 이 시의 구성 자체가 임화에 의해 펼쳐진 단편서사시의 양상과 거의 비슷하기 때문이다. 잘 알려진 것처럼, 임화 시의 특성들은 생경한 구호주의나 사적 유물론의 나열과 같은 비정서적 담론이 아니라는 것, 시적 주체와 독자와의 경험 영역이 철저히 공유되고 있다는 것, 그리하여 시의 구체성을 획득하고 있다는 것 등으로 요약된다. 인용시 「어머니」에서 전개되고 있는 시적 상황도 이와 거의 유사하다. 무엇보다도 이 시가 추상적인 관념의 차원에 떨어지지 않는 것은, 작품 속에서 형상화되고 있는 어머니의 성격 때문이다. 이 작품에서 어머니는 나의 특수한 경험 속에서 만들어진다. 어머니는 막연한 호격의 존재이거나 일상의 누구에게서나 경험될 수 있는 보편적인 어머니가 아니라 매우 예외적인 존재로 경험된다.

시적 화자는 어떤 이유에서인지 기관에 의해 쫓기는 몸이고, 어머니는 그런 아들에게 담넘어 주먹밥을 몰래 건네주는 존재이다. 또한 어머니는 '왜놈 순사를 때려 죽였다는 삼촌'과 '징용에 나가시던 아버지'에게 주먹밥을 만들어주기도 한다. 즉 어머니는 누구에게나 있을 수 있는 보편적 어머니이면서도 시적 화자의 경험 속에서만 존재하는 특수한 어머니로 구상화된다. 보편적이면서도 특수한 어머니의 이러한 성격이, 그러한 경험을 하고 있는 또 다른 존재에게는 대단한 공유의식 혹은 연대의식을 가져올 것이란 사실은 어렵지 않게 짐작할 수 있다. 그러한 경험을 주는 어머니는 막연한 '우리들'의 어머니가 아니라 구체적인 '나'의 어머니인 것이다. 이성부 시의 구체성이란 바로 여기서 연유한다. 그의 시에는 사회의 저변에서 일어나는 어두운 구석이나 일탈의 현장들이 막연한 관념이나 구호의 차원에서 이루어지지 않는다. 그의 시는 거대 권력과 같은 큰 틀에 의해서 직조되는 것이 아니라 구체적인 일상의 현장에서 만들어진다.

이성부의 시가 현실에 대한 구체성을 자신의 창작방법으로 구축하고 있다면, 이 방법을 가능케 하는 그의 세계관은 어떤 것에서 촉발되었는가를 묻는 것은 대단히 중요한 일이라 할 수 있다. 현실지향적인 문학을 생산해내는 작가들에게 있어 세상을 보는 눈과 그 인식적 지평이야말로 방법과 맞서는 또 다른 축이기 때문이다. 이성부의 시를 두고 어두움에 대한 인식이라거나 60년대의 가난과 핍박의 상징으로서 '백제'와 '전라도'의 발견4)이라는 언급도 실상은 그의 세상에 대한 인식적 지평의 결과이다. 또한 그의 그러한 인식들이 윤리적인 것에서 온 것이라는 판단도 그 연장선에 놓여 있다.5) 이러한 평가에서 보듯 그의 시는 개인의 추체험에 기반을 두고 있기보다는 사회와의 간단없는 구속관계, 곧 사회와의 밀접한 길항관계 속에서 구성되고 있으며,

---

4) 김주연, 「사랑과 지기부정」, 『평야』, 지식산업사, 1983.
5) 김종철, 「수난과 희망」, 『우리들의 양식』 해설, 민음사, 1974.

그의 세계관의 기저에는 사회의 어두움이나 억압 의식이 깔려 있음을 알 수가 있다. 물론 그러한 어둠들에 대한 인식은, 시인의 사회에 대한 인식적 지평의 결과이긴 하지만, 시인이 사회에 대해서 갖는 어떤 의무감의 발로가 아닌가 생각된다. 이를 사회에 대해 가져야 하는 시인의 책임의식이라고 보면 어떨까.

실상 이성부 시를 논구하고 해석하는 자리에서 사회에 대해 갖는 그의 책무의식을 논외로 한다면, 그의 시에 대한 올바른 자리매김은 거의 불가능하다. 그의 시에서 사회에 대한 책임의식은 매우 강한 어조로 발산되는데, 가령 앞서 언급했던 「어머니」의 마지막 연을 다시 보자.

> 어머니의 마음은 저렇게 참 많이 있구나.
> 남모르게 마을 떠나가는 사람들의
> 울먹이는 발길에도
> 숨고싶은 몸에도
> 그리하여 쓰러지고 다시 일어서는 안간힘에도
> 어머니의 마음은 참 많이 있구나.
>
> 가자, 가자,
> 두려움 무릅쓰고 내 어찌 돌아가지 않으랴.
> 어둠을 뚫어 사슬을 끊어
> 나아가는 젊음 곁으로
> 피끓는 사람들의 곁으로
> 내 어찌 돌아가지 않으랴.

이 작품에서 시적 자아에게 실천의 매개를 제공하는 것은 '어머니의 마음'이다. 어머니의 따뜻하고 포근한 마음이 시인의 흔들리는 마음을 추스리고 다스려서 사회적 실천을 독려하도록 만들어버린다. 물론 여기서의 어머니는 가족주의의 틀 속에서 경험되는 개인적인 어머니만은 아니다. "내가 비로소

/ 어머니의 주먹밥 꺼내어 / 그 아픔 입맞추"면서 "어둠 속에 마음을 열어 빌고 또 비는 / 어머니의 저 굳센 모습을" 상기할 때는 나 개인만의 어머니가 될 수 있지만, "가야할 길은 잃었으나 / 나타날 길은 결코 멀지 않음을 / 밝아오는 새벽의 흙투성이 얼굴을, / 힘모아 싸우다 싸우다가 / 죽어서도 이겨 나오는 사람들"로부터 어머니를 읽어낼 때는 그러한 개인주의적 어머니를 초월하기 때문이다. 시적 자아가 "가자, 가자"를 의도적으로 반복하면서 실천의 길로 나아가는 것도 사회적 어머니들에 의해 촉발된 힘에 의해 가능한 것이었고, "어둠을 뚫어 사슬을 끊으면서" "피끓는 사람들의 곁"으로 돌아가는 것도 그 힘에 의해서이다.

이렇듯 이성부의 사회에 대한 책임의식은 모든 인간이 보편적으로 경험할 수 있는 공유지대인 모성적인 것에 의해서 촉발된다. 이 모성적인 것은 개인의 의미망에서가 아니라 사회적 의미망 속에 짜여진 것이다. 게다가 이성부의 시에서 사회적 책임의식은 모성적인 것에서도 시작되기도 하지만, 대사회적인 일상적 현실 속에서 실현되기도 한다. 가령 「새벽길」같은 작품의 경우가 그러하다. 이 작품은 사회적으로 큰 충격을 준 전태일의 분신을 다룬 작품인 바, 시인은 그 사건을 계기로 날로 무디어 가는 자신의 사회적 책임의식을 각성하는 수단으로 삼는다. 곧 그의 죽음이 "어리석은 나에게도 찾아와서 / 눈 부릅떠 일깨운다"든지 "아아 비로소 나도 큰눈을 뜨고 / 나를 떠나 나아가는" 발판으로 만드는 것이다. 이성부의 시에서 '나'에 관한 담론이나 그것과 연관된 담론을 발견하는 것은 그리 어려운 일이 아니다. "별안간 나를 후려치면서 / 어물어물 가는 것을 용서하지 않겠다는 / 바람"(「비닐우산」)이나 "한 점 붉디붉은 시의 응결을 찍기 위하여 / 오늘 밤 나는 다른 마음이 되고 싶다"(「이 볼펜으로」) 등이 그러하다. '나를 후려치는 행위'나 '다른 마음이 되고 싶은 것'은 '나'의 실존적 결단과 태도에 결부된 문제들이다.

이러한 책임의식과 더불어 또 한가지 주목되는 것이 시인의 자기반성적 태도이다. 시인은 사회의 어둠과 모순을 외부의 또다른 실체가 아니라 바로 자기 자신에게서 찾는다. 그가 "異國의 精液이 / 내 아가씨의 體內와 치마폭

을/늠름하게 적셨다 때려죽일 놈은 그 자식이 아니라/그 나라가 아니라/
허약한 내 몸이라는 것을"(「世界의 한곳 어두운 데를 찾아」) 아는 것, 그리고
"한 나라가 다시 살고 다시/어두워지는 까닭은/나 때문"(「光州」)이라는 인
식은 모두 자기반성의 산물들이다. 자기반성이란 책임이 전제될 때 가능한
의식이다. 따라서 이 반성적 사고는 개인의, 사회에 대한 책임의식이 그 밑
바탕에 전제되지 않고는 불가능하다.

이성부의 사회에 대한 이러한 책임의식은 대사회적 발언의 근거가 되고,
사회로 나아가는 실천의 힘이 된다. 시인이 공동체를 발견하는 지점도 여기
서 비롯하고 그들로 나아가는 통로도 여기서 얻게 된다. 이성부의 공동체에
대한 연대의식은 '나에 대한 마음'를 버리고 '우리들에 대한 마음' 속으로
편입될 때 이루어지며, 그 매개는 이렇듯 사회적 책임의식에 있다.

3. 어둠의 수평적, 수직적 상징으로서의 고향의 의미

사회에 대한 이성부의 책임의식은 공동체에 대한 이해와 그 유대의식을
갖게 하는 근본 동인이 된다. 시인의 그러한 의식은 소시민성의 극복과 밀접
한 관련을 갖고 있는 것이긴 하지만, 리얼리즘 문학에서 흔히 볼 수 있는 그
러한 소시민성과는 어느 정도 거리를 두고 있는 경우이다. 이성부의 전위의
식은 계급적 인식이나 각성과는 무관하기 때문이다. 책임의식에 바탕을 둔
이성부의 공동체 의식은 고향에 대한 세밀한 관찰과 인식 속에 잘 드러난다.
시인에게 있어서 고향은 모든 사람이 공유하는 감성과 별반 다를 것이 없어
보인다. 그에게도 고향이란 따뜻하고 포근하며 회고적 추억의 공간이 되기
때문이다. 그러나 이성부를 단지 고향의 시인으로만 묶어두기에는 많은 문
제점이 있는 것이 사실이다. 그는 고향을 노래하되 그것의 긍정적 가치보다
는 부정적 가치에 더 많은 비중을 두고 있기 때문이다.

이성부의 초기시를 '전라도 / 백제 / 광주'6)의 시인으로 부르는 데 이의를
제기할 사람은 아무도 없다. 그만큼 이성부에게 있어 이 고유명사들은 자신
의 고향이면서 문학적 고향으로 자리하고 있는 것이다. 대부분의 연구자들이
지적한 것처럼 이성부에게 있어서 이 고유명사들은 특정 지역만을 대변하는
협소한 의미를 갖는 것은 아니다. 그것은 다른 지역 모두를 대변하는 상징적
장소, 곧 보편적 의미망과 연결되어 있다. 그럼에도 불구하고 다시 한번 이를
강조하는 것은 이 고유명사들이 그의 시를 이끌어나가는 힘의 저장소 역할을
한다는 점 때문이다. 이성부의 초기시에서 '전라도 / 백제 / 광주'를 떼어내는
것은 불가능한 일이고, 이 고유명사들은 그의 시의 또다른 원천이 된다.

> 해마다 봄으로 떠난 사람들이
> 낯붉히며 도망가듯 떠난 사람들이
> 이제는 하나씩 돌아온다.
> 죽지 하나가 찢겨진 채
> 그리하여 그들은 돌아온다.
> 모르는 땅의 헤매임이란
> 얼마나 더디고 더딘 꿈이었던가.
> 만나는 사람마다 만남을 알 수 없는
> 깊은 슬픔 속에 주저앉고 마는,
> 모르는 땅의 모르는 몸들.
>
> 그리하여 그들은 돌아온다.
> 그들을 떠나 살게한 어둠 속으로,
> 과거 속으로, 혹은 당겨지는 미래 속으로
> 사랑의 한 점
> 진한 언어를 찍기 위하여
> 그들은 보다 힘차게 돌아온다.

「귀향」 전문

---

6) 정한용, 앞의 글, p.65.

　인용시는 근대화과정에서 파생될 수 있는 여러 병리적 현상 가운데 하나
인 이농(離農)과 귀향의 과정을 사실적으로 그려놓은 작품이다. 산업화 정책
에 따른 농촌의 피폐와 그에 따른 뿌리뽑힌자들의 의식을 시적 자아의 귀향
의 과정을 통해 짚어내고 있는 것이다. 이 작품에서 농민들의 이향은 자의적
인 것이 아니다. "낯붉히며 도망가듯"에서 알 수 있듯 외부에 의해 강제된
것이다. 그러나 이렇게 떠난 농민들은 도시 빈민의 일원이 되어 힘겨운 삶을
살아보지만, 그곳에 뿌리를 내릴 수는 없었다. 그곳은 "죽지 하나가 찢겨질"
만큼 낯선 곳이며, 공동체적 꿈을 이룰 만한 연대의식조차 없었기 때문이다.
　「귀향」에서 이농의 계기가 된 것은 고향에 짙게 드리우고 있던 '어둠'이
다. 시인은 그러한 어둠에도 불구하고 "사랑의 한점 / 진한 언어를 찍기 위하
여 / 그들은 보다 힘차게 돌아온다"고 했지만, 그 이면에 내재되어 있는 어둠
의 실체가 해소된 것도, 앞으로 해소될 가망도 없다. 다만 그의 시세계의 큰
지향점이 될 사랑을 실천하기 위해 귀향이 이루어질 뿐이다. 시인에게 고향
이란 '어둠'이라는 좌절과 사랑을 주기 위한 '기대'가 교차하는 곳이다. 그에
게 그곳은 자신의 시를 이끌어가는 힘이자 좌절의 공간이었던 것이다. 시인
이 자신의 고향에 대해서 '어둠과 기대'라는 이중적 의미망 속에 놓고 이
야기하는 것은 그래서 매우 설득력 있게 들린다.

> 한 나라가 다시 살고 다시
> 어두워지는 까닭은
> 나 때문이다. 아직도 내 속에 머물고 있는
> 光州여, 성급한 목소리로 너무 말해서
> 바짝 말라 찌들어지고
> 몇 달만에 와 보면 볼에 살이 찐,
> 부었는지 아름다워졌는지 혹은 깊이 병들었는지
> 아무것도 알 수 없는 고향, 만나면 쩔쩔매는
> 고향, 겁에 질린 마음을 가지고도
> 뒤돌아 큰소리로 외치는 노예, 넘치는 오기

한 사람이, 구름 하나가 나를 불러
왼종일 기차를 타고 내려오게 하는 곳
기대와 무너짐, 용기와 패배,
잠, 무서운 잠만 살아있는 곳, 오 光州여.

「光州」 전문

고향은 이성부 시의 인식소이다. 그의 시의 출발은 고향이고, 그의 시를
이끌어나가는 것도 고향이다. 그것은 고향에 대한 이중적 감수성 때문에 그
러하다. 이 작품에서 보듯 고향은 '기대와 무너짐', '용기와 패배'를 동시에
안겨주는 이중적인 것이다. 이성부는 그러한 '기대'와 '용기' 속에서 고향을
찾지만, 현실의 고향은 이런 감수성들을 거부한다. 현실의 제반 모순들은 고
향에 대한 긍정적 감수성들을 '무너짐'과 '패배'라는 부정적 감수성들로 바
꾸어버리기 때문이다. 이성부에게 있어 고향에 대한 이러한 이중적 의미망
은 매우 소중한 것처럼 보인다. 그것은 다음 세 가지 이유에서 그러하다. 우
선 '좌절과 희망'이라는 중층적 감수성 속에서 현실에 대한 올바른 인식이
가능하다는 점이다. 대비적 의식 속에서 형성되는 관념이야말로 가장 정확
한 인식적 판단의 계기가 되기 때문이다. 둘째, 이성부의 시가 추상성을 벗
어던지고 구체성의 감각을 확보할 수 단초를 제공해주었다는 점이다. 본디
리얼리티란 현실에 대한 세밀한 관찰 속에서 가능한 것이다. 셋째, 그러한
'패배와 무너짐'이라는 시대의 현실적 고난을 극복할 수 있는 능동적 힘을
확보할 수 있었다는 점이다. '패배' 속에서 얻어진 '희망'이야말로 그러한 감
수성을 극복할 수 있는 가장 역동적인 힘이기 때문이다.

고향에 대한 이성부의 감각은 「전라도」와 「백제」 연작시에 이르러 그 인
식적 지평이 더욱 확대된다. 그의 시의 소재가 되고 있는 이 명칭들은 어느
특정 지역, 어느 특정 시대를 지칭하고 있기는 하지만 실상은 그의 시의 원
천이라 할 수 있는 '고향'의 테두리 속에 묶어두어도 무방한 경우이다. 고향
을 중심에 두고 이를 보족하는 수평적, 수직적 외연이 넓어지면서 '전라도'

라는 공간의 확대로, '백제'라는 시간의 확대로 나타난 것이기 때문이다.

> ㉮ 노인은 삽으로
>   榮山江을 퍼올린다 바닥이 보일 때까지
>   머지 않아 그대 눈물의 뿌리가 보일 때까지
>   노인은 다만
>   성난 사랑을 혼자서 퍼올린다
>   이제는 무엇을 위해서가 아니라
>   삶을 어떻게 용서하기 위해서가 아니라
>   노인은 끝끝내
>   영산강을 퍼올린다 가슴에다
>   불은 짊어지고 있는데
>   아직도 논바닥은 붉게 타는데
>   바보같이 바보같이 노인은 바보같이
>
>   「전라도 · 7」 전문

> ㉯ 반도 서남쪽 사람들은
>   언제나 마음을 大地위에 세우고도
>   그 몸은 서지 못한다.
>   지리산 깊은 골짜기의
>   農夫 한사람의 죽음으로도
>   世界가 자기 몸에 피 적시는 까닭이 여기 있다.
>
>   어떤 帝王도
>   이 농부의 아내를 옷갈아 입히지는 못한다.
>   유복자가 자라 다시 아비의 밭을 일구고,
>   아비의 손때묻은 쇠스랑, 도끼, 곡굉이,
>   따위를 힘겹게 매만져도
>   결코 떠나 살게하진 못한다.

> 母子가 한숨으로 가꾸는
> 한 뼘의 땅, 한 줌의 흙,
> 어떤 帝王도 이것들을 빼앗을 수는 없다.
> 어떤 6·25도
> 어떤 암흑으로도
> 이 빛을 침범할 수는 없다.

「백제 1」 전문

인용시들은 이 땅에 살고 있는 민중들이 어떤 억압 속에 살고 있으며, 그 뿌리는 어디부터 시작된 것인가를, 시간과 공간의 확대를 통해서 읽어내고 있는 작품들이다. 먼저 「전라도·7」의 경우는 산업화의 확대와 그에 따른 농촌의 궁핍상을 특정 지역의 피폐된 현실 속에서 드러내 보이고 있다. 이 시의 화자는 작품의 표면에 드러난 것처럼 노인이다. 노인은 가뭄 속에 붉게 타들어가는 논에 물을 대기 위해 영산강의 물을 퍼올린다. 그러나 노인의 소중한 노동은 보상받지 못하는 행위이다. 노인은 자신의 노동행위에 대한 보상이 이루지지 못하는 것을 잘 알고 있는 까닭에 화가 나 있을 뿐만 아니라 가슴에는 불 또한 짊어지고 있다. 게다가 그의 노동은 바보같은 행위로까지 비춰지기도 한다. 노인은 자신의 노동행위와 흙에 대한 정당한 가치를 원하지만 그에게 돌아오는 것은 이와 역행되는 가치들만이 되돌아 온다. 따라서 "성난 사랑"은 그러한 정서의 표출에 해당된다. 노인은 땅에 대한 사랑은 있지만 그러한 보상가치가 없기 때문에, 사랑과 화가 그의 정서에 동시에 자리하게 되는 것이다. 노인의 노동행위와 그러한 노동이 가져다주는 허무한 의식들은 이 시에서 매우 탁월하게 구사되고 있는 시적 의장을 통해서 더욱 배가된다. 그러한 의미론적 목적을 위해서 이 시는 휴지나 마침표를 두고 있지 않다. 시의 속도감을 살리려한 의도에서 그러하다. 이 같은 빠른 호흡은 노인의 성난 감정과 그에 따른 기계적 노동행위를 되살려내는 데 매우 효과적으로 기능하고 있다.

「백제 1」은 민중들의 질긴 삶의 모습을 지배층의 횡포에 처절히 저항했던 역사의 지평에서 끌어오고 있는 경우이다. 이 시의 배경이 된 설화는 잘 알려진대로 도미전이다. 도미 부인의 아름다움에 반한 왕이 그 부인을 빼앗으려 했지만 결국은 실패하고 만다는 것이 이 설화의 내용이다. 그러나 이 시는 도미 부인의 굳은 절개에 그치지 않고 민중들의 끈질긴 삶으로 승화시킨다. 그것이 곧 '한 뼘의 땅, 한줌의 흙'에 대한 인식이다. 이런 시각에서 보면 이 시 역시 「전라도·7」의 땅 혹은 흙에 대한 사랑과 비슷한 사유구조를 갖고 있다. 민중들의 흙에 대한 애착은 쇠스랑, 도끼 따위를 힘들게 만질지언정 이곳을 떠나지 못하게 만든다. 그것은 과거에 억압뿐 아니라 현재의 질곡에 대해서도 마찬가지이다. '어떤 6·25도', '어떤 암흑으로도' 민중들의 한과 설움으로 응결되어 만들어진 강인한 삶을 이길 수 없다는 것이다.

이성부의 사회에 대한 책임의식은 전라도와 백제라는 외연적 확대를 통해서 강화되지만, 그 핵심은 민중과 사회에 대한 애정이다. 그러한 애정의 밑바탕에는 이렇듯 고향이 내재되어 있다. 말하자면 고향은 그의 시의 출발점이면서 회귀 지점이기도 하다. 그가 피폐와 억압의 상징으로 주목했던 전라도와 백제 역시 고향이라는 테두리 내에서 설명될 수 있는 것들이다. 곧 자신의 고향을 중심에 두고 전라도라는 수평적 공간과 백제라는 수직적 시간으로 인식적 지평이 확대된 것일 뿐이다. 따라서 이성부 시에 있어서 고향은 어둠이라는 시대적 문맥을 읽어내는, 수평적 공간과 수직적 시간이 만나는 중심항이라 할 수 있을 것이다.

4. 통합적 사유로서의 사랑

이성부가 고향에 대해서 갖는 의식은 어둠이기도 하지만 다른 한편으로는 밝음이기도 하다. 그는 고향에 대한 응시를 통해 척박한 현실 속에서도 모성

적인 포근함을 느끼기도 한다. 이성부의 시에서 넉넉함을 읽어내는 근거도
아마 여기에 있지 않나 생각된다. 그리고 그의 시에서는 그러한 넉넉함 뿐만
아니라 미래에 대한 대단히 낙관적인 전망 또한 발견된다. 시인이 비록 현실
에 암울함에 대해서 좌절하거나 슬픔을 느낄 때조차도 다가올 미래에 대한
기대는 포기되지 않는다. 그는 오히려 그러한 현실의 절망 속에서도 기다림
에 대한 열망은 더욱 용솟음치게 된다.

> 기다리지 않아도 오고
> 기다림마저 잃었을 때에도 너는 온다.
> 어디 뻘밭 구석이거나
> 썩은 물 웅덩이 같은 데를 기웃거리다가
> 한눈 좀 팔고, 싸움도 한판 하고,
> 지쳐 나자빠져 있다가
> 다급한 사연 들고 달려간 바람이
> 흔들어 깨우면
> 눈부비며 너는 더디게 온다.
> 더디게 더디게 마침내 올 것이 온다.
> 너를 보면 눈부셔
> 일어나 맞이할 수가 없다.
> 입을 열어 외치지만 소리는 굳어
> 나는 아무것도 미리 알릴 수가 없다.
> 가까스로 두 팔을 벌려 껴안아 보는
> 너, 먼 데서 이기고 돌아온 사람아.

「봄」 전문

이 시를 읽어보면 이성부의, 미래에 대한 낙관적 열정이 얼마나 강하고
확신에 차 있는 것인지 짐작하게 된다. '봄'으로 상징되는 유토피아는 "기다
리지 않아도 오고 / 기다림마저 잃었을 때에도 오는" 것으로 되어 있다. 이
기다림이 주체의 열정과 능동적인 힘에 의해서가 아니라 계기적인 질서에

가까운 것이라는 아쉬움이 남아 있긴 하지만, 시적 주체에게는 그만큼 이러한 미래의 도래가 당위적인 것으로 각인되고 있는 것이다. 그렇다고 시인이 기다리는 미래가 막연한 희망과 기대 속에서 전취되는 것은 아니다. 경우에 따라서 그것은 '뻘밭 구석'이나 '썩은 물웅덩이' 같은 시련도 있고, '싸움'과 같은 격한 투쟁을 만나기도 한다. 그러한 과정 속에서 이 유토피아는 '더디게 더디게', 그렇지만 '마침내' 오게 된다.

이성부의, 미래에 대한 이러한 낙관주의는 어디서 오는 것일까. 이 물음에 대한 답이야말로 이성부 시의 본질과 관련되는 문제일 것이다. 이성부의 낙관주의는 역사발전의 합법칙성이나 역사의 객관적 필연성에 토대를 두고 있는 것은 아니다. 그렇다고 시인의 낙관주의를 비과학적이라거나 추상적인 것으로 비판하는 것은 옳지 않다. 미래에 대해서 갖는 시인의 낙관적 전망의 가치는 다른 데 있는 까닭이다. 잘 알려진 것처럼 1980년대는 현실에 대한 과학적 분석과 사회 변혁의 필요성이 다른 어느 시기보다도 강하게 제기된 때이다. 점증하는 군부독재에 대해 어떤 형태로 맞설 것인가 혹은 어떤 계급적 전망을 가질 것인가가 이 시대의 중요한 화두였다. 그리하여 어떤 계급적 각성을 획득하느냐 하는 것도 중요한 것이었지만, 폭압적인 현실에 대해 어떤 전망을 갖는가 하는 것도 필요했다. 이성부가 담지했던 미래에 대한 낙관적 전망이 주목되는 것도 여기서 찾아진다. 시인의 미래에 대한 낙관주의는 승리의 열정에 목말라했던 80년대 후배시인들에게 좋은 교훈이 되어주었기 때문이다.

이성부의 미래에 대한 거침없는 투사는 역사와 사회에 대한 객관적 인식에서 촉발된 것은 아니지만 민중에 대한 속 깊은 이해를 바탕으로 얻어진 것임은 분명해 보인다. 시인이 사회적 실천이 민중의 따뜻한 사랑 속에서, 민중에 대한 희생 속에서 피어오른 것이기 때문이다. 이성부 시인의 출발점이 되었던 귀향이 "사랑의 한 점 / 진한 언어를 찍기 위한"(「귀향」) 과정으로 진행되었던 것도 이와 무관하지 않다. 이성부의 다가오는 미래에 대한 믿음도 사실은 민중에 대한 사랑 때문에 가능한 것이었다. 억압받는 민중들에 대한 깊은 이해와 역사를 헤쳐나가는 민중들의 질긴 힘에 대한 믿음 없이, 다가올 미래에 대해 긍정적 전망을 갖는 것은 거의 불가능한 일이다. 이성부 시의 진정한 가치는 바로 이 사랑의식에 있다. 80년대의 민중문학들이 사회의 구조적 모순을 집요하게 들추어내면서 투쟁의 전선으로 나아감으로써 독자로부터 멀어지는 것은 물론이고 계급적 연대의식을 이루어내는 데에도 실패한 것을 직시하면, 이성부가 20여 년 앞서 내놓은 통합적 사유로서의 사랑의 의미는 아무리 강조해도 지나치지 않을 것이다. 80년대 민중시들이 보였던 투쟁일변도의 거친 정서와 비교할 때, 통합을 호소하는 그의 순한 정서들이 얼마나 설득력 있게 우리들에게 다가오는가를 상기할 필요가 있는 것이다.

> 벼는 서로 어우러져
> 기대고 산다.
> 햇살 따가와질수록
> 깊이 익어 스스로를 아끼고
> 이웃들에게 저를 맡긴다.
>
> 서로가 서로의 몸을 묶어
> 더 튼튼해진 백성들을 보아라.
> 죄도 없이 죄지어서 더욱 불타는
> 마음들을 보아라. 벼가 춤출 때,
> 벼는 소리없이 떠나간다.
>
> 벼는 가을 하늘에도
> 서러운 눈 씻어 맑게 다스릴 줄 알고
> 바람 한 점에도
> 제 몸의 노여움을 덮는다.
> 저의 가슴도 더운 줄을 안다.

벼가 떠나가며 바치는
이 넓디 넓은 사랑,
쓰러지고 쓰러지고 다시 일어서서 드리는
이 피묻은 그리움,
이 넉넉한 힘―.

「벼」 전문

「벼」는 아름다운 절창이다. 또한 이 작품은 이성부의 시를 대표하는 작품이기도 하면서, 그의 시가 지향하는 사유들을 모두 담아내고 있는 작품이기도 하다. 어렵지 않으면서도 어려운 시, 일상의 사물 속에서 깊은 철학적 사유를 피워올리고 있는 시, 서정적 순간을 특징으로 하고 있는 서정시에서 리얼리즘적 속성을 훌륭하게 그려내고 있는 시, 그러한 특징들을 담고 있는 시들을 현대시 주변에서 찾아내기란 쉬운 일이 아니다.

「벼」는 민중들을, 민중들의 정서를, 민중들의 삶을, 민중들의 속성을, 벼를 통해서 읽어낸다. 1연은 민중들의 속성과 삶의 양태가 벼의 모습을 통해서 드러난다. 벼는 서로 '어우러져' 살 뿐만 아니라 '기대고' 산다. 그만큼 민중들의 삶이란 상호의존적 속성이 강하다는 것을 보여주고 있다. 벼들은 익어서 스스로를 아끼게 되지만, 자신을 아끼는 그들의 행위를 개인주의적 욕망의 발로로 보는 것은 무리가 따른다. 허약한 육체만으로는 다른 대상을 지탱해주는 버팀목이 될 수 없기 때문이다. 그것은 2연을 보면 곧바로 이해가 된다. "서로가 서로의 몸을 묶어 / 더 튼튼해진 백성들을 보아라"에서의 민중들의 유적 연대성이 바로 그것이다. 민중들에 대한 이성부의 이같은 인식은 매우 선진적인 것이다. 시인의 민중지향적인 시들은 앞서 언급한 대로 현실에 대한 과학적 분석이나 계급적 실천에 뿌리를 두고 있는 것은 아니다. 그럼에도 불구하고 민중들에 대한 속성과 인식, 그리고 그들의 연대가능성에 대한 인식적 판단을 이 정도로 할 수 있었다는 것은 상당히 놀라운 일이다. 이들의 연대의식은 '죄도 없이 죄지어서' '더욱 불타는 마음'으로 고양된다. 그러

나 그것이 곧 투쟁의식으로 연결되지는 않는다. 이성부의 시가 투쟁과는 무
관하고, 계급적 전선화로부터도 거리를 두고 있다는 근거는 여기서 비롯된
다. 이성부는 조급함보다는 넉넉함에, 투쟁보다는 희생에, 갈등보다는 사랑
에 자신의 미학적 거점을 두고 있기 때문이다. "벼는 소리없이 떠나간다"는
자기 희생7)과 "벼는 가을 하늘에도 서러운 눈 씻어 맑게 다스릴 줄 아"는
넉넉함과 "바람 한 점에도 제 몸의 노여움을 덮는" 인내가 있기에 가능한
것이었다.

  이성부는 이 작품에서 민중들의 계급적 속성과 한계를 유감없이 보여주면
서 자신의 시가 나아갈 방향이 무엇인지도 극명하게 보여주었다. 그것은 바
로 민중들에 대한 끊임없는 사랑의식이다. 이 사랑은 "벼가 떠나가며 바치는
이 넓디 넓은 사랑"으로써, 자신을 희생시키면서 펼쳐지는 것이기에 헌신적
인 것이기도 하면서 갈등과 투쟁을 포용하는 넉넉한 힘이기도 하다. 그러한
넉넉한 힘8)들이 민중들의 삶을 이해하는 기반이 되었던 것이고, 미래를 긍
정하는 토양이 되었던 것이다.

  사랑의식이라는 이성부의 시적 기조는 초기 이후 거의 변하지 않는다. 그
가 1980년대 이후 관심을 갖기 시작한 산도 어찌 보면 그의 필생의 테마였
던 사랑의식과 무관한 것은 아니다.9) 투쟁보다는 희생에, 갈등보다는 조정에
역점이 주어주는 이성부의 사랑의식이 구체적인 형태를 띠고 나타나는 것이
산 이미지인 까닭이다. 그런데 시인이 산행을 통해서 이루어내는 후기 시의
산의 다양한 이미지들이, 사실은 그의 초기 시부터 내재되어 있었다는 점에
서 주목을 요하는 대목이다. 이 사실에 주목한다면 그의 초기 시집인 『이성
부시집』과 『우리들의 식량』은 이성부 문학의 원형에 해당된다고 하겠다. 「저
바위도 입을 열어」를 통해서 이를 확인해 보자.

---

7) 권정우, 「이성부 시에 나타난 슬픔연구」, 『한국시학연구』 12, 한국시학회, 2005. 4, p.152.
8) 하현식은 이성부 시의 주된 특성을 이같은 넉넉함의 미학으로 풀이하고 있다. 하현식, 앞
   의 글 참조
9) 이성부가 산행에 관한 시집을 낸 것은 1996년 『야간산행』이지만, 이 시편들이 쓰이기 시
   작한 것은 1980년대 말부터이다.

그러나 바위가 저 넉넉한 웃음으로
우리들의 삶을 어루만질 때는
슬픔의 시작도 끝남도 모두 기쁨으로 바꿔진다.
이미 파묻힌 사람들 깨어나 알고자 애쓰며
눈감은 얼굴 다른 세상을 보고 싶어 눈뜬다.

저 바위도 입을 열어 가르쳐 준다.
가장 약해지는 마음의 끈을 붙들고도
씩씩하게 씩씩하게 싸워 이기는
사람들의 솜씨, 죽음을 삶으로, 잘못을 올바름으로, 노력으로,
바꿔가는 사람들의 발걸음을 가르쳐 준다.
저 바위는 이미 숨쉬는 허파, 사자들 일어나
두리번거리며 세상을 찾아간다.
오 우리들의 기쁨, 온통 미쳐 날뛰는 사랑의 기쁨—.

인용시의 중심 소재는 자연의 질서를 표상하는 바위이다. 이 바위는 '넉넉한 웃음으로' 우리들의 삶을 어루만져 슬픔을 기쁨으로 만드는가 하면, 죽음을 삶으로, 잘못을 올바름으로 만들기도 한다. 즉 바위는 민중들의 발걸음을 긍정적인 방향, 실천적인 방향으로 이끌면서 살맛나게 하는 사랑의 기쁨을 가르쳐주는 것이다. 바위는 우주의 이법을 상징한다. 그것은 인간의 욕망을 제어하기도 하고, 갈등을 조정하기도 한다. 따라서 그것은 이성부가 자신의 미학의 근거로 삼았던 사랑과 동일한 의미를 갖는 것이라 할 수 있다. 이성부의 산에 대한 애착은 초기시의 통합의 힘인 사랑이 발전된 형태이며, 여기에 국토에 대한 질긴 애착이 첨가된 것으로 보인다.[10]

---

10) 이성부는 자신이 답사하면서 일구어내는 산의 의미를 "한국인의 의식과 세계관 형성의 원형을 보여주는 자연"으로 해석하고 있다. 이성부, 『작은 산이 큰산을 가린다』, 창작과 비평사, 2005, p.147.

5. 사랑의 실천의 시사적 의의

이성부 시를 이끌어가는 중심축들은 사회적 책임의식과 고향의식이다. 그렇지만 이 둘 사이의 관계가 서로 분리되는 것은 아니다. 이성부는 고향에 대한 회한과 애정 속에서 사회를 이해하고 책임의식을 느끼기 때문이다. 시인이 사회에 대해서 느끼는 책임의식은 인간은 사회적 동물이라는 당위적인 차원의 것이 아니다. 자신에게 남아있는 소시민성에 대한 자기회의와 반성의 차원에서 이루어진다. 가령, 전태일의 죽음과 그에 따른 윤리적 책임의식이나 일그러진 고향의 자화상을 통해서 공동체의 문으로 나아가려 하는 것이다. 물론 그의 소시민성에 대한 자기반성들은 계급에 대한 분화된 인식과는 거리가 먼 것으로서 어디까지나 실존적인 자기결단에 의한 것이다.

사회에 대한 책임의식 속에서 공동체에 대한 그의 열정은 자신의 뿌리인 전라도와 백제에 대한 주목으로 나타난다. 백제와 전라도는 특정의 영역을 넘어서는 외연적 의미를 갖는 것이긴 하지만 사실상 자신의 시적 뿌리인 고향의 의미와 거의 동일한 차원에 놓이는 개념들이다. 자신의 고향을 사이에 두고 그러한 고향의 의미를 보족하는 수평적, 수직적 외연이 넓어지면서 '전라도'라는 공간의 확대로, '백제'라는 시간의 확대로 나타난 것이기 때문이다. 시인이 그러한 시공간의 확대를 통해서 얻은 결과는 민중의 질긴 삶과 그들에 대한 보다 심화된 애정이었다.

이성부 시의 핵심은 민중들로부터 얻은 사랑의식의 획득에 있다. 그는 투쟁보다는 희생에, 갈등보다는 사랑에 자신의 시적 가치를 두면서, 미래에 대한 밝은 희망의 메시지를 보낸다. 이성부의 이러한 낙관적 전망은 사회적 실천과 문학적 실천의 장에서 매우 소중한 것이었다. 부정적인 현실에 대한 이해와 그 지양에 있어 다가올 미래에 대한 밝은 희망 없이는 본질에 육박해 들어가는 것이 불가능하기 때문이다. 미래에 대한 밝은 희망은 넉넉한 사랑의식 없이는 불가능하다. 이성부 시의 진정한 가치는 바로 이 사랑의식에 있다.

80년대의 민중문학들이 사회의 구조적 모순을 집요하게 들추어내면서 투쟁의 일변도로 나아간 것은 잘 알려진 일이다. 그러나 결과는 너무도 참담했다. 이들의 전투적인 시들이 미학적 완성을 이루어내는 것은 물론이거니와 독자로부터 외면당하는 결과를 가져왔기 때문이다. 어디 그뿐인가. 이들이 가장 소중하게 그리고 최후의 목적으로 내세웠던 계급적 연대의식을 이루어내는 데에도 실패했다. 이러한 사실을 염두에 둔다면, 이성부가 20여년 앞서 내놓은 통합적 사유로서의 사랑의 의미는 매우 중요한 것이었다고 할 수 있을 것이다. 80년대 민중시들이 보였던 투쟁 일변도의 메마른 정서와 비교할 때, 이웃과의 연대를 호소하는 이성부의 통합적 정서들이 얼마나 설득력있게 우리들에게 다가오는가를 상기할 필요가 있는 것이다. 이성부의 사랑의 식은 이들 민중시들의 모범이었고 교과서였던 셈이다.

자유에의
영원한 회귀의지

1. 정치적 담론과 문학적 담론의 긴장관계

김수영은 1945년『예술부락』에「廟廷의 노래」를 발표하고 1968년「풀」을 쓰기까지 약 23년간 시작활동을 한 시인이다. 분단 이후 소위 정치시 자체가 드물던 시단에 독설과 야유의 시를 발표함으로써 참여시의 선두주자로 시선을 모은 그는 바로 그러한 점에서 지금까지도 신화적인 인물로 평가받고 있다. 전체적인 시작 활동 가운데에서 4·19 이후의 시가 더욱 회자되는 까닭도 여기에 있다. 이 시기의 시는 김수영의 후기시에 속하는 것으로[1] 그의 민중적이고 혁명적인 경향을 본격적으로 드러내게 된다. 1960년 이후에 꾸준히 쓰여지는 김수영의 시론 또한 1968년의 이어령과의 소위 순수－참여논쟁을 거치고「시여 침을 뱉어라」,「反詩論」과 같은 일련의 글들을 발표함으로

---

[1] 일반적으로 연구자들은 김수영의 시를 4·19를 기점으로 전기시와 후기시로 나누고 있다. (김현승, 백낙청, 김현 등) 본고는 김수영 시의 연속성을 논의하는 데에 초점을 두고 있기 때문에 전기와 후기 사이의 공통점을 강조하고 있지만 4·19가 김수영에게 획시기적 계기가 된 것은 부인할 수 없다. 따라서 여타의 연구자들의 견해를 전제로 논의를 이끌어가고자 한다.

써 정치 및 권력에 대한 비판의식을 분명히 하는 것을 볼 수 있다. 이들 시론은 당시 김수영의 시적 경향과 무리없이 일치해 나가고 있었기 때문에 김수영은 참여시인으로서의 입지를 더욱 굳힐 수 있게 된다. 김수영을 1960년대 대표 시인 가운데 하나로 규정하는 이유도 여기에 있다.

그러나 그의 시론을 전체적으로 살펴보면 뚜렷한 정치적 입장을 넘어서는 견해들이 그 저변을 광범위하게 감싸고 있음을 알 수 있다. 가령 '자유'나 '혁명'과 '현실', '피', '敵'을 말할 때조차 그러한 어의들의 내포를 단지 정치적 담론의 범주에서 고구할 수만은 없게 하는 그 이상의 추상적 의미가 있는 것이다. 그러한 언어들이 실제의 4 · 19혁명이나 독재 권력과 맞물려 그 의미가 확연해지고 증폭되는 것은 사실이지만 그러한 정치적 담론의 범주 내에서만 그들 어의를 고찰할 경우 김수영을 편협하게 규정하게 되는 오류를 범하게 된다. 실제로 자신의 시론에서 김수영은 그것의 분명한 실체가 무엇인지 파악하기 힘들 정도로 애매하게 그 용어들을 사용하고 있다. 김수영은 그들 용어의 구체적인 함의가 무엇인지를 밝히기보다는 '생명'이나 '감동', '힘', '기백', '진정한 시', '시의 완성' 등 다분히 추상적이고 모호한 내포로 그 의미를 확장하는 경우가 대부분이다.[2]

이는 의미의 생산자와 소비자 모두 정치적 담론과 문학적 담론 사이의 범주를 구별하는 데에서 혼란을 겪고 있음을 보여주는 것인데, 이 결과 김수영 시론은 애매모호하다는 지적을 면할 수 없게 되고[3] 김수영 역시 소위 '순수'와 '참여'를 왕래하는 모순[4]을 지니고 있는 시인으로 평가될 소지를 갖게 되었다. 그를 모더니스트로 볼 것인가, 참여시인으로 볼 것인가의 대척되는 논점을 설정하게 되는 것도 이와 무관하지 않을 것이다. 김수영에 대한 연구가

---

2) 「詩의 〈뉴 프런티어〉」(1961), 「詩의 완성」(1963. 2. 1), 「世代交替의 延手票」(1963. 12), 「大衆의 詩와 國民歌謠」(1964), 「詩人의 精神은 未知」(1964. 9), 「生活現實과 詩」(1964. 10) 등 참조.

3) 김윤식, 「詩에 대한 質問方式의 發見」, 『김수영전집－별권, 김수영의 문학』, 민음사, 1983, p.72.

4) 염무웅, 「김수영론」, 위의 책, p.160.

후기시나 그 시기에 쓰인 시론에 집중되었던 것이나 시 연구도 작품 자체보다 특정 주제나 시인의 정신 및 태도에 한하여 제한적으로 이루어지는 경향을 빚어내었던 것도 이와 관련된다고 할 수 있다.

김수영의 전체 시 가운데에 4·19 이후에 쓰인 시들이 분명한 주장과 어조를 담고 있는 것은 부인할 수 없는 사실이나 그것은 그의 시 전체의 연속적인 흐름 가운데에 놓여 있는 것으로 이미 초기시의 세계관과 시적 방법론에는 후기시의 저항적이고 파괴적인 동력이 내포되어 있다. 이러한 점에서 볼 때 후기시와 때를 같이 하여 쓰인 시론들이 비단 후기시에만 한정 적용되는 것은 아니며 모호함을 지니고 있는 시론들은 그것 자체로 김수영 시의 세계관과 방법론을 지시해주고 있다고 할 수 있다. 예컨대 '자유', '혁명', '현실', '적' 등의 정치적 함의를 짙게 풍기는 용어들은 그러나 단순한 정치적 담론의 어의이기보다는 '생명', '힘', '진정한 시' 등의 추상적 어의들의 하위 범주에서 이해되어야 할 것들이다. 게다가 이 용어들이 김수영에게 더욱 본질적인 것은 권력과 싸우며 새로운 정치세력을 꾀하는 일종의 이념이기보다 세계와 대면해나가며 자아의 정체성과 힘을 확대해나가는 과정으로서의 창조성이라는 사실이다.

김수영의 시는 지속과 반복을 특징으로 하고 있다. 김수영은 모종의 경계를 설정하여 그것을 파괴하고 탈주하고자 하는 의지를 보이는가 하면 다른 한편으로 그 영역에서 안거(安居)하는 소시민적인 모습을 보이기도 한다. 그러나 그는 여기에서 머물지 않고 또 다른 경계를 찾아내어 이와 투쟁한다. 이러한 과정은 초기부터 후기에 이르기까지 지속적으로 이루어지고 있으며 이러한 운동의 과정을 지탱해주는 주요한 요소로 '설움'과 그것의 극복태로서의 '직립(直立)', '웃음', '반역' 등이 있다. 이들 요소는 끊임없이 반복되고 순환하는 양상을 보인다. 우리는 김수영의 시에서 강한 생명력을 느끼고 그것을 매우 특이한 것으로 간주하는데 그것은 그의 시에 내재하는 이와 같은 움직임, 끊임없는 부정과 긍정의 운동에 기인하기 때문이다.

본고는 김수영 시에 나타나는 이러한 운동성을 확인하기 위하여 먼저 '설움'과 '웃음' 혹은 '직립' 등이 어떤 관계망 속에 놓이는가를 살펴볼 것이다. 그리고 그것이 어떠한 소재를 통해 이미지화 되고 있는가를 찾아보는 것도 흥미로운 일이 될 것이다. 또한 초기에 보이는 부정과 긍정의 대상, 후기에 보이는 부정과 긍정의 대상을 찾아냄으로써 그가 지니고 있는 문명에 대한 관점과 전망 역시 해석해 볼 것이다.

2. 사회적인 '설움'과 그 극복

김수영의 초기시에서 '설움'이라는 질료는 매우 빈번하게 등장한다.[5] '설움'이 멀게는 고대가요에서 가깝게는 김소월에 이르는 항구적인 역사를 지니고 있는 만큼 전통적인 정서임은 주지의 사실이다. 그러나 김수영의 '설움'은 모종의 '님'에 대한, '님'의 부재에 대한 그리움과 안타까움에서 비롯된 것이라기보다 전쟁으로 입은 상처에 기인한 것이라 할 수 있다. 전쟁으로 인해 그는 결코 인간일 수 없는 비참함을 겪어야 했고, 그럼에도 목숨을 부지하며 살아야 했다. 자신의 모든 것, 안정된 생활과 인간으로서의 존엄성을 무참하게 파괴해버린 전쟁과 그로 인한 상처가 김수영 '설움'의 근원이 된다. '설움'은 전쟁이 끝난 후에도 숱한 계기들에 의해 불쑥불쑥 찾아온다. 즉 다양한 요인들에 의해 아물지 않은 상처가 건드려지는 것이다. 그때의 계기들은 시인에게 인간을 억압하는 이미지가 될 수도 있고 상실된 부(富)와 평온에 대한 기억도 될 수 있을 것이다.

> 여자란 集中된 動物이다
> 그 이마의 힘줄같이 나에게 설움을 가르쳐준다

---

5) '설움'을 주요 모티프로 고찰하고 있는 글로는 김주연, 「교양주의의 붕괴와 언어의 범속화」, 앞의 책, pp.264~266.

戰亂도 서러웠지만
捕虜收容所 안은 더 서러웠고
그 안의 여자들은 더 서러웠다
고난이 나를 集中시켰고
이런 集中이 여자의 先天的인 集中度와
奇蹟的으로 마주치게 한 것이 戰爭이라고 생각했다
그런 의미에서 나는 戰爭에 祝福을 드렸다

「여자」 부분

1963년에 쓰인 「여자」의 근본적인 모티프는 '설움'이다. 이 작품에서 시적
화자는 '여자'의 '동물성'을 보면서 '전쟁'과 '포로수용소'를 연상한다. '전쟁'
이나 '포로수용소'는 '이마의 힘줄'에서 느껴지는 '고난'의 응결지(凝結地)이
다. '고난이 집중'되어 있다는 점에서 연상된 '포로수용소'에서 '여자들'은
더욱 처절하고 비참했으며 따라서 '서러울' 수 밖에 없었다. '이마의 힘줄'에
서 느껴지는 '집중된 동물성'으로 인해 시인은 '포로수용소'를 떠올리고 이
어 '설움'의 감정을 느끼게 되는 것이다. 여기에서 '설움'이 시인이 겪은 전
쟁의 상처에 그 연원을 두고 있음을 짐작할 수 있다.

그런데 김수영의 '설움'이 전통적 정서에 속하는 '설움'과 다른 또 하나는
그는 결코 '설움'을 노래하지 않는다는 점이다. 전통적인 시들이 '님의 부재'
에 대해 안타까워하며 슬픔의 한을 노래하는 반면 김수영은 그것을 하나의
사실로 받아들인다. '그것은 설움이다', '여기에 설움이 있다' 하는 식이다.
인식과 판단은 그것과의 합리적 거리를 유도한다. 때문에 김수영은 슬퍼하
기보다 그러한 감정의 원인을 묻고 그것을 극복하고자 한다.

이러한 인식은 작품 「屛風」에서도 잘 드러난다. 여기서 '병풍'이야말로
'설움'과 서정적 자아를 격리시켜주고 동시에 시적 자아에게 '설움'과 단절
되어야 한다고 말해주는 소재라 할 수 있다. '병풍'을 바라보는 '나'의 시선
엔 외경심이 있다. '병풍'은 무언인가와 등지고 있는 자의 결연함과 초연함
을 가지고 있기 때문이다. '주검을 가지고 주검을 막고 있으므로' 그리고 '주

검에 醉한 듯' 무표정하게 있으므로 '병풍'은 평범하기만 한 '나'와는 다르게 느껴진다. 시에서 '虛僞의 높이보다도 더 높은 곳에 飛瀑을 놓'는다는 '나'의 진술은 '병풍'에 큰 권위를 부여하고 있음을 보여준다.

「屛風」에서 보았듯 시인은 죽음과 같은 '설움'을 기각하고 그것을 초월하고자 한다. 시인은 그것이 가장 절실한 일이라고 생각한다. 비록 '설움'을 기각하는 자아가 '주검'의 표정을 닮게 되더라도 그러하다. 왜냐하면 '설움'을 극복하는 일이야말로 상실된 인간성과 자존심을 회복하는 일이기 때문이다. 이를 위해 시인은 삶에의 의지로 자신을 추스린다. 이 때 어떠한 상황에서도 '곧게 서려는 태도'(「달나라의 장난」, 「폭포」), '웃음'(「微笑」, 「생활」) 등이 '설움'을 이기는 기제들이 된다.

그런데 문제는 김수영이 설움을 의식적으로 이끌어들인다는 점에 있다. 그는 '설움'의 정서를 예민하게 느끼도록 스스로를 단련시키고 촉수를 곤두세운다. 그러한 까닭에 김수영에게 '설움'은 일회적인 것이 아니다. '설움'은 끊임없이 반복된다. 그리고 시인은 쉬지 않고 그것과 싸운다. 김수영의 '설움'은 곧 순환하는 것이다. 김수영의 시에 '팽이'(「달나라의 장난」), '圓周'(「너를 잃고」), '헬리콥터'(「헬리콥터」)와 같은 순환성을 암시하는 소재가 많이 등장하는 이유도 바로 여기에 그 원인이 있다.

> (전략)
> 팽이가 돈다
> 팽이가 돌면서 나를 울린다
> 제트機 壁畵밑의 나보다 더 뚱뚱한 주인 앞에서
> 나는 결코 울어야 할 사람은 아니며
> 영원히 나 자신을 고쳐가야 할 運命과 使命에 놓여있는 이 밤에
> 나는 한사코 放心조차 하여서는 아니될 터인데
> 팽이는 나를 비웃는 듯이 돌고 있다
> 비행기 프로펠러보다는 팽이가 記憶이 멀고
> 강한 것보다는 약한 것이 더 많은 나의 착한 마음이기에

> 팽이는 지금 數千·年前의 聖人과같이
> 내 앞에서 돈다
> 생각하면 서러운 것인데
> 너도 나도 스스로 도는 힘을 위하여
> 공통된 그 무엇을 위하여 울어서는 아니된다는 듯이
> 서서 돌고 있는 것인가
> 팽이가 돈다
> 팽이가 돈다

「달나라의 장난」 부분

손님으로 방문한 어느 집에서 아이가 팽이를 돌리며 놀고 있는 모습을 시인이 물끄러미 바라보고 있다. 시인은 주인과의 이야기도 잊어버린 채 넋을 놓고 '돌아가는 팽이'를 보고 있다. '돌아가는 팽이'는 '바쁜 생활'이나 '번민'을 모두 잊고 '방심'하게까지 한다. 실상 시인은 지금 '팽이'를 보며 모종의 인식론적 충격을 경험하고 있는 것이다. '팽이'는 마치 '聖人'같은 모습으로 '비행기 프로펠러'를 능가하는 지점에서, 즉 '비행기 프로펠러'보다 더 근원적이고 자연스러운 방식으로 '나'에게 깨달음을 주고 있다.

'팽이'가 시인에게 말해주고 있는 것은 무엇일까? '팽이'는 '영원히 나 자신을 고쳐가야 할 운명과 사명'에 들려, '한사코 방심조차 하여서는 아니된다'고 여기는 '나'의 조급증을 '비웃는다'. 즉 '팽이'는 '스스로 도는 힘'의 원리를 말해주고 있는 것이다. '스스로 도는 힘'은 운동의 법칙이므로 자신을 맡기어 그 힘에 편승하는 것은 어려운 일이 아니라는 것이다. 이 시에서 '팽이'는 시인에게 그 무엇을 위해 전전긍긍하지 말 것을 온 몸으로 보여주고 있다.

'팽이'의 도는 힘으로 결국 '팽이'의 모습은 사라지고 하나의 '까만' 점으로 변한다. 그러나 그렇게 함으로써 팽이는 곧게 서 있지 않은가. 그것은 곧 끊임없는 순환이 허무(虛無)를 가져올지라도 순환 자체가 의미를 지닌다는 사실을 암시하는 듯하다. 시적 화자가 팽이를 보고 '공통된 그 무엇'을 위해서는 '울어서도 안되고' '돌기'를 멈추어서도 안된다고 상상하는 이유는 그렇게 할 때에 비로소 '직립'하게 되기 때문이다. 그리고 그것이 곧 설움을 '이기는' 것을 의미한다.

3. 과거와 현재, 그리고 '생활'에 대한 부정

「달나라의 장난」이나 「너를 잃고」, 「긍지의 날」 이외에도 '순환'의 심상이 형상화되고 있는 시로 「헬리콥터」가 있다. 그런데 '헬리콥터'의 순환성은 다소 다른 차원에서의 의미를 내포하고 있다. 그것은 시인이 「달나라의 장난」에서 '팽이'와 '비행기의 프로펠러'를 구별하고 있는 데서도 알 수 있다. '헬리콥터'는 '팽이'처럼 보편적이지도 추상적이지도 않다. '헬리콥터'는 은연중 기계문명을 상징하고 있기 때문이다. 한편 「헬리콥터」는 「거리1, 2」, 「레이판彈」 등의 시편들과 함께 근대를 바라보는 김수영의 시각을 보여주고 있다는 점에서 주목을 요한다.

> 사람이란 사람이 모두 苦悶하고 있는
> 어두운 大地를 차고 離陸하는 것이
> 이다지도 힘이 들지 않는다는 것을 처음 깨달은 것은
> 愚昧한 나라의 어린 詩人들이었다
> 헬리콥터가 風船보다도 가벼웁게 上昇하는 것을 보고
> 놀랄 수 있는 사람은 설움을 아는 사람이지만
> 또한 이것을 보고 놀라지 않는 것도 설움을 아는 사람일 것이다
> 그들은 너무나 오랫동안 自己의 말을 잊고
> 남의 말을 하여왔으며
> 그것도 간신히 떠듬는 목소리로밖에는 못해왔기 때문이다
> 설움이 설움을 먹었던 時節이 있었다

이러한 젊은 時節보다도 더 젊은 것이
헬리콥터의 永遠한 生理이다.
(중략)
더 넓은 展望이 必要없는 이 無制限의 時間 우에서
山도 없고 바다도 없고 진흙도 없고 진창도 없고 未練도 없이
앙상한 肉體의 透明한 骨格과 細胞와 神經과 眼球까지
모조리 露出落下시켜가면서
안개처럼 가벼웁게 날아가는 果敢한 너의 意思 속에는
남을 보기 전에 네 자신을 먼저 보이는
矜持와 善意가 있다
너의 祖上들이 우리의 祖上과 함께
손을 잡고 超動物世界 속에서 營爲하던
自由의 精神의 아름다운 原型을
너는 또한 우리가 發見하고 規定하기 전에 가지고 있었으며
오늘에 네가 傳하는 自由의 마지막 破片에
스스로 謙遜의 沈默을 지켜가며 울고 있는 것이다

「헬리콥터」 부분

'헬리콥터'는 '프로펠러'의 순환을 동력으로 지상으로부터 초월한다는 점에서 '팽이'와 또다른 의미를 지닌다. '팽이'가 순환을 통해 직립하되 지상에 축을 대고 있다면 '헬리콥터'는 지상의 모든 것을 남겨두고 '수직으로' 상승한다. 김수영은 전란(戰亂) 중에 처음 '헬리콥터'를 보게 되는데, 그때 그는 헬리콥터에 대해 신(神)보다도 더욱 강력하고 초월적인 이미지를 갖게 된다. 헬리콥터는 아비규환의 생지옥으로부터 아주 멀리 그리고 매우 간단하게 탈출할 수 있는 도구로 여겨졌던 것이다. 다소 감상적으로 묘사되고 있는 '헬리콥터'는 시에서 동양과 서양, 반문명과 문명, 전근대와 근대 사이의 구분을 유도하면서 긍정적 가치를 대표하고 있다. 이륙한 헬리콥터가 기거하는 공간엔 '山도 없고 바다도 없고 진흙도 진창도 미련도 없으며' '앙상한 육체' 혹은 비참하게 널려있는 육체의 파편도 없다. 그것은 말 그대로 '동물적 세

계'를 초월한 것이며 따라서 '自由의 原型'인 것이다.

순환이 끝도 없이 이어지는 데에 피로감을 느끼는 시인에게 수직적 운동력을 가진 '헬리콥터'는 수평적 순환에 종지부를 찍어주는 것으로 여겨진다. 그 기계의 모습에 시인은 몹시 충격을 받는다. '헬리콥터'의 상승은 지상에서 아둥바둥 살고 있는 인간들에 대비해 볼 때 너무도 '힘이 들지 않아' 보였던 것이다. 헬리콥터는 전근대에서의 상승 수단인 '風船'과도 또 다른 의미를 지니는 것이었다. 따라서 시인이 발딛고 있는 이 땅은 대번에 '우매한 나라'이고 초라하고 '비좁은' 나라가 되고 이곳의 사람들은 '오랫동안 自己의 말을 잊고' 인간 행세하지 못하며 살았던, 한 마디로 '설움'으로 연명했던 사람들이 된다.

'헬리콥터'는 분명 시인이 몸담고 있는 터전과 구별되는 타자로 인식된다. '너의 조상과 우리의 조상'이 대비되는 것도 이 때문이다. 그리고 그 타자의 등장과 함께 지금 여기의 모든 현상과 존재들은 부정되고 극복되어야 할 것으로 간주된다. 이 점에 대해 시인은 아무런 저항도 느끼지 않는데, 이는 '헬리콥터'를 '矜持'이자 '善意'로 보는 데에서 알 수 있다. 김수영의 이같은 모습에서 우리는 근대 문명의 이기(利器)들에 환호했던 1930년대 모더니스트의 면모를 보게 된다. 여기에서 우리는 과거의 모더니스트들처럼 김수영에게도 첨단 문물이 새롭고 충격적인 것이며 과거를 넘어 미래로 향하게 하는 가교(架橋)로 인식되었음을 읽을 수 있다.

> 너를 딛고 일어서면
> 생각하는 것은 먼 나라의 일이 아니다
> 나의 가슴속에 허트러진 파편들일 것이다
>
> 너의 表皮의 圓滑과 角度에 이기지 못하고 미끄러지는 나의 발을 나
> 는 미워한다
> 방향은 애정—

구름은 벌써 나의 머리를 스쳐가고
설움과 과거는
오천만분지 일의 俯瞰圖보다도 더
조밀하고 망막하고 까마득하게 사라졌다
생각할 틈도 없이
애정은 절박하고
과거와 미래와 誤謬와 혈액들이 모두 바쁘다
(중략)
죽음이 싫으면서
너를 딛고 일어서고
시간이 싫으면서
너를 타고 가야 한다
創造를 위하여
방향은 현대-

「레이판彈」 부분

　최첨단 무기인 '레이판탄'에 대해서 시인은 '헬리콥터'에 대해 가졌던 것과 같은 단순한 생각을 가질 수 없다. 그는 첨단 무기의 전시장이라고 할 수 있는 전쟁의 가장 큰 피해자 중 한 사람이었기 때문이다. 따라서 레이판 탄을 보고 '생각하는 것은 먼 나라의 일이 아니'게 된다. 그것은 다시 말하면 '나의 가슴 속의 허트러진 파편들'이다. 그러나 그럼에도 불구하고 시인은 '레이판탄'에 대해 '애정'을 갖는다고 고백한다. 오히려 '레이판탄'의 날렵하고 유연한 몸체에 쉽게 '올라타지 못하는 나의 발을 미워한다'. '설움과 과거'는 '까마득하게 사라졌다'. 아니 과거거니 전쟁이니 설움이니를 생각하기에 '레이판탄'은 너무 절실한 것으로 여겨지고 시간의 흐름은 '바쁘기만 하다'. '헬리콥터'와 마찬가지로 수직 상승이 가능한 '레이판탄'은 이 땅의 설움과 부정적인 과거를 모두 일거에 떨쳐낼 수 있는 강력한 힘으로 인식되고 있는 것이다.

김수영은 여기에서 근대의 폐해인 전쟁을 극복할 수 있는 힘이 또한 근대라는 점을 시사하고 있다. '죽음이 싫으면서, 시간이 싫으면서' '레이판탄'을 긍정하는 이유도 여기에 있다. 근대 문명은 분명 빠른 속도를 하나의 원리로 지니며 대량 살상 무기를 제조하는 가공할 위력을 갖지만 그렇다고 외면할 수 있는 것은 아니라는 것이 김수영의 입장이다. 근대의 기계문물은 곧 '創造'이며 '창조'는 절대적인 가치를 지니기 때문이다. 이 때문에 그는 단정적으로 '방향은 현대─'라 말할 수 있게 된다.

「헬리콥터」와 「레이판탄」 이외에 근대 문명을 긍정하는 면모를 보여주는 시로 「거리2」를 꼽을 수 있다. 김수영은 과거의 모던 보이들처럼 도회의 한 복판에서 쾌감을 맛본다. 그는 물론 근대 문명의 실체가 단지 첨단 무기라든가 번화한 도시의 거리만을 가리키는 것이 아니라 제도 일반을 포괄하는 것임을 잘 알고 있다. '사무실'로 상징되는 근대적 직업에서부터 평범한 가정을 꾸리는 것, 그 속에서 일상적 생활을 영위하는 것 모두가 근대적 질서임을 그는 알고 있다. 그런데 그는 번역을 하고 매문(賣文) 행위를 하는 것을 제외하고 문명의 그물에 속하는 모든 장치들을 큰 거부감 없이 받아들이고 있다.

그러나 그의 내부에서 그러한 근대적 장치들은 조금씩 균열을 일으키며 회의되기 시작한다. 그때의 균열은 그러나 전쟁처럼 전면적이고 파괴적으로 이루어지는 것이 아니고 시인 스스로의 감각에 의해 조용히 그리고 산발적으로 이루어진다. 그는 도대체 자신이 왜 분노하는지도 모르게 화가 나고 '신경질'이 난다. 때로는 '큰 일엔 침묵하면서 지나치게 사소한 것에 분노하는 것이 아닌가' 하고 자괴심에 빠지기도 한다. 그러나 사실 김수영의 그러한 습성들은 이미 근대 문명이 깊이 뿌리를 내리고 무수한 가지를 치게 되어 일상의 구석구석에까지 그 신경을 확장하였기 때문에 일어난 현상이다. 푸코가 근대적 질서가 있는 곳에는 어김없이 권력 관계가 형성된다고 한 것처럼 일상을 살아갔던 김수영에게 역시 그 힘의 짜임들이 스며들었던 것이 아닐까?

돈을 버는 거리의 부인이여
잠시 눈살을 펴고
눈에서는 毒氣를 빼고
自由로운 姿勢를 취하여보아라

여기는 서울안에서도 가장 繁雜한 거리의 한 모퉁이
나는 오늘 세상에 처음 나온 사람모양으로 快活하다
疲困을 잊어버리게 하는 밝은 太陽 밑에는
모든 사람에게 不可能한 일이 없는 듯하다
나폴레옹만한 豪氣는 없어도
나는 거리의 運命을 보고
달큼한 마음에 싸여서
어디로 가야 할지 모르는 마음─
무한히 망설이는 이 마음은 어둠과 절망의 어제를 위하여 사는 것이
아니고
너무나 기쁜 이 마음은 무슨 까닭인지 알 수는 없지만
確實히 어리석음에서 나오는 것은
아닐텐데
(중략)
無數한 웃음과 벅찬 感激이여
蘇生하여라
거리에 굴러다니는 보잘것없는 설움이여
(중략)
여기는 좁은 서울에서도 가장 번거러운 거리의 한모퉁이
憂鬱 대신에 수많은 기폭을
흔드는 快活
잊어버린 수많은 詩篇을 밟고 가는 길가에
榮光의 집들이여 店舖여 歷史여
바람은 면도날처럼 날카로울건만
어디까지 明朗한 나의 마음이냐
구두여 洋服이여 露店商이여

印刷所여 入場券이여 負債여 女人이여
그리고 女人중에서 가장 아름다운 그네여
돈을 버는 거리의 부인들의
어색한 모습이여

「거리2」 부분

인용시에서 서정적 자아는 몹시 유쾌하고 흥겹다. 도시의 가장 번화한 거리에서 그는 피로를 느끼지 않고 무엇이든 다 할 수 있을 것 같은 고취된 상태에 있다. 마치 최초의 근대도시를 접한 조선의 모더니스트처럼, '오늘 세상에 처음 나온 사람'처럼 '나'는 '쾌활'하다. '설움은 보잘것없이' 느껴지고 번화가의 '점포'며 쇼윈도의 상품이며 '노점상', 여자들 할 것 없이 생기로 가득차 보인다. 이러한 분위기라면 어떠한 번민도 없을 것 같다. 때문에 시인은 '모든 사람의 苦懷을 아는 것같은' 자만에 빠진다.

그런데 그 가운데 시인의 자의식을 자극하는 것이 있다. 그 완벽한 자유와 행복의 거리에서 시인은 무엇인가 불편함을 느낀다. 그것이 무엇인지 명료하게 의식하지 못하지만 '돈을 버는 부인의 모습'이 거듭 환기되는 것이다. 시인은 그녀가 거리의 모습과 어울리도록 '자유로운 자세'를 취해주길 바란다. '눈에서 독기를 빼기를, 찌그러진 입술을 펴기를' 주문한다.

시인은 점점 불안해진다. 기쁨에 들뜰수록 그는 자신이 '어디로 가야 하는지' 알 수 없는 사람이 된다. 미지의 땅을 찾아가는 낯선 이방인처럼 여겨지기도 하고 자신이 취해 있는 감정이 '어리석음'에서 온 것은 아닐까 하는 의문에 휩싸이기도 한다. 없는 것 없이 풍요로운 거리의 한복판에서 '벅찬 감격'을 기대하지만 그것은 점점 공허한 환상으로 여겨질 뿐이다.

그는 재차 '돈을 버는 부인'을 떠올리며 그녀에게 말을 건다. '눈살을 펴고' 행복한 얼굴을 보여달라고. 끝내 그녀의 모습은 '나'의 의식에서 해결되지 않은 숙제로 남게 되었다. '돈을 버는 거리의 부인들의 어색한 모습'은 화려한 도시의 완벽함에 균열을 만드는 불순물이었던 것이다.

「거리2」에서의 경험은 시인의 의식에 큰 헛점이 있음을 보여주는 것이었다. 근대 문명은, 곧 자본주의는 그것이 무적의 '첨단무기'를 만들 수 있을 정도로 진보했다 하더라도 그의 설움과 상처를 씻어줄 수 있는 절대성을 지니고 있는 것은 아니었다. 전쟁터에서 고도로 발달한 기계문명의 이미지를 신보다도 더 절대적인 힘으로 보았던 시인은 이제 자신이 '어리석었음'을 깨닫게 된다. 그는 더 이상 근대의 기계 문명과 자본주의를 예찬하지 않는다.

> 뮤우즈여
> 용서하라
> 생활을 하여나가기 위하여는
> 요만한 輕薄性이 必要하단다
> (중략)
> 어느 賣春婦의 生活같이
> 다소곳한 분위기 안에서
> 오늘이 봄인지도 모르고
> 그래도 날개돋친 마음을 위하여
> 너와 같이 걸어간다
> 흐린 봄철 어느 午後의 무거운
> 일기처럼
> 그만한 憂鬱이 또한 必要하다
> 세상을 속지 않고 걸어가기 위하여
> 나는 담배를 끄고
> 누구에게든지 神經質을 피우고 싶다
>
> 물에 빠지지 않기 위한
> 생활이 卑怯하다고 輕蔑하지 말아라
> 뮤우즈여
> 나는 公利的인 人間이 아니다
> (중략)
> 클락 게이블

그리고 너절한 大衆雜誌
墮落한 오늘을 위하여서는
내가 「오늘」보다 더 깊이 떨어져야 할 것이다
그러나 사람들이 웃을까보아
나는 적당히 넥타이를 고쳐매고 앉아있다
뮤우즈여
너는 어제까지의 나의 勢力
오늘은 나의 地平線이 바뀌어졌다

물은 물이고 불은 불일 것이지만
어제와 오늘이 다르고
오늘과 來日의 差異를 正視하기 위하여
하다못해 이와같이 墮落한 新聞記者의 탈을 쓰고 살고 있단다
(중략)
사과와 手帖과 담배와 같이
人間들이 걸어간다
뮤우즈여
앞장을 서지 마라
그리고 너의 노래의 音階를 조금만
낮추어라
오늘의 憂鬱을 위하여
오늘의 憂鬱을 위하여

「바뀌어진 地平線」 부분

　위의 시에서 시인은 지금껏 반성없이 자본주의의 삶을 받아들였던 자신의
잘못을 뉘우치는 고해성사를 한다. 시인의 고백을 받는 신은 '뮤우즈'이다.
김수영에게 '시'는 그 어떤 것보다도 순결하고 절대적인 가치를 지니는 것이
었다. 여타의 제도는 수용하되 '賣文' 행위를 몹시 거북하게 여겼던 것으로
도 그러한 사실을 알 수 있다. 때문에 훼손되고 불완전한 세계를 아무런 여
과없이 자신의 시에 반영했던 것은 절대적인 뮤우즈에 대한 모독이 아닐 수

없다. 시인은 '뮤우즈'에게 '용서'를 구하며 '생활을 해나가기 위한' 방편이 었다고 변명을 한다. 이는 생존을 위해 살다보면 세계에 대해 다소 맹목이 될 수 있음을 고백하는 것이다. 한편으로 그는 '세상에 속았다'는 생각도 들고 또다시 어리석음을 범하지 않기 위해서, 즉 세계와 역사를 '正視'하기 위해 '신문기자'가 될 필요를 느끼기도 한다. 시인은 또다시 '날개돋친 마음'을 기대하며 '뮤우즈'와 함께 걷고자 한다. 그리고 그러기 위해서 경박한 명랑성보다는 '우울'이, 황홀감보다는 '신경질'이 더 필요한 정서라고 생각한다.

그러나 단 한순간에 '항복'을 선언하는 것은 시인의 자존심이 용납하기 힘든 일이었다. 세상으로 인해 누구보다도 상처입고 세상의 부조리에 대해 누구보다도 철저하게 대결해왔던 그이기에 인식상 오류가 있었음을 깨닫는 것은 커다란 혼란이 아닐 수 없었다. 이러한 불일치를 해소하기 위해 그는 '시'를 버리려고까지 해 본다. '뮤우즈여 나는 공리적인 인간이 아니다', '뮤우즈여 너는 어제까지의 나의 勢力'일 뿐 '오늘은 나의 지평선이 바뀌어졌다'는 발언은 순결한 시와의 결별을 꾀하는 것에 다름 아니다. 다른 한편 상처입은 자존심을 달래기 위하여 '타락한 오늘보다 더 깊이 전락'하겠다는 식의 오기를 부리고, '타락한 신문기자의 탈을 쓰고 살아간다'고 포우즈를 취해보기도 한다.

결국 시인은 그 어떤 것도 버리지 않는다. 그리하여 그는 타협을 시도한다. '뮤우즈'에게 '사과, 수첩 담배와 같이 걸어가는 인간'을 위해, 곧 일상을 살아가는 자들을 위해 보폭을 조금 줄이라고 요구한다. 그리고 자신에게는 '오늘이 우울한' 것임을 받아들이도록, 곧 인식상의 오류를 수정하도록 한다.

이후에 쓰인 시에서 우리는 시인의 어색한 생활인으로서 갖게되는 조화롭지 못한 자의식을 어렵지 않게 발견할 수 있다. 「生活」, 「구름의 파수병」, 「여름뜰」 등의 시편들이 그것이다. 「구름의 파수병」에서 시인은 "방 두간과 마루 한간과 말쑥한 부엌과 애처로운 妻를 거느리고 / 외양만이라도 남과같이 살아간다는 것이 이다지도 쑥스러울 수가 있을까 // 詩를 배반하고 사는 마음이여 / 자기의 裸體를 더듬어보고 살펴볼 수 없는 詩人처럼 비참한 사람이 또 어디있을까"라고 읊조리며, 「여름뜰」에서는 "秩序와 無秩序와의 사이에 / 움직이는 나의 生活은 / 섧지가 않아 屍體나 다름없는 것이다"라고 진술하고 있다. 이들 언급에서 짐작할 수 있듯 이 시기에 김수영은 일상적 삶을 더 이상 일상적으로 받아들일 수 없는 혼돈에 빠지게 된다.

4. 지속적인 대결의식과 혁명에의 끝없는 의지

김수영은 '설움'과 끝없는 대결을 했다. 우리는 '설움'이 그의 마음을 불편하게 하고 그것을 해결하도록 강제하는 기제에 속한다는 것임을 살펴보았거니와 그에게 '설움'의 감각이 끝없이 지속되었듯이 그 무엇과의 '대결' 또한 끊임없이 이루어지는 것이었다. 어찌 보면 그의 투지는 생래적(生來的)인 것이 아니었을까 생각된다.

그렇다면 그가 대결하였던 '적(敵)'은 정확하게 무엇인가? 시인은 전쟁의 상처에 기인하는 '설움'이 매우 진보된 문명에 의해 극복될 것이라고 믿었다. 그러나 기대했던 그 문명이 실은 소리없이, 보이지도 않게, 그리고 뿌리 깊이 인간을 파멸할 것이라는 사실을 알게 된 후부터 공격의 대상은 '문명'이 된다. 그것이 또한 전쟁을 일으킨 장본인이고 보면 문명은 결코 면죄부를 받지 못할 것이다. 이에 따라 김수영은 '문명'에 대한 전면전을 선포한다.

> 우리들의 敵은 늠름하지 않다
> 우리들의 敵은 카크 다글라스나 리챠드 위드마크 모양으로 사나웁지
> 도 않다
> 그들은 조금도 사나운 惡漢이 아니다
> 그들은 善良하기까지도 하다
> 그들은 民主主義者를 假裝하고
> 자기들이 良民이라고 하고

자기들이 善良이라고도 하고
자기들이 會社員이라고도 하고
電車를 타고 自動車를 타고
料理집엘 들어가고
술을 마시고 웃고 雜談하고
同情하고 眞摯한 얼굴을 하고
바쁘다고 서두르면서 일도 하고
原稿도 쓰고 치부도 하고
시골에도 있고 海邊가에도 있고
서울에도 있고 散步도 하고
映畫館에도 가고
愛嬌도 있다
그들은 말하자면 우리들의 곁에 있다
(중략)
우리들의 싸움의 모습은 焦土作戰이나
「건 힐의 血鬪」모양으로 활발하지도 않고 보기좋은 것도 아니다
그러나 우리들은 언제나 싸우고 있다
아침에도 낮에도 밤에도 밥을 먹을 때에도
거리를 걸을 때도 歡談을 할 때도
장사를 할 때도 土木工事를 할 때도
여행을 할 때도 울 때도 웃을 때도
풋나물을 먹을 때도
市場에 가서 비린 생선냄새를 맡을 때도
배가 부를 때도 목이 마를 때도
戀愛를 할 때도 졸음이 올 때도 꿈속에서도
깨어나서도 또 깨어나서도 또 깨어나서도……
作業을 할 때도 退勤時에도
싸일렌소리에 時計를 맞출 때도 구두를 닦을 때도……
우리들의 싸움은 쉬지 않는다

우리들의 싸움은 하늘과 땅 사이에 가득차있다

民主主義의 싸움이니까 싸우는 방법도 "民主主義式"으로 싸워야 한다
하늘에 그림자가 없듯이 民主主義의 싸움에도 그림자가 없다

「하…… 그림자가 없다」 부분

장황한 위 시는 김수영이 전투계획서를 얼마나 세심하게 작성하고 있는가를 보여주고 있다. 그가 대결하는 적이 무엇인지 명료하게 알 수 없었다면 그가 설정하고 있는 전선이 불명확해서가 아니라 셀 수 없이 많았기 때문이다. 여기에서 그는 단순히 '정치권력'만을 겨냥하고 있지 않다. 그는 정치가가 아니기 때문이다. 그는 시인이고 지식인이고 철학가이기 때문에 인간을 억압하는 모든 것에 전선을 긋고자 한다. 그것이 인간의 이기심이라면 그곳에, 자본주의라면 그곳에, 근대 문명이라면 그곳에 그는 바리케이트를 친다. 그러한 작업은 대단히 섬세한 지성과 강한 에너지를 필요로 한다. 따라서 시인으로서, 지식인으로서, 철학가로서 사는 일은 대단히 피곤하고 힘든 일이다. 그가 행동하지 않는 시인이라면, 무관심한 지식인이라면, 관념적인 철학가라면 물론 상황은 180도 다를 것이다. 그러나 그는 그렇게 하지 못한다. 왜냐하면 행동하지 않을 때 부조리와 모순은 더욱 세력을 확장하여 감염된 부위를 더 확대하고 더 부패시킬 것이며 결국에 인간의 생명을 앗아갈 것이기 때문이다.

전쟁 이후 점차적으로 정착되어가고 있던 자본주의 및 근대 문명이 전쟁의 상흔을 복구하고 생활의 안정을 보장해 줄 것이라 여겼던 시인은 그러나 그것이 허구에 불과하다는 것을 알고 있다. 그와 반대로 문명의 뿌리가 배어든 곳이면 어김없이 갈등과 부패가 번질 것이다. 따라서 '적'은 생활의 구석구석에 존재하는 것으로 인식된다. '적'은 과거적 인식에 따르면 분명 '식민지'나 '전쟁'과 같은 거대 코드가 될 것이나 현대의 적은 '전투'나 '군사작전'의 형태로 등장하는 것이 아니며 모든 생활 곳곳에 보이지 않게 소리없이 잠입해 들어온다. 그것은 동료의 얼굴에도 있고 가족의 마음에도 있으며 심지어 자신의 의식 속에도 있다. 선량한 사람, 가난한 사람이라고 해서 적이

아니라고 단정지을 수 없다. 문제는 그가 어떠한 관계망 속에서 어떤 의식과 어떤 정신을 갖고 살아가는가 하는 점이다. 특정한 장(場) 속에서 그가 압제자의 위치와 태도와 의식을 가지고 자신의 행동을 지정한다면 그는 적이다.

때문에 '우리들의 싸움은 하늘과 땅 사이에 가득차' 있을 것이며 따라서 '우리들의 싸움은 쉬지 않을 것'이다. 그 싸움은 '활발하지도 보기좋을 것'도 아니지만 '언제나' 이루어질 것이다. 다양한 장(場)에서 전면적으로 이루어지는 이같은 방식의 투쟁을 김수영은 '민주주의식'이라 한다. 그리고 이것을 통해 얻고자 하는 것도 '민주주의'인 것이다. 요컨대 민주주의는 정치 권력만의 문제는 아니다. 그것은 생활의 문제이고 모든 인간의 의식의 문제이다.

물론 4·19혁명 이후 김수영은 더욱 본격적이고 더욱 치열하게 투쟁한다. 4·19혁명은 지금껏 생활에 침투해 인간을 괴롭혔던 수많은 부조리와 부패를 일시에 해결할 수 있을 듯한 거대한 에너지를 지니고 있었다. 또한 독재 정권을 붕괴시킬 정도의 절대적인 순수성과 힘을 의미하기도 하였다. 김수영이 이에 고무된 것은 당연한 일이다. 그는 더욱 과감하고 신랄하게 투쟁을 실행한다. 「우선 그놈의 사진을 떼어서 밑씻개로 하자」는 혁명이 진행되는 중의 흥분과 투지가 가득 배어있는 시이다. 김수영의 많은 풍자적이고 해학적인 시 가운데에서도 이 작품은 가장 과격하고 신랄하다. 여기에서 '그놈'은 의심할 것 없이 자유당 독재 정권의 수장이다. 우리 시사(詩史)상 시에 '밑씻개'와 같은 욕설을 이처럼 천연덕스럽고 후련하게 사용한 시인은 김수영 이전에 찾아보기 어렵다. 우리는 여기에서 김수영에게 절대적이었던 '시'의 본령이 적어도 미적, 예술적 성취에 있는 것이 아니라는 사실을 확인하게 된다. 그의 시적 본질은 '정신(精神)'이었던 것이다. 그것은 투쟁의 정신, 곧 자유와 민주주의를 향한 정신이다.

한편 4·19 이후의 상황을 지켜보면서 김수영은 혁명의 정신이 현실 속에 구체화되지 못할 것 같은 불안감을 갖게 된다. 중요한 것은 혁명 이후 정치가 어떠한 구조로 재편되는가 하는 것이지만 혁명의 주체들은 새로운 권력을 세우기 위한 방법론을 지니지 않고 있었던 것이다. 그리고 김수영의 예감은 그대로 적중하였다.

김수영은 보다 근본적인 개혁을 원하고 있었다. 기존의 틀과 기준에 의거하지 않는 근본적인 개혁일 때에만 과거의 부조리와 모순을 혁파할 수 있다고 생각한 것이다. 그리고 그것만이 혁명의 당사자인 학생들과 민중의 이상이라고 말한다. 그러나 현재 진행되고 있는 사정은 위정자의 얼굴만 바꿔놓은 것 이상이 아니다. 기존의 제도와 법을 그대로 가져간다면 달라질 것은 아무것도 없음은 자명한 일이기 때문이다. 즉 여기에 진정한 개혁을 이룰 수 있는 주체와 방법론이 등장하지 않는다면 혁명은 유실될 것이다. 피를 흘린 자들은 하나의 전설로만 기록될 뿐이고 어떠한 결실도 맺지 못할 것이다. 김수영의 고민은 이것이다. 기존의 법에 근거한, '合法的'인 방식으로는 4 · 19의 정신과 에너지를 담아내지 못할 것이라는 점, 진정한 '혁명'을 위해서는 새로운 법과 제도와 질서가 필요하다는 사실이다. 이러한 인식은 '바보'가 아닌 다음에야 동의할 수 있는 적절한 것이 아닐 수 없다.

김수영은 그 길이 무엇인지 구체적으로 밝히고 있지 않지만 분명한 것은 '백성들'이 소외되고 있다는 점이다. '학생들이 순진하고, 학자들은 점잖고, 문인들이 체면을 차릴 때' 백성들은 과거와 똑같은 지위와 같은 정도의 권리를 가진 채 사회의 온갖 부조리와 모순과 부정부패의 피해자가 될 것이다.

김수영이 전망하고 있는 사회과학적 방법론이 무엇인지를 알 수 없는 이상 「육법전서와 혁명」 같은 시에서 제시되는 '백성'이 구체적으로 무엇을 함의하는지 우리가 정확하게 알 수는 없다. 그러나 '위정자'나 '학생, 지식인'들과 구분되는 것으로 볼 때 권력과 지식으로부터 소외된 일반 민중 정도로 그 범위를 정할 수 있을 것이다. 이후 김수영의 의식에는 그것이 어떤 형태로 되었든 혁명의 진정한 주체가 될 수 있는 자는 민중이라는 인식이 자리잡게 된다. 「눈」과 「쌀난리」에 그러한 시인의 의식이 잘 나타나 있다.

요 詩人
이제 抵抗詩는

妨害로소이다
이제 영원히
抵抗詩는
방해로소이다
저 펄펄
내리는
눈송이를 보시오
저 山허리를
돌아서
너무나도 좋아서
하늘을
묶는
허리띠모양으로
맴을 도는
눈송이를 보시오

요 詩人
勇敢한 詩人
─소용 없소이다
山너머 民衆이라고
山너머 民衆이라고
하여둡시다
民衆은 영원히 앞서 있소이다

「눈」 부분

시에서 '눈'은 '민중'을 의미한다. 한꺼번에 풍요롭게 쏟아지는 '눈'의 모습은 더할 수 없이 신명나 보인다. 그토록 신명나게 '눈'이 쏟아지는 날 '찜차니 삑차니 빠스니' 할 것 없이 세상의 모든 교통수단들은 발이 묶여 꼼짝 못할 것이므로 시적 화자는 더욱 유쾌하다. 즉 위의 시는 단합된 힘으로 민중이 그들의 존재를 드러내 보인다면 그들을 가로막을 세력은 없을 것이라는 메시지를 담고 있다. 그리고 그러한 민중은 누구보다도 심지어 '저항시'를 쓰는 '용감한 시인', 즉 지식인보다도 '앞서 있을 것'이라 말한다.

이 대목에서 우리는 「풀」을 연상하지 않을 수 없다. "풀이 눕는다 / 바람보다도 더 빨리 눕는다 / 바람보다도 더 빨리 울고 / 바람보다 먼저 일어난다"의 핵심 구문이 변용되어 세 개 연을 이루며 노래의 가락을 만들어 내고 있는 「풀」은 어구의 풀이에 따라 다양하게 해석될 여지를 안고 있다. 그러나 김수영의 시 전체적인 전개 과정에서 볼 때 '풀'을 통해 '민중'을 암시하고자 하였다는 일반적인 해석이 무리가 없을 듯하다.

그렇다면 「풀」에서 말하는 '더 빨리, 먼저'와 「눈」의 '앞서'라는 말이 뜻하는 것은 무엇일까? 그것은 계층간의 역학 관계상 민중이 갈등의 첨예한 부분에 놓여있는 데서 비롯되는 현상이라 볼 수 있을 것이다. 지식인이나 시인에 비한다면 민중은 투쟁의 선두에 서서 전선을 이끌어 갈, 그리고 끝까지 전선을 지킬 여지가 크다. 그것은 그들이 더 순수하거나 선량해서가 아니고 그들이 싸움을 통해 얻어야 할 것이 더욱 절실하기 때문이다. 이와 마찬가지로 「풀」에서도 '바람'이 억압자를 형상화하고 있다면 '민중'이 그들보다 먼저 좌절하고 상처입되 먼저 일어난다고 하는 해석이 가능하다. 즉 민중은 피해자인 동시에 그것을 극복할 수 있는 생명력을 가지고 있다는 것이다.

김수영이 볼 때 민중은 꺼져가는 4·19혁명을 이어갈 수 있는 유일한 실체였다. "大邱에서 쌀난리가 / 났지 않아 / 이만하면 아직도 / 혁명은 살아있는 셈이지 // 百姓들이 / 머리가 있어 산다든가 / 그처럼 나도 / 머리가 다 비어도 / 인제는 산단다 / 오히려 더 / 착실하게 / 온 몸으로 살지 / 발톱 끝부터로의 / 下尅上이란다"(「쌀난리」)라고 하였을 때 '혁명'의 지속을 위해 필요한 것은 '머리'가 아니요 '온 몸'이라는 사실을, 즉 중요한 것은 바로 민중의 힘이라는 사실을 말하고 있는 것이다.

김수영은 「풀」을 마지막으로 우리 곁을 떠났다. 그가 이후에 어떤 시를 쓰고자 하였고 어떤 싸움을 하고자 하였을지 우리는 알 수가 없다. 민중 시인이 되고 1970~80년대를 거치면서 노동해방을 부르짖는 시인이 되었을까?

아니면 또다른 전향을 하였을까? 만일 살아있었다면 그의 행로가 어찌 되었을까가 궁금한 질문으로 남기 때문에 우리는 그를 미완의 시인이라 부르는지도 모르겠다. 그러나 그가 어떤 길을 갔을지라도 분명한 것은 생명이 있는 한 그는 '적'이 무엇이든간에 끝도 없이 '싸웠'을 것이라는 사실이다. 그에게 투쟁은 삶의 본질이기 때문이다.

5. 자유에 대한 영원한 의지

김수영의 시는 4·19 이후 민중적이고 정치지향적 성격을 강하게 드러낸다. 그리고 그러한 정향은 시론에 의해 더욱 강화된다. 그러나 그의 시론을 포괄적으로 보았을 때 김수영이 주장하는 시가 민중적 정치주의시가 되는 것은 아니다. 바꾸어 말하면 4·19 이후에 쓰인 시와 시론은 김수영의 시적 입지를 더욱 축소하여 김수영을 편협한 참여주의자로 한정시키는 결과를 가져올 수 있다. 본고는 김수영의 시론이 함의하는 바가 단순히 정치적 견해에 한정된 것이 아니라는 사실에 착안하여 김수영의 전체 시를 이어가는 사유의 궤적을 살펴보고자 하였다.

4·19 이전의 시에서 그는 전쟁으로 얻게 된 내적 상흔을 치유하는 데에 치중하고 있음을 알 수 있다. 김수영의 시에서 시인의 내적 상흔은 '설움'으로 형상화된다. 그러나 시인은 '설움'의 정서를 자기 개인의 경험으로 한정시키지 않고 보편적 인간의 존엄성을 구하는 기회로 만듦으로써 사회와 문명에 대해 인간적이고 민주주의적인 접근을 시도하게 된다. 이 때 더욱 진보된 근대 문명이 인류에게 평화와 희망을 주리라는 믿음을 갖게 되지만 그러한 믿음은 그리 오래 지속되지 않는다. 곧 자신이 부딪히는 생활 곳곳에서 근대 문명의 부조리에 직면하기 때문이다. 때문에 도시 생활을 청산하게 되는데 오히려 '자연'에서의 삶을 계기로 '문명'을 비판할 수 있는 시각을 얻

게 된다. 4·19혁명을 맞이하게 되는 시점도 바로 이 때이다. 4·19를 계기로 그는 정치 권력을 비판하게 되고 혁명을 지속할 수 있는 힘의 실체로서 민중의 가능성을 믿게 된다.

시인의 전체적인 궤적을 살핌으로써 그에게 모더니즘과 참여주의가 어떻게 부딪히고 있는가도 알 수 있을 것이나 그에게 더욱 본질적인 것은 단 한 가지이다. 그것은 시가 그리고 시인이 인간의 존엄성을 회복하고 진정한 민주주의를 정착시키는 데에 힘이 될 수 있기를 김수영은 간절히 그리고 끝없이 고민한다는 점이다. 어느 시기 그가 모더니즘의 면모를, 또 어느 시기 정치주의자의 면모를 지니게 되나 그것들은 모두 그 한 가지 시의 정신을 실현하기 위한 방법들에 불과하다. 그러한 점에서 '참여'를 주장하지 않던 초기시라 할지라도 그의 시는 관념의 시가 아니고 행동의 시이다.

김수영은 숱한 부딪힘의 반복과 시행착오에 의해 인간성과 민주주의를 구하는 길이 어떤 것인가를 찾아나간다. 그리고 그러한 과정은 자신의 정체성을 찾아나가는 과정과 일치하는 것이었다. 이러한 반복되고 지속되는 무한한 과정으로 인해 그는 자주 피로를 느꼈다. 그러나 그는 다시 처음부터 시작하는 것을 주저하지 않았다. 김수영의 영원히 반복하는, 영원히 회귀하는 정신은 곧 니체가 말한 초인의 모습을 연상시킨다. 김수영의 시가 그토록 힘있게 느껴지고 수십년이 지난 오늘에도 연구자들에 의해 회자되는 까닭도 여기에 있지 않을까 생각한다.

반역과 생성으로서의

불 이미지

‖ 김지하론 ‖

1. 시와 이데올로기

김지하의 문단활동은 1969년 11월 조태일이 주재하던 『시인』지에 김현의 소개로 「서울길」 등을 발표함으로써 시작된다. 그러나 이는 데뷔 연도일뿐 그가 문학활동을 본격적으로 전개한 것은 이보다 훨씬 빠른 60년대 초반부터이다. 그는 이미 김지하(金之夏)라는 필명으로 「저녁이야기」라는 시를 『목포문학』에 발표한 터이고, 이를 기점으로 꾸준히 창작활동을 해왔기 때문이다. 김지하가 60년대에 등단했음에도 불구하고 대부분의 독자들은 그를 70년대의 대표적 시인으로 기억한다. 그것은 그의 첫 시집이 70년도에 나온 탓도 있지만, 암울했던 70년대에 김지하가 저항시인의 상징처럼 급부상한 탓도 있었을 것이다. 문학계뿐 아니라 지성계에서 당시 「오적」의 지명도라든가 김지하의 작가적 실천이 이루어진 시점에 대해 받은 인상의 깊이를 소홀히 하는 것은 어려운 일이었을 것으로 판단된다. 그만큼 그의 작품은 70년대 저항문학의 꽃이었으며, 그는 저항문인의 봉우리에 우뚝 서 있었던 것이다. 그러나 이러한 공유된 인식에도 불구하고 김지하가 60년대 시인이라는 사실에 이의를 제기할 사람 또한 없다고 생각된다. 등단시점을 계기로 그 시인의 시기적 특성을 규정짓는 한국 문단의 풍토를 염두에 두지 않더라도, 그의 대표작들이 모두 60년대에 쓰였다는 점, 그리고 이 작품들이 이후 치열하게 전개되었던 시인의 시 세계의 원형질들을 모두 담아내고 있다는 점 등에서 그러하다.

김지하는 한국 현대시사에서 하나의 신화이다. 카프문학이 단절된 이후 보수화의 물결 속에서 문학적 실천과 작가적 실천을 동시에 수행해낸 것도 낯선 경우이고, 문학을 집단의 이념과 융합시킨 사례도 드문 경우이기 때문이다. 김지하는 60년대 뿐 아니라 70년대까지 문학과 정치를 통일시킨 예외적 존재였다. 그는 문학을 정치로 이끌었고, 정치를 문학 속으로 다시 끌고 들어왔다. 그의 문학담론들은 불온한 현실에 대해 격한 발언으로 마무리되지 않으며, 현실에 대한 비애와 좌절 그리고 저항들을 동학과 같은 집단의 이념으로 대응하고자 했다. 60년대 참여시의 큰 흐름을 형성했던 김수영과 김지하가 구별되는 것도 이 지점에서이다. 김수영 시의 담론들이 정치적 구호에 의해 무늬지워져 있을 뿐만 아니라, 그것의 대부분은 사회에 대한 개인의 격정에 의해서 이루진 것들인 반면 김지하의 시들은 1930년대 카프가 지향했던 문학적 지향들과 분리되기 어려운 것처럼 보인다. 그의 대사회적 발언들은 개인의 분노에 의한 것이라기보다는 집단적 음성들과 그 맥이 닿아 있기 때문이다.

김지하의 대사회적 참여시들은 철저한 자기 경험에서 얻어진다. 척박한 남도출신으로서 공업화 정책이 남긴 농촌의 피폐한 현실에 대한 직접적인 목도와 작가적 실천에 따른 신체의 억압이 낳은 산물이 김지하의 문학들인 것이다. 이렇게 본다면, 김지하 문학에서 보이는 문학과 정치의 일체화 내지 통일 현상들은 거의 태생적인 것으로 판단된다. 그가 1974년의 옥중체험을 바탕으로 그 이듬해에 발표한 예술과 정치에 관한 일원론적 입장에 관한 글도 그 연장선에 놓여 있는 것이라 할 수 있다.

'정치적 상상력'이라는 어휘가 내 머리와, 이상스럽게도 그와 동시에 바로 내 가슴속에 불을 달군 시뻘건 낙인처럼 아프게 아프게, 깊이깊이 아로새겨지고 있음을 느꼈다. 그렇다. '정치적 상상력!' 탁월한 의미에서의 정치와 예술의 통일. 어쭙잖은 절충이 전혀 아니다. 통일! 바로 그것이다. 나는 드디어 그처럼 오랜 세월 나를 괴롭혀온 나의 민중적 운동, 정치행동과 예술적 창조 사이의 저 미칠 것만 같은 간극을 일시에 극복해 버리고 만 것이다.[1]

정치와 예술을 분리하는 이원론적 입장을 부정하고 이를 통일적 관점에서 바라보는 김지하의 일원론적 예술관은 매우 중요한 시사적 의미를 갖는다. 그것은 4·19에 의해 추동된 민중들의 함성의 결과였고, 60년대에 뜨겁게 달아올랐던 순수·참여논쟁의 결과이기 때문이다. 예술에 대한 일원론적 입장은 여기서 언급된 것처럼 비과학적인 정신적 결단에 의해 쉽게 얻어진 것이 아니다. 그것은 1920년대 팔봉과 회월 사이에 있었던 내용·형식논쟁에까지 거슬러 올라가는 긴 역사를 갖고 있는 까닭이다. 이러한 논의가 있은 후, 카프문학 내에서 무수한 갑론을박이 이루어진 것은 잘 알려진 일이다. 그러던 것이 객관적 상황의 악화와 사회의 보수적 흐름 속에서 수면 아래로 잠복해버렸다. 그러나 4·19라는 민중의 거친 숨결이 이를 다시 수면 위로 떠오르게 했다. 그것이 문학의, 사회에 대한 참여론이었으며, 정치와 예술의 통일이었던 것이다.

그리하여 변화된 현실과 진보적 기운들은 서정시의 장르적 특성을 또다시 위협하기 시작했다. 황홀한 서정적 순간에 의해 창작된다는 서정시는 역사의, 민중의 세계관을 외면하기 어렵게 되어버렸다. 시와 이데올로기는 다시 만났고 화학적 결합을 위한 용틀임이 시도되었다. 그 결합의 중심에 김지하가 있었다. 앞의 언급처럼 김지하의 경우에서 시와 이데올로기의 만남은 경험론적인 것이었다. 그의 고향은 척박한 남도였고, 산업화의 중심에서 소외

1) 김지하, 「고행-1974」, 『김지하전집3』, 실천문학사, 2002, p.577.

된 농촌지역이었다. 이러한 사회적 환경들이 시인으로 하여금 현실에 일찍
눈을 뜨게 했고, 모순을 인식하게 만들었던 것이다.

시대의 아픔과 모순을 담지한 김지하 문학에 대한 연구들은 1980년대에
들어와서 비로소 집중적으로 이루어졌다. 그 원인들에 대해서는 몇몇 연구
자들의 적절한 지적[2]처럼 그가 영어의 상태였다는 것, 그리하여 창작활동을
제대로 할 수 없었다는 것, 그리고 그의 작품을 불온시하는 정치 권력의 압
력에 의한 것 때문으로 알려져 있다. 그러나 시대환경의 변화에 따라 억압의
요인들이 해소되면서 그에 대한 연구는 매우 활발히 진행되어 왔다. 어쩌면
80년대 이후 그가 보인 사상적 편력의 다양성만큼이나 많은 연구들이 이루
어졌다고 해도 과언이 아닐 정도이다.[3] 그럼에도 그의 서정시의 원형이라
할 수 있는 초기 시에 대한 분석은 매우 미미한 편이다. 여기에는 몇 가지
원인이 있다. 우선 담시 「오적」을 비롯한 70년대에 발표된 시들이 정치적으
로 매우 예민한 문제들을 다루었다는 점, 그리고 제목이 주는 공격성만큼이
나 발표 당시 이 시는 사회적, 정치적으로 큰 파장을 불러일으켰다는 점을
들 수 있다. 이러한 이유 때문에 모든 관심은 여기에 집중되었고, 상대적으
로 그의 초기 시는 주목의 대상에서 한발짝 물러설 수밖에 없었다. 둘째는
이를 계기로 시인은 구속되었고, 이후에도 시인은 암암리에 시를 계속 발표
했다는 사실이다. 그런데 이때에 발표된 시들은 그것이 갖는 상징성 때문에
사회적 진폭을 크게 울려주었다. 말하자면 70년대에 발표된 김지하의 시들
은 대단한 하중으로 연구자들 뿐 아니라 사회의 저변 속으로 육박해 들어온
것이다. 그러나 김지하 시의 원형질은 그의 첫 시집 『황토』에 거의 보존되어
있다는 사실이 결코 간과되어서는 안된다는 점이다. 민중사상 뿐 아니라 그

---

2) 홍정선, 「김지하연구의 현주소」, 『작가세계』, 1989년 여름.
  홍용희, 「김지하 문학의 연구사 검토」, 『시와시학』, 2002년 여름.
3) 그 대표적 연구들로는 다음과 같은 것들이 있다.
  임헌영 외, 『김지하─그의 문학과 사상』, 세계, 1985.
  홍용희, 『김지하문학연구』, 시와시학사, 2000.
  그리고 문학지에서 두 번에 걸친 특집이 있었는데, 『작가세계』, 1989년 여름호와 『시와시
  학』, 2002년 여름호가 바로 그것이다.

의 사유의 궁극이라 할 수 있는 생명사상과 동학사상 등이 『황토』에 펼쳐져 있기 때문이다.

이 글은 그의 시의 그러한 특색들을 첫 시집 『황토』의 분석을 통해 살펴보고자 한다. 특히 그의 사유들은 이 시집에서 전략적으로 구사되고 있는 불 이미지 속에서 구현되고 있는 바, 그것의 의미론적 분석의 층위를 통해서 이를 확인하고자 한다.

2. 불 이미지에 대한 두 가지 사유

시집 『황토』를 읽어가다 보면 뜨거움과 답답함, 혹은 목마름에 압도당한다. 그만큼 이 시집 속에서는 서정시의 어떤 청정함이라든가 개운한 맛 등을 느끼는 것이 사실상 불가능하다. 시집 속에 표현된 말을 빌자면, '팍팍한' 느낌과 뜨거운 분위기만이 넘실거리고 있을 뿐, 전통적 의미의 서정성은 거의 발견하기 힘들기 때문이다. 시집의 제목 역시 그러한 분위기와 무관하지 않다. '황토'란 사전적 의미로 그저 '누런 흙' 정도로 읽히지를 않고, 그 이상의 의미의 확산을 가져온다. '황토'는 농업과 관련된 건강한 생산성의 의미와는 거리가 있어 보이는 것이다. 오히려 그것은 시대에 역행하는, 혹은 그것에 저항하는 어떤 상징적인 의미로 다가온다는 편이 옳은 것처럼 보인다. 『황토』의 시 세계는 '흙'에서 흔히 길러질 수 있는 건강한 생산성이라든가 목가적 상상력과는 무관한 것이다. 『황토』의 이러한 팍팍함은 피폐한 사회에 대한 시인 나름의 인식에서 온 것이며, 그것은 곧 예술과 정치를 하나로 묶는 정치적 상상력의 결과일 것이다. 이를 달리 보면, 그만큼 그의 시의 배경이 되고 있는 현실이 억압적이고 폭압적이었음을 증거해 주는 것이기도 하다.

작은 꼬막마저 아사하는
길고 잔인한 여름
하늘도 없는 폭정의 뜨거운 여름이었다
끝끝내
조국의 모든 세월은 황톳길은
우리들의 희망은

낡은 쪽배들 햇볕에 바스라진
뻘길을 지나면 다시 모밀밭
희디흰 고랑 너머
청천 드높은 하늘에 갈리던
아아 그날의 만세는 십년을 지나
철삿줄 파고드는 살결에 숨결 속에
너의 목소리를 느끼면 흐느끼며
나는 간다 애비야
네가 죽은 곳
부줏머리 갯가에 숭어가 뛸 때
가마니 속에서 네가 죽은 곳.

「황톳길」 부분

초기 시의 대표작 가운데 하나인 「황톳길」이다. 여기서 삶의 기본 조건인
생태계는 철저히 파괴된 모습을 보여준다. 그런 황폐화된 삶의 조건들은 우
주론적 질서와 조화의 세계는 물론이거니와 그러한 열악한 조건을 뚫고 나
아갈 "우리들의 희망"마저 무너뜨린다. 그 압제의 주체는 "작은 꼬막마저 아
사"시키는 "길고 잔인한 여름", "하늘도 없는 폭정의 뜨거운 여름"이다. 물
론 그러한 "폭정의 뜨거운 여름"은 개발 독재의 모순에 의한 것이다. 즉 생
태계의 파괴라든가 공동체 문화의 붕괴, 전통적 가치의 소멸 등이 잔인한 여
름의 결과들인 것이다. 그러한 비애와 울분 등이 김지하 초기 시의 특징이
며, 그것이 그의 시를 뜨겁게 달아오르게 만든 요인들에 해당된다.

김지하의 시에서 이러한 열기들은 초기 시집에서 전략적으로 구사되고 있
는 불 이미지를 통해서 다양하게 변주되어 나타난다.4) 불은 김지하 초기 시
를 이끌어가는, 시인의 사유를 추동하는 강력한 매개 역할을 한다. 김지하의
초기 시에서 불은 다음 두 가지 의미론적 국면을 갖는다. 하나는 대상들을
직접적으로 태우는 물질성으로서의 불이고 다른 하나는 시인의 심연 속에서
내연하는 비물질성으로서의 불이다.

1) 비물질성으로서의 반역의 불

김지하의 시에서 비물질성으로서의 불 이미지는 무엇을 태우는 불이 아니
다. 그것은 밖으로 분출되는 불이 아니라 안에서 타는 불, 곧 내연의 불 이
미지로 나타난다. 물질성으로서의 불이 대상의 소멸에 의해서 정화나 재생
과 밀접히 관계를 맺고 있다면, 이 불은 그러한 질의 변화를 겪지 않는다.
그것은 수직하는 몽상으로서 인간의 욕망을 고양시키는 역할을 한다. 김지
하의 초기 시에서 그러한 불의 이미지들이 압제와 굴욕에 대한 저항의 불꽃
으로 의미화되는 것도 이 때문이다.

> 눈 쌓인 산을 보면
> 피가 끓는다
> 푸른 저 대샆을 보면
> 노여움이 불붙는다.
> 저 대 밑에
> 저 산 밑에
> 지금도 흐를 붉은 피
> (중략)

---

4) 김지하의 시에서 전략적으로 구사되고 있는 불 이미지에 주목하여 시인의 시를 분석한 경
　우로 남진우를 들 수 있다. 그는 김지하의 초기 시가 "아버지 찾기에서 아버지와 하나되
　기"로 나아가는 과정이라 보고, 그러한 과정이 강력한 불 이미지에 의해서 추동된다고 했
　다. 남진우, 「생명의 불 영원의 빛」, 『신성한 숲』, 민음사, 1997, p.123 참조.

한 자루의 녹슨 낫과 울며 껴안던 그 오랜 가난과
돌아오마던 덧없는 약속 남기고
가버린 것들이여
지금도 내 가슴에 울부짖는 것들이여

얼어붙은 겨울 밑
시냇물 흐름처럼 갔고
시냇물 흐름처럼 지금도 살아돌아와
이렇게 나를 못살게 두드리는 소리여
옛 노래여

눈 쌓인 산을 보면 피가 끓는다
푸른 저 대삶을 보면 노여움이 불붙는다
아아 지금도 살아서 내 가슴에 굽이친다
지리산이여
지리산이여

「지리산」 부분

　인용시는 불이 시인에게 들끓는 분노를 일으키게 하는 매개가 되고 있음
을 잘 보여주고 있는 작품이다. 여기서의 불은 무엇을 태우거나 소멸시키는
물질성으로의 불이 아니다. 그것은 시인의 마음을 고양시키면서 안으로 타
들어오게 하는, 다분히 관념적인 기능을 한다. 그러나 고양된 시적 주체의
인식이 무매개적인 추상성에서, 곧 실존적인 자기결단과 같은 관념적 형태
로서 고양되지는 않는다. 불 이미지는 구체적인 객관적 실체에 의해 형성되
고 있다. 그것이 곧 지리산이다. 한국 근현대사에서 지리산이 갖는 의미는
무엇일까. 압제에 항거하기 위해 횃불을 높이 치켜들던 곳, 민중들의 저항과
그 실패의 좌절이 서린 곳, 이데올로기의 모순이 깊이 내재되어 있는 곳, 그
러한 시대적 의미를 갖는 것이 바로 지리산이다.
　시인은 이렇게 의미화되는 지리산에서 먼저 이 땅을 스쳐간 민중들의 한

숨 소리를 듣는다. 그런데 그들의 음성은 단순한 넋두리로 들리지 않고 시인의 가슴 속에서 생생히 살아나온다. "한 자루의 녹슨 낫과 울며 껴안던 그 오랜 가난"을 벗어던지기 위하여 떠나간 그들이지만 그 육신은 결코 돌아오질 못하고, 그들의 피만이 차가운 겨울을 지나 시냇물의 음성으로 시인의 가슴에 울려 퍼지고 있기 때문이다. 시인은 그들의 통곡을 눈 쌓인 산을 통해서 확인하고 분노의 정서에 휩싸이게 된다. 시인의 가슴에서 내연하는 불은 이렇게 형성된 것으로서, 이 불은 물질성으로서의 불과 달리 수평적으로 확산되지 않는다. 그것은 오직 위로만 타오르면서 시인의 정서를 고양시키는 기능을 한다. 곧 불은 시인의 정서를 확대시키는 기능을 하고 있는 것이다.[5]

> 누구의 목을 조를 명주띠일까
> 하얗고 긴 손길이 있어 밤이면 밤마다
> 내 이마를 스치고
>
> 나리꽃 만발하여 바람 따라 스적이는 높은
> 산맥이란 산맥으론 모두 다 핏빛
> 시냇물이 달리데 뛰어 달리데
>
> 달은 낡은 화투짝 위에서만
> 두둥실 떠올랐다
> 버얼겋게 취한 달이 비내려가고
>
> 목숨이야 한낱 그림자일 뿐이어서
> 흙벽에 어룽이는 호롱불 허리굽은 그림자일 뿐이어서
> 독한 소주로도 못다 푼 폭폭증
> 가슴에 불은 이는데
> 불은 일어났는데

---

5) 바슐라르, 『불의 정신분석』, 삼성출판사, 1984, p.43.

솟아라
산맥도 구름 위에 화안히 솟아라
붉은 호롱불도 하얀 애기달도 두둥실
하늘 높이 솟아라
배추포기 춤추고 노래 불러라 바람 따라
신새벽이 뚜벅뚜벅 걸어서 돌아오는 때까지

「수유리 일기」 부분

이 작품의 상상력도 앞의 「지리산」의 경우와 같이 불 이미지를 통해서 이루어지고 있다. 또한 역사에 대한 민중들의 좌절과 그로 인한 분노로 채색되어 있다는 점에서도 동일하다. 다만 「지리산」이 민중들의 좌절과 한이라는 다소 추상적인 것에 의해 불 이미지가 형성되어 있다고 한다면 「수유리 일기」는 비교적 당대에 이루어진 역사의 좌절을 통해 그것이 만들어지고 있다는 점에서 차별성을 가지고 있다. 여기서도 불은 솟구쳐 오르는 상승의 이미지로 나타나지만, 그러나 그러한 상승은 4·19의 좌절이라는 깊은 페이소스가 그 밑바탕에 깔리면서 그 상승의 힘에 한계를 받고 있는 경우이다. 따라서 시인의 가슴에 이는 불은 저항의 불길이라기보다는 좌절 속에서 오는 분노에 가깝다고 하겠다.

그럼에도 불구하고 김지하의 참여시들은 개인의 좌절과 분노 속에 가라앉지 않는다. 불합리한 현실에 대한 격정에 의해서 직조된 것이기에 개인의 실존적 차원에서 마무리되지 않는 것이다. 그는 이를 집단의 정서로 치환시키면서 보다 실천적인 장을 모색하게 되는 바, 적층화된 민중의 정서 속에 녹아들게 하거나(「지리산」), 민중의 집단화된 힘을 끌어들이게 된다. 따라서 그의 시들에서 보이는 불길들은 개인의 영역에 있는 것이 아니라 집단의 영역에 있는 것이라 할 수 있다.

이러한 집단의식과 더불어 「수유리 일기」는 미래에 대한 낙관적 전망을 드러내고 있다는 점에서 주목을 요하는 작품이다. 이 작품에서 미래에 던져진 희망의 시선들은 대단히 활기차고 축제적인 것으로 표명된다. 그것은 다음 두 가지 이유에서 그러하다. 하나는 이 작품의 소재들이 보여주는 '솟는' 행위이다. 솟는 것 자체가 이미 무엇인가의 장애를 뚫고 위로 오르는 힘이라 한다면, 이 시에서 전개되고 있는 사물들은 모두 동일한 모양으로 그 역동적 힘을 보여준다. "산맥도 구름 위에 화안히 솟아" 오르는가 하면, "붉은 호롱 불도 하얀 애기달도 두둥실 / 하늘 높이 솟아" 오르기 때문이다. 위로 상승하는 이러한 힘들은 '신새벽'을 향해 나아가는 이 시의 의미를 더욱 힘찬 것으로 만들어준다. 수직화하는 몽상이야말로 여러 몽상들 가운데 가장 해방적인 몽상이기 때문이다.[6] 그러면서 이 시는 그렇게 나아가는 도정 자체를 축제적인 관점에서 이해한다. 가령, "배추포기 춤추고", "노래 부르며" 한바탕 즐거운 놀이의 장으로 만드는 것이 그것이다. 미래에 대한 이러한 해방의 관점은 매우 귀중한 것이 아닐 수 없다. 민중민주운동이 아직 성숙되지 않은 단계에서 그 해방의 주체가 누구이든 이만큼의 인식을 보일 수 있었다는 것은 시대를 앞선 예지적인 것이라 판단된다. 해방이후 도도히 진행되던 보수화의 물결 속에서 진보적 세계관을 갖는 것도 어려운 일이었지만, 미래에 대한 승리적 관점을 갖는 것은 더더욱 어려운 일이었기 때문이다.

　이렇듯 김지하의 시에서 비물질성으로서의 불의 이미지는 시인의 심리적 고양과 밀접한 상관관계를 갖는다. 불은 그의 시에서 부정적인 대상과 상황으로부터 얻어진 것으로서 그것들에 대한 분노와 좌절의 정서를 확장시키는 기능을 하고 있었던 것이다. 이러한 성격으로 불이 의미화될 때, 그것은 대단히 팽창적인 성격을 갖는다. 그러나 김지하의 시에서 불이 무조건 확산적인 성격을 갖는 것만은 아니다. 비팽창적인 불의 이미지도 그의 시에서 발견되기 때문이다. 그것은 그의 시에서 주로 희망의 불, 광명의 불, 정의의 불로 이미지화되어 나타난다.

　　㉮ 우물에서 달을 길어
　　　빠져죽었네

────────────

6) 바슐라르, 『촛불의 미학』(이가림 역), 문예출판사, 1994, p.83.

두레박에.

길게 누운 구름에 묻고 죽었네
꿈꾸던 산머리는
바람에 짤려
고원
아아 고원에서 지나간
지나간 날의 눈 깊은 국경의 밤에
높이 울던 하얀 말
높이 울던 무성의 찰수숫대
목줄기가 찢어졌네
꽃샘 아래 철쭉목.

온갖 이쁜 소리의 방울과 우렁찬
모든 종들이 굳게 굳게 입을 다물 때
밤이 깊으면 마른 번개의 밤이 깊으면
젊어서들 죽었네
홀로 깨어 일어나 촛불을 밝힌 죄로
도래질을 남기고 끄덕임도 남기고

물마른 우물전엔 홈을 남기고
두레박에 죽었네
우물에서 달을 길어
빠져죽었네

「우물」 부분

㉯ 넘치지는 않는다
　　고이는 바다
　　움푹 패인 얼굴에 움푹 패인 맷자욱에
　　움푹 패인 농부의 눈자위 속 그늘에 바다
　　열리지 않는 마른 입술 열리지 않는

감옥에도 바다
고이는 바다
매우 작다 조용한 노여움의 바다
넘치지는 않는다 물결이 일어
찢어지는 온몸으로 **촛불**이 스며든다
몸부림이 몸부림이 일어 압제여
때로는 춤추는 바다 번쩍이는 그러나
달빛이 없는 바다 불타지 않는 바다
매우 작다 압제여
조용한 노여움의 바다
어느 날 갑자기 넘쳐 버릴 바다
넘치면 휩쓸어 버릴 자비가 없는 바다
쉬지 않고 소리 없이 밑으로 흘러
땅을 파는 팔뚝에 눈에 입술에
가슴에 조금씩 고이는 바다
아직은 일지 않은 폭풍의 바다

「바다」 부분

　인용시에서 보이는 불의 이미지들은 무엇을 소멸시키는 기능을 하는 것이 아니다. 이 불들은 홀로 타는 고독한 불들이다. 그러나 이 불들이 고독하게 타오른다고 해서 절망과 체념을 상징한다고 볼 수는 없다. 그것이 주는 심층적 의미들은 그러한 정서로 간단히 처리될 수 없는 특성을 갖고 있다. 우선 ㉮의 경우를 보자. 이 작품에서 촛불은 정의의 불로 읽힌다. 모든 압제와 권력이 옥죄어 올 때, 그 예민한 촉수를 피해 지상의 모든 것들은 숨을 죽이게 된다. 가령, "온갖 이쁜 소리의 방울"들과 "우렁찬 모든 종들이 굳게 굳게 입을 다물어버리는" 체제순응적인 굴종의 자세를 보이는 것이다. 그러한 상황 속에서 시적 화자는 이에 대한 반역의 정서를 갖게 되고, 어둠을 밝히는 촛불을 높이 켜는 것이다. 따라서 이 불은 시대의 불의에 맞서는 진실의 불이면서 정의의 불이 된다고 하겠다. 그러나 시적 화자는 그러한 불을 밝힌 죄로 죽음을 맞이하게 된다.

㉯의 경우도 불은 자기 확장적인 기능을 하지 않는다. 그것은 다른 것을 소멸시키거나 재생시키는 등의 물리적 변화를 일으키지 않는다는 뜻이다. 이 시의 주된 전략적 이미지는 바다이며, 그것은 저항의 저장소 역할을 한다. 곧 온갖 반역의 침전물이 서서히 쌓여서 결국에 가서는 폭발하고야 말 정치적 무의식과 같은 것이다. 그는 저항의 격한 격류가 일어날 듯 말 듯한 상황을 찰랑거리는 바다물의 이미지 속에 탁월하게 묘사하고 있는 것이다. 이 작품에서 촛불은 이렇게 잠재되어 있는 정치적 무의식을 의식의 장으로 끌어올려 이를 실천의 힘으로 승화시키는 매개 역할을 한다. 점증하는 바다물의 넘실거림, 그러나 아직은 넘치지 않는 침묵의 소리 없는 바다를 격랑의 파도가 되게끔 촉매 역할을 하는 것이 촛불인 것이다. 이 촛불이 스며들 때, 시의 표현처럼 "몸부림이 일어"나는 것은 바로 이러한 이유 때문이다. 이런 뜻에서 이 불 역시 희망의 불, 정의의 불로 해석하는 것이 옳을 듯하다. 그것은 어떤 대상을 소멸시키거나 정화시키는 물질적 질료로부터 어느 정도 비껴서 있는 경우이다.

2) 물질성으로서의 정화와 생성의 불

물질성으로서의 불이란 일차적으로 어떤 사물을 태우는 역할을 한다. 여기서의 불은 무엇을 태움으로써 소멸의 기능을 하고 있으며, 그 연장선에서 그것은 정화의 역할[7]도 한다. 불꽃은 그 속성상 질료의 소멸을 전제로 하면서, 어떤 부정적인 대상을 제거하여 정화시키는 역할도 하기 때문이다. 김지하의 경우에서도 불의 일반적 속성과 마찬가지로 어떤 대상을 태워서 그것을 소멸시키는 기능을 하고 있다. 그러나 불이 무엇을 태워 소각시킨다고 해

---

7) 아지자 등은 『문학의 상징·주제사전』에서 불의 일차적 기능을 정화의 기능에서 찾고 있다. 가령, 시체를 태워서 죽은 자의 영혼의 상승을 높게 해주는 것이 바로 그러하다는 것이다. 아지자외, 『문학의 상징·주제사전』, 청하, 1990, p.170 참조.

도 김지하의 시에서 소각되는 대상이나 주체가 모두 동일하게 나타나는 것
은 아니다. 무엇을 소멸시키는가 그리고 소멸 뒤에 다시 무엇이 태어나는가
에 따라서 불은 대략 다음 몇 가지 국면으로 진행된다. 소멸과 재생의 불,
정화의 불, 생성의 불이 바로 그러하다.

강물도 담벼락도
돌무더기도 불이 붙는
이 척박한 땅에 귀는 짤리고

바람은 일어
돌개바람 햇빛을 가려
칼날선 황토에 눈멀었네
뜨거운 남쪽은
반란의 나라

거역하다 짤린 목이 다시 외치다
외치다 찢긴 팔이
다시금 거역하다

쇠사슬채 쇠사슬채 몸부림치다 이윽고
멈춰버린 수수밭
멈춰버린 멈춰버린 아아 멈춰버린
시퍼런 하늘 아래 우뚝 우뚝 타버린
장승이 우네
뜨거운 남쪽은 반란의 나라

「남쪽」 전문

인용시는 김지하 시의 불 이미지 가운데 예외적인 특성을 갖고 있는 작품
이다. 시인의 작품에서 불 이미지는 그것의 일반적 속성과 동일하게 대상을

소멸시켜 그것을 정화시키는 기능을 한다. 그러나 소멸되는 대상이나 그것을 추동시키는 주체는 경우에 따라서 상이한 국면을 보이는 것이 사실이다. 「남쪽」이 예외적인 경우라는 것은 이런 뜻에서이다. 이 시에서도 불이 소멸의 기능을 하고 있다는 점에서 김지하의 다른 시들과 별반 다를 것이 없다. 그러나 이 작품을 꼼꼼히 읽어보면 이해할 수 있는 것처럼, 여기서 불을 구사하는 주체나 소멸되는 대상은 시인의 시에서 흔히 볼 수 있는 부정적인 대상들이 아니다. 이 작품에서의 불은 '강물', '담벼락', '돌무더기' 등을 태우는 압제의 불이며, 생명이 숨쉬는 토양을, 비생존의 땅인 척박한 땅으로 바꾸는 폭력적인 불이기 때문이다.

「남쪽」은 압제의 불이라는 매우 특이한 뜻을 담지하고 있으면서 60년대의 시대적 국면을 무엇보다 잘 보여준 작품이다. 그것은 곧 당시의 시대적 상황과 결부된 농촌이 주는 의미에서 찾아진다. 1960년대에 있어서 척박한 농촌이란 무엇을 뜻하는 것일까. 김지하의 시에서 농촌을 상징하는 대표적인 어휘는 '황토'이다. 그러나 작품 「황톳길」에서 알 수 있듯이 황토는 생산의 의미와는 거리가 멀다. 황토가 그 생산성을 잃고 불임의 땅이 되어버린지 오래가 되었기 때문이다.

군사정부가 들어선 후 강력하게 실시된 경제개발은 공업화 정책에 최대의 역점을 두게 된다. 따라서 역균형관계에 있던 농업 분야는 상대적으로 소홀히 취급될 수밖에 없었으며, 경우에 따라서는 압제와 착취의 대상이 될 수밖에 없었다. 1960년대의 농촌의 의미는 이러한 것이었으며, 예술과 정치의 통합에 관심을 가져온 현실주의자들에게 척박한 농촌의 모습이야말로 시급히 해결해야할 과제가 될 수밖에 없었다. 농촌은 한숨과 억압이 펼쳐지는 무대가 되었고, 그러한 농촌을 대변해 오던 고향의 의미 역시 탈색되었다. 고향이 주는 정서적 의미가 도시보다는 농촌에서 길어올려지는 것이라는 점에 동의한다면, 고향과 농촌은 동일한 연장선에 놓인다.[8] 이를 바탕으로 60년대

---

8) 비슷한 시기에 고향의 감각을 노래한 이성부 역시 이와 동일한 시각을 드러낸다. 그의 시에서도 고향은 매우 피폐되고 척박한 것으로 묘사되고 있기 때문이다. 송기한, 「사회적 책

농촌을 비롯한 고향에 대한 두 가지 중요한 의미를 도출해 내는 것이 가능하다. 첫째는 공업화에 바탕을 둔 압제와 수탈의 땅으로서의 의미이다. 산업화 정책이 강화되었다고는 하나 아직 본격적인 노동자층이 형성되거나 그들의 삶의 조건을 문제삼을 만큼 사회적 여건이 성숙되지 않았다고 한다면 척박한 농촌에 대한 인식이야말로 가장 선진적인 시대인식이었다고 할 수 있을 것이다. 둘째는 건강한 의미로서의 고향에 대한 인식의 변질이다. 현대문학사에서 고향은 긍정적인 가치로서 의미화되어 왔다. 즉 고향은 식민지 시대에 흔히 볼 수 있었던 유이민들의 슬픈 체험을 위무해주거나 근대화된 일본의 도시로 진출한 유학생들의 향수 등의 애틋한 정서를 대변해 온 것이 사실이다. 그러나 60년대 들어 문학 속에 들어온 고향의 모습은 인용시 「남쪽」에서 알 수 있는 것처럼, 더 이상 낭만적 회고의 대상으로 떠오르지 않는다. 그것은 "뜨거운 남쪽은 반란의 나라"가 일러주듯 피폐와 억압을 뚫고 나오는 볼온의 땅, 반역의 땅이 되어버렸기 때문이다.

　고향이 이렇게 부정의 땅, 척박한 땅으로 바뀐 것은 압제의 불에 그 원인이 있다. 이 작품에서 불은 스스로 타오르는 자생적인 불이 아니다. 타인의 건강성을, 땅의 생산성을 파괴하는 타율적인 폭력의 불이다. 시적 주체는 그러한 불에 대하여 강력히 저항한다. 그렇지만 귀와 목이 짤리고 팔이 부러지면서 쇠사슬에 묶이는 결과를 낳는다. 압제의 불은 이렇게 강력하게 타올라 생명의 공간을 파괴해버린다. 그러나 그 압제의 불에 대한 시적 응전 또한 만만치 않게 이루어진다. 그것은 '타버린 장승'에서 쉽게 확인할 수 있다. 피닉스의 우화처럼,[9] 타버린 불 속에 또다른 불, 곧 반역의 불이 재생되고 있기 때문이다. 장승이 우는 뜨거운 남쪽이란 바로 또 다른 불의 현현인 것이다. 「남쪽」은 압제의 불과 이에 대한 반역의 불이 교직되는, 불들의 경연장이다. 김지하의 초기시는 이렇듯 불과 싸우고 불을 다스려가는 과정이라고 할 정도로 밖으로 분출하기도 하고 안으로 스며들기도 하는 불 이미지로 가

　임의식과 사랑의 실천—이성부론」, 『현대시』, 2005. 10 참조.
9) 바슐라르, 『불의 시학의 단편들』, 문학동네, 2004, p.86.

득차 있다.10)

> 빈 손 가득히 움켜쥔
> 햇살에 살아
> 벽에도 쇠창살에도
> 노을로 붉게 살아
> 타네
> 불타네
> 깊은 밤 넋 속의 깊고
> 깊은 상처에 살아
> 모질수록 매질 아래 날이 갈수록
> 흡뜨는 거역의 눈동자에 핏발로 살아
> 열쇠소리 사라져 버린 밤은 끝없고
> 끝없이 혀는 짤리어 굳고 굳고
> 굳은 벽 속의 마지막
> 통곡으로 살아
> 타네
> 불타네
> 녹두꽃 타네
> 별 푸른 시구문 아래 목 베어 햇불 아래
> 햇불이여 그슬러라
> 하늘을 온 세상을
> 번뜩이는 총검 아래 비웃음 아래
> 너희, 나를 육시토록
> 끝끝내 살아.

「녹두꽃」 전문

「녹두꽃」의 불 이미지도 「남쪽」 경우와 마찬가지로 두 가지 이상의 뜻을

---

10) 남진우, 앞의 책, p.126.

담고 있다. 하나가 폭압의 불이라면 다른 하나는 정화로서의 불이다. '녹두
꽃'을 태운 압제의 불이 '횃불'로 다시 태어났다는 점에서는 재생의 불이지
만, '하늘을 온세상'을 그슬리는 횃불은 정화의 불이기 때문이다. 그렇다면
'횃불'의 진정한 의미는 무엇일까. 위에서 「녹두꽃」이 부정적 현실에 대한
개인의 격정이 아니라 보다 전형화된 집단의 격정에서 이 시의 의미를 찾은
바 있다. 그 전형화된 집단의 평균치가 이 작품에서 바로 '횃불'인 것이다.
'횃불'은 '녹두꽃'을 태운 재에서 다시 소생한 재생의 불이다. "모진 매질 속
에서", "흡뜨는 거역 속에서", "혀는 짤리고" 벙어리가 되는 고통 속에서, 통
곡 속에서 다시 길러진 것이 '횃불'이다. 이런 힘들의 전유로 형성된 불이기
에, '횃불'은 온 세상을 그슬려도 남을 정도의 에너지를 갖게 된다. 이런 뜻
에서 횃불은 개인의 반역에 의해서 형성된 불이 아니라 모든 압제와 굴욕을
능히 태울 수 있는 집단의 불로 승화되어 나타난 것이라 할 수 있다. 즉 이
불은 하나의 불이 아니라 여러 불이 뭉쳐서 형성된 융합의 불인 것이다.[11]
이 작품은 시의 제목이 말해주는 것처럼 동학혁명을 주도한 전봉준의 일화
와 삶을 시화한 작품이다. 그러나 반드시 전봉준 개인의 행적을 영웅화한 작
품이라고 보는 것도 어려운 일이다. 공업 우선주의의 개발논리가 낳은 왜곡
된 현실 속에서 시인은 자연히 우리 근현대사를 주목했을 것이고, 그 가운데
가장 큰 민중항쟁이었던 동학혁명에 자연스럽게 눈을 돌렸을 것이다. 실상
시인의 안목이 빛나는 것도 이 부분에서이다. 60년대의 정치적 저항을 담고
있는 담론들이 주로 불합리한 현실에 대한 격정이나 정치적 분노들이 개인
적 음성의 차원에서 이루어진 것이라면, 김지하의 경우는 집단적 음성들과
결부되어 있다는 점에서 큰 차이를 보인다. 이는 전적으로 시인의 역량과 관
련된 몫이다. 남쪽만의 단정 수립 이후 진보적 문학이 뿌리내리지 못한 상황
에서 김지하의 정치적 격정이 이렇게 집단의 음성과 연결될 수 있었던 것은

---

11) 바슐라르, 『촛불의 미학』(이가림 역), 문예출판사, 1994, p.17. 불의 이러한 속성은 촛불의
    경우와 비교하면 금방 알 수 있다. 불이 다른 것과 융합하려고 하는데 비하여 촛불은 결
    코 합치려 하지 않고 홀로 타는 특성을 갖고 있다는 측면에서 그러하다.

시사적으로 대단히 큰 의미를 갖는 것이라 할 수 있다. 그것은 저 80년대에 봇물처럼 터져 나오는 민중민주운동의 전사적 역할을 하는 것이면서 민족문학의 주체가 무엇이 되어야 하는 것을 뚜렷이 보여준 시사적 사건에 해당되기 때문이다. 막연한 관념 차원의 집단이 아니라 그 구체적 성격으로서의 집단의 의미화인 것이다. 그것이 곧 이 시에서 드러난 것처럼 동학의 불이다.

　인용시의 경우처럼, 동학의 불은 재생의 불의 성격을 가지면서 다른 한편으로는 정화로서의 불의 의미를 갖는다. 김지하의 시에서 정화의 불을 발견하는 것은 어려운 일이 아니다. 가령, "육신에 내린친 계엄의 미친 / 저 난장 위에 저 총창 위에 저 말발굽 위에 / 저 바리케이트 위에도 되게 치"(「황불」)는 불이 있는가 하면, "어둠 속에 우뚝 선 침묵의 영원한 / 압제를 불살르는"(「사월의 피」) 소멸과 정화로서의 불 등을 볼 수 있기 때문이다.

> 살라라
> 꽃내에 미쳐
> 거치른 황토의 가슴팍
> 숨막히는 저 꽃내에
> 어둠에도 화안히 흐드러지는 꽃내의
> 영롱한 영롱한 생명에 미쳐
> 갈피모를 어둠 속에 살라라
> 갈피모를 썩은 살 속의 썩은 넋 속의
> 썩은 눈동자 속의 캄캄한
> 어둠 속에 살라라
> 꽃내에 미쳐
> 숨막히는 꽃내에 꽃내에 미쳐
> 갈피모를 막바지의 어둠 속에 흐르는
> 피여 살라라
> 어둠 속에 우뚝 선 침묵의 영원한
> 압제를 불살라라
> 사월의 피여

어둠에도 화안히 흐드러지는 꽃내의
영롱한 영롱한 생명에 미쳐.

「사월의 피」 전문

인용시에서의 불 이미지는 생성의 의미를 담고 있다. 이 불은 영롱한 생
명에 미쳐서 어둠을 사르고 썩은 살, 썩은 넋을 사른다. 그리고 좀더 구체적
으로는 압제의 불이라는 사회적 악으로까지 그 외연을 확대시켜 의미의 폭
을 넓히고 있다. 이 작품에서 불 이미지를 생성으로 규정한 것은 꽃내와 같
은 자연의 힘으로 어둠과 압제를 사르고 결국은 그것들을 자연의 일부로 만
든다는 뜻에서이다. 이 시는 김지하의 시에서 일반화되는 불 이미지를 넘어
서서 보다 새로운 차원의 지평을 열고 있다는 점에서 주목을 요하는 작품이
다. 그것은 이 시에서 김지하 후기시의 정점이자 그의 시 세계의 극점이라
할 수 있는 동학사상이나 생명사상의 단초를 읽어낼 수 있기 때문이다.

동학에 뿌리를 두고 있는 김지하의 생명사상은 우주론적인 질서의 세계와
밀접한 상관관계를 맺고 있다. 생명이란 하나의 개체로 독립적으로 국한되
어 존재하는 것이 아니라 우주에 그 근원을 두고 있는 것이며, 시간적으로는
무궁하다는 의미를 담고 있다.[12] 나 개인으로 보면 하나의 우주이지만, 나의
외부에 또다른 우주가 나를 감싸고 있어서 결국 나와 우주는 하나로 연결되
어 있다는 뜻이다. 이 같은 인식은 만물일여의 일원론적 사유에 그 뿌리를
두고 있는 것으로서, 물질과 정신, 전체와 개체, 인간과 자연, 신과 자연을
비롯한 모든 이원적인 대립과 모순을 극복하여 조화와 균형을 이루는 데 그
핵심이 있다고 하겠다.[13] 이런 관점에서 그의 생명사상은 막연한 어떤 신비
주의나 정신주의[14]를 뛰어넘는 것이다. 왜냐하면 그러한 생명의 의미를 실현
시키기 위해서는 모순을 극복해야 하기 때문이다. 조화와 균형이란 갈등 속

---

12) 윤석산, 「현대시에 나타난 동학」, 『현대시학연구』11, 2004, p.116.
13) 위의 글, p.131.
14) 성민엽, 「김지하의 문학과 사상」, 『작가세계』, 1989.

에서 인식되고 또 그 인식을 초월해야 가능해진다. 즉 총체성에 대한 선험적 인식이야말로 생명사상이 실현되는 구체적인 요체라고 할 수 있을 것이다.

총체성에 대한 회복이 시인이 추구한 생명사상의 구체적인 모습이라면, 「사월의 피」는 그러한 세계에 대한 갈망이 불 이미지를 통해서 아주 효과적으로 제시된 경우이다. 이 작품에서 불은 일차적으로 이원적 구분이나 모순을 소멸시키는 기능을 한다. 그러한 갈등의 한 축이 '꽃내'라든가 '영롱한 생명'이라면, 다른 한 축은 '어둠'이나 '압제'와 같은 것들이다. 불의 주체가 전자라면, 타오르는 주체는 후자이다. 하나는 맹렬히 불을 지르고, 다른 하나는 거침없이 타버린다. 그러한 불꽃과 소멸 속에서 "어둠 속에서 화안히 밝아오는", 곧 이원적 대립이 해소되는 "영롱한 생명에 미치는" 세계가 도래한다. 대상을 소멸시키면서 순수한 빛으로 타오르는 것은 불순물이기 때문에, 부정적인 악은 선한 것으로 수평적 질의 변화를 일으키게 된다.15) 이는 전체와 개체라는 구분이 해소되는 세계이고 지배와 피지배의 대결구도가 무화되는 세계이다. 바로 이항 대립적 경계가 없는 총체성의 세계가 구현되는 것이다. 그러한 까닭에 「사월의 피」에서 불은 생성의 불이면서 김지하 후기 시와 사상의 핵심으로 자리잡은 생명사상의 상징이 된다고 하겠다.

3. 사회적 영역으로서의 불의 실천적 의미

김지하의 초기시는 급격하게 진행된 경제개발의 뒤안길에서 소외받고 억압받은 민중들에 대한 한과 억압을, 비애와 분노의 정서로 표출시키고 있다. 그러한 까닭에 김지하의 시들은 현실과 매우 긴밀하게 상응하는 구조를 보인다. 시인의, 사회로의 시적 외연의 확장은 4·19 이후 분출되기 시작한 예

---

15) 바슐라르, 『촛불의 미학』, 문예출판사, 1994, p.52.

술과 현실과의 일원론적 세계관에 힘입은 바 크다고 할 수 있을 것이다. 김지하 역시 필연적으로 요구받던 그러한 시대의 요청을 적극적으로 받아들였는데, 그것이 바로 정치와 예술에 대한 통일론이었다.

김지하의 시들은 초기뿐 아니라 그 이후에도 이러한 문학관을 충실히 반영하고 있는 것처럼 보인다. 특히 60~70년대의 시들은 그러한 문학론에 더욱 근접해 있는 것으로 판단된다. 60년대 참여시 그룹을 이끌었던 시인들은 김지하 이외에도 여러 시인들이 있다. 그럼에도 김지하의 문학은 그들의 경우와 여러 면에서 차별된다. 그 가운데 하나가 현실 변혁의 실천적 주체로서의 민중에 대한 발견이다. 김지하의 시는 부정적인 현실이나 폭압적인 정치에 대한 격정의 토로나 분노의 표출과 같은 개인적 영역에서 마무리되는 것을 거부한다. 그는 그러한 저항의 실타래를 실존적 개인의 차원이 아니라 집단적 정서의 차원으로 승화시킨다. 그것이 곧, 역사 속에 실재했던 피압박 민중들에 대한 발견이다. 김지하의 시에서 드러나는 역사적 민중들은 모두 한국 근현대사에서 억압과 질곡의 대상들이다. 가령, 동학 속의 민중, 억눌림의 상징인 지리산의 민중, 4·19의 민중이 바로 그들이다. 김지하는 이들을 현실의 질곡을 뚫고 나가는 힘으로 전유시킨다.

그러한 전유의 전략적 이미지들이 그의 초기시를 활활 타오르게 만든 불의 세계이다. 김지하의 시에서 불은 두 가지의 기능적 특성을 갖고 있다. 비물질성으로서의 불과 물질성으로서의 불이 바로 그것이다. 전자가 불합리한 대상 속에서 형성되는 내연의 불이라면 후자는 부정적 대상을 태우는 소멸과 정화, 그리고 생성으로서의 불이다. 내연의 불들은 상승하는 속성을 갖는 것으로서 시인의 심리적 고양, 곧 좌절과 분노 등을 고조시키는 구실을 한다. 반면 소멸과 정화로서의 불은 상승과 확산의 과정을 통해서 폭압적인 현실을 태워서 지배와 피지배의 이원적 대립을 무화시키는 역할을 담당한다. 그리고 생성으로서의 불은 우주론적인 질서나 이법을 통해서 압제를 불사르는, 곧 이원적 대립구도를 상쇄시키는 총체성의 구현으로 의미화된다. 이는 시인이 필생의 작업으로 탐색하고 있는 생명사상의 단초라 할 수 있다.

김지하의 시에서 드러나는 불의 이미지들은 실존적인 개인의 불이 아니다. 그것은 모두 집단의 정서와 연결된 것이다. 이런 뜻에서 김지하 초기 시는 이후 전개된 시 세계와 밀접한 상응관계를 맺고 있다고 할 수 있을 것이다. 그의 시 세계의 보증수표라 할 수 있는 현실비판과 생명사상들은 그의 초기 시집에 모두 구현되어 있기 때문이다. 시집『황토』의 시사적 의의는 바로 여기에 있다고 하겠다.

도시에서 탐색된

원형적 상상력

‖ 오탁번론 ‖

1. 시와 산문, 일상과 상상의 공존

오탁번의 문학적 연혁을 탐색해보는 일은 그리 간단하지 않다. 무엇보다도 그가 서정 양식만을 쓰는 것이 아니라 산문양식도 겸해서 쓴다는 점에서 그러하고, 최초의 등단이 시가 아니라 동화로 말미암는다는 점에서도 그러하며 그의 문학 활동이 벌써 청소년기에 이루어졌긴 하지만 그 때에도 결코 뒤떨어지지 않는 수준의 시들을 써냈다는 점에서 또한 그러하다. 물론 강단에 몸을 두고 있으면서 문학에 관한 교육과 연구를 하고 있다는 점도 그의 이력상의 다양성의 근거가 된다. 근 40년 가까운 문필활동을 해온 그는 그러한 세월의 깊이만큼이나 시와 더불어 살아온 사람답게 시와 생활이 분리되지 않는 모습을 보여준다. 여기에서 '시'라는 말은 '문학'이라는 말로 대체하여도 크게 무리가 없을 터인데, 일반적으로 시와 소설을 겸하는 이들에게 두 장르의 구분은 외형상의 차이에서 이루어질 뿐 문학 정신의 본질적인 면에서 크게 다르지 않기 때문이다.

시와 생활이 분리되지 않는 것처럼 그에게 시는 일상 속에서 피어나고 시의 중심에는 일상의 삶들이 아로새겨져 있다. 이는 시적 내용에서도 드러날 뿐만 아니라 그가 산문과 시적 형식을 동시에 구가하고 있다는 점에서도 알 수 있다. 산문이 일상의 언어요, 일상의 질서에 의해 이루어지는 것이라면 그가 시와 대등하게 동화와 소설을 창작할 수 있다는 것 자체가 그의 문학에서 일상이 차지하는 비중을 말해주는 것이라 하겠다. 산문의 영역인 일상은 그의 문학과 어우러져 특수한 세계로 구축된다.

이로 미루어 볼 때, 우리는 그가 배타적으로 시적 미학을 추구하는 경우와 거리가 멀다는 것을 짐작할 수 있다. 그러나 이것이 그가 시의 미적 의장들을 소홀히 하고 있음을 뜻하지는 않는다. 많은 연구자들이 인정하듯이 그의 시는, 특히 초기의 경우는 감각적이고 섬세한 언어와 명징한 이미지를 보여주고 있기 때문이다.[1] 그는 언어에 대한 뛰어난 감각을 지녔고 이를 매개로 1960년대 『현대시』 동인으로 참여하기도 했다.

그렇다면 오탁번의 시에서 일상이 점유하는 영역의 지도는 어떻게 그릴 수 있을까? 이와 관련하여 오세영은 오탁번 시에서의 몇 가지 중요한 사항을 지적하고 있다. 그것은 오탁번의 시가 객관적 대상을 전제로 하되 대상 자체보다도 대상에 대한 인물의 행위를 중심으로 이루어진다는 점이다. 즉 이야기를 내포하고 있다는 것인데, 이러한 점 때문에 오탁번의 시는 추상적이고 형이상학적이지 않으며 구체적 경험과 밀착된 사실적 경향을 보이고 있다고 언급한다.[2] 그러면 그의 시에 형상화되어 있는 사실적 경향은 리얼리즘과 관련되는 것일까? 오세영은 이들 특성이 폭로나 비판의 측면에서가 아니라 주관적이고 감정적 미학을 구현하고 있는 점을 들어 오탁번의 시에서 차지하고 있는 일상의 영역을 리얼리즘의 관점에서 바라보는 것은 옳지 않다고 한다.[3]

오탁번의 시에 이야기가 형상화되고 있다는 점에 착안하여 고형진은 오탁

---

1) 이남호, 「미천한 것들에 대한 순수사랑」, 『시와시학』, 1997, 여름, p.108.
2) 오세영, 「유년체험과 사랑의 제의」, 『20세기 한국 시인론』, 월인, 2005, pp.352~355.
3) 위의 글, p.352.

번의 시적 특성을 서사 양식과 서정 양식의 융합에서 찾고 있다. 오탁번의 시에는 서사적 구성이 분명하게 존재하지만 시를 진행시키는 것은 갈등을 위주로 한 사건이 아니라 정교한 유기적인 이미지라는 것이다.[4] 한편 오탁번이 주로 형상화하고 있는 이야기가 고향이나 가족, 유년이나 모성 등 과거 지향적이고 삶의 본원적 가치에 닿아있는 것이라는 점에서 오탁번의 시세계를 원형적 상상력의 맥락에서 살펴보는 연구도 심도 있게 이루어진 바 있다.[5] 이들 성과를 살펴보면 지금까지 이루어진 오탁번 시에 관한 연구는 크게 세 가지 측면에 초점을 두고 행해져 왔음을 알 수 있다. 첫째, 언어미학적 관점, 둘째, 서사 구성적 측면, 셋째, 원형적 상상력의 관점이 그것이다.

오탁번의 시세계는 사실상 이 세 가지 측면의 종합적이고도 복합적인 관계망 위에서 직조된다고 할 수 있다. 현대시 동인으로 시적 출발을 한 오탁번은 언어에 대한 세련된 감수성을 바탕으로 문명화된 현실 이면으로 사라진 순수하고 근원적인 세계에 상상력의 촉수를 드리운다. 그리고 이 과정에서 일상적 세계는 상상세계와 공존하며 하나의 주요한 축을 형성하고 있다. 이러한 시적 특성으로 인해 오탁번의 시에는 근원에의 탐색을 향한 상상력이 강렬하게 형상화되어 있지만 이에 못지않게 현실 세계와 연관되는 구체적인 이야기가 담겨져 있는 것도 사실이다. 이 글에서 오탁번의 초기시를 집중적으로 분석하고자 하는 까닭도 여기에 있다. 오탁번의 초기시는 그의 전체 시세계의 구조적 모델에 해당되기 때문이다. 초기시에는 일상과 상상의 공존, 상상적 세계에의 강한 지향, 근원 탐색을 향한 시적 경로라는 오탁번의 시세계가 선명하게 드러나 있다. 이 글은 1960년대에 쓰인 시편들을 면밀히 검토함으로써 오탁번의 시세계를 구성하고 있는 이들 계기들이 어떠한 양상으로 나타나 있는지를 살펴보고자 한다. 이에 대한 구체적 탐색이 이루

---

4) 고형진, 「서사적 구성과 시적 미학의 완결성」, 『한국현대시인론Ⅱ』, 다운샘, 2005, pp.400~402.

5) 김종태, 「동심의 확산과 서정의 위의」, 『시문학』, 2003. 8, p.57.
   김석준, 「원형과 그 변주」, 『비평의 예술적 지평』, 포엠토피아, 2003, p.201.
   권오만, 「웅숭깊어 가는 순수와 자유」, 『시와시학』, 1997 여름, p.125.

어진다면 오탁번의 시세계에서 차지하는 원형적 상상력 및 일상적 영역이 어떻게 구도화되어 있는지를 확인할 수 있게 될 것이며 또한 그것이 현대시 동인으로서 지향하였던 모더니즘과 어떠한 관계 하에 놓이게 될 것인가를 이해할 수 있게 될 것이다.

2. 일상역(日常域)에서 상상역(想像域)에 이르는 경로

오탁번의 시인으로서의 등단은 1967년이 되던 해 「純銀이 빛나는 이 아침에」를 통하여 이루어진다. 동화 「철이와 아버지」가 동아일보 신춘문예에 당선된 지 일년 후의 일이다. 오탁번의 진술에 의하면, 이 해에 몇 편의 소설과 시를 동시에 응모하였지만 이 가운데 시만이 중앙일보 신춘문예에 당선되었다고 한다.6) 오탁번은 「純銀이 빛나는 이 아침에」에 대해 조지훈 등으로부터 고평을 받으며 당당하게 시인으로 데뷔하거니와 오탁번은 이 시에 등장하는 '순백의 알에서 나온 새가 그 첫 번째 눈을 뜨듯'과 같은 순수 결정체의 이미지를 무척 소중하게 여긴다.7) 오탁번은 자서를 통해 이 시의 창작 동기가 '연탄난로의 열기와 눈과의 어떤 관계에 대한 상상력이 나도 모르는 사이에 고리에 고리를 물고 이어지기 시작'8)한 것임을 밝히고 있다.

데뷔작과 관련한 시인의 진술에는 그의 시세계에 관한 중요한 정보들이 상당량 내포되어 있는 것처럼 보인다. 오탁번의 데뷔작은 단순히 시인으로서의 입지를 확보해주는 한도 내에서 의미가 있는 것이 아니라 오탁번의 시적 세계의 원형이 포진되어 있다는 점에서 더욱 큰 의의를 지니고 있다.

---

6) 오탁번, 「내 문학의 숨결」, 『시와 시학』, 1997 여름, p.94.
7) 위의 글, p.93.
8) 위의 글, p.92.

눈을 밟으면 귀가 맑게 트인다.
나뭇가지마다 純銀의 손끝으로 빛나는
눈내린 숲길에 멈추어 선
겨울 아침의 행인들.

原始林이 매몰될 때 땅이 꺼지는 소리,
천년동안 땅에 묻혀
딴딴한 石炭으로 변모하는 소리,
캄캄한 시간 바깥에 숨어 있다가
발굴되어 건강한 炭夫의 손으로
화차에 던져지는,
原始林 아아 原始林
그 아득한 세계의 運搬소리.

이층방 스토브 안에서 꽃불 일구며 타던
딴딴하고 강경한 石炭의 發言.
연통을 빠져나간 뜨거운 기운은
겨울 저녁의
無邊한 世界 끝으로 불리어 가
은빛 날개의 작은새,
작디 작은 새가 되어
나뭇가지 위에 내려 앉아
해뜰 무렵에 눈을 뜬다.
눈을 뜬다.
純白의 알에서 나온 새가 그 첫번째 눈을 뜨듯.
(중략)
행인들의 純粹는 눈 내린 숲 속으로 빨려가고
숲의 純粹는 행인에게로 오는
移轉의 순간,
다 잊어버릴 때, 다만 기다려질 때,
아득한 世界가 運搬되는

은빛 새들의 무수한 飛翔 가운데
겨울 아침으로 밝아가는 불씨를 분다.

「純銀이 빛나는 이 아침에」 부분

위의 시는 눈 내린 날의 아침 풍경에 시흥(詩興)이 일어 창작된 것이다. 시인은 눈으로 덮인 시가지의 모습을 감각적으로 묘사하는 것으로부터 시를 만들어내기 시작한다. 그러나 「純銀이 빛나는 이 아침에」가 보여준 득의의 영역은 여기에 있지 않다. 단순히 시적 대상을 미적이고 감각적으로 묘사하는 데에 그치지 않는 이 시의 창작 과정은 훨씬 정교하고 고차원적이다. 그것은 대상의 외적 형상을 묘사하는 순간, 대상이 지닌 외양은 독특한 이미지로 전유되어 시인을 곧바로 상상력의 원형적 지대로 이동시키는 데서 비롯한다. 가령 위의 시에서 '나뭇가지의 눈'이 '純銀'이 되어 '숲길에 멈추어 선'에서 묘사되는 이미지의 축이 '이층방 스토브 안에서 타던 석탄'이 '연통을 빠져나가' '은빛 날개의 작은 새가 된' 이미지의 축과 만나 곧장 '순백의 알에서 나온 새가 그 첫번째 눈을 뜨는' 이미지의 결정을 이루는 양상이라든가, 바로 이 순수 결정의 이미지로부터 '천년동안 땅에 묻혀 딴딴한 石炭' 및 '原始林이 매몰될 때'의 시원적 상황으로 거슬러 올라가는 상상력의 전개 과정 등등이 바로 그것이다.

오탁번의 시에서 시적 대상은 처음엔 감각적 차원에서 전유되지만 독특한 이미지로 빚어지면서 결국 시원적 시공에 닿아있는 원형적 상상력의 지대로 이어진다. 여기에서 독특한 이미지란 시적 대상을 원형적 시각과 차원에서 해석하는 능력으로부터 말미암는 바, 이를 가능케 하는 것은 무엇보다도 시적 대상을 가장 순수한 이미지로 전유할 수 있는 시인의 태도라 할 수 있다. 다시 말해 대상을 가장 순수한 이미지로 표백시킬 수 있는 시인의 독특한 감각이 매개가 되어 시적 대상은 자신의 원형적 형상을 회복하게 되는 것이다. 여기에서 우리는 흔히 순수 지향적 시인으로 인식9)되는 오탁번에게 순

---

9) 이경호, 「〈무지개〉를 보는 눈」, 『작가세계』, 2003 여름, pp.228~229.

수를 향한 절대화한 태도가 비단 시의 소재 차원에서만 의미를 갖는 것이 아니고 그의 시 창작 과정상의 한 계기로서 깊이 있게 작용하고 있음을 확인할 수 있다.

> 추운 겨울 山과 들 사이로
> 따뜻한 江이 숨어 흐르듯
> 추울수록 江은 따뜻해지고
> 모든 가까이 있는
> 事物이 눈물겹고 고맙듯
> 서러운 몸에서
> 뜨거운 사랑이 태어나고
> 온 汚物 속에서 이름모를
> 풀씨는 싹튼다.
>
> 말구유에서 나신 그대는
> 별이 내리고
> 뜻있는 者가 경배할 때
> 아침과 저녁, 암흑과 광명을
> 분별할 시간과 장소도
> 없는 全知의 하늘.
> 글 아는 사람 노릇
> 하기 힘든 대낮에
> 그대여, 우리도 2천년전 아침처럼
> 그 빛깔의 하늘 아래 있게 하라.
> (중략)
> 堤川의 바람이여
> 서러운 몸과 마음이여
> 추운 들 사이로 흐르는

고형진, 「순수의 가치와 의미」, 『시인의 샘』, 세계사, 1995, p.169.
권오만, 앞의 글, p.125.

따뜻한 豫言을
이새 아침에 이해하리라.

「아침의 豫言」 부분

　　오탁번의 첫 시집의 표제가 되기도 하였던 「아침의 豫言」은 제목 자체가
오탁번 시적 형상화의 방법을 보여주는 듯하다. 대상의 순수함과 순수한 대
상에서 빚어지는 의미의 차원이 이 속에 녹아있기 때문이다. 아침이 곧 예언
이 될 수 있다는 사실은 일견 평범한 진실이지만 이는 오탁번 특유의 시적
형상화의 경로에 닿아있다는 점에서 주목을 요한다. 여기에는 '아침'이라는
절대 순수의 이미지에서 근원적 의미를 끌어내고 있는 시인의 상상력과 통
찰력이 내재되어 있는 것이다.
　　위의 시에서 근원적 세계를 형성하고 있는 대목은 2연이다. 2연을 통해
시인은 '예수'를 연상케 함으로써 직접 신화적 상상을 구현하고 있다. 시인
은 '예수'의 존재를 통해 절대적인 순수와 진리의 시공을 '지금 여기'에서
구축하고자 소망한다. 이 때 '예수'의 존재를 떠올리게 하면서 원형적 세계
를 펼치게 한 매개는 마지막 연에 제시되고 있는 '아침'이다. 지금 눈 앞에
펼쳐져 있는 대상인 아침의 풍경으로부터 '따뜻한 강', '뜨거운 사랑'의 이미
지를 얻게 된 순간 상상력은 '예수'에게로 인도되는 것이다. '추운 겨울 아
침'을 배경으로 삼았을 때 떠오르는 독특한 이미지인 '따뜻함'과 '아침'이라
는 순수의 이미지가 결합됨으로써 시적 상상력은 결국 '神'이라고 하는 궁극
적이고 원형적 지대로 이동해감을 알 수 있다.
　　대상으로부터 시원적 이미지를 떠올리고 원형적 상상력을 전개하는 일련
의 과정은 오탁번의 시를 형상화하는 가장 핵심적이고도 기본적인 틀에 해
당한다고 할 수 있다. 오탁번의 많은 시에서 이러한 시적 형상화의 유형을
살펴볼 수 있기 때문이다. 따라서 이 점은 오탁번 시의 특수성을 해명해주는
근거이자 그의 시세계가 우리 문학사에서 차지하는 위치에 대해서 설명해주
는 단초라 할 수 있다. 오탁번 시의 형상화 궤적을 드러내는 이와 같은 상상

력의 양상은, 그의 현대화된 시들이 일상을 기반으로 직조되는 것이면서 동시에 일상과 다른 새로운 질서를 구하는 성질의 것이라는 점도 말해준다. 이때의 새로운 질서란 아득하고도 절대화된 가치를 지니고 있는 것이다. 그러나 오탁번의 시가 더욱 의미 있게 다가오는 것은 그러한 원형적 세계가 우리의 일상 현실에서 구해질 수 있는 것이라는 사실을 상기시켜준다는 점에서 연유한다.

3. 근원적 상상 세계의 범위와 의미

대상으로부터 촉발되어 근원적 사유를 전개해나가는 오탁번의 시 창작 과정에서 우리가 얻을 수 있는 의의는 크게 두 가지이다. 하나는 무의미하게 지나쳐버리게 되는 일상의 영역이 의미화 될 수 있다는 점과 다른 하나는 일상의 세계와 교차하며 펼쳐지는 근원의 세계가 우리에게 미칠 수 있는 영향이다. 흔히 일상의 영역은 피폐하고 부조리하다는 이유로 외면당하기 마련이라면 오탁번의 상상력은 지극히 사소하고 '미천한'[10] 것들까지 아름다운 시선으로 포착하고 있다. 그리고 그 아름다운 시선 속에 담겨 있는 시인의 지극한 포용의 마음이 시적 대상을 근원적 세계로 이어주게 되는 것이다. 지금까지 오탁번의 시세계와 관련하여 조명된 근원적 세계란 대체로 유년이나 고향, 모성(母性) 등으로 유형화되곤 했다.[11] 하지만 사실 오탁번의 상상력에 의해 펼쳐지는 근원적 세계의 양태는 유형화되기 힘들 만큼 폭넓고 다채롭다. 그것은 오탁번의 시선이 닿는 대상의 폭과 수만큼이나 넓고 다양한 것이다. 오탁번이 펼쳐내는 근원적 세계의 폭과 깊이를 볼 때 우리는 그가

---

10) 이남호의 평론 「미천한 것들에 대한 순수사랑」(앞의 책, p.118)에서 빌어온 표현.
11) 위의 글, pp.118~119.
  고형진, 「순수의 가치와 의미」, 앞의 책, pp.169~172.

물질이나 대상을 통해서 상상의 지평을 무한대로 확장하는 탁월한 재능을 지니고 있음[12]을 확인할 수 있다. 첫 시집에 수록된 「象徵의 언덕에서」의 시편은 오탁번 시에 나타나 있는 상상의 성격과 범위에 대해 다소 직설적인 언급을 해주고 있어 흥미롭다.

> 莊子가 살던 古典의 처소에도 誤解는 내린다.
> 우리들의 아침에는 바람이 불고
> 지구는 蓮잎인 양 오무라들고……펴고……
> 내 이름을 부르며 날아오르는
> 堤川의 산새들도 둥우리 속으로 숨었다.
> 셈본숙제를 하던 유년의 몽당연필이
> 하나의 상징이 될 줄은 몰랐다.
> 지나가는 것이 모두 상징이라면
> 다가와 있는 것도 상징이 아닌가.
> 李선생 尹선생 吳兄 朱兄 李양 趙양 張군 尹군
> 그대들도 모두 뼈아픈 상징이다.
> 유프라테스와 티그리스의 氾濫을
> 꿈에서 보는 그대는
> 잠을 깨어 울지만
> 발소리가 요란한 어느 층계 위에서
> 나는 오늘의 損益을 계산한다.
> 빈 주머니를 고의적으로 흔들며
> 나는 꼬박꼬박 귀가했는데
> 燈이 꺼진 날은 길이 어두웠다.
> 우리들의 아침에 흰 誤解가 내려쌓이고
> 회상과 산새와 상징과 공상을
> 각각 그 처소로 쫓으며
> 莊子가 죽던 民衆의 시대에 기후가 변한다.

---

12) 김석준, 앞의 글, p.209.

아침 언덕으로 굴러 내리는 위선의
덩이는 부피가 늘어난다.
태어나지 않은 한 방울의 액체에 경배하며
언덕 위에서 하나의 상징은 쌓여
나뭇가지를 무겁게 한다.
수천 마리의 산새가 되어
堤川의 벌판과 웨일즈의 벌판을
날아오르며
세월은 가고 사랑은 남는다.

「象徵의 언덕에서」 전문

　인간이 과거를 추억하면서 모성과 유년시절을 그리워하는 까닭은 그것들
이 존재의 시원에 해당하기 때문이다. 존재의 시원이 있어 그것이 현재의 순
간에 끊임없이 재해석됨으로써 자아는 분열과 파괴를 극복하고 동일성을 회
복하게 된다. 자아에게 존재론적 근거와 자기동일성을 회복할 수 있는 아늑
한 품을 제공한다는 점에서 우주적 시원은 하나의 공간으로 기능한다. 또한
그 공간을 우리는 원형 상징이라 일컬을 수 있을 것이다. 이때의 원형 상징
은 개인적이고도 유적인 차원에서 초월적 심상을 부여한다.
　위의 시는 시원적 공간과 일회적인 일상의 공간이 서로 넘나들며 각각의
의미역이 확보되는 양상을 보여주고 있다. 시적 자아는 현재의 일상을 초월
코자 하는 동시에 존재론적 근거를 확인해주는 상상의 영역을 지속적으로
추구한다. 시에서 암시되고 있는 상상의 영역이란 가령 '莊子가 살던 古典의
처소'라든가 '유년의 몽당연필', 혹은 '유프라테스와 티그리스'와 같은 문명
의 발원지 등을 가리킨다. 이들은 공통적으로 '지나간' 과거에 속하는 것들
이고 정신적 지침이 될 만한 '고전'으로, 따뜻한 둥지가 그리울 때 찾게 되
는 '추억'으로, 혹은 '꿈'으로 거듭 환기되는 까닭에 화자가 진술한 바대로
'상징'이 된다. 이러한 상징은 외롭고 쓸쓸하고 부조리한 삶을 살아가는 시
적 자아에게 존재론적 근원을 마련해주는 계기가 되기 때문에 원형 상징이

될 만하다고 하겠다. 말하자면 이들은 모두 시원적 공간이라는 의미망에 놓이는 것이다.

그런데 재미있는 점은 시인에게 이들 상상 공간이 결코 완전무결한 것이 아니라는 사실이 있다. 시인은 절대적 진실도 유일무이한 대상도 완전한 정형(定型)도 그것들은 가지고 있지 않다고 생각한다. 비록 시적 자아의 존재론적 완성을 이루어주는 의미론적 매개이자 원형 상징이 된다 할지라도 이들 상상 영역에는 '誤解'도 있고 '氾濫'도 있고 또 '몽당연필'처럼 사소하기도 하다는 것이다. 시인은 근원적 상상 영역이 지닐 수 있는 불완전함과 미정형(未定型)에 대해 관대함과 포용력을 드러내고 있다.

자신이 설정하게 되는 원형 상징에 대해 이러한 태도를 보여줄 수 있다는 것은 매우 특이한 현상이 아닐 수 없다. 그는 결코 배타적이거나 완고하지 않으며 따라서 절대적인 상상 영역에 비추어 여타의 부분을 폄하하거나 무시하지 않을 것이기 때문이다. 이러한 태도를 지닌 자라면 결코 시의 완미(完美)함을 소홀히 하지 않더라도 완성된 미의식을 독선적으로 고집하지 않을 것이다. 이는 오탁번이 존재론적 완성을 추구하긴 하지만 이를 독단에 의하거나 배타적 태도로 이루지는 않는다는 것을 말해준다. 이와 같은 포용성을 지님으로써 오탁번은 일상과 상상 사이의 견고한 거리를 좁히게 된다.

시인의 이와 같은 태도로 인해 오탁번 시에 구현되는 상징의 범위는 무한하게 확장된다. 위의 시에는 이와 관련한 매우 중요한 진술이 제시된다. "지나가는 것이 모두 상징이라면 다가와 있는 것도 상징이 아닌가"가 바로 그러하다. '다가와 있는 것'이 상징이 될 수 있다는 관점은 원형 심상을 과거적이고 초월적인 대상에서 구하는 일반화된 경향과는 큰 차이가 있음을 보여준다. 시인은 지금 이곳에도 얼마든지 근원적 세계가 깃들 수 있다고 생각한다. 가령 '李선생 尹선생 吳兄 朱兄 李양 趙양 張군 尹군'들은 초월자도 절대자도 아니지만 시인의 시각에 의하면 '상징'이 될 수 있는 것이다. 시인은 그들을 '모두 뼈아픈 상징'이라고 말하고 있기 때문이다.

시인이 근원적 상상의 공간과 일상의 영역 사이의 경계를 허물고자 한다고 해서 그에게 일상이 언제나 긍정되는 것은 아니다. 일상역(日常域)은 의심할 여지없이 부조리하고 소외로 미만(彌滿)하며 언제나 벗어나고플 만큼 고달프다. 그러나 중요한 것은 그러한 일상이라 할지라도 시인은 결코 배척하고 포기하지 않는다는 점이다. 그는 존재의 완성을 포기하지 않으며 또한 지금 이곳에서도 완성된 존재를 구할 수 있다고 생각한다. 이러한 관점은 물론 사소하고 보잘 것 없으며 흔하디흔한 대상에게서도 상징을 찾아낼 수 있는 시인의 포용력과 능력에서 비롯되는 것이다. 여기에서 우리는 그와 같은 '상징'의 내포와 외연이 곧 '사랑'과 다른 것이 아님을 확인하게 된다. 만물의 운행 과정을 묘사한 후 "세월은 가고 사랑은 남는다"라는 진술을 행한 데서 보여지듯 '사랑'은 시인이 끌어낸 가장 궁극적인 의미에 해당되는 것이다. 시인은 이를 선험적으로 선언하는 대신 일상과 상상의 영역을 모두 끌어안고 서로 뒤섞는 과정을 거쳐 가장 귀한 가치로서 응결시킨다.

　존재론적 완성을 구하기 위해 원형 심상을 찾아가는 데에는 여러 가지 길이 있을 것이다. 고대로부터 전승되어 오는 신화에서 그 심상을 찾는 경우도 있을 것이고 모성이나 고향과 같은 존재론적 근원지를 찾는 경우도 있을 것이다. 또는 C.G.융의 통찰대로 여타의 집단적 무의식을 통해 심상을 구해낼수도 있을 것이다. 어쩌면 일상과 원형 심상은 서로 화해롭기보다는 대립적이며 갈등이 개재되어 있을 것이다. 이 점에서 오탁번의 시적 세계는 우리에게 큰 시사점을 던져 준다. 주변의 일상 사물에서부터 수다한 원형적 상상을 끌어낼 수 있는 오탁번의 감수성과 상상력은 「잃어버리기 위하여」, 「돌의 깊이」, 「굴뚝 掃除夫」, 「장마」 등의 많은 시편들에서 드러나고 있거니와 이들 시편들을 통해 오탁번의 감수성과 상상력의 범위가 얼마나 다채롭고 넓은지를 확인할 수 있을 것이다.

　　　수은주의 키가 만년필 촉만큼 작아진 오전 여덟시
　　　씽그의 드라마를 읽으려고 가다가 그를 만났다
　　　나는 目禮를 했다.

그는 녹슨 북을 두드리며 지나갔다.

나는 걸어가는 게 아니라 자꾸 내 앞을 가로막는
서울의 祭基洞의 겨울 안개를 헤집으며 나아갔다.
개천의 시멘트 다리를 건너며
북을 치는 그를 생각해 보았다.
그냥 무심히
내 말을 잘 안들어 화가 나는 그녀를 생각하듯
그냥 무심히

은이후니.
(중략)
말을 타고 바다로 내달리는
슬픈 사람들,
우리는 에리제에서 코오피를 마셨다.
코오피 잔을 저으며 슬프고 가난한 시간속으로 내달려갔다.
아침의 그를 문득 생각해 보았다.

은이후니.

집으로 돌아오다가 석탄처럼 검은 빛
그를 다시 만났다.
길고 깊은 암흑을 파내어
아침부터 밤까지 골목을 내달리는
그에게 나는 目禮를 했다.

내 전신에 쌓인 암흑의 기류를 파낼
그녀를 생각하며
나는 대문을 두드렸다.

은이후니

겨울 저녁의 안개를 모호한 우리의 어둠을 두드렸다.

「굴뚝 掃除夫」 부분

위의 시는 1968년 '현대시' 동인에 가입하면서 동인지에 게재한 것으로 이때 함께 수록한 「라라에 관하여」와 더불어 섬세한 감수성과 언어의 미적 감각이 돋보이는 시편이다. 시인은 '굴뚝 소제부'라고 하는 이국적인 인물을 등장시켜 시적 자아와는 '멀고도 가까운' 존재로 그려내고 있다. '그'는 '나'와 아무 상관도 없는 낯선 자이지만 '그녀'를 생각하듯 거듭 떠오른다. 뿐만 아니라 우연히 반복하여 만나기도 한다. 어떠한 관계도 아니고 아무런 매개도 없지만 지속적으로 떠오르고 또 마주치게 되는 것이 의미하는 것은 무엇일까? 이러한 경험은 사실 흔하지 않으면서도 누구나 한번쯤은 겪어 보는 체험이다. 이러할 때 우리들은 우리가 알지 못하는 인연이라든가 윤회를 떠올리는 것은 자연스러운 현상일 것이다. 위의 시에서 시적 자아가 '그'에게 느꼈던 감정도 이와 크게 다르지 않다고 본다.

시인은 이를 바탕으로 '그'의 존재론적 의미를 더욱 분명하게 구상화시킨다. 그것은 '그'가 '나'의 근원적 상상력을 열어주는 것과 관련된다. '그'는 하나의 특정한 의미역을 지니는 공간이 되어 '나'의 주위에서 '나'에게 엄습해오는 상상의 매개가 되는 것이다. '나'는 '그'를 마주하는 순간, '그'를 스쳐 지나가기만 하여도 무시하지 못할 자극을 느낀다. '내'가 어떠한 계기도 없이 '목례'를 하는 것도 이 때문이다. 또한 '나'는 '그'를 통해 '나'의 현재 이전의 과거 및 '나'를 둘러싼 '암흑의 기류'에 대해서도 떠올리게 된다. '길고 깊은 암흑을 파내어 아침부터 밤까지 골목을 내달리는 그'는 '나'에게도 마찬가지로 존재론적 완성을 위한 그러한 노동의 과정이 필요함을 몸으로 실증하는 존재인 것이다. 즉 '그'는 '나'에게 존재론적 연원을 상상케 하는 근원적 영역으로 기능하는 것이다. 시인은 '그'를 '집'에서 '나올' 때와 '집'으로 '돌아올' 때 만나도록 배치하고 또 무시로 환기되도록 처리함으로써 비록 시간은 미래를 향해 흘러가지만 존재의 완성을 위한 노력은 끝없는 반복과 순환에 의해 이루어질 수 있다는 사실을 암시하고 있다. 이러한 점에서 '그'는 지금의 '나'에게 원형 상징이 된다고 할 수 있다.

「굴뚝 掃除夫」에서 살펴본 것처럼, 오탁번의 시세계에서 존재론적의 근원에 대해 상상케 하는 원형 상징은 시집 도처에 산재해 있다. 그것은 현재와 분리된 채 먼 과거에만 속한 것도 아니고 일상과 구분된 채 초월적으로 존재하는 것도 아니다. 오탁번은 현재 자신이 거하고 있는 '지금 여기'에서 그 것들을 찾아낸다. 그러나 위 시의 "겨울저녁의 안개를 모호한 우리의 어둠을 두드렸다"라는 구절이 암시하듯 그가 찾아낸 심상이 선명하거나 확실한 것은 아니다. 이는 이들 상징이 일반화되고 정형화된 상징들과 차이가 있기 때문이다. 그렇다고 오탁번이 길어 올린 심상들이 무의미하거나 실재하지 않는 것 또한 아니다. 어쩌면 그의 시세계에서 만날 수 있는 많은 심상들은 역시 그 연원과 깊이를 알 수 없는 우리들의 존재론적 근원만큼이나 안개처럼 모호할 수밖에 없을 것이지만 바로 그러하기 때문에 일상을 살아가는 우리에게 더욱 큰 의미를 던져준다 할 수 있을 것이다.

4. 변형된 모더니즘, 혹은 모더니즘의 뒤집기

'현대시' 동인은 1960년대 초반에 결성되어 당시 모더니즘적 경향의 시적 흐름을 이끌어갔던 그룹이다. 때문에 '현대시'의 동인들은 언어에 대한 세련된 감각을 바탕으로 현대의 도시 문명에 대응하는 존재론적 탐색을 벌인다.[13] 이미지와 상징 등 언어의 미적 기교를 매개로 무의식 및 내면 의식의 총체적인 탐구에 집중했던 이들에 의해 우리 문단은 초현실주의적이자 아방가르드적인 시적 경향을 뿌리내리게 된다. 1960년대 후반에 '현대시' 동인에

---

13) 문홍술, 「해방 후 50년 시 동인지의 역사」, 『시와시학』, 1996 여름 참조.

참여하게 되는 오탁번의 시 역시 이러한 모더니즘적 양상으로부터 크게 벗어나지 않는다. 오탁번의 초기시에 나타나는 섬세한 이미지와 세련된 언어 감각은 '체질적으로 섬세하고 민감한 언어의 工匠'[14]이라는 평가를 받을 정도로 뛰어난 것이라 할 수 있다. 또한 그의 시가 담고 있는 존재론적 탐색은 자아탐구를 향한 모더니즘의 가능성을 심도 있게 전개하는 것이라 할 만하다.

오탁번의 시가 보이고 있던 모더니즘적 양상, 즉 언어 미학의 추구과 자아 탐구의 두 가지 측면 가운데, 연구들의 관심이 집중적으로 이루어진 부분은 전자보다는 후자이다. 오탁번 시에 구현되어 있는 언어미학적 측면은 대부분의 경우 기정사실로 전제된 채 오탁번 문학의 본질은 이와는 다른 차원에 있는 것으로 논의되곤 했던 것이 사실이다.[15] 다시 말해 오탁번 시의 언어의 미적 특성들은 단지 기교 이상의 의미를 부여받지 못했던 것이다. 이에 비해 오탁번 문학의 본질과 관련해서는 근원적 세계 지향이라든가 존재론적 탐구 등의 관점에서 고찰되었다.

그런데 오탁번의 시세계는 이 두 측면을 분리해서 고찰하기보다는 이들 사이의 관계망을 보다 섬세하게 고려할 때, 더욱 심도있는 이해가 이루어질 수 있을 것이다. 존재의 근원을 탐색하기 위한 오탁번의 시적 시도는 언어를 매개로, 더 정확하게는 이미지와 상징의 언어를 통해 이루어지기 때문이다. 우리는 여기에서 오탁번의 시에서의 이미지가 단순히 사물이나 대상을 미적으로 구현하기 위한 것이 아니고 대상을 가장 순연한, 절대적으로 순수한 결정체로 탄생시키기 위해 피어나는 것임을 상기할 필요가 있다. 이때 이미지는 어떠한 티끌이나 얼룩도 말끔히 지워져서 대상이 드러낼 수 있는 가장 맑은 상태의 얼굴이 될 것이다. 그리고 이러한 이미지가 탄생되었을 때, 시인은 비로소 원형적 상징을 떠올리게 되어 존재론적 성찰을 이루게 된다. 대상을 이미지화하고 연이어 근원지향적 상상을 전개하는 시 창작의 과정을

---

14) 오태환, 「언어의 공교한 채집과 발굴, 그 투명한 언어의 광합성」, 『현대시학』, 2003. 5, p.259.
15) 이남호, 앞의 글, p.118.

본다면 오탁번 시에서 언어가 결코 존재 탐구와 동떨어져 있는 것이 아니라는 사실을 확인할 수 있다.

언어의 측면과 자아 탐구의 측면이 단일한 함수관계로 짜여진다는 점은 사실 매우 중요한 문제이다. 그것은 모더니즘 경향의 문학에만 한정되는 특성이 아니고 근대문학의 본질을 말해주는 지표가 되기도 하기 때문이다. 그러한 점에서 오탁번은 시의 현대화된 양상을 고도의 수준에서 보여주고 있다고 말할 수 있다. 그렇다면 지금까지 논증하였던 오탁번 시의 특수성은 전체 모더니즘, 나아가 현대 문학의 자장 내에서 어떤 의미를 부여받을 수 있을까? 우리는 지금까지 대부분의 모더니스트들이 자신의 시적 세계를 전개시키는 과정에서 언어적 자의식의 측면과 존재론적 측면을 분리시키는 경향을 보여주었음을 기억한다. 이것은 대개의 모더니스트들의 경우 시의 중심에 도시 문명이 놓이는 시기와 이를 거부하고 존재론적 공간을 구현하는 시기를 서로 분리시켜 드러내었던 현상과 관련된다. 가령 정지용이 이미지스트의 면모를 보이다가 후기에 산(山)을 매개로 한 존재론적 세계로 이동하는 양상이라든가 서구의 경우 모더니즘의 기수인 엘리어트가 문명비판적 시에서 성배 신화로 변모해가는 양상은 양식으로서의 모더니즘이 존재론적 성찰의 세계와 서로 분리된 범주에 놓여 있음을 보여주는 대표적 사례에 해당하는 것이다.

반면 오탁번의 모더니즘은 언어 내에 직접 존재론적 탐색을 내포하고 있는 특성을 보여주고 있다. 오탁번에게 언어는 곧 존재를 담는 그릇에 해당되었던 것이다. 더욱이 오탁번이 도입한 시적 대상이 초월적 공간 속에 동떨어져 존재하는 자연이나 인물이 아니고 '지금 여기'에 있는 일상의 현상들임을 고려할 때 그의 특수성은 보다 분명하다고 할 수 있다. 말하자면 그의 시는 모더니즘이면서도 그것을 넘어서는 경지에 이르고 있다. 오탁번의 모더니즘이 언어미의 추구라든가 무의식의 탐색이라기보다 서정시로 다가오는 이유도 여기에 있다. 그의 모더니즘은 그 자리에서 뒤집어져 서정시가 되기도 하고 또 서정시적 함의를 지니면서도 모더니즘으로부터 벗어나지 않는 독특한 경지에 놓여 있는 셈이다.

오탁번의 시적 위치와 관련하여 이와 같은 결론을 내릴 수 있는 근거는 지금까지 고찰한 오탁번의 시 창작 방법론에서 찾을 수 있다. 즉 일상의 사물로부터 원형적 상상을 끌어낼 수 있는 오탁번의 창작 과정이 그것이다. 일상과 신화가 공존해 있고, 산문적 세계와 시적 세계가 혼용되어 있음을 가리키는 이것은 도시 문명을 비판하는 하나의 방식이자 또한 우리가 살고 있는 도시 문명을 버리지 않고 사랑하는 방식을 뜻하기도 한다.

> 道洞 저켠 울릉도 海口에서 가져온
> 서울 제기동 내 서랍 속의
> 이 작은 바닷돌.
> 지중해 빛나는 물결 사이 사이에서
> 男根이 건강한 海神이
> 뮤즈의 방에 布石을 해가던
> 닳은 바둑돌,
> 지문의 흔적이 시계침 소리같이 튀어나오는
> 튀어나왔다가 다시 잠기는
> 시간의 밀집.
> 海神은 죽어서 을유문화사 판 그리스신화에 활자로 남아
> 내 서가 위에 놓여 있지만
> 玄圃 앞을 물살 일구며 그 먼 현대를 뒤흔들고
> 지금은 나의 안으로 옮겨와 넘쳐나며
> 신전의 石柱만큼 확실하게
> 오랜 시간을 꿰뚫으며 달려와
> 나를 침몰케 하는
> 이 작은 바닷돌의 깊이.
> 道洞에서 포항으로 항해하는 선박만큼
> 경쾌하게 나는 운반돼 갈까.
> 포세이돈을 거부하고 바닷돌의 아득한 깊이 안으로
> 몸을 숨긴 뮤즈의 일부를

그 시간의 일부를 발굴할 수 있을까.

등대같이 높다란 방에 돌아와

이 작은 바닷돌의 깊이를 벗기는 나는

아직 未明의 人夫일 뿐, 형체도 시력도 없는 바람 같이 목말라

男根만 건강한 男子가 되어

헤집으며 침몰해 갈 뿐

현대의 저켠 울릉도 海口에서 가져온

시간의 집중 그리고 그 무한의 깊이

「돌의 깊이」 전문

위의 시는 다소 선명한 의미 구조를 내포하고 있다. '울릉도 海口에서 가져온 바닷돌'을 중심으로 근원적이고 신화적인 의미역이 구축되고 있다면, '돌'을 현대의 도시 한가운데로 운반해온 '나'는 절대의 신화적 공간과 불완전하고 불확실한 일상의 세계 사이에서 미묘하게 흔들리고 있는 자아이다. 대단치도 않은 '작은 바닷돌'을 울릉도의 어느 한 구석에서 주워온 후 그 '돌'을 바라볼 때마다 시적 자아는 깊은 상상에 빠져든다. 이때 '돌'은 단지 특정 지역에 소재해 있던 하찮은 사물이 아니고 오랜 시간이 응집된 성스럽고 보편적인 영물이 된다. '돌'은 '지중해'와 '海神'과 '그리스신화'를 넘나들며 상상의 영역을 확장해간다. 그리고 그 확장된 시공만큼 현대의 역시 하찮은 개체에 불과한 '나'를 자극하여 존재론적 성찰을 유도한다. 그것은 '현대를 뒤흔들고 / 나의 안으로 옮겨와 / 오랜 시간을 꿰뚫으며 달려와 / 나를 침몰케' 하는 것이다. '나'는 '작은 바닷돌'에 의해 비로소 지금 여기의 눈에 보이고 견고하기만 한 세계가 아닌 또 다른 세계가 있음을 감지하게 된다. 그 세계는 아득한 깊이와 헤아릴 수 없는 시간을 '집중'하고 있는 '나'로 하여금 그 깊이와 시간을 가늠케 한다. 그리고 후자의 세계는 전자의 세계를 '뒤흔들고' '침몰케' 하는 것이다.

이와 같은 의미 구도는 오탁번 시의 전형적인 형태, 즉 일상역(日常域)과 상상역(想像域)이 교차하는 지대에서 존재의 근원에 대해 탐구하는 양상을 보

여주고 있다. 특히 무한한 시공의 근원적 세계를 지지해주는 상상역이 일상의 하찮은 사물을 매개로 도입되는 양상은 오탁번 시의 특성에 직접 닿아있는 것이다. 그렇다면 모더니즘의 관점에서 이러한 양식의 시적 특성은 어떻게 해석가능한가? 위의 시에서도 암시되고 있듯이 원형적 세계에 기대어 존재의 근원을 탐색하고자 하는 자아의 간절한 시도에는 현대의 부조리하고 소외된 일상이 전제되어 있다. 지금 여기의 삶이란 존재의 의미가 확인되지 않은 채 '男根만 건강한 男子'로 표상되듯 단순하고 기계적인 생리로 채워진다. 현대를 살고 있는 자아는 자신의 존재 근거를 확인하지 못하고 모호한 안개 속을 맹목적으로 '헤집으려 침몰해'가는 것과 다를 바가 없는 것이다. 현대인의 삶이 그러하기 때문에 원형적 세계에 기대어 존재론적 의미를 캐내고자 하는 자아의 행위에는 문명에 대한 대응법이 내포되어 있다. 그가 비록 '형체도 시력도 없는 바람같이 목마른 未明의 人夫'일지라도 그러하다. 여기에는 문명에 대한 부정이 암시되어 있음은 의심할 여지가 없다. 하지만 그렇다고 해서 이것이 시적 자아가 지금 여기라는 도시를 외면하는 것으로 읽히지는 않는다. 근원적 세계로의 매개가 되는 '작은 바닷돌'은 먼 곳에서 이곳 도시의 '등대같이 높다란 방'으로 '운반'되어 왔다는 점에서 암시되듯 시인의 상상력은 바로 도시 한가운데에서 이루어지고 있기 때문이다. 시적 자아는 도시를 떠나지 않은 채 지금 이곳에서 존재론적 탐색을 펼쳐가는 것이다.

이러한 사실들을 고려해보면 오탁번의 모더니즘은 모더니즘의 내포를 부족함 없이 지니면서도 그것을 일정 정도 비틀고 있다는 것을 알 수 있다. 즉 오탁번의 시에 나타나 있는 언어적 감수성, 도시적 세계, 현대인의 고독과 소외에 대한 인식, 문명 비판적 태도 등이 모더니즘의 내포에 해당된다면, 이러한 모든 요소들과 새로운 질서의 구현이 동시적으로 구현되어 있다는 점에서 일반적인 모더니즘과 다르다는 것이다. 여느 모더니즘이 혼란과 안정이 분리한 채 두 측면을 별개의 세계로 그리고 있는 것에 비해 오탁번은 혼란과 안정을 균일하고 균등하게 혼재시키고 있는 것이다. 오탁번의 시에서 불안한 듯하면서도 완성되어 있고 완전한 듯하면서도 불안이 느껴지는 것도 이 때문이다. 이러한 오탁번의 시적 양상을 우리는 서정시와 모더니즘의 점이지대에 위치한다는 점에서 변형된 모더니즘이라 말할 수 있지 않을까 한다.

5. 모더니즘의 외연적 확대와 그 시사적 의미

이 논문은 1960년대에 쓰인 오탁번의 초기시를 중심으로 그 창작 방법과 시사적 의미를 살펴 본 글이다. 오탁번은 1960년대 후반 '현대시' 동인의 한 사람으로 활약하면서 세련된 언어미의 추구와 존재론적 탐색이라는 두 계기를 동시에 실현한다. 이때 두 계기의 동시적 실천은 오탁번의 시 창작 방법에 기인하는 것이면서 모더니즘에 있어서의 그의 특수성을 마련하는 데로 이어진다.

오탁번의 시 창작 방법에서 가장 핵심적인 요소는 정해져 있지 않는 대상들로부터 역시 정형화되어 있지 않은 원형적 상상을 끌어낸다는 점에 있다. 시인은 우연히 마주치는 사물들을 독특한 이미지로 채색하여 그로부터 직접 근원적 세계로의 길을 만들어낸다. 이 때 독특한 이미지는 근원적 세계와 닿을 수 있는 절대적이고 순수한, 혹은 응집되고 완전한 이미지를 가리킨다. 대상은 오탁번 특유의 관점 및 재능과 어우러져 새로운 모습으로 탄생하고 이어 자아로 하여금 존재론적 의미를 확인케 해주는 세계로 가 닿게 한다. 이러한 과정을 살펴볼 때 오탁번에게 언어는 기교적 차원에 놓여 있는 것이 아니고 존재론적 탐색과 직결되는 매개라 할 수 있다. 바로 새로운 이미지, 새로운 언어를 통해 원형의 상상 세계가 펼쳐질 수 있기 때문이다.

주변의 사물로부터 의미를 끌어내는 오탁번은 부정적 공간이라는 이유를 들어 이곳을 떠나지 않는다. 그에게는 비록 하찮고 보잘 것 없고 부조리하다

하더라도 그것들을 외면하지 않는다. 오히려 오탁번은 그것들을 끌어안아 그로부터 아름다운 의미를 구해낸다. 오탁번의 시를 보면 바로 그 사소한 것들 속에 근원적이고 완전한 세계가 숨겨져 있었음을 발견하게 된다.

시 창작에서 보이는 이러한 태도는 모더니즘의 자장 안에서 볼 때 매우 독특한 것이다. 일상역과 상상역을 동시적으로 제시하는 창작 방법에 의해 그의 시에는 현대인의 소외와 불안, 현대적 삶의 부조리가 완전하고 질서화된 세계와 함께 균등하게 구현되기 때문이다. 이는 흔히 모더니즘에서 보여주게 되는 부조리한 세계와 완성된 세계 사이의 분리와 단절의 양상과 거리가 있는 것으로서, 불완전하고 부조리한 지금 여기에서도 존재론적 완성을 구하는 것이 불가능하지만은 않다는 것을 우리에게 실천적으로 보여주는 것에 다름 아니라고 할 수 있다. 이 점에서 우리는 오탁번의 시를 모더니즘의 의미 있는 변용이라 일컬을 수 있을 것이다.

절대 경험의 현상(現象)을
위한 마음 다스리기

‖ 정진규론 ‖

1. '진리'와 '미'의 구조

정진규는 1960년 동아일보 신춘문예를 통해 「나팔 抒情」이 당선된 이후 지금까지 약 45여 년 간에 걸친 시작 활동을 전개해 왔다. 1965년에 상재된 첫 시집 『마른 수수깡의 平和』를 비롯한 『有限의 빗장』(1971), 『들판의 비인 집이로다』(1977), 『매달려 있음의 세상』(1980), 『비어있음의 충만을 위하여』(1983), 『연필로 쓰기』(1984), 『뼈에 대하여』(1986), 『별들의 바탕은 어둠이 마땅하다』(1990), 『몸詩』(1994), 『알詩』(1997), 『도둑이 다녀가셨다』(2000), 『本色』(2004) 등이 그간 쓰인 그의 시들로서, 시인은 쉼 없이 그리고 차분하게 시작(詩作)의 길을 걸어온다. 이들 12권에 달하는 시집들을 만나면서 우리는 정진규의 시세계가 몇몇의 옹이를 지닌 채 시험과 도전으로 이루어진 것인 동시에, 예외 없이 일관된 정신의 맥을 계승하고 있음을 알게 된다. 1970년대 후반부터 보여준 일상의 세계와 산문시에 대한 관심, 1980년대에서 90년대로 넘어가는 시기에 본격적으로 이루어진 소위 견성(見性)의 시가 전환점에 해당된다면, 형이상학적이고 정신주의적인 시적 성향은 전체 시세계를 아우르는 뿌리이자 뼈대라 할 수 있다. 말하자면 정진규에게 시의 새로운 시도와 모험은 보다 더 깊은 깨달음을 향한 의지와 열정의 표현이자 이 정신지향적 시 행위는 정진규 시의 매 시기를 방향 짓고 감싸 안는 울타리가 되는 것이라 볼 수 있을 것이다. 때문에 정진규의 시세계는 변모가 지속 속에 녹아들고 있으며 그 안에서 중심이 일정하게 지켜지는 양상, 즉 끊임없는 지양(止揚)이 나선형의 발전을 통해 이루어지면서 보다 깊은 깨달음으로 나아가는 양상으로 나타난다고 할 것이다.

정진규의 전체 시세계의 구도를 이처럼 나선형적 진보의 지양(止揚) 과정이라 하였을 때, 60년대에 쓰인 그의 초기시는 물론 그러한 구도를 시작하는 출발점에 해당된다. 정진규는 초기시에서부터 어김없이 깨달음을 위한 정신주의적 태도를 보여주고 있다. 그 태도는 사실 매우 완고할 정도로 강하게 지켜지는 것이어서 정진규에게 시(詩)는 예술이라는 미학적 구현물이기 이전에 진리를 위한, 진리를 향한 매개인 것으로도 보인다. 다소 단정적이기도 한 이 말은 그러나 크게 틀린 말도 아닐 것이다. 왜냐하면 그만큼 깨달음에 대한 지향성이 정진규 시인에게는 큰 부분을 차지하고 있기 때문이다. 다만 우리는 이렇게 단정지었을 때 가져올 수 있는 약간의 오해를 피해가야 할 것이다. 시란, 특히 현대시란 그 무엇을 위한 도구가 아니며 그 자체로 자율성과 완결성을 구현해야 한다는 점, 현대시에서의 언어는 미적 실험을 위한 질료에 다름 아니며 이 언어를 통해 시인의 내면과 사회에 대한 의식 등 고유한 세계가 드러날 것이라는 점에 비추어볼 때 정진규 시인의 경우처럼 시가 '진리'를 본질로 하고 있다고 한다면 현대시의 이러한 전제와 상충될 수도 있기 때문이다. 어떤 측면에서 정진규의 시는 우리의 전통적인 시적 자의식에 해당되는 '載道之器'의 차원, 곧 시를 깨달음을 위한 요소로 간주하던 것과 맥이 닿아있다고 해도 큰 무리가 없을 것이므로 정진규의 시에는 현대시의 본령을 둘러싼 논란의 여지가 내재되어 있다고 말할 수 있다.

이러한 질문에 대해 답을 내리기 전에 정진규의 시와 관련하여 우리는 몇 가지 사실을 분명히 해야 한다. 하나는 정진규의 시는 현대시가 그 요건으로

내세우고 있는 여러 미적 특장들을 어느 하나도 소홀히 하고 있지 않다는
점이다. 그의 시에는 분명 '언어'에 대한 미적 자의식이 그 누구의 시에 못
지않게 치열하게 추구되고 있고 이를 중심으로 시의 자율적인 미적 구조와
시인의 고유한 세계가 구축되고 있다는 것이다. 다른 하나는 그가 분명 '진
리'에의 지향성을 드러내고 있지만 이것이 흔히 일컬어지는 특정한 이데올
로기나 세계관을 전달하고자 하는 것은 결코 아니라는 점이다. 여기에서 우
리는 그의 시에 특정한 이념이나 혹은 종교의 그림자가 나타나 있지 않다는
점에 주목해야 할 것이다.

　이러한 사실들은 정진규가 깨달음을 지향하고 있지만 이것이 현대의 시적
미장들과 분리되거나 상충되지 않은 채 추구되고 있는 것임을 말해주는 것이
이다. 정진규의 시에서 '깨달음'에의 지향성은 시의 전체 구조물과 유기성을
이루며 조화롭게 자리하고 있다. 정진규는 그의 시 전체를 통해 일관되게
'진리'를 추구하지만 그것을 시의 미학과 대립시키면서 전면화시키지는 않
는 것이다. 여기에는 역시 시가 내용을 담는 그릇이요 진리가 시에 담기는
내용물이라는 이분법적 공식도 성립되지 않는다. 그는 60년대 모더니즘을
대표하던 『현대시』 동인답게 시의 현대성을 성실히 그리고 완벽히 구현하고
있으며 현대화된 시가 갖추기 마련인 시의 미학을 완전하게 이루고 있는 것
이다. 때문에 남는 문제는 정진규의 시에서 '진리'와 '미'가 어떻게 만나고
있는지를 구명하는 데에 놓여 있게 된다. 그것은 그가 추구한 '진리'가 무엇
이냐를 묻는 것보다는 그가 어떻게 '진리'를 추구해 가는가, 그의 시적 구조
물에서 '진리'의 자리는 어떻게 마련되고 있는가, 그의 시에서 언어의 형식
은 '진리'라는 내용과 어떠한 유기체를 만들어가고 있는가를 확인하는 작업
이 될 것이다.

2. 진리를 향한 은유의 성곽

시는 언어를 예술의 재료로 한다. 그것은 미술의 재료가 선과 색채이고 음악의 재료가 음인 것과 같은 이치이다. 예술을 특정 내용을 담기 위한 수 단이기보다는 질료 중심으로 인식하기 시작한 것은 근대에 들어서의 일이다. 이는 근대에 이르러 비로소 예술이 종교라든가 정치, 교육 등의 다른 분야들 과 분리되어 자율적이고 독자적인 영역을 형성하게 된 것과 관련된다. 근대 의 예술은 더 이상 신(神)이나 윤리, 도덕 등등을 문제 삼지 않게 되었고 이 에 따라 예술이 예술일 수 있는 근거를 확보하게 되는데 그 근거가 바로 질 료에 있었던 것이다. 예술가들은 질료를 통해 아름다움을 창조하고 질료를 통해 의미를 전달하게 된다. 그런데 다른 예술들, 가령 음악이나 미술, 무용 이나 연극 등도 그러하지만 특히 언어 예술인 시는 바로 언어의 속성 때문 에 예술의 구조물에 있어서 복잡함과 독특함을 빚게 된다. 그것은 '말'이 반 드시 의미를 보장하는 것은 아니라는 점, 곧 기표가 반드시 기의를 지니는 것은 아니라는 점에서 비롯된다. 특히 시처럼 한편으로는 고도의 응축과 절 제를 요구하되, 다른 한편으로 표현의 절대적인 자유를 구가하는 예술의 경 우 '말'은 기의가 충만한 언어가 될 수도 있지만 기의의 무게를 지니지 않은 채 미끄러지는 유희의 언어가 될 수도 있다.

대체로 긴 편에 속하는 정진규의 시에 접근할 때 예술의 일반론에 해당하 는 이러한 관점을 상기하는 것이 유효한 일이라 판단된다. 다소 긴 듯이 서 술되면서 은유의 긴장을 놓지 않는 정진규의 시에서 우리는 '말'의 다채로운 기능들을 가감 없이 확인할 수 있기 때문이다. 정진규는 주로 70년대 후반에 쓰인『들판의 비인 집이로다』에서 산문시를 쓰게 되었고 이를 계기로 시성 (詩性)과 산문성(散文性)과의 만남을 고민하게 되지만 60년대의 초기시집『마른 수수깡의 평화』에 수록된 시들 역시 분량상 여느 산문시 못지않게 길다는 것을 알 수 있다. 때문에 정진규의 초기시는 시인이 '말'과 얼마나 어우려져

서 '말'을 다루고 있는지, 그 '말'을 통해 시인이 어떻게 자신의 세계를 쌓아
가고 있는지를 잘 보여주고 있다. 특히 「集中1」에는 '말'에 관한 시인의 자
의식이 잘 반영되어 있으며 그의 시에서 '말'이 어떠한 역할을 감당하고 있
는지가 나타나 있다.

> 내가 한 마디의 말을 알았을 때
> 처음 내가 한 마디의 말을 알았을 때
> 나의 나무엔 슬기의 이파리 하나,
> 피어나고
> 漸
> 漸
> 그것은 叡智의 숲을 이루어가던
> 그러한
> 나의 榮光이여. 集中의 때여.
> 잠들지 않게
> 끊임없이 나를 이끌고 가던
> 가장 훌륭한 溺死의 바다여. 나는 기억한다.
> 설레이는 이파리마다에
> 아아, 한 홉씩의 소리를 물고
> 하늘에서 떨어져 오던 한 마리씩의 새들
> 새들의 홉程으로 노래하던
> 그날의 숲을 기억한다.
> 무엇 때문인지, 말오양간 냄새와
> 平和는 같은 몸이라고
> 그것은 말구유에서 태어난 예수 때문이라고
> 이런 證明 뿐을
> 내가 밝은 分別로 가르칠 수도 있었던
> 그맘 때의 나의 가장 新鮮한 大衆
> 純粹의 아이들도 또는 기억한다.
> 아아, 集中의 때여.

나의 榮光이여.

救援해 다오.

지금 부슬거리며 눈만 내리는

이 기나긴 겨울 저녁녘

내 小康 속을

가장 어두운 어둠들이 기어다닌다.

가장 어두운 어둠들이 기어다닌다.

「集中1」 전문

　위의 시가 시인의 '말', 즉 시적 언어에 관한 자의식을 담고 있다고 말했지만 사실상 위의 시에서 '말'에 대한 언급은 직접적으로 서술되어 있지 않다. 또한 '말'에 관한 많은 말을 하고 있지도 않다. 그러나 위의 시에 나타난 대부분의 어사들이 모두 '말'과 관련된 내용인 것도 사실이다. 결론부터 말하자면 위의 시는 '말'에 의해 빚어지는 현상들을 섬세하게 그려낸 것이라 할 수 있다.

　위의 시에서 확인할 수 있는 '말'에 대한 시인의 의식은 우선 '순결함'이다. 그것은 '한 마디' 혹은 '처음~한 마디'의 어사(語辭)와 함께 드러나는 의식으로서, 이들 어사는 시적 자아에게 '말'이 단순한 언표의 기능을 넘어서 있는 것임을 말해준다. "처음 내가 한 마디의 말을 알았을 때"에서 언급되는 '말'은 일상적인 차원에서의 기호가 아니고 존재론적 차원의 의미를 지니는 것이다. '말'은 순수한 사물이며 시적 자아와는 티끌만큼의 오점도 없이 절대적인 만남을 갖는 대상이다. '나'는 '말'과 대면하여 그것의 존재론적 의미를 각성(覺醒)에 가까운 선명함으로 인식하게 된다. '말'은 피와 살과 영혼을 지닌 살아있는 생명체가 되어 시적 자아 앞에 서게 되며 그리함으로써 시인을 새로운 세계로 이끌어간다.

　마주함으로써 처음 깨었을 때와 같은 충격을 주고 또한 자아로 하여 전혀 다른 세계로 인도될 수 있게 하는 '말'이란 어떠한 것일까? 적어도 그것은 번잡한 세태 속에서 마모되어 '말'이 지닐 수 있는 신선함과 생생함을 상실한 대다수의 떠도는 말들과는 거리가 멀 것이다. 어디서 시작되어 어디로 귀속되는지, 누구에 의해 생성되며 누구에 의해 의미를 갖게 되는지 알 수 없는 정체불명의 언어들이 현대인인 우리가 접할 수 있는 대부분의 말인데 비해 시인이 지시하고 있는 '말'은 자아와 강한 결속을 보임으로써 자아에게 살아있음을 느끼게 하는 존재의 언어이다. '처음 내가 한 마디의 말을 알았을 때 / 나의 나무엔 슬기의 이파리 하나 피어나고……'와 같은 체험을 하게 되는 것도 '말'의 그와 같은 성질에서 비롯되는 것이다. '처음 내가 한 마디의 말을 알았을 때'가 '말'과의 현상학적 만남의 순간을 가리키는 것이라면 '나의 나무엔 슬기의 이파리 하나 피어나고……'는 그 이후의 체험 영역을 형상화하는 것이다.

　흥미로운 것은 위 시의 처음 두 행이 서술의 산문적 형태를 조금도 벗어나지 않는 구조를 띠는 반면 셋째 행부터는 예의 이러한 서술 형태에 은유의 시적 진술이 서로 혼재되어 있다는 점이다. 셋째 행부터의 진술 구조가, 가령 "나의 나무엔 슬기의 이파리 하나 피어나고 점점 그것은 예지의 숲을 이루어가던……"에서처럼 산문과 다름없는 완전하고 평이한 문장의 틀 안에 '나무', '슬기의 이파리', '예지의 숲'과 같은 은유의 표현이 어울려 있는 것이 그것이다. 정진규의 시가 시적 의장을 갖춘 채 긴장미를 담아내고 있는 부분도 사실 이 후자에 해당된다고 볼 수 있거니와 이처럼 서술의 산문성과 시적 의장 양면을 조화시키는 것은 정진규 시인이 곧 '말'에 관해 깊이 있고 폭넓은 탐구 정신을 전개하고 있음을 보여주는 것이라 할 수 있다. 여기에서 '말'은 결과론적으로 말해 '일상어이다' 혹은 '시어(詩語)다'로 분류될 수 있는 성질의 것이 아니다. 시인은 그보다 더 본질의 차원으로 내려가 '말'의 현상학적 성격을 포착하고 있음을 알 수 있다. 예컨대 시인이 산문적 진술을 행하였을 때와 은유의 진술을 선택하였을 때 그것은 단지 시의 형상화를 위해 의도된 것이 아니고 경험의 양상을 가장 적절하게 반영하기 위한 시도라 할 수 있다. '내가 한 마디의 말을 알았을 때'의 인식의 순간이 산문의 언어 구조로, 그 이후의 경험이 은유의 구조로 진술된 것은 우연이 아닌 것이다.

이로써 우리는 정진규 시인에게 가장 중요한 부분으로 사유되고 있는 것이 '말'이며 이때의 '말'은 시의 미학의 차원에서가 아니라 '경험'이라고 하는 보다 넓은 차원에서, 곧 미학을 아우르되 진리의 큰 폭 내에서 고려되는 것임을 알 수 있게 된다.

그렇다면 위의 시에서 시인이 언급하고 있는 '한 마디 말'이란 무엇을 뜻하는 것일까? '말'은 위 시의 가장 주요한 소재이자 위의 시는 '말'에 관한 자의식을 다루고 있음에도 불구하고 시에서 시인은 이 '한 마디 말'의 내포에 대해 전혀 말하지 않는다. 그리고 시의 내용은 거의 대부분 '한 마디 말'의 외연에 관한 이야기로만 채워진다. '슬기의 이파리', '예지의 숲', '영광', '집중의 때', '익사의 바다' 등은 모두 '한 마디 말'이 가 닿을 수 있는 체험의 범위들을 보여주는 것들이다. 바꾸어 말하면 '한 마디 말'을 계기로 시적 자아는 특정한 체험을 하게 되는데 이에 대한 표현역(域)들이 '슬기의 이파리', '예지의 숲', '영광', '집중의 바다', '익사의 바다' 등이고 이 표현역은 상당히 넓다는 점이다. 사정이 이러하기 때문에 우리는 이들 체험역(域)들을 통해 '한마디 말'의 의미를 추론해야 할 터이다.

시적 자아는 '처음 내가 한 마디의 말을 알았을 때' '나의 나무엔 슬기의 이파리가 피어난다'고 하고 있거니와, '슬기의 이파리', '예지의 숲' 등등으로 표현되는 체험역들은 무한히 증식되면서 '한 마디 말'의 힘과 역할을 더욱 확고히 하고 있다. '한 마디 말'이 무엇인지는 정확히 알 수 없으나 그것에 접속됨에 따라 자아는 '슬기'로워지고 '예지'가 넘쳐나며 희열('榮光')과 몰입('集中')을 경험한다. '나'는 알 수 없는 무언가에 인도되듯 깊이 빠져들며 마치 '溺死'하듯 잠겨들게 되는데 이러한 자아 망각의 경지에 이르는 경험에 시적 자아는 몹시 고무되곤 한다.

'말'에 의한 경험은 몰두와 정념(正念)의 상태에서 그치지 않는다. 그것은 시적 자아에게 창조적 감흥마저 일으키는 것이다. '설레이는 이파리마다에 / ~한 音씩의 소리를 물고 / 하늘에서 떨어져 오던 한 마리씩의 새들 / 새들의 音程으로 노래하던 그날의 숲을 기억한다'로 이어지는 진술은 창조의 순간에 갖게 되는 정서의 고양상태를 잘 묘사해주는 부분이다. 고조된 감정이 아름답게 물결치는 창조의 정서가 이곳 진술의 '설레이는', '소리', '하늘', '새' 등의 언표와 긴밀히 대응하는 것이라면 창조의 정서는 수평적이기보다는 수직적인 지향성을 지닌다고 할 수 있을 것이다. 다음 행의 이야기가 별다른 매개없이 '예수'의 의미소에 모아지는 까닭도 이 점에 있다. '예수'는 수직지향의 대상이자 '하늘'의 의미망 속에 놓이는 자이기 때문이다. 정념(正念)과 희열, 몰입과 흥분, 설레임과 고양(高揚), 나아가 신성성(神聖性)으로 이어지는 이러한 정서의 이동 과정을 보면 '한마디 말'은 상당한 힘의 파장으로 자아를 인도하고 그의 체험역을 확대시켜나간다는 것을 알 수 있다.

그러나 '한 마디 말'이 자아를 중심으로 하는 수직지향적인 상상력만을 촉진시키는 것은 아니다. 시인은 곧 '예수'를 '말오양간 냄새'로 상징되는 미천하고 남루한 이미지와 연관시킴으로써 개인을 넘어선 '대중(大衆)', 수직을 보완하는 수평의 상상력으로 자리옮김해가는 것이다. '新鮮한 大衆'이라든가 '純粹의 아이들'에 대한 연상은 이러한 방향에서 제시된 것이며 '가장 어두운 어둠들'에 대한 '救援'에의 갈망도 결국 이의 연장선상에 놓이는 것이라 할 수 있다. 그리고 더욱 눈여겨보아야 할 점은 자아 중심의 수직지향적 상상력 안에서만 의식의 긴장이 유도되는 것이 아니고 탈자아(脫自我)를 이룩한 대중 지향의 수평적 상상력 안에서 역시 동일한 정도로 의식과 정서가 고무된다는 사실이다. '어둠들이 기어다니는' 가장 어둡고 한없이 낮은 세계 안에서도 어김없이 '集中'과 '榮光'을 경험하게 되는 것도 이 때문이다.

여기서 우리는 '한 마디 말'이 환기하는 체험의 영역이 자아 중심의 수직지향성과 타자 중심의 수평지향성 양 축에 걸쳐 한껏 확장되는 것임을 확인하게 된다. 다시 말해 '한 마디 말'은 자아에게 강한 창조적 경험을 유발하는 동시에 '나'이외의 타인을 향해 뜨거운 애정을 불러일으키는 힘의 '말'인 셈이다. '한 마디 말'은 이처럼 시적 자아를 충만하게 하는 강한 상상력의 원동력이다. '한 마디 말'을 통해 시적 자아는 일상의 '나'가 아닌 보다 창조적이고 성숙한 자아가 되는 것이다.

3. 비어있는, 혹은 충만한 기의의 공간

정진규의 시세계에서 자아를 일상의 자아가 아닌 새롭고 충만한 자아로 만드는 것, 즉 시인으로 하여금 살아있음을 느끼게 하는 것은 특정한 순간의 체험이다. 그 특정한 체험에 의해 시인은 일상의 현실에서 느낄 수 없던 다채로운 정서와 의식들에 노출된다. 시인은 그와 같은 상황에 매우 깊은 애착을 드러내어 그에게 다가오는 새로운 경험들을 생생하게 묘사하고자 한다. 「集中Ⅱ」, 「내 반지의 女子」, 「나의 方舟」, 「木炭畵」 등은 일상과 그 너머의 경계에 선 자아가 위안과 생명으로 가득한 독특한 경험 현상을 어떻게 형상화하고 있는지 잘 보여주고 있다. 그러한 경험들은 앞의 절에서 살펴보았던 '한 마디 말'과 체험의 외연들을 공유하는 것들이다.

그러면 자아에게 새롭고 충만한 실존의 체험을 유도하는 것은 구체적으로 무엇일까? 그가 시인라는 점에서, 그리고 '한 마디 말'이라는 언표로부터 우리는 그것을 곧 '시쓰기'라고 추론할 수 있을까? 이는 충분한 개연성이 있지만 단정지을 수는 없다. 앞의 절에서의 분석이 '한 마디 말'의 외연에 대한 이해 그 이상으로 나아가지 못한 것도 이와 관련된다. 물론 정진규에게 '시쓰기'가 그러한 체험역을 환기시키는 것은 사실이나 그러한 체험역에 해당되는 모든 것을 '시쓰기'라고 말할 수는 없을 것이다. 다시 말해 '시쓰기'는 부분일 뿐 전체는 아닌 것이다. 이것의 전체적인 면모를 파악하기 위해서는 정진규 시에서 그와 같은 체험역을 공유하는 순간순간들을 모두 조합해야 할 터인데, 분명한 것은 시인은 그것에 대해 은유의 성곽을 축조할지언정 '그것은 무엇이다'라고 직접 밝히지는 않는다는 점이다.

> 나와보게
> 새벽에 나와보게
> 수풀 속 바다에 띄웠던
> 한 척

내 救援의 方舟가 돌아오는 새벽에 나와보게
不眠의 눈을 부비며
그대는 나와 點檢하게
그리고 기침을 하게
새벽의 기침을 세번만 하게
그럼 나는 안심일세

꼭 한번 있었지
그대 기침 않던
새벽 말일세
나의 方舟는 새어, 새어나
나의 意識은 散文투성이
나의 言語는
모두 틀려나 있었다네
민들레는 돌맹이, 때론 機關車
만년필은 검은 머릿칼
때론 大學入試에서 떨어진 나의
아우
놀랍게도
나는 나의 命名法을
그때 새로 하나 收穫했었다네
그렇지만 나의 意識은 散文투성이
나의 노래는 내 노래 몇 節은
쏘세이지를 씹는 世界의 政治家들의
女子들의
香水로 팔려, 팔려버렸네

나와 보게
點檢해 주게
웅성대는 내 投身의 바다
수풀 속 바다

끊임없이 世界를 저어가는
한 척
내 救援의 方舟
나의 自由.

「나의 方舟」 전문

위의 시에서 '方舟'가 어떤 의미망 속에 놓여있는가 하는 것은 분명하다. '방주'는 '내 救援의 方舟'라는 표현에서도 알 수 있듯이 온갖 위험과 재난으로 가득찬 고해(苦海)를 헤쳐나갈 수 있는 거점이 된다. 즉 그것은 부정적 현실에 대한 대립어이며 '자유'의 실질을 내포한다. 이들 의미소들의 구조에 의해 '방주'는 시적 자아가 기댈 수 있는 최후의 공간이자 최대한의 영역이 된다. '방주'는 단순히 '배'에서 그치는 것이 아니라 '노아의 방주'에서처럼 생명의 불씨를 살릴 수 있는 마지막의 보루가 되는 것이다. 시인이 '방주'를 '새벽'과 나란히 배치하는 것도 이 때문이다. 이러한 점에서 볼 때 '방주'는 앞서의 '한 마디 말'과 마찬가지로 일상의 차원과 다른 독립된 영역에 해당된다.

그러나 '방주'가 전체 의미망 속에서 어떠한 의미가(意味價)를 지니는가는 명확하다 해도 그것의 주지가 정확히 무엇인지는 여전히 애매할 따름이다. 시인은 이 시에서 역시 「集中 I」과 같이 은유의 공간을 확대해갈 뿐 그들 은유가 어떠한 기의(記意)를 상정하고 있는지를 선명하게 밝히지는 않고 있는 것이다. 우리는 시인의 이같은 시적 양상을 그의 고유한 스타일로 간주하고 쉽게 지나칠 수도 있을 것이다. 그러나 그의 시에서는 비어 있으되 그 비어 있는 기의가 존재하지 않는 것은 아니다. 그것은 분명한 실체로서 그의 시를 빚어내는 가장 근본적인 동력이 될 정도로 그의 시에서 중요한 부분을 차지하는 것이다. 그의 시에서 애매모호하게 가려진 그것 기의는 항시 시인 가까이에 맴돌며 시인의 특정한 정서와 의식을 유발하고 그에게 흔들림 없는 실존감(實存感)을 부여하곤 한다. 이때의 체험이 너무도 강렬하고 충만한 것이어서 시인의 정신이 이에 집중되어 있다고 하여도 과언이 아니다. 정진규 시인의 초기시는 사실 간헐적으로 밀려드는 이의 체험을 형상화하는 데에 많은 부분 할애되어 있는 것이다. 때문에 그의 시에서 주로 은유의 성곽으로 둘러쳐져 그 모습을 노출시키고 있지 않는 기의에 대한 해명 작업은 무엇보다 일차적으로 이루어져야 하는 중요한 문제에 속한다. 그것은 신비로움을 휘감고 있지만 그러할수록 그것의 윤곽만이라도 잡아가는 일이 유의미한 것이다.

그러하다면 위의 시 2연에 제시되어 있는 "나의 方舟는 새어, 새어나 / 나의 意識은 산문투성이 / 나의 言語는 / 모두 틀려나 있었다네 / 민들레는 돌멩이, 때론 機關車 / 만년필은 검은 머릿칼 / …… / ~ 나의 意識은 散文투성이 / 나의 노래는 내 노래 몇 節은 / 쏘세이지를 씹는 世界의 政治家들의 / 女子들의 / 香水로 팔려, 팔려버렸네"에 대한 면밀한 분석이 우리의 의문에 대한 하나의 실마리를 제시해주지는 않을까. 인용된 부분에는 '方舟'의 파괴가 가져오는 부정적 상황이 그려져 있다. '민들레'가 '돌멩이나 기관차'가 되고 '만년필'이 '검은 머릿칼'이 되는 상황이 그것이다. 뿐만 아니라 '나의 의식'과 '나의 언어'가 모두 '산문투성이'가 되고 '나의 노래'가 '정치가들'과 '여자들의 향수로 팔'리는 것은 '방주'가 흔들림으로써 '나'의 모든 것이 혼돈에 휩싸이는 장면을 그리고 있는 것이다. '방주'로 상징되는 구원의 상황이 해체되는 상태를 주로 '말', '노래', '언어', '산문' 등의 기표를 통해 묘사해나가는 시인은 이로써 '방주'의 기의에 대해 직접 언급하는 대신 그것이 '시쓰기'와 관련된 것임을 암시하고 있다. 가령 '나의 方舟가 새어 나갈' 때 '나의 意識은 散文투성이'라는 구절은 '方舟'가 곧 정신의 시적 상태를 가리키는 것임을 시사하는 것이다. 정신의 시적 상태에서 시적 자아는 '방주'에서 얻게 되는 안식과 구원을 얻게 되는 것이며 그러한 상태는 위의 시에서 유추할 수 있듯 세상의 온갖 재난과 고난을 헤쳐 나갈 수 있는 힘의 근거임을 알 수 있다.

따뜻하였던
운명의, 조용한 누나의 팔
팔을 베고
그의 內岸을 흐르는
눈물의 여울소릴 듣던 일
일이란 이젠 죄다 拘束이었던
떠나고 싶었던
그때,
나의 內面은 갑자기
조고맣게 일어서 걸어가는 망아지떼
망아지들의 검은 통발톱
아랠 검은 콧구멍들로 벌름대는 풀밭
一色 풀밭이었다.
그걸 나는 뒤쫓았다.
또는
태날적 예수 빛내던
그날의 빛깔이 傳統이라고
救援의 아침 햇살 하날
가슴에 달고 빛깔나 있었던 女子
女子의 빛깔을
나는 자꾸만 맞비춰대고 있었다.
처음으로 차본 純金시계
그걸로 자꾸만 맞비춰대고 있었다.
젖는 누나의 內岸을
쉬임없이 저어가던 나의 木船들
그것들은 죄다 끝나 있었다.

「마굿간 女子」 전문

集中의 하루를 위하여
나는 한 달을 벌었다.

또는 集中이란 말을
俗物들 앞에선
快樂이란 말로 바꾸어 쓸 줄도 알면서
나는 한 달을 벌었다.
(중략)
아하, 나는 벌었다.
集中의 하루를 위하여
나는 한 달을 벌었다.

「集中Ⅱ」 부분

앞의 시들에서도 살펴본 바 있듯이 정진규의 시에서 특정의 체험 영역은 일상의 영역과 대립되어 간절히 추구되는 공간에 해당된다. 그것은 「集中Ⅱ」에서 고백되는 것처럼 '한 달'의 노동이 있은 연후에 비로소 얻을 수 있는 단 '하루'의 것이다. 이는 특정 체험 영역이 절대화되어 형상화되는 반면 일상의 체험 영역은 그것을 부각시키는 배경으로만 스케치 되고 있음을 말해준다. 특정의 체험 영역이 「마굿간 女子」에서 보듯 다양한 은유로 풍성하게 묘사되는 반면 일상의 영역은 '죄다 拘束'이자 '俗物'의 세계로 치부된다. 무잡하다고 간주된 일상을 배경으로 하며 꿈과 유토피아의 공간으로 기능하기 때문에 특정 체험 영역이라 할 수 있는 그 공간에서 시적 자아는 절대 자유를 경험한다. 그는 자아의 완성을 위한 의식의 최대한의 경지를 개척할 뿐만 아니라 어머니 혹은 누이의 사랑 안에서 행복과 평화를 만끽하는 소년의 모습이 되기도 한다.

「마굿간 女子」의 '나' 또한 '조용한 누나의 팔을 베고' 이상향의 이미지를 꿈꾸는 어린 소년이다. 정진규의 시에는 자유의 절대 공간에 놓여 티없이 맑고 순수한 성격으로 형상화되는 자아가 자주 등장하는 것이다. 이 때 '망아지'나 '당나귀'는 종종 그의 내면을 표현하기 위한 매개물로 제시된다. 우리는 「내 반지의 女子」에서의 "즐겁게 뛰어간/ 아이들의 豊饒를 뒤 쫓다가/ 어렵게 깨어나는 感性을 싣고/ 가장 完全한 것으로 오는 당나귀"에서 이 점을 쉽게 확인할 수 있거니와 위의 시에 등장하는 '망아지떼' 역시 같은 관점에서 살펴볼 수 있다. '망아지떼'는 부정적인 상황에 대비된 순수 자연의 이미지가 되고 시적 자아가 열심히 추구하는 대상으로 자리한다. 또한 '망아지떼'가 '純金시계'와 변주됨으로써 그것이 지닌 절대 순수, 절대 자유의 의미가 더욱 확고해진다.

「마굿간 女子」에서도 우리는 정진규 시의 특성화된 의미 구조를 발견할 수 있지만 이것은 앞의 다른 시들에 비해 보다 선명하게 형상화되어 있음을 알 수 있다. 일상적 체험 영역과 이상적 체험 영역의 극명한 대비, 그리고 다양한 기표를 통해 후자의 의미 영역이 무한히 확장되는 구조가 다른 시들과 공유하는 점이라면 이상적 체험 영역이 '누이', '女子'의 상상 공간 안에서 연상되며 시적 자아 역시 소년이라는 특정한 성격으로 유도되는 점은 다른 시들에 비해 구체화된 부분이다. 더욱이 '망아지떼'의 의미역(域)과 '또는'으로 대등하게 이어지는 부분에서 '구원의 아침 햇살'을 '태날 적 예수 빛내던 빛깔'이라고 진술한 것은 이상적 체험 영역이 일정 정도 절대자에 의해 규정될 수 있음을 보여주는 것으로서, 다른 시들이 체험의 양상에 초점을 두고 이를 위한 기표의 증식에 주력했던 것과 대비되는 것이다. 이는 특정 체험의 양상, 체험의 외연에 대한 것이기보다는 체험의 의미, 체험의 내포에 대한 언급이기 때문이다.

이로써 정진규 시인이 갈구하였던 구원과 평화, 그리고 그 이상을 가져다주는 체험의 내용이 무엇인지에 대해 어느 정도 가늠할 수 있게 된다. 그것은 어느 하나 특정 대상의 것으로 한정시킬 수 없는 것으로, 체험의 공통 영역을 지닌 것이라 일반화될 성질의 것이다. 말하자면 가령 '한 마디 말'이라든가 '방주', '시', '누이', '예수' 등등은 제각각의 의미를 향해 있는 것이 아니라 그 기의가 모두 동일하게 일점(一點)을 향해 있다는 점이다. 그것은 이 모든 기표들을 아우르며 이들이 공동으로 점유하고 있는 기의의 지대에서 찾을 수 있는 바, 그것을 우리는 곧 가장 추상적이고 가장 근원적인 의미에서의 '절대(絶對)'라 할 수 있을 것이다.

4. '절대(絶對)'의 지대와 구도(求道)의 길

우리는 정진규의 시 곳곳에서 일상의 영역과 선명한 선을 긋고 지금 이곳과는 다른 세계를 강하게 추구하는 시인의 열정을 읽을 수 있다. 그러나 만일 정진규의 시가 일상의 체험 영역과 대립되는 이상적이고 완전한 세계를 상정하는 것으로 시의 전체적 구도를 잡고 있다면 그의 시는 그다지 독창적이라 할 수 없을 것이다. 정진규의 독특함은 다른 세계에 관해 어떻게 접근하고 있는가에서 찾을 수 있는 바, 여기에는 다른 세계를 무엇으로 여기는가뿐 아니라 이 세계에 어떻게 도달할 수 있는가 하는 방법론의 문제까지도 포함되어 있다. 정진규는 흔히 얘기되는 특정의 세계를 지향하고 있지 않다. 그의 시는 기독교적 세계관이라든가 모성적 상상력, 혹은 시쓰기의 자의식 등 보다 명료하고 핵심적인 관점에서 표현되는 세계를 추구하지 않는 것이다. 그렇다고 범신론자도 아니고 여성주의자도 아니며 단순히 모더니스트라 단정짓기도 힘들다.

그러한 상황에서 그가 추구하는 세계는 무엇인가? 정진규에게 다른 세계는 종교, 모성, 시 등 구체화된 특정 영역에 있는 것이 아니라 우리가 숨쉬고 있는 바로 여기에서 구해진다. 그러나 우리가 살고 있는 이곳에 의미를 부여하고 가치를 도모하지 않는다는 점에서, 혹은 이곳을 개조하고 변혁시켜야 한다고 여기지 않는다는 점에서 그는 여느 사람들과 다르다. 그의 다른 세계는 살아가는 이곳에서 구해지지만 그것은 결코 여기에 머문 채 있는 것이 아닌, 여기로부터 질적인 비약과 상승을 이룩한 곳이라야 한다. 어쩌면 그것은 이곳과 아무런 상관이 없는 곳일 수도 있다. 전적인 단절과 승화가 이루어진 곳이 바로 그곳이기 때문이다. 정진규는 그곳에 과감하게 경계선을 긋고 이곳과는 차별된 그곳으로 스스로를 자리 이동시킨다. 그곳은 또 하나의 독립된 세상이며 모순이 없는 완전한 절대의 공간이다. 이 완전한 절대의 공간을 우리는 일반적으로 꿈이나 이상이라고 말한다. 혹은 유토피아라

함으로써 지상에 없는 곳이라 규정하기도 한다. 그러나 그것을 실제로 체험한다면 그것은 여전히 꿈으로만 그칠 것인가. 그때에 그것은 다시 우리에게 현실이 된다. 정진규는 그가 상정하는 절대의 공간에 '간다'. 그것은 독립된 영역이기 때문에 자리를 옮겨 '가는' 것이 가능한데, 그것이 또한 가능한 것은 시인이 그곳에 가는 방법도 알고 있다는 점 때문이다. 그리고 그곳에 간 정진규는 그곳을 몸과 마음으로 체험함으로써 그곳이 현실이 되게 한다.

起床.
아침의 窓에다
목구멍을 照準해 놓고
일제히 音階練習을 시작하는 우리 아기들의
아침마다의 習性.
못생긴 우리의 廢物들을
배알아 갈아대는 生新한 順序.
듣고 있으면
애기들의 얼굴에 어른대는
밝은 아침 햇살의 무늬.
全身에 번지어드는
애기들의 音程.

좋아하는 사람이여.
나의 下面에서
당신의 下面에서
맨발로
江물은 참방이는
靈魂의
즐거운 아침 沐浴소리.
우리의 아침 食卓에서
銀쟁반 위에서
神의 勸誘를 본다.

酸性質의 과일이
맨발 벗은 우리의
靈魂을
人生을
招待한다.

「맨발로 I」 전문

오랫동안 內衣를 갈아입지 않았다는
나의 自覺이
참 오랜 동안 沐浴도 하지 못한
내 肉身의 부끄러움을 함께하게 하는
守節 못한 내 靈魂의
歸鄕의 때,
가을은
의식이 데우는 沐浴물.
비오는 날
世界를 씻어내리는 빗물의 거리로
맨발로 뛰어 나가는 아이들을
내가 말리지 못하는 理由,
아이들의 맨발 바닥에서
氣絶했던 내 純粹의 質量이
찰박대는
눈뜨는
그런 情景으로
나의 家庭엔
진종일 기꺼운 銀種이 울리고.

참으로 아름다운 나의 沐浴이여.
그것은 마침내 내게 보이어 준다.
나의 歸鄕이 그중 기꺼운 女人과

내가 나뉘일 陽地를
內衣처럼 조용히 개키어 두었던
나의 內衣의 衣籠/ 衣籠 속에 든 그중 기꺼운 女人의
永遠의 손
그 손이 움직이는 조용한 幅과 거리로
女人과 나의 界面을
빛들어 올 陽地, 陽地도 보이어 준다.
아하, 가을이여.
平和. 平和로우리라.
나는 平和로우리라.

「가을 自覺」 전문

정진규의 시 가운데에는 '자르다'(「避身」, 「敵」, 「맨발로Ⅱ」)라든가 '목욕하
다'(「맨발로Ⅰ」, 「가을 自覺」), '맨발'(「그 晉城안 풀잎」, 「맨발로Ⅰ·Ⅱ」), '애기'(「맨
발로Ⅰ·Ⅱ」) 등의 모티브가 빈번하게 등장한다. 모두 완전함, 극단성의 이미
지를 지니고 있는 이들 모티브들이 유도하는 의미는 무엇일까? 예컨대 '자르
다'의 경우 "세차게 흔들리고 있던/ 내 飼育의/ 한 마리 살찐 당나귀의/ 男根
을 보았을 때/ 나는 왜 부끄러웠을까./ 그때/ 싹둑거리는/ 神의 가윗소리에
놀라고 있는/ 이파리들을/ 나는 보았다/ 나의 視力은 그렇게/ 이파리마다에
避身되어 있었다"(「避身」)라거나 "나는/ 한 개의 偉大한 칼을 가지고/ 神器를
가지고/ 사랑을 자르며 다녔다./ 한 男子와/ 한 女子의/ 가슴을 건너다니는
情緒의 色실도/ 잘랐다"(「敵」)의 구절들에 그 의미가 구현되는데 그것은 범박
하게 말해 '신'의 권위에 의한 인간의 애욕(愛慾) 등의 감정을 다스리는 것을
가리키게 된다. 흔히 동양의 종교에서 말하는 오욕칠정의 인간적 정서를 신
의 '칼', 혹은 '神器'에 의해 버리고 비워내는 의미가 여기에는 있는 것이다.
인간이 겪는 감정의 부대낌들을 모두 벗어버릴 때 인간은 찰나에 불과한 삶
의 질곡으로부터 벗어나 신성(神性)을 회복할 수 있다는 점이다. '자르다' 이
외의 모티브들도 이와 마찬가지여서 이들에는 인간에게 있기 마련인 욕심과

이기성, 사특함 등의 부정적 마음들을 모두 '씻고', '벗고', '순수'를 되찾아 새로운 삶으로 거듭날 것을 촉구하는 의미가 담겨 있다.

위의 시 「맨발로 I 」에 나타나 있는 '애기' 역시 순수를 회복함으로써 부정적 일상의 영역으로부터 자유로워진 자아의 삶을 암시하고 있으며, '애기'와 나란히 제시되는 '起床', '아침의 窓', '밝은 아침 햇살의 무늬' 등은 인간이 일상 체험 영역에 의해 지니게 되는 부정적 심성들을 극복하여 원시반본의 상태로 돌아가 새로운 삶을 시작하는 모습을 담아내고 있는 것이다. 2연의 '맨발'도 '애기'와 유사한 의미가를 지니는 바, 시인은 이 부분에서 스스로를 낮추고 거듭나는 과정을 의미하는 '맨발'이 될 때 비로소 '영혼'이 맑고 깨끗함을 얻어 '神'의 따스한 살핌 속에서 살아갈 것이라는 관점을 제시하고 있다. '銀쟁반'과 '神의 勸誘', '酸性質의 과일'은 삶의 새로운 체험 영역에서 시적 자아가 누리게 될 전혀 다른 삶의 형태를 암시하는 것이다.

인용된 「가을 自覺」의 의미 또한 「맨발로 I 」의 연장선상에 놓임을 알 수 있다. 「가을 自覺」에서는 '목욕' 모티브가 등장하는데 이 '沐浴'은 「맨발로 I 」에서의 '맨발'에 대응하며 '歸鄕'은 '애기'에, '銀種'은 '銀쟁반'에, '永遠의 손'은 '神의 勸誘'에 각각 대응한다. 따라서 「가을 自覺」은 「맨발로 I 」와 동일한 관점에서 동일한 의미의 세계를 그리고 있는 것이다. 특히 「가을 自覺」에서 시인은 시인이 지향하는 궁극의 경지인 원시반본의 상태, 곧 자아가 영혼의 고향으로 돌아가 영원을 획득한 상태를 여성적 이미지를 통해 매우 섬세하게 형상화하고 있다. 그리고 그곳을 완성된 '平和'로 규정한다.

지금까지 살펴본 바에 의하면 정진규의 초기시는 의미 구조의 특성상 크게 두 가지 유형으로 나뉘어진다고 할 수 있다. 하나는 앞의 2, 3절에서 살펴본 바대로 일상의 체험 영역과 이상적 체험 영역을 대비시키고 그 속에서 이상적 체험 영역이 지닌 절대성과 완전성을 그리는 것이고, 다른 하나는 본절에서 다룬 것으로서 이상적 체험 영역이 지닌 의미를 규정하고 그에 도달하기 위한 방법과 과정을 그린 것이다. 첫 번째 유형의 시에서 이상적 체험 영역이 무엇인지 직접적으로 언급되지 않은 채 매우 암시적이고 추상적으로 처리된 반면 두 번째 유형의 시에서 이상적 체험 영역은 '애기', '영혼의 고향', '영원', '신'으로 형상화되는 등 영혼이 순수성을 회복한 것이라는 분명한 규정을 지니고 있다. 이는 전자의 시에서 '절대'라는 모호하고 추상적인 용어로 지시한 것과 결국 같은 세계에 해당하지만 '영혼의 순수성'이라는 일정한 범주로 구체화된 것이다. 그리고 이러한 범주로 규정됨으로써 이것은 이를 실현하기 위한 방법까지도 아울러 결정짓게 된다. 그 방법이란 우리가 본 절의 분석을 통해 이미 살펴본 것들에 해당되거니와 '절단'과 '沐浴', '맨발'에서 암시되는 것처럼 닦고 벗어내고 비워내는 등의 마음 다스리는 일들을 가리킨다.

인간의 감정은 한두 가지 색깔로 명명될 수 없는 다양한 스펙트럼을 지니고 있다. 헤아릴 수 없는 욕망과 정서의 갖가지 성질들은 인간의 그때그때의 상황을 결정하는 가장 기본적인 요소이기도 하다. 대부분의 인간은 다양한 빛깔의 욕망과 감정에 지배되어 행동하고 살아가는 것이다. 이것이 인간의 즉자적인 조건이기 때문에 일상의 체험 영역은 인간들의 얼키설키한 관계로 난수표처럼 무질서한 양상을 띠고 나타나게 마련이다. 정진규가 극복해야 할 세계로 설정한 것도 이러한 성격을 지닌 일상 체험 영역이다. 일상적 체험 영역은 인간 개개인의 이기심과 욕심과 제어되지 않은 감정들로 이루어진 거칠고 산문화된 세계이다. 그곳에서 시인은 집중하고 몰두하며 정신의 고양을 이룰 수 없으며 어떠한 위안이나 안식, 평화나 구원 또한 경험할 수 없다. 또한 그곳에서 영혼은 혼탁한 세상에 가려져 자취를 찾기 힘들 것이다. 그러나 시인은 일상적 체험 영역이 아닌 다른 세계가 있음을 알고 있다. 그것은 자아의 간절한 갈망과 순결한 마음이 빚어낸 독특한 체험 영역으로 현상하는 것인데 시인은 이것이 가져다주는 정신의 고양과 영혼의 평온에 깊이 매료당하게 된다. 시인의 경우 그러한 경험은 어느 일정한 상황에서 구현되는 것이 아니다. 그것은 어떠한 상황에서든 특정한 조건이 마련되면 유도되는 것이다. 그렇다면 현실과 분리되면서 현실 속에서 만들어내야 하는 그와 같은 경험을 지속시키기 위해 시인은 어떠한 길을 걷게 될까? 삶의 전방위적 지점에서 이상적 경험을 유도하기 위해 마련해야 할 조건이란 무엇인가? 시인은 이러한 질문에 대해 '마음 다스리기'라는 방법을 제시한다. 그것도 절대적 권위자에 의해 조율된 철저하고 완전한 마음의 순수를 지향한다. 시인은 그것을 통해 그가 초기의 시적 활동 전체를 통해 추구한 절대의 경지인 영혼의 안식처이자 영원한 평화에 도달할 수 있다고 믿는 것이다. 이러한 세계는 물론 현실에서 비롯될 것이다. 그러나 그것은 일상과 전혀 다른 세계를 우리에게 펼쳐줄 것이며 오직 순수한 마음을 매개로 해서만 도달할 수 있는 승화된 세계에 속할 것이다.

5. 형이상학적 도정에의 탐구

지금까지 이어지는 정진규의 시세계는 우리에게 독특한 경지를 경험하게 한다. 특히 1980년대 중반부터 본격화되었던 정신주의적 시적 경향이 『연필로 쓰기』, 『뼈에 대하여』, 『몸詩』, 『알詩』 등으로 구체화되면서 정진규는 그의 세계를 우리 현대시의 문단에 더욱 확고히 뿌리내리게 된다. 동양의 전통적 사상에 깊이 연원을 드리우고 있는 그의 시세계는 계속되는 이들 시집들의 간행을 통해 탄탄하고 독보적인 위치를 굳히는 것이다.

1960년대에 쓰인 그의 초기시는 이후 넓고 큰 세계로 구축된 그의 형이상학적 경향의 시들을 위한 초석이 된다. 초기시에는 앞으로 그의 사상적 기반이 되고 있는 노장 사상 등의 동양 철학적 인식이 명료하게 드러나 있지 않다. 대신 초기시에서 우리는 현실을 살아가는 평범한 인물로서 겪게 되는 일상적이고도 특수한 경험들에 투명할 정도로 정직하게 반응하는 시인을 만날 수 있게 된다. 시인은 삶의 각 영역들이 빚어내는 경험의 현상들을 섬세하게 추적하고 포착하면서 이들 사이의 특성과 위치에 따라 각각의 좌표를 지정한다. 이 가운데 시인은 일상 영역의 체험이 침투할 수 없는 질적으로 차별된 특정한 경험을 가려낸다. 이때의 경험은 고도의 정신 집중에 의해 현상할 수 있는 것으로서, 시인은 일상의 바다에 하나의 섬처럼 독립된 영역으로 자리하는 이때의 경험이 의식의 절대적 순간을 유도하는 대단히 특수한 것이자 소중한 것임을 인식하게 된다.

사실상 정진규의 독창성은 이 지점에서부터 준비된 것이라 할 수 있다. 평범하고 습관화된 경험을 범상하게 보지 않고 이에 예민한 감각과 섬세한 시선을 던지는 시인은 이내 경험이 곧 그것과 어우러지는 특정한 조건에 의해 다른 성질로 현상한다는 것을 깨닫게 된 것이다. 이러한 깨달음이 있었기에 시인은 일상의 삶의 영역을 넘어설 방도로 여기가 아닌 다른 곳을 상정하지 않는다. 여타의 종교나 여타의 이데올로기 등이 그에게는 필요치 않았던 것이다. 그러한 고립된 세계관이 없이도 그는 이곳의 현실을 뛰어넘어 이곳과 전혀 다른 세계를 가져올 수가 있었는데, 그것은 바로 특수한 경험을 유도하는 특정한 조건을 마련하는 일에서 귀결되는 것이었다.

그리고 시인은 그를 위한 특정한 조건이란 다름 아닌 '나'를 바꾸는 일에 해당됨을 인식하게 된다. 그것이 '마음 다스리기'를 의미하는 것은 두말할 여지가 없을 것이다. 그는 그가 경험한 절대의 특정 경험을 지속적으로 유도하기 위해 그의 마음에 '칼'을 들이대고 대수술을 감행한다. 잘라내고 도려내고 버리고 꿰매는 일이 이때부터 이루어진다. 그 '칼'의 날카로움도 가히 절대자가 흡족해할 만큼의 차원 높은 것이다. 이를 보면 정진규에게 평생의 시작 활동에 걸쳐 주요 테마가 된 '마음', '정신'의 문제가 초기시에서부터, 그것도 자신의 경험에 근거한 섬세한 인식과 통찰로부터 비롯된 것임을 확인할 수 있게 된다.

반란의 언어를 넘어
생명의 언어로

‖ 조태일론 ‖

1. 산의 이미지를 가진 시인

조태일은 1941년 9월 전남 곡성에 있는 동리산 태안사에서 대처승의 아들로 태어났다. 그의 이름인 조태일의 '태(泰)' 자가 '태안사(泰安寺)'의 첫 자를 따서 지은 것[1]에서 짐작할 수 있듯이 그는 유서 깊은 사찰의 웅혼한 기상을 그대로 이어받으며 성장한다. 태안사가 서기 742년 신라의 혜철선사가 창건하여 1,200여 년의 역사를 지닌 절이라면, 시인의 이름 '泰一'은 시인의 언급대로 "천지만물의 출현 또는 성립의 근원 혹은 우주의 본체"라는 사전적 의미를 지니는 것이라 할 수 있다.[2] 시인은 산중의 고적한 마을에서 유년 시절을 보내며 산짐승들과 어울리는 원초적이고 순수한 체험들을 하게 된다. 이리, 멧돼지, 늑대, 노루 따위의 산짐승들 때문에 항상 떼지어 다니던 습성이나 토끼사냥, 꿩사냥, 멧돼지 사냥으로 해가 지도록 뛰어놀곤 하던 생활들은 시인에게 강하고 야성적인 기질을 갖게 한 계기가 된다. 언제나 산짐승들의

---

1) 조태일, 「유년기의 自傳的 詩論」, 『戀歌』, 나남, 1985, p.10.
2) 조태일, 「오늘의 나의 文學을 말한다」, 위의 책, p.394.

공격에 노출되어 있던 이 마을의 아이들은 산짐승들과 효과적으로 대처할 수 있는 기술과 태도를 익혀 스스로를 방어하도록 단련하였다.[3] 그가 우리에게 들려주는 유년시절의 이야기를 통해서도 짐작할 수 있듯이 시인에게 유년 체험은 가장 원시적 공간에서 이루어지는 것인 만큼 고갈되지 않을 힘을 키우는 생명력의 저장고였던 듯하다. 시인은 그곳에서 자신을 위협하는 실체 앞에서 당당히 맞서 싸우는 슬기와 투지를 배웠고 뿐만 아니라 약한 동물을 아끼고 보호해야 한다는 생명의 소중함에 대한 의식, 자연과 함께하는 데서 비롯된 친화(親和)의 감각을 얻게 된다.

시인을 길러낸 것은 이와 같이 태안사와 동리산, 그리고 그곳에 기거하는 모든 생명체들이었다. 이곳에 몸을 담고 살면서 시인은 이들이 만들어내는 생의 원리와 질서에 동화되어 살아오게 된다. 그리고 이러한 점들은 그의 시에 고스란히 그 면면들을 드러낸다. 그의 시가 보여주는 적극적이고 활달한 기개라든가 고향 및 대지에의 지향성, 혹은 대상과의 황홀한 합일 등은 모두 시인의 산중에서의 유년체험에 그 뿌리를 두고 있는 것이다. 시기를 달리하면서 서로 다른 시적 성격으로 형상화되는 이들 측면들은 결국 조태일 시인의 원형적 세계의 다른 면들이었던 셈이다. 때문에 시인이 초기에 보여주고 있는 참여적인 시세계와 후기의 친자연적인 세계는 형상화되는 부면이 다를 뿐 세계를 추동시켜내는 근원은 결코 다르지 않음을 알 수 있다.[4] 그만큼 유년의 경험들은 시인에게 시원의 체험이 된다.

그러나 유년의 공간이 시인을 한없이 따뜻하고 넉넉하게 감싸주는 원초적인 생명력을 준 곳이었다 하더라도 이곳 역시 시대의 격랑에 휘말릴 수밖에 없었던 우리 국토의 일부였음은 부인할 수 없는 사실이었다. 시인은 여기에

3) 조태일, 앞의 글, p.11.
4) 이은봉은 조태일의 시세계가 크게 3단계의 변주 과정을 보인다고 한다. 그는 초기시가 순결 혹은 원초적 정의에의 몸부림을 보이고 있다면 중기시는 민족 현실의 반영 혹은 눈물과 울음의 세계, 후기시는 대지와 자연 혹은 동심과 모성의 구현을 이루고 있다고 말한다. 이은봉이 지적한 데서도 알 수 있는 것처럼 조태일의 시세계는 분명히 구분되는 변모의 지점들을 안고 있다. 이은봉, 「조태일 시의 의식지향」, 『한국현대시인론Ⅱ』, 다운샘, 2005, p.422.

서 혼란스럽던 일제 말기와 1948년의 여순 사건을 겪어야 했다. 특히 여순 사건을 시인은 평생 잊지 못할 비극적 체험으로 기억하고 있거니와 이를 계기로 시인의 가족은 고향을 떠나 광주로 피난을 하게 되고 곧이어 그곳에서 6·25 전쟁을 맞이하게 된다.

이 시대를 살아온 자라면 누구나 그러하겠지만 일제 말기를 거쳐 해방 공간, 그리고 6·25와 4·19로 이어지는 격변의 역사를 살아오면서 조태일은 이들 사건들로부터 큰 영향을 받는다. 그것은 변혁의 역사가 혹독하고 처참할수록 더욱 억척스럽고 강인하게 살아야 했던 민중의 삶의 방식과 관련된다. 친구들의 부모가 무참히 대창에 찔려 죽고 하루아침에 머슴이 주인을 죽이고 산으로 들어가던 광경, 그리고 전국토에서 벌어진 참혹한 대살륙의 장면들을 목도하면서 시인은 자신의 마음속에 사랑과 한과 미움 등의 온갖 감정들을 어느 것 하나 버리지 않고 모두 한데 뒤섞어 놓는다.[5] 쉽게 잊을 수도 버릴 수도 없는 이 모든 감정들은 시인의 마음속에 녹아들어 시인으로 하여금 더욱 치열하게 살도록 강제한다. 이처럼 뒤엉킨 마음의 소용돌이를 견디고 치솟아 오른 것이기 때문에 조태일 시인의 시는 강하고 뜨거운 언어로 이루어진다. 이에 따라 시인은 자신의 시를 읽을 때마다 '걷잡을 수 없는 흥분을 감당할 수 없다'고 술회하거니와 우리는 시인이 그가 겪은 비극적 체험을 절망과 좌절의 음성으로 채색하기보다 펄펄 살아있는 사람으로 살면서 독한 언어로 시를 쓴,[6] 그 동안의 우리 시사에서는 드물게 적극적이고 의지적인 남성적 면모를 보여준 인물에 해당됨을 알 수 있다. 그리고 조태일의 이 적극적이고 진취적인 면은 그 자신이 유년기에 체험했던 시원의 체험과 결합하여 더욱 역동적이고 더욱 생기에 찬 목소리로 발성되는 것이다.

---

5) 조태일, 「내 詩 題目들에 대하여」, 앞의 책, pp.256~257.
6) 조태일, 위의 글, p.257.

2. 암중모색의 60년대, 그리고 희망을 위한 몸부림

조태일이 본격적으로 문단 생활을 시작하게 된 것은 1962년 전남일보 신춘문예에 「다시 舖道에서」와 1964년 경향 신문 신춘문예에 「아침 船舶」이 나란히 당선되면서부터이다. 또한 이듬해 첫 시집『아침 선박』을, 1970년에 제2시집『식칼론』을 상재하면서 왕성한 창작열과 재능을 과시하게 되는 조태일은 1999년 생을 마감하기까지 약 37년여에 걸쳐 모두 8권의 시집을 발간하게 된다.『아침선박』과『식칼론』을 비롯한 1975년의『국토』,『가거도』 (1983),『자유가 시인더러』(1987),『산속에서, 꽃속에서』(1991),『풀꽃은 꺾이지 않는다』(1995),『혼자 타오르고 있었네』(1999)가 그것이다. 시인으로 활동한 기간에 견주어 볼 때 조태일은 다작(多作)의 시인이 아니었음을 알 수 있는데, 이는 조태일 시인에게 시가 삶과, 보다 엄밀히 말해 현실에서의 실천적 삶과 분리되지 않은 것이었다는 점을 염두에 두면 충분히 납득이 가는 일이라 할 수 있다. 그의 시는 예술을 위한 예술의 활동도 아니었으며 지적인 유희는 더더욱 아니었던 것이다. 현실에서의 한걸음의 실천이 행하여짐에 따라 비로소 시도 한 줄 쓰일 수 있었던 것으로서 만일 현실을 향한 치열한 고뇌와 무게가 없다면 시도 존재하지 않는다는 점이 조태일의 시를 발생시키는 원리에 해당되었다. 따라서 조태일의 시는 실천을 위한 열정의 소산이자 실천과 등식이 성립하는 실천의 등가체(等價体)라 말할 수 있게 된다.

이들 시집 가운데 실천적 현실주의자로서의 조태일의 위치를 확고히 해준 것은『식칼론』과『국토』,『가거도』와『자유가 시인더러』와 같은 시기적으로 1970년대에서 80년대에 쓰인 시들이라 할 수 있을 것이다. 이 시집들은 유신독재 체제와 광주 민중 항쟁, 그리고 사회 전 계층의 민주주의 운동이라는 사회적 여건 속에서 민중과 함께 한 사회 참여 운동의 결과물이다. 더욱이 월간지『시인』을 주재하며 김지하·양성우·김준태를 발굴했고, 1974년 민족문학작가회의의 전신인 자유실천문인협의회의 창설을 주도한 점, 긴급조

치 9호 위반과 유신 독재 비판으로 투옥과 구속을 거듭한 일들은 조태일을
선 굵은 생애의 시인으로 자리매김하는 주요 계기들이 된다.[7]

70년대 민주화 운동의 선봉에 선 적극적 현실주의자로서의 시인의 위상에
비추어 본다면 60년대 쓰인 첫 시집 『아침선박』은 어떤 의미를 지닐까?
『아침선박』과 그 이후의 시집들 사이의 거리를 우리는 어떻게 좌표화할 수
있을까? 『아침선박』은 다채로운 상징과 은유, 도발적인 이미지, 초현실주의
시에서 볼 수 있는 빠른 호흡 등의 요소로 이루어져 있어 1960년대 시의 주
된 흐름이었던 모더니즘적 경향에 속한다 해도 큰 무리는 없어 보인다. 여기
에는 투쟁을 호소하는 단일한 목소리도 민중적 삶의 리얼리스틱한 형상화
도 두드러지게 나타나 있지 않은 것이다. 이러한 점들로 인해 60년대 난해
시의 상투적 수법에 깊이 침윤되어 있다는 지적[8]을 비껴갈 수 없었던 『아침
선박』은, 그렇다면 조태일 시인의 시들 가운데 가장 개별적이고 가장 특수한
것일까?

> I
> 아침 바다는 叡智에 번뜩이는 눈을 뜨고
> 끈기의 저쪽을 달리면서
>
> 時代에 지치지 않고, 처절했던 同伴의 때에,
> 쓰러진 時間들을 하나씩 깨워 일으키고.
> 저, 넘쳐나는 地平의 햇살을 보면
> 淸明한 날에 잠 깨는 出港.
>
> 洗手를 일찍 끝낸 女人들은
> 탄생을 되풀이한 오랜 陣痛에
> 땀배인 內衣를 벗어 바다에 던지고,

---

7) 손택수, 「대지의 향기, 꽃 속에서 터진 말」, 『창작과 비평』, 2005, 봄, p.251.
8) 염무웅, 「자유정신으로 이슬로 벼려진 칼빛 언어 조태일의 시를 읽다」, 『창작과 비평』,
   1999, 겨울, p.212.

파이프에 男子들은, 두고 온 年代를 열심히 피워 문다.

II
철저한 自由를 부르면서
흐느끼는 深淵, 그 움직이는 고요.
가파른 正午의 한때를,

理解만이 남고 오직 進行이 있을 때
당황하던 波濤를,
食慾을 거느린 별들이 주워들고 멀리 떠났다.
험한 海峽엔 그러나
意志를 철썩이는 잔잔한 파도의 無聊.
밤새워 海邊을 지키던 새의, 辭緣은 남고.
純粹의 깊이에서 일어서는 書籍들의 눈부신 抗辯.

— 아직 寢室에 누워 있는 者들도 한번은 떠날 것이다.
休息의 때가 오면 敗北의 옷자락을 가다듬을 꼭 가다듬을
늦지 않는 아우성, 同族을 꺼려하는
쓸쓸한 視線들도
한번은 떠날 것이다.

III
우리에게 주어진 한개의 原因은
서성이는 곳에 쓰러지지 않는 거만한 拒否.
安協이 없는 거리를 글쎄,
걸어갈 수 있을까?

信仰은 놓이고 길을 가는 疑問의 날에
찾아 온 第三의 치맛자락에 매달린 食卓.
어지러워라.
천둥이 울더라도 흔들리지 않는

確固의 食卓은 없을까?

爭取의 이빨을 내놓기 전
낮에도 눈이 감긴 暗礁의 눈을 뜨게할 순 없을까.

겨울을 빠져 나온 꽃들이 찾아가
피어날 꽃나무는 없을까.
季節이 없어 과일들은 익질 못한다.

Ⅳ
獲得의 눈이 내리고 있다.
學童들의 꿈길에서 얻어진
멀고 먼 나라의, 가까운 恩惠가 흩날리고 있다.

아침 인사를 받으면서 물러 앉은 山
아침 인사를 받으면서 午後가 되더라도 피로하지 않을
하이얗게 움직이는 船舶이 있다.

우리 젊은, 우울한 船長에겐 무엇을 바칠까?
우리의 母國語를,
우리의 손으로 만들어진 나침반을,
우리의 눈에 맞는 색갈의, 저 地平을 향해 펄럭일 旗를 바쳐야 한다.

「아침 船舶」 전문

「아침 선박」은 조태일의 데뷔작이자 60년대 그의 시적 성향을 가장 대표적으로 드러내고 있는 시이다. 이 시에는 시집 『아침 선박』에 실린 시편들의 특징이라 할 수 있는 화려한 수사법과 꿈과 환상을 넘나드는 상상력의 발랄함, 욕망의 다양한 무늬와 의식의 혼돈들이 모두 담겨 있다. 우리는 이 속에서 관념적이라 일컬을 수도 있고 다설적(多說的)이라 할 수도 있을 현대시 특유의 복합적 구성을 어렵지 않게 만나게 된다. 이처럼 대부분의 현대시가 꾀하는 의미의 다층적 구조라든가 수사법의 치밀함이 구현되어 있으므로 조태일의 60년대 시는 여느 현대시, 특히 당대의 모더니즘 시에 비해 결코 뒤지지 않는 기법의 수준을 확보하고 있다고 해도 과언이 아닐 것이다. 그러나바로 이러한 특성들 때문에 그의 60년대 시의 시적 가치가 평가절하될 수도있다는 점을 우리는 간과할 수 없을 것이다. 어찌 보면 모더니즘 기법에 충실하다고 할 수 있는 60년대의 시들은 기법의 특성상 현실의 문제들과 계급적 모순들을 리얼리즘적 형태로 형상화하는 데 있어 한계를 지닐 뿐 아니라투쟁에의 호소력 측면에서도 무기력할 수 있기 때문이다. 이는 모더니즘의시들이 모호하고도 불완전한 구성을 취하고 있어 이를 통해 현실의 문제들이 오히려 은폐되고 호도될 여지를 갖는다는 사실과 관련된다.

조태일의 60년대 시가 가질 수 있는 이와 같은 한계와 단점들은 그러나위의 시의 의미 구조를 면밀하게 살핀다면 많은 부분 그의 시가 지닌 다른요소들로 인해 상쇄되고 보완되어 있음을 확인하게 될 것이다. 위의 시에는난해한 관념성향의 모더니즘적 기법 이면에 확고부동한 의지가 숨겨져 있으며 동시에 조태일의 시 저변에 흐르는 그 무엇, 시인의 삶과 그의 시를 추동시켜내는 독특한 동력이 작용하고 있는 것이다. 이것들은 조태일 특유의 생명력과 활기를 보여주는 것에 다름 아니며 그의 삶 가운데 가장 원초적이고순수한 영역을 형성한 유년기의 원형 체험에 그 뿌리를 드리우는 것이라 할수 있다. 즉 시인의 60년대 모더니즘적 기법의 시들은 내면의 근원적인 생명력에 의해 휘감겨 재구성됨으로써 조태일 시인만의 독특한 세계를 펼쳐내는데 기여하고 있는 것이다.

총 4부로 되어 있는 위의 시는 각 부분이 인과적 혹은 시간의 계기에 의해 짜여지는 대신 연관성이나 유기성이 제거된 채 각기 독립적으로 놓여 있음을 알 수 있다. 단일한 의미의 축이 사건을 이끌어가면서 완결된 논리를유도하는 구성과는 거리가 멀고, 반면 4개의 의미의 축이 동시적으로 제시되면서 동일한 의미가 병렬적으로 나열, 반복되어 있는 것이다. 이러한 구성안에서 이미지들은 감각적이고 참신하게 제련되어 있으며 고도의 은유와 상

징이 시를 아름답게 수놓고 있다. 이러한 점들은 모두 공간지향성으로 명명
되는 모더니즘의 전형적 기법들이다. 그러나 위 시의 본질을 이루고 우리의
시선을 보다 강렬하게 이끄는 것은 이들 구성을 통해 축조된 의미망이다. 그
것은 매 지점마다, 매 시기 원점마다에서 삶에의 의지가 살려지며 그러한 의
지가 삶을 패배와 좌절에 물들이지 않고 미래적이고 적극적인 지평으로 나
아가게 한다는 것을 가리킨다. 제목이 된 '아침 선박'이라든가 '쓰러진 시간
들을 하나씩 깨워 일으키고', '햇살', '청명한 날에 잠깨는 출항', '땀배인 내
의를 벗어던지고', '자유를 부르면서', '확고의 식탁', '획득의 눈', '피로하지
않을 하이얗게 움직이는 선박', '우리의 손으로 만들어진 나침반', '펄럭일
기' 등등 위 시의 대부분의 이미지와 상징들은 의미상 이러한 방향성을 상
정하고 있다고 해도 과언이 아니다. 말하자면 시인은 모든 수사를 동원할 만
큼 대단히 강력하게 적극적이고 미래지향적인 자신의 삶의 의지를 형상화하
고 있는 것이다. 그리고 그와 같은 일련의 의미망 아래에 이들 미래적이고
밝은 삶을 깨워 일으키는 원초적 공간에 대한 형상화가 '세수를 일찍 끝낸
여인들은 / 탄생을 되풀이한 오랜 진통에'라든가 '순수의 깊이에서 일어서는
서적들의 눈부신 항변', '학동들의 꿈길에서 얻어진 / 멀고먼 나라의 가까운
은혜' 등으로 이루어지고 있음을 알 수 있다.

3. 저항과 반란의 뜨거운 언어

「아침 선박」, 「밤에 흐느끼는 내 肉體를」, 「다시 舖道에서」, 「다시 山河에
게」, 「四月의 메모」, 「눈깔사탕」 등의 조태일의 60년대 시들은 4·19혁명의
실패와 5·16 군사 독재의 등장이라는 암담한 사회적 상황을 배경으로 하고
있지만, 그러한 상황에 좌절하기보다는 새로운 삶의 활력을 찾아 암울한 시
대의 국면을 능동적으로 타개해 나가겠다고 하는 의지가 선명하게 그려지고

있다. 즉 『아침선박』은 캄캄하게 차단된 현실에 대해 저항하고 그곳에서의 탈출구를 찾아 몸부림치는 자아의 의지가 물고기처럼 탄력있는 이미지로서 혹은 순발력 넘치는 상상력으로 구현되어 있는 시들의 모음인 것이다.[9] 상황에 굴복하지 않고 이에 완강하게 맞서고자 하는 이러한 태도는 "원초적인 힘에서 원초적인 힘으로 끝내고 싶은 것이 나의 일관된 시의 의지"라고 한 시인의 발언[10]에도 분명하게 나타나 있다. 조태일의 시가 60년대에 유행처럼 번졌던 모더니즘의 영향으로부터 자유롭지 못함에도 불구하고 일관되게 활달하고 굽힘없는 시인으로 기억하게 하는 요인도 여기에 있다.

어떠한 어려움에도 사람답게 사는 세상을 노래하며 이를 방해하는 어떤 음모에도 당당히 맞서던 시인의 일관성 있는 태도[11]는 1970년에 상재된 『식칼론』에 이르러서 보다 구체화되어 조태일의 시는 강한 현실주의적인 경향을 굳히게 된다. 이 시기 한국 사회에는 공고해진 유신 체제에 맞서 민주주의의 기본 권리로서의 자유와 평등에 대한 각성 및 요구가 한층 고조되었던 바, 조태일의 70년대 대표작이라 할 수 있을 「식칼론」 혹은 「나의 처녀막」 등의 연작시는 이러한 사회 상황을 배경으로 하여 창작된 것들이다. 조태일은 '식칼'이라고 하는 서슬퍼런 이미지를 통해 사회의 적을 향한 투쟁의 수위와 강도, 그리고 의지를 확정하는 동시에 '처녀막'을 통해서는 '순결하고 정결하고 신비하고 거룩하기까지 한'[12] 무엇을 상징함으로써 훼손된 사회에서 지고(至高)의 가치가 여지없이 파괴되는 비극상을 신랄하게 그려내고자 했다. 즉 「식칼론」과 「나의 처녀막」 연작시를 계기로 조태일은 삶의 원형성과 순결성을 유린하고 파괴하는 파시즘적 사회에 대한 부정과 저항의 목소리를 돋우기 시작했던[13] 것이다.

---

9) 김영무, 「핵심 껴안기와 꿈 뒤집어 꾸기」, 『시의 언어와 삶의 언어』, 창작과비평사, 1990, p.165.
10) 임동확, 「넘을 수 없는 거대한 산같은」, 『실천문학』, 1996 봄, p.295.
11) 신덕룡, 「깨어있는 정신, 움직이는 시」, 조태일, 『다시 산하에게』, 미래사, 1991, p.141.
12) 조태일, 「내 詩 題目들에 대하여」, 『戀歌』, 나남, 1985, p.256.
13) 손택수, 앞의 글, p.258.

창틈으로 당당히 걸어오는
햇빛으로 달구었어!
가장 타당한 말씀으로 벼리고요.

신라의 허황한 힘보다야 날카롭고
井邑詞의 몇 구절보다는 덜 애절한
너그럽기는 무등산 허리에 버금하고
위력은
세계지리부도 쯤은 한 칼이지요.

흐르는 피 앞에서는 묵묵하고
숨겨진 영양 앞에서는 날쌔지요.
秘藏하는 데 신경을 안 세워도 돼,
늘 본관의 심장 가까이 있고
늘 제군의 심장 가까이 있되
밝게만 밝게만 번뜩이면 돼요.
그의 적은
六法全書에 대부분 누워 있고……
아니오 아니오
유형무형의 전부요.

「식칼론 1」 전문

뺙따귀와 살도 없이 혼도 없이
너희가 뱉는 천 마디의 말들을
단 한 방울의 눈물로 쓰러뜨리고
앞질러 당당히 걷는 내 얼굴은
굳센 짝사랑으로 얼룩져 있고
미움으로도 얼룩져 있고.
(중략)
너희의 녹슨 여러 칼을

꺾어버리며, 내 단 한 칼은
후회함이 없을 앞선 심장 안에서
말을 갈고 자르고
그것의 땀도 갈고 자르며

늘 뜬 눈으로 있다
그 날카로움으로 있다.

「식칼론 2」 부분

연작시 「식칼론」은 총 5편으로 구성된 작품들로써, 1969년에 집중적으로
쓰인, 시적 의미가 선명한 시편들이다. '식칼'이 상징하는 것은 적에 대항하
는 무기임은 물론이며 이 때 무기라 하면 적과 싸워 이길 수 있는 감정과 의
지와 지성과 물리적 힘 모두를 망라한다. 또한 물리적 힘에는 정신력과 조직
력, 파괴력, 추진력 등의 투쟁을 진행시킬 수 있는 모든 것이 포함된다. 시인
은 '식칼'을 통해 단지 싸움에의 정당성과 투지만을 묘사한 것이 아니라 '싸
움'의 전략으로부터 전술에 이르기까지의 세세한 요구 사항들을 치밀하게
끌어내고 있다. 또한 여기에서 '적'은 '육법전서에 누워있는' 것에서부터 '유
형무형의 전부'일 뿐만 아니라 '「改憲」이란 글자까지도'(「식칼론 3」) 포함하는
것으로 시인이 상정하고 있는 적의 실체가 국가 차원에서 부과되는 법과 규
범, 그리고 그것들이 강제하는 생활 세계 전부임을 알 수 있다.

시인은 자신을 포함한 '우리'가 즉자적인 상태로 '적'과 싸울 수 있다고
생각하지 않는다. 상대는 국가이자 조직이기 때문에 '우리' 역시 그에 상응
하는 힘과 조직을 지녀야 하는 것이다. 따라서 시인은 자신의 내면에서부터
차례차례로 그 상태를 조절하고 단련시켜 나가고자 한다. '당당으로 걸어오
는 햇빛', '가장 타당한 말씀', '날카롭고 덜 애절한', 또한 '너그럽고 위력 넘
치는', '묵묵함'과 '날쌤' 등은 그 중 일차적으로 갖추어야 하는 자세이자 태
도일 것인데, 이 안에는 우리 측의 강한 정신력에 대한 당부와 주장의 정당
성에 대한 확신이 강하게 반영되어 있다고 할 수 있다.

　이와 같은 강한 정신력과 자신감은 '적'들의 '천 마디 말들을' '한 방울의 눈물로 쓰러뜨릴' 수 있다고 할 정도인데, 이는 저절로 생겨난 것이 아니고 '굳센 짝사랑'과 '미움'의 '얼룩'들을 끌어안는 강한 애착과 포용력에서 비롯된 것임을 알 수 있다. '대창 앞에서 먼저 가신 아버님'과 '반장집 바로 옆집에서 홀로 계신 남도의 어머님', '흩어진 엄청난 빛'(「식칼론 3」)으로 상징되는 허망하게 죽어간 모든 민중들, 그리고 '내 男根 속의 미지의 아들딸의 빛'들은 '한반도'라는 국토에서 모진 역사의 부침을 겪으며 살아가는 과거·현재·미래의 인물들로서, 이들을 한데 부둥켜안음으로써 시인은 비로소 투쟁의 근거와 정당성, 자신감과 확신을 얻게 되는 것이다. 또한 투쟁의 정당성과 자신감을 확보하였을 때 그 투쟁은 '심장'과 '심장'의 대결이라는 가장 직접적인 형태로 이루어질 것이다.

　「식칼론」이 투쟁의 당위성과 전제 조건을 마련하고 민중을 투쟁의 주체로 세우는 데 초점을 두고 있다면 「나의 處女膜」은 독재정권과 그의 행위라는 실체를 내세워 우리가 싸워야 하는 투쟁의 내용을 구체적으로 명시하고 있는 시에 해당된다.

제군
연전에 파열된
나의 처녀막을 기억이나 하시는지.

하루에도 몇 번씩 강한 열 손가락으로
나의 어린 유년을 열어젖히고
상한 나의 처녀막 근처에 꿇어앉아
산산이 쪼가리난 흔적의 민주를 자유를
感得이나 하시는지.
통곡이나 하시는지.

쪼가리 쪼가리난 처녀막으로

붉은 세월의 피의 꽃방석 만들어 깔고 앉아
삐리 삐릴리 삐리 삐리 삐릴리
야만의 풀피리를 불고 있네만,
쪼가리 쪼가리난 민주나 자유로
붉은 세월의 피의 꽃방석 만들어 깔고 앉아
삐리 삐릴리 삐리 삐리 삐릴리
야만의 풀피리를 불고 있네만,
심란해라 심란해라 아이 심란해라.
(중략)
호강 한 번 못해 보았기로야 나의 처녀막은,
호강 한 번 못해 보았기로야 민주나 자유는
파열당한 아픔과 그 흔적을 낙으로 삼는가를,
차라리 나의 영양으로 삼는가를,

피 흘리며 흩날리는 四季를,
쏘내기 맞듯이 쏘내기 맞듯이 맞고 앉아서
내 육체에 꽂혀 나부끼는 메아리를 보는
나의 눈 속에는
어렸을 적 내 이웃에 살던 영감마님의 얼굴처럼
늙은 내 조국, 몇 놈 때문에 보기 싫은 조국이 보이네,
수염 돋듯 돋아난 내 유년이 보이네.
쪼가리 쪼가리 난 처녀막으로
아아 쪼가리 쪼가리난 민주와 자유로
붉은 세월의 피와 꽃방석 만들어 깔고 앉아
삐리 삐릴리 삐리 삐리 삐릴리
나의 사랑을 불면서
그렇게 야만의 풀피리를 불면서.

「나의 處女膜2」 부분

가장 정결하고 가장 거룩한 것이 무엇인가를 찾다가 '처녀막'에서 그 상

징성을 발견하였다는 시인의 언급대로 위의 시에 형상화되어 있는 '처녀막'
은 시대와 민족의 가장 고귀한 가치를 가리킨다. 자유와 민주로 대표되는 그
것은 우리 민중이 피로써 쟁취한 조국의 순결성에 해당되는 것이며 곧 "삼
천만 개의 쌍 눈을 번뜩이며 / 삼천만 개의 쌍 귀를 세우고 / 삼천만 개의 가
슴을 비벼 불꽃 튀는 / 불꽃 튀는 단일화된 외침을 가지고 / 삼천만의 기념비
처럼 / 내가 섰"(「나의 處女膜3」)던 4·19이다.

　문제는 자유와 민주가, 조국의 가장 순결하고 고귀한 가치가, 4·19가 '산
산이 쪼가리난' 데 있다. '호강 한 번 못해 본' 그것이 하루아침에 갈가리 찢
겨 '야만의 세월'이 오고야 말았다는 데 있다. 시적 자아는 그로 인한 아픔
과 고통에 처절하게 울부짖으며 '閣下'(「나의 處女膜3」)와 '제군들'을 향해 우
리 민중들이 입은 상처를 호소한다. '각하'와 '제군들'은 가해자와 피해자라
는 서로 대립적인 자리에 서 있지만 '처녀막'이 '파열'되었다는 사실에 대해
서는 동일하게 둔감하기 때문이다. 시적 자아는 돌이킬 수 없이 유실된 혁명
앞에서 상실감과 허탈감으로 괴로워 '통곡'하는 것이다.

　그러나 위 시의 시적 자아는 마냥 패배감과 좌절감에 매몰되어 있지는 않
다. 그는 가장 고통스럽게 울부짖지만 그 울부짖음과 통곡을, '처녀막이 파
열'된 데서 비롯된 아픔을, 순결성을 산산 조각낸 야만성을 투쟁의 힘으로
전환시킨다. '붉은 세월의 피의 꽃방석을 만들어 깔고 앉아' '야만의 풀피리
를 부'는 것은 바로 자아의 이러한 행위를 암시하는 것이다. 즉 자유와 민주
의 혁명이 유산된 바로 그 지점에서 보란 듯이 자리를 펼치고 앉아 주체를
규합하고 가해자를 향한 투쟁의 화살을 쏘겠다는 것이다. 이는 아픔을 아픔
으로, 고통을 고통으로 받아들여 그 속에 머물게 되는 차원을 넘어서는 것으
로 아픔과 고통을 극복하여 투쟁에의 국면으로 승화시키겠다는 의지의 표현
에 다름 아니다. 여기에서 '쪼가리 쪼가리난 민주와 자유, 그리고 피의 처녀
막'을 '방석'으로 만들겠다는 발상은 조태일 시인 특유의 강인함과 적극성에
서 가능한 것으로서, 바로 그러한 시적 상상력으로 아픔과 고통에서 투쟁으
로의 전환과 승화가 이루어질 수 있었던 것이다. 그리고 이와 같은 시인의

적극성과 강인함이야말로 민중의 연대를 구축하고 그들을 투쟁의 주체로 서
게 할 수 있었던 원농력이 된 것이다.

4. 생명을 위한 '모듬'의 공간

조태일의 시에는 크게 두 개의 목소리가 있다. 하나는 시대의 질곡을 질
타하는 특유의 거침없는 목소리이고 다른 하나는 원시적 삶에 기초한 역동
적 움직임의 그것이다.[14] 전자가 70년대를 전후하여 특히 『식칼론』으로 발
성되었다면, 후자는 투쟁의 국면이 달라지기 시작한 90년대를 전후하여 두
드러지게 등장하였다. 그런데 후자의 원시적 삶은 조태일의 경우 유년기 및
고향을 향한 그리움이라든가 여성성 내지 모성에의 지향성으로 구체화된
다.[15] 이러한 면들은 흔히 진취적 모습을 통해 강한 남성적 이미지를 각인시
키고 있는 조태일 시인을 다른 시각으로 보게 만드는 요소가 된다. 시대의
변혁을 위해 투쟁의 기치를 드높이는 시인의 면모와 고향과 어머니를 부르
는 부드러움 사이엔 크게 거리감이 느껴지는 것이 사실이다.

그러나 조태일에게 이 두 가지 요소는 서로 분리되어 있는 것이 아니다.
오히려 이들은 한 몸을 이루고 있어 서로가 서로에게 터전이 되고 영양분이
되는 관계를 취하고 있다고 보는 것이 더욱 정확한 판단일 것이다. 다시 말
해 전자의 목소리와 후자의 목소리는 서로 뒤엉켜 있는 것으로서 특정한 국
면에 따라 그 목소리의 고유 음색이 빚어지는 것이라 할 수 있다는 점이다.
전자의 목소리가 승할 경우 후자의 목소리는 그것의 저변에서 배경음이 되
지만, 전자의 목소리가 약할 경우 후자의 목소리는 승하면서 전자의 목소리
를 추동시키는 또 다른 힘이 되는 관계가 바로 그러하다. 이러한 상황에서

---

14) 신덕룡, 앞의 글, p.141.
15) 임동확, 앞의 글, p.292.

중요한 것은 두 가지의 목소리가 어떻게 하면 서로 상극되지 않고 조화를 이루어내느냐에 있을 것이다.

　우리는 앞서 조태일 시인에게 유년기의 원초적 체험이 그의 삶의 근원을 형성하고 있어 시인을 미래지향적이고 적극적인 성격의 인물로 만든 근본 요인에 해당한다고 하였던 바, 이 점이야말로 조태일 시인에게 있는 두 개의 목소리가 어떤 관계 아래 어떻게 어우러지고 있는가를 분명하게 보여주는 것이라 할 수 있다. 뿐만 아니라 앞의 「나의 處女膜」에서 살펴보았듯이 절망과 분노를 순간 투쟁에의 의지로 전환시킬 수 있던 힘 역시 조태일의 이 두 가지 요인이 서로를 지탱하는 축이 되었기 때문에 솟아난 것이다. 요컨대 조태일에게 두 개의 목소리는 멀리 떨어져 있는 것이 아니고 서로 뒤섞여 있는 셈이다. 실제로 「식칼론」을 쓸 당시 시인은 동시에 자신의 고향이라 할 수 있을 원초적 세계에의 지향성을 형상화하고 있으며, 같은 시기에 쓰인 이 두 부면들을 한 시집 안에 묶어 놓기도 하는 것이다.

> 멍청하게 와버린 봄빛 위에서
> 머리 푼 저 북풍은 살아 있다.
> 흰 이빨은 펄펄 살아 있다.
>
> 만인에게 후려치는 내 눈물보다도
> 더 예쁘고 날쌘 남도평야는 살아 있다.
>
> 남루한 삼베 치마저고리를 걸친
> 저 누님같은 아낙네의 살빛은 살아 있다.
> 그의 전신경은 펄펄 살아 있다.
>
> 눈을 감으면 어지럽게 쏟아지는
> 쌀은 펄펄 살아 있다.
> 쌀 속의 모든 사연은 살아 있다.

북풍이 봄빛을 깔아뭉개는 소리,
내 눈물이 만인을 내리치는 소리,
쌀이 쌀을 살해하는 소리,
모든 소리들은 다 살아 있다.

펄펄 살아서 쌀은
내가 밤마다 훔치는 한국어를 노래한다.
뱀의 혀보다도 더 빨리 노래하며
내 온몸에 살아 있다.

「쌀」 전문

폭우도 멀리 떠나 버렸고
습기까지 죽어 말라 붙은 여름 근처
끼니마다 알몸으로 내외는 마주 앉네.

무릎 꿇고 온몸으로 앉는 밥상 위
지난 몇 해 굶주린 남도평야
그릇마다 뜨겁게 넘쳐나고.

황소 섞인 찌개며
칼질 잘된 생명을 넘어서서
어린날의 눈물이 후두둑 후두둑 치면
동강이난 바람은 동강이난 부분마다에
눈들을 부릅뜨고 부들 부들 떨고.
장끼 까투리 홰치는 소리 멧돼지의 발자국 소리
모두 여기 올라서 부들 부들 떠네.

엊그제 만나서 덜 친근하지만 심줄을 보여다오,
平野 앞에 엎드릴 땀도 눈물도 보여다오.
땅의 딸이여, 아내여, 어머니여,

바람 속에 붙어 있는 초가삼간 불질러버리고
그대 메마른 입술을 불질러버리고
일터에서 익힌 억센 심줄을 나부끼며
끝없는 발란의 아들로 뛰란 말이여?

가슴 펴고 내가 달리는 남도평야,
발바닥에 붙는 노동, 풍성한 울음소리,
고을마다 넘쳐나네.

「뙤약볕이 참여하는 밥상 앞에서」 전문

　인용한 시들은 모두 농촌에서 소재를 취해오고 있다. 시인의 고향이라 할 수 있을 '남도평야'와 그와 관련된 사물이라든가 주변의 일상이 시의 중심에 놓이는 것이다. 그 중 「쌀」이 직설적인 어법으로 강한 어조를 드러내고 있다면, 「뙤약볕이 참여하는 밥상 앞에서」는 이와는 다른 음색으로 모성적 대지, 대지적 모성의 원초적 성격을 보다 실감있게 형상화하고 있다. 그러나 「쌀」 역시 다소 거친 어조이긴 하지만 후자의 시와 마찬가지로 '땅'을 '여성'과 일치시키고 이 둘을 칭송한다는 점에서는 동일하다 할 수 있다. 예컨대 「쌀」의 '남도평야'를 '더 예쁘고 날쌘'과 같은 여성적 이미지로 표현한다든가 '누런 땅빛은 영원히 살아 있다'에서처럼 '땅'을 '영원성'의 관점에서 취하는 것, 그리고 '누런 땅빛'을 '누님같은 아낙네의 살빛'으로 본 것 등은 「뙤약볕이……」의 '땅의 딸이여, 아내여, 어머니여'에서 현시하고 있는 시각과 그 성격을 같이한다고 볼 수 있는 것이다.
　그렇다면 「쌀」에서 '쌀'로 상징되는 '어머니의 땅', 즉 대지적 모성은 어떠한 의미망 속에 놓이는 것일까? '살아있음'의 의미소로서 강조되고 있는 '쌀'은 어떠한 측면에서 그 살아있음이 더욱 의미를 얻는 것일까? 이는 '쌀'과 대립되는 자리에 '북풍' 내지 '뱀의 혀'가 놓여 있다는 점에서 유추할 수 있다. '북풍'이 '멍청하게 와버린', 즉 비자각적이고 비무장의 상태에 놓인 '봄빛'을 '깔아뭉개는' 적대자의 위치에 선 자라면, '쌀'은 이에 대응할 만한 생명력으로 '펄펄 살아있는' 주체에 해당된다는 점이다. 이와 관련하여 '쌀 속의 모든 사연'으로 표현되고 있는 민중들의 나양한 일상들은 '북풍이 봄빛을 깔아뭉개는' 혹은 '내 눈물이 만인을 내리치는', '쌀이 쌀을 살해하는' 등의 '모든 소리들', 즉 모든 적대적이거나 상대적인 모든 세력들보다 우위에서 절대적인 힘을 발휘하는 것으로 상정된다. 그것은 '아낙네의 전신경이 펄펄 살아있'듯 '펄펄 살아있'으며 '뱀의 혀'가 '노래'하는 것보다도 더욱 빨리 '모국어의 노래'를 부르는 실체이다. 이런 점에서 '쌀'은 '아낙'과 가장 최고의 수준에서 절대성을 부여받고 있는 것으로서 여타의 모든 부정적이고 적대적인 힘들과 겨뤄 이곳에 '땅'의 순수성과 생명력을 보존시킬 수 있는 거점으로 자리 매김 된다.

한편 '쌀'이 생명력을 지키는 절대성을 표징하는 것과 비교해볼 때 「뙤약볕이……」의 중심 소재가 되는 '밥상'은 '평야'로부터 부여받은 '생명력'을 어떻게 운위해나가는가 하는 점을 보여주고 있는 작품이라고 할 수 있다. 다시 말해 '쌀'이 살아있음의 이미지로서 강조되어 있다면, '밥상'은 '쌀'의 생명력을 어떻게 다룰 때 그것이 더욱 고조되고 상승되는가 하는 점을 묘사하고 있는 것이다. 이러한 측면에서 보면 이 시는 이 점을 매우 섬세하고 구체적으로 그리고 깊이 있고 진지하게 다루고 있음을 알 수 있다.

우리는 이것을 '습기까지 죽어 말라 붙은 여름 근처'로 표현되듯 생명력을 말살시키는 적대적 세력 앞에 '밥상'이 놓이는 장면을 상상함으로써 확인할 수 있다. 먼저 '폭우' 내지 '습기', 즉 생명을 존속시킬 수 있는 물(水)이 고갈된 상태에서 '밥상'은 결코 예사로운 사물이 아니라는 점을 인식할 필요가 있다. '밥'은 '쌀'에 '물'과 '불'이 가해져 만들어진 것으로서 세상 천지에 말라붙어버린 '물'을 담고 있다는 점에서 '쌀'의 생명력을 이은 것이자 그 자체로 '쌀'의 생명력을 더욱 고양시킨 것이다. 또한 '지난 몇 해 굶주린 남도평야'를 염두에 둘 때 '밥상'은 '쌀'의 생명력을 '그릇마다 뜨겁게 넘쳐나'게 담은 것임을, 따라서 더할 나위 없이 소중한 것임을 알 수 있다. 이는 '쌀'과 '물'과 '불'이라는 원시의 생명적 에너지가 인간에게 얼마나 절대적인

가를 말해주는 대목으로서, 시인은 이를 부여받은 인간이라면 의당 그 앞에서 본연의 순수성을 회복해야 함을 은연중 암시하고 있다. '끼니마다 알몸으로 내외는 마주앉네'라든가 '무릎 꿇고 온몸으로 앉는 밥상 위'라는 표현은 시인의 이와 같은 의식을 반영하고 있는 것이다. 원시적 생명성으로 충만된 '밥상'을 대할 때 인간은 '알몸'이라는 순수성과 원시성을 취함으로써 '밥상'과 동등한 정도의 생명성으로 거듭날 수 있다는 것이 그것이다. 그 앞에 '온몸으로 앉는'다는 것도 물론 같은 의미의 맥락을 지닌다고 할 수 있다.

더욱이 '밥상'은 '쌀'을 '물'과 '불'로 혼융시켜 만들어낸 것일 뿐 아니라 온 세상의 모든 생명체들을 서로 뒤섞고 갈무리하여 생산한 것이다. '황소 섞인 찌개', '장끼 까투리 홰치는 소리', '멧돼지의 발자국 소리'들이 '모두 여기 올라서' '밥상'이 되는 것이다. 그러한 밥상이기 때문에 그것을 받은 자아는 생명력의 수위가 최고조로 된다고 할 수 있다. 시의 후반에서 보이고 있는 "바람 속에 붙어 있는 초가삼간 불질러버리고 / 그대 메마른 입술을 불질러버리고 / 일터에서 익힌 억센 심줄을 나부끼며 / 끝없는 반란의 아들로 뛰란 말인가?" 하는 뜨거운 외침은 바로 '밥상'이 준 생명력에 의해 가능해진 것이다.

이러한 점에서 '밥상'은 원시적 에너지를 상징하긴 하지만, 그것은 단지 단일한 개체로 이루어지는 것이 아니라 '땅'의 산물인 '쌀'과 '물', '불'의 대립물의 통일로서, 그리고 여타 지구상에 생존하는 생명체들의 어우러짐으로 탄생하는 것임을 알 수 있으며 인간은 이와 동화됨으로써 생명성을 부여받아 삶을 위한 더욱 힘찬 매진을 할 수 있으리라는 점을 확인할 수 있게 된다.

5. 민중시의 한 뿌리 혹은 한 축으로서의 남성적인 목소리

조태일은 60년대의 신경림과 고은으로부터 시작된 민중시의 흐름을 이으며, 우리 시사에 드물게 존재하던 강한 남성적 목소리를 뿌리내리게 한 대표적 시인이다. 70년대에 쓰인 그의 시들은 사회의 부정과 질곡을 극복하고자 하는 민중의 적극적이고 진취적인 의지를 대변하면서 사회의 민주 세력을 집결시키는 계기로 작용한다. 이를 통해 70년대 소위 참여시인의 계열을 담당할 새로운 시인들을 배출하는 동시에 80년대 거대한 물줄기로 자리 잡게 되는 민중문학의 탄생에 직접적 기여를 하게 된다.

조태일의 사회 참여적인 시들은 그 목소리가 웅혼하고 강건하다는 점에서 특성을 찾을 수 있다. 「식칼론」이라든가 「나의 處女膜」 연작시에서도 드러나듯이 그는 언제나 가장 절대적이고 순수한 상태를 상정하고 이를 구현하기 위해 가장 선명하고 직접적인 표현을 사용한다. 그는 언어도단의 극단적 지점에까지 자신의 의식을 밀어 올려 이를 증명하고 그 의식의 크기를 확장하기를 서슴지 않는다. 이러한 그의 태도가 그의 시를 강인한 남성의 이미지로 기억하도록 하는 것이다.

그러나 그의 남성성은 여성성과 매우 밀접하게 결합되어 있다. 60년대 쓰인 첫 시집『아침선박』을 초기시로, 『식칼론』으로 대표되는 7·80년대의 시를 중기시로, 8·90년대 쓰인 시들을 후기시로 본다면 이들 사이엔 동시적이기도 하고 계기적이기도 한 남성성과 여성성의 혼재가 이루어져 있는 것이다. 조태일의 시에서 남성성과 여성성은 각각 대사회적 목소리와 원시적 목소리에 대응한다고 볼 수 있는데, 사실 조태일의 시에서 이들은 배타적 자리에서 대립되어 존재하지 않는다. 오히려 이들은 상호 보완하고 서로 지지하면서 각각의 크기와 영역을 확대해 나가는 데 도움을 주고 있다. 이러한 점에서 보면, 조태일을 남성적이라는 단일한 이미지의 시인으로 보거나 민중시인의 면모로서만 이해하는 것은 상당한 무리가 있는 것처럼 보인다.

신에 대(對)한, 신을 향(向)한
반항의 언어

‖ 정현종론 ‖

1. 관념의 시, 서술의 시

정현종은 1962년 「和音」, 「獨舞」, 「여름과 겨울의 노래」가 『현대문학』에 추천됨으로써 등단하게 된다. 그의 등단작들에 나타난 화려한 이미지와 능란한 말솜씨, 발랄한 상상력은 특히 당대의 젊은 평론가들의 관심을 불러일으키기에 충분하였는데, 이들이 이끌어가는 담론은 우리 문단의 새로운 물줄기가 되어 거세게 흐르게 된다. 그의 시는 기존의 전통적 서정시가 보여주고 있었던 단아함의 면모, 절제된 언어를 통해 정신적 세계를 지향하던 경향과 매우 다른 것이었다. 그의 시는 일상어를 끌어들여 기성의 틀을 깨고 서정시를 낯설게 하였던 김수영의 맥에 닿아있는 듯도 하지만 그의 작품에 구현된 세계는 김수영의 그것과는 매우 판이한 모습을 보여준다.

정현종이 등단하기 전부터 남다른 관심을 보였던 김현에 따르면, 정현종의 시는 서정주로 대표되는 토속적 여성주의를 유치환·박두진·김수영의 한문투의 남성주의와 서구적 구문법에 의지한 개인주의에 의해 극복한 곳[1]

---

1) 김현, 「술취한 거지의 시학」, 『정현종 깊이 읽기』(이광호 엮음), 문학과 지성사, 1999, p.203.

에 놓인다. 주로 시적 구문의 특성에 주목한 김현의 지적은 정현종의 시가 전통적 서정시와 다른 곳에서 새로운 계열의 시를 시도하였음을 말하고 있는 것에 다름 아니다. 이처럼 정현종의 시적 구문은 매우 낯설고 독창적인 것이어서 평론가들은 그러한 것들에 대해 '번역투다', '서구식 문법체계다', '현대시의 새로운 틀이다'라는 등등의 언급을 한 바 있다. 굳이 연원을 밝힌다면 정현종의 시는 김수영의 달변의 구문에 자신의 독자적인 세계를 구축해간 것이라 볼 수 있을 것이다.

정현종의 시를 고찰할 때 그의 시적 구문의 특수성에 주목하는 일은 매우 중요한 일이다. 그의 시는 많은 평론가들이 지적한 것처럼 구문 자체가 낯설고 신선한 것이었는데, 이때의 구문은 시의 형식을 구성하는 주요 부분에 속하는 것이기 때문이다. 주지하다시피 시에서 형식이란 내용과 분리되어 존재하지 않는다. 형식은 내용과 분리되지 않는 유기적 관계를 이루는 바, 일정한 구조체로서의 시는 형식을 통해 내용을 가늠하고 내용을 통해 형식을 도출하는 것이 가능한 기반을 지닌다. 형식을 고려하지 않는 내용 파악이라든가 내용을 도외시한 형식 분석이 해당 시에 대한 제대로 된 이해를 보장할 수 없는 이유도 여기에 있다. 이러한 것은 매우 당연한 진실이긴 하나, 우리는 자주 이를 간과하는 오류를 범한다. 흔히 서정시의 내용상의 상투성과 공허함을 비판한다든가 현대시에서 보이는 현란한 논리만을 좇는 태도는 공히 시의 형식적 측면을 배제한 접근이라 할 수 있다. 그러나 극단적인 경우 형식이 곧 내용을 대신하는 것도 가능한데, 가령 압축과 생략의 구문을 통해 고도의 은유 구조를 빚어내는 전통적 서정시와 이러한 서정시의 형식을 해체하고 관념의 서술을 취하는 시의 세계가 서로 대척점에 놓이는 것만 보아도 이 점을 확인할 수 있다. 전자의 시가 대상과 언어 사이의 유사성을 중심으로 한 수직적 세계 인식을 보인다면 후자의 시는 대상과 언어 사이의 동일성을 부정하고 언어와 언어의 우연적 연결이라는 수평적 세계 인식을 보인다.[2]

정현종의 시를 살펴보고자 할 때 우리가 선택할 수 있는 시적 형식 중 대표적인 것은 역시 구문상의 특징이다. 당대의 비평가에 의해 남성적이고 개인적이라고 평가된 그의 시적 구문은 압축과 생략을 통해 암시적 의미와 이미지의 선명함을 추구하였던 전통적 서정시와 분명 다른 위치에 있다. 은유 구조를 대표하는 전통적 서정시가 내면적 유사성을 바탕으로 주체와 대상의 동일시를 추구하는 것이라면 정현종의 시적 구문은 이에 대한 반작용으로서 이루어진다. 정현종의 시적 구문은 자아와 대상 사이의 합일과 총체적 동시성을 부정하고 대체와 선택이라는 시간의 연속성을 보여주고 있는 것이다. 서술시적 경향을 띠고 나타나는 이러한 시적 구문을 환유 구조라 할 수 있을 것인 바, 그의 시가 진술의 발랄함과 화려한 이미지로 다가왔던 것도 이 때문이다. 이것이 정현종의 시를 현대의 새로운 시이자 기존 서정시의 전복으로 여기게 한 계기였으며 당대 젊은 비평가들의 관심을 모을 수 있었던 요인에 해당된다. 자본주의가 성숙한 시대의 담론을 결정짓는 수사학은 환유라고 한 슐라이퍼[3]의 지적대로 당대 비평가들은 정현종의 새로운 구문의 시가 현대의 시대상에 가장 정직하게 조응한다고 판단한 듯하다.

　전통적 서정시에서 보여주고 있는 은유 구조가 시적 언어를 통해 대상의 본질을 담아낼 수 있다는 믿음을 반영한 것이라면 환유 구조는 은유적 세계에서 추구하기 마련인 초월성에 대한 회의가 반영되어 있다. 환유 구조 하의 시적 언어는 대상의 기원이나 본질을 표현하려고 하는 절실한 의지가 약화된다. 초월적인 세계는 부재하거나 도달할 수 없으며 그러한 만큼 신에 대한 믿음도 부정된다.[4] 이는 전통적인 세계관에 대한 거부와 부정을 함의하는 것이자 인간 현실을 중심으로 한 세계 재편에의 기도를 내재하고 있는 것이다. 이러한 관점에 서면 시적 언어는 대상의 가치를 집요하게 추구하기보다는 시적 자아의 경험을 우연적이고 현상적으로 처리하게 된다. 시적 언어의

2) 로만 야콥슨, 「언어의 두 양상과 실어증의 두 유형」, 『문학속의 언어학』(신문수 편역), 문학과지성사, 1989, p.97.

3) R.Schleifer, Rhetoric and Death, University of Illinois Press, 1990, p.6(금동철, 『한국 현대시의 수사학』, 국학자료원, 2001, p.30 재인용).

4) 금동철, 위의 책, pp.13~35 참조.

의미는 대상의 본질을 향한 수직적 상상 구조에 의해 보장되지 않고 대신 기호와 기호의 연관성이라는 수평적이고 물질적인 관계에 의해 환기될 뿐이다.

시의 언어 구조에 따라 그에 따른 일정한 세계관을 짐작할 수 있듯이 정현종 시에 나타난 시적 구문상의 성격 역시 그의 세계관과 밀접한 관련을 보이고 있다. 즉 그의 시에서 형식은 내용을 말해주며 동시에 내용의 연장선상에 그에 조응하는 시적 형식이 도출되고 있는 것이다. 이글은 정현종의 시편들을 통해 그의 시적 형식을 대표하고 있는 시적 언어의 구조를 살펴볼 것이다. 또한 그가 보이고 있는 세계관을 고찰하고 이것이 시의 형식과 유기적인 대응 관계를 이루고 있음을 확인할 것이다.

2. 시적 문맥의 환유 구조

언어적 층위에서 시가 환유 구조를 지니고 있다는 단서는 기호 혹은 이미지가 우연적이고 무작위적인 연쇄를 보이는 지점에서 찾을 수 있다. 시를 구성하는 각각의 시어들은 의미의 통일성을 파괴하면서 무한한 기표의 더미를 이루게 된다. 인접하는 시어들에 자리를 내어 주면서 의미의 본질은 숨겨지고 미끄러져간다. 그리고 그 위에서 부유하는 기표들의 현란하고 역동적인 무늬가 형성된다. 언어의 이러한 구조는 사실 현대의 난해시를 파악할 수 있게 하는 요긴한 열쇠가 된다. 현대의 난해하고 실험적인 시들은 현대의 중층화되고 복잡한 사회 구조에 대응하여 기표들의 유희와 이미지의 충돌들을 보여주기 때문이다. 그러한 전위적 현대시들이 산문화된 언어 구조를 지니는 것도 이와 관련된다. 기표의 생산이 동시성이나 통일성이 아닌 인접성의 원리에 따라 이루어지기 때문에 이들 속에서 시적 문맥은 자유로이 연장되는 것이다.

모든 모서리로부터 일시에
일어서는 공기,
머나먼 유년으로 떠나는
희고 찬 날개를 단 바람,
문득 주문을 잃어버리는 40인의 도둑,
완전한 말만을 허락하는
그대의 방

책들은 다 닫으시지요
피는 부스럭거리고
열려 있는 문은 무력해요
피는 부스럭거리고
물의 색깔은 참 여러 가지인데요……
그러나 듣지 마세요 그대
모든 끝과 이별을 사랑할 수 있을 때까지

어느 때는 아마
세상에서 가장 큰 것은 침대이지만
그대 마침내
다시는 옷을 입지 않고 항해에 오를 때
그대 살 속에 파도를 들을 때
자기의 깊음과 죽음을 다 보겠네

스며들면서 나는
살아 있는 모든 가구 속으로
공기와 먼지의 인력 속으로
다만 기체로서 스며들면서

「처녀의 방」 전문

4연으로 구성된 위의 시에서 가장 먼저 확인할 수 있는 점은 그것이 지닌 통일적 의미를 찾기 힘들 정도로 시가 난해하다는 데에 있다. 보통의 시에서 구할 수 있는 각 연 사이의 의미의 논리성이니 일관성은 찾을 수 없고 시의 각 연은 서로 다른 방향으로 치닫는 이미지의 병렬 구조를 드러낼 따름이다. 1연이 '공기', '바람', '주문', '말' 등을 통해 형체 없이 유동하는 이미지를 드러내고 있다면 2연은 '책'과 '피', '물'의 연쇄적 이미지를 내세워 물질이 내는 소리의 이미지를 조형하고 있다. 3연은 부드러움으로 채색된 성애(性愛)의 이미지를, 4연은 기체화된 '나'의 운동 이미지를 그리고 있다. 각 연을 구성하는 내부 이미지의 계기들도 일정한 통일성이나 논리성에 의해 구조적으로 짜이는 것이 아니다. 그것들 역시 우연적이고 무의미한 연쇄에 의해 미끄러지듯 나열되는 것이다.

가령 1연의 하위 이미지들을 볼 때, '공기'와 '바람' 사이에 물질적인 유사성이 있다 하더라도 '모든 모서리로부터 일시에 일어서는'과 '머나먼 유년으로 떠나는' 사이에 어떠한 의미의 관련성도 존재하지 않기 때문에 '공기'와 '바람'을 중심으로 하는 일관된 논리를 끌어내기가 힘들다. 전자의 이미지가 구체적이고 직접적이라면 후자의 이미지는 관념적이고 추상적이다. 또한 '일어서는'과 '떠나는'은 서로 대비되기도 힘든 이미지의 양태를 드러내고 있다. 대신 '공기'와 '떠나는' 사이의 서로 인접하는 관계에 의거하여 '바람'이 등장하고 역시 '바람'과 '도둑' 사이의 인접성의 관계에 따라 '주문'이, '주문'과 '동굴'과의 통합체적 관계에 의해 '방'이 등장한다는 점을 알 수 있다. 이러한 측면에서 볼 때 이 시는 유사성보다는 인접성을 중심으로 한 환유 구조를 나타내고 있다고 말할 수 있는 것이다.

2연 역시 이와 유사한 구성 원리에 의해 쓰여지고 있다. '책'과 '부스럭거림' 사이의 환유적 관계에 의해 '피의 부스럭거림'이라는 우연적 이미지가 나타나고, '피'와 '물의 색깔'이 부분과 전체라는 제유적 관계에 의해 환기되며, '물'과 '소리'의 인접성에 의해 '듣지 마세요'라는 어사(語辭)가, 그리고 '물'의 '흐름'의 이미지에 의해 그에 대립되는 '끝'과 '이별'의 의미소가 등장하게 된다. 여기에서 살펴볼 수 있는 것처럼, 이 모든 이미지들은 서로 통합

체적 관계 하에 놓여 연쇄적으로 나타날 뿐 각 이미지들을 총체적으로 묶어
내는 초월적 의미를 지향하고 있지 않다. 각각의 이미지들은 우연히 생성된
것일 뿐이므로 각기 선명한 의미가를 지니지 않는다. 이러한 시적 구성의 원
리를 볼 때 시가 난해한 것은 당연한 귀결이라 할 수 있다. 시에서 의미소를
찾아내고 이를 해석해내는 일이 그다지 생산적인 작업이 되지 못하는 일도
이러한 경우에 발생한다.

　　　그는 자기의 방으로 들어간다. 밤.

　　　금도 아닌 생업으로 가득 찬 낮의 거울 속에는 아무도 없다. 대낮 아
　　래서 춤을 추는 연애와 산업을 위해 해님은 자기의 얼굴을 달빛으로 바
　　꾸고 싶다. 물리학자의 딸을 닮은 시간은 부서져 천당 같은 찻집으로 쫓
　　겨 들어간다. 마침내 낮은 시녀처럼 어둠의 발을 씻기 시작한다.

　　　그는 자기의 방으로 들어간다. 밤.
　　　자기의 방은 비로소 출항이고 방 전체가 등불이고
　　　마침내 방 전체가 파도이다. 어디에 가서 닿을 수 있을까? 정신의 밝
　　은-어두운 밤이 찾아가는 항로의 끝에는 다시 수평선이 응답처럼 가만
　　히 누워 있다. 그러나 어디에 가서 닿을 수 있을까.

「자기의 방」부분

　　정현종의 시에서 의미가 흐린 난해시는 상당수 찾아볼 수 있다. 이런 경
우 한군데로 초점화되는 의미나 일관된 이미지의 조직보다는 전체적인 분위
기만으로 시를 이해하게 된다. 위의 시 역시 어휘론적, 의미론적 인접성의
원리가 개입된 환유 구조를 취하고 있음을 알 수 있다. 1연의 '방'과 '밤', 그
리고 '밤'에서 2연의 '금'으로 이어지는 연쇄는 의미의 관련성보다는 언어유
희에 가까운 어휘론적 인접성에 의해 가능한 것이다. '금'으로 '가득한 낮의
거울'의 의미가 확연하지 않기 때문에 '금'은 어디까지나 '밤'이라는 어휘소

에 의해 생성된 것임을 알 수 있다. 그러나 한편 '금'을 '金', 즉 '돈'이라는 의미로 환산해볼 때 '돈'과의 인접적 관계에 의해 '생업'이 연상될 수 있다. 다음에 나오는 '산업' 또한 '생업'과의 환유적 관계에 의한 것이고 '해님'이 선택될 수 있었던 것도 '대낮'과의 제유적 관계 때문이다. '춤을 추는 연애'로부터 '딸'이, '낮'으로부터 '시간'이, '해님'으로부터 '천당'이 무작위적으로 이어져 나온다. 이들의 연결은 의미상의 필연적 고리를 지니지 않는다. 이들의 무의미한 연결은 특정한 내포를 구현하기 위한 구성적 의지에 의해 가능한 것이 아니고 그저 존재하는 현실의 실재적 양태 속에서 무차별적으로 어휘를 끌어오는 경우에 해당된다.

3연에서도 우리는 유사한 분석을 행할 수 있다. 시인은 '방'='출항', '등불', '파도'라는 등식을 제시하고 있지만 '출항'에서 '등불' 사이의 의미의 무연성 때문에 '방'의 의미 찾기는 곧 실패로 돌아가고 만다. '출항'과 '등불'을 곧 '희망', '기대', '미래' 등의 메시지로 읽을 수 있을 것인가? 그러나 그러한 의미를 끌고 가기에는 이를 뒷받침할 만한 시적 진술들이 적극적으로 제시되지 못하고 있다. '정신의 밝은―어두운 밤'의 구절에 대한 해석이 분명하지 못하다는 점에서 이를 확인할 수 있는데, '―'이 곧 '정신의 밝음'과 '밤의 어두움'을 대립시켜 자아와 세계 사이의 갈등을 표현하는 것인지 혹은 '밝은―어두운'의 혼합어가 '밤'을 수식하여 의미의 혼란을 유도하는 것인지에 따라 해석이 달라질 수 있다. 반면 '등불'을 앞세워 '출항'을 한다든가 '파도'를 타고 '항해'를 한다는 사실을 염두에 둘 때 '출항'과 '등불', '파도'가 모두 환유적 관계에 놓여 있음은 분명해진다.

전통적 서정시의 주요한 언어 장치이자 시적 표현 도구였던 은유에 의하면 기표는 언제나 일정한 기의를 상정하고 쓰인다. 또한 기표의 모임 사이에 유사성의 원리가 지켜지므로 상정된 기의는 명확하게 초점화된다. 기표는 이러한 기의를 구현하기 위한 것이므로 기표는 기의와의 밀접하고 필연적인 관계에 의해 조직되기 마련이다. 즉 기의와 기표는 서로 대응하는 동일성의 원리가 작용하는 것이다. 때문에 은유가 지배하는 시는 독자가 자신의 지성을 동원하여 의미를 구하는 것이 가능하고 유의미하다. 독자는 기표가 지향하는 기의를 위해 상상의 여행을 떠나게 된다. 의미는 주로 기표와 기의는 서로 계열체적 축 속에 놓이게 되므로 독자는 독법에 있어서의 수직적인 상상 구조를 전개하게 된다. 이때 기표와 기의의 거리가 너무 멀 경우 시의 해독은 어려워지고 거리가 너무 가까울 경우 상상력의 폭이 제한되어 상투적인 시가 되어 버린다. 따라서 기표와 기의 사이의 적정한 거리가 중요한 과제로 남게 되는데 일반적인 시론에서는 이를 주지와 매체 사이의 긴장 관계, 즉 텐션(tention)으로 설명하는 것은 주지의 사실이다.

문제는 환유가 현대의 주요 시적 원리 가운데 하나라는 사실이다. 환유를 주요 시적 구성 원리로 사용하였다는 것 자체는 시의 효용성과 시적 기반을 흔들 정도로 심각한 문제이다. 환유는 은유에 의해 비로소 시가 이루어지며 시가 결국 은유임을 부정하는 것으로서 기의와 기표 사이의 고리를 끊어버리는 작용을 하기 때문이다. 이는 의미의 해체이고 자아와 대상 사이의 화해적 관계를 거부하는 것이며 나아가 지성의 수직적 상상 기능을 마비시키는 것이다. 시를 통해 의미를 구하는 행위, 의미를 구함으로써 자아를 이해하게 되고 더 깊은 세계에 대한 관심과 인식을 얻고자 하는 상상력의 활동을 환유는 보장하지 못한다. 따라서 환유는 시를 통해 현실을 초월하고 구원을 얻고자 하는 열망과 의지를 배반하는 것이라는 관점도 성립한다. 이러한 것들을 확인할 때 은유와 환유 사이의 대립은 단순히 기법의 차원에서 선택할 수 있는 것도 아니고 도식으로 구별할 수 있는 문제도 아니다. 이들 저변에는 세계에 대한 특정한 인식이 깊이 있게 가로놓여 있는 것이다.

현대시를 이해할 때 환유적 관점이 필요한 까닭도 여기에 있다. 환유의 시적 구성을 통해 확인할 수 있는 자아와 대상 사이의 연결고리의 소실, 기표를 통해 의미를 찾는 행위의 무의미함이 자아와 세계와의 화해에 대한 믿음의 상실을 의미하고 세계를 향한 가치 구현의 의지를 포기하는 것이라는 점에 기대어 환유의 발생 지점을 확인해보면 환유가 현대에 비로소 지배적인 원리로 등장한 이유를 끌어낼 수 있기 때문이다. 즉 환유는 화폐의 사용

가치와 교환 가치의 불일치가 극에 달하고 진실보다 정보가 넘쳐나며 자아
를 압도하는 현실의 우위성을 인정해야 하는 사회, 언어를 통해 정신을 고양
할 수 있다거나 자아의 확인이 곧 인간성의 실현이 되는 것이 불투명해지는
사회에 가장 직접적으로 조응하는 시적 원리인 것이다. 이는 세계에 대한 골
깊은 불신의 반영이자 세계에 대한 전망을 상실한 비극적 세계의 한 면을
보여주는 것이라 할 수 있다.

3. 상승에의 불신

기존의 시와 다른 정현종의 독특한 문장들, 난해하고 장문이며 화려한 이
미지의 구사나 흐르듯 이어지는 말들의 더미는 결국 환유적 수사학을 시적
원리로 취함으로써 나타나는 양상이다. 그리고 그것은 단순히 기법적 차원
의 독특함이 아니라 현대 사회에 조응하는 세계 인식을 함의하는 것이다. 초
월에의 가능성, 구원을 위한 의미지향성, 신에 대한 신뢰가 환유의 세계 안
에서 여지없이 무너진다. 정현종은 환유적 문맥을 통해 이러한 인식을 정교
하게 드러낸다. 그의 시는 환유의 수사학에 의해 드러나는 것처럼 세계의 기
원 및 본질에 대한 불신과 좌절이 강하게 배어 있다. 그리고 그것은 곧 은유
로서의 시에 대한 회의와 등가이다. 환유의 수사학을 통해서도 암시받을 수
있는 초월과 구원에 대한 강한 회의과 절망, 신에 대한 불신은 정현종의 시
에서 어렵지 않게 읽을 수 있다. 그런데 우리는 정현종이 보여준 초월과 구
원에 대한 강한 회의가 한편으로는 초월적 세계에 대한 자의식이 그만큼 강
한 것을 암시하는 것이라는 사실에 유의해야 한다.
정현종의 시세계에서 초월적 세계는 일반적으로 생각할 수 있는 것보다
그 실체가 비교적 선명하게 그려진다. 우리는 그것을 그의 성장 과정을 통해
추론할 수 있다. 그의 말에 의하면 그는 고해가 하기 싫어서 고등학교 때부

터 교회에 나가지 않게 되었지만 그가 어려서 영세를 받은 천주교도였다5)는 점은 그의 정신세계를 이해하는 데에 큰 실마리를 주는 것이 사실이다. 정현종은 천주교의 의식(儀式)이나 교리, 그것들이 지니고 있던 영적인 분위기와 세계로부터 천주교 가정에서 자란 사람답게 크나큰 울림을 얻으며 성장한다. 그는 '고해'하는 행위에 대한 반감을 계기로 종교로부터 멀어졌지만 어린 나이에 그러한 행위를 깊게 고민하였다는 것 자체가 종교적 세계가 그의 정신에 얼마나 크게 자리 잡고 있었는지를 알 수 있게 한다. 심지어 정현종은 시를 쓰는 이유도 종교적 세계 안에서 마련하고 있다. 그에게 시란 '일상적인 삶 속에 마멸하여 자아의 심연 속에 빠져들려고 할 때 구원의 한 수단으로 쓰는 것으로서, 이 점에서 천주교의 의식(儀式)과도 같은 것'6)으로 이해될 수 있기 때문이다. 이러한 점으로 미루어 볼 때 정현종의 시세계를 이해할 때 종교에 대한 의미망을 파악하는 일은 필수적인 작업이 될 것이라 판단된다.

> 삼각산 위 하늘로
> 태양의 황금빛 사륜마차가
> 영원의 풍악 울리며 굴러 지나가고 있다
> 청옥 줄무늬 같은 바람이 흘러
> 그 위엄을 장식하고 있다
> 청옥 줄무늬 같은 바람이 흘러
> 그 위엄을 장식하고 있다
> 그 아래는 아무것도 없다
> 나뭇잎 하나 햇빛에 녹아 부서지고
> 이슬 한 방울 바람에 떨어질 뿐,
> 그 아래는 아무것도 없다.
>
> 「아무것도 없다」 전문

---

5) 김현, 「내가 본 정현종」, 『정현종 깊이 읽기』(이광호 엮음), 문학과 지성사, 1999, p.336.
6) 위의 글, pp.336~337.

구름과 땅이 맞붙어
검은 철과 같은 암흑이
땅의 모가지를 조인다
천억 메가톤의 암흑이 공중에서 쏟아져
땅은 숨 끊어졌다
암흑이 땅에서 솟아 하늘을 찌른다
폭풍 속에는 아무것도 없고
폭풍의 보편성만이 있다
사람들은 모두 잠들어 있거나
죽은 듯이 떨고 있다
나무들은 쓰러지며 전광처럼 맹렬히
몸이 땅에 내팽개쳐지며
땅의 발바닥을 핥는다
휘몰리며 불꽃처럼 타오른다
폭풍은 이미 불이다
사람들은 시달리며
땅의 발바닥을 핥고 있다
우리들은 이미 인간이 아니다
땅의 발바닥을 핥고 있다

「폭풍」 전문

정현종 시에 나타난 의미의 상상 구조는 하늘 / 땅(「기억제1」), 보이는 것 / 보이지 않는 것(「그리움의 그림자」), 성 / 속(「낮술」), 천사 / 악마(「무지개나라의 물방울」), 영혼 / 육체(「꿈 노래」)의 대립 구도의 틀을 지니고 있다. 위의 시 「아무 것도 없다」에서 형상화되고 있는 '위 / 아래'의 대립 역시 정현종의 상상 구조를 잘 보여주고 있다. '하늘'을 중심으로 하고 있는 '위'는 '황금빛 사륜마차'라든가 '영원한 풍악', '청옥 줄무늬', '위엄' 등의 의미소들이 말해주듯 완전하고 절대적인 것으로 암시된다. 반면 '아래'엔 '아무것도 없다'. 이는 완성과 공허함의 서로 어깨를 나란히 할 수 없는 극명한 대비이다. 이 둘 사이에 공유되는 점은 없고 화해할 수 있는 근거도 없다. 하늘은 하늘이고 땅은 땅이기 때문이다. 절대와 완전 속에 불완전하고 결핍된 그 무엇도 끼어들여지는 논리적으로나 현실적으로 없는 것이다. 이러한 상상 구조는 물론 희귀한 것이 아니다. 그것은 오래 전부터 계승된 전체 문화권의 가치관과 관련되는 것이자 동시에 특히 선과 악의 의식 구조를 엄격하게 지지하고 있는 기독교적 상상력에 직접적으로 닿아있는 것이기 때문이다. 우리는 정현종의 시 전반에 걸쳐 이러한 의미 구조를 발견할 수 있다는 점에서 정현종의 시 세계에서 종교가 지니는 비중을 짐작할 수 있다. 어떤 측면에서 종교적 상상력은 정현종의 시세계를 형성하는 데 있어 가장 중요한 요소 중 한 부분을 차지한다고 볼 수 있을 것이다.

문제는 정현종이 종교적 세계에 내재되어 있는 선과 악, 완전과 불완전, 성과 속의 대립 구도에 의해 의식을 점령당할 정도로 침윤되어 있다는 사실에 있다. 견고한 그 구도 속에서 그는 헤매이고 또 찢겨진다. '나'는 대부분 '중간의 다리 위에서 어쩔 줄을 모르고 있'(「기억제1」)다. 그 헤매임의 정체는 무엇일까. 완전하고자 하나 완전할 수 없는 인간의 존재 조건으로 말미암아 좌절과 비애를 느끼는 것인가, 혹은 한시라도 벗어날 수 없는 속된 세상에 대한 분노와 환멸의 표현인가, 아니면 절대에 대한 그리움 때문인가. 위의 시 「폭풍」을 통해 우리는 그에 대한 해답의 일단을 접할 수 있다. 「폭풍」은 '하늘'과 '땅' 사이가 얼마나 적대적인지, 완전과 절대라는 이름으로 군림하면서 '하늘'이 '땅'에게 얼마나 가혹하고 폭력적일 수 있는지, 그 속에서 지상의 모든 생명들이 어떻게 파괴되어 가는지를 뜨거운 어조로 묘사하고 있다. 「폭풍」은 '땅'을 지배하는 '하늘'을 폭군의 이미지로 그리고 있는 것이다.

「폭풍」은 '1973년 9월초 폭풍 불던 밤의 기념'이라는 부제가 말해주는 바대로 특정한 날의 일기를 스케치한 것이다. 시인은 이날 불어 닥친 폭풍으로 인해 천지가 요동하는 모습을 리얼하게 그리고 있다. 그러나 이때 묘사된 이미지들, '구름과 땅이 맞붙어…땅의 모가지를 조인다'거나 '암흑이 땅에서 솟아 하늘을 찌른다', 내지 '나무들은 쓰러지며…몸이 땅에 내팽개쳐지며 땅의 발바닥을 핥는다 휘몰리며 불꽃처럼 타오른다' 등의 이미지들은 이 시가 이미 단순한 일기 묘사로 그치는 것이 아님을 말해준다. '하늘'과 '땅'사이의 수직적이고 역동적인 그림들은 정현종 고유의 상상력을 고스란히 반영하는 것이기 때문이다. 따라서 이 시를 통해 우리는 정현종이 생각한 하늘과 땅의 관계, 하늘에 대한 그의 감정 등에 대한 정보를 의미 있게 받아들일 수 있게 된다. 여기에서 우리는 '하늘'의 '횡포'에 자신을 가누지 못할 정도로 고통스러워하는 시적 자아의 모습을 확인하게 되거니와, 그것은 '땅의 발바닥을 핥는다'라는 이미지 잘 나타나 있다. '땅의 발바닥을 핥는다'라고 하는 매우 도발적인 이미지는 '하늘' 아래서 참담하기 그지없는 자아의 의식을 극명하게 말해준다. '땅의 발바닥을 핥는' 것은 위 시에 의하면 '나무들'만이 아니고 '사람'도 역시 그러한 것이다. 시적 자아는 '땅의 발바닥을 핥'음에 따라 '우리는 이미 인간이 아니'라고 하는 절규의 진술을 행하고 있다. 이는 완전하고 절대적인 '하늘'이 그 자체로 독립되어 존재하는 것이 아니라 그가 의도하였건 하지 않았건 인간을 파괴하고 억압할 수 있음을 암시하는 것이다.

'하늘'에 대해 이러한 극단적인 의식을 갖게 된 것은 무엇보다도 인간이 '죽음'이라고 하는 한계 상황을 피해갈 수 없다는 점에서 비롯된 듯하다. 1960년대 실존주의 철학의 영향 아래 있던 점을 들지 않더라도 정현종이 '죽음'에 관해 해소되지 않는 번민을 지녔던 것은 쉽게 짐작할 수 있다. 그의 시에는 '죽음'에 대한 불안과 고통, 절망과 분노가 거듭 형상화되어 있다. "죽음이 … 거리에 다채롭게 넘치고 있"다(「기억제2」)거나 "땅에는 겨울눈이 내리고 죽음도 내리어"(「여름과 겨울의 노래」)에서 표현되듯이 정현종은 '죽음'이 하늘에서부터 발원하여 지상을 가득 채우고 있다고 생각한다. 또한 "묘비명" 등속의 것들도 "죽음의 미로에 넘치는 우리들을 위로할 수 없다"(「우리들의 죽음」)고 말한다. 정현종에겐 '죽음'을 기억하는 행위가 "능청스럽고 치열하고 철면피하게"(「철면피한 물질」) 여겨질 만큼 '죽음'에 대해 불가항력적인 감정을 갖는다. 이에 따라 정현종은 지극히 당연하게 "의식의 맨 끝은 항상 죽음이었네"(「사물의 정다움」)라고 말할 수 있었다.[7)]

요컨대 '하늘'은 인간에게 관용을 베풀기는커녕 인간을 억누르고 처참하게 한다. 반면 인간은 '하늘' 아래서 항상 결여와 누추함과 부끄러움을 느끼고 '하늘'을 여전히 완전하고 절대적인 실체라 간주한다. 상황이 이러하다면 이것은 곧 인간의 운명이 아닐 수 없다. 모든 역할이 정해져 있고 이 틀 안에서의 한계지워진 인간의 선택만이 가능한 것이 그것이다. 이것으로부터 벗어나는 것은 불가능하며 또 의미도 없는 것이다.

이 속에서 인간은 크게 두 가지 태도를 취할 수 있다. 하나는 '하늘'의 실체 자체를 부정하고 지상에서의 삶을 즐기는 일이고 또 하나는 '하늘'에 의해 부여된 인간의 운명에 순응하며 이를 충실히 따르는 일이 그것이다. 정현종의 선택은 무엇일까. 적어도 정현종은 첫 번째 길을 가지 않는다. 만일 그리했다면 초월과 인간이라는 예의 대립 구도 자체가 전면화되어 있지 않았을 것이다. 이 점은 그의 시에서 살펴볼 수 있었던 환유 구조가 초월적 세계를 부정하고 의식의 초점을 지금 이곳의 인간 현실로 맞추었다 하더라도 그러하다. 그렇다고 그가 두 번째 길을 간 것도 아니지 않는가. 방황과 번뇌, 그리고 그의 시적 개성은 바로 여기에서 비롯된다. 그의 시는 단순하게 첫 번째의 길도 혹은 두 번째의 길도 갈 수 없어 '하늘'과 '땅' '사이'에서 '어쩔 줄을 모르던' 자아의 헤매임과 고뇌의 기록에 다름 아니다. 이 점을 확인하기 위해 그의 문맥의 양상을 보다 면밀히 살펴보도록 하자.

> 행동을 버릴 것, 지니지 말고
> 말을 버릴 것
> 버렸다는 생각이 들겠지만 버렸다고 생각했을 때
> 다시 버리고 자기의 것이라고 생각했을 때
> 자기를 버리고 그리고
> 박수 소리를 버리고

---

7) 김현은 초기의 정현종이 세계를 고통스럽고 혼란스러운 것으로 인식한 것은, 의식의 맨 끝은 죽음이며, 삶이란 그 죽음으로 가는 혼란스러운 길이라는 실존주의적 세계관 때문이라고 지적한다. 김현, 「술취한 거지의 시학」, 위의 책, p.209.

웃음을 버리는 웃음
표정을 버리는 표정
슬픔의 주인은 슬픔, 기쁨의 주인은 기쁨
행동의 주인 말의 주인은 각각 그것들 자신이도록 하고, 그렇다면
구원이 그대를 편안하게 할는지 모른다
슬픔은 계속 남겠지만
죽음이 마침내 그대에게 행동과 말을
주겠지만, 그렇지만, 그러므로
그렇다고 하더라도……

「배우를 위하여」 전문

　정현종의 시에는 진술의 'A~A' 형태가 빈번하게 나온다. A=B라고 하는 은유의 공식도 아니고 A=A라고 하는 동어반복도 아닌 이것은 분명 시간의 경과와 사건의 진전이 있었다 하더라도 결국 제자리를 밟고 있는 형국을 드러낸다. 예컨대 '하늘의 별처럼 많은 별', '바닷가의 모래처럼 많은 모래', '반짝이는 건 반짝이는 거고', '고독한 건 고독한 거지만'(「그대는 별인가」)라든가, '깨어 있는 불빛만이 깨어 빛나고'(「심야통화1」), '불덩어리 눈물에 젖고 눈물덩어리 불타'(「고통의 축제1」), 혹은 '죽음으로 죽음을 사랑할 수 없고', '삶으로 삶을 사랑할 수 없고', '슬픔으로 슬픔을 슬퍼 못 하고', '시로 시를 사랑 못 한다면'(「시, 부질없는 시」) 등이 그것이다. 위 시의 '웃음을 버리는 웃음', '표정을 버리는 표정' 등도 같은 유형에 속한다고 할 수 있다.

　언어의 유희처럼 보이는 이러한 표현은 정현종의 예의 문맥의 환유 구조와 상통하는 바가 있다. 이러한 표현은 공통적으로 A를 넘어서는 다른 대상을 설정하지 않기 때문이다. A는 설사 그것이 제자리로 환원될지라도 그 너머의 것을 향하지 않는다. 가령 위에 든 '하늘의 별처럼 많은 별'의 구절에서, 일반적인 시적 표현이라 하면 '하늘의 별처럼 많은 (사람, 불빛, 집, 눈동자……)'라는 식의 A=B로 이루어질 것이다. A=B의 표현에 의해 A, 즉 사람, 불빛, 집, 눈동자들은 단순한 사물을 넘어서서 그 사물이 지닌 본질적인

부분을 드러내게 된다. 그때의 본질은 단순히 '많다'의 의미에 한정되지 않으며 '별'과 의미를 공유하는 것으로 현상할 것이다. 사물들은 '별'과 같은 맑고 순수함과 아름다움의 이미지를 연상시키면서 사물을 넘어서는 또 다른 사물, 보다 초월적이고 본질적인 모습이 되는 것이다.

그렇다면 'A~A'의 표현이 유도하는 것은 무엇일까? 'A~A'는 'A=A'와 틀리다는 점도 상기해야 하는데 'A=A'가 '나는 나, 꽃은 꽃, 너는 너'에서처럼 '나, 꽃, 너'와 같은 한정된 경계 안에 멈춘 채 그 영역을 고수하는 의미를 지닌다면, 'A~A'는 동어반복의 제자리 걸음에서 보이는 경계의 고수가 없다. 그것은 'A'만의 고정된 자리를 넘어서면서 시간을 개입시키고 사건을 이끌어낸다. 즉 'A~A'는 'A=A', 'A=B'와는 달리 문맥상 환유 구조를 지닌다는 것이다. 그러나 'A~A'는 'A~B'와 같은 일반적인 환유 구조와도 틀리다. 보통의 환유는 A에서 시작하여 B에 이르는 반면 이것은 시작은 A에서 하지만 돌아오는 곳도 결국 같은 A이기 때문이다.

'웃음을 버리는 웃음', '표정을 버리는 표정'을 포함하고 있는 위 시는 이러한 'A~A'의 문맥 구조가 지니고 있는 의미를 암시하고 있다. 위의 시 '행동을 버릴 것, 지니지 말고 / … 버릴 것 / 버렸다는 생각이 들겠지만 …… / 다시 버리고 …… / 자기를 버리고 그리고 / …버리고'로 이어지는 시적 진술에서 핵심적인 의미소는 '버리고'이다. 시적 화자는 어떠한 '행동'도, '말'도, '생각'도, 심지어 '버렸다는 생각'도, '자기'도, 타인의 시선도 모두 '버려라'고 한다. '버리고'가 반복됨으로써 주변적인 것들은 하나씩 하나씩 껍질 벗겨지듯 제거되고 또 제거될 수 있는 것 모두가 소거되며 더 이상 제거될 수 없는 것만이 남게 된다. '웃음을 버리는 웃음'과 '표정을 버리는 표정'은 '버리는' 행위를 통해 거치게 되는 마지막 관문이 된다. 이를 통해 결국 우리가 도달하는 곳이 있다면 그곳은 액면 그대로의 사물의 지대이다. 비본질적인 모든 것이 지워져 오롯이 자기 자신만 남은 상태가 그것이다. 이때의 사물이 물체만을 의미하는 것이 아니고 형체의 유무를 떠나 존재하는 모든 대상이 되는 것은 물론이다.[8] 시인은 이를 사물의 '주인됨'이라 표현하고 있다. '슬

픔의 주인은 슬픔', '기쁨의 주인은 기쁨', '행동의 주인 말의 주인'이 이러한
지대에서 그 모습을 드러내는 것이다.

이로써 우리는 'A~A'구조가 지니는 의미를 어느 정도 확인할 수 있게 된
다. 그것은 환유의 구조에 몸을 싣되 환유의 세계에서 접할 수 있는 모든 주
변적이고 비본질적인 요소들을 벗어버리면서 사물 자체만이 남는 궁극의 지
대에 이르게 하는 시적 장치라고 할 수 있는 것이다. 이는 형태상 환유의 모
습이지만 그렇다고 실질적인 환유도 아닌, 어찌 보면 본질을 구하고자 한다
는 점에서 은유와도 유사한 어정쩡하고 독특한 양상을 빚어낸다. 그리고 우
리는 이 자리에서 앞서 살펴보았듯 '하늘'도 아니고 '땅'도 아닌 그 '사이'에
서 '어쩔 줄 모르던' 정현종의 실존을 만나게 된다. 그는 초월적 신 자체를
부정하고 현실을 살아가는 길과 초월의 세계에 자기를 맡기고 자아를 신에
맞추어가는 길, 이 두 가지 길 모두를 비껴간다. 그가 걷는 길은 그가 독자
적으로 찾아낸 것으로서, 현실의 것에 귀속되지도 않고 신의 것에 귀속되지
도 아닌 그러한 것이다. 그 길은 인간의 조건이 그대로 남아있어 '죽음'을
인정해야 하는 곳이며 동시에 '구원이 그대를 편안하게 할지도 모를'(「배우를
위하여」) 곳이다. 즉 이곳은 인간의 세계이면서 신과 마주할 수도 있는 곳인
셈이다.

이제야 우리는 정현종의 시가 아름다운 꽃으로 피어나는 지점에 도달한
듯하다. 방황과 번민과 헤매임을 통해 도달한 지점이 그곳이다. 그곳은 신에
의 종속을 거부하고 주인됨을 확인하는 지상의 세계이자 그렇다고 아름다움
이나 완전함이나 순수와 같은 초월적인 가치도 부정되지 않는 지대이다.9)

---

8) 이광호와의 대담에서 정현종은 사물을 'object'가 아닌 영어의 'things'와 일치시키고 물건
에서부터 정서적인 것, 내적인 움직임에 이르기까지의 모든 것이 여기에 포함된다고 말하
고 있다.

9) 남진우는 정현종의 시에 나타난 '바람·별빛'에서 '풀잎·보석'으로 이르는 상상력의 전개
과정을 통해 정현종의 시가 천상계/지상계의 대립에서 출발하여 현실과의 부단한 싸움
끝에 대지를 대지 자체로 긍정하기에 이르렀음을 논증하고 있다. 그리고 이러한 시인의
상상력이 현실이 아무리 고통스럽다 하더라도 우리가 그 현실의 한 부분인 이상 그 현실
에 뿌리내리지 않고는 현실을 초월할 수 없다는 정현종의 윤리 의식과 밀접히 대응한다고

문맥의 측면에서 말하면 여기는 환유가 은유가 되고 은유가 환유가 되는 그
러한 지점이며 그의 시를 빌면 '사람들 **사이**(강조-인용자)에 섬이 있다. 그
섬에 가고 싶다'(「섬」)로 환기되는 자리이다. 우리는 감히 정현종 시세계의
시작이 여기에서부터 비롯된다고 말할 수 있거니와 정현종은 이 지대에 발
을 딛고 비로소 꿈꾸기를 시작한다. 그것은 곧 지상의 모든 것들을 감싸고
사랑하고 그것들에 피와 살이 돋게 하는 일이며 정현종이 말한 '사물의 꿈'
을 현상시키는 일일 것이다.

4. 지상에서의 삶

　지금까지 행해졌던 정현종 시에 대한 비평의 상당 부분은 그의 시에 나타
나 있는 역동적 이미지를 물질적 상상력이라는 관점에서 분석하고 이를 시
인의 실존과 관련시킨 것으로 이루어져 있다. 그의 시에 주요 이미지인 '바
람'이라든가 별빛, 물, 흙, 불 등이 주로 관심을 모았고 특히 많은 비평가들
은 '바람' 이미지의 중요성을 강조해왔다.[10] 이들 비평가들에 의하면 '바람'
은 '이동·발기·파괴·생성 등과 긴밀히 연락되면서 무엇인가 일어나고
있'[11]음을 의미하는가 하면 '자유 의지와 자유로운 정신을 환기시키는 핵심
적 요소'[12]라 할 수 있다. 정현종의 시에서 '바람'이 지상의 사물들과 더불어
묘사되는 양상은 이러한 해석을 충분히 뒷받침하고 있다.

　밝히고 있다. 남진우, 「풀잎 / 보석의 상상 구조」, 앞의 책(이광호 엮음), pp.189~190.
10) 정과리, 「정현종의 진화론」, 위의 책, pp.97~100.
　김정란, 「정현종, 꿈의 사제」, 위의 책, p.235.
　김현, 「바람의 현상학」, 『현대한국문학의 이론』, 민음사, 1971.
11) 정과리, 위의 글, p.99.
12) 오생근, 「숨결과 웃음의 시학」, 앞의 책(이광호 엮음), p.271.

저 밖의 바람은
심장에서 더욱 커져
살들이 매어달려 어둡게 하는
뼈와 뼈 사이로 불고

그리 낱낱이 바람에 밟히는 몸은
혹은
손가락에 리듬의 금환을 끼며
머나먼 별에게 춤추어보이기도 하네

「바람 병」 전문

바람은 아주 약한 불의
심장에 기름을 부어주지만
어떤 살아 있는 불꽃이 그러나
깊은 바람 소리를 들을까

「상처」 부분

하늘 아득한 바람의 신장!
바람의 가락은 부드럽고 맹렬하고
바람은 저희들끼리
거리에서나 하늘에서나 아무데서나
뒹굴며 뒤집히다가
(중략)
정신의 어디, 깊은 데로
찌르며 꽂혀오는 바람!

「공중놀이」 부분

위의 시들은 시인이 '바람'을 현상시키는 장면을 선명하게 포착하고 있다. '바람'은 그의 생리 그대로 밀려오고 밀려가며 불어 닥치기도 하고 가볍게 스쳐 지나가기도 하는 등 움직임을 본질로 한다. 움직임 자체가 '바람'이라고 할 수 있을 것이며 어떠한 움직임도 없는 곳이라면 이때에 '바람'은 없다. 이 점 때문에 '바람'은 생기 혹은 생명과 의미 연관 속에 놓이게 마련이다.

우리는 여기에서 정현종이 '바람'을 끌어들인 까닭을 짐작할 수 있게 된다. 그는 일반적인 시적 상상력에서 '바람'을 주로 고난의 환경, 극복해야 하는 외적 요소 등으로 상정하는 것과 달리 움직이지 않는 것, 미약한 것, 죽어가는 것 등의 사물들과 함께 배치한다. 정현종의 시에서 '바람'은 이들 힘을 잃고 꺼져가는 사물들에게 힘과 생명을 부여하는 에너지의 근원이 된다. 위의 시 「바람 병」에서처럼 '살들이 매어달려 어둡게 하는 뼈와 뼈 사이로 불'거나 「상처」에서 볼 수 있듯 '아주 역한 불의 심장에 기름을 부어주'는 것이 정현종이 의도하고 있는 '바람'의 역할인 것이다.

이러한 점에서 '바람'은 지상에서의 삶을 선택하여 그곳의 모든 사물을 사랑하고자 하였던 시인에게 큰 의미를 지닌 것이 아닐 수 없다. 시인이 선택한 지상에서의 삶이 존재하는 모든 사물을 '하늘'의 관점에서가 아니라 사물 그대로의 모습으로 살아있게 하는 것일진대 '바람'은 사물이 생기를 얻고 피어날 수 있는 동력으로 작용하게 된다. 더욱이 '바람'이 지하에서부터 스며나오는 음습한 것이 아니라 '하늘 아득한' 곳까지 혹은 '거리에서나 하늘에서나 아무데서나 뒹굴며'(「공중놀이」) 존재하는 것이기에 그것은 '사물'을 대기의 어떠한 방향으로도 상승시킬 수 있다. '사물'은 그처럼 자유분방하고 생명력 넘치는 '바람'에 힘입어 억압당하거나 소외당하지 않은 채 자신의 지향성을 실현시킬 수 있는 것이다. 단지 정물이나 눈에 보이지 않는 것으로만 여겨지던 '사물'이 자신의 살아있음을 확인하는 일, 이것이 곧 정현종이 말한 '사물의 꿈'[13]이라 할 수 있다.

정현종에게 '사물의 꿈'을 되살리는 일은 단순한 미학상의 문제가 아니고

---

13) 정현종은 이광호와의 대담에서 '사물의 꿈'은 형체가 있든 없든 그것이 가지고 있는 본성이라 말하면서 이를 드러내는 것이 예술가의 몫이라 하고 있다. 예술가는 사물을 대신하여 사물의 말을 해주는 자로서, 예술가가 사물을 통해 얻게 되는 몽상·상상의 이야기를 하는 과정에 '에너지의 소용돌이'가 일어나는데 이것이 곧 '꿈'이라는 것이다(정현종·이광호 대담, 「시, 새로운 시작을 위하여」, 위의 책, p.32).

그의 세계관과 윤리 의식이 총체적으로 투영된 귀결이다. '하늘'에 종속되지 않되 그렇다고 현실의 논리에도 길들여지지 않고자 하는 자의 아름다운 승화와 초월의지가 '사물의 꿈'에 담겨 있다. '사물의 꿈'은 지상에 존재하는 모든 것들을 마치 신이 행할 수 있는 따뜻함과 넉넉함으로 안고자 하는 시인의 의지를 반영하고 있는 것이다. 지상에서 펼쳐내는 시인의 이러한 사랑은 '하늘'의 절대성이 가하는 억압과 소외에 대한 저항이면서 동시에 부박(浮薄)한 현실에 안주하지 않고 이를 초월하는 시인의 독자적인 삶을 보여준다 할 수 있다. 이는 곧 신에 대한 반항이면서 신을 향한 다른 방식으로의 초월법인 셈이다.

비어있는 지대에서의
꿈틀거리는 존재의 전언

1. 시의 언어에 대한 새로운 인식

오규원은 1941년에 출생했던 까닭에 대학 입학 직후 4·19를 겪게 된다. 때문에 정확하게 4·19세대라 할 수 있는 오규원은 1960년대 후반 김현승 시인의 추천을 받아 『현대문학』에 데뷔한다. 그러나 시인이라고는 해도 오규원은 대학에선 문학과 거리가 먼 법학을 전공했고 등단은 더욱 엉뚱하게도 위생병으로 군 복무를 하던 중 이루어진다. 졸업과 제대 후 오규원은 역시 뚜렷한 직업을 갖지 못하고 출판사나 잡지사, 기업의 홍보실 등 '어정쩡한' 곳에서 '어정쩡하게' 살아간다. '어정쩡하다'고 했지만 실상 그러한 직업들은 오규원의 경우 전공과 관련한 업무를 하는 곳이 아님은 물론이고 학교를 떠나 사회로 본격적으로 진출하기 전의 어느 정도 유보된 공간, 학교와 사회의 점이 지대, 무언가에 전적으로 자신을 내맡기기 전의 유예된 시간 정도로 해석될 수 있을 것이다.

더욱이 오규원의 경우처럼, 시인으로 데뷔한 후 지속적으로 시집을 상재해 온 시인일진대 우리는 그에게 보다 시인으로서 어울리는, 시인적 정체성을 연상케 하는 직업을 기대하게 되는 것은 당연할 것이다. 무릇 직업이란 그의 실존을 보장해주지 못하지만 그런데도 우리는 거의 습관적으로 직업을 통해 그 사람의 성격을 미루어 짐작하기 때문이다. 그의 직업이 비문학적이다, 혹은 비시적이다라는 식의 언급은 대개 아무 의미가 없지만 적어도 오규원에게 직업은 마치 아끼는 보석이 있는데 그것을 담는 그릇을 구하지 못해 '대충 아무거나에' 하며 체념하는 자의 심리를 투영하고 있는 듯하다. 그것은 '시'라는 내용을, 그것도 오규원이 염두에 두는 '시'의 내포를 안정적으로 담아줄 사회의 형식이 존재하지 않기 때문에 잠정적으로 행한 선택에 불과한 것으로 보인다. 따라서 그의 직업은 '시'를 직접적으로 담아내지는 못하더라도 '시'를 방해하거나 침해해서는 안 되는 것이자 억지로라도 현실 위에 발 딛게 해주는 장치여야 할 것이다.

'시'와 '직업'을 에워싸는 오규원의 생활공간을 확인하는 일은 일견 비본질적이고 우연적으로 보이지만 사실 이 두 요소 사이의 함수 관계야말로 오규원의 개성과 시적 입지점을 이해할 수 있는 가장 핵심적인 열쇠가 될 것이라 판단된다. 가령 오규원은 시를 무엇이라 보았는가, 시에 대한 열정은 어느 정도인가, 오규원이 '현실'에 대해 지니고 있는 관념은 무엇이었고 '현실'을 넘어서는 비전을 그가 과연 가지고 있었나, 가지고 있었다면 그것의 실체는 무엇인가 등의 결코 가볍지 않은 질문들이 모두 이 함수식 속에서 도출되고, 그 답 역시 그 안에서 마련되기 때문이다. 여기에서 '직업'이라는 표현은 매우 애매할 수 있을지도 모르겠다. 우리는 다만 생계를 위한 수단이라거나 다소 이상적으로 말해 자아실현을 위한 매개라는 식의 상식적인 차원에서만 접근할 것이다. 이런 시각에서 보았을 때 분명한 것은 오규원은 결코 적극적으로 직업을 선택하지 않았다는 점이다. 그것은 그의 지성의 치밀함과 엄격함에 견주어볼 때 짐작할 수 있는 일이다. 오규원은 법학도다운 논리의 엄격함과 치밀함을 고스란히 지니고 있었는데, 그는 그의 지성을 온전히 실현할 지점을 애써서 구하지 않았던 것이다.

그러나 동시에 오규원은 현실을 감각할 수 있는 통로 또한 외면하지 않는다. 현실 감각을 유지할 수 있는 가장 직접적인 루트로 '직업' 앞에 놓일 수 있는 것이 없다고 할 때 오규원에게 '직업'은 절대적이지는 않아도 그렇다고 없어서도 안 되는 필수불가결한 항목에 해당된다고 할 수 있다. 따라서 오규원은 필사적으로 '직업'을 구했다고도 볼 수 있다. 다시 말해 오규원에게 직업은 호구지책에 그치는 것이 아니라 다른 한편으로는 세계관을 지탱해주는 중요한 요소이기도 했던 셈이다. '현실'과의 관계를 맺어주고 현실 감각을 유지시켜 준다는 얼개 안에서 직업은 요구되었고, 이는 오규원이 치열하게 '시'를 안을수록 그에 비례하여 의미를 지니는 것이었다.

그렇다면 '시'와 '현실' 양 축을 동일하게 이끌고나간 오규원의 시적 특색은 어떠한 지형을 보여주고 있을까? 물론 '현실'과의 끈을 팽팽하게 견지하였다는 점에서 오규원은 전형적인 4·19세대다운 면모를 보여준다. 그러나 '현실'에 접근하는 새로운 논리와 의식은 그만의 철저성을 드러내면서 그의 시세계를 당대의 다른 시인들의 시세계와 독창적으로 구별시키는 계기가 되기도 한다.

2. 공공의 적(敵)에 대항하는 투사(鬪士)

1960년대는 주지하다시피 정치·사회적 태제가 시대의 전면에 부각되었던 때이다. 이 시기에 이르러 상승하는 민중의 주체 의식에 의해 사회와 정치를 향한 목소리가 점점 커지고 그와 함께 이들의 민주주의적 요구를 탄압하는 파시즘 독재도 가일층 거세어졌던 바, 탄압이 투쟁을 부르고 투쟁이 탄압을 부르는 과정이 끝도 없이 이어지던 이 시기를 우리는 '뜨거운 사회'라고 부를 수 있을 것이다. 당시 민주화 투쟁이 확산되면서 문단에서는 순수─참여 논쟁이 일었는데, 그 속에서 순수시의 논리가 변명처럼 공소하게 울렸던 것도 '뜨거운 사회'에서 일어날 수 있던 현상이었다. '뜨거운 사회'에서는 그것이 아무리 정당한 명분과 정의를 함의하고 있다 하더라도 불가불 폭력성 또한 유발하기 마련이어서 민주화를 위한 담론조차 그 사회의 다양성과 이성을 마비시키는 역효과의 위험을 안고 있었다.

대결이라는 팽팽한 구도 하에 사회가 단일하고 거대한 담론 속에 휩말려 갈 때 지식인으로서 그리고 시인으로서 해야 할 소임은 무엇이었을까? 정당한 논리라 하더라도 거듭되는 투쟁으로 이어질 때 나타나는 지성과 의식의 고갈 현상은 누가 책임져야 하는가? 민주화의 담론이 현장성을 잃고 투쟁의 효과를 일으키지 못할 때 그것의 의미는 반감될 뿐 아니라 담론 자체가 지배자의 그것처럼 억압만을 재생산하지는 않을 것인가?

오규원의 시인으로서의 자의식은 이 지점에서 형성된다. 담론이 살아서 주체를 고양시키지 못하고 오히려 의식을 누르는 억압자로서 기능하는 것을 문제시한 오규원은 이를 담론의 경직화, 언어의 관념화라고 진단하고 시적 언어란 이처럼 상투성에 길들여진 언어에 생기를 불어넣어 새로운 언어로 거듭나게 한 것이라고 주장한다.[1] 즉 시적 언어는 언어를 기성의 질서와 맥락으로부터 떼어내고 사물과 관념 사이의 거리를 극복하여 사물을 살아있는 존재 그대로 드러낼 수 있어야 한다는 것이다. 여기엔 사물은 언어에 의해 비로소 형태를 보장받아 소통의 계기가 되지만, 다른 한편으로 언어는 사물을 체제화 된 언어 내에 가두어 그것을 물화시킬 위험 또한 안게 된다[2]는 사실이 전제되어 있다. 또한 이러한 관점에 섰을 때 언어에 의해 이루어진 인식 역시 언어가 지닌 기능과 한계를 그대로 지니게 된다.

> 인식의 마을은 회리바람이더라 흔들리는 언어들이더라
> 무장한 나무들이더라
> 공장에선 석탄들이 결사적이더라
> 인식의 마을은 겨울이더라 강설이더라

---

1) 오규원·이광호 대담, 「언어탐구의 궤적」, 『오규원 깊이 읽기』(이광호 엮음), 문학과지성사, 2002, p.31.
2) 송상일, 「자유를 뭐라 이름지을까」, 위의 책, p.109.

바람이 동상에 걸린 가지를 자르더라
싸늘한 싸늘한 적설기더라 밤이더라

「인식의 마을」 전문

환상의 마을에서
살해된 낱말이
내장을 드러낸 채
대낮에
광화문 네거리에 누워 있다.

초조한 눈빛을 굴리는
약속이
불타는 西市의 거리를 지나다가
피투성이가 되어
그 위에 쌓인다.

「대낮」 전문

위의 시들에 등장하고 있는 상징들은 언어 및 언어를 매개로 이루어지는 인식에 관한 오규원의 관점을 명확하게 보여주고 있다. 「인식의 마을」에서 '인식'은 그것이 '언어'에 의해 형성되는 까닭에 '흔들리는 언어들', '무장한 나무들', '겨울', '강설', '밤'과 같은 일련의 계열체들과 등가가 된다. 이들 계열체들은 모두 부정적 의미가들을 지니는 것들로서, 생명에 뿌리내리지 못한 허약함과 유연성을 잃은 경직됨, 그리고 곤궁함과 암울함을 상징한다. 반면 '석탄들'은 이들 부정적 계열체들과 대립된 의미를 지니게 되어 '인식'의 인공적이고 반생명적 성질에 대비되는 원시적이고 정열적인 힘을 가리킨다.

「대낮」에 이르면 오규원의 상상체계는 더욱 흥미롭게 제시된다. '낱말이 살해된다'고 하는 심상치 않은 표현을 통해 읽을 수 있는 것은 시인이 '언어'의 파괴를 매우 강도 높게 바라고 있다는 점이다. '낱말이 내장을 드러낸 채 대낮에 광화문 네거리에 누워 있'음을 상상하는 것처럼 시인은 '언어'가

산산이 해체되어 다시는 회생할 수 없을 지경으로 패배하기를 원한다. 언어는 결코 사적이고 은밀한 차원의 것이 아니라 모든 이들이 공동으로 사용하는 공적이고 대중적인 것이다. 바로 그러하기 때문에 그것은 사회 전체를 '언어의 감옥'으로 몰고 가는 큰 문제를 안고 있다. 2연의 '약속'은 상투화되어 경직된 사회의 전체적 체계를 암시하는 것인데 '약속'이 '초조'와 불안에 떨며 결국 '피투성이가 되어 쌓이'는 이유도 그 중심에 언어가 가로질러 놓여있기 때문이다. 즉 언어는 체제와 관습을 구축하는 가장 핵심적인 요소에 해당하는 바, 이에 따라 언어의 경직은 사회의 구조와 체계에 그만큼 심각한 타격을 준다는 인식이 여기에 있다. 경직화되어 생기를 상실한 죽은 언어를 해체하고 파괴하는 일이 중요한 것도 이러한 이유 때문이다. 사회를 곤고하게 하는 언어가 파멸하여 새로운 생성의 언어로 거듭난다면 그러한 언어에 의해 운용되는 사회 역시 다른 면모로 태어날 것이다.

그러나 이러한 일들은 과연 현실성이 있는 것인가? 언어의 체계화와 관습화의 속성, 즉 안정적으로 구축되어 사회 체제 속으로 편입되며 그 사회 체제를 공고하게 하는 속성은 언어 자체 내에 내재되어 있는 집요하고 끈질긴 성질이라는 점이다. 따라서 '언어'와의 싸움은 사회의 진보와 이 사회가 거듭나기 위해 반드시 일구어내야 할 작업이지만 그야말로 정형화되어 있지 않아 그 실체를 확정하기도 힘든 난해한 적과의 대결이라 할 수 있다. 이러한 대결의 한복판에 서 있는 오규원은 사회 전체가 감당해야 하는 공공의 문제를 혼자서 짊어지고 있는 고독한 투사의 면모를 지닌다.

사회의 견고한 체제는 처음 인간의 필요에 의해 생겨났지만 그것이 비대해지고 더욱 공고해짐으로써 거대한 감옥이 되어 인간을 억압하게 된다. 반면에 이것을 무너뜨리고 극복할 수 있는 사회적 존재나 근거는 갈수록 희박해진다. 사회가 더욱 복잡하고 인류의 덩치가 커진다는 것은 그만큼 그것들을 관리하고 통제할 치밀한 조직이 필요하다는 것을 뜻하기 때문이다. 이는 오규원의 싸움이 단순히 상상의 놀이에 의한 것이 아니라 사회와 문명을 상대로 하는 근본적인 것이라는 점[3]을 말해주는 동시에 그가 얼마나 고독하며 또한 그가 서 있는 입지가 얼마나 아슬아슬한 곳에 놓여있는가를 암시해주기도 한다. 어쩌면 이 싸움에서 오규원이 쥘 수 있는 무기는 유리처럼 약하디 약한 것일지 모른다. 뿐만 아니라 싸움의 결과는 패배임이 정해져 있는 것인지도 모르겠다. 그럼에도 불구하고 투쟁의 날카로움을 놓지 않는 오규원이라면 그에게 싸움의 지지대가 되어 주는 것은 그 스스로 캐내고 발견하는 그만의 작은 영토, 곧 1연에서 말하고 있는 '환상의 마을'일 것이다.

여기에서 '환상'은 '세상에 존재하지 않는 것'의 의미가 아니고 '현실에 정착하지 않는'의 의미를 갖는다. 눈에 보이거나 보이지 않거나 손에 잡히거나 잡히지 않거나 상관없이 그것이 신기루일지라도 세상에 힘을 발휘할 수 있지만, 궁극적으로는 정착하지 않음으로써 길들여지기를 거부하는 극단의 지점에 자리하는 것이 '환상'이다. 말하자면 이것은 생명과 순수가 원시적 형태로 담겨있는 곳을 가리킨다. 이는 순전히 인식 주관에 의해서라야 비로소 생성되는 것으로서 사회와 문명에 대한 비판의 정도가 예각화되어 있을수록, 생명에의 의지와 열정이 강할수록 그에 비례하여 얼굴을 내미는 섬세한 지대이다. 오규원의 초기시에는 바로 그 '환상'에 의한 순수 지대가 맨얼굴로 거듭 현상하고 있거니와 그의 초기시에서 만나게 되는 이미지의 눈부심과 강렬함, 싱싱함들은 대부분 오규원의 세계관의 근거로 자리잡고 있는 '환상'의 지대에 의해 뿜어지는 것임을 알 수 있다.

3. '나(I)'는 어떻게 살아남는가?

오규원은 4·19세대를, '나'라는 존재를 대문자로 의식한 최초의 세대라고 말한다. 그리고 그것은 독립 국가에서 한글로 교육을 받고 민주를 배우고 배

---

3) 김병익, 「물신 시대의 시와 현실」, 위의 책, p.87.

운 민주를 실천에 옮기고 또는 실패를 체험한 주체로서의 의식이라는 것이다.[4] 한글을 배웠다는 것, 민주주의를 배웠다는 것, 그리고 배운 것을 실천해보았다는 것들은 모두 동일하게 주체 의식을 강화하는 데 기여한다. 언어란 미분화된 자아를 사회 구성원으로서 정립시키는 데 기여하며 민주주의는 사회 속에서 '나'와 타자의 공존을 도모하는 것이기 때문에 그러하다. 또한 언어 행위를 하고 이론을 실현하는 작업들은 자아를 객관화시킴으로써 이를 주체로 세우는 효과를 가져오기도 한다.

이러한 4·19세대가 문단에 등장하면서 가장 먼저 일어난 사건은 시대에 대한 성찰적 태도가 전면화 되었다는 점이다. 사회와 정치는 더 이상 일부 소수자에 의해 독점되지 않았고 시민 의식을 학습한 무수한 '나'들이 개인의 자격으로 사회와 정치에 참여하게 된다. 4·19혁명이 실패한 것은 이들이 사회와 정치에 보다 적극적으로 참여하게 하는 계기가 되었을지언정 이러한 경향을 막지는 못하였다. 혁명은 미완의 혁명이었기 때문에 오히려 이들의 정치 참여는 더욱 활발하게 이루어진다.

오규원의 '나' 또한 4·19세대의 이와 같은 정체성으로부터 크게 벗어나 있지 않다. 오규원에게 사회와 정치는 '나'의 삶의 터전이자 호흡하기 위한 공기였고 '내'가 만들어가야 하는 불완전한 공간이었다. 사회와 정치가 오염되어 혼탁해져 있으면 가장 일차적인 폐해는 '내'가 보기 때문에 '나'는 이에 적극적으로 개입하지 않을 수 없다는 것, 단일한 노선이 더 이상 시시각각 변화하는 시대의 흐름에 대한 고정불변한 진리로 운위될 수 없다는 것, 만일 그러한 것이 독재적으로 군림한다면 그것을 자유의 이름으로 응징해야 한다는 것, 이러한 것들이 4·19세대들 사이에 공통적으로 형성되었던 인식이었다. 그리고 이것이 4·19세대의 모럴이자 현실 감각이라 할 수 있다.

우리는 여기서 바로 오규원이 사물의 실존을 말소하는 물화되고 시스템화된 언어뿐 아니라 소위 순수시 역시도 '음흉하다'[5]고 하며 배척한 근거를 확

---

4) 오규원·이광호 대담, 앞의 글, p.29.
5) 정끝별, 「서늘한 패러디스트의 절망과 모색」, 위의 책, p.212.

인할 수 있다. 전통 서정시라 할 수 있는 소위 순수시는 사회와의 상관관계가 배제된 것이므로 현실에 대한 응전의 정도가 삭제되어 있으며, 그러한 까닭에 시대의 고통이 배어있지 않다는 것이다. 전통적인 서정시를 가지고는 자본주의라는 거대한 체제와 싸우기가 너무 힘들다[6]고 한 오규원의 언급도 이와 무관하지 않다. 이는 오규원이 사회와 현실에 대해 투쟁적 자세를 견지하고 있음을 의미하는 동시에 이러한 그의 4·19세대다운 비판의 태도가 시형에 있어서 전통적 서정시와 다른 유형으로 나타날 것임을 암시하는 대목이다. 전통 서정시가 세계를 자아에 환원시켜 자아와 세계의 동일시를 빚어내는 시형이라면, 오규원의 시는 오히려 자아와 세계가 서로 충돌하고 부조화하는 양상을 드러낼 것이라는 점이다.

> 안경 밖으로 뿌리를 죽죽 뻗어나간
> 나무들이
> 서산에서
> 한쪽 다리를 헛짚고 넘어진 노을 속에 허둥거리고 있다.
> 키가 큰 산오리나무의 두 귀가
> 불타고 있다.
>
> 시간의 둔탁한 대문을
> 소란스럽게 열고 들어선
> 밤이
> 으스름과 부딪쳐
> 기둥을 끌어 안고
> 누우런 밀밭을 밟고 온
> 그 밤의 신발 밑에서
> 향긋한 보리 냄새가
> 어리둥절한 얼굴로 고개를 내밀고 있다.

---

6) 이원, 「'분명한 사건'으로서의 '날이미지'를 얻기까지」, 위의 책, p.54.

골목에서
작년과 재작년의 죽음이
서로 다른 표정으로
만나고
그해 죽은 사람의
헛기침 소리 하나가
느닷없이
행인의 뒷덜미를 후려치고 간다.

「분명한 사건」 전문

사전적 의미에서 서정시는 자아의 정서를 그려내는 것을 목표로 한다. 서정시에서 자아의 정서란 고유한 영역으로서, 세계와의 조우 및 간섭에도 불구하고 절대적으로 불변하는 빛깔로 남아있게 된다. 세계는 자아의 정서에 의해 채색되며 자아의 고유한 영역을 드러내는 한에서 의미화된다. 여기에서 세계는 적어도 피동적이거나 고정적이라고 간주된다. 자아의 영역을 드러내는 과정에서 세계는 자아화되어 전유되는데 이때 주로 사용되는 수사법이 은유임은 주지의 사실이다. 가령 사물 B, C, D…는 자아의 정서 A를 드러내기 위한 방법적 장치가 된다.

오규원 시의 전형적 형태를 보여주고 있는 「분명한 사건」은 전통적 서정시의 형태에 견주어 볼 경우 자아와 세계의 화해로운 동일시가 이루어지지 않고 있으며 은유보다는 환유의 수사법을 적극적으로 취하고 있음을 알 수 있다. 가령 '나무들'이라든가 '노을'과 같은 자연의 사물은 전통적 서정시에서라면 자아의 내면을 담아내기 위해 집중적으로 형상화되었을 터이지만, 환유의 수사법에 의하면 '나무'와 '노을'은 전혀 초점화되지 않고 수평적 통사 구조 안에서 통합적으로 처리되어 있을 따름이다. '안경 밖으로 뿌리를 죽죽 뻗어나간'과 '나무'라든가 '서산에서 한쪽 다리를 헛짚고 넘어진'과 '노을'의 관계는 은유를 위한 수직적 의미 구조와는 거리가 먼, 통합체의 수평적 구조를 보여주는 것이다. 더욱이 '안경'과 '나무' 사이, '나무'와 '노을' 사이의 간격은 사람과 사물, 사물과 사물이 더 이상 서로 겹치고 섞이면서 조화를 이루지 않으며, 대신 세계는 서로 만나지 않는 개별화된 존재들에 의해 부조화하고 파편화되고 있다는 인식을 드러내고 있다. 2연의 '시간의 둔탁한 대문을 소란스럽게 열고 들어선'과 '밤'의 수평적 연결, '그 밤의 신발 밑에서'와 '향긋한 보리 냄새'의 부자연스러운 결합, '보리 냄새'의 '어리둥절함'에서 암시되는 부조화의 상태 등 일련의 표현들은 모두 환유적 수사법에 해당되는 바, 이는 결국 시인이 전통적 서정시와 다른 각도에서 세계와 대면하고 있음을 말해주고 있다. 세계는 '나'와 행복스럽게 화해하기는커녕 3연에서 볼 수 있는 것처럼 반복되는 '죽음'을 음험하게 숨겨둘 수 있으며 '느닷없이' '뒷덜미를 후려치'는 섬뜩함도 지니고 있는 것이다.

> 잠못 이룬 새벽 2시쯤
> 산기슭에 자리 잡은 조그만 집의
> 조그만 방의 새벽 2시쯤
> 그 때마다
> 집 옆의 계곡이 밤을 견디며
> 쿨룩 쿨룩 기침하는 소리를
> 듣곤 했다고
> 몇 년 만에 下釜한 나에게
> 당신은 말했다.
> 나는 그때 당신의 눈이
> 내 오장을 훑어가는 것을
> 보고 있었다.
> 당신은 담담한 얼굴로
> 무서운 사실을 얘기하고,
> 고층 건물의 모진 옆구리에 걸려
> 기울어진 하늘이나
> 어딘가 쓸쓸한 도시의 창문들의
> 어깨를 매일 보는 나지만,

절망이란 말이 쉽지
어디 발에 차이는 돌멩이 같은가.
그리고 매일
바람에 흔들리며 부르르 떨고 있는
나뭇잎의 새파랗게 질린 표정을
과연 몇 사람이 보고 있을까.

「무서운 계절」 전문

'밤을 견디며 쿨룩 쿨룩 기침하는 계곡', '당신의 눈이 내 오장을 훑어'내
리는 것, '무서운 사실', '고층 건물의 모진 옆구리에 걸린 기울어진 하늘',
'쓸쓸한 도시의 창문들의 어깨', '나뭇잎의 새파랗게 질린 표정' 들의 일련의
언술들은 모두 세계의 도처에 놓인 불안과 좌절, 고독과 공포를 현시하고 있
다. 각각의 불안과 공포의 이미지들은 일관성을 지니지만 이들 이미지 사이
에는 하나의 초점을 향한 시간적이고 유기적인 관계가 형성되어 있지 않다.
각 이미지들은 제각각 개별적인 장면이 되어 놓이면서 세계를 분산시키고
있으며 그 속의 존재들인 사람이나 사물, 도시나 자연, 사물과 사물들이 모
두 파편화된 존재임을 암시하고 있다. 이와 같은 이미지화는 시인이 세계를
서정적이기보다는 산문적인 것으로, 응축과 결정의 방법보다는 해사적 방
법[7]으로 구현하는 것이 더 적절하다고 파악하고 있음을 보여주는 것이다.

세계를 산문화된 것으로 이해하는 일은 근대 자본주의 체제에 대한 보다
직접적인 인식이자 현대시의 일반화된 시적 경향과 닿아있는 것이라 할 수
있다. 1960년대의 모더니스트들 가운데 특히 『문학과 지성』 그룹의 멤버들
이 수사법상의 환유구조와 통사론상의 산문화 경향을 본격적으로 제시하기
시작하였다는 것은 결코 우연한 일이 아니다. 이는 근대화가 뿌리를 내리고
이루어진 사회와 의식의 새로운 변화를 반영하는 것이며, 앞으로 전개될 후
기 산업사회를 예견하는 징후에 해당한다. 시의 환유적이고 산문화된 양상

---

7) 정과리, 「안에서 안을 부수는 공간」, 위의 책, p.150.

이 포스트모던 문화의 해체시의 형태에 닿아있다는 점은 이와 같은 사실을 뒷받침해준다.

시를 해사적인 언표로 구축하면서 난해시를 양산해내었던 이들 그룹의 인식에 있어서 세계에 접근하는 방식에 철저한 면이 있었음을 우리는 쉽게 읽을 수 있다. 예컨대 오규원이 응축과 결정을 주로 한 기존의 시적 방법이란 삶을 표백시키는 것이며 이미 산문화된 세계에서 순수성의 시를 고집한다는 것은 세계의 전략에 자발적으로 동참하는 것8)이라 언급했던 것은 훼손되고 타락한 세계를 은폐시키는 대신 오히려 더욱 신랄하게 폭로하고 그 바탕에서 세계와 전면적으로 투쟁하겠다는 의지를 밝히는 것에 다름 아니다. 또한 이것은 기성의 전통 서정시가 은유적 언표를 통해 자아를 초월시키고자 하는 수직적 세계 인식을 드러내는 것과 달리 이를 부정하고 구체적 현실로 하강, 언표의 수평적 구조를 통해 세계와 자아를 내부로부터 해체9)하는 것을 실천하는 것이다.

요컨대 기존 서정시는 오규원의 인식대로 이미 비대해지고 복잡해진, 그리고 타락하고 파편화한 자본주의와 싸우기엔 구조적으로 맞물리지 못한다 할 수 있다. 기존 서정시는 '자아'를 중시하지만 사실 자아는 시대와 유리된 채 추상적으로 존재하는 것이 아니라 역동적으로 변화하는 시대의 흐름 한 가운데에서 이에 대한 지속적인 응전의 과정과 그 결과에 따라 형성되는 것임을 간과할 수 없을 것이다. 환경을 주어진 것으로 보지 않고 참여하고 만들어가는 것, 세계는 고정 불변하는 것이 아니라 '내'가 부서지더라도 부딪혀 싸워야 하는 것, 그리고 그러한 것만이 '내'가 살아남는 길이 된다는 것을 4·19세대로서의 오규원은 그의 시적 방법론을 통해 웅변적으로 보여주고 있다.

---

8) 위의 글, pp.150~153.
9) 위의 글, p.158.

4. 아스라한 자유에의 환각

오규원은 매우 개성적인 인물이다. 그는 앞선 논증에서 알 수 있었던 것처럼, 강한 투지를 지닌 시인이다. 그는 결코 삶을 편안한 것으로 여겨고 거기에 안주하지 않았다. 가장 안정된 순간에조차 그에게 삶은 녹록하게 다루어지지 않는다. 그는 스스로를 긴장시키고 쉬지 않고 적과 대결한다. 오규원에게 적은 '내'가 숨 쉬고 있는 한 언제나 설정될 수 있는 것이다. 오규원이 필사적으로 '직업'을 취함으로써 '시'와 '현실' 양대 축을 자신의 삶 속에 끌어들인 것도 삶이 다하기 전엔 끝나지 않을 싸움을 구조화시키기 위해서였음을 알 수 있다. 시인이기 때문에 그는 '시'라는 정언 명령을 하나 내걸었지만 또한 싸워야 했기 때문에 '현실'에 눈을 돌린다. 이 두 개의 축은 그를 형성하는 좌표가 되었고 그의 정체성의 핵을 차지한다. 그는 치열한 투사인 동시에 철저한 시인이었던 셈이다. 문제는 그 안에서 이 두 개의 축이 어떻게 길항하고 충돌하는가에 있다. 오규원은 이 두 축을 모두 이끌어가기 위해 나름의 논리도 구축해보았고 싸움을 지속시키기 위한 근거 쌓기와 허물기 또한 반복해 왔다. 우리는 그러한 과정을 지켜보면서 그의 움직임을 잉태하는 보다 근본적인 지대가 있을 것인지, 두 축의 공통 기반이 과연 무엇인지를 탐색해야 한다. 그것이야말로 오규원의 근원이자 실존의 얼굴에 해당될 것이기 때문이다.

서정시의 세계 인식과 그에 따른 통사 구조가 시대의 성격을 반영하지 못한다는 비판과 체계화되고 도구화됨으로써 언어가 사물의 실존을 있는 그대로 담아내지 못하는 것에 대한 문제의식은 오규원의 세계 내에 두 가지 좌표축이 있기에 가능했던 것이다. 전자가 본질적인 '시'에 대한 반성을 내재하고 있지만 이보다 더욱 강하게 '현실'에 대한 참여 의지를 보여주는 부분이라면 후자는 '현실'과의 상관관계가 전제되어 있으나 '시'의 본질을 지키기 위한 욕망을 더욱 철저하게 드러내고 있다. 이러한 오규원의 비판적 의식에 의하면 시는, 특히 현대의 시는 현실과의 적극적인 교유 없이 존재 근거를 얻지 못하며 나아가 그것은 현실을 자극하고 능가할 수 있는 것이어야 한다는 결론이 나온다. 이 두 가지 테제는 모두 현실을 대면하는 치열한 문학 정신이 있을 때 가능한, 서로 동시적이면서도 계기적인 문제항을 내포한다. 즉 시가 현실을 반영하되 또한 그것을 넘어서는 길이 있는가 하는 점이다.

　오규원의 현실에 관한 참여 의지가 이 두 테제로 집약되어 있다면 이를 풀어낼 수 있는 방법론은 의당 시적 언어를 통해 구해져야 할 터이다. 오규원의 시세계 안에서 현실에 대한 응전으로서의 시가 서정시의 양태를 해체하고 해사적이고 산문화된 형태로 나타났다면 이러한 언어는 현실의 도구화되고 관념화된 언어조차도 극복할 수 있는 것이라 할 것인가?

　　　눈물 속에 산소와 수소가
　　　나란히 걸어가고
　　　원자들이
　　　타협적인 눈을 굴리며
　　　어깨동무를 하고 있다.
　　　강철 속에 5억 5천만 년 전에 죽은
　　　삼엽충의 발바닥과
　　　대장간의 망치에서 떨어진
　　　오물이
　　　정열적인 포옹을 하고 있다.
　　　그 옆에
　　　결론이 놀고 앉아 보고 있다.

　　　서쪽으로 고개를 돌린
　　　강철이 떨고 있다.
　　　살과 살 사이에 뼈와 뼈 사이에
　　　찬 바람이 불고 때 아닌 눈보라가
　　　五官의 뜰에 핀 꽃줄기를 비틀고 있다.

쓰러진 것들이 모두 달려와
질문의 창을 두드려도
거부의 근엄한 표정은, 오 육감을
하나씩 거두어들이고 있다.

수술과 암술이 떠나고 꽃잎과 꽃받침이 떠나고
꽃밭이 떠나고
마지막엔 풀이 흔드는 작별의 손이 보이고
인사도 없이 골목이 떠나고 길이 서 있다.
산소와 수소 사이에 호올로
삼엽충의 발바닥과 오물 사이에서 호올로.

「길」 전문

산문화된 세계에서는 마땅히 서로 어긋나기 마련인 자아와 타자의 간격을
괄호치고 동일화의 논리를 내세우는 서정시가 작위적으로 여겨지게 된다.
'나'와 '너', 개인과 사회, 인간과 사물, 인간과 자연들은 근대화의 과정에서
강자가 약자를 침탈하고 지배하는 관계를 형성해 왔다. 서로 대립하는 두 존
재들 사이에 가시화된 평화가 있다면 그 안에서는 진실이 은폐되어 있거나
거짓 화해가 이루어졌을 가능성이 크다.

애써 행복을 가장하지 않는 대신 냉소적인 어조로 가득차 있는 위의 시는
현대의 소외와 위선을 신랄하게 그려내고 있다. '산소와 수소'의 '나란히 걸
어감', '원자들'의 '타협적인 눈'에서 짐작할 수 있는 관계의 부조화와 파편
화는 '어깨동무'라는 행위를 단순한 제스추어 정도로 전락시킨다. 마찬가지
로 '5억 5천만 년 전에 죽은 삼엽충의 발바닥'과 '대장간의 망치에서 떨어진
오물'의 '정열적인 포옹'은 엄청난 간격을 사이에 두고 있는 두 존재의 결합
이 얼마나 희화화 될 수 있는가를 보여준다. 이러한 설정은 현대 사회에서
존재들이 겪는 고독을 암시하는 것이며 존재들 간의 융합과 행복이 가상에
불과하다는 것을 말해주는 것에 다름 아니다.

이와 함께 2연은 개별자로서의 존재가 타자에 의해 겪게 되는 고독을 몸서리치는 고통스러움으로 묘사하고 있거니와 이러한 관계 속에서 존재는 모든 감각을, 즉 생명을 상실하는 지경에까지 이르게 된다. '수술과 암술' 각각의 '떠남', '꽃잎과 꽃받침', '꽃밭'과 '풀'들이 유기적인 관계를 상실한 채 개별자가 되어 각기 '떠나는' 3연의 장면은 현대 사회의 조직화와 파편화가 얼마나 삶을 처참하게 하는가를 보여준다. 이것은 총체성을 누려야 할 생명체가 갈가리 찢겨 더 이상 생명을 유지할 수도 새 생명을 잉태할 수도 없는 현대 사회의 비극을 암시하는 것이다. 오규원은 그의 시 형태를 현대 사회의 부조리에 상응하는 파행적 의미 구조로 취함으로써 현대 사회의 비극의 심각성이 어느 정도인가를 감각적으로 제시하고 있다. 물론 시에 대해 보여준 그의 실험적인 접근은 현대시를 난해하게 하는 요인을 제공하고 있다. 그러나 이러한 시도가 사회에의 적극적인 도전이자 참여라는 점에서 의미를 지닌다는 사실은 부정할 수 없을 것이다.

그렇다면 여기에서 살펴본 오규원의 현실 참여적 시는 현실의 모순과 문제를 넘어설 비전을 제시하고 있는가? 현실의 도구화와 관념화를 극복할 수 있는 무기를 그는 가지고 있는가?

현대 사회가 존재를 도구화하는 것은 대상의 실존적 특성을 외면한 채 그를 기능적으로 다루기 때문에 비롯된다. 대상이 지니고 있는 고유한 성질과 품성은 특정한 목적에 부합하지 않는 이상 철저히 제거되고 소외된다. 그러면 당연하게도 그 존재는 특정 목적의식 하에 무차별적인 관계망에 편입되게 된다. 또한 대상에 대한 이러한 접근법은 자연스럽게 언어의 관념화로 이어진다. 사물을 인지하고 명명하는 언어가 사물의 실존을 있는 그대로 담아내고자 하는 노력을 포기할 때 그 언어는 사물을 물화시키고 소외시키는 결과를 가져오기 때문이다. 사물이 지닌 고유한 속성은 목적의식적인 언어화 작용 앞에서 흔히 말소되기 마련이다.

이러한 관점에서 보았을 때 위의 시에서의 '길'의 상징적 의미가 상당히 큰 비중으로 다가온다는 사실을 알 수 있다. 위의 시에는 현재를 넘어설 수

있는 대안이나 비전 정도로 해석할 수 있는 '길'이 등장하고 있다는 점 자체
가 의미심장할 수 있는데, 특히 이 시에서 '길'은 단순히 눈앞에 나 있는 그
것이 아니라 생명을 모조리 상실한 채 개별자들이 남김없이 떠나간 자리에
나있는 것이라는 점에서, 그리고 존재와 존재의 위선적 만남과 사물과 사물
의 거짓 결합이 깨지고 벌어진 그 '사이'로 '호올로' 숭고하게 보이는 것이
라는 점에서 주목을 요한다. 시에서 그것은 대단히 미약하게 그려지고 있지
만 사실 그것이야말로 현대 사회에 미만해 있던 존재의 도구화와 언어의 관
념화라는 패러다임의 고리를 끊을 수 있는 섬세한 지점이기도 하기 때문이
다. 그것은 현대에 길들여진 시선으로는 볼 수 없는 것이며 감히 그 '길'이
존재한다고 감히 상상조차 할 수 없는 지점이다. 오직 존재를 있는 그대로
바라볼 줄 알며 도구적 목적 이외의 다른 실존이 엄청나게 큰 영역으로 실
재함을 알고 있는 시선의 소유자만이 그 길을 찾을 수 있을 것이다.

현대인의 눈에 보이지도 쓸모 있게 여겨지지도 않지만 분명히 실재하고
그로 인해 존재를 존재케 하고 세계에 큰 영향력 또한 발휘할 수 있다는
점에서 우리는 그 영역을 비어있는 지대, 영점(零點)의 지대, 오규원의 시세
계에서 구한다면 '환상'의 지대라 명명할 수 있을 것이다. 혹은 '아스라한
자유의 지대'라고도 부를 수 있을 것이다. 오규원에게 이 지대는 매우 중요
한 의미를 지니는 바, 이 지대를 발견함으로써 비로소 오규원은 현실과 마
주할 수 있는 힘과 그것을 넘어설 수 있는 해법을 쥘 수 있었다는 점에서
그러하다.

5. 언어와 사물의 틈에서 피어나는 상상력의 날개

오규원의 시는 우리에게 하나의 유형화된 것으로 다가온다. 4·19세대의
그것으로, 산문화된 시의 그것으로, 『문학과 지성』 그룹의 그것으로 읽히곤

한다. 때론 난해하다거나 해체적이라는 느낌도 갖게 된다. 이러한 인상은 가장 일차적으로 그가 1960년대의 한가운데에서 성실한 시작활동을 전개하였기 때문에 비롯되는 것일 터이다. 1960년대적 조건은 자유와 민주주의를 위한 시민 혁명을 일으킬 수 있었을 만큼 주체 의식이 확보되었던 때였고 산업화와 근대화가 뿌리 깊이 정착되고 있을 시점이다.

오규원의 시작 활동 역시 이러한 시대적 배경과 맞물려 진행되었는데 그것은 무엇보다도 당대의 현실에 대한 비판의식에 근거하고 있다고 볼 수 있다. 급속한 자본주의화에 따른 사회 전반의 병리 현상들은 날카로운 현실 감각을 지니고 있던 새로운 세대들에겐 회피하거나 외면할 수 없던 시적 장애물이었다. 전통적 서정시를 썼던 선배 시인들이 사회 현실과 유리된 채 추상화된 시를 써나갔다면, 이들은 시대의 장애물을 자신의 것으로 수용하여 변화한 시대에 조응하는 새로운 시형을 모색하기에 이른다. 오규원의 산문화된 시는 이러한 시대상을 담아내려는 시도의 하나라 할 수 있다.

한편 오규원은 언어의 본질적인 부분에 관한 질문을 하게 되는데, 그것은 언어가 의사소통의 도구가 되고 체제내화 됨에 따라 귀결되는 관념화와 관련된 것이다. 이는 자본주의 체제가 심화된 사회에서 만연케 되는 도구화된 이성의 폐해를 드러내는 것이다. 오규원은 언어가 사물을 명명할 때 벌어지는 간격이야말로 이성의 도구화와 언어의 관념화의 분명한 증거라 여긴다. 그리고 그러한 틈이야말로 존재의 실존을 유실시키고 생명을 파괴한다고 여긴다. 현대의 메카니즘에 길들여진 현대인의 시선으로 포착되기 힘든 이 지점을 오규원은 그의 시세계를 지탱하는 중요한 거점으로 삼아 생명이 싹트고 시가 소생할 수 있는 섬세한 영토로 삼는다. 눈에 보이지 않고 현실을 비껴난 영토인 까닭에 오규원의 용어에 의해 '환상'의 지대라고도 할 수 있을 것이다. 그러나 그렇게 부른다고 해서 실체가 없다거나 현실적인 영향력이 없는 것은 아니다. 오규원은 이 지대를 시세계의 근원지로 삼음으로써 현실과의 치열한 투쟁을 지속적으로 전개하고, 나아가 현실을 넘어서는 전망을 유도해내게 된다. 또한 산문화된 시가 단지 해체되는 것으로 머물지 않고 그 안에 사물의 생생한 이미지를 용해시킬 수 있는 계기로 삼는다.

이 점은 오규원 시의 4·19세대 혹은 『문학과 지성』 그룹의 그것이라는 유형적 분류와 겹쳐지지 않는 오규원만의 고유한 세계에 해당된다고 하겠다. 이러한 세계를 구축할 수 있었던 것은 그의 시에 대한 철저함과 현실에 대한 집요한 응전의 태도가 가로놓여 있었던 데에서 비롯한다.

부
록

1960년대 시인 연보

신동엽

1930년 8월 18일 부여읍 동남리 294번지에서 아버지 신연순의 5남매 중 장남으로
        출생.
1937년 부여국민학교 입학.
1942년 4월 '내지성지참배단'의 부여초등학교 대표로 선발되어 충남 각 학교에서
        선발된 150명 중의 하나로 5일간 일본에 다녀옴.
1943년 부여국민학교 졸업. 전주사범 합격.
1948년 동맹휴학으로 전주사범을 그만둠.
1949년 단국대학교 사학과에 입학.
1951년 2월 중순, 국민방위군 대구 수용소를 빠져나옴.
1953년 단국대학교 사학과 졸업. 아내 인병선을 만남.
1955년 8군단 공보실에 근무. 구상회와 함께 서울 육군본부로 전속.
1956년 인병선과 결혼. 구상회, 노문, 이상배, 유옥담들과 문학적 교우를 맺음.
1957년 충남 보령군 주산농고 국어교사.
1958년 장시 「이야기하는 쟁기꾼의 대지」 집필.
1959년 장시 「이야기하는 쟁기꾼의 대지」가 ≪조선일보≫ 신춘문예 시 부문에 입
        선. 시 「진달래 산천」, 「새로 열리는 땅」, 「향아」 등 발표.
1960년 교육평론사에 취직. 『학생혁명시집』 편저, 시 「싱싱한 동자를 위하여」, 「풍
        경」, 「정본문화사대계」, 「아사녀」, 「그 가을」 등 발표.
1961년 명성여고 국어 교사. 시 「힘이 있거든 그리로 가세요」, 「내 고향은 아니었었
        네」, 「아사녀의 울리는 축고」, 산문 「시인정신론」, 「60년대 시단 분포도」 등
        발표.
1962년 건국대학교 대학원 국문과에 입학. 시 「나의 나」, 「이곳은」, 「별밭에」, 「너는
        모르리라」, 산문 「서둘고 싶지 않다」 등 발표.
1963년 시집 『아사녀』(문학사) 간행.
1964년 6·3 사태 발발. 시 「진이의 체온」 발표.
1965년 한일협정 비준 반대 문인 서명 운동에 참가. 시 「응」, 「삼월」, 「초가을」 등
        발표.
1966년 시극 「그 입술에 파인 그늘」 상연. 시 「발」, 「4월은 갈아엎는 달」, 「산에

도 분수를」, 「담배 연기처럼」 등 발표.

1967년   펜클럽 작가기금으로 장편서사시 「錦江」 발표.

1968년   시 「봄은」, 「수운이 말하기를」, 「술을 많이 마시고 잔 어제밤은」, 「보리밭」, 「여름이야기」, 「그 사람에게」, 「고향」, 「여름 고개」, 「산문시1」, 산문 「시끄러움 노이로제」 등 발표.

1969년   산문 「시인. 가인. 시업가」, 「선우휘씨의 홍두께」 발표. 4월 7일 간암으로별세. 유작 「누가 하늘을 보았다 하는가」, 「조국」, 「영」, 「서울」 등 발표. 유네스코회관 소강당에서 시극 「그 입술에 파인 그늘」 공연.

1970년   신동엽 시비 건립위원회가 한국문인협회, 시인협회, 팬클럽한국본부, 시극동인회, 조선일보사 후원으로 부여읍 동남리 백제교 옆 금강 기슭에 시비를 세우고 제막식을 함. 유작 「좋은 언어」, 「마려운 사람들」, 「봄의 소식」, 「너에게」, 「강」, 「살덩이」, 「만지의 음악」 등 발표.

1971년   유작시 「단풍아 산천」, 「권투선수」, 유작산문 「신저항시운동의 가능성」 등 발표.

1975년   『신동엽 전집』(창작과 비평사) 간행.

1979년   시선집 『누가 하늘을 보았다 하는가』(창작과 비평사) 간행.

1980년   『증보판 신동엽 전집』(창작과 비평사) 간행.

1982년   '신동엽 창작기금' 제정.

1983년   『신동엽 — 그의 삶과 문학』(온누리사) 간행.

1984년   『신동엽 평전』(문학세계원) 간행.

1985년   신동엽 생가 복원.

1988년   미발표 시집 『꽃같이 그대 쓰러진』, 『젊은 시인의 사랑』(실천문학사) 간행.

1989년   시 「산에 언덕에」가 중학교 교과서에 수록.

1993년   11월 20일 부여읍 능산리 왕릉 앞 산으로 묘소 이전.

고 은

1933년 8월 1일 전북 옥구군 미면 미룡리 용둔부락에서 아버지 고근식과 어머니 최
점례의 3남 중 장남으로 출생.

1957년 ≪불교신문≫ 창간(초대 주필).

1958년 「폐결핵」이 조지훈 등의 천거로 ≪현대시≫ 제1집에 발표. 서정주의 단회
추천으로 ≪현대문학≫ 11월호에 세 편의 시를 발표.

1960년 첫 시집 『피안감성』 간행.

1961년 최초의 장편소설 『피안앵』(『산산이 부서진 이름』으로 개명, 신태양사), 『반
야심경해의』, 『불교의 길』 간행.

1963년 금강고등공민학교를 개교. 교장과 국어·미술 교사 겸임.

1966년 시집 『해변의 운문집』(신구문학사) 간행.

1967년 시집 『제주가집』 간행.

1968년 수필집 『인간은 슬프려고 태어났다』(민음사), 『G선상의 노을』(영진문화사),
『우리를 슬프게 하는 것들』(창조사) 간행.

1969년 수필집 『어디서 무엇이 되어 만나랴』(중앙출판공사) 간행.

1970년 수필집 『세노야 세노야』(신진문화사) 간행.

1971년 수필집 『한 시대가 가고 있다』(동화출판공사) 간행.

1972년 『1950년대』(민음사) 간행.

1973년 『이중섭 평전』(민음사), 역주 『당시선』(민음사) 간행.

1974년 시 「부활」로 제1회 '한국문학작가상' 수상. 『문의 마을에 가서』(민음사), 『이
상평전』(민음사), 장편 『어린나그네』(예문관), 기행문집 『고시편역 - 나의 방
랑 나의 산하』(세대사), 소설집 『일식』(예문관), 수필집 『1950년대』(민음사)
간행.

1975년 긴급조치 9호 선포로 가택구금. 시선집 『부활』(민음사), 역주 『초사』(민음
사), 수필집 『제주도』(일지사), 『한용운평전』(민음사) 간행.

1976년 산문집 『환멸을 위하여』(삼중당), 역주 『두보시선』(민음사), 산문집 『한국의
지식인』(삼중당), 불교 설화집 『갠지스 강의 저녁놀』(계몽사) 간행.

1977년 시집 『입산』(민음사), 『역사와 더불어 비애와 더불어』(한길사), 수필집 『世
俗의 길』(세종문화사), 소설집 『밤 주막』(세종문화사), 장편 『산산이 부서

진 이름』(한국문학사) 간행.

1978년   시집 『새벽길』(창작과비평사), 수필집 『사랑을 위하여』(전예원), 평론집
        『진실을 위하여』(새벽), 『정오의 사상』(문예비평사), 소설집 『떠도는 사람』
        (한진출판사) 간행.

1979년   산문집 『지평선으로 가는 고행』(예조각), 『이름 지을 수 없는 나의 영가』
        (예조각) 간행.

1980년   소설집 『산넘어 산넘어 벅찬 아픔이거라』(은애출판사) 간행.

1983년   이상화와 결혼. 『고은시전집』1·2(민음사) 간행.

1984년   시집 『조국의 별』(창작과비평사), 소설집 『어떤 소년』(청하) 간행.

1985년   산문집 『지상의 너와 나』(백민사) 간행.

1986년   『만인보』(창작과비평사) 1·2·3권, 시집 『시여 날아가라』(실천문학사),
        『가야할 사람』, 『전원시편』(민음사), 평론집 『문학과 민족』(한길사), 산문
        집 『고난의 꽃』(한길사), 수필집 『삶이 그대를 속일지라도』(학원사), 『황
        토의 아들』(한길사) 간행. '제13회 한국문학작가상' 수상.

1987년   『백두산』1·2권(창작과비평사), 시집 『너와 나의 황토』(고려원), 사찰 기
        행집 『절을 찾아서』(책세상), 평론집 『시와 현실』(실천문학사), 『문학의
        이해』(실천문학사), 산문집 『바람의 마루턱』(나남), 『흘러라 물』(기린원),
        시선집 『나의 파도소리』(나남) 간행.

1988년   시집 『네 눈동자』(창작과비평사), 『만인보』4·5·6권(창작과비평사), 산문
        집 『잎은 피어 청산이 되네』(고려원), 시집 『그날의 대행진』(전예원), 『나
        의 저녁』(한국문학사) 간행.

1989년   『만인보』7·8·9권(창작과비평사), 산문집 『고은 통신』(조선일보사), 평론
        집 『환멸을 위하여 진실을 위하여』(청사) 간행.

1990년   민족문학작가회의 회장. 시집 『아침이슬』(동아), 산문집 『눈물을 위하여』
        (풀빛), 『방황, 그리고 질주』(미학사), 수필집 『얼마나 나는 들에서 들로
        헤매엇던가』(웅진출판), 『역사는 꿈꾼다』(풀빛), 평론집 『황혼과 전위』(민

음사) 간행.

1991년 장편『화엄경』(민음사), 시집『해금강』(한길사), 『거리의 노래』(한국문학
       사), 『백두산』3·4권(창작과비평사), 시선집『내 조국의 별 아래』(미래사),
       『고은 선시 뭐냐』(청하), 산문집『그대는 누구인가 나는 누구인가』(아침)
       간행.

1992년 잠언집『나는 아무래도 항구로 가야겠다』(아침), 시집『내일의 노래』(창작
       과비평사), 소설집『내가 만든 사막』(책세상), 『그들의 벌판』(책세상) 간행.

1993년 시집『아직 가지 않은 길』(현대문학) 간행.

1994년 『백두산』5·6·7권(창작과비평사) 간행.

1995년 시집『독도』(창작과비평사) 간행.

1996년 『만인보』10·11·12권(창작과비평사) 간행.

1997년 『만인보』13·14·15권(창작과비평사), 시집『어느 기념비』(민음사) 간행.

1998년 시집『속삭임』(실천문학사) 간행.

1999년 시집『머나먼 길』(문학사상사) 간행.

2000년 시집『남과 북』(창작과비평사), 『히말라야 시편』(민음사) 간행.

2001년 시집『순간의 꽃』(문학동네) 간행.

2002년 시집『두고 온 시』, 『높은 진실』(민음사) 간행.

2004년 시집『만인보』16·17·18·19·20권(창작과비평사) 간행.

2006년 시집『만인보』21·22·23권(창작과비평사), 『부끄러움 가득』(시학) 간행.

2007년 서울대학교 기초교육원 초빙교수.

1938년 평안남도 영유군 숙천에서 부친 황순원과 모친 양정길의 3남 1녀 중 장남으로 출생.

1951년 서울중학교 입학.

1956년 서울고등학교 교지에 「즐거운 편지」 투고.

1957년 서울대학교 영문과 입학.

1958년 ≪현대문학≫ 2월호에 「시월」, 11월호에 「즐거운 편지」 추천.

1965년 시집 『비가』 간행.

1966년 금란여고 교사. ≪사계≫ 동인.

1968년 서울대 교양학부 전임강사. 시집 『태평가』 간행. '현대문학상' 수상.

1972년 『열하일기』(현대문학사) 간행.

1975년 서울대 인문대학 조교수. 시선집 『삼남에 매리는 눈』 간행.

1976년 시론집 『사랑의 뿌리』 간행.

1978년 시집 『나는 바퀴를 보면 굴리고 싶어진다』(문학과지성사) 간행.

1979년 산문집 『겨울 노래』 간행.

1980년 '한국문학상' 수상.

1982년 시선집 『열하일기』 간행.

1984년 문학선집 『풍장』 간행.

1986년 시집 『악어를 조심하라고?』 간행.

1987년 미국 뉴욕 대학 교환 교수.

1988년 시선집 『견딜 수 없이 가벼운 존재들』 간행. '연암문학상' 수상.

1991년 시집 『몰운대행』(문학과지성사) 간행. '김종삼문학상' 수상. '이산문학상' 수상.

1993년 시집 『미시령 큰바람』 간행.

1994년 『나의 시의 빛과 그늘』 간행.

1995년 『풍장』(문학과지성사) 간행. '제3회 대산문학상' 수상.

1996년 『풍장』이 독일 괴팅겐의 에디치온 페페코른 출판사에서 독일어로 번역 간행.

1997년 시집 『외계인』(문학과지성사) 간행.

1998년 『황동규 시전집』(문학과지성사) 간행.

2000년 시집 『버클리풍이 사랑 노래』(문학과지성사) 간행.

2001년 『시가 태어난 자리』(문학동네), 『젖은 손으로 돌아보라』(문학동네) 간행.
2002년 '제2회 미당문학상' 수상.
2003년 시집 『우연에 기댈 때도 있었다』(문학과지성사) 간행. '홍조근정훈장' 수상.
2005년 『헤어져도 헤어져도 사라지지 않는 사람』(휴먼앤북스) 간행.
2006년 『꽃이 고요』(문학과지성사) 간행. '제10회 만해대상' 수상.
2007년 서울대학교 명예교수.

오 세 영

1942년 　전남 영광 묘량면 삼효리 석전 68번지에서 출생.
1960년 　전주 신흥고등학교 졸업.
1961년 　서울대학교 문리과 대학 국문학과 입학.
1965년 　서울대학교 문리과 대학 국문학과 졸업. 전주 기전여자고등학교 국어교사.
　　　　「새벽」으로 ≪현대문학≫에 초회 추천.
1968년 　≪현대문학≫에「잠깨는 추상(抽象)」외 1편으로 추천 완료. 서울대학교 대
　　　　학원 석사과정 국문과 입학.
1970년 　처녀시집『반란하는 빛』(현대시학사) 간행.
1971년 　서울대학교 대학원 국문학과 석사과정 졸업. 동인지『육시(六詩)』간행.
1972년 　≪현대시≫ 동인에 정식으로 참여.
1974년 　서울대학교 대학원 국문학과 박사과정 입학.
1980년 　서울대학교에서 문학박사 학위 취득. 평론집『한국 낭만주의 시 연구』(일지
　　　　사) 간행.
1982년 　제2시집『가장 어두운 날 저녁에』(문학사상사) 간행.
1983년 　시집『가장 어두운 날 저녁에』로 '제15회 시인협회상' 수상. 시론집『서정적
　　　　진실』(민족문화사), 평론집『현대시와 실천비평』(이우출판사) 간행.
1984년 　『현대시와 실천비평』으로 '제4회 녹원문학상 평론부문' 수상.
1985년 　서울대학교 인문대학 국문학과 조교수. 첫 번째 시선집『모순의 흙』(고려원)
　　　　간행.
1986년 　제3시집『무명연시(無明聯詩)』(전예원) 간행.
1987년 　'제1회 소월시문학상' 수상.
1988년 　제4시집『불타는 물』(문학사상사), 평론집『한국 현대시의 행방』(종로서적),
　　　　시론집『말의 시선』(혜진서관) 간행.
1989년 　수필집『사랑에 지친 사람아 미움에 지친 사람아』(자유문학사) 간행.
1990년 　제5시집『사랑의 저쪽』(미학사) 간행.
1991년 　제6시집『꽃들은 별을 우러르며 산다』(시와 시학사), 두 번째 선시집『신(神)
　　　　의 하늘에도 어둠은 있다』(미래사), 평론집『상상력과 논리』(민음사) 간행.
1992년 　'제4회 정지용문학상' 수상. '제2회 편운문학상 평론부문' 수상.

1994년 제7시집『어리석은 헤겔』(고려원), 제8시집『눈물에 어리는 하늘 그림자』(현대문학사) 간행. 뉴욕 주립대학교 스토니 부룩 캠퍼스 한국학 센터 간행의 한국학 연구총서 문학 편『한국문학 강의』저술에 참여.
1995년 제3시집『무명연시』를 <현대문학사>에서 복간. 1년 간 미국 캘리포니아 주립대학교 버클리 동아시아어과에서 한국현대문학 강의.
1996년 평론집『변혁기의 한국 현대시』(새미),『한국 근대문학론과 근대시』(민음사) 간행. '제2회 일민펠로우쉽' 수상.
1997년 제2선시집『너 없음으로』(좋은 날), 제9시집『아메리카 시편』(문학동네) 간행. 처녀시집『반란하는 빛』복간. 국제 한국문학회의 주관으로 콜럼비아대학에서 출간한『한국문학총서』중 ≪현대시≫편의 편집에 하버드대학의 데이비드 맥켄(David McCann) 교수와 함께 관여. 옥타비오 파즈(Octavio Paz)의 추천으로 그의 출판사인 멕시코의 <귀향(Vuelta)사>에서 스페인어 번역시집『신의 하늘에도 어둠은 있다』(ELCIELO DE DIOS TANVIEN TIENE TINIEBLA)가 상재(과달라하라(Guadalahara) 대학 중남미문학과 정권태 교수 번역). 한국시학회 부회장. 한국현대문학회 부회장.
1998년 『한국현대시 분석적 읽기』(고려대학교출판부) 간행.『시와 시학』주간.
1999년 시선집『먼 그대』가 W. S. Roske Cho.의 번역으로 독일어로 출간. 제10시집『벼랑의 꿈』간행. '제7회 공초문학상' 수상. 한국시학회 제2대 회장.
2000년 산문집『꽃잎우표』간행. '제3회 만해상 문학부문' 수상.『유치환』(건국대학교출판부),『김소월, 그 삶과 문학』(서울대학교출판부) 간행. 독일에서 시집『사랑의 저쪽』,『무명연시』번역 간행.
2002년 시집『잠들지 못하는 건 사랑이다』(책만드는집),『시의 길 시인의 길』(시와시학사),『20세기 한국시의 표정』(새미) 간행.
2003년 산문집『왈패이야기』(화남출판사),『한국 현대시인 연구』(월인),『문학과 그 이해』(국학자료원) 간행.
2004년 시집『봄은 전쟁처럼』(세계사) 간행.
2005년 시집『시간의 쪽배』(민음사), 평론집『우상의 눈물』(문학동네),『20세기 한국 시인론』(월인) 간행.

2006년 시집『문 열어라 하늘아』(서정시학),『현대시와 불교』(살림) 간행. 제35대 한
        국시인협회 회장.
2007년 서울대학교 국어국문학과 교수.

이건청

1942년 경기도 이천군 모가면 신갈리에서 부 이우인과 모 황인덕의 7남 1녀 중 차
 남으로 출생.

1955년 오류국민학교 졸업.

1958년 양정중학교 졸업.

1961년 양정고등학교 졸업. 고등학교 재학 중 교내 백일장 우수상 수상.

1966년 한양대학교 문리대 국문학과 졸업.

1967년 ≪한국일보≫ 신춘문예 입상.

1967년 한양중학교 국어교사.

1968년 ≪현대문학≫ 추천.

1970년 제1시집 『이건청 시집』(월간문학사) 간행. 한국시인협회 총무 간사.

1971년 ≪현대시≫ 동인 참여.

1973년 월간시지 ≪心象≫ 제작에 참여.

1975년 제2시집 『목마른 자는 잠들고』(조광출판사) 간행.

1976년 ≪심상≫ 편집장.

1980년 한양대학교 문과대 전임강사. 『문학개론』(공저, 보성문화사), 윤동주 평전
 『나의 별에도 봄이 오면』(문학세계사) 간행.

1983년 시론집 『초월의 양식』(민족문화사), 제3시집 『망초꽃 하나』(문학세계사) 간행.

1984년 한국시인협회 사무국장.

1986년 '녹원문학상' 수상.

1987년 『한국전원시 연구』(문학세계사) 간행.

1989년 제4시집 『하이에나』(문학세계사), 제5시집 『청동시대를 위하여』(문학과 비평
 사) 간행. 한양어문학회 회장.

1990년 『문학개론』(공저, 현대문학사) 간행. '현대문학상' 수상.

1991년 시선집 『해지는 날의 짐승에게』(미래사) 간행.

1993년 박목월 시비 한양대학교 교정에 건립.

1995년 제6시집 『코뿔소를 찾아서』(고려원) 간행. 멕시코 과달라하라 주정부 초청
 한국문화 주간 행사에 참가.

1996년 '한국시협상' 수상.

1998년   한국시인협회 상임위원장. 한국시학회 총무이사.
2000년   제7시집『석탄 형성에 관한 관찰 기록』(시와 시학사) 간행.
2004년   『해방후 한국 시인 연구』(새미),『한국현대시인 탐구』(새미) 간행.
2005년   제8시집『푸른 말들에 관한 기억』(세계사) 간행.
2007년   한양대학교 국어교육과 교수.

이수익

1942년 11월 28일 경남 함안 출생.
1963년 ≪서울신문≫ 신춘문예에 시 「고별」, 「편지」 당선.
1969년 제1시집 『우울한 상송』(삼애사) 간행.
1974년 평론 「사물과 경험에 대한 인식」(심상, 1974. 10) 발표.
1976년 평론 「수화의 적확성－체험적 기법론」(심상, 1976. 9) 발표.
1978년 제2시집 『야간열차』(예문관) 간행. 평론 「체험적 시론」(심상, 1978. 3) 발표.
1979년 평론 「시에 있어서의 생동감－[특집 II] 시와 생동감」(심상, 1979. 4) 발표.
1981년 평론 「이형기 평론집」(심상, 1981. 3) 발표.
1983년 제3시집 『슬픔의 핵』(고려원) 간행.
1986년 제4시집 『단순한 기쁨』(고려원) 간행. '제3회 현대문학상' 수상.
1988년 제5시집 『그리고 너를 위하여』(문학과비평사) 간행. '대한민국문학상' 수상.
1989년 칼라 詩畵集 『우체국에 가면 잃어버린 사랑을 찾을 수 있을까』
1990년 4인 시집 『시간의 샘물』 간행.
1991년 제6시집 『아득한 봄』(미학사) 간행.
1995년 제7시집 『푸른 추억의 빵』(고려원) 간행. 「昇天」으로 '제7회 정지용문학상' 수상.
2000년 제8시집 『눈부신 마음으로 사랑했던』(시와시학사) 간행. 평론 「성(性), 원초적 본능의 미학」(현대시, 2000. 6) 발표.
2002년 시선집 『불과 얼음의 콘서트』(나남), 『붉은 추억과 나무』 간행.
2007년 KBS 편성운영국 프로듀서.

1942년 강원도 춘천시 소양로 2가 60번지에서 부친 이부영과 모친 최숙영 사이에
        장남으로 출생.
1950년 춘천초등학교 졸업.
1954년 춘천중학교 입학.
1957년 3월 춘천고등학교 입학. 2학년 때 《강원일보》 주최 도내학생문예현상에
        시 「얼굴」 당선. 학생 잡지 《학원》에 「나목이 되는」이 우수작으로 선정.
        학원문학상 시부문에 「거울」이 우수작으로 당선.
1961년 한양대공과대 섬유공학과 입학. 한대신문사 주최 한양문학상 시 부문에 「모
        의」로 당선.
1962년 《현대문학》지에 「낮」 외 1회 추천. 같은 해 「바다」 외 2회 추천.
1963년 「두 개의 추상」이 3회 추천.
1964년 한양대 인문대 국문과 3년으로 재입학 전과.
1966년 한양대 대학원 국문과 석사과정 입학. 한양여중 강사.
1968년 한양여중 국어과 교사.
1969년 시집 『사물 A』(삼애사) 간행. 춘천교육대학 국어과 전임 강사.
1972년 '강원도 문화상' 수상.
1972년 시론집 『반인간』(조광출판사) 간행.
1977년 시집 『환상의 다리』(일지사) 간행.
1979년 시론집 『시론』(고려원) 간행.
1980년 한양대 인문대 국문과 조교수. 수필집 『안개여 꿈꾸는 영혼이여』(고려원)
        간행.
1981년 시집 『당신의 초상』(문학사상사) 간행.
1983년 시집 『사물들』(고려원), 시론집 『비대상』(민족문화사), 역서 『예술이란 무엇
        인가』(고려원) 간행.
1984년 시선집 『상처』(영언문화사) 간행. '현대문학상' 수상.
1985년 『한국명시감상』(청하출판사) 간행.
1986년 시론 『이상시연구』(고려원), 시론집 『한국시의 구조분석』(종로서적), 그림 시
        집 『샤갈』(문학과비평사) 간행.

1989년 시집『너라는 환상』(세계사),『시작법』(문학과 비평사),『이상시전집주석』(문학사상사), 수필집『너라는 신비』(세계사) 간행. 시전문계간지 ≪현대시사상≫(고려원) 창간.

1991년 시집『길은 없어도 행복하다』(세계사), 시론『포스트모더니즘 시론』(세계사), 시선집『환상이라는 이름의 역』(미래사) 간행.

1993년 시집『밤이면 삐노가 그립다』(세계사), 시론『한국현대시론사』(고려원) 간행.

1995년 시집『밝은 방』(고려원), 시론『모더니즘 시론』(문예출판사), 편저『문학상징사전』(고려원) 간행.

1996년 시론『한국 현대시 새롭게 읽기』(세계사) 간행.

1997년 시집『나는 사랑한다』(세계사) 간행.

1998년 시론『해체시론』(새미사) 간행. 시전문계간지 ≪시와반시≫ 편집자문위원.

1999년 시론『한국현대시의 이해』(집문당), 수필집『당신도 15분간 유명하다』(모아드림) 간행. 한양어문학회 회장. 월간 ≪현대시≫ 추천심의위원.

2000년 시집『너라는 햇빛』(세계사), 시론『한국모더니즘시사』(문예출판사), 편저『한국현대대표시론』(태학사) 간행. 계간 ≪다층≫ 신인추천심사위원.

2001년 『현대비평이론』(태학사) 간행.

2004년 시집『비누』(고요아침) 간행.

2005년 『시론』(태학사),『이승훈의 현대회화 읽기』(천년의시작),『선과 기호학』(한양대학교출판부) 간행.

2007년 시집『이것은 시가 아니다』(세계사) 간행. 한양대학교 국문국문학전공 교수.

이 성 부

1942년 전남 광주 출생.
1959년 광주고등학교 재학 시절 ≪전남일보≫ 신춘문예에 시 당선. ≪태광≫, ≪순
        문학≫ 동인.
1961년 ≪현대문학≫에 「소모의 밤」, 「백주」로 추천.
1962년 ≪현대문학≫에 「열차」, 「이빨」로 추천 완료.
1964년 경희대학교 국문과 졸업.
1966년 ≪동아일보≫ 신춘문예에 「우리들의 양식(糧食)」 당선.
1967년 ≪시학≫ 동인.
1968년 ≪68문학≫, ≪창작과비평≫에 참여.
1969년 한국일보 기자. 제1시집 『이성부 시집』(시인사) 간행. '제15회 현대문학상'
        수상.
1974년 제2시집 『우리들의 糧食』(민음사) 간행. '자유실천문인협의회' 창립에 참여,
        문학인 101인 선언에 서명.
1977년 제3시집 『百濟行』(창작과비평사) 간행. '제4회 한국문학작가상' 수상.
1981년 제4시집 『前夜』(창작과비평사) 간행.
1989년 제5시집 『빈 산 뒤에 두고』(풀빛) 간행.
1991년 시선집 『깨끗한 나라』(미래사) 간행.
1996년 제6시집 『야간산행』(창작과비평사) 간행.
1997년 '현대문학작가상' 수상.
1998년 『저 바위도 입을 열어』(나남) 간행.
1999년 시선집 『우리 앞에 모두 길이다』(찾을모) 간행.
2001년 제7시집 『지리산』(창작과비평사), 시선집 『너를 보내고』(책만드는집) 간행.
        '대산문학상' 수상.
2002년 산문집 『산길』(수문출판사) 간행.
2004년 시선집 『남겨진 것은 희망이다』(시선사) 간행.
2005년 제8시집 『작은 산이 큰 산을 가린다』(창작과비평사) 간행.

김수영

1921년	11월 27일 서울 종로2가 관철동 158번지에서 아버지 김태욱(金泰旭)과 어머니 안형순(安亨順) 사이의 8남매 중 장남으로 출생.
1924년	조양(朝陽) 유치원.
1926년	고광호(高光浩)와 함께 계명서당(啓明書堂)에 다님.
1928년	어의동(於義洞) 공립보통학교(현 효제초등학교) 입학.
1934년	보통학교 6년 동안 줄곧 성적이 뛰어났으나 장질부사, 폐렴, 뇌막염 등을 앓는 등 건강이 좋지 않아 1년여 요양 생활.
1935년	선린상업학교 전수부(專修部, 야간) 입학.
1938년	선린상업학교 전수부를 졸업하고 본과(주간) 2학년으로 진학.
1942년	선립상업학교를 졸업.
1945년	6월, 길림 공화당에서 「춘수(春水)와 함께」라는 3막극을 상연. 시 「묘정(廟廷)의 노래」를 ≪예술부락(藝術部落)≫에 발표.
1950년	김현경(金顯敬)과 결혼.
1953년	거제리 포로수용소에서 석방. 그곳에서 박인환, 조병화, 김규동, 박연희, 김중희, 김종문, 김종삼, 박태진 등과 재회. 선린상업학교 영어 교사.
1954년	주간 ≪태평양≫에 근무.
1955년	≪평화신문사≫ 문화부 차장.
1957년	김종문, 이인석, 김춘수, 김경린, 김규동 등과 묶은 앤솔로지『평화에의 증언』에 「폭포」 등 5편의 시 발표.
1958년	11월, 제1회 한국시인협회상 수상.
1959년	첫 시집『달나라의 장난』(춘조사) 간행.
1960년	「하…… 그림자가 없다」, 「우선 그놈의 사진을 떼어서 밑썻개로 하자」, 「기도」, 「육법전서와 혁명」, 「푸른 하늘은」, 「만시지탄(晚時之歎은 있지만」, 「나는 아리조나의 카보이야」, 「거미잡이」, 「가다오 나가다오」, 「중용에 대하여」, 「허튼소리」, 「피곤한 하루의 나머지 시간」, 「그 방을 생각하며」, 「나가타 겐지로」 등 발표.
1961년	계간 문학지 ≪한국문학≫에 참여.
1965년	6·3한일협정 반대시위에 동조하여 박두진, 조지훈, 안수길, 박남수, 박경리

등과 함께 성명서에 서명.

1968년   ≪사상계≫ 1월호에 발표했던 평론 「지식인의 사회참여」를 발단으로, ≪조선일보≫ 지상을 통하여 이어령과 3회에 걸친 뜨거운 논쟁. 펜클럽 주최 문학세미나에서 「시여 침을 뱉어라」라는 제목으로 주제 발표. 6월 15일, 밤 11시 10분경 귀가하던 길에 구수동 집 근처에서 버스에 부딪힌다. 서대문에 있는 적십자 병원에 이송되어 응급치료를 받았으나 의식을 회복하지 못하고 다음날(16일) 아침 8시 50분에 숨을 거둠. 6월 18일, 예총회관 광장에서 문인장(文人葬)으로 장례를 치르고, 서울 도봉동에 있는 선영(先塋)에 안장됨.

1974년   시선집 『거대한 뿌리』(민음사) 간행.

1975년   산문선집 『시여, 침을 뱉어라』(민음사) 간행.

1976년   시선집 『달의 행로를 밟을지라도』(민음사), 산문선집 『퓨리턴의 초상』(민음사) 간행.

1981년   『김수영 시선』(지식산업사), 『김수영 전집 1 - 시』, 『김수영 전집 2 - 산문』(민음사) 간행. 전집 출간을 계기로 '김수영 문학상' 제정.

1988년   시선집 『사랑의 변주곡』(창작과비평사) 간행.

김지하

1941년   전남 목포 출생.
1954년   목포중학교 입학 후 원주중학교 편입.
1956년   원주중학교 졸업.
1959년   중동고등학교 졸업 후 서울대학교 미학과 입학.
1960년   4·19혁명 참여 및 남북 학생회담 남측 대표.
1966년   서울대 미학과 졸업.
1969년   『시인』지에 「황톳길」, 「비」, 「녹두꽃」 등을 발표하며 등단.
1970년   담시 「오적 五賊」으로 투옥. 희곡 「나폴레옹 꼬냑」, 「구리 이순신」을 집필.
          평론 「풍자냐 자살이냐」 발표. 처녀시집 『황토』(한얼문고) 간행.
1974년   '민청학련사건'으로 사형 선고.
1975년   '아시아·아프리카작가회의 LOTUS 특별상' 수상.
1980년   오랜 영어생활 끝에 출옥.
1981년   '세계시인대회 위대한 시인상' 수상, '브루노 크라이스키 인권상' 수상.
1982년   시집 『타는 목마름으로』(창작과비평사) 간행.
1984년   시집 『대설 남(南)』(창작과비평사) 간행.
1985년   시집 『오적』(동광출판사) 간행.
1987년   시집 『애린 1·2』, 『검은 산 하얀 방』(분도출판사) 간행.
1988년   시집 『이 가문 날에 비구름』(동광출판사), 『나의 어머니』(자유문학사) 간행.
1989년   시집 『별밭을 우러르며』(동광출판사) 간행.
1991년   희곡집 『똥딱기똥딱』(동광출판사) 간행.
1993년   『김지하시전집』(전3권) 간행. '이산문학상' 수상.
1996년   시집 『중심의 괴로움』(솔출판사), 『빈 산』(솔출판사) 간행.
1998년   율려학회 창립으로 '신인간 운동'을 주장.
1999년   『사상기행』1·2(실천문학사) 간행.
2002년   제14회 '정지용문학상' 수상, 제10회 '대산문학상' 수상. 제17회 '만해문학상'
          수상.
2003년   회고록 『흰 그늘의 길』1·2·3권(학고재), 『생명학』1·2 (화남출판사) 간행.
          제11회 '공초문학상' 수상.

2005년 '제10회 시와시학상' 수상.
2006년 '제10회 만해대상 평화부문' 수상.
2007년 명지대학교 석좌교수.

오탁번

1943년 충청북도 제천군 백운면 평동리 169번지에서 4남 1녀의 막내로 태어남.

1957년 백운초등학교 졸업. 원주중학교 입학.

1960년 원주고등학교 입학.

1964년 고려대학교 영문학과 입학.

1966년 동화 「철이와 아버지」가 ≪동아일보≫ 신춘문예에 당선.

1967년 고대신문 편집국장. 고대 『응원의 노래』 작사. 고대신문 문화상 예술부문 수상. 시 「순은이 빛나는 이 아침에」가 ≪중앙일보≫ 신춘문예에 당선.

1969년 소설 「처형의 땅」이 ≪대한일보≫ 신춘문예에 당선.

1973년 제1시집 『아침의 예언』(조광) 간행.

1974년 첫 창작집 『처형의 땅』(일지사) 간행.

1976년 평론집 『현대문학산고』(고려대 출판부) 간행.

1977년 창작집 『내가 만난 여신』(물결) 간행.

1978년 창작집 『새와 십자가』(고려원) 간행.

1981년 창작집 『절망과 기교』(예성) 간행.

1983년 하버드대학 한국학 연구소 객원교수.

1985년 제2시집 『너무 많은 가운데 하나』(청하), 창작집 『저녁연기』(정음사) 간행.

1987년 『우화의 땅』으로 '제12회 한국문학작가상' 수상. 소년소설 『달맞이꽃 피는 마을』(정음사) 간행.

1988년 논문집 『한국현대시사의 대위적 구조』(고려대 민족문화연구소), 창작집 『겨울의 꿈은 날 줄 모른다』(문학사상사) 간행.

1990년 평론집 『현대시의 이해』(청하) 간행.

1991년 제3시집 『생각나지 않는 꿈』(미학사), 산문집 『시인과 개똥참외』(작가정신) 간행.

1992년 문학선 『순은의 아침』(나남) 간행.

1994년 제4시집 『겨울강』(세계사) 간행. '동서문학상' 수상.

1996년 『시와 삶의 이야기』(현대시학) 연재.

1997년 시 「백두산천지」로 '정지용문학상' 수상.

1998년 평론집(개정판) 『현대시의 이해』(나남), 산문집 『오탁번 시화』(나남) 간행. 계간시지 『시안』 창간.
1999년	제5시집 『1미터의 사랑』(시와시학사) 간행.
2002년	제6시집 『벙어리장갑』(문학사상사) 간행.
2003년	『오탁번 시전집』(태학사) 간행. '한국시인협회상' 수상.
2004년	『현대시의 이해』(나남) 간행.
2006년	시집 『손님』(황금알) 간행.
2007년	고려대학교 국어교육과 교수.

정진규

1939년 경기도 안성군 미양면 보체리 12번지에서 아버지 정완모와 어머니 유부경
        사이의 10남매 중 셋째 아들로 출생.
1957년 '학원문학상' 수상.
1958년 고려대학교 문리과대학 국어국문학과에 입학.
1960년 「나팔 抒情」으로 ≪동아일보≫ 신춘문예 등단.
1963년 '고려대학교 제1회 문화상' 수상.
1964년 풍문여고, 숭문고, 휘문고교 등에서 교직 생활.
1965년 제1시집 『마른 수수깡의 平和』(모음사) 간행.
1971년 제2시집 『有限의 빗장』(예술세계사) 간행.
1977년 제3시집 『들판의 비인 집이로다』(교학사) 간행.
1979년 제4시집 『매달려 있음의 세상』(문학예술사) 간행.
1980년 시집 『매달려 있음의 세상』으로 '제12회 한국시인협회상' 수상.
1981년 이상화 평전 『마돈나 언젠들 안 갈 수 있으랴』(문학세계사) 간행.
1983년 제5시집 『비어있음의 충만을 위하여』(민족문화사), 시론집 『韓國現代詩散 藁』
        (민족문화사), 편저 『芝薰詩論』(민족문화사) 간행.
1984년 제6시집 『연필로 쓰기』(영언문화사) 간행.
1985년 시집 『연필로 쓰기』로 '월탄문학상' 수상.
1986년 제7시집 『뼈에 대하여』(정음사) 간행.
1987년 시집 『뼈에 대하여』로 '현대시학작품상' 수상. 『따뜻한 상징』(나남) 간행.
1988년 월간 시전문지 『현대시학』 주간.
1989년 자선시집 『옹이에 대하여』(문학사상사), 그림시집 『꿈을 낳는 사람』(한겨레)
        간행.
1990년 제8시집 『별들의 바탕은 어둠이 마땅하다』(문학세계사) 간행.
1991년 한국대표시인 100인 선집 『말씀의 춤을 위하여』(미래사) 간행.
1994년 제9시집 『몸詩』(세계사) 간행.
1995년 편저 『나의 詩, 나의 시쓰기』(토담) 간행.

1996년 한국시인협회 상임위원장.
1997년 제10시집 『알詩』(세계사) 간행.
1998년 한국시인협회 회장.
1999년 『말씀의 춤을 위하여』(미래사) 간행.
2000년 제11시집 『도둑이 다녀가셨다』(세계사) 간행.
2001년 시집 『도둑이 다녀가셨다』로 '공초문학상' 수상.
2002년 도록 『綱山詩書』(현대시학) 간행.
2003년 시론집 『질문과 과녁』(동학사) 간행.
2004년 제12시집 『本色』(천년의시작) 간행.
2007년 『현대시학』 주간.

조태일

1941년   전남 곡성 동리산 태안사에서 출생.
1964년   ≪경향신문≫ 신춘문예에 시 「아침 선박」이 당선.
1965년   시집 『아침 선박』(선명문화사) 간행.
1966년   경희대 국문과 및 동대학원을 졸업.
1969년   시 전문잡지 ≪시인≫ 주간.
1970년   시집 『식칼론』(시인사) 간행.
1975년   시집 『국토』(창작과비평사) 간행.
1978년   일본 이화서방(梨花書房)에서 현대한국시선 시리즈로 『국토』가 일역되어 출간.
1979년   평론집 『고여 있는 시와 움직이는 시』(전예원) 간행.
1983년   시집 『가거도』(창작과비평사) 간행.
1985년   시집 『연가』(나남출판사) 간행.
1986년   시집 『별 하나에 사랑』(학원사) 간행.
1987년   시집 『자유가 시인더러』(창작과비평사) 간행.
1991년   시집 『산 속에서 꽃 속에서』(창작과비평사) 간행. '제1회 편운문학상' 수상,
         '성옥문화대상' 수상.
1995년   시집 『풀잎은 꺾이지 않는다』(창작과비평사) 간행. '제10회 만해문학상' 수상.
1996년   『시인은 밤에도 눈을 감지 못한다』(나남출판) 간행.
1998년   평론집 『김현승 시정신 연구』(태학사) 간행.
1999년   시집 『혼자 타 오르고 있었네』(창작과비평사), 평론집 『알기 쉬운 시 창작
         강의』(나남출판) 간행. 사망.
2004년   시선집 『나는 노래가 되었다』(창작과비평사) 간행.
2005년   5 · 18 국립묘지 안장.

1939년 서울시 용산구에서 3남 1녀 중 셋째로 출생.
1959년 연세대학교 철학과 입학.
1964년 ≪현대문학≫ 추천.
1965년 「독무」와 「여름과 겨울의 노래」로 ≪현대문학≫에서 3회 추천을 완료.
1966년 황동규, 박이도, 김화영, 김주연, 김현 등과 함께 동인지 ≪사계≫를 결성.
1970년 ≪서울신문≫ 문화부 기자로 활동.
1972년 첫 시집 『사물의 꿈』 간행.
1973년 ≪서울신문≫ 문화부 기자를 그만둠.
1975년 ≪중앙일보≫ 월간부에서 활동.
1977년 신문사를 퇴직. 서울예술전문대학 문예창작과 교수.
1978년 시집 『나는 별아저씨』 간행.
1982년 연세대학교 국문과 교수. 시집 『숨과 꿈』 간행.
1984년 시집 『떨어져도 튀는 공처럼』 간행.
1989년 시집 『사랑할 시간이 많지 않다』 간행.
1990년 「사람으로 붐비는 얇은 슬픔이니」 외 6편의 시로 '제3회 연암문학상' 수상.
1991년 시집 『사람들 사이에 섬이 있다』(미래사) 간행
1992년 시집 『한 꽃송이』(문학과지성사) 간행. '제4회 이산문학상' 수상.
1995년 시집 『고통의 축제』(민음사), 『세상의 나무들』(문학과지성사) 간행. 「내 깨
        위의 호랑이」로 '제40회 현대문학상' 수상.
1996년 시집 『이슬』(문학과지성사) 간행. 「세상의 나무들」로 '제4회 대산문학상' 수상.
1999년 시집 『갈증이며 샘물인』(문학과지성사), 『환합니다』(찾을모) 간행.
2000년 『시의 이해』(민음사) 간행.
2001년 '제1회 미당문학상' 수상.
2003년 시집 『강의 백일몽 로르카 시집』(민음사), 『날아라 버스야』(백년글사랑) 간행.
2004년 「견딜 수 없네」로 '제12회 공초문학상' 수상.
2005년 연세대학교 국문과 교수 정년퇴임.
2006년 '제2회 경암학술상' 수상.

오규원

1941년	경남 밀양군 삼랑진읍 용전리에서 1941년 부친 오인호와 모친 고계준의 6남 매 중 막내로 출생.
1961년	사상초등학교 교사로 부임.
1965년	≪현대문학≫에 「겨울 나그네」가 김현승 선생에게 추천.
1967년	「우계의 시」로 2회 추천.
1968년	「몇 개의 현상」으로 추천 완료.
1970년	김병익, 김현 등 문지그룹과 교류.
1971년	시집 『분명한 사건』(한림출판사), 『순례』(문학동네) 간행.
1975년	시선집 『사랑의 기교』(민음사) 간행.
1976년	시론집 『현실과 극기』(문학과지성사) 간행.
1978년	시집 『왕자가 아닌 한 아이에게』(문학과지성사) 간행.
1981년	시집 『이 땅에 씌어지는 서정시』(문학과지성사), 에세이집 『한국만화의 현실』, 『볼펜을 발꾸락에 끼고』 등 간행.
1982년	'현대문학상' 수상.
1983년	서울예술대학 문예창작학과의 전임교수. 시론집 『언어와 삶』 간행.
1987년	문학선집 『길밖에 세상』, 시집 『가끔은 주목받은 생이고 싶다』 간행.
1989년	작품집 『하늘 아래의 생』 간행. '연암문학상' 수상.
1990년	『현대시작법』(문학과지성사) 간행.
1991년	시집 『사랑의 감옥』(문학과지성사) 간행.
1995년	시집 『길, 골목, 호텔 그리고 강물소리』(문학과지성사), 산문집 『가슴이 붉은 딱새』 간행.
1998년	시선집 『한잎의 여자』, 시집 『토마토는 붉다 아니 달콤하다』(문학과지성사) 간행.
2002년	『오규원 시전집』1·2(문학과지성사), 『오규원 깊이 읽기』(문학과지성사) 간행.
2003년	'제35회 대한민국 문화예술상 문학부문' 수상.
2005년	시집 『새와 나무와 새똥 그리고 돌맹이』(문학과지성사) 간행.
2005년	시론집 『날이미지와 시』(문학과지성사) 간행.
2007년	2월 2일 지병으로 사망.

찾아보기

저자 **송 기 한**

1962년 충남 논산생
서울대학교 국어국문학과 졸업. 동 대학원 졸업. 문학박사. 문학평론가
현재 대전대학교 국어국문학과 교수

저서 및 역서
『마르크스주의와 언어철학』(역서, 1988)
『프로이트주의』(역서, 1991)
『한국 전후시와 시간의식』(1996)
『해방공간의 비평문학』(공편저, 1996)
『문학비평의 욕망과 절제』(1998)
『북한 문학의 이해』(편저, 2000)
『한국 현대시의 서정적 기반』(2002)
『고 은』(2003)
『윤곤강 전집1·2』(공편저, 2005)
『한국 현대시사 탐구』(2005)
『시의 형식과 의미의 유희』(2006)

1960년대 시인 연구

인 쇄 2007년 5월 25일
발 행 2007년 6월 5일
지은이 송기한
펴낸이 이대현
편 집 박소정·이소희
펴낸곳 도서출판 역락
       서울 서초구 반포4동 577-25 문창빌딩 2층
       전화 3409-2058, 3409-2060 | FAX 3409-2059
       이메일 youkrack@hanmail.net
       등록 1999년 4월 19일 제303-2002-000014호
ISBN 978-89-5556-542-3-93810

정 가 21,000원